ヘルダリーン

―ある小説

ペーター・ヘルトリング 著

富田 佐保子 訳

CHOEISHA

目次

第六部　友人たちのあいだで　531
ホンブルク、シュトゥットガルト、ハウプトヴィル、ニュルティンゲン
（一七九八～一八〇一）

ヘルダリーン――ある小説

Original Title: „Hölderlin. Ein Roman" by Peter Härtling

Die Erstausgabe erschien 1976 im Verlag Hermann Luchterhand
Japanese edition published by arrangement through The Sakai Agency

第一部　幼いころと少年時代

ラウフェン、ニュルティンゲン、デンケンドルフ、マウルブロン

（一七七〇～一七八八）

I　ふたりの父

ヨーハン・フリードリヒ・ヘルダリーンは一七七〇年三月二十日、ネッカー川のほとりのラウフエンに生まれた

――私は伝記を書いているのではない。もしかするとヘルダリーンに近づきたくて書いているのだろう。詩や手紙、散文、その他の多くの資料からしか知らない人物について書き、輪郭だけだった肖像画の人物に書くことによって命を吹き込みたい。描き出すのはきっと別の人物だろう。彼の考えたとおりに考えることができないのだから。せいぜいの彼の考えを察知することしかできない。一七七〇年に生まれた人物が感じたことを寸分たがわず知ることは不可能だ。彼の感じたことは私には文学である。彼の時代は歴史資料でしか知ることができない。「彼の時代」というとき、歴史を書き写すか、それともひとつの物語を書くしかない。彼は何を経験し、どう反応したのだろう？彼や母親、妹や弟、友人たちは何を語りあったのだろう？　強調されて書き綴られた手紙の後ろに隠されたディオティーマとの日々はどのようなものだったのか？　なんとか現実に逢着したいと努力するが、それは彼のというよりむしろ私のそれであることがわかっている。語り伝えられてきた

思い出の数々を私の記憶と結びつけることでしか彼を見い出し、考え出すことはできないから。さまざまに伝えられてきたものを、私が生み出した脈絡の中へ移しかえることしかできない。彼の人生は作品と資料の中に表れている。彼がどんな息づかいをしていたかを私は知らない。それに思いを馳せねばならない――

――彼の生まれた家はかつて修道院領だった屋敷である。子どもは生まれた翌日にもう洗礼を授けられた。急いで洗礼を授けることが普通だった、お産のたびに赤ん坊の命と母親の命が失われはしないかと危惧されていて、教区の一員として新生児が迎え入れられることに意が用いられていたのだ。彼はヘルダリーン家の長子だった。彼が生まれたとき、母は二十二歳、父は三十四歳だった。

この家族は家柄も古く、財産もあり尊敬されていた。当時、シュヴァーベンの市民階級は親戚や縁故関係によって、またラテン語学校、神学校《ゼミナール》、ギムナジウム、大学での共通の思い出によって、現今よりずっと強く結ばれていた。人びとは互いに助けあい、重んじあい、しょっちゅう密かに憎しみあった。敬虔主義《ピエティスムス》が恭順と慎みを強いた。聖職禄（聖職者の生計維持のため職務に属する収入または教会財産）は親類縁者のあいだにたらい回しにされ、そのために「門閥主義」という情が深い――意地の悪い概念が生じた。

ヘルダリーンの父、ハインリヒ・フリードリヒはラウフェン出身で、自身が育った修道院屋敷でその「管理者かつ宗教上の執事」としてもう働くようになっていた。ラウフェンのラテン語学校とギムナジウムに通い、テュービンゲン大学で法学を修め、父の死後、その屋敷をひき継いだが、その際にそれはもう修道院とは言えなかった。修道院は十一世紀のはじめに、ネッカー川で溺死した（なぜ溺死したのだろう？）伯爵の子ども、レギスヴィンディスの思い出のために創立されたが、宗教改革の時代に世俗化して、後にとり壊されたが、修道院領の堂々とした広い農場と屋敷はそのまま維持されていたのだった。

修道院屋敷の執事ヘルダリーンは少し思いあがっていたに違いない。身なりは贅沢で、身分にふさわしい、あるいはそれをはるかに超えた暮らしをしていた。自分の周りの上品な仲間を重んじ、客受けのいい主催者だった。四年間、独身男としてこの家の長であり、家事を手伝う女たちに守られ、ちやほやされていたのだろう。一七六六年に彼はクレーブロンの牧師ハインの娘、ヨハンナ・クリスティアーナと結婚した。彼女は敬虔な、おそらくまた内気な少女で、夫がすぐに描かせた肖像画では、おずおずと、また何も予感していないように姿を見せる。ただ大きな目だけがこだわりなくこちらを眺めている。彼女は十八歳で、父親のもとでは経験しなかった、変化に富んだ、パーティーの多い暮らしにとり込まれた。夫は自身とその評判を証明するように、彼女に装身具や衣服を贈った。

四年のあいだ彼らは初子《ういご》を待たねばならなかった。まだか、まだか、という親類の待ち焦がれた気持ちが想像できる。シュヴァーベンでは親類が黙っていない。ヨハンナは彼女の母に尋ねられ、また助言を受けたことだろう。ハインリヒの両親はすでに亡くなっていたが、夫の務めをおろそかにしているのではないか、と冗談めかしてあけすけに言う年配の伯父や伯母や、従兄弟たちがたっぷりいたことだろう。

ヨハンナの父はシュヴァーベン人ではなかった。テューリンゲン（東部ドイツ）の農家出身だったが、テュービンゲンで神学を学び、まずフラウエンツィンマーで、それからクレーブロンで牧師を務めた。他方、ヨハンナの母、ヨハンナ・ロズィーナ・ズトーァはシュヴァーベンの非常に由緒ある家柄の出身だった。その先祖にレギーナ・バルディーリという女性がいるが、彼女は「シュヴァーベンの精神的な母」、つまりヘーゲル、シェリング、シラー、メーリケそしてヘルダリーンなどの始祖だとささやかれている。

四年後フリードリヒが生まれる。フリッツが。ホルダーが。ヘルデルレが。代父全員が洗礼式に出席したのではなくとも、とんでもない大きな祝宴だったにちがいない。大切な客人のひとりで、くり返し姿を現す人物は、実父と継父の両方の友人である郡長《オーバーアムツマン》ビルフィンガーである。彼はまだ当時はラウフェンだったが、後になってニュルティンゲンに、そしてキルヒハイムで勤務についた。

幸せは長くは続かなかった。父は陽気に暮らしていただけに、危険にもさらされていた。彼はなんとか長女の誕生を喜ぶことができたが、一七七二年七月五日に「家系である卒中」の発作で亡くなった。享年三十六歳。一ヵ月してヨハンナは三人目の子どもを産んだ。マリア・エレオノーラ・ハインリーケ、「妹のリーケ」である。若くして寡婦になった彼女はどれほど途方にくれたことだろう。涙を流し、親類たちに慰められ、難しい書類も読まねばならなかった。ビルフィンガーや、同じく夫を失った義姉、フォン・ローエンシーオルト夫人が助けてくれたことだろう。ヨハンナは子どもたちを連れて義姉のもとに身をよせた。三歳のフリッツは片時もじっとしていない。主よ、救いたまえ、と一緒にお祈りするのよ、と彼はしつけられる。信仰が、分をわきまえるという敬虔主義の信仰がヨハンナ・ヘルダリーンを助けた。彼女は一生涯、信仰から離れることはなかった。まだ少ししか喋れず、内気で行儀のいいフリッツは、みんなの悲しみに怖気づいた。彼らがしゃべり、嘆き悲しむ声を聞き、怯えた。それも標準ドイツ語ではなくシュヴァーベン方言で。そしてこれが後のヘルダリーンの詩をしばしば風変りに彩ることになるのだが、彼の詩を解釈する人たちはたいていこれを忘れている。

おそらくヨハンナ・ヘルダリーンは年老いてからも、喪失を、あの人この人の名前を、あの日付この日付を数えあげたことだろう。自分の神を疑うこともできただろうが、知りうる限りでは、ずっとその前で身をかがめていた。なんという運命の急変だろう。大きな所帯の女主人になったばかりだというのに、突然の死。生涯受け入れてくれるはずだったこの家屋敷からの別れ。二十四歳で三人の幼子を抱えた未亡人に、少なからぬ財産の相続人になってしまった。彼女には新しい所帯を、新しい伴侶を持つことより他に考えられなかった。それ以外のことは知らなかったし、教わってこなかったから。彼女の父ハイン牧師も娘婿に遅れること二ヵ月で亡くなった。

彼女の容姿は若々しく、「たおやか」で魅力的だったことだろう、しかも結婚直後の一七六七年に描かれたぎこちない表情の肖像画から、彼女が内省的で、絶えざる悲しみに向きあい、寡黙で、もの思いにふけるのも悪くないと感じているように読みとれる。決して「知的」な女性ではないが、非常に親切だったと言われていた。しかし知的とは一体どういう意味だったのかわからない。彼女は息子の逸脱に対処できなかったが、息子の詩はすべて読んでいたし、息子の言うことは信じていた。だから突拍子もないおしゃべりにも黙って耳を傾けただろう。彼女は物事を隠喩で考えなかった。窮屈な実生活の中で考え、息子が牧師になることを願っていた。彼女は仕えるように育てられてきた。それが女性にとってふさわしいことだった、そして神の意志は彼女にとっていずれにせよ掟《おきて》だった。

今、彼女は義姉ローエンシーオルトの家で座りこんだまま、嘆きにくれている。それならできる。息子は後にときどき彼女に、そんなふうにして歯を食いしばって悲しみをこらえないで、と言った。彼女は待った。彼女はまだ待つことを習い覚えていなかった。子どもたちが彼女の気をまぎらす。娘たちにはまだ手がやけるし、フリッツはすべての三歳児と同じように、質問ばかりする。引き出しをさっと開けるは、テーブルクロスの端をひっぱっては食器をこわしそうになる。

この年か、あるいは次の年に彼女ははじめてヨハン・クリストフ・ゴックの訪問を受けた。(彼の肖像画を私は見たことがない。どの記念館にも彼の姿は残されていない。) 書き記されたもの、ほかの人の文章で投げかけられた影をたよりに彼を考え出さねばならない。しかもそうした文章は、まるで働きずくめの男、ワイン販売業者、農場主、ぶどう栽培者、ニュルティンゲンの町長、ふたつ目の父の家の持ち主がいるだけで、伴侶や教育者、愛する「ふたり目の父」の彼はいなかったかのようにわずかしかない。彼はネッカー川のほとりに果樹園を買っていたが、そこから少年ははじめて自分の風景を眺めた。母が再婚したときヘルダリーンは四歳、ふたり目の父が亡くなったとき十歳だった。この先は次のように書けるだろう。

少年は新しい父に不安を覚えることはなかった。なにしろゴックは叔父さんみたいに、ラウフェンで、いつもそばにいた。そして思いがけず父親に、もう思い出せないもうひとりの父の代わりになったのだから。ヘルダリーンは後に圧倒的な母親像に、ふたりの父の姿をひとつに重ねた父親像を対置しようとしたのだろう。

ヨハンナは夫の友人としてゴックと知りあった。彼はビルフィンガーとも親しく、しばらくのあいだニュルティンゲンで彼と一緒にワイン販売業を営んでいた。ヨハンナはゴックを知っていた。彼をよく知っていたのだろうか？　彼はひょっとすると彼女の最初の夫の存命中にもう彼女に好意を持っていたかもしれない。ひょっとすると彼はそれほど横柄にならないで、ひかえ目にふるまったかもしれない。そして彼女はこっそりと比べていた。ゴックはヘルダリーンの埋葬式に参加しただろう。その後すぐ彼女を訪ねて慰め、相談に乗っただろうか？　それとも遠慮がちに、こうした援助をビルフィンガーに委ねただろうか？

それから失礼がない程度に訪問が度重なったのだろう。

彼はふたりの女性とおしゃべりをした。こんにちは、フォン・ローエンシーオルト夫人。こんにちは、ヘルダリーン夫人。

ちょっとした贈り物を持ってきた。

フリッツと遊んだ。ゆりかごの中のリーケを眺めては、大きくなりましたね、といつも驚きの言葉を口にした。

きっと取り入ったりはしなかっただろう。

一七七三年のいつかあるとき、妻になってくれますか、と尋ねただろう。

ふたりはしばらくのあいだよく考えただろう。思い出から誰もそう簡単に離れることはできないから。

ビルフィンガーが取り持ったかもしれない。

はい、と彼女は言った。わかりました、それが正しいのでしょう、一番いいことでしょう。

そのような話しあいのとき、愛情は二の次である。

ハイルブロン近辺出身のゴックはヨハンナ・ヘルダリーンと同い年で、結婚したとき、今日の見方によるとふたりとも若く、二十六歳だった。彼女はもちろんすでに三人の子どもの母親で、取り乱したし疑い深かった。それゆえ夫婦の財産を分けて、資産をはっきりさせることも重視していた――これで家族はさしあたり何も心配しなくてよい。そのうえゴックの才覚を当てにすることができる。


これまでさまざまに語られてきて、自らを語りながら、また隠しとおしてきたひとつの人生について私は語ろうとしている。資料はそろっている。私はそれらに当たってみて情報を得る。ところがゴックが一七七四年六月三十日にニュルティンゲンでネッカー坂《シュタイゲ》に面したシュヴァイツァー館《ホーフ》を購入という話になると、私の思い出もそこに加わってくる。私はニュルティンゲンでヘルダリーンより長く、十三年間暮らしたのだから。もっとも私が知っているシュヴァイツァー館は彼の名前を冠した学校で、「農舎のような建物と地下貯蔵庫がいくつもある堂々とした家屋敷」と描写されているものとは同様でないが――私はそこを来る日も来る日も通り過ぎた。それは町の教会と同じように岩盤の上に建てられた堂々とした建物で、花崗岩を打ちぬいた地下室はまだ残っていて、テラスはかつての庭あるいは中庭だろう。ゴックはこの家の代金として四千五百グルデン支払わなければならなかった（換算するとおよそ七万マルクにもなるだろう）。だから私はその家を知っている。しかしそれは彼が知っていたものとは違う。

この子の姿がほとんど見えてこないのが奇妙だ。ヘルダリーンは初期のころの夢を後にそのまま語ることがなく、おそらく美化し、周りのこうした素朴な人々を幻想の中に追い込み、色あせたものにしてしまった。しかし誰も彼のことを黙っていない、彼はそこにいるのだから。三人の子どものひとり。もう世話はやけないが、絶えざる心配の種である。国のあちこちで起こっていることはどうでもいいままだった。ときどき父のコメントにそれが仄めかされるだけだ。町の財政に悩まされた父は宮廷役人に悪態をつき、自分の商売に逃げ込んでいた。

子どもたちはゴックになついていた。ときどき母は彼らと一緒にニュルティンゲンに行った。そんなときローエンシーオルト伯母のところに泊まらねばならなかった。ニュルティンゲンへ引っ越す直前にヨハンナはようやく彼らに言っただろう。ゴックおじさんがお前たちのお父さまになるのよ。

「ふたり目の父」。こう打ち明けられてその人は変わってしまった。少年は彼と遊び、贈り物を喜んだものの、この親切なお客さんのことをどう考えればよかったのだろう——この人はどうしてもゴックおじさんだ。今、この人が影法師のようなもうひとりの父、母親の思い出の中にくり返しできた「実父」の代わりになるのだ。母もようやく現実を見つめ、「かつての」話をしなくなった。彼は強情に「彼の父」から離れなかった。

秋になった。ヨハンナは子どもたちと一緒に、修道院屋敷をもう一度通り過ぎたかもしれない。村人たちがうやうやしく挨拶をした。

彼ははじめて、しかもまるで永久に、ひとつの場所から旅立った。彼は別れに、絶えず新しいよそ人たちを前にする不安に慣れるだろう。馬車が玄関先に乗りつける。早朝だった。今日は一日中、馬車に乗っているだろう。別の馬車がすでに家財道具をニュルティンゲンに運んでいた。寒い日だった。ヨハンナは数日して、十月十日に結婚するだろう。そのときには全てがもう新しい家で調えられているはずだ。友人のビルフィンガーが彼らを迎えに行っただろう。

知人たちが餞別をもって来てくれた。みんなが手をふりながら馬車を追って走る。ここで私は暮らし始めたのだわ、なんと心を弾ませていたことでしょう。また暮らしていけるわ、と彼女はほっと息をつく。

これは私の少年時代とは違う幼年時代である、全てが違っている。たとえば彼が距離を考えるとき、私とは違って、徒歩旅行者、馬での旅人、馬車の旅客として考えていた。衣服に触るとき、私とは違った感触を得ていた。それらはもっと窮屈で、もっとごつごつしていた。彼はそれを知らない。彼が暖かいと思うとき、私とは違った暖房器具を見ていたし、明かりもまた違ったものだった。彼が大通りと言うとき、私が見ているのとは違ったもので、そこに住む人びとも行き来する乗りものも違っている。

私がこの子に慣れなければならない、彼を考え出さねばならない。一七七七年に誰かある人が、彼は今、ネッカー川を渡って果樹園に入っていくよ、と言ったとする。私はネッカー坂をくだっていく道がわかるが、門はもうないし、橋も違っているように見える。当時、ネッカー坂にはほとんど家がなく、またそれも、例えば一九五〇年代からハウバー書房あるいは電気屋が入っていたと私が覚えている木組みの古い建物ではない。私はネッカー川沿いのその道を思い浮かべることができるが、そのころは堰や発電所はなかった。大きな果樹園はネッカー川の対岸、町の向かい側にあったが、今はそこに家々が建ち並び、ネッカーハウゼンに通じるアスファルトの道路がこの地域を二分して延びている。それでも私は、もうはっきりしない自分の記憶から、この果樹園を復元することができる。戦後間もないころ、私たちは何度かその荒れ果てた広い土地で遊び、膝の上まで茂った草の中でとげすぐり《シュタッヘルベーレ》を、ふさすぐり《ヨハンニスベーレ》を見つけたのだから。

ニュルティンゲンの家に彼はなかなか馴染めない。新しい人びとにはだんだん慣れてくる。ビルフィンガーを彼はよく知っている。ときおり彼はビルフィンガーやふたり目の父とワインの地下貯蔵室に座り込み、湿気をおびた石や、木や、硫黄や、酒石酸のにおいを吸い込む。男たちの話に耳を傾けるのが彼は好きだ。男たちは飽きることなく何か計画を立てている。それに彼は役場の町長のところに出入りしている父を誇らしく思っている。ときには父に手をひかれて中央広場を歩き回る。そこにあの噴水がある。いや、あの噴水ではない。ここでまた私たちの思い出が食い違う。だが今回はただ数年の開きだけだ。そうすると私たちはふたりとも、あの噴水を見ている。テュービンゲンの神学生、二十歳のヘルダリーンは母を混乱させまいと、聖職者へのコースに止まるつもりです、と心ならずも手紙を書いた。だから彼は噴水のことを、それがそこに据えられた経緯を聞いていた。ケーニヒスブロンで鋳造され、錠前師アイゼレンがそれに鍛鉄の飾りをつけたのよ、と。それは例えば、オーバーボイヒンゲンの料理人を知っているかね、オルガン造りがこの噴水に金メッキを施したのを聞いているかね、というような毎日のおしゃべりのひとつだから。

さあ、これで私たちはふたりともその噴水を覚えていることになる。

七歳の肖像画はない。彼は十六歳ではじめて肖像画を描いてもらった。今だったら、写真の束があったことだろう。ヘルダリーン家やゴック家は他の家族のように節目ごとに家族の写真を撮っただろう。この小さな男の子、この隅っこにいるこの一番小さな子があんたよ。すると男は笑って、年老いた母のために驚いて見せるだろう。

彼はよく坂をくだり果樹園に行った。そこだとひとりきりでいられる。彼は荒っぽい遊びもできたと言うことだが、ひきこもりがちだった。果樹園だと楽に逃げ込める。リーケを連れて行っておやり、と母が大声で言う。ときどき妹を連れずに消えうせることもできる。リーケを連れて行かねばならないときは、小さな車に乗せてひっぱって行った。彼は馬になったり、馬の乗り手になったり、あるいは駅逓馬車の宿駅長になったりして遊んだ。返事を期待せずに、リーケに言い聞かせた。

そのころもう誰かが、あの子は口達者だよ、と気づいていた。あるときはギャロップで駆けぬけ、それからまるで老人のように足をひきずって歩いた。あれはゴックさんの子だよ、町長さんとこの、と彼のことは誰もが知っている。

彼は愛くるしく、華奢といってよかった。やがて肩幅が広いと折り紙がつけられるだろう。

目は茶色、髪はとび色だった。

額は広くてまっすぐだった。

下唇はそり返って厚い。

それにがっしりした顎の中のくぼみはどの画像にも描かれている。

他の少年と違い彼は青白く、蠟のようにきめ細かな肌をしていたと私は考えている。

しかし彼を甘やかすつもりはない。

服を汚さないでね！　とハインお祖母さんが後ろから彼に呼びかけた。

きれい好きな彼だが、遊びに夢中になってしまうと、草のしみが胴着や半ズボンについてしまう。

彼は留め金つきの靴と毛織の靴下を脱ぐ。棒で背の高い草をなぎ倒し、岸辺の柳の後ろに隠れ、ふくろうのように叫んでリーケを怖がらす。静かに、しゃがんだままでいるんだよ。僕はここにいるから。


　彼はここにいる。妹にお話を聞かせ、仰向けに寝そべり、雲の形を眺めては空想にふける、お話はときにはわくわくするようなものになり、小さな妹はしばらくのあいだ耳を傾ける。こんなふうに彼はよく寝そべっていた。はじめは空だけだが、それから「山地」にも目をやる。アルプトラウフ山、ユージィ山、ノイフェン山とテックの城、それから町、岩盤の上に立つ教会、その下の方にくずれ落ちそうな家並み、ネッカー門、橋。そこから彼は来たのだった。

　これらの日々に彼は思い馳せることになるだろう、とりわけ、「仕事もなく」、途方にくれて帰郷するときには。それは「私が少年のころに」のような英雄の思い出ではなく、「幼なじみの花咲く道があるところへ帰りたい／そこでこの土地とネッカー川の麗しい谷々を訪れたい――」という衝動だろう。「愚かしくも私は語る。それが喜びだ」。

　喜び？　取り戻した何かを、たとえその子が違ったふうに味わったとしても、彼の思い出を受け入れることができる周りの世界と人びとを再び見つけること。彼は実際に帰ってくるたびに受け止められ、大切にされ、そして他の、もっと偉い人になれ、と誰にも迫られない。

母はネッカー坂沿いの窓辺に座っていた。まるで見張り台のように高いところから町の外壁に沿った家々やネッカー門を見おろしていた。牛にひかれた荷車がでこぼこ道を難儀して登らねばならないのを彼女は興味深く見ていた。農夫の叫び声や石畳の上を車輪がごろごろと音を立てていくのが聞こえた。彼女の母、ハインお祖母さんもよくそばに座っていた。女中がフリッツを小突いてこの部屋に追い込んだ。彼は体をほてらせ、困ったような顔つきをしていたが、その目は得意然としている。この子ったら黄金虫を集めてきて女中部屋に放したのですよ。女中たちは恐怖のあまり度を失ってしまいました。するとこのいたずら坊主は歓声まであげたのです。祖母は一瞬、笑いそうになったが、それをこらえた。娘が大真面目に少年を叱っているから。あんたの頭の中は変ないたずらばかり詰まっているのね。いいかげんに止められないの？　私は叱ってばかりいないといけないの？　お父さまに言いつけましょうか？　彼はかぶりを振って答えた。何もしちゃだめだ。楽しいんだもん、とにかく楽しいんだもん。

彼は五月のお祭りを楽しみにしていた。主任牧師《デカーン》クレムさんが博愛と神さまの愛のお祭りだと教えてくれた。白パン《ヴェッケン》、モストと甘いリンゴジュースがふるまわれ、娘たちが輪舞を踊る。主任牧師が隣人愛と神の愛について、日々のよき行いについて説教するだろう。みんなで一緒に歌い、手をとりあい、大きな男の子たちがマイバウムによじ登り、花冠から賞品をもぎとるだろう。彼らはネッカー川のほとりの草地で遊び、父はひっきりなしに人びとに挨拶をするだろう。家族には彼ら「専用のテーブル」があり、そこで客を迎えるだろう――「あと半時間だけ、お願いだから」と言っているうちに日が暮れ、暖かい夕闇が迫ると、女中か祖母が彼をつれて家に帰るだろう。

六歳から彼はラテン語学校に通った。この道を私は辿ることができる。マルクト通りからネッカー坂に入ろうとして、「中庭《ヘーフレ》」の中を抜け、近道をしたときに何度も通った道だから。当時の家はそう多くは残っていないし、小路もすこし長くなった。しかし私は一八三〇年の市街地図でも簡単に見当がつく。

通学は朝が早い。ひとりでも行けたのに、最初の何回かは母か女中が彼を送り届けた。彼はネッカー坂をくだらないで、庭を通りぬけて、裏門から家を出なければならない。小路が教会通りに通じている。曲がりくねって狭い。夜で静かだと、舗道の上を歩く足音が外壁にこだまする。ここに私の子どものころあった町の刑務所は彼のころにはまだなかった。ここにあったのはおそらく農家だったと私は考えている。もうここから彼は町の教会、聖ラウレンティウス教会を見ることができた。ほんの三、四十年前にはまだお城が教会のすぐ横に立っていたのだよ、ネッカー坂に沿って四つの張り出し塔と美しい中庭のある巨大な建物がね、と彼は話して聞かせられたことだろう。それがとり壊され、空き地になったところを彼は歩いた。栗の木と菩提樹の木が植えられた。その木々は私も知っている。彼のころには、まだ支柱によって支えられた若木だった。学校は教会沿いに、ほんの少し間隔をおいて立っていたが、これも岩盤の端にあったので、学校を通りぬけてマルクト通りに出るために吹き抜けの階段をかけなければならなかった。学校は九年前に建てられたばかりで、新しかった。その横に郡長管轄地と地下ワイン貯蔵所（私のときには郡役場）、それから町の書記局（そこにある簡易裁判所に若いジャーナリストだった私は、コソ泥、盗品隠匿者、浮浪者などの訴訟について書くために詰めていた）が一列に並んでいた。学校と教会のあいだの界隈が彼のお気に入りだ。ここは夏が涼しい、ここでならよく遊べる。

彼はまじめな生徒だった。私とは違ったふうに勉強しなくてはならない。六歳でもうギリシア語、ラテン語、ヘブライ語の単語を反復練習した。それに先生《マギスター》は哲学と神学を教えようとしていた。考えられないほどの課題である。クラーツ先生は彼に満足していた。彼が修道院学校に、その後大学の神学校《シュティフト》に進むだろうことは知れわたっていた。両親は彼に牧師になって欲しいと願っていた。

午後には、教会の主任牧師クレムを補佐する副牧師《ディアコーン》ナターナエール・ケストリーンが個人的に補習した。ケストリーンは彼に国家試験の準備をさせるように言われている。はじめ彼はこの副牧師を怖れていた。父から応接室に呼ばれた。両親は太った男の人と一緒に丸テーブルにつき、ワインを飲んでいる。おいで、と父が合図して彼を呼びよせる。彼はためらった。なにか改まったときに思える。心配しなくてもいい、大丈夫だよ、とケストリーンが言った。少年がゆっくりとテーブルのところに行くと、ちょっと内気なのですよ、と母が言った。彼は腰をおろして待った。まあ急がないで。ゴックはワインに口をつけ、義理の息子を見つめている。こんな父が彼は好きだ。いいか、よく聞くのだ、とゴックが言った。こんなふうに始まるのが彼の口癖である。自分の話に人が耳を傾けるのに彼は慣れている。いいか、よく聞くのだ、なるほどお前はラテン語学校に行っている。クラーツ先生はいい教師だが、お前がテュービンゲンの神学校に進むというなら十分ではない。わかるかな？　少年はうなずく。彼は何もわかっていない。だけど、わかります、と言ったほうがいいのだ。

週に二度、火曜日と木曜日に副牧師が教えにくることになる。邪魔されずに勉強できるように屋根裏部屋が整えられた。我らがオリュンポス山だ、とケストリーンが言った。家に来ると、まずヨハンナのご機嫌を伺い、少年の才能や勉強のはかどり具合について話しあう。グラスに赤ワインが注がれると、彼はそれを三口で飲み干す。隣室で待っていた少年が呼ばれる。ぐずぐずしてはおれないな、とケストリーンが言って、ヨハンナにお辞儀をして、少年を押していく。

暖かいと窓は開いたままだ。副牧師がしゃべり、朗読して質問する。中庭から声があがってくるが、彼は気をそらされない。ケストリーンはキリストの言葉を解釈する。ベンゲル（シュヴァーベン地方の敬虔主義の有力な指導者）の讃美者の彼はときおり有頂天になり、自分の生徒を抱きよせる。すると涙がその目に浮かぶ。

神の存在を保証してくださるのはどなたかな？

イエス・キリストさまです。

どうして？

神さまが人間にくださった証《あかし》です、と彼は言う。

神の証、と彼は言うが、わかっているかどうかは疑問である。ケストリーンに要求されて暗記した言葉かもしれない――それとも彼が初めてこの言葉を耳にしたとき、「証」が何を意味するのかをよく考え、ひょっとすると副牧師に質問したかもしれない。

それはどういうことですか？

言葉にこだわり、それをじっくり味わい、それと関わるだけで喜びを覚えるケストリーンは、ごまかさないで答える。証とは担保に似たものだ、いや、やっぱり違うな、わかるかい、担保と言ったが、それは何か他のものと同じ値打ちがあるものを表している、証という言葉はそれを越えたものであり、比喩として使われている、わかるかな、坊や、比喩としてなのだ。「目に見えるしるし」、「明白な証拠」という意味になる。そして我われはこのふたつ目の意味に依拠すべきだ。イエスさまこそ神さまの存在を証明するはっきりした証だ。これだ、ただこれだけなのだ。

はい、と彼が言う、はい、と。このイメージが、その明白さが彼の心に沁み込む。そしてときどき彼は、そのように言葉の意味を探りあて、言葉の霊を知り、その肉をつかみたいという思いにかきたてられる。

ケストリーン先生がいつも僕の空想をさえぎり、イレ、イラ、イルドと活用の宿題を反復させないでくれたらいいのに。

彼はこの巨漢が好きになり始めた。彼をこっそりゴックと、それから空想でこしらえあげた最初の父の権化と比べてみる。するとイメージが混ざりあい、父たちは圧倒的なものに、彼らの大きさと善意で早くもまた非現実的な「証」となる。「あなたの私に対するいつも変わらぬ大きなご親切と愛情」と、十五歳の少年はデンケンドルフからケストリーンに書き送るだろう。「そしてその他に少なからず役に立ったものと言えるのは、あなたのご経験や豊かなキリスト者としてのご精進です。これがあなたに対する非常に深い畏敬の念と愛慕の情を私に呼びさましたので、率直に申しあげると、あなたを自分の父のようにしか考えることができません。」どの父のように？「指導者」、「助力者」、「友人」のように？

彼はこの便りをふたり目の父が亡くなった五年後に書いている。

彼は自身の助力者に気に入られるために、自分を非難する。

「いつも私はあちこちと揺れておりました。」

賢明であろうとすると、私は陰険になってしまったのです。

誰であろうと、私の周りにいる人に我慢がならなかったのです。

私が人間嫌いにならなかったとしたら、それは人間に気に入られたかっただけで、神に好かれようとしたのではありません、と。

彼は九歳だ。まったく不意に、ほんのちょっとしたきっかけで、怒りに襲われてしまう。彼はからだを震わせて、こぶしを固める。からだの中ですべてが張りつめ、顔に血がのぼる――いつもの癇癪玉よ、とハインお祖母さんが言う。そのようなときに一番早く彼に話しかけることができるのは彼女である。彼が樽のあいだで遊んでいたとき、ワイン商店の見習いにからかわれた。やせっぽちでお上品なお坊ちゃまは、一生涯、こんな小さな樽だって持ちあげることはできやしないよ。それから挑むように笑いもしたんだ。僕は怒り狂って、すぐさまその男めがけて飛びかかり、こぶしでさんざん殴って、しまいに手に嚙みついてやった。呼ばれた父さんが僕をぶったんだ。もちろんその結果、少年は強情を貫きとおし、どうしても出るように注意された昼食の席に姿を見せなかった。

思いあがっているな、とケストリーンが言う。

そんなことないよ。

感情を抑えることができないのだ。だから他の人たちに不当なことをするのだ。

あいつらが不当なことをするから、かっとなってしまうんだ。

自分を抑えることを覚えないと、フリードリヒ。

彼をフリードリヒと呼びかけたのはケストリーンだけだった。

できないよ。

いや、正しいキリスト者としてそれを身につけないといけない。

僕はキリスト者だけれど、そんなことできないよ。

いつも他の人たちよりよくありたいと君が思っているからだろう。

いや、よりよくではなく、ただ違ったふうに。

すぐにまたおとなしくなった彼は、子どもらしい自負心からこのように答えたかもしれない。ケストリーンだとそこまで言っても大丈夫だ、ということが彼はわかっている。ケストリーンは「助力者」であるばかりか、共謀者でもあったから。彼を他の全ての人びとから、ふたり目の父からも際立たせる知識を与えてくれたのがケストリーンであり、しかも彼だけが自分と同じような気持ちを抱いていたのだから。ヘルダリーンがカルプ家ではじめて家庭教師の仕事についたとき、ケストリーンのことを、その「教え」を、その友情あふれた厳しさを思い出し、彼をまねようとしたのだと私は考える。ひょっとするとこの思慮深い男との子どもらしい体験が、この職につこうという気持ちを彼に起こさせたのかもしれない。彼はこの三人目の、生き字引のような父に似たいと望んでいたから。

ときどきすでに学校で疲れはて、ケストリーンが教えることについていけなくなった。するとケストリーンは彼を悩まさないで、一緒に歌おう、と言った。彼らはツィンツェンドルフ（敬虔主義の一派であるヘルンフート派の創設者）の戦いの歌をひとつ歌った。

これでぱっと目が覚めて元気になるよ、とケストリーンは言った。

十歳になったとき、両親は彼にピアノの授業を受けさせた。彼らは彼の音楽的才能に感嘆した。彼はその他にフルートを、後には同じくらい軽やかにバイオリンを習得した。

フルートも聞かせてもらえるのだな、とケストリーンは言った、音楽は心を生き生きさせてくれる。

師弟が一緒に歌うのを聞くたびに母は言った。さあ、これでふたりはまた楽しそうだわ。これでフリッツもまた気分がよくなるわ。彼女は再婚後はじめての子どもを一七七五年五月に授かった。ドロテーアである（この子は数ヵ月もたたないうちに亡くなった）。祖母は五歳の男の子を両親の部屋から追い出し、彼の世話を女中にまかせた。あんたは今、あそこにいてはだめなの。女中が奇妙なことをぶつぶつつぶやいた。今、奥さまはお気の毒に我慢なさらないといけないの、お産婆さんが上手だといいのだけど。家の中から叫び声が聞こえ、少年はお母さんに何か起こったのではないかと怖がった。部屋からさっと出ようとすると、女中に上着をつかまれてしまい、そこにじっとしていると、祖母がやって来て言った。あんたに妹ちゃんができたのよ、もうすぐ見せてもらえますからね。

その一年後、カールが生まれる。

彼の頭の中でこれがはっきりしたイメージを結ばない。ケストリーンの言葉はそのような身近な出来事を簡潔な表現で解き明かす。それは考えを清らかに、神の御心にかなったものになることを求めている。こうして彼はいろいろなことを覚えていく。穏やかで「少年の喜び」に満ちあふれたこのわずかの歳月が彼の心に刻み込まれ、後になって翳りなく輝くだろう。それに母の憂鬱もほとんど感じられない。しかしその歳月は大惨事とともに終わりを告げる。

一七七八年は冬が早く、そして厳しく襲ってきた。氷が固く張りつめ、ネッカー川を覆った。たびたび彼は友だちと遊んだ。彼らはまったく変わってしまった、新しい風景を偵察した。氷の上をシュタインアハ川との合流点までさかのぼり、滑ってはぶつかりあい、ひっくり返った。ときどき吼えるような音がした。どうなっているんだろう、と彼らは氷の上に寝ころがり、耳を欹てて、きしみ、とどろく音を聴いた。

十一月末に氷が解け始めた。氷が音を立てて裂けた。水量が増し、氷が押し出されて積み重なった。夜中に人びとが父を呼びにきたとき、彼は目を覚ました。ネッカー川が氾濫したぞ、町の低いところは水浸しだ。果樹園の壁も流れで一部壊れてしまったぞ。

行かないで、と母が言った、だって何もできないでしょう。命を落としてしまうわ。

そんなに軽率なことを言わないでくれ、とゴックが言った。町のことを考えないといけないのだ。これだけは私の仕事だから。

中庭に男たちが集まっていた。彼らは興奮してしゃべり、真新しい情報を大声で伝えていた。もうフンツガッセの中まで水が来ているぞ。

ゴンザーのところの馬が流されちまったよ。

彼は窓辺へ行き、そっと鎧戸を開けようとしたが、蝶番がきしんで音を立てたので、そのままにした。椅子の上に乗らないと鎧戸の隙間から覗くことができなかった。風がまるで目に見えない波がこすれあうような大きな音を立てる。男たちが集まり、長い梯子《はしご》を、ロープをひきずるように運んでいる。下男のひとりが馬車の前に馬を繋いでいる。肩掛けにくるまった祖母が彼らの後ろについて途中まで走ったが、まもなくひき返して来た。彼女の姿が中庭で巨大な影になる。しばらく前から、もう雨は降っていない。雲がきれて幽霊のような月がぼんやりした光を放っている。

学友のひとり、ゲオルク・ラウターバハが次の日に話して聞かせてくれた。父さんと一緒に教会の塔に登ったら、ネッカー橋が壊れるのが見えたんだ。

彼は聞いただけだった。轟音に二度寝を破られた。聞いたこともない大きな音だった。寝ぼけたまま、世界が崩壊するのではないかと思った。母を大声で呼んだ。彼女は来なかった。彼は戸口のところに走り、また呼んだ。そこへハインお祖母さんがやって来て、彼をいつもりんごの匂いのする自分の部屋に連れていってくれた。

橋だけかもしれないわ。ああ、神さま、と彼女は言った。どうぞゴックさんが無事でありますように。

人びとが彼を家に連れ帰ったとき、とっくに明るくなっていた。自力で歩けないほど消耗していた彼は家の中へひきずり込まれた。衣服はびしょ濡れで、声はほとんど出なくなっていた。ずっと大声で指図しなければならなかったのです。だが最悪の事態だけは避けることができました。人命だけは失われずにすみましたよ。

三ヵ月間彼は床についていた。悪寒がはしり、うわごとを言ったり弱々しい声で話したりした。周りにはいつも人が群がっていた。外科医が毎日往診に来て、湿布をあてたり瀉血《しゃけつ》をほどこしたりした。このような「熱のある胸部疾患」を軽く見てはいけませんよ。主任牧師クレムもほとんど毎晩訪ねてきて、女性たちを元気づけ、病人と少し言葉を交わした。お大事になさらないといけませんな。ご快癒は目に見えています。またじきに、もちろんご健康を考慮なさった上でのことですが、ご公務にお戻りになれますとも。

それとも聖書を読んで聞かせましょうか。

カールを連れてきてくれ、あの子を見たい。

フリッツとリーケは大きなベッドの足元に立っている。彼らはいつもは寝室の中へ入る勇気がなかった。

ヨハンナはほとんど口をきかなかった、もう自分の母親ともおしゃべりをしなかった。フリッツは母とふたりきりになるのを避けた。それだけに午後はケストリーンと、それから国家試験の準備にぬかりがないようにと、やはりこの家に来ていたクラーツと一層長く勉強をした。

ラテン語を。

ギリシア語を。

ヘブライ語を。

宗教学を。

弁論術を。

修辞法を。
ヨハンナ・ゴックはこの何週間ものあいだずっと、二度目に寡婦になる心構えをしていた。どんな慰めの言葉も彼女の心に届かなかった。希望を捨てないように言いきかせる母に、あの人が亡くなるのはわかっているわ、と答えた。簡単にすぐあきらめてしまうのね。あなたが生きる力をなくしたら、どうして旦那さんがそれを持てるというの。こんな彼女の姿を見るのが長男の彼は嫌だった。ラウフェンでの最後の二年間、母は一日中、じっと部屋の中に閉じこもって机のところに座っていた。目に涙を浮かべては、お祈りの文句をとなえて、ひどい運命にあまりにもなれ親しんでいたことを彼は思い浮かべた。何かにつけてめそめそしている母が嫌で、怖かった。リーケは母に似ようとして、何もかも母をまねて同じように「涙もろく」、いつも両手を組みあわせ、兄とも囁くような声で話した。やりすぎだよ、リーケ、と彼は頭ごなしに叱りつけた。母に言いたかったことを妹に知らせた。

ゴックはしだいに息ができないようになり、断末魔の苦しみは見るにしのびなかった。おまけに瀉血《しゃけつ》で体が弱っている。静まりかえった家の中で彼のうめき声だけが聞こえる。もうゆゆしい状態だ、とケストリーンは言った、勉強を続けるのだよ、フリッツ。「眠る《ドルミレ》」の命令形は何かな?

一七七九年三月十三日にゴックが亡くなった。享年三十歳。高い台に安置され、もう硬直していた。子どもたちが彼のところへ連れてこられた。お父さまにお別れをするのよ。母は悲しみにくれてぼんやりしているようで、子どもたちが途方にくれていようとも無関心である。またビルフィンガーが助けてくれた。それにケストリーンも。主任牧師クレムとそれに町長も。彼女は親切な人たちに、友人たちにとり囲まれている。

クロイツ教会のわきの墓地への道は遠くない。墓穴のそばで主任牧師が話した。フリードリヒは牧師の言うことを聞いていない。太陽が明るく輝き、もう暑いほどだ。親戚がたくさん来ている。彼らは彼を抱きしめ、彼の頭に手を置く。ひとりでいるほうが彼はいいのだが。ふたり目の父を尊敬していた、ひょっとすると愛していたかもしれない。しかしその父の中に最初の父を、「実の」父を捜していた。それゆえ後に彼はこの早春の日を最初の父の葬式の日に置き換えて詩を書いた。「葬列が静かに進み、／松明のほのかな明かりが大切なひとの棺を照らした、……私がまだひ弱で言葉もおぼつかない子どもだったとき、／ああ父よ、今は亡き愛する父よ、あなたを亡くしたときに。」彼はそのとき、二歳だった。きっと葬列に参加することは許されなかっただろう。ベッドに寝かしつけられ、遠縁の女性の世話に任されていた彼は、後になって語り聞かされたのだろう。おそらく別れの悲しみにくれていた母にたびたび話して聞かされ、ついに自分もそこにいたかのように思ってしまったのだろう。

そう仕向けられたわけでもないのに彼はよくゴックの墓に出かけた。墓地は町を通りぬけて郊外に出るとき、ひと休みする場所だった。墓地の古い区画で、実父の先祖のひとりである、町長ヨハンネス・ヘルデルレの墓を見つけた。

彼は女所帯に、母の家でのひっそりした暮らしに順応した。空想の中で父たちを胸にしまい込んで沈黙したり、あるいは大きくひき伸ばしたりした。彼らを助力者に、指導者にし、称讃する友人たちの中で反復し、あるいは文章で、詩で、母たちを求める必要がほとんどないこの第二の祖国で精神的なものにした。

今は母たちがいる、彼の周りにいる。彼女たちが現実をとりしきる。計画を立てては将来を相談する。彼女たちは頼りになる。彼女たちがとりさげてしまった悲しみは、「悲嘆にくれる癖」として彼に伝染する。

彼女たちが彼の人生に影響を与えようと努めれば努めるほど、――そしてどの帰郷もまさに母の家への逃避であるが――わずかしか影響を与えることができなかった。父たちの影がより強力だった。

彼は女たちの言いなりになっていない。逆に――父の死後、ようやく自分の「無邪気な遊び仲間」を見つけた。すると祖母はもう彼をきちんとした生活に縛りつけておくことが難しくなった。たぶんケストリーンも注意したことだろう。もうそんな余裕はないよ、フリッツ、君にはもうすべきことがあるのだ。彼にはすべきことがある。彼はそれを忘れている。

彼は学校ではうまく尊敬を手に入れた。

よく聞いて、と彼がヨハンナに言うと、彼女はこの少年が気づかずに真似ているゴックの口癖を思い出した。よく聞いて、学校へ新しい子が来たんだよ、シェリングという名前で、デンケンドルフ出身なの。副牧師のケストリーン先生の親戚で、先生のところに住んでいる。このシェリングがすごいのだ、とんでもない奴だ。僕らの誰より物知りで、しかもそれを鼻にかけてやたら威張っているんだ。その子と親しくなったんだ。マンマ、かまわなかったら、ときどきその子を家に連れてきていい？　先生がそうしなさいと言われたのだ。副牧師さんは彼を全くの怪獣だと見なしているのだよ。

シェリングは同級生の怒りを自分にひきつけたといえる。傲慢にふるまうことで自分の身を守り、転入生である不安を隠そうとしているようだった。休み時間には考えごとをするのが好きなふりをして、みなから離れていた。ヘルダリーンはすぐに彼に気づいた。すぐに不安を、孤独を感じた。しかし誰もシェリングと、先生の勧めでもつきあいたいとは思わなかった。あいつはどうかしているぞ。しかし授業では抜きんでていた。同じ年の子よりずば抜け、しばらくするとすぐに飛び級をしたが、それだけ一層、みなを怒らせた。

知ったかぶりだ。

いかれているぜ。

彼らは彼を無視した。

沈黙に耐えられなくなった彼らはついにひどい攻撃に出た。この高慢ちきな少年をとり囲んで殴った。そこに「ヘルダー（ヘルダリーンの愛称のひとつ）」が割って入った。「こんな年下の子をいじめようとする他の子どもたちに反対」した。

ひどいじゃないか？　先生に気づかれたらどうするのだ？　先生はシェリングの父さんと親しいのだぞ。

そんなこと知ったことか。

この小生意気な少年は彼と親しくなり、はじめて自分のことを話すだけではなく、耳を傾けたり、尋ねたりするようになった。彼らは、ちびとのっぽのコンビと呼ばれた。ヨハンナは決してシェリングにすっかりは馴染めないだろう。老人みたいに思えるの、子どもらしいところが何もないわ。ヘルダリーンはギリシアの神々について語り、ホメロスの風景を夢想してネロのローマを散策するとき、年の差を感じなかった――古代に精通した見慣れないふたりだった。

なぜあいつとしょっちゅうつきあうんだ？ かばってやらないといけないよ、ひとりぼっちだからね。無理にじたばたしなくていいんだよ！ でも笑いものにされたら！

ヘルダリーンとのつきあいがシェリングの気持ちを和らげた、しかし知識への渇きは収まらず、二年後クラーツはもうこれ以上彼に教えることはないと表明した。

シェリングはニュルティンゲンを後にした。ヘルダリーンはテュービンゲンの神学校で彼に再会するだろう。

どうかここにいてくれ、そんなに貪欲にならないでくれたまえ。

ほかに面白いことないんだもん。

父親が少年を迎えにきて、誇らしげにケストリーンと連れだってゴック参事官夫人を表敬訪問し、ワインとモストを褒めたたえた。彼らがネッカー門を通りぬけて馬車を走らせたとき、ヘルダリーンはまるでもう友だちのように小さなシェリングに手を振りながら、しばらくのあいだ彼らを追いかけて走った。

しばらくすると彼は母に、妹と弟に、家に別れを告げるだろう。

彼はシュトゥットガルトで国家試験の三次試験に合格していた。まだ四次試験が目前に控えていたが、もちろん不安を感じることはなかった。彼はもはや請願者《ペテント》ではなく、候補者《エクスペクタント》だった。ケストリーンとクラーツは最善を期待していたが、母は一体これで十分かしら、この子は学問がおありの先生方の要求なさることを満足させることができるかしら、といつも自問し、そして彼にも尋ねていた。彼は試験の直前、シュトゥットガルトへの出発前に緊張のあまりもう辛抱できなくなった。いつもはうまく彼を宥めることができたケストリーンも、不安にゆれる彼をやさしく見守るほかはなかった。

気持ちはわかる。じきに治まるよ。

馬車に乗ると、彼はすぐに落ちつきをとりもどした。馬車には両親につきそわれた受験生がいく人かと引率のクラーツ先生がいた。ときどき彼らは、学校の評判を落とさないように、と注意された。さあこれからが正念場だ、二次試験でファーバーとラウは格別よかったとは言えない。ラテン語とギリシア語では凡庸な成績しか収めていなかったぞ。彼らには彼らなりの楽しみがあった。ビルフィンガーを除いてみんながこの難儀な道中を知っていた。道がヴォルフシュルーゲンにさしかかり、登りになると少年たちはすぐに馬車からとびおり、馬車を押して馬を助け、自分たちを待ちかまえているものを忘れた。一七八三年九月八日のことだった。目の前には三日間の試験があった。試験に対する不安は今のそれに匹敵する。あやうく気分が悪くなりそうになった子もひとりかふたりいたし、ヒステリックに感情を爆発させることもあったと思う。彼は学友たちのあいだに座っている。彼のとなりにいるのは誰だろう？　彼を高く評価してくれ、家庭教師としても気心がわかっていたクラーツ先生だろうか、それともやはりヨハンナだろうか？　左側には新しい受験生、ビルフィンガーの息子のカール・クリストフ。ヘルダリーンは彼を安心させた。なにもかも半分もひどくないよ。僕の言う通りだから。

クラーツ先生が質問して答えさせる。

君にギリシア語の試験をする必要はないよ。ギリシア語では一番だからな。

今のところは、と彼は言う。

ひどい悲観論者だな。

彼は座席に凭れかかる。はじめての旅の思い出に彼をふけらせておこう。何度も彼は旅をするだろう。未知なるものを前にして不安を味わう。彼らは、母とハインリーケと彼は祖母や叔母のいるレヒガウの牧師館へ旅をした。庭で遊んでもいいことになった。彼らはそれが好きだった。ほんの三年前の四月のことだ。歓待された彼らは何をしても許された。口いっぱいにクッキーをほおばらせてもらい、しばらくのあいだ彼は気分が悪かった。

明日はマルクグレーニンゲンまで行くのよ、と母が言った。

遠いの？

楽しく歩いて行ける道のりよ。

しかしやはり遠かった。彼は母と妹の後ろを重い足取りで歩き、ぶつぶつと恨み言を並べた。

リーケをお手本にしないといけないわ、フリッツ。

そんなのいやだ。

じゃあ、そんなことを言わないでしっかり歩くのよ。

彼らはまたたっぷりとご馳走になり、その家の子どもたちと遊んだ。母はフォルマル家の叔母や叔父やそのほかの大人たちとおしゃべりをした。その中にいつも息をはずませているほら吹きがいた。書記のブルームだよ、と誰かが彼に言った。

威張った人だ、と彼は母の耳にささやいた。

あの人はともかくそうする必要があるのよ、と母がささやき返した。

彼らは昼食のとき一緒に大きなテーブルについたが、黙っていなくてもよかった。フォルマル叔父さんがこの地方の陽気な話をしてもてなしてくれた。

彼は自分のことが話題にされているのを聞いていた。あの子は年の割にひどく真面目だね。フリッツは早くからいろいろ大変なことを経験しないといけなかったからね。牧師にさせたいのですけど、と母が言う。いったい学校ではどうなのだね？　勉強ははかどっています。それに彼のギリシア語は評判なのです。そうか、副牧師ケストリーンさんが助けてくれるなら大丈夫だ！　何ひとつ不自由のないようにしてやりたいの。結局、まだほんの子どもですから。病弱ではないのかね？　顔色がよくないのでは？　生まれつきですわ。

雨が降っていたので、彼らはフォルマル家の子どもたちと屋根裏部屋にひきこもった。

服をあんまり汚さないでね。

彼らは梁の下にもぐりこみ、かくれんぼをした。捜査中の「おまわりさん」の息遣いに耳をすませ、埃でせき込み、くしゃみが出ると笑うのだった。

もう時間ですよ！　と呼ぶ声がした。

もうちょっとだけ。

もうちょっとだけよ。

もう出発しないと、そうでないと夜になってしまうわ。あの子たちは屋根裏で服をひどく汚してしまったわ、とフォルマル叔母さんがこぼした。子どもたちの汚れた顔はきっと雨が洗ってくれるでしょう、とヨハンナ・ゴックは怒って言う。こんなひどい天気だと一歩も動かないぞ、と息子に反抗されて、彼女は驚いてしまう。

お母さんにそんな言い方はないでしょう。

だってほんとだもの。

ほんとうかも知れないけれど、親には礼儀正しくしないと駄目よ。

フォルマル家の人びとに説得されてヨハンナ・ゴックは子どもたちとここに泊まることにした。子どもたちは抱きあった。よかった、だったらもうしばらく遊べるね。

彼はいとこの部屋で寝てもいいことになった。彼らは「めちゃくちゃなお話」をしながら、眠ってしまった。

次の日、非常に早く別れを告げた。天気がよくならなかったので母は馬車を雇った。しばらくのあいだ、フォルマル家の子どもたちが、それにあの書記まで馬車について走った。書記の好奇心をむき出しにした目つきに少年は腹を立てた。

あの人いやだな。

落ち着いて、そんなふうに言うのは失礼よ。

彼は目を閉じて、旅が終わらないといいのに、と考えた。いつまでもこのままで。

眠っているの？

ううん。

書記ブルームにとって参事官ゴック夫人の来訪はまったく大事件だった。彼は日記に次のように記した。「先の土曜日に、参事官ゴック氏の未亡人が、ラウフェンの修道院執事、故ヘルダリーン氏との最初の結婚でもうけたふたりの子どもたちと当地を訪問された。郡長夫人は故ヘルダリーン氏の妹君である。ゴック夫人はザクセンハイムからここまで徒歩で来られ、昨日再びそちらへ帰ろうとされたが、あいにくの雨模様でふたりの子どもは帰りたがらなかった。郡長殿に説得されて、一晩、泊まられた。しかし翌朝はもうひき止められず、悪天候のため貸し馬を呼び、馬車を借りて出かけられた。彼女はおよそ二十六から二十八歳ぐらいの若くて美しい未亡人で、気品に満ち、非常に分別があるように見受けられる。彼女の子どもたち、十一歳の男の子と八歳の女の子はとてもよく躾けられていた。」ブルームの描写はよく知られているヨハンナの肖像画と似ている。ブルームは彼女に見とれ、その姿の繊細なつややかさに、憂愁に閉ざされながらも気丈に振る舞っている様子にひきつけられたのだろう。彼は彼女をその年齢より若くした。彼女がより若く見えたことは考えられる。明らかに彼女は彼の空想をかきたてた。ひそかに思いをよせた彼は、ひょっとするとその晩、彼女の夢を見たかもしれない。もちろん聞き耳を立てていたわけでない。彼が書き記したことは、厳密ではない。

「母親は当時、およそ三十二歳。その前の年にふたり目の夫を失っていた。一七七〇年以来、七人の子どもをもうけたが、そのうち三人の死を経験した。（四人目は一七八三年に亡くなった）。」

ブルームはそこまで問いあわせようとしなかった。ラウフェンとニュルティンゲンの教会記録簿にはこれらの日付が全て残されている。

ヨハン・クリスティアン・フリードリヒ、一七七〇年三月二十日生まれ――ヘルダリーンである。

ヨハナ・クリスティアーナ・フリーデリーカ、一七七一年四月七日生まれ、一七七五年十一月十六日クレーブロンの祖父母のもとで死亡。

マリーア・エレオノーラ・ハインリーカ――リーケである――一七七二年八月十五日生まれ。

これがラウフェンのヘルダリーン家の子どもたちで、彼らに続くのがニュルティンゲンのゴック家の子どもたちである。

アナスターズィア・カロリーナ・ドロテーア、一七七五年八月十八日生まれ、「衰弱で」同年十二月十九日死亡。

カール・クリストフ・フリードリヒ――カールである――一七七六年十月二十九日生まれ。

一七七七年十一月十六日に生まれたまだ名前のない子、「その二時間後に」死亡。産婆が「あわただしく」洗礼を受けさせたが、何という名前で？

フリーデリーカ・ロズィーナ・クリスティアーネ――彼にとってもうひとりのリーケ、ゴック家のリーケになるはずだった――一七七八年十一月十二日生まれ、一七八三年十二月二十日死亡。

ブルームが夢中になってこの女性のことを書き記したころには、この女の子はまだ生きていたが、もう病弱で、風邪をひかないようにどの窓も開けることができない部屋にいたのだろう。静かにするのよ、小さなリーケは安静が必要なの。

あるいは、死が身近で、どの子もみな無事に切りぬけるとはわからなかったから、これらの子どもたちが病み衰えていくのを宿命と諦めていたのだろうか？　私にはわからない。

ここであの引用文に別の文章を対比させて、修正をしてみようとするだけである。

「それゆえに多くの苦しみや悲しみを経験し、その上、大家族の世話や財産の管理の悩みもあった。だから注目すべきはブルームが彼女の姿に、苦悩の跡や世間離れした敬虔な表情だけでなく、若くして結婚したこの女性の、芸術的にはそんなに出来がよくない肖像画にさえ密かに描き出されていた美しさとたおやかさを強調していることである。」

彼女は、日常生活から一瞬、抜け出すことを明らかに喜んでいるようだ。束縛を、亡くなった人たちを忘れて、根掘り葉掘り尋ねられ、慰められることもなく、親戚の人たちと歓談したいと思っている。ひょっとすると外面《そとづら》がよく、家での心配事を忘れ、客として楽しもうとしているだけかもしれない。そんなに自分を忘れてまで悩まないで、と息子に十分すぎるほど注意されていたから。

こうして三人はレヒガウへ、牧師館へ帰っていった。

さて彼は今、他の生徒たちや両親たちと四次試験に向かう馬車の中である。

すでに述べたように、彼はデンケンドルフへ、初等修道院学校へ行くだろう。彼の道はもう決められ、ただそこから逸れることは許されていなかった。

彼の成績は家族の誇りだった。「秀」が三つ、「優」がふたつ、とくに彼のギリシア語が試験官たちを満足させた。ここですでに姿を見せているようですな、「語学の天才と言われているものが」。よくやった、フリッツ。

彼らはお祝いのパーティーを開いた。

ケストリーンが演説をする。母がケーキを焼いてくれた。好きなだけ食べていいのよ。彼はクラーツと失われた古代の美について語りあう。テーブルの反対側で祖母のお相手をしているケストリーンはクラーツ先生をうらやましげに眺めている。

後でさらに特別講義はどうかね、フリッツ?

どうかこの子をあまり疲れさせないでくださいな。

自分が疲れているとは感じていない彼は、むしろそれを本気にとる。

十四歳の誕生日の一ヵ月後の一七八四年四月十八日に堅信礼のお祝いがあった。教会地区長《デカーン》を先頭に、堅信礼を受ける五十五名が見物人たちの人垣のあいだを、マルクト通りを横切って、ラテン語学校の下の階段を通りぬけて町の教会へ進んでいく。

この教会で私も堅信礼を受けた。

彼の教会地区長が誰だったかはっきりわからない。クレムか、あるいはケストリーンだったかもしれない。私のときはマルティーン・レルヒャーだった。つい先ごろ彼は私に手紙をくれたが、自分の子ども時代に宛てて書くことは難しいので、私は返事をせずじまいなった。

同じ道を私は牧師の後をついて歩いた、そして先日、姪が堅信礼を受けたとき、行列が風にひるがえる黒い祭服をまとった聖職者を先頭に進んでいくのを目のあたりにした。この光景が私を感動させた。みすぼらしい、窮屈すぎるスーツを着て、敬虔な集団にまじって歩いたあのとき、私はヘルダリーンではなく、先に堅信礼を受けた人たちが、毎年同じようだと言っていたことを思い出した。期待に満ちた地区の人たち、讚美歌《コラール》、牧師と堅信礼を受ける少年のあいだに交わされる問答。ある少年は神の掟を、また別の少年は牧師に「これは何か？」と待ちかまえるように質されると、教理問答書の解釈を暗誦しなければならない。「これは何か？」の問いが、私たちの耳に轟き、何年もたってからその答えを求める。そしてそれがヘルダリーンの後期の詩の中でも浮かんでは消える。私を啞然とさせた、この「しかしこれは何か？」が。

この煩雑な問答で言葉に詰まるということは、神の非難にさらされているということであった。この信仰問答の後、牧師は堅信礼の箴言を読みあげた。私に与えられた箴言は士師記第五章三十一節である。

「……主を愛する者が日の出の勢いを得ますように。」

私はこのような内面の輝きを身につけなかった。

彼が受けた箴言は知られていない。彼にふさわしいかもしれない箴言はたくさんある。彼の場合もやはり何か別の太陽が話題であればいいのだが。

堅信礼を受ける少年たちが神妙に牧師の後ろについて帰ってきて、地区の人たちに迎え入れられ、祝福を受ける姿は感動的だ。彼らは、私たちと同じようにそんなことを思いもしなかっただろう。彼らは騒ぎでもう疲れ気味だった。しかしお祝いの行事はさらに続き、おしゃべりに余念がない身内にとり巻かれ、盛大な食事となる。それに贈りものの数々！　私は自転車、それにヴュルテンベルク聖書協会が特別の許可を受けて一九四七年に出版した聖書をもらった。その出版は「ニューヨークのアメリカ聖書協会からドイツ福音教会の救援機構に寄付された義捐金で可能になったものである。」

彼ら、母、妹や弟、祖母、代父ビルフィンガー、マルクグレーニンゲンのフォルマル家の人びと、レヒガウのマイアー家の人びとが地区の教会の前で彼を待っていた。彼は真新しいスーツを着てこちこちになっていた。麻布《バチスト》のシャツのせいで首がむずむずした。髪の毛にはたくさんすぎるぐらい粉がふりかけられ、頭巾を一日中かぶっているような気がしていた。郡長ビルフィンガーと祖母に挟まれて祝宴用のテーブルについた。ビルフィンガーが演説をして、友人だったふたりの父を偲んだ。すると母の目に涙が浮かんだ。ケストリーンがときどき励ますように彼にうなずいてみせた。クラーツがひっきりなしにナプキンを振りながら、デンケンドルフからやってきたイェーガー教授の未亡人に話しかけていた。

イェーガー夫人は堅信礼のお祝いにヒラーの『神を讃えるための聖歌の小箱』を贈ってくれた。これはクラーツ先生がよく引用していた、広く世に知られた本だから、彼はうっとりしてしまった。学校の出版物や、ゴックのわずかばかりの蔵書や、ローエンシーオルトの伯母が彼に残してくれ、母に保管してもらっている書物と並んで今、彼自身の蔵書となったからである。フリーデリケ・イェーガーが献詞として書きこんだ詩行をケストリーンは感動して、ひどく抑揚をつけて読んで聞かせた。

「徳と理性が何の役にたつだろう?

博覧強記が？
しかも熾烈な学問仲間で
絶えず新しい結論が重ねられる、
そのとき人は結局、何を学ぶのだろう？
人間の賢明さとは愚かさであることを。
溢れる感情で、イエス・キリストに気づくことなく、
また、気づいてもそれに逆らって。」

誰も朗読しなかった。誰が演説をしたのだろう？　本当に誰かが演説をしたのだろうか？　ヴュルテンベルクの堅信礼は儀式である。ニュルティンゲンでは一九四九年の私の堅信礼以来、何も変わっていない。そこで私は慣例と決まり文句で追想してみる。想像力を駆使して資料を味わってみると、真実は具体性をおびることができる。しかしまたその具体性はふたつの現実を、つまり描かれた人たちの現実と書き手の現実を含んでいる。そしてふたつ目の、つまり書き手の現実がいつも優位を占めるだろう。

だから私は書く、ケストリーンが朗読した、と。そう想像できる、どのように彼が朗読したかも考えられる。

ヘルダリーンはニュルティンゲンですでに詩を書いていた、そして「彼の性格のひとつの特徴をなしているギリシアとローマの古典期の作家たちへのあの特別な好みは早い時期に決まっていた。」彼はほどなく、デンケンドルフの教師たちに対する型通りで恭しい感謝の気持ちを詩で表明

した。ケストリーンあるいはクラーツに最初の習作を見せて、朗読しただろうか？　それともビルフィンガーのような友だちに？　それはありそうだ。

ハルトの隠れ場について彼は最初の詩のひとつを書いたが、それは失われてしまった。そして二番目は、三十三歳の彼がボルドーでの謎めいた滞在からニュルティンゲンに帰ったときに書いた、「すなわち、そこへウルリヒが進んでいった」という詩である。そこへ私は子供のころ二、三度、徒歩で訪ねていき、岩の割れ目の入り口の前で座って空想にふけっていた。ヘルダリーンのためにではなく、私のお気に入りだったハウフ（一八〇二年―一八二七年、シュヴァーベンの作家）の『リヒテンシュタイン』の中に出てくるハルトの笛吹きのためだったが。

「この決戦の夜をウルリヒ公とその従者たちは森の狭い峡谷で過ごした。そこは岩塊と藪におおわれた安全な隠れ場となっており、今もなお土地の人びとによってウルリヒの洞窟と呼ばれている。逃亡中の彼らの前に現れ、苦境から救い出し、土地の農夫と牧夫しか知らない洞窟に導いていったのがハルトの笛吹きだった。」

私は当時、彼が何度もここへ来ていたことを知らなかったが、今だったら少しばかり事実に近づけるように、カール・ゴックあるいはグスタフ・シュヴァープを引用することができるかも知れない。彼を異父弟カールと一緒に絞首台の山を歩き回り、森を抜けさせよう。すると石の上を飛び越えて小川を渡る彼らの姿が見えてくる。それは五月のある日のことで、彼は十四歳、弟はまだ八歳にもなっていなかった。彼らはウルリヒの洞窟、あの「はざま」を見つけ、四つん這いになって進んだ。フリッツは誠実さの化身のような笛吹き男のことを話して聞かせる。彼らは歩き回って疲れてしまう。フリッツは鞄から一冊の本を、クロプシュトックの『ヘルマンの戦い』をとり出して、読み聞かせる。弟は口をぽかんと開けて耳をすませている。ほとんど何もわかっていない。フリッツもまた何も説明しようとしない。すると言葉はともかく美しく、不思議なものになる。もうそれらを全部知っている兄には幸せだった。

さあ、もう帰らないと、でないと暗くなってしまうよ。

ふたりの頭の中に強烈な文章が轟いていた。彼は別れの準備をしていた。彼は十月にデンケンドルフに行くだろう。ニュルティンゲンから徒歩でわずか二時間の距離だが、やはり確かに遠く離れている。

II　第一話

ときどき彼はわけもなく涙がでそうになった。漠とした悲しみに捕えられたが、それがどこからこんなに不意にやってきたのか説明がつかなかった。そんなときはひとりきりになりたかったが、めったにうまくいかなかった。勉強するか母の手助けをしなければならなかったから。彼は一種の硬直状態に、不機嫌だととられかねない放心状態になることで、身を守った。こんなとき一番好きだったのは、ひとりで自室の窓辺に座ってネッカー坂を見おろし、そこで起こっていること全てを、まるで途方もなく遠くにあるもののように感じることだった。この奇妙で説明のつかない苦しみが怖かった。

来て、と彼女は言った、来て、フリッツ。そして彼を家の裏手の庭にひっぱって行った。ふたりはそこで茂みの下にしゃがみ、そして何かを待っていた、そんなふうに彼には思えた。

彼女が彼を捕えた。ずっと前から彼女を知っていたが、ただ顔を知っているだけで、話したことはなかった。学校へ行くとき、あるいはわずかな暇がある午後に、彼女は姿を現した。たいていはほかの女の子たちと一緒で、顔を手で隠していたが、彼の目をひいた。彼と同い年の十三歳、宮廷の役人ブロインリーンの娘で、ズーゼと呼ばれていた。他の女の子たちより挑発的で、より奔放な印象を与えたので、彼は気になった。

彼女は二、三度、彼の家にやってきて、父親のために（ゴックの古い在庫の）ワインを買っていった。あれはブロインリーン家のズーゼだ、とどちらかというと咎めるように誰かが言った。

彼は農家の男の子たちのように女の子に好奇心を持つ暇がなかった。それは当を得たことでなかった。母と副牧師が聞いたら、きっとそんな交際のことに怒っただろう。しかし何人かの級友は、女の子との自分の経験と称するものについて秘密めかして話していた。それとなくほのめかされる全てのことに彼は恥ずかしくなり、動揺した。とりわけ御しやすい子や生意気な子、あるいは物欲しげな子の名前があげられた。

たいていの子を知っていた彼はその娘たちのおぼろげな夢をみた。だが誰かとそれについて話す勇気はなかった。クラーツ先生が官能的な欲求を非難するたびに、彼は懸命にうなずき、ひとりでに浮かんでくるよくない考えに対してもっと厳しくあらねばと決心した。

あのグレーテ。

あのドルレ。

あのリーケ。妹のリーケではなく、ネッカー門のリーケ。

ズーゼのことはしかし一度も話題にならなかった。彼女はあの女の子たちのひとりと見なされていないようで、そのために彼は奇妙に満足していた。

リーケとカールを連れて果樹園で寝そべっているとき、ズーゼ・ブロインリーンとこっそり出会うことを心に描いていた。そんなとき妄想が熱をおびてきても、もうどうでもよかった。そもそもギリシアの神々も大いに、しかも大胆に愛するものたちだし、それにクロプシュトックの『メシアス』の中で彼は自身の落ちつかない心にかなう二、三の詩句を見つけていた。彼はこの本をゴックの本棚から借りることが許されていた。ケストリーンにこれらの詩文学をひかえめに味わうようにと勿論注意されていたが、リーケとカールに読んで聞かせた。ふたりはほとんど耳を傾けていなかったが、カールはときどき彼のところにきて、おそらく兄のご機嫌をとるために腰をおろした。

「ああ、シートリよ、私がまだ、／君が私のために生まれてきたのだ、とおののきながらも考える勇気があったとき、私の心はなんと平穏だったことか！／シートリが私を愛してくれたとき、私の精神は何という歓喜を生み出したことだろう！／何という安らかな園を私の周りに！　ああ、もう一度、許されるだろうか、／甘美な思いよ、君を思うことを？　そして私の悲しみが君を冒瀆しないだろうか？」

兄さんは暗唱が上手だね、とカールが言った。

そして彼は、ここではこの至福の全てを、この漠とした憧れを、肉体にまで達するような悲しみを生み出す精神がやはり問題になっていることに満足した。精神だ！　彼はシートリにあてた詩句に負けない文章をズーゼのために見つけたいと願った。

体がほてるなら冷たい水に飛び込むのだな、と誰かが忠告した。

彼はズーゼに救い出してもらうほうがよかっただろう。しかし彼女はそのようなことは何もしなかった。彼に話しかけず、笑って、微笑んで、彼がそう思い込んだだけかもしれないが、目配せして、彼のそばから走り去った。彼はそれからというものよく教会通りをうろつき、ブロインリーン家のそばを通りすぎ、自分に気づいてくれればと期待した。

あんたのことを見ていたわ、毎日毎日、と彼女は言った。でもあんまり真面目で、あんまり無口だったので、邪魔したくなかったの。ラテン語で考えているみたい、違うかしら？

それでも彼女は彼に話しかけた、彼を呼びよせた。フリッツ！　彼女は布をかぶせた籠を腕にして鍛冶屋の前に立っていた。彼はそちらへ目をやる勇気がなかった、いや、自分が呼ばれたのではない。どうしてあの娘が僕を名前で呼ぶ勇気があるのだろうか。通りの向こうからささやかれた二度目の、どちらかというと小さく呼ぶ声が彼を捕えて離さなかった。彼女のところへ行くだろうか？　彼女がこちらに来るのか？　彼のところへ来たのか？　彼女はまるで何度もリハーサルをしたかのようにゆっくりと彼に近づいてきた。

まさか？

一緒に教会の墓地へ行く？

彼はうなずいた。いや、と言いたかったのに。いや、暇がないんだ、と。

籠、持ってくれる？

彼は黙ったままそれを彼女の手から取った。

お祖父さんのお墓参りなの。よく行くのよ。お祖父さんが二ヵ月前に亡くなったのを知らないの？

ああ。

お祖父さんは大公さまの将校だったのに。

いや、それは知らなかった。ブロインリーン将校を見たことがなかった。

彼らは墓の列を通り抜けていく。ここにお祖父さまが眠っておられるの、と彼女は改まった調子で言う。籠をおいて一緒にお祈りしてね。

彼女の言いなりになっている彼だが、いったい何をお祈りすべきかわからない。

まともなお祈りの文句を思いつかないのが恥ずかしい。

墓地を出るとき、あそこに、あの大きな墓の後ろに僕のふたり目の父が眠っているのだ、と彼は言う。

知ってるわ、ゴック町長さんでしょう、と彼女は答える。

帰らないと、と彼が言う。

副牧師さまの授業のため？　と彼女が言う。

そう、あの人が来ると勉強しないといけないんだ。

また会ってくれる、と彼女は尋ねる。

彼はうなずいて、彼女に籠をかえして走り去る。

じゃあ明日、と彼女は後ろから呼びかける。

もしかしたらね、と彼は彼女に聞こえないようにつぶやく。しかし次の日、彼はマルクグレーニンゲンの叔母の訪問で足止めをくらってしまう。叔母はいとこたちを連れて旅の途中で立ち寄ったのだ。かつて牧師館へ行ったときに心のこもったもてなしを受けた彼は客人たちの世話をしなければならない。おとなしく従った彼だが、ずっと待っていてくれるズーゼのことばかりが気になり、カールを使いに出せないものかと考えてみる。だが彼はあまりにも知りたがりでおしゃべりすぎる。そしてしばらくすると——彼は気もそぞろに客の相手をしていたが、——せめて一日でも待ちぼうけをくわせてやろう、彼女も僕のように苦しむといいのだと考える。放課後、ちょっと回り道をして教会通りを横切って、考えにふけっているふりをしてぶらついた——彼女は姿を見せなかった。僕の言うことを真に受けていないんだ、と彼は自分に言い聞かせた。もっとこらしめてやらないと。

彼はそれを忘れてしまい、彼女を許し、彼女と話し、一晩中、そばにいてほしいから、僕の部屋に来て、と心の中で言った。朗読して聞かせるよ、大切にするから。だって君は美しくて、繊細で、気高いからね。ただあのばかげた大笑いはやめてもらわないと。やめてもらうよ。僕のためにそれはやめてよ。

彼女は彼の空想に迎え入れられることに我慢できない。彼女は彼が考えている女の子ではない。彼は求めるということはどういうことかわからず求め、怖れている——怖れの変種ならもっと事情に通じているのだが。

彼女に会いたくない、それより手紙を書きたいと彼は願っている。素晴らしい詩句が耳に聞こえるが、それらをうまく書き留めることができない。そして数日がたち、また彼女に出逢った。彼女は腹を立てていて、とにかくもうおしまいにしたいと思ったわ、と言う。あんたみたいな人はいっぱいいるわ。あんたは私にはデリケートすぎる、なんて思わないでよ。彼は彼女の言うことがわからない。僕のことをなんと考えているのだろう？　そうでなくとも気分がよくないのに。全てが僕を悲しませる。それに気取ったりしたことはなかったのに。彼女の笑いが彼を傷つける。彼女はそれに気づき、彼の手にそっと触れて、怒らないでね、と頼む。

なんとも思ってないよ。

ならいいけど。

ブロインリーン家の娘と一緒にいたのを見た人があるのよ、ネッカー門の前でね。

そう、そのとおりですよ。

どうしてつきあうようになったの？

だってブロインリーンさんは宮廷顧問官でしょう。

だから尋ねているの。

納得のいくように説明してよ、マンマ。

説明することなんか何もないわ。おばかさんね。それにもうすぐデンケンドルフへ行かねばならないよ。

僕らはとてもよく話ができるんだけど。

彼はズーゼに古代のことを話して聞かせた、まるで目に見えるように話せたことが嬉しかった。古代は青銅の世界だが、美しくもあったんだ、と彼が言った。

頭がいいのね、と彼女が言った。そう聞くと彼は誇らしかった。

ときどき彼女はかなり長くあいだ彼の手を握るようになった。彼は始めは尻込みしていたが、次第にそれを楽しむようになった。

友人たちの何人か、とくにビルフィンガーは彼の恋の話をからかった。しばしばズーゼに会うようになった今は、追い払おうとしていたあの欲望に頭の中でも苦しめられることがもうない、と言ってるが、怪しいもんだな。

君らはばかだよ、いやらしい考えしかできないんだから。彼の真剣さが、彼の怒りが彼らを黙らせた。厳密に考えるとホルダー（ヘルダリーンの愛称のひとつ）は聖人だ、とビルフィンガーがこのおしゃべりを締めくくるように断言した。

彼はデンケンドルフから手紙を書くと彼女に約束をした。毎日、一通を。家でせっせとお手伝いをして、いつもあんたのことを思っているわ、と彼女も約束した。

実際のところ彼女が目の前にいる必要がだんだん少なくなっていった。彼女はとっくにひとつのイメージに、明るく、触れることのできない純潔の精神の化身になっていたから。

彼女はそうではなかった。むしろあけすけで早熟だった。ときとして夢遊病者のような目をする彼女の細い顔だけが、後に彼が崇拝するために探し求めた女性たちのイメージに似ていた。

彼らはブロインリーン家の庭に出る石の階段に座っていた。彼女は彼の話に耳を傾け、ときおり我を忘れてじっと彼を見つめていたが、突然、彼の腕を取ってぐいとひっぱった。来て、フリッツ、来て、と言って甘酸っぱい匂いのする茂みに彼をひきずりこみ、抱きしめた。不意に彼はまるごと彼女を感じた――そして驚愕からこの「まるごと」をこの後もくり返すことになるだろう、まるごとを、まるごとに感じるだろう――彼女の顔が彼の顔の横にあった。そして彼がこわばってしまうと、彼女が彼のこめかみにキスをした。彼はからだをもぎ離したかったが、じっとしていた。彼女が話し始めたとき、ようやく彼は落ちついた。あんたが一番好きな人よ、と彼女は言った。いや、どうかやめてくれ、と彼は言った。それはだめだ。彼は茂みのあいだで立ちあがり、ズボンから泥をはらい落として走り去った。彼女はあっけにとられて彼を見送った。

その夜、彼はズーゼが裸でブロインリーン家の前に立ち、大勢の人がその周りにいる夢を見た。その中にはビルフィンガーもいて、フリッツ・ヘルダリーンが服を脱がせたんだぞ、と落ち着いた口調で報告していた。フリッツが彼女の服を脱がせたんだ。考えてもみたまえ、覗きこんでぐいとつかみ、家から放り投げたんだ。

彼は恥ずかしくなり、彼女を避けた。デンケンドルフに連れていかれる前日に彼女を見た。彼女は会釈したが、彼がそっぽを向くと頭をさげた。どうしても彼女に手紙を書くべきだったと、彼は心の中で考えた。抱いていたイメージを台なしにされてしまったが、それでも本当はまだ愛していると、あるいは本当は一度も愛したことがなかったと。これを彼は正確に説明できない。彼が書かねばならなかったのは、自分のことがよりよくわかっているということ、「私のひどい移り気、世界に対する不平、そしてなんという愚かな行為の数々――。」

これはまたくり返されることだろう。

III　デンケンドルフ

　ここで牧歌が書けるといいのだが。今日、デンケンドルフへ、エスリンゲン郊外のかつての司教座聖堂参事会の修道院学校へやって来る人は、教会や昔の修道院の建物のひっそりとした佇まいに魅了されて、他のものは何も受け入れないだろう。書かれたものは後から意味が加わったり、新しくされたりする。私は自分の目で何度も確かめるまで、かつての修道院学校生ヘルダリーンが思いを馳せていたように、「楡の木が中庭へ通ずる古ぼけた門の周りに緑の葉を広げている」と思い込んでいた。しかし、記憶の中でそんなにもどっしりと、緑の葉を広げていたように思えたのは、中庭のプラタナスの木や古い栗の木々で、ヘルダリーンの楡の木ではなかった。彼のまなざしが私のまなざしになってしまっていた。それなのに私は何年にもわたってこの修道院をある別の人の目で見ていた。彼はここで子ども時代を過ごし、それを未完のままで終わった本の中で語っていた。それはフリッツ・アレクサンダー・カウフマンの年代記『レーオンハルト』である。

　カウフマンの父はこの修道院を手に入れ、建物のひとつにマスタード製造所を開設した。それは別の場所にだが、今もある。カウフマンは異種混淆的《ハイブリッド》な記憶力を持っていた。すでに三歳のときの彼のイメージの世界は無限の豊かさに満ちていた。後に美術教師になるが、ヒトラーの独裁中に解雇され、ローマについて書物を書き、瞑想にふけりながら日本の浮世絵師北斎にとり組み、そして戦後間もなく不慮の事故でなくなった。そうこうするうちに彼の本は忘れ去られた。

「この街道は曲がりくねって村から下り坂になり、ケルシュ橋を過ぎるとまたきつい登りになって修道院の正面玄関のそばにある非常に古い樅の木のところまで続いている……」私が期待していた門はもうないので、私にはヘルダリーンの文章の木よりプラタナスのほうが重要になった。ひとつの場所に関するこの二重の思い出は一致しない。時とまなざしがそれをお互いに隔てている。

「修道院の表玄関まで道が続いているが、その門のアーチは今ではもうなくなってしまった。墓地の囲壁と空堀の壁が修道院の丘の周りの傾斜地を左右対称に美しく仕切り、そのほかの古い石垣と一緒になって、この上なく効果的な額縁を作り出している。修道院領地はまるで掘割のような池によって後背地から切り離され、その孤島のような印象がいっそう完璧なものになっている。たくまずして、変化にとんだ魅力ある造作が人里離れた雰囲気を非常にうまく作り出している。

僧房のある教会や林務官の家や古い納屋のある牧師館に囲まれた修道院の中庭そのものはいくつかの裏庭に向かって広がっている。裏庭のひとつは教会の左手にあり、その端は谷間に向きあった監督教区長の屋敷の小さな庭のテラスで終わっている。もうひとつは古い十字形の庭で、その四つ目の側廊部は古い僧房の建物の一部とともにとり壊された。」

またしてもヘルダリーンは私が知っている全てを、例えば林務官の家などを知っていたわけではない。しかし僧房のある建物は彼にとって体験した現実だった。

「これらの変化にとんだ空間は高い木々や灌木、つたの緑によってさらにその魅力を増す。修道院の中庭には教会の塔と見事に調和して大きな栗の木々と巨大なプラタナスの木が高くまっすぐにそびえている。空堀は古いニワトコの梢で埋めつくされ、樹齢百年になろうとする唐檜の木々が大群をなし、段々になった庭から農園のほうへ伸びている……」

これは牧歌である。しかしヘルダリーンにとってはそうではなかった。

私は寒さについて書かねばならない。寒さや鼠や教師たちに対する不安やひどい疲れについて、こちこちに固い毛布であごにひっかき傷を作り、朝の五時にベッドからふらつきながら出なければならない子どもたちについて書かねばならない。寒気でこわばり、他の子のベッドにもぐり込み、突然、自分たちの体に気づき、愛撫しあい、自分たちのふらちな行いを教師たちに隠す少年たちについて書かねばならない。彼らはラテン語やギリシア語、ヘブライ語や修辞学などで悪夢の中を追い立てられる。そこで救いのひとつはいつも親密な友情である。クリストフを取りあげないで、あの子は僕のだからね。

母が馬車でここに連れて来てくれた。ニュルティンゲンからデンケンドルフまでのこの七キロの道のりは歩いても来ることができただろう。しかしこれは人生の節目の、大切な日で、母にとっては誇りだった。そのような日付は心にしっかり刻み込まれる。「僕は一七八四年十月二十日にデンケンドルフにやって来た。」彼と一緒だったのは、さらに二十八名の寄宿生《アルムーネン》と六名の聴講生《ホスピタンテン》である。

彼はこの修道院をすでに知っていた。建物や夏の空に向かって立つ木々を見ていた。それらは心をなごませてくれる光景だったので、彼は快適さを期待していた。

興奮が彼を無感覚にする。彼は右往左往させられる。母は学校長のエルベ修道院長と話しあい、おそらく贈り物も渡している。彼はそれを贈り物と解していたが、しだいにそうとは思えなくなる。聖職者たちの心証をよくするために、潤滑油として賄賂を使わねばならないことを知るだろうから。

こんなことが彼を待ち受けている。彼は友だちの誰彼と、レンツ、ビルフィンガー、クリュプフェル、乱暴な感じがしたので避けたいと思っているエフェレンと言葉を交わす。

こんなこと全てがこの日に起こったのだろうか？

確実なことはたくさんある。全員の名前、校則、日課。この美しい建物の中の惨めな生活はヤーコプ・アーベルが、院長の厄介な性格はルードルフ・マーゲナウが描写している。デンケンドルフでの席次、成績証明書のリストが知られている。レンツが一番で、マウルブロンやテュービンゲンの神学校でもずっと一番になるだろう。ヘルダリーンは六番目、これが彼の揺るぎない席次である。最下位、二十九位はフェルディナント・ヴィルヘルム・ロートハッカーだが、この最下位の少年のことも言及しないといけないだろう。ヘルダリーンはマウルブロンで何度も彼の力になろうとしたが、あまり機転がきかず、また利口でないこの少年は叱られ、罰を受けた。それでも他の多くの少年のようにぐれたりはせず、宗教局《コンジストリウム》に忠実でありつづけて副牧師や代理牧師に、そしてついにプフォルツハイム近郊のキーゼルブロンの牧師になった。ロートハッカーにとって彼は自分よりずっと有能で、詩文学とピアノの才を発揮した友だち、フリッツだった。このことは詩人の生の証である全てのものと同じように重要になり、収集されて残った。他のものは自から何も作り出さなかったので、消えてしまう。いずれにせよロートハッカーは偉大な人物と少し触れあったということで、目に見えるようになり、ここに登場する。彼の父は経済的にめぐまれない田舎牧師で、息子に何も持たせてやることができず、学校長に賄賂を使えず、したがって席次の修正もないかわいそうな若者であり、どちらかというと、反抗的でなげやりになり、いかがわしいつきあいや、ひょっとすると女たちとのごたごたがあったのかもしれない——ところが、身の毛もよだつようなこのデンケンドルフではなくて、もうマウルブロンでのことだが、ロートハッカーを助けたいと願い、ヘルダリーンを策略に巻き込んだのも女たちだった。彼はマウルブロンに息子を訪ね、その様子に心配した母に、自分がどんなふうにロートハッカー、物語の中で脇役を演じ、そのあといつまでも姿を消してしまう、最下位の少年の面倒を見ようとしているかを説明した。すなわち彼は母の心にこの出来事が届いてほしいと、一七八八年二月半ばに手紙を書き、ロートハッカーの父がよこした感謝の手紙を同封している。「この手紙はハウゼン・オプ・ヴェレーナのロートハッカー牧師さまから来たものです。私は事の次第をあなたに全部お話しなければなりません。ロートハッカーは貧しいです。それを知った当地の夫人が数人、匿名で援助したいと思い、私に頼んできたのです。気高い話に私は感動しました。」——ここで決まり文句が時代精神を表している。いかに多くの気高い行為が芝居や物語の中で人の心を動かし、いかに多くの暴力行為や悪意が、装われた気高さの裏になにくわぬ顔をして隠れていたことか。しかし彼は本気である——

——「恥ずかしく思って私も同じようなことをしようと決心しましたが、そのころ、私の財布はそのような喜びを私に許してくれませんでした。しかし——私がふしだらな仲間を彼に寄せつけなかったら、彼の勉強を見てやり、できるだけ学問上のことで手助けをしてやれたら（いずれにせよ教えることはいつか私の本業となるのですから）――お金や衣類を援助するのと同じように神さまのお気に召すのでは？　と考えたのです――その他のことは牧師さまの手紙からおわかりになるでしょう。ロートハッカーがそのころ最悪の連中と一緒だったことは、つけ加えておかねばなりません。――修道院長は手紙を書いて父親に彼のいたずらを知らせました。父への威嚇的な警告で彼は悔い改め、全てを告白して、自分はまったく別人になり、そしてそれは私のおかげだと言いそえたのです。しかしこのことは他の誰にも知られないようにお願いします、愛するマンマ！　義務の遂行を自己満足のために利用したのだと、嘲笑されるでしょうから――こんなことを書いたのも、ただあなたがいつもやさしくご心配くださるお母さまだからです。」

まだ彼は不良少年などの集団の慣習や、グループで不安について、誰かがのけ者になり、嘲笑されたり鞭で打たれたりして追い出されることがあるかもしれないという不安について何も知らない。彼は今まで帰宅するといつも親しい教師たちが家庭教師として家に来てくれていた。今、新しい教師が彼と他の寮生たちに建物を案内し、共同寝室《ドルミトリウム》へ連れていき、勉強部屋や教師たちの居室まで見せてくれた。そのあいだに親たちは修道院長に午後の軽食に招かれる。しかしその食事たるや主人側の吝嗇のためにひどいもので、ちゃんとしたものはまったくなく、思い浮かべることができるのは酸っぱいモストだけだ、という噂がもう翌日にひろまっていた。

さようなら、大好きなマンマ。

彼女は彼を抱きしめた。彼は初めのうち、恥ずかしがっていたが、他の少年たちも別れに際して、やさしく愛撫されているのを目にした。

どうかせっせと手紙を書いてね、フリッツ。なにか具合の悪いことがあれば言うのよ。先生方のおっしゃることを、とくに院長さまのおっしゃることをよく聞いてね。そして勉強するのよ、坊や、勉強するのよ。

安心してよ、マンマ。

六時きっかりに食堂《レフェクトリウム》に集まり、最初に夕食時にはヘスラー先生が新約聖書の一節を朗読したが、次の日から生徒たちが朗読を順番で受けもつことになる。

この日は新入生たちは疲れていたのだろう。独居室の騒ぎはしばらくすると収まったようだ。のちに向こう見ずなことをしでかすようになる二、三人は今からもう人目をひき、寝室を駆けぬけ、ドアをさっと開けた。もういいかげんに静かにしろよ。うん、そうだ。

いやそれどころか、後からやって来たものにひなびた幸福を暗示するような牧歌のかけらも残っていない。「ヴュルテンブルク公国に配置された四つの修道院（デンケンドルフ、マウルブロン、シェーンタールそしてブラウボイレン）の寄宿学校規定」は一七五七年に作成され、「大公殿下」によって承認された。ヘルダリーンの時代にすでに時代遅れで、しかも過酷なこの規定は領邦君主と修道院長の意向に従って、「四半期ごとに……修道院長列席のもとに、全寄宿生の目の前で教授がわかりやすく読み聞かせ、布告しなければならない」とされていた。この規定書の表紙に残された書き込みによると、一七八五年にはヘルダリーンの教師たちはなげやりで、条文はただの一度も読みあげられなかった。それでも規定は威圧的で、抵触すると適用された。三章八十六条項にわたって、「本分としかるべき敬意」について、何が遵守されるべきか、神と目上の人たちに対して何が顧慮されるべきか、何に準拠し、何に違反してはならないか、何を畏れなければならないか、そして畏れない場合は、もはや指令ではすまず、罰を怖れなければならないことが記録されていた。

彼らは禁じられているものを読むたびに、教師に逆らうたびに、休み時間の後、遅れて学校へ帰ってくるたびに、校内で下級の用務員とつきあうたびに、不安にさいなまれたことだろう。「修道院司式者との」――それは仕え補佐する人たちだが――「いざこざを避ける」ために、それも望ましくないとされた。「寄宿生は彼らのつとめを妨げないように、調理場、桶造りの作業場、地下貯蔵室、パン焼き場、農舎、搾乳場、人家、水車小屋内、馬車小屋、鍛冶場などに近づき、その中へさまよいこみ、そこで働く人たちと親しくつきあってはならない！」とされた。彼らと親しくつきあうな、すなわち、君たちの本分は勉強、頭のいい人間であれということである。こうして序列が指示され、叩き込まれる。彼らとつきあうには、ごたごたを覚悟せねばならない。しかしこれはたまらなく魅力的だ。少年たちはよくうろつくものだ。こうしてここでもまた美しい光景にひびが入ってしまう。独立した操業を、ある種の工場を考えるべきだろう。（だから、十九世紀末期のカウフマン家によるマスタード製造所の開設は決して瀆聖《とくせい》ではなく、継続だった。）――歴史はとぎれ、そして新たな物語が語られる。

生徒たちは公の場と共同社会の中だけでなく自分自身のためにも、勤勉にお祈りの練習をすべし。教会の典礼と儀式に心を配るべし。禁欲的な刊行物は、「たとえそれがよいものであっても」、控えるべし（これは正統主義には気に入らない、敬虔主義のパンフを意味していた）。

高位聖職者と教授たちにしかるべき尊敬と恭順の意を示して卒業後は、根拠のないひどい噂と悪影響を及ぼすつきあいで、彼らに迷惑をかけてはならぬ。(まるで規定書の起草者は、うんざりするほど教導されたものはひとたび自由になり、修道院学校や神学校を離れると、怒りの記憶で頭がいっぱいになり、例えばヤーコプ・フリードリヒ・アーベルのように「本当のことをぶちまけてしまう」かもしれないことをすでに予感していたようである。アーベルはほんのわずかしか食べられなかった食事や寒さに不平を述べたが——これは一日の流れの中でもっと書き加えることができるだろう。)

「密かに流派を」作ってはならぬ。

修道院の外で祝杯をあげて泥酔するなどの恥ずべき悪習やそれに類するぜいたくを控えるべし。純潔を守り、つつしみ深くすべし。有害な書物や小説の読書はとくに控えるべし。この現場を押さえられた者は修道院長から監禁の罰をうけ、水とパンしか与えられない。(したがって書物は相変わらず、未知の新しい思想という毒物だった。大酒を飲むことはまだ禁固刑なしにもできたが……)

互いに和やかに折り合いをつけ、誰に対しても礼儀正しく、やさしく、謙虚であるべし。

助手《ファームルス》に謙虚な態度をとるべし。

修道院学校入学の際して必要な書物を調えておくべし。

夏は五時に、冬は六時にしかるべき修道服で礼儀正しく姿を現すべし。(というのも、少なからぬ寮生は自分の衣類を、それどころか自分の家具やその他のぜいたく品まで持ち込んだことだろう。それゆえ「そのような余分なものや不適切な流行品は禁じられる。」「世俗の衣服」は学校の内外で禁制である。彼らは灰色の、いつも湿った修道服、粗い生地でできて肌がちくちくする、不格好な袋のようなものを着なければならなかった。）徘徊、すなわち許可なしに修道院を離れてはならぬ。彼らはまさに監禁されていた。

それについて彼は家への手紙で何も、何の苦情も書かなかった。部屋が寒くてじめじめしていること、ベッドのわらの中に鼠がいること、毎朝、中庭で洗濯すること、かなりの教師が無理解であることを、それに修道院長が下劣で賄賂がきくことについて何も書かなかった。

彼はほかの少年たちよりいそいそと従ったのだろうか、シュヴァーベンで言う「おりこうさん《ブラーフ》」だったのか。母のためにそうしたのか、それともケストリーン先生に聞かせてもらった訓諭に従ったのだろうか。現在残っている肖像画でもっとも早いものは十六歳の、「若きヘルダリーン」である。これはデンケンドルフではなく、マウルブロンの最初の年に、おそらくひとりの学友によって描かれたものである。精確に描かれた横顔。お望みのように今、きれいにカールしています、と母への手紙で書いた、耳にかかる巻き毛。たとえ古い肖像画をよく、長いあいだ知っていて、それに思いを馳せていても、まるで親しい人が問題で、その人についていろいろ知っているかのように描き、その肖像画に生気を与えることは難しい。そういうことではない。彼について書かれたものを読めば読むほど、彼は私の手に負えなくなる。彼の声が聞きたい。

肖像画を見つめていると、彼の声が聞こえてくる。明るい、少し裏声の、いつも小さな声。後にはよく響く、しっかりした声になるが、最後に、テュービンゲンではまたささやくような声になる。この顔には「魂の先在的《プレエグジスタンス》な汚れのなさ」が顕れていると書いた人がある。そのとおりだ。これはそう簡単には説明できない。肌の下で何かが輝いているように見える。

彼はまだ子どもだが、まじめで、大人のように振る舞うようにしつけられている。この無名の画家は目に魅了されたにちがいない。それについてさらに多くの人たちが、不可解な言葉をつぶやく年老いたヘルダリーンを訪れたヴァイプリンガーでさえ語るだろう。たえず驚きの表情が浮かんでくる、寄せた眉根の下の目。内向的な、傷つきやすい人の目。とても高い鼻がこの顔を、目と口によって生き生きとしている部分と無表情でうつろな部分とに分けている。口はこの肖像画では薄い上唇の下で小さく描かれている。ふだんはまったく感覚的で、好みにうるさい口である。しかしあごは小さなくぼみによって分かたれ、後退している。

美しい顔である、清らかすぎるといってもいいほどだ。彼の内向性がその顔に哀愁をおびた感じを与えている。彼としゃべりたいと願い、彼の意見だったら真に受けたい、夢中で哲学を語るときにも、やはり彼の笑い声が聞きたいと思わせる少年である。

彼はほかの二、三人の少年のように逆らわなかった。ひょっとすると当時すでに牧師にならないで、執筆しようと決めていたのかもしれないが、それでもおとなしく義務に従っていた。母親は彼が詩を、それも後の世代のように、詩作を男らしくない仕事として隠れてではなく、教師たちに奨励され、競争相手や崇拝者に促され、激励されて書いていることを知っていた。「数限りない詩の構想」のことを彼は語っている。それらは五、六篇を除いて残されていない。

彼はこの乏しさに、この重圧に、残忍さに本当に感づいていなかったのか？　それとももうすでに空想の中へうまく逃げ込んだのだろうか？

ニュルティンゲンは遠くない。逃げることもできただろう。脱出したものはいなかった。これらの生活は文書に書き記されていた。その脈絡から外れようとした人は、市民階級的な囲われた庇護を外れてしまったことになる。後の世の中だったら挫折や逃避ということになっただろう。多くの人びとの場合は。

休暇に彼はニュルティンゲンに歩いて帰った。話を聞かせて、ときっと言われただろう。ビルフィンガー家に出入りした。クラーツ先生とケストリーン先生は彼の勉強の進みぐあいを聞き、進級試験の席次はどうだったかを知りたがっただろう。それは変わらなかった。六番です、と彼はいつも言うことができた。レンツがトップだ。どうやら教師たちははっきりと決めていたようだ。修正を加えるつもりはなかった。それは好都合なひな形だった。

(私は物語りたい。しかしこれらの実情は移しかえることができない、私の記憶にはこれらと比較できるものが見つからない。私は読みまくる。マーゲナウが書き記したものを、ヘルダリーンの母への手紙を、ヨハンナの支出簿を、デンケンドルフの学校の時間割を。これがかつての暮らしの実情である。彼が「私の」こまであってほしいが、それは、彼が自分自身を、それから他の誰も彼を証言しないところにしか存在しえない。)

生徒たちは夏には五時に起こされる。冬は六時だ。まだ暗い。どの部屋のドアも勢いよく開けられるが、その音は少年たちに届かない。彼らはそれに慣れっこになっているし、そんな音がしなくても、もう訓練ずみで目が覚めているだろう——しかしその後、またしんと静まりかえる。おしゃべりしたり、からかいあったり、冗談を言って助けあったりすることはまだできない。寝ぼけたまま、規則どおり動いている。一日中身につけている制服、修道服にするりと滑り込む。くさくて、清潔だったことは一度もない。しかし修道服の中に住んでいるのだから、いやな匂いに気がつかない。ペタペタ足音を立てて廊下を渡り、朝のお祈りに出かける。彼らのひとりが旧約聖書の一章を朗読しなければならない。誰もそれに耳をかたむけず、寝不足をとり戻している。それから中庭の井戸から水を汲んでこなければならない。すると朝の冷気がようやく彼らから眠りをすっかり追い出す。冬には井戸のふちから太いつららを叩きおとし、顔と手を洗う。濡れた手をさっと修道服の下に突っ込む子もいる。その素早いこと。同じように素早く朝のスープ、大麦あるいはきびの薄い粥を飲みくだす。誰かしらが気分を悪くする。

彼らは悪夢を見ただろうか？　夜中に仲間のところへ逃げただろうか？

次の日がくるごとに彼らは怖がったのだろうか？　そのような日常的なことは伝えられていない。彼らは鍛えられ、「ばかげた考え」が彼らから追い払われた。とにかく思い煩うな！　いや、それはだめだ！

六時から七時まではヘブライ語。

その後一時間の自習時間、しかし部屋に閉じこもれるわけではなく、いつも監視されていた。ヘルダリーン、また間違ったな、まだ動詞の活用をおぼえられないのかね？　口やかましく、上から押さえつけるような監督。はい、はい、ちゃんと気をつけます。謹んで感謝します。それからまた、八時から九時までヘブライ語、それに続く半時間の自習。十時半から十一時までは礼拝と合唱礼拝。ドイツ語やラテン語で歌い、再び聖書が朗読される。

十一時に昼食だが、「たいていの場合、食べられるようなしろものはほとんどなかった。」彼らは空腹のために仕方なく飲み込んだ。食後は休養のために部屋に、寝室にさがることが許されていた。休息は一時まで続き、それから一時間の自習と音楽の練習。（ヘルダリーンはさらにピアノのレッスンを修道院の賄頭《まかないがしら》のもとで受けた――これは奇妙に聞こえるし、なぜ賄頭がピアノも教えたのかをつきとめることはできない。生徒にさらに何かを教えることができるためには、すぐれた知識を持っていなければならなかったからである。ひょっとするとただ追加の稼ぎが問題だっただけかもしれない。修道院の中で少しでも生徒のために役立った人には誰であれ両親が報酬を払わねばならなかった。）

十四時から十五時まで新約聖書をギリシア語で朗読して翻訳し、それからオヴィディウスの『悲しみの歌《トリスティア》』を使ってラテン語を勉強した。

さらに一時間、ラテン語とギリシア語を持ちこんで自習、それから新たにギリシア語を、しかし今度はクセノフォンの『キュロスの教育』と修辞学である。

再び自習、監視下でのつらい勉強は夕食前の半時間である。夕食は毎晩六時きっかりに食堂《レフェクトリウム》に集まり、合唱礼拝、もちろんこれは食事中も続けられる、つまり（その仕事を委ねられ、後でひとり食事をとることになる）生徒が新約聖書から一章を朗読し、みんなで讃美歌を歌うのだ。希望者は（そしてみんながそう望んだことだろうが）その後の祈禱時間までの半時間、部屋にひきこもり休息できる。灯火（それも粗末で、いつもくすぶっていた）のもとで講義、「夜の勉学《ルクブラシオーン》」にまたみなで集る。教師たちはそこでもう一度、各生徒のために、とくに一日中ずっと強情で、機敏でないとわかった、出来のよくない生徒のために時間を当てて、昼間の課業が夢の中まで入ってくるようにもう一度、教え込む。

彼らはそれぞれの部屋に帰る。眠る前にお祈りをしなければならない。かなりの生徒、牧師の子どもたちは、ようやく僧服をさっと脱ぎすてた後、慣れからお祈りをするだろう。他の生徒たちはもう神さまのことは考えないで眠りに落ちるが、眠りの中でも不安は終わることがない。最初の数週間はかなりの生徒が毛布を顔までひっぱりあげて泣いたと私にも想像がつく。おとなしく、やさしい彼もまたそうだっただろう。席次六番の彼も。

デンケンドルフから彼は新しい父を求めるかのような手紙をケストリーンに送っただけではなく、残されている最初の「大好きなマンマ！」への手紙も書いた。（彼はママを、シュヴァーベンなまりで彼が話すように、mをふたつ重ねて、ふたつの短いくぐもったaを、最初のaを後のaより少しアクセントをつけてMamma《マンマ》と書いた。当時の慣習に従ったSie《ズィー》（敬称二人称）という呼びかけは私たちにはよそよそしく、この小説の会話の中で使うことに私は抵抗があるが、愛情をこめて子どもらしく呼ばれると、このわだかまりも消えてしまうことはもうわかっている。マンマとは暖かい、いつもそこに現存する背景であり、異郷にあっては情緒が不安定な存在が想像可能な背景である。シュヴァーベン地方では、母にまとわりつき、困ったことがおきると彼女のもとに逃げ込む子ども、とくに男の子を目に見るように「母さんっ子《マンマズゲエレ》」と呼んでいる。すなわち母から離れず、ずっと乳を吸っている子どもたちのことである。この呼び名がヘルダリーンの時代にもうあったかどうかわからない。しかし考えられることである。というのはずっと昔から男の子というものは一本立ちして、男らしくあることを重視してきたからである。彼は精神の活動が鈍いのに、高飛車に出るという意味で男性的であったことは一度もない。もしかすると母がぼんやりしていたために、それにすぐ友だちを見つける才能があったために、そんな悪口を言われずにすんだのだろう。後に彼を守ったのは、あるいは違ったふうに傷つきやすくしたのは、他とは違っていること、極端だったことである。）

一七八五年のクリスマス前のことである。少年たちはお祝いの準備をしていた。ここでも彼らは教師たちの目の前で才能を発揮せねばならない。「この手紙がいつもよりまとまりがないでしょうが、僕の頭もあなたと同じようにクリスマスの仕事でいっぱいであるためだとあなたにお考えいただかねばなりません。――しかし僕らの仕事は少しちがっています。僕の頭は……聖ヨハネの日の夕べの礼拝でとり行うことになっている講話のプラン、自修休暇《セサチオーネン》（自分のためだけに使える四週間）中に作ろうと思っている、作らねばならない詩（ちなみにラテン語の詩もです）の数えきれない草案、新年はこういうことに不向きですが、返事を書かねばならない手紙の束……でいっぱいです。

クリスマスの訪問につきましては、さきほど申しましたように、聖ヨハネの日は仕事《ゲシェフト》で抜け出すことができませんので、あなたをこちらへお招きする方がむしろ好都合です。きっと愛する妹や弟は楽しみにしていることでしょう。しかしここだけの話ですが、彼らに何を贈っていいのか、戸惑いが半分です。このことはあなたに、最愛のマンマにおまかせします。いつものようにいくらか送っていただけるのでしたら、そこからさしひいて、僕の名前で彼らに贈ってやってください。大好きなお祖母さまには僕からご挨拶を、そして彼女にもクリスマスプレゼントを、と思っていることをお伝えください――クリスマスの日の真の喜びをもって、まもなく終る本年も、あなたがたの健康をお守りくださった神さまに感謝したいと願いつつ。」

　彼は忙しい。急かれる思いをしている作業のことを彼は、シュヴァーベンでふつうに使うように、「仕事《ゲシェフト》」と言っている。彼の生涯を研究しているある学者はこの手紙を幼いと言ったが、それは違う。この手紙の書き手は自分を表現することが上手だ。日々の重荷のもとにうめき声をあげ、それにもちろん耐えるすべも心得て、自分の価値を十分に生かすことを知っている。彼が書こうとしている、書かねばならないこれらの多くの詩。彼は他の人たちより抜きん出た人である。忘れてはならないのは彼が十五歳だということだ。彼は自分の暮らしを整えることができ、妹や弟へのプレゼントの心配をマンマに任せ、必要なだけ「勘定《コント》」に記帳してほしいと頼んでいる（そのようなこまごました言動の中に、彼がいかに経済的に守られていたかが明らかになる。一生のあいだ、お金の心配をしなくていいほど十分な資産があったので、当然のようにお金を使った）、そして決して表面的な「躾のよさ」からではなく、敬虔主義の精神から、愛するハインお祖母さまによろしくお伝えくださいと言っている。この手紙はまるでその日にふと思いついて書かれたように見えるが、考えぬかれ、練りあげられたものである。この手紙では若い一家の主《あるじ》がものを言っている。

　それにもかかわらず、彼は本心を隠し、身を屈める。しなければならないことがたくさんあり、息をつく暇もない。彼はそれらに太刀打ちしたい。彼の熱意はうそ偽りがなく、よく知っている習熟のたまものである。ひとかどのものになるために、がんばらないと、坊や。

聖ヨハネの日、十二月二十七日にしなければならない、と彼が言っていた「講話」とは説教のことだろう。母は祝日のうちに弟妹、カールとリーケと一緒に彼を訪問しただろうか？　その説教を彼は彼らに読んで聞かせただろうか？　もし彼らがやって来たのなら、そうしただろう。もちろん彼らは彼がどんなふうに朗読するか知っている。彼は弾みをつけて読むのが好きだ。気に入ってもらえるでしょう、とヨハンナは言う。あるいは、よくやったね、私たちの神さまがお喜びになるわ、と。彼女が聞いているのは、彼女には親しいものである。偉大な敬虔主義者ベンゲルとエッティンガーの言葉、彼女の世界の語彙である。

寮生たちは降臨祭の準備に没頭していたが、その前後に想像もつかないが、確かな裏づけがある騒ぎがおこった。ほんのわずかな人たちしか、教育者たちの下劣さを証言しなかった、沈黙や追従の方が多かった。デンケンドルフをその手腕どおりに支配していた修道院長ヨーハン・ヤーコプ・エルベは上のものにはへつらい、腹いせに下のものに力のかぎりお返しした。彼はまったく堕落した、腐りきったサディストだったのだろう。「大公の軍事アカデミー」であるカール学院が一七七八年にその八周年記念を祝ったとき、エルベは領邦君主を崇めたて、いとも恭しげに身を屈め、聖俗の主《あるじ》に仕える僕《しもべ》がいかに美辞麗句を連ねるべきか生徒たちに披露した。「私どもはいい、いとも尊き殿下の特別のなるお慈悲を拝見いたしました、それにご正義を、格別なるご配慮とご寛容を、稀有なる叡智と知識を、……」こんなへつらいの言葉が、教え子たちを貶め、彼らの父母に贈り物が足りないことを理解させることが問題になったときに、辛辣なものになりえたのである。後に聖職者になったルードルフ・マーゲナウは彼の首席という席次を「修道院長に足の先から上にいたる衣服代を代償として支払うことで手に入れた。」貪欲、悪意、卑劣、そして破廉恥が修道院長の性格であったという。修道院長はよく生徒の不意を襲い、彼らの部屋に駆け込んできて、叱ることが何もないときも、生徒たちを脅すためだけに罵り、そして寮生がチェスかドミノゲームをしているのに出くわしたりすると、全紙一杯の長さの詩を作らないと許さなかったという。その上、そのような嫌がらせを受けた子どもの父がそれに文句を言おうものなら、もう経済的な免償しか役に立たなかった。いずれにしても彼は生徒たちの面前でその両親を嘲笑するのを楽しんだという。未亡人だった母が再婚した生徒に、おまえの母は「みだらな女」だと呼んだ。

ヘルダリーンは彼に関してひとことも言っていない。

しかし間接的にはやはり言っている。どちらか言うと彼は修道院長と競って、強力な人たち、つまり「教師たちに」感謝して、君侯と同じように「栄誉と名声の冠で飾りたい」と願っていた。

「あなた方の最も麗しい冠とは何でしょう？／教会と国家の繁栄こそ／つねにあなた方のご懸念の目標です。さあ、天が報いてくれますように、／つねにあなた方にその繁栄で。」

しきたりが十五歳の少年の筆を導いている。彼はこうするほか習ってこなかった。まだ怒りを抑えることができる、したたかで、あまりにもひどいことをする人たちの前からまだ逃げ出さない。おとなしく勉強するのよ、という母の言いつけが彼を慎重にさせる。

クリスマス前の日々にはたくさん歌われ、もうルカ伝の降誕のお話を諳んじていた少年たちは聖書を覗きこまないで朗読した。小包が届く。配達人が入ってくるたびに、みなはわくわくして見守る。誰から？　誰に？　それから中庭を横切って、本来ならば禁止されていたが、農舎の厨房へ出かけることが多くなる。そこでも「グーツレ」、クリスマスクッキーが何度もオーブンに入れられる。よい匂いが頭をくらくらさせ、家にいたころを思い出させる。

しかし、以前にもまして寒さが彼らを苦しめ、二重に、三重に着こんだ下着の上で僧服がふくれあがる。

彼は自室に座り、ベンゲルの説教集を読みながら指のあいだで筆をくるくる回していただろう。窓の前には雪をかぶった木々が見える。若き詩人にとっては牧歌的な情景だ。彼はときどき寒さのあまり身震いした。衣服の襟もとをかきあわせ、両手をこすった。一番親しい友人ビルフィンガーがときおり立ち寄り、ベッドの上に腰をおろした。ふたりは教師たちや同級生たちについて、故郷のことや、もうすぐマウルブロンに行けそうなことを話し、ここよりもっと快適であるといいがと願った。ヘルダリーンは自分の詩のひとつを読み聞かせた。そこには読書から仕入れたイメージと、使い慣れた敬虔な言葉がちりばめられた、夜についての詩だろう。「こうして彼は憩う。しかし悪習の奴隷になったものは／良心の不安な怒声にさいなまれ、／死の不安が彼らを柔らかなふしどの上で転《まろ》ばす、／快楽そのものが自らに鞭をふるうところで。」

詩の最後で、思いがけず、そしてほとんど蔽い隠さずに表現されたものが、子どもたちをしばしば窮地に追い込んだことだろう。教師たちに対する恐怖、彼らの嘲笑とそれに続く罰への不安、同級生に対する不信感——それでも夜の廊下をさっとかけ抜け、獣の子のように互いに暖めあいたい、互いのベッドにもぐり込みたいとくり返し起こってくる誘惑。自明のことが、生きもの特有のことが教師たちの脅しで呪いになった。他方、教師の中にはこっそり男の子に手を伸ばすものもいた。「快楽そのものが自らに鞭をふるうところ」とは何という文章だろう——喜びと罰が同時にとは。しかし彼は置かれた立場から子どもらしくそう書いただけで、ビルフィンガーもやはりそう理解していた。

さて彼は今、イエス・キリストの降誕、福音を言葉にしようと試み、他の人の助けをとりつけた。聴いてくれ、クリスティアン、と彼はビルフィンガーに言う。これでいいと思うかい？

「……おお！　いとも親愛なる聴衆のみなさま、我われの中の誰が、深い感謝の念と喜びが目を覚まさないほど深く罪のぬかるみに堕ちてしまったというのでしょうか、一七〇〇年以上も前のこの偉大な日に、人類に救世主がもたらされたまさにこの日に？　いや、そうではありません！　俗世をあきらめ、至福にみちたイエス・キリストさまの誕生をまるごと享受しましょう——全ての時が彼に捧げられ、この上なく喜ばしい感謝と称讃で満ち溢れるべきです。そして全ての時が彼、永遠に神であり人間であるイエス・キリストさまに捧げられ、崇められますように。しかしその前に我われは主の祝福を請い、そしてお祈りしましょう——」

そして彼らは彼とともに祈った。

彼は子ども時代の思い出——それはこんな文章で溢れていた——から話していた。彼の子ども時代にはこのような文章がくり返し響いていた。母は懲らしめるときにもそんな文章に訴えることができた。そしてこれらの言葉の世界の外にあった全てのものはよそよそしく、もしかすると誘惑的で、ときどき夢に出てきて、欲情を起こしえたものだった。まだ言葉を持たないこれらの冒険は、罪という概念のもとに集められ、ぬかるみ、快楽、闇、背徳、肉体的などという多くの言葉はすばやくその概念に分類された。

彼らは彼の言葉にはじめて耳を傾けた。すてきだったよ、ためになるお話だったよ、と褒めた。母は、それにリーケもカールも誇らしかったにちがいない。

彼は全てから逃げたいと思ったのではない。しかし学んでいる狭い場所から自分を解き放つ言葉や文章をもう考えていた。二、三人の友だちはそれを知っていた。「より良き生への確かな希望は我われの至福に同じように強大な影響力を持っている。」彼はこう言って何を考えていたのだろう？　それはひとりの敬虔主義の少年の幻想だったのか？「至福」を彼はどのように解していたのだろう？　ここでもただ真似て書いただけだろうか？

一七八六年の秋の休暇中、マウルブロン修道院へ移る直前に彼は「親友」ビルフィンガーとウーラッハの谷間に徒歩旅行をした。「そこに祝福の小屋がある／友よ！――君もあの小屋を知っているだろう。」過去を夢想したいと願う子どもの風景、古い絵本から切り抜かれたような、深い谷間の町、高みにそびえたつ砦の廃墟と岩壁、曲がりくねって這いあがる木々、熊の骨が見つかったというお話がある岩塊の中の古い洞窟。往復の道には自然の壮大さを思いおこさせる滝。この詩は今までの全ての詩より大きく広がり、友と分かちあった遠出を、自由の心地よさを描写している。森を抜け、野道を越えてメッツィンゲンやエニィンゲンを通って居酒屋での休憩、ときおり一杯のワインを傾け、誰に聞かれる心配もない。たとえば、出会って遠慮がちにわずかな言葉を交わしただけでいろいろ空想した田舎娘たちについてのおしゃべり。これらが全て、詩と思い出の中で再び理想化された。「……静かに、ただ徳と／友情だけが知っている、よき娘はそこをさまよう。／愛する乙女よ、曇ることの／ないことを、あなたの天使のような眼《まなこ》が。」

そのように共にいることを、なじみのないものに呼びかけることで自分に親しいものにして、その中に避難することを彼は一生のあいだ求め続けるだろう。

十月十八日、彼らはマウルブロンに引っ越してくる。デンケンドルフとエルベ院長を後にして、彼らはほっと息をついた。詩の中で、彼は身を屈めるふりをして、与えられた状態に服従して、教師たちを回顧する。

母親の金銭支簿ではこれは違ったふうに表れている。そこには、「修道院に送り届けた際に」すぐに修道院長さまに十一グルデンを、ふたりの教授にはそれぞれ十グルデンずつを、助手には一グルデンを、厨房長には四十八クロイツァーをこっそり手渡したとある。――そしてこれはデンケンドルフ時代の終わりまで、彼女が支払いのページの欄外に、「デンケンドルフの出費は百四十グルデン四十四クロイツァーに達する」と書くまで続く。

Ⅳ　第二話

ビルフィンガーとフィンクが彼を説き伏せて、夕べの礼拝の後、こっそり修道院を抜け出して村の「太陽亭」へ行った。あそこにはしみったれの院長が出す酸っぱいワインよりおいしいワインがある、それに神学生にご執心な娘《こ》もいるんだよ。

ビルフィンガーはそこの事情にくわしかった。

誰も僕らを捕まえることができないよ。デンクラーがいつものように廊下の窓を開けておいてくれるから、気づかれずに帰れるだろうよ。

いや、そんな冒険したくないよ。

冒険なんてもんじゃない。もう何度も試してみたんだから。

僕が加わったら、きっと遠出はうまくいかないよ。

興をそがないでくれ、ホルダー。

来いよ。

けちけちするなよ。

彼は少し前に罰をくらったばかりなんだ。

あのことか！　ワインをとりあげられたくらいで罰とはいえないよ！

「合唱礼拝中に教会の中をうろつき回った咎《とが》で――」

いったいどうしてそんなことをやらかしたのだ？

とにかく不安だったのだ。

来いよ、ホルダー、いっしょに楽しもう。

彼は口説かれ、友だちだからと聞き入れた。

彼らはすばやく畑地の中に入り、しばらくのあいだ身を屈めて走り、息を切らした。それから立ちあがり、また道へとひき返し、声をかぎりに歌い、いや叫び始めた。厳しい監督を逃れたという喜びのあまり大声でわめいた。無邪気なためによく大胆に見えたフィンクが他のふたりが考えていたことを口に出した。神学校《ゼミナール》へなんかもう帰るものか。

そしたら事だろうよ、とビルフィンガーは言う。

彼は「太陽亭」で退屈してしまった。ワインは確かにましだったが、女の子はどこにもいず、しわだらけの女将がひとりテーブルのところに座って、うつらうつらしていた。農夫が何人か大声をあげて騒いでいたが、少年たちに目もくれなかった。

さあ、酔っぱらうぞ。ふたりのうちひとりがこう言ったのを、彼は後になってもはっきり覚えていた。こうして脱け出してきたのは、惨めな境遇のせいであることが明らかだったから。彼らは大いに飲み、わけもなくどっと笑い出し、ただしゃべるためだけにしゃべった。修道院学校から脱け出してきた三人の少年は、自分たちに無関心だった人たちを前にして気どってみせた。僕のおごりだよ、とビルフィンガーは譲らなかった。これくらいどうということはない、父は気前がいいんだ。それに思いついたのは僕だから。

気に入らなかったの？　と帰り道で彼らは尋ねる。ちっとも羽目をはずさないのだな、フリッツ。そうだ、と彼は言った。僕に向いてない。できないや。

彼らはもう騒がなかった。深呼吸をして、足もとがふらついているのに気づいて、互いに腕を組み、いわば密集方陣《ファランクス》をはって、学校に近づけば近づくほど迫ってくる恐怖に、まるで嵐に逆らうかのように前のめりになって進んだ。

どうかデングラーが窓のことを忘れていないといいのだが。今までいつも約束を守ってくれたのだけど。

とにかく彼らは大丈夫だと思いこもうとした。彼はひきずられるようについていき、不安で、もうどうでもいいやという気になり、今晩は不首尾に終わるにちがいないと思った。

そう深刻に考えるな、フリッツ。

もう指物師の仕事場の窓が見えてくる。指物師はまだ仕事をしていた。

あと十五分したら、部屋に見回りがあるだろう。

まだじゅうぶん間にあうよ。

今からまた畑の中を通らねばならないな。ビルフィンガーは先頭に立って、用心深く歩いた。そこにこの夜の散歩者たちはちゃんとした道をつけていた。

彼らは中庭に入り、暗がりをさがしたが、一匹の犬が吠え出し、ほかの犬たちを起こしてしまった。

僕たちがいないことにまだ気づかれていないないな。

それから彼らは中庭の芝生を横切り、楡の木の黒々とした葉むらの下を走り抜けなければならなかった。それからビルフィンガーが窓を押した。

彼は窓が閉まっていると思っていた。僕の定めだ、と彼がささやいた。きみらに言ったとおりだ。

フィンクが一番さきに角灯《カンテラ》に気づいた。それは有無を言わさず建物の入り口に来るように合図していた。大変だ、待ちかまえているのはご老体だよ。

ビルフィンガーが叫んだ。さあ、ずらかるぞ。

ヘルダリーンは自分が急に落着いてしまったことに驚いた。そんなの無意味だよ。

彼らは前後に並んで、門に近づいていった。ヘルダリーンはしんがりだった。(このように悔恨と不安にかられた行進は誰もが子どものころから知っていて、後には思い出や夢の中でくり返される。ちょうど大人の世界が、この防壁がはっきりと言い表すことができない権威に脅されて築かれるように。彼と一緒に歩み、感覚麻痺を覚えることは私には難しくない。それは待ち伏せする優位なるものに身を委ねるようなものである。もう今は友だちどうしで言葉を交わすこともなく、それぞれが自分の中に閉じこもる。あそこに、すぐ目の前に罵り、殴打する大男が待ちかまえているのだから。あの男には全てのことが許され、好きに裁くことができる。そんな状況ではイメージがはっきりしてくる。とるに足らないものが前面に出てきて、無意味だが、消しがたい意味を持つ。例えば、角灯の灯で、石造りの門の縁取りがはっきり見えてきて、あの継ぎ目がアシンメトリーだと彼は気がつく。)

ははあ、ビルフィンガーだな。そんなことだと思っていたぞ。

修道院長は何も知らなかったかのように、脱け出したものの名前を助手から聞いていなかったかのように言う。彼にとって重要なのは効果をねらうことである。そんな見せ場を彼は重んじている。もっと前へ出るのだ、寄宿生諸氏。それとも口を割るかな。いつもは生意気な君らの口だ。さあ、腕白坊主ども。彼は角灯を石造りの柱の台座におろし、後ろ手に杖をかくした。それを彼らはよく知っている。杖を持つと彼は的をはずさず、そしてしばしば計算ずくの嗜虐的な怒りに操られてしまうのだ。

どの少年も他の子の後ろに隠れて、他の子の影になろうとする。ビルフィンガーが勇気を出して、ほんの二、三歩進み出て、修道院長の前に立った。もちろんおし黙ったままだった、というのもどんな言葉も、どんなへりくだったおわびの言葉も、きっと予期されるお説教をより長くするだけだということを知っていたから。

いったいどうしたのだ、フィンクにヘルダリーン？　フィンクがビルフィンガーの横に進み出る。ビルフィンガーは目立たないように手を後ろへ回し、ヘルダリーンをさぐり、うまくその腕をつかんで、自分の方へそっとひき寄せる。

英雄だな、君たちはいかにも英雄だ。しかも陰険ときている。愚かではない、しかし、狡猾だ。股間がむずむずするのだな。そこでねずみのように穴から脱け出し、女の子の夢を見るが、勇気はない。こっそりしっぽを振るのがせいいっぱいだ——おお、このテーマはわかっとる！　愛するご両親には、そんなものがまだあるとしてだが、どんなに勤勉か、どんなに頭が切れるか、どんなに義務を果たしているか、教師に愛情を抱き、言いつけに従っているか、誤った考えを持っていないか、巻き込まれて罪をおかしてしまったとしても、心だけは汚れていないことを、巧みに信じこませるとは。君たち、俗物が、甘やかされた若者がどんなものかわかっとるぞ——はあ、ビルフィンガー、どうだ？

ビルフィンガーは何も言うことがなかった。彼は修道院長から目をそらし、ドアの小さい覗き穴を見ていた。

何もない、ひと言もないのかね？　それではフィンク、悔恨の言葉も、わかりましたも言えないのか？　今に見ているがいい、腕白坊主ども、気合を入れてやろう。君らのオヴィディウスを歌うことができるだろう。君たちならできる。どうだね？　ヘルダリーン？　このふたりの下品な奴らにひきずり込まれたのだろう、どうだ？　声も出ないのか？

ふたりのように黙ったままでいるべきだったかも知れないが、彼は弁明の言葉をさがした。それによって、この場から逃れることができればと思った——暴力行為でもなく、歩みよりでもなく罰でもないような形で逃れることができればと。まったく軽率でした、と彼は言った。ビルフィンガーはその手で彼の前腕をつかんだ。何も言うな。

課題《ユーブング》ということにはならないよ。

エルベの嘲笑が答えである。課題じゃない、とこの道化師がのたまった。いや課題ではない。まるで課題をもう与えていないかのように彼は言った。窓からぬけ出して行きあたりばったりの女の子のスカートの下にもぐりこむとは。ぶちのめされないように気をつけるのだ。

彼は建物の中に入るように「請い」、戸口に立ちはだかった。三人はその脇を通り、最初の一撃を恐れて、もう身をかがめざるを得なかったので、彼は喜んだ。

小童《こわっぱ》ども！　止まれ！　と彼が叫ぶ。これ以上前に進むでない！　この灯でじゅうぶんだ。くすぶる灯火のもとで彼は三人をひとまとめにした。さあ、ビルフィンガー、僧服をからげてズボンをおろすのだ。どうせだから、裸の尻の上までだ。それとも、何か他のことを試してみるがいいとでも思っているのか？　何も考えていないだと、それはいつものことだ。十回の殴打のお仕置き、それとも十五回か？　これでもまだ何も考えてないと言うのかな。それでは十五回だ。どうだ？

ビルフィンガーはこの瞬間までヘルダリーンをつかんでいたが、彼を離して、命じられるままにズボンをおろし、僧服を腰の上までからげて、身を屈め、修道院長に尻を差し出し、顔もしかめずに十五回の殴打を受けた。一打ごとにみみずばれができた。フィンクは一回少なく、十四回の殴打を受けた。ヘルダリーンはもうズボンを膝の上まで脱ぎ、僧服の裾をたくしあげていたが、教師《プレッツェプトーア》は杖をおろしてにやりと笑い、寄宿生ヘルダリーンは丈夫ではないのでやめておくが、そのかわり母上にこの破廉恥なふるまいを逐一報告するつもりだ、と言った。何ということだ、この少年にとって殴打よりもはるかに卑劣な罰を意味したことをなぜエルベは知っていたのだろう。心配性の母にはとりわけ知られたくないと思っていたのに。だから修道院長は反論があるものと待ち受けていた。ところがそれがなかった。ヘルダリーンは途方もない恐怖で口がきけなくなったかのように、じっと彼を見つめた。それからしばらくして頭をさげた。

それでいいのだな、とエルベが尋ねた。

修道院長は少年たちを釈放した。彼らはズボンをあげ、お辞儀をして忍び足で立ち去った。気でも狂ったのか、とビルフィンガーが言った。あいつは君のお母さんに最悪のことを、でっちあげたことばかり言いつけるぞ。

わかってる、と彼が言った。

なぜ何も言わなかったのだ、とフィンクが尋ねた。

わからない、と彼が言った。ほんとにわからないんだ。病気みたいだった。

それは気づいていたよ、とビルフィンガーが言った。

V　マウルブロン

私はかつて存在した人物の姿を作り出し、コスチューム映画（昔の時代の衣装をつけて演じる劇）の台本を書いている。彼は私にはとっくに馴染みである。私は彼の手紙や詩を読んだ後で感じたことを彼の行動に投影する。全てが確実である。一七八六年十月十八日に彼はマウルブロン修道院学校へ進級した。同級生の名前を数えあげ、彼らが期待していたことを——それから彼らがどうなったかを（たいていは不機嫌な田舎牧師になったが）報告することができるかもしれない。熱心な研究がなされてきたので、この場面はくまなく光が当てられている。それに興がのれば、私は大勢の端役を騒々しく動かせ、全てを変化にとんだ映像にまとめることもできるだろう。儀式ばった入退場、賓客を歓迎する人垣。デンケンドルフとマウルブロンのことだから舞台装置は今も残っている。新しくなったいくつかの窓を、あまりにもモダンなこの玄関やたくさんのテレビ用アンテナを隠さないといけないだろう。それに自動車の音が聞こえ、ときどきジェット機が古い建物を越えて飛んでいくので、実況音で撮影するのはむずかしいだろう。しかしたまたま近くの道路で自動車の流れが途切れ、飛行機も飛んでこない静かな瞬間だと、鳥の鳴き声や泉の水音や、遠く離れたところで誰かが叫ぶ声が聞こえる。

ことによると昔はこうだったかもしれない、いやそうではなかった。彼は世界を私とは違ったふうに聞いた。世界はもっと静かで、基本的に違った物音を持っていた。

彼が二週間のうちにルイーゼ・ナスト、彼の初恋の相手を知るようになることはわかっている。私はふたりの手紙を読んだ。それにルイーゼはさまざまに描写されている。それでは私はなぜこの話を怖れるのだろう？　私は何度も何度も彼を見つけようとする。自分で作り出した他の人物のように彼を動かせたらと思うのだが、あえてそうする勇気がなく、できるとも思えない。彼は彼が書いたものに抵抗する。ときどき私は彼の夢を見る。しかしそれはまるで他の誰かによって演じられる人を夢見ているようだ。目が覚めて彼のことを考えると、夢の中の、動きの激しいコピーに気を許していたことが腹立たしくなる。

私は伝記を開いてみる。「彼は腰をおろして言った」、とある。とっくに亡くなってしまった作中人物が、「あさって、愛するコンスタンツェ、僕らはザルツブルクに行くのだよ」と言うときに、なぜ彼は、伝記作者がそう望むので、腰をおろし、そう言わざるをえないのか、と疑問に思ってしまう。この伝記作者はあきらかに登場人物たちが対話劇でのようにふるまう舞台を整えたのだ。当時の椅子にならい、体をまっすぐにして座らねばならないことに私は気がついた。しかし彼を座らせると、私はもうそのことを考えず、彼は私のように座るだろうと思えてくる。そのようにあれこれ考えると、彼はまた私に近づいてくる。

一九七五年七月二十八日、私は自分の書斎に座り、一七八六年十月十八日について書いている。庭に通じているドアは開いたままだ。マウルブロンの写真が二、三枚、横にあり、そこを訪ねたことを思い出す。最初に訪ねたのは十四歳あるいは十五歳で、クラスのみなと一緒だった。ヘッセの『車輪の下』を読んでいた私は、この物語を目に見えるようにすることができ、さらに空想をたくましくして、教師と同級生も私が見たものを、感じやすい、勉強にあけくれてやつれはてたハンス・ギーベンラートの姿を見てくれればと期待した。本を手にしてひとりで修道院の回廊を歩き、それから静かに泉の礼拝堂にいるハンスの姿が見える。彼はヘルダリーンと私のあいだに立ち、私の記憶の中でべつの物語を解き放つ。

日記を書くほうがより有効ではないだろうか？　ヘルダリーンとの毎日のつきあいについてのメモを？　それからその日からさらにつけ加わったことを？　シュテラにあてた詩とルイーゼにあてた手紙を読んでいるあいだに、ポルトガルで起こった事件やその国を治めていた将軍について友人と交わしたおしゃべりが私の念頭に浮かんでくる。それに奇妙なことに、昨日読んだゼルダについて書かれた本のことを思い出す。アメリカ人作家スコット・フィッツジェラルドの常軌を逸した妻、一九二〇年代はじめの偶像となった「フラッパー」、南部生まれの美女、さまざまな報告とはっきりしない感情がふしぎに綯い交ぜになる。だがヘルダリーンの日々について書くとき、彼とともに消えてなくなってしまったものを私は省いてしまっていないだろうか？　例えば彼が、もはや大公の慈悲を受けることもなく、進級できそうもない生徒とその父親についておしゃべりをしたことや、ふたりの少年がなかば冗談に、またなかば真剣に、支配者なんかどこかへ失せてしまえばいいと願いながら、廊下で足音がするので黙ってしまったことを。あるいはクロプシュトックの詩行が彼の心に浮かんだことを。生徒たちが共同寝室や自室に案内されたとき、彼がニュルティンゲンの自分の部屋を、それから母のおかしな癖を思い出したことを。母は彼の部屋の敷居をまたぐときはいつも、反撥を買うのではと怖れるかのように右肩をそびやかしていたことを。

消えてしまったこのような実際の姿が知りたい。

エルベにいじめられ、苦業と見せかけの恭順の中で鍛えられた少年たちは、マウルブロンから変化を待望していた。もっと自由な、ほんのわずかなものであっても自由な言動を、好意を抱いた教師たちと心の広い修道院長を夢見ていた。すでに二年前に入学し、後にヘルダリーンの友人なったマーゲナウは回想の中でなお、両親が子どもたちをそこに送り込んだときに感じた不吉な「予感」について語っている。(だから母はデンケンドルフへと同じようマウルブロンへも付き添って行ったのだろう。もう彼はもっと自信があり、彼女のそばにいることをむしろ避けて、友だちの中に紛れ込んでいた。母さんたちのほうが僕らより興奮しているよ。母がときどき修道院長や教授と話をしていても、気にならなかっただろう。決めておかねばならないことがいろいろあった。彼に言って聞かせねばならないことはほとんどなかった。進級の席次はいつものように六番である。そして彼はマウルブロンでもその席次に留まるだろう。やれるよ、と彼は母を安心させた。もったいぶった人に惑わされないでね! 息子のために彼女はどんな気後れにも打ち勝ち、彼の行く手の障害になるもの全てをとり除いてやるつもりだった。うまくいってほしいわ、フリッツ。)

マーゲナウの修道院長はまだ一年間、「ナイトキャップ」と呼ばれたシュミートリンだった。彼は「もうかなり高齢で、血気盛んな若い人たちにあまりにも寛容だった。」夜ごとの遠出は習慣になっていたという。「町の人びとは昔からいたるところで学生に手を貸すことに慣れていた。学生たちのお金があらゆる困難を克服した。」そこで痛飲ということになった。十年後、自身がもう徳の番人になっていたマーゲナウは思い出から全ての挑発的行為や娯楽、それから少年らしい気持ちを追い払って、回顧的にこう書いている。

無頓着なシュミートリンが亡くなり、その後を継いだのが大公の覚えがとりわけめでたかったヴァインラントである。どうやら最初の数ヵ月は、ひどく罵り、いたずら者を罰し、親の金をつかった村と修道院のあいだの往来を禁じ、ワイン節約に注意を払ったようだ。しかし敵意を抱いた若い人たちの粘り強さと、シュミートリン院長のもとで仕えていたマイアー教授とヒラー教授の無頓着ぶりのほうが大きかった。

マウルブロンでヘルダリーンのイメージがよりはっきりしてくる。彼はもう強大な一門の影に隠れていつも保護されている、文句のつけようもなく礼儀正しく見える子どもではなく、未経験の領域をはじめて自分のものにして、また突然、ひきこもってしまうような、自立的に行動する人になった。

これは語り続けることができる。彼は母に宛てて、「僕の髪の毛はとてもきれいに整っています。今はまた巻き毛にしています。なぜでしょう？　あなたのためです！」と書く。事実、髪形は非常に美しく整い、こめかみまでのびた巻き髪がその顔を繊細に見せている。こうだと母の気に入ることとだろう。彼女の願いどおりに、まだ子どもらしくとても上品である。彼はそうあり続けたいと思っている。彼は母が抱いているイメージに愛情から逆らわない。おそらく不精からでもあるだろうが、もちろん打算からではない。

マウルブロンに来てから二週間もたたないのに、彼にとってあらゆることが変わった。少年たちは新しい環境を手に入れることに達者だった。教師たちにたいして心構えをしなければならなかった。日課はデンケンドルフのそれに似ていた。ただ全てがとにかく「レベルが一段上」だった。彼らはほんの少し大人として扱われ、より多くの抜け穴を持ち——それを利用しつくした。マーゲナウが後から苦情を言った寛大さは当事者にとってはいい慰謝になった。村との関係がすばやく結ばれ、実際もっと強まった。というのも多くの市民は寄宿生、「若い殿方」とつきあうことをねらっていたし、女の子たちは媚びることを知っていたからである。「恋愛関係」は大目に見られていた、もちろん母親の油断のない、またどん欲な目のとどく範囲でのことだったが。それ以上になったこともあったかも知れない。それに牧師の妻になることは——待てないとだめだが——活発な村娘には努力しがいが十分あることだった。

彼はひょっとすると友人たちよりひっこみ思案だったかもしれないが、間違いなく仲間に加わっていた。しかし家族に——それは遠い親戚のこともあれば、家族の知人にすぎないこともあったが——受け入れられ、「若い人たち」がお互いに相手を見つけ、学びとったやり方で親戚の美しい「従姉妹」を崇拝し、そう大げさにならず求婚することは社交生活に欠かせないことだった。大人の油断ない目があらかじめ見込まれていたので、誰も度をすごさなかった。ときおりスキャンダルもあったが、それはそつなくもみ消されてしまった。大方の恨みとともに終わりを迎える情事もあれば、深みにはまり、何ヵ月も絶望的な気分から抜け出せない恋愛関係もあった。

彼も最初のころにすぐそんな経験をしたのだろう。ビルフィンガーやフィンクのような友人たちはチャンスがあると修道院を抜け出し、村でお愛想を言うチャンスを逃さなかったから。それでも彼はしばらくするともう村の美人に目がいかなくなった。彼は修道院の管理者、ヨハン・コンラート・ナストの末娘ルイーゼ・ナストに恋をした。この物語がどのように始まったのかは伝えられていない。しかし始まって間もないころは物語ることができる。

　母と一緒に修道院に来たとき、彼は何を見たのだろうか。体調がすぐれず、胃痙攣で苦しんでいた彼は二日前にニュルティンゲンでハインお祖母さんにカミツレの煎じ茶をたっぷり飲まされた。それでも彼は、マウルブロンが怖いんじゃないよ、むしろ楽しみだ、と何度も断言していた。馬車でマウルブロンへ旅することは、いずれにしても依然として厄介で、時間がかかった。馬車はおそらくビルフィンガー家と一緒に雇ったのだろう。彼らはフィルダー（シュトゥットガルト南方高地の平原）を越えてメーリンゲンへ、そこからレーオンベルクへ、そしてフォルマル叔母が待ってくれているマルクグレーニンゲンへと馬車を走らせた。そこで短い休憩をとり、熱いモストを出され、最近のニュースを聞いた。それからヴァイヒンゲンを越えて、ようやくマウルブロンに到着した。彼は半幌つきの馬車からおり、母を助けおろした。大声で、自信たっぷりの父につき添われたビルフィンガーはもう中庭に来ていた連中を一瞥で自分の周りに集めている。一方、ヘルダリーンはあまりに激しい歓迎におそれをなして、少し離れて木々の影に入る。グループが互い出会い、両親たちが群がり、少年たちがよくふたり連れになり、こっそり立ち去り、めざとい助手によってまた大勢の人たちのところに呼び戻されるのを眺めていた彼は、僧房の向かいのあの立派な建物は修道院屋敷で、相当な財をなした立派な管理者ナスト氏の一家が住んでいるのだよ、と聞くとはなしに聞いていた。

「修道院屋敷《クロスターホーフ》」はキーワードであると私は考えている。僕もかつてはあんな家に住み、そこで生まれた。実の父はナスト氏と同じような地位にいたのだ、と彼はひとりごとを言う。まったく無邪気に、あの窓の列の後ろへ、かつてそうしたようにそこの部屋のひとつへ入りたい、と憧れる。ただ彼はこの「かつて」を実際のイメージとしてではなく、おぼろげで、居心地のいい気分として心の中にしまっておく。

ぼんやりしているのね、と母が言う。

ぼんやりなんかしてないよ、マンマ、と彼は答えた。考えていたんだ。

新しい修道院のことを？

ここにもラウフェンのように修道院屋敷があるんだと。でもデンケンドルフにもあったわ、とヨハンナは言う。

たしかに、でもこの屋敷はラウフェンの屋敷に似ていると思わない？

ラウフェンの屋敷に？　彼女はあっけにとられ彼を見つめる。どうしてそんなことを思いつくの？　ほとんど思い出すことができないでしょうに。彼女はその建物を品定めするように見つめた。比べられないわ、だめよ。

ほんとに比べられないの、マンマ？

よく見ると、あちこち似ているところがあるかも知れないけれど。でもラウフェンではこうじゃなかったわ。

それでもこの屋敷が彼の心の中にしっかり住みついてしまった。彼は遠い昔を妙に思い出させるこの家の客になろうと決めた。

それから彼は騒々しさに、新たな生活のための全ての準備にひきずり込まれた。あわただしく入寮の指示を受け、修道院を案内され、りっぱな僧房を通りぬけていった。両親が帰ったあと、彼らははじめての夕食に集い、教師たちから改まった歓迎の挨拶を受けた。はじめにヴァインラントが聖書の一節を読誦した。みなは嬉しいような、落ち着かない気持ちだった。しかし多くのことは以前と変わらなかった。デンケンドルフと同じ順序で、レンツは彼の向いに、ビルフィンガーは右、フィンクは左に座った。

彼は管理者の家のそばを通り過ぎるたびに、郷愁にも似た気持ちでその屋敷を眺めた。（このような文章を書くことは危険なことである。書き残されたものによる裏づけのない、ある心の動きを再構成しようとしているのだから。そのころに書かれた彼の詩、とくにシュテラに、すなわちルイーゼに寄せた詩──「谷間をひとり静かに、／君に忘れられてさまようとき」──を何度も読み、この観点、すなわち距離を作り出すことで近さを生み出したいという欲求を私は思い出す。そう理由づけをすることもできるだろうが、それは必要だろうか？　二年以上も前から厳しい寮で暮らしている、まだ大人になりきらない少年がホームシックにかかるのは、無理もないことではないだろうか。彼は似たような屋敷で幸福な子ども時代をすごしたのだ。彼がそんなにもわずかしか知らない最初の歳月がますます明るく輝いてくる。）

もう夏ではない。少年たちはおそらく十月のこの最後の日々にすでに凍えていただろう。それだけ夢中で修道院を抜け出して、村を訪れたときにも味わったような暖かい部屋をもつ誰もが羨ましかった。空想を逞しくして誤ったイメージを作らないように忘れてはならないのは、彼がまだ十七歳になっていなかったことである。ルイーゼは二歳上だった。いつ彼ははじめて彼女を見たのだろう。きっとすでに到着の日にちらっと見たかもしれない。ルイーゼは姉や両親と屋敷の前に立ち、新入生たちが入寮するのをじろじろ見ていただろうから。彼らはそのときすでに視線を交わしただろうか。彼女の「気品にみちた歩きぶり」がもう彼の目をひいただろうか？　彼はじきに彼女に気づいたにちがいない。彼は友人たちのおしゃべりによって、あれこれの自慢話、火遊びのうわさ話、それにビルフィンガーのうんざりさせられ、張りあう気も起らなかった、いつものテンションの高さのおかげで、「大きな愛」に対する心構えができていた。私は彼が彼女と話す前から彼女を美化していたと確信している。そして彼女の本当の名前を知る前に、シュテラとひとりで呼んでいたかもしれない。彼の詩と手紙から、彼の気分は言葉を大げさに探していたが、あまりにもすぐにそれが消えてしまうのではないかという不安がなかったわけではないことが読みとれる。

彼は彼女が気に入った。彼女に出会いたいと願った。彼女の夢を見て、その続きを詩に書いた。しかしナストが娘たちを寮生たちから守っていた。ヘルダリーンはルイーゼと連絡をとるために、助力者を見つけ、よい機会がくるのを待たねばならなかった。

マウルブロン修道院長はヘルマン・ヘッセが修道院を逃げ出して家に連れ戻された後、彼の父に手紙を書いた。「……昨日、教師集会にて貴殿の御子息の処罰について審議がなされました。私はその決議について貴殿にお知らせする義務があります。ヘルマンの違反は覚悟の上の、また目的を意識した逃亡とも、また悪ふざけ、あるいは反抗の表明であるとも見なさず、ひどい精神的な激昂と攪乱の上での行動であり、罰の軽減を酌量せねばならない、との意見の一致をみました。このために朝の一時半から九時半までの八時間の禁固刑がとり決められました。」

ヘルダリーンはヘッセと同じようにこのような罰を、つまりワイン（あるいは後にはコーヒー）を取りあげたり、一時的に食事を与えない指示を出したり、きわめて難しい筆記を課したり、禁足を命じたりする罰を知っていた。みなは「穴蔵」を怖がっていた。ヘッセの教師たちの好意的な言葉には理由があった。ヘッセの両親が落ち着かない息子のために、マウルブロンの厳格さから多くを期待していたにもかかわらず、教師たちはこの少年を厄介払いしたいと思っていたのだ。「ヘルマンが修道院学校《ゼミナール》に留まることは……望ましくないというのが教師集会の全員一致の見解でした。」ヘルダリーンはこのような理不尽な要求に自分の母は決して打ち勝つことができないことを知っていた。それゆえ修道院学校と神学校《シュティフト》を終えたあと牧師職につかないという目論見をもまだ黙っていた。母の憂慮が彼を金縛りにした。

彼は心中を誰にも打ち明けなかった。それでも親しくなった人が、しかも親しい関係が結ばれるやいなや、忘れてしまえる親しい人が必要だった。そのためにシュヴァーベンではつねに親戚縁者が見つかる。いたるところでこうした大家族はその拠りどころを持っている、伯父や伯母、男や女のいとこたち、やむを得ないときは代父がいる。修道院の学僕のひとりがこの家族の遠縁だった。そしてその息子もまた学僕だった——私は彼を小心な無愛想な男と見ている。いつもびくびくと修道院の中を通り抜け、絶えず父親に脅されて背中を丸めている。怠りなく見守ることがすっかり身についてしまった彼は、とりわけ学僕の仕事に向いていた。不平も言わず、食事中、教授と補習教師と寮生に給仕をする。腰を屈めて修道院の門を開け、生徒たちが正しい時間に授業に来るか、勉強に打ち込んでいるか、禁止されている煙草の匂いがしないかと嗅ぎまわり、一日中愛想笑いをしてみせる。自分のつらい仕事のはらいせを台所や指物工房の雇い人に、それから財政局参事官ナストの下男や女中に、そして家では妻子にぶつける。彼女たちは笑うこともなく、学僕を助け、仕えなければならない——名前が伝わっていないこの息子がヘルダリーンに使者になってくれと説き伏せられた。

私が今、知っているような彼が、こんな思い切ったことをやるとは驚きである。彼はいつも個人的なことは抜きにして、友人たちの冗談や冒険譚を楽しんでいたが、自分はおとなしくしていたのだから。よく知らない少年をとりもち役にしたことが、彼女のそばに彼を追いつめたにちがいない。

君はよくナスト家に行くんだろう？

……

令嬢にちょっと伝えてもらえないだろうか？

……

だけど誰にも気づかれないように、いいね。

……

君を信用しているからね。

……

そしてその少年が戻ってきた。お嬢さんに話しましたよ。そんなつもりが始めはおありでなかったようだけれど。来てもかまわないそうです。今日の午後に、哲学の授業のあと。うちの庭で。

これはフィクションである。いつもひとりがしゃべっている。もうひとりの沈黙がこの虚構を書くことをより楽にしてくれる。少年が自分の父の庭を提案したのはありうることだ。おそらくそこは教授たちやナスト家の人びとの目が届かず、ちょうどよかったのだろう。

そのようなお膳立ては好都合なことだった。彼の頭の中をシュテラのための詩行が駆けめぐっていたのだろう。「それから私は見あげた。おののきながら見た、シュテラのまなざしが／私に微笑みかけていないかと――ああ！　私はおまえを探している、小夜鳴鳥よ！／だがおまえは身をかくしている。――だれのために、おおシュテラよ！／ため息をつくのか？　私のために歌ってくれたのか、愛しい人よ？」

彼にとってシュテラは比類ない存在である。彼がシートリあるいはラウラのことを思い起すとき――彼女たちは文学であり、文章のうしろに隠れている、しかしシュテラには現実に対応するものがある。彼女を彼は愛している。彼が詩の中で彼女に押しつけた感情と考えは、とにかく現実とは関りがなく、メランコリーとたわむれ、孤独を求め、別れを怖れている。ただ詩のお手本にそう吹き込まれたから、そう書いただけだろうか？　それとも予感のほうが希望より強かったのだろうか？　大きな時間を隔てて彼を観察している私が考えるよりも彼は自分のことをよく知っていたのだろうか？

マウルブロンで交わされたふたりの書簡のうち、これまで残っているのは一通しかない。ひき続きルイーゼからもらった手紙の中からテュービンゲンで読み返したときに書き留めておいたという理由だけで残されたただひとつの文章は、彼女の最初のメッセージで、全ての始まりがそうであるように、なにも否定せず、全てを捧げている、もっとも心を打つものである。「わたしの心は全部あなたのものです！」彼らは他の全ての手紙ではdu《ドゥー》（親称二人称）を使って話しているが、ここではまだ「Sie《ズィー》」とある。だからこの手紙は実は最初のデートより前に書かれたものと考えていいだろう。出会いの手引きをした使い走りの少年が密かに短い手紙のやりとりも助けたのだろう。何も知られてはならないから、きっと危険なことだっただろう。彼女はどこで知らせを読んだのだろう？　彼はどこにそれを隠したのだろう？

　そのような秘めごとが持つ魅力を私たちは今も理解できるだろうか？　はじめのうちふたりはどれほどぎこちなかったことだろう。言葉がみつからなかった。それとも彼らはただお互いの声を聞きたかったから、はじめから意味のないことをしゃべっていたのだろうか？　きっと彼らはうまく気があい、期待をよせあい、しばらくすると抱きあっただろう。「山辺を歩き、きみのキスをまだ唇に感じていたとき、僕は言いようもなく幸いだった――」ルイーゼはすでに最初の出会いの後、不安と疑いによって彼が自分の恋人を悩ませることに気づいただろう。しかし相手を見つけた高揚感のほうがまだ強かった。彼ははじめて理想化することができる人を見つけた。その人に言葉を背負わせて、思いきって言い表すことができないものの中へ入っていった。誰かにあまりにも近づき、そして長いあいだ近さを我慢しなければならないというこの恐怖の中へ。

　あした会える、フリッツ？

　それは駄目だろう。大公妃に捧げる詩を書き終えないといけないのだ。ご臨席のためにこの一週間はずっと無理だろう。

修道院では大騒ぎなのね。

校長には重大なことなのだ。

そしてあなたにもね。

さあ、それはちょっと違うな。

それで私は？

近いうちにね、ルイースル。

彼らが今、大して困難もなく会えるようになったのは、ルイーゼの従兄イマーヌエール・ナストのおかげである。

そして彼はルイーゼの中に最初の恋人を見つけたように、イマーヌエールの中に最初の「本当の」友を見つけた。その際、比較してみると、友情のほうがより隠し立てがなく、そのはっきりした近しさでずっと安全であることがもうここではっきりしてくる。

イマーヌエールは確かにしばらくのあいだ仲間外れにされたままだった。ヘルダリーンが彼に心中を打ちあけたのは、ナスト家も娘とニュルティンゲンの名望家の子弟とのはじまったばかりの結びつきを受け入れた――それも好意的に――ときだった。だからイマーヌエールは何も知らないまま仲介者だったわけである。

これはそれだけでひとつの物語である。ひと目で見通せる、始まりと終わりを持った期間である。ようやく時代背景や政治的経験をほのめかすことも起こり、私たちが今、社会的格差と呼んでいるものが生じてくる。

イマーヌエールの側にいる私はこの期間、ヘルダリーンに逆らいはしないが、やはり不信感をもって彼を眺め、いくつかの軽はずみな言動を腹立たしく思う。

イマーヌエールはヘルダリーンよりひとつ年上で、修道院管理者の甥だったが、一族のうちの貧しい側に属していた。そのため大いに能力があり、偏見がなく、「感情が細やかで」、夢中で、また批判的に読書する人であったにもかかわらず「大学に進めなかった」。その当時レーオンベルクの町役場で書記として働いていた。補助的な仕事をする知識人、裏で指示を待ち、しばしば気を悪くしながら、ひとりで状況を切り抜ける人だった。

一七八七年新年にマウルブロンの伯父を訪ねたイマーヌエールは、嫌われはしなかったが、金持ちの親戚から貧しい人にとって耐えがたい、見くだすような扱いを受けた。

イマーヌエールはヘルダリーンとルイーゼの関係を何も予感せずに、彼をナスト家に連れて行ったと考えられる。

ニュルティンゲン出身のフリードリヒ・ヘルダリーンです。

彼のことはもう知っているよ。

僕たちは仲よくなりました。

それは喜ばしいことだ、イマーヌエール、君にとっては。

この後からつけたした、「君にとっては」が彼にとっては新たな侮辱だった。

このような会話は創作であるが、人物を多彩にするための虚構ではなく、決まり文句の中に伝統的な行動様式を確認するための虚構である。

ひょっとするとナストはヘルダリーンが詩を書いていることを聞いていただろう。しばらく前からヘルダリーンは自分の詩を親しい人たち、例えば彼の肖像画を描くことになるカール学院生、フランツ・カール・ヒーマーなどに送り、友人や崇拝者を得ていたから。アスペルクの要塞に幽閉されているシューバルトにも彼はまもなく一束の詩を送るだろう。

ちょうどレーオンベルクからやって来たイマーヌエールに回廊を、あるいは修道院の庭を歩かせてみよう。彼は新しい寮生たちを見守り、あの生徒やこの生徒に挨拶をして、ひとりの生徒にヘルダリーンのことを尋ねた。話しかけられた生徒は、後ろ手にひとりで歩き回っている少年を指し示した。その光景がイマーヌエールの心を動かした。そんなふうに若い詩人を想像していた通りだったから。(伯母にヘルダリーンのことも教えてもらっていたかも知れない。もし寮生とつきあう気なら、フリッツ・ヘルダリーンになさいよ。繊細でしつけのよい少年ですからね。)彼の姿を見て心を動かされたのはナストだけではなかった。彼の美しさについてよく話題になった。なお神学校《シュティフト》の仲間さえ、彼が食前にあちこち歩き回るごとに、「あたかもアポロが広間を通っていったように」思うのだった。

ナストは考えにふけっていた少年にすぐに話しかる勇気はなかったが、彼を友だちにしたいと頭の中で想像していた。マウルブロンの孤独の中から、(ルイーゼも助けることができなかった)ヘルダリーンを解放したのは結局彼だろう。称讃され理解されている、そして対等な人間がそばにいてくれるという気持ちをヘルダリーンにはじめて与えたのはナストだった。

彼はヘルダリーンに近づき、二、三歩一緒に歩いて自己紹介をした。ナストという名前を聞いて、話しかけられたヘルダリーンは耳を欹てる。

ナスト財政局参事官のご親戚？

僕の伯父だ。

それでどこからこんなに突然、現れたの？

この近くで働いているのだよ。レーオンベルクの町役場の書記だ。自分の素性をまたもや恥ずかしく思った彼は小声で言う。

ヘルダリーンはそれについて何も言わない。

そこでイマーヌエールはついむきになって言い足してしまう。貧しいほうのナストだ。

すると思いがけずヘルダリーンが腕を絡ませてきた。僕らは友だちになれるかも知れないな。

この友情においてナストは惨めな、精神的に劣った人ではなかった。ヘルダリーンに対抗でき、人生経験と現実の判断ではるかに勝っていた。そして「古典」だけでなく、クロプシュトック、シューバルト、シラーも読んでいた彼は読者としても、この寮生を凌駕《りょうが》していた。ふたりは『群盗』や『ドン・カルロス』を一緒に読んだ。イマーヌエールが彼のためにナスト家の扉を開けてくれた。彼はヘルダリーンにとってルイーゼに劣らず大切な人だった。ヘルダリーンは話し相手として、友人として彼を必要とした。世間への幕がようやく手の幅ほど開かれた。寮生に情報がなかったというわけではない。彼らはあれこれ聞いていたが、一番よく聞いていたのは君主夫妻の安否についてのニュースであり、自分たちを事実上、処罰し、いびり、屈従させた大公が出す布告のことだった。それに逆らうのはあまりにも危険だった。なぜシラーが逃げなければならなかったかをヘルダリーンは知っていた。シラーがいかに専制君主に反駁したかはもう伝説になっていた。ヘルダリーンは次の年の、はじめての、かなり大きな旅行中に、シラーの逃亡中の逗留地のいくつかを心して訪ねたいと願っていた。それについて公然と話題にする勇気はほとんど誰にもなかった。共同寝室では相変わらずひそひそ話が交わされていた。シューバルトがファルンビューラー大佐の策謀でブラウボイレンで逮捕され、アスペルクで地下牢に幽閉されたという話は、国中のどの子でも知っていた。助けることができず、その詩や歌を人びとが口ずさんだ伝説の勇士だ。

これがナストの英雄たちだった。ヘルダリーンのそれではなかった。もしそうだとすれば、汚いしみがあってはならなかった。おそらく彼はシューバルトの詩の他に――それに「君主の墓所」は彼を感動させ、権力に対して憤慨させたことだろう――雑誌で誹謗され、そして称讃された人の、修復され、埋めあわされ、時代におもねるような調子で書かれた節度ある人物描写を読んでいた。「ところでシューバルトのような鋭敏な精神の人にとって、この最近の変化はもちろん重い課題である。しかし同時に、もし彼が思索家で偉大な精神の持ち主であるなら、その理由を自身の内外に探し、男子の勇気を見せて、哲学の慰めを活用するに十分な暇がある……我われはシューバルトと彼と同じ考えをする人たちに、神様のお導きで、その身に何も起こらなかったことを、いとも恵み深き大公殿下のお導きを讃えるときがくることを祈願、いや確信している。」

彼は似たような文章を読み、自分の教師たちから聞かされたかも知れない。それにもかかわらず、そのときすでによりよき正義を、必然的な和解を夢見て、人類のために希望していたのではないだろうか？

彼は夢見ていたが、このように無謀な夢を自分の胸のうちにおさめておくことに長けていた。そんなとき隠し立てなくしゃべり、熱くなることができ、自分とはちがったふうに見る、また見なければならない人間が現れたのである。イマーヌエールが大公の派手好みに、領邦君主が金のためなら魂も売り払うことに腹を立てていたとき、ヘルダリーンは賛成する勇気がほとんどなかった。彼は耳を傾けていた。ゴックの手につかまってラテン語学校の隣の町役場に行ったときのことを思い出した。堂々とした父を誇らしく思ったことを、階段の吹き抜けで嘆願者たちが後退りして、この有力者にわずかの人しか話しかける勇気がなかったことを。ニュルティンゲンにも書記がいた。彼はその人たちの名前をほとんど知らなかったし、彼らに注意を払うのだぞ、とゴックに求められたこともなかった。隅っこで補佐的な仕事をする影法師。さて彼は今、階段室に群がる人々の苦しみと苛立ちを、富農や聖職禄所持者、それから廷臣たちに対して彼らが孤立無援であることを、わずかばかりの土地をだまし取られ、ペテンにかけられ、いつまでも地主の所有物のままで、無力で、どんどんひどいことに巻き込まれていく人びとのことを聞いた。かなりの娘たちが売られていったことを。財産のない若者が兵隊勧誘者に雇われたことを。彼は出自と配慮に守られて、このような世界からずっと遠く離れたところにいたのだった。

それを知るべきだよ、フリッツ。それも現にあるのだから、とイマーヌエールは言った。

彼は自分の横にいる温和なヘルダリーンの心にその不公平をしっかり刻みつけようとするかのようにくり返した。

新年の日々は暇だった。ヘルダリーンはニュルティンゲンに帰らなかったし、家から訪ねてくるものもなかった。同じように二、三日休暇があったイマーヌエールは、もちろん伯父の家で嫌われていないが、とくべつ尊重もされていなかったが――今、自分を同等のものとして扱ってくれるヘルダリーンを連れてゆくことができた。すると家族の心づかいはたちまち大きくなった。

彼らはしばしば一緒にハイキングをした。部屋の中でしゃがみ込み、ときにはナストの娘たちとふざけあったりしたが、実際は周囲の人びとはどうでもよかった。彼らはしゃべりにしゃべり、互いに心中を打ち明け、友情をくり返し誓いあった。ヘスラーとビルフィンガーが仲間に加わることもあった。みなは特にシラーの『群盗』に夢中になった。イマーヌエールはその会話の部分を完璧に唱えることができた。もちろん一番好きだったのは森へ追いやられた義人カール・モールの役をひき受けることだった。それからシラーが天才であることについて彼らの意見が一致した。

ナストがヘルダリーンを解放した。それにもかかわらずヘルダリーンはイマーヌエールの心をとらえている多くのことにほとんど触れなかった。ナストの経験は彼の経験ではなかった。ひとりの書記の悩みは彼にとって全く関係がなかった。

永遠の友情を誓いあい、イマーヌエールがレーオンベルクに出発した次の日、ヘルダリーンは彼に手紙を書こうと、まだ夜が明けやらない「朝四時に」起床した。ナスト宛の手紙は全て同じような調子を持つだろう。無条件で信頼し、まるで書き手が言葉に追いつけないかのように性急に、高揚したスタッカートで。「最良の友よ！　僕はまったく落ち着いて君と別れた――別離で物悲しいとはいえ、とても元気だ――そして最初に出会った瞬間にたちまち友だちになったこと――お互いにあんなにくつろいで、楽しく一緒に過ごしたことを思い出すと、この数日だけでも一緒におれたことに満足な思いがする——ああ、僕の大切な友よ！——君のような友のためなら、指一本をささげてもいいと思った日々だった。たとえその指への僕の注意が喜望峰まで伸びていかねばならないとしても——」私はここで中断してしまう。というのも、こんなにもさりげなく「喜望峰」が話題にあがるところに、この友人たちの距離を測ることができるからである。ヘルダリーンの手紙の中で二度、喜望峰が話題になっているが、二度ともほとんど心を動かされておらず、悲惨な事実とはなんの関連もない。それも囚われの身となった、尊敬すべきシューバルトが激怒して、大公の新たな圧力に身をさらしながら、喜望峰の歌を書き、それがヴュルテンベルクの住民を目覚めさせ、反逆の歌のように歌われていたにもかかわらず。

「起きろ、起きろ！　兄弟たちよ、強くあれ、
　　別れの日がきた！
魂にその日が重くのしかかる、重く！
　　我われは陸と海を越えていかねばならぬ、
　　暑いアフリカへ。」

男たちを募り、オランダ東インド会社へ売り飛ばすことに対する激しい怒りはヘルダリーンのところまで届いていなかったにちがいない。しかしそれは資産のより少ない人たち、遺産をあてに

できない息子たち、貧しく、よい給料を期待している夫たち、冒険家にしか関係がない政治的な事件だった。彼はそれについて何も書いていない。もっとも修道院のありさまで母に不平をこぼしている手紙の中で、喜望峰の歌が――パロディーとして出てくる。「コーヒーをひとすすり、あるいはおいしいスープをひと匙だけでも、と渇望するのに、どこにも、どこにも手に入れられないのは、それは立派な食糧難なのです。僕はまだましなほうです。冬の勘定をいくらか支払わなければならないのに、財布に半ヘラーも残っていないほかの連中をお見せしたいです――彼らが夜中に腹立ちまぎれに、ベッドにも入らず、共同寝室を歩き回って歌うのには笑わされます。

起きろ、起きろ、兄弟たちよ、強くあれ！
借金とりがきたぞ。
借金は日ごとに増えていき、
息つく暇もない、
さらば我らはアフリカへ――（これは喜望峰のことでしょう）

毎晩こんな調子です。そして彼らはあげくのはてに大笑いして、寝床につくのです。しかしもちろんこれは哀れなばか騒ぎです！」

彼は修道院学校の生徒で、囚われ人のような気持になっていた。自分に直接関わりのないことは理解しなかった。彼をとりまくその他の現実はそれほど重要ではなく、ぼやけた背景のままだった。

喜望峰のために徴募された人びとの運命もまたそうである。いつも財源に余裕のなかった領邦君主たちは、あらゆるものから金を作り出すすべを知っていた。オランダ東インド会社は喜望峰のために、アフリカの小競りあいのために兵士を必要としていた。ヴュルテンベルクの大公は少しでも金をもらえれば何でもするという男たちをたっぷり手に入れていた。それゆえ彼らを売ったのである。募集はすでに一七八六年の初冬になされていた。一七八七年二月二十八日、すでに喜望峰連隊の第一大隊総員八百九十八名がルートヴィヒスブルクから出発した。同年九月二日、第二大隊がそれに続いた。シューバルトはアスペルクの要塞から、それについて友人に辛辣な手紙を書いた。「次の月曜日、ヴュルテンベルクの喜望峰連隊が出発する。撤退は葬列のようになるだろう。というのも、親たち、夫たち、恋人たち、兄弟たち、友人たちを、彼らの息子たち、妻たち、愛しい人たち、姉妹たち、友人たちは失うからである——おそらく永遠に。私はこの機会に、怖れおののく多くの人たちに慰めと勇気を与えるために嘆きの歌をいくつか作った。詩作の目的は優れた筆致を自慢することではなく、その天上的な力を人類のために使うことだ。」書記ブルームは——フォルマル家の娘との結婚によってヘルダリーンの親戚になったが——ヨハンナが子どもたちとマルクグレーニンゲンを訪問し、突然雨に襲われたあのころ、彼女に見とれていたあのブルームはその風変わりな日記で、非政治的な人間が、安定した市民生活から人身売買をどのように観察していたかを伝えている。「今日は一日中、とても楽しかった。喜望峰へ向けての千名の連隊と二百名の狙撃兵団からなる大公の第二大隊が進軍を開始した。」「高貴な方々」のご列席の場に、自身も参列を許された彼にとってそれは変化にとんだお芝居のようで、徴募された兵士たちの窮乏は気にならなかった。

十七歳のヘルダリーンは事情にそう暗くはないにしても、同じように無関心に書き留めることができたのかも知れない。彼はまだ、身分と財産によって揺らぎのない地位にいる人びとのなかで動いていた。新しくできた親友の嘆きすら彼に届いていなかった。ナスト宛ての最初の手紙で彼が機知に富み、思いやりを込めて喜望峰に触れているのには苦い理由があったのだ。ナストは大した昇進の見込みもなく、大学教育を受けなかったせいだと拗ねて、喜望峰へ応募してみようかと考えていたのだから。

そのことについて彼らはどんな会話を交わしたのだろう。

ナストは自分の悲惨さというカードを出しただろう。――ヘルダリーンはどう答えたのだろう？

私は、まったく私的に、現実には全然触れず、一時的な優しさから反対の意見を述べたのだと思う。

そんなのだめだ、イマーヌエール。
僕はどこの誰でもないし、これから誰かになることはない。
僕よりずっと物知りの君がそんなことを言うとは。
もうこれ以上、何も言ってくれるな、フリッツ。
だけど君にとって大事なことなのだから。
君は頭がよいが、なにも知らないのだ。
イマーヌエール、どうかそんな不可解なことを言わないでくれ。
そうじゃない、ただ決めかねているのだ、先行きが見えないのだ。
君がここにいてくれてよかったよ。

これはナストが言っているのか、それともヘルダリーンが言っているのか。

そして彼はイマーヌエールを必要とし、知識を渇望しているイマーヌエールに感動して、しがみついた。ナストは「世界を開放する人」だった。ヘルダリーンがマウルブロンにいるあいだ、ふたりはしばしば会っていた。イマーヌエールは誰からも対等の人として扱われ、それが彼を当然、レーオンベルクの役場のつとめからできるかぎり自由になりたいという気にさせていた。ふたりは手紙のやりとりをした——ヘルダリーンは後の友人たち、ノイファーやマーゲナウあるいはズィンクレーアに宛てて、めったにこんなに強い調子で、こんなに好意的に手紙を書かなかった。しかしルイーゼに対する愛情をイマーヌエールに打ち明けるまでにほとんど一年かかった。

マウルブロンで彼は大人になる。自分の感情に悩まされ、病へと逃げ込み、心中を打ちあけないままでいることもできる——しかし彼の行動はわかりやすく、意識的になる。彼についてはっきりしたイメージを抱くことができる。彼が自分の言葉を見つけたからでもある。私はこの二年間を、ある長い文章で、息もつかず、そしてはっきりと、彼やイマーヌエールや遠くにいる母の声だけで描けたらと高望みしている——彼とともに、ナスト宛ての、その苦悩を卓越した技量で示し自信をもって登場する最初の手紙とともに始めることができるかもしれないが。「……僕が言いたいのは、僕は少年時代から——そのころの心の素質をそのまま持っているということだ——そしてこれこそ僕にとって、今でも最も好ましいものなのだ——僕の心はまるで蠟《ろう》でできたように柔らかかった、そして今もある気分になっているときには、何であろうと泣くことができるのは、そのためなのだ——しかし僕の心のまさにこの部分が、僕が修道院にいるあいだにひどく扱われた——善良で陽気なビルフィンガーでさえ、僕が少し夢中になって熱弁をふるいだすと、僕をばか者と罵りかねないんだ――すると情けないことにその傍らで僕の中の悲しむべき粗暴の萌芽も伸び出し――よく憤激してしまう――なぜかわからないままに、ついに僕の兄弟のような人とまで衝突してしまう――侮辱のかすかな気配もないときにさえ。ああ、それは君の心と同じように脈打っているのではないか――僕の心は！　それはとても邪悪なのだ――かつてはもっと善良だったのに――しかし彼らがそれを奪ってしまった――それでよくなぜだろうと不思議に思ってしまうのだ。――僕を君の友と呼んでくれるようになるとは。ここで僕を好いてくれる人は誰もいないのに。――でも今、僕は子どもたちと仲良くなろうと思い始めている――だけどこんな友情だけではもちろん満足できない。」

十七歳の若者は自分から奪われたものを、何が台なしにされてしまったかをはっきりと知っていた。彼が自分で描写したように病歴カルテを始めることもできるだろう。しかしもう今から、無理やり彼を病人としてこの物語全体にわたってひっぱっていくのは間違いだろう――彼は他の人たちより感受性が強く、おそらく鋭敏だったのだろう。いずれにせよ他の人より傷ついていたし、またより傷つきやすかった。

来て、フリッツ、とルイーゼが彼に言った。どうしてそんなに苛立っているの、落ちついて、私がいるから。

しかしこのマウルブロンの二年間は彼の思い出の中にいろいろ錯綜して入ってくる。テュービンゲンに来るやいなや彼はそれを消してしまおうとして、すべてを忘れてしまったつもりでいる。イマーヌエールとルイーゼを、それから一緒にテュービンゲンに行ったビルフィンガーのような友人たちさえも。彼は突然、昔の友人たちを避けて、マウルブロンを思い出させることのない新しい友人たちを好んだ。彼の顔をほかの少年たちより透明で、分別あるものに見せたのは、彼の創造的精神だけではない。彼が教師たちにとって奇妙に大人びていると思われたこと、不思議なほど晴れやかで物静かにすることができたこと、逆らわないがその従順さがへつらいの印象を与えないこと、詩人であろうとしていることは、彼が自分の周りに作り出し、自身を際立たせた実際の姿でもある。

「わたしの心はすっかりあなたのものです。」

私は彼を英雄あつかいしたくないが、彼はやはり特別である。それゆえ私は彼の日常に非常に強い関心を持っている。はじめてルイーゼとしゃべってから、ほとんど一ヵ月、会えずに悩んでいたとき、もう彼の気を逸らすことが起こった。というのは大公殿下夫妻が修道院学校の視察をしようとしたのだから。ヴァインラントは興奮して彼を呼びつけ、「なんという名誉だ！ なんという名誉だ！」と叫んだ。今はまだハイデルベルクにご滞在の大公殿下夫妻が、授業を視察され、全てを点検されるためにご来校とのお達しがあった。そのためにしなければならないことがまだいろいろあるが、詩人の君が大公妃殿下に捧げる詩を書き、礼節をつくして妃殿下にお渡しするように選ばれたのだ。名誉なことだよ、ヘルダリーン君、名誉なことだよ。しかも十一月八日に向けてあまり時間がないから、全力を尽くしてほしいのだよ。昨今、規律がたるみ、今では禁じられている喜劇の上演では警告も受けているから、学校の評判をあげる助けになってくれるだろう。いろいろ飾り立てないといけないのだ、わかったかね？ しかし少年はもう耳を傾けていなかった。もう詩行を、詩の冒頭に掲げる文章を考えていた。「ヴュルテンベルクのフランツィスカ大公妃殿下のマウルブロン修道院へのご来駕を記念して、大公妃殿下に深き恭順の意を示し、妃殿下のいと深き慈愛と恩寵に身を委ねたく願うヨハン・クリスティアン・フリードリヒ・ヘルダリーンであります。」そして躾のいい寮生の役割を演じ、追従家たちに連なり、金色の表紙に包まれた自らの詩を妃殿下に捧げた。「少年の私が長いあいだ／抱いていた熱い、心からの願いでした、長い――！」私はこんな彼が好きでない。

　しかし彼は一七八六年の最後の何週間のうちに、聴衆も大公妃殿下も必要としない、いわばアンティストロペ（ギリシア悲劇のもどり舞歌）である詩をルイーゼのために書いている。「愛される歓びが台なしにした、／夢想者のいのちを。」それからデンケンドルフにいたときのようにクリスマス休暇を存分に利用することなく、修道院に残って、イマーヌエールと親しくつきあった。手紙のやりとりや、互いに文学作品の解釈しあうことが友情の絆を深めた。イマーヌエールがヴィーラントとその『新アマディース』を話題にすれば、ヘルダリーンはクロプシュトックやシューバルト、そしてシラーを持ち出し、オシアンを語り友人を夢中にさせようとした。「彼はその右に出るものはない吟唱詩人、ホメロスの偉大なライバルだよ」と。一七八七年四月、復活祭の休暇をヘルダリーンはようやくニュルティンゲンの母のもとで過ごした。ビルフィンガーと旅をし、会う約束をした。彼らはしばしば出会い、「連れだって愉快に」過ごした。私は彼らにティーフェンバハタールを歩き回らせよう。テック城やノイフェン城跡へ登らせよう。彼らがどんなふうにオーヴェンやボイレンを訪れたかを思い浮かべ、私の思い出を彼の視線に結びつけたいのだが。「ああ、わが谷よ！　テックの山に隣りあった谷よ」、ただ私は彼の英雄たちについて行けない。私の子どもころは彼の子どものころとは違って、もうヒロイズムが追い出され、空想の中でも駿馬が「ドイツの堂々たる私闘《フェーデ》へ」私を運んでいくことはなかった。

友人たちはまた互いに相手を見つけ出した。ビルフィンガーはよそからきたルイーゼとナストに対する彼の嫉妬心を忘れた。――しかし高揚した気分はなかった――どうしようもなかった、それは彼の心理的のリズムと相容れないし、不安や自身への疑念や、漠然とした窮屈な未来への展望はもう戻ってこないだろう。聖職につくつもりがないことをはっきり母に言おう、という思いを彼に強めさせたのはおそらくビルフィンガーだろう。君は牧師になる気はないのだ、フリッツ、僕はわかっているよ。言えよ。はっきり説明せよ。

しかしヨハンナはほとんどそれを理解できなかった。

何のために私はすべてをひき受けてきたのかしら。

それでは僕は？

詩なら牧師としても書けるでしょう。あんたのためにたくさんお金をかけてきたわ、わかっているでしょう。それに親戚の人たちはどう思うでしょう？　学校では成績がいいのに。

はい、マンマ、と彼が言う、でも――

母は彼に耳を傾けていない。それをじっくり考えてもらわないと。

彼は皮肉の気持ちを込めないでもなく、こせこせした将来を思い描きながら譲歩した。「村の牧師としても、他の何かになるのと同じように何か世の中に役立つことはできますし、もっと幸福になることもできます。」

憂鬱な思いが募る。

ナストとルイーゼは彼を助けることができない。もっとも彼もそうさせなかったが。

イマーヌエールに宛てた、急き立てられたかのような手紙から、結局、彼がこの激しい気分の変化を楽しんでいることが窺われる。それは彼が書くことの役に立っている病気のひとつである。

「わかるだろう。僕の苦悩のかなりの部分は神から授けられたものなのだ！　僕は苦悩のことなど話したくない――君は僕の手紙を楽しい時間に受け取るかもしれないし、そうだとすれば僕は自分の嘆きでそれを台なしにさせることを気に病むだろう！　僕がどんなに晴れやかな瞬間を切望しているか――それを手に入れると、どれだけしっかり摑んでおこうとするかは承知している。そうなったら君にも気楽になってもらえるのだが。」彼は血を吐き、母親に無断で学校を去るべきではないか、と思い悩む。秋の試験の成績は以前より少し悪かった。十月二日までの一ヵ月の秋の休暇を彼はまたニュルティンゲンで、あれこれと「気を紛らせて」過ごし、また修道院に帰り、自分を「永遠の、永遠のふさぎの虫」と罵る。

イマーヌエールがナスト家への連絡を取ってくれるようになった今、ルイーゼと出会うことがより簡単になった。姉たちは秘密を知るようになり、「短い手紙」を偶然に手にしてしまうこともあった。この関係に安らぎはなかった――自虐的になったヘルダリーンは何度も自問した。自分を驚かせ、幸せにさせ、そして変えてしまったこの大きな愛情ははたして長続きするだろうか。彼が自分で暗い影を投げかける、そのために第三者はいらない。イマーヌエールはいわばふたりがくり返し演じていたジェスチャーゲームから真実を察知できたかもしれなかったが、ヘルダリーンがいとこの庭でルイーゼに出会った後、ようやく一年して、二通の冗舌な手紙で報告を受けるのだった。「僕はここへやって来た――彼女を見た――彼女は僕を見た――ふたりとも互いに相手の性格を尋ねあった――よくあるように――ただ偶然からまずルイーゼがそうした……そのとき僕の心がどんなに騒いだことだろう――ほとんど一言もしゃべれなかった――ふるえながらその言葉を――ルイーゼとつかえながら言うこともできなかった――君ならわかるだろう――友よ――そんな気持ちに君もなっただろう。」そしてこのように打ち明けているうちに、この数ヵ月の興奮がすべて思い出された。ビルフィンガーも、もちろん今まで出会ったことがないのにルイーゼを崇拝していることに気づいたことを、ついに腹を立てたが、ビルフィンガーはなぜ腹を立てられたのかわからなかったことを、ルイーゼも何も気づかないまま疑われていたことを、ついにヘルダリーンがビルフィンガーを追いつめ、「自発的にあきらめさせた」ことを、彼女に一体、本当に自分を愛してくれているのかという自信のなさがだんだん募っていったことを、教師や同級生たちに「危険なほど憂鬱だ」と思われたことを、一ヵ月会えずにいた後、ついに「ルイーゼと泣いた」ことを。彼はエールブロンへ行く道すがら、庭でルイーゼが歩いているのを見て、あっけにとられているイマーヌエールを置き去りにして、塀を飛び越え、彼女の後を追った。「そして今、最良の友よ、今、僕は地上で一番幸せ者である。」しかしこれは手紙を書いているこの一夜以上長続きしない。というのも彼はルイーゼに別れを予感させるような詩を書き、彼女を心配させていたからである。「不安な別れがもう狙っている、／盗人のように我われの幸を、／早々の別れの苦しみか／おまえの恋人のまなざしを曇らす」――この詩にはもちろん貧弱ではあるが、マリアンネ・フォン・ヴィレマーの、ゲーテのズライカの詩行と似た調べがある。このような恋は初めからその終わりを知っている。彼らは落ちあった。自分たちの幸せが変わらないことを誓った。それは古い、特にできがいいとは言えない、「時代の好み」の絵画にあるような情景だ。彼らが舞台衣装を着せられているように見えるが、それは彼らにとっては単なる衣服にすぎない。私にとってはまったくおかしいと思われるポーズをしたまま彼らは固まっている。庭を、砂利道をぶらぶら歩き、四阿《あずまや》や薮の中に隠れる。しかし彼が手紙で書いていることには具体性が、近しさがない。ただ彼が彼女を見たときに飛び越えたという、崩れかかった、低い岩塀を私は彼を通して知っている。それは私も知っている「エールブロンへの道筋に」あるが、そんな塀は見たことがない。またもうなくなったものを、もう姿を消してしまったものを私は描写している。

カール・オイゲン大公の六十歳の誕生日に彼は詩を朗読して共に祝うことを「許可」される。詩人として登場する名誉を得たのだ。春の成績はよくなり、品行は「方正」であると評価された。復活祭の休暇に彼は前に一度行ったことのあるフォルマル叔母のもとへ、マルクグレーニンゲンへの旅をくり返す。旅の同行者も前と変わらずハインリーケと母である。異父弟はまた同行しなかった。今は十二歳のカールは、ヨハンナが経済状況を考慮したので、大学に行かず、書記になり、もちろん昇進するだろう。そしてヘルダリーンは弟を「教育する」義務があるといつも感じるだろう。リーケが彼に思い起させた遊びはもうなかった。もう庭でかくれんぼもしないし、寝室で大騒ぎすることもない。フォルマル夫人は重病である。彼らはあいかわらずブルームに出迎えられる。彼はニュルティンゲンの親戚が「いつも夫人の周りにいるので」、娘のフリーデリケと婚約したことを、雇い主の夫人であるフォルマル夫人にまだ正式に伝えることができないでいることを何より気にやんでいる。まだ祝福の言葉をもらっていない将来の娘婿。しかしこの退屈な男は、楽しい訪問を願っていたヨハンナ・ヘルダリーンが彼女なりに献身的に尽くしているのを見ていた。「私はこの善良な夫人が、──ここで病人の看護をしなければならないのを気の毒に思う。」しかしリスクのない将来を計画していた彼は、自分のすべきことに専念したのだろう。彼は「若いヘルダリーン」と散歩する。ヘルダリーンはこのおしゃべり男が好きだったとは考えられないが、もっともこの年のうちにブルームとそのフィアンセと一緒にプファルツまで旅をしている。ヘルダリーンのレヒガウの牧師館とマルクグレーニンゲンのフォルマル家とのあいだの絶え間ない行き来の中でこれが一番の遠出だった。ヨハンナは憂慮していたに相違なく、このふたりの年少者たちは監視なしだった。

ともかく彼らの姿を見るために、彼らの年齢を述べておかねばならない。ヨハンナは四十歳、ハインリーケは十六歳（その何年かのうちに拵えられた影絵には淑女の彼女が描かれている。ふっくらとした愛らしい頬の横顔で、胸はコルセットで高く締めあげられ、優雅な腰当て《キュ・ド・パリ》のついたドレスを着ている。彼女は二、三年後にマウルブロンのブロインリーン教授と結婚するが、このことからこの社会がどんなに閉鎖的であったかが、また明らかになる）。ヘルダリーンは十八歳である。

彼らは復活祭の休暇を結局マルクグレーニンゲンで過ごした。ほとんど変化のない日々だった。すべては叔母の病状次第だった。その後で彼らはまたレヒガウに行った。疲れはてたヨハンナはくつろぎたいと望んでいたが、それは長く続かなかった。義妹の容態が悪くなり、ブルームはヨハンナを呼び戻そうと決心した。彼の日記には急場をしのぐ果敢な行為が描かれている。「……この町で彼女たちを迎えにいく馬の手配ができなかったので、とにかく私は馭者の工面をした。債務関係があったので、馭者は私の頼みごとを断らなかった。昨日、レヒガウに財務局参事官夫人をご子息ともども迎えに行き、ここまでお連れした。」

おそらくヘルダリーンは無言で、見守っていたのだろう。「そこで僕は付き添っていた」、とマウルブロンに帰った彼はナストに書いている。「まる四週間、グレーニンゲンの叔母の臨終の床を見守り、耐えることを学んだ——彼女から！ そして今、友よ、彼女は亡くなったのだ——ああ、友よ！ 彼女は僕の亡き父にそっくりだという。僕は父をまったく知らない。父が死んだとき三歳だったからね。だけど彼女に似ていたとすると、すばらしい人だったにちがいない。」

ここでまた「最初の父」の像が、ただ死の床にある女性と比べてだけだが、蘇ってくる。「僕は父をまったく知らない」が、それでもはっきりそうとわかる姿にしようとくり返し試みる。

イマーヌエールへの同じ手紙の中で、自分の詩が「本当に遍歴中だ」と彼は書いている。マルクグレーニンゲンで知りあったルードルフ・マーゲナウにその詩を送ったのだ。マーゲナウに出会うことは難しいことではなかった。彼はヘルダリーンのグループに属し、ただ二年だけ先に、同じ道を進んでいた。デンケンドルフ、マウルブロンそして一七八六年からテュービンゲンの神学校《シュティフト》で学んでいた。マーゲナウはマルクグレーニンゲンの町の書記の息子だった。（これはいつもの社会階層のひとつである。役所の書記、町長、牧師、教授、財政局参事官、教会参事会員、これらは全て特権によって守られ、たいていは裕福な、宗教局あるいは宮廷につかえる役人であり、互いに申しあわせて、自身と子どもたちを守っていた。）他方、マーゲナウの父はあの称讃されていた反逆者シューバルトと親交があった。マーゲナウはすでに詩作を試みていたが、ヘルダリーンとは逆のタイプの人間だった。誰にも認められて自信を持ち、ぶっきらぼうで、そして機知に富んでいた。後に牧師になり、すでに数年後には友人たちから離れ、民衆バラードや地域の伝説を収集し、信望あつい郷土研究家になった。しかし彼は今、ヘルダリーンにとって重要な人物だ。彼の博識や判断力、わけても自身の父を通じてシューバルトと関係があるということが、ヘルダリーンに感銘を与えた。彼は自分の詩を束ねてマーゲナウに渡し、さっそく経験豊かな著述家を気どった返事をもらう。「ベルリンのお偉方がどれほど、そのような些細なことを子どもみたいに嘲笑するか、まったく信じられないほどだ。」この言葉で彼が意味したのは、ヘルダリーンの「あまり普通でない言葉」への好みであり、どこか別の場所で無理解にぶつかるかもしれない。だから例えば「流れは疾駆する《ヤーゲン》」ではなく、荒れ狂う《トーベン》とか、勢いよく流れる《シュテュルツェン》と言うべきだと。彼はヘルダリーンに善意だが誤った忠告をし、まさにそれを非難している彼が流行の批評家たちのもとで明らかに流布されている常套句を吹き込もうとしたのだ。ヘルダリーンはこの差し出口に腹を立てなかった。彼はさらにこの年上の男に従った。少なくとも二、三年のあいだは。

ブルームは、今ではフリーデリケ・フォルマルと婚約し、その自立を確信するようになっていたが、自分とフィアンセと一緒に自分の故郷、シュパイアーへの旅をしようとヘルダリーンを誘った。ヘルダリーンはもう以前のように気楽ではない。マンマにすべての出費をきちんと記録した旅日記を書くだろう。もっとも「いとこのブルーム」が旅行中の「たいていの飲食代」を払ってくれたということであるが。一七八八年六月二日、「さわやかな」早朝に彼は馬で出発した。クニットリンゲン、「豊饒なプファルツの平野」、ブレットハイム、ディーデルスハイム、ゴンデルスハイム、ハイデルスハイムを通りすぎ、ブルフザールに到着した。そこの旅館でブルームと落ちあい、さらに一緒に旅を続ける約束をしていた。私は地図でこの道を辿った。街道ではなく、緑色で印をつけられた森の周辺の小径を探し、この最初の旅立ちの気分を追体験しようとした。馬で旅することは彼にとって自明のことだったに違いない。朝に馬に乗ることも珍しいことではなかった。目的地に到着するためには早く出発しなければならなかったからである——旅に要する時間ももっと長かった。それにもかかわらず聞いたことしかなかった異郷を目にすることは彼にとって新たなことだった。もう以前から彼の想像力を刺激してきたもの全てを、ライン河やシュパイアーの大聖堂やハイデルベルクのそばのネッカー川を彼は目にした。このとき、生涯ずっと続くテーマが響き始めた。

ブルームは約束した時間にブルフザールに到着しなかった。ヘルダリーンは待ちに待った。新米の旅人のいら立ちが彼を先へと駆り立てる。彼はひとりでシュパイアーへ馬を走らせる。「ブルフザールからもう舗装された街道ではありませんでしたが、広くてよい砂道でした。私は大抵、目の前の道の三歩先が見えないほどうっそうとした、ぞっとするような森林地帯を通りました。ヴュルテンベルクでそんな密生した森を見たことがありません。一筋も日光が差し込んできませんでした。フォルスト、ハムブリュッケン、それからヴィーゼンタールを過ぎると、ようやくまた開けたところに出ました。目の前にはてしない平原が横たわっていました。右手はハイデルベルクの山々、そして左手にはフランスとの国境の山地がありました。——私は長いあいだ立ちつくしておりました。」ヘルダリーンについて人びとはそもそもそんなイメージを持たない。借りた馬で辺りを騎行し、荷物はわずかしかなく、話しかけた宿の亭主や農夫やライン河の漁師から殿方とみなされている若い男。部屋で書き物をして、友だちのあいだにいるあのヘルダリーンではない――こちらのほうがよく知られた情景である。彼はそんなふうだと思われている。しかしすぐに旅なれて、馬を借り、宿屋に泊まり、馬車の値段の交渉をし、こっそり財布の中身を勘定する彼の姿は、型にはまった詩人の像と一致しそうもない。

長いあいだ彼はじっとしていた。ラインのゆるやかな平地が彼の目の前に広がっていた。「だが一体どこにいるだろう、／生涯、自由なままでいるために、／また心の願いだけを／ひたすらかなえるために、／ライン河のような恵まれた高みから、／また、聖なる母胎から／かの方のように至福のうちに生まれ人が？」彼はずっと後になってライン讃歌を書き、それを最良の友であるズィンクレーアに捧げた。しかしこの「広大な平野」の「思いがけない光景」を見て、もともと修道院からの期限付きの自由を楽しんでいた彼が、夢見心地で自由を理解しはじめたとは考えられないだろうか？　そしてそれがさらに響き続け、くり返し現れる謎めいたこだまになったとは考えられないだろうか？　彼は遠くからシュパイアーの大聖堂を見て、渡し船でライン河を渡り、またそこで待たねばならなかったが、それをヨハンナへの手紙で、「けれどもそのときほど待つのがうれしかったことは今までありませんでした」とはっきり書いている。そのような光景を前にして苛立ちは消えてなくなった。

彼はブルームの義兄、マイアー牧師のところに泊まった。またしても客になるのは牧師館である。次の日、もう朝の四時に起きなければならなかった。彼らは今は三人で、より快適に馬車に乗り、シュヴェッツィンゲンとその「遊歩庭園」を訪れた。それからハイデルベルク、そこでまたしても後の詩行がきざし始めたのだろう。「この町がとくべつ僕に気に入りました。」午後にマンハイムに着き、『群盗』が初演されたあの国立劇場でF・L・シュレーダーの芝居『フェーンドリヒ』を観た。私はこの芝居のタイトルを記すが、それがどんな話なのか、予想しかできない。彼のためにそんな際物に当たってみるべきだろうか？　この劇場より「美しい、洗練された、完璧な」ものは考えることができません、としか彼は書いていない。その芝居は？　観客は？　役者は？　劇場それ自体だけ？　それは彼のはじめての劇場体験で、熱心な観劇者になるほど心をそそられなかった。六月四日、彼らは町を見物して、ライン河にかかる、船が通過するときに「何ヵ所も」開けることができる機械仕掛けの橋を渡って、オッガースハイムへ行った。「ここで僕は偉大なシラーがシュトゥットガルトから逃走した後、長いあいだ滞在していたのと同じ宿（ツーム・フィーホーフ旅館）に着きました。ここが僕にとって聖なる場所になったのです――この偉大で非凡な詩人のことを思い、目に浮かんだ涙をかくすのに苦労しました。」彼は三十九歳のシラーのことをまるで、もう物語になった人のように語る。――もちろん彼はこの物語をただほのめかしているだけだが。つい先ごろ、彼は大公の六十歳の誕生日のために詩を一篇捧げ、その前に腰を屈めてお辞儀をした。その同じ大公がシラーを追放したのだ。彼の少年のころの全ての手紙の中でのように、現在が結局のところしめ出されたままである。教師たちのわいろや下劣さに対してマーゲナウが苦々しい思いをしていたことも、ヘルダリーンのもとでは萎びてコーヒーの欠乏への嘆きになってしまう。

大公の情け容赦もない税の取り立てやフランスのローアン枢機卿とマリー・アントワネットの首飾り事件や各身分層の不穏な動きについても彼は何も語らない。彼はそのことを聞いているし、読んでいることは確かだ。ナストあるいはビルフィンガーが、あるいは今はマーゲナウも、辛辣な批評を加えたと思われる。ひょっとするとそれだけではなく、君もいいかげんに率直にしゃべってしまえよ、と言われたかも知れない。彼は控え目にしている。しかしヘルダリーンは正義を求める人に賛同しないわけはないだろう——これがみなの願いだった。そのためには彼の気持ちを損ね、そして党派的にさせることができるより強い人びとが必要だろう。

ともかく彼はブルームとリーケ・フォルマルに心を配ることなく、シラーの逃亡事件を思い出して、憤激もしていたように見える。「選帝侯妃の離宮について僕はとくべつ何も言えません——僕は何も見ませんでした——建物と庭のほかは。そのあとシラーのことが僕の頭から離れようとはしませんでした。」

彼らはフランケンの谷を越えて、またシュパイアーに帰った。彼はそこでもう一度、ライン河を味わった。「僕の精神は果てしない彼方へと飛翔しました。」ひとり馬にのって六月六日、オッガースハイムとブルフザールを越えて修道院に帰りついた彼は、以前にもましてその狭苦しさを感じた。彼は夢中になってまたナストのほうを向いた。

今から時がより早く動き出す。

七月に、修道院長ヴァインラントが亡くなった。生徒たちは彼に期待していたが、何もしてもらえなかった。

マウルブロンの卒業成績はよかった。詩学で彼は「優秀」、ギリシア語では「堪能」だった。彼はもうすぐ立ち去ることを楽しみにしていた。ただルイーゼだけが悲しんでいた。ふたりは自分たちの愛が永遠であることを誓いあった。「別離の歳月。／それらは私たちをひき離さない。」進級の祝いは別れでもある。彼はレーオンベルクのイマーヌエールのところに馬を走らせた。彼は有無を言わせない手紙の中でこれからも友だちであることをイマーヌエールに前もって約束していた。しかし計画していたシュトゥットガルトへの旅は実現しなかった。彼らはレーオンベルクに留まった。ルイーゼはそこによくやって来た。彼は寛ぎ、幸せだった。九月の末に徒歩でニュルティンゲンに帰り、そこからすぐにルイーゼに手紙を書いた。するとその記憶は突然、実体のあるものになり、彼はその場所を見ることができ、その舞台が現実になった、ただ一度だけ。「しばしば忍耐強く、それでいて心からの憧れでいっぱいになり、あの場所で待っていると、ついに大切な人が窓辺に見えました。あの時のことを思い返すと、あなたの眼中には、全世界の中であなたのヘルダリーンしかないことを考えると有頂天になりました……そしてあなたがあなたの家から出て、回廊のほうへ行くのが見えたとき……」

ヨハンナは将来、彼がルイーゼと結ばれることに賛成していた。しっかりした妻がいる牧師になった彼の将来を心に描いて安心したのだろう。それなら勝手がわかっている。ルイーゼと彼は指輪を交換するだろう。彼女は彼より沢山の手紙を書くだろう。

秋の休暇は彼をまた子どもに返した。彼は昔の友人たちを再び見つけ出した。ビルフィンガーによく会った。テック山の山腹でぶどう摘みをした。書いた。すてきだと思ったことを、修道院の歳月から持ち帰ったものを、ノートに書き込んだ。ひとつの時代が終わったという感じを彼は持ったに違いない。

十月二十一日、彼はテュービンゲンの神学校《シュティフト》に入学した。マウルブロンの同級生の他にシュトゥットガルトのギムナジウムから来た四人の生徒、ヘーゲル、メルクリーン、アウテンリートとファーバーがいた。

彼はまもなくノイファーとマーゲナウと友情の盟約を結ぶだろう。それとひきかえにイマーヌエール・ナストとの友情が終わる。その率直さと賢明さで彼を助けたイマーヌエールは今ではあまりにも遠く離れてしまった。一介の書記にすぎない彼は仲間になることができない。

VI　第三話

彼をとりまく世界は、彼がほかの生徒たちと移り住んできた部屋に似ている。デンケンドルフ、マウルブロン、あるいは目下のテュービンゲン――雰囲気と顔ぶれが変わらなかったら、それらは交換可能だろう。

彼には全てがより狭くなったように思われる。閉塞感で息が詰まりそうだ。彼は逃げ出すつもりで、法学を専攻しようと願い、母親を、妹や弟やルイーゼをも心配させる。彼は病気がちで、気を病む人のふりをする。

テュービンゲンの最初の数ヵ月を彼はマウルブロン時代よりもっとひきこもって暮らし、あれこれ思い悩み、詩を作り、ルイーゼに手紙を書く。そして彼女のことを考えているあいだ、彼女の姿を、彼女に触れて抱きしめ、口づけしたことをも思い起こす。文章の中で彼女の近くにいることを求めながら、彼女を怖れてもいる。

母は大学を終えて牧師になるように彼に懇願していた。わかりました、私のために黒い僧衣をもう縫ってもらってください。

彼は書く。

ひとりごとを言いがちになる。

ときおり母を、あるいはルイーゼを説得する。

少し落ちつくと、手鏡で自分を見つめる。自分を観察するのは楽しいことだと気づき、ルイーゼは自分をどのように見ているのだろうと考える。

どうしても彼女と話さねばならない。彼女に触れ、彼女の声を聞きたい、そうすれば自分を病気にさせたものがまたよくなるだろう。だしぬけにルイーゼを訪ねようと決心し、寮監長《エーフォルス》に休暇を願い出た彼はほとんど休まずマウルブロンへの道を十八時間歩いた。これは彼の人生の数多くの強行軍のひとつである。夢うつつで、ほとんどあたりのことを気にせず歩いた。――そして気になるときは、疲労で妙に鋭くなった目で見た。

到着するやいなや、もうせかせかと立ち去ろうとする。

暇がないんだ、ルイースル。

休んでいって。

ルイーゼの両親は警戒しているものの、愛想よく応対した。

彼らはヘルダリーンの混乱に気づき、彼が眠っているあいだにルイーゼに厳しく注意した。いつも言っていたとおり、やっぱり気むずかしい人だな。

たしかにおっしゃるとおりですわ。

ふたりは朝に庭を散歩した。彼女は落ち着かせることができた。彼を愛撫し、腕に抱いた。しかし彼女には本当に彼を抱いているのではなく、まるで夢を見ているように思える。

彼は家族と一緒にコーヒーを飲んだ。ナストは新入生のことや、ヴァインラントの後任のことを話して聞かせた。ヘルダリーンが修道院の建物の方に目をやると、過去と現在が彼には入り乱れてしまったように思えた、もう今から。

ふたりの将来のことがそれとなく話題にあがった。彼はそれをかわしてしまう。まず、学業を終えなくてはなりません。それに副牧師のポストはたいていひどいものです。

他の人にはほとんど聞きとれないほどの小声で、時間がいるのです、と彼は言う。

彼はそそくさと別れを告げた。ルイーゼは彼と中庭を横切っていった。

馬を予約しとくべきだったわね。

そんなゆとりはないよ。

彼女は笑って彼の腕をつかんだ。あなたはたしかに変だわ。

わかっているよ。

ルイーゼは両親や生徒たちの見ている前で彼にキスする勇気がなかった。

ごきげんよう《アデー》、フリッツ。

ごきげんよう《アデー》、ルイーゼ。

彼はテュービンゲンからすぐに手紙を書いた。そばにいてほしいと願っていた。いつか妻になってくれればいいが。ほかのひとは考えられないよ。

「ああ！　僕たちが永遠に結ばれてお互いのためだけに生きるとしたら、どんなに幸せな日々になるだろう——ルイーゼ——そのとき僕は君によってどれほどのものを享けるだろう……」

ノイファーとマーゲナウが彼には今のところ最も身近な友だちである。

シュトゥットガルトから新しくやってきたヘーゲルとメルクリーンに席次で押しのけられたことが腹立たしい。彼は今、八番である。

神学校《シュティフト》の頑迷な規定が彼を憤慨させる。

過去の四年間のように全てがうつろで活気がない。

「ふさぎの虫」に取りつかれているよ、と彼らは言う。

君らは僕のことがわかってない。ほかの人たちのような生活を送ることができないのだ、と彼はノイファーに言う。

彼らは連れだって城山《シュロスベルク》を越え、オーストリア領であるヒルシャウを目指して散歩した。ノイファーは彼を落ち着かせたい。なんと言っても君の詩には希望がもてるよ。それがあれば牧師の仕事もどうということがないよ。

もっと高いところを目指しているんだ、ノイファー、と彼は言う。

辛抱ができないのだな、とノイファーは応じる。

君の言うとおりだ。

今ではルイーゼがつまらなく思える。彼女の考えは誠実だが狭小だ、愛して何も不審に思っていない。思い違いだった。たしかに彼はこの愛を必要としていたが、それでもやはり思い違いだった。

彼はそれを手紙の中でルイーゼにそれとなく知らせる。彼女は次第に大きくなる彼の動揺を見過ごし、その懐疑に巻き込まれなかった。

「こうして僕は座っている。愛するひとよ。とても静かで、不気味なほどだ。それなのに人から離れてまったくひとりでいるとき、僕はとても気分がいいのだ……」

この愛はもう今は重荷にすぎない。彼はそれを払いのけねばならない。全てを一気に手放すという怖ろしい試みをやってのける。この手紙の文章はどれもこれまでとはちがった調子をおびていた。それは、最後の解決策のために、綿密に考えぬかれた論法だった。

「ありがとう、幾重にもありがとう。愛するルイーゼ、あなたのやさしい慰めの手紙に感謝します！　それは僕をまた明るい気持ちにしてくれました。僕はまた人間の幸福を信じます。お花は僕を言いようもなく喜ばせてくれました。指輪と手紙をここにお返しします。僕たちがお互いのために生き、将来について何の思案もせず、どんな心配も僕らの愛の妨げにならなかったあの至福の日々のせめてもの記念に、ルイーゼ！　これを取っておいてください。本当に！　ルイーゼ！　僕は率直でなければなりません――僕が君にふさわしい地位につくまで、君に求婚しないというのが、これまでも、そしてこれからも僕の変わらない決心です。そのあいだ、善良で大切なルイーゼ！　そのあいだ君がくれた言葉によって、君の心の選択だけによって束縛しておきたくないのです。何度もはっきり言ってくれたように、他の誰かを愛するなんてできない、と善良な君は思うかもしれません――しかしそのうちに何人もの愛すべき若者が君の心を得ようとするでしょう。何人もの尊敬すべき男性が君に求婚するでしょう。君が立派な人を選んだら僕は喜んでお祝いを言うつもりです。そうなってはじめて、僕みたいに気難しくて不機嫌で病気がちの友といっしょにいても幸せになれないことがわかるでしょう。」

この手紙がもう配達中とわかった後で、彼は手紙の文言をすべて思い出した。ほっとしたことが恥ずかしくなった。

彼は飲んだ。ノイファーやマーゲナウやヘーゲル、そして他の何人かと騒々しい、我を忘れた幾晩かをすごした。

ルイーゼはうろたえ、途方にくれてヨハンナに相談した。ヨハンナはもちろん、後にもそうするように、理解できないままに息子をかばった。彼女が良かれと思っていた将来を彼は断ってしまった。しかしそうしかできないことを彼女は知っていた。息子にルイーゼの不幸を悲しげに説明した。

彼は今、逃亡者の役を自在に操った。これからも絶えずその役をこなすだろう。「私があんなに大切に思っていた人から、彼女自身が必要だと認め、そして私が葛藤しなければならなかった私の変化についての非難を聞かされるとは——愛するマンマ！　それはあんまりです……」

ヨハンナはフリッツがすでに小さなころから責任を人に押しつける才能があったことを思い出す。この手紙がヨハンナを悲しませる。彼女はそれを息子に言わないだろう。いや言わない。突然、彼が怒り出すことを怖れていたから。しかしそれだけ一層、息子に知られずにルイーゼを慰めようとするだろう。

無関心な状態に達していた彼は、それを元気になったことと取り違えている。

母は一七九一年の夏に彼に手紙を書き、ルイーゼがケーンゲンで結婚することになったと知らせた。彼はほっとする。「あなたが書いてくださったニュースで非常に安心しました——」

「私はこれから自分がいる境遇に止まる決心をしました。」

彼は少し人づきあいをよくしよう、より思いやりがあり、そして友人たちにとってよき友であろうと決心する。

第二部　勉学

テュービンゲン（一七八八〜一七九三）

I　友情

一七八八年十月二十一日、ヘルダリーンはテュービンゲン大学神学校《シュティフト》に進学する。彼をとりまく世界はより明確に、起きたことはより具体的になってくる。独自の物語をもった人物、ヘーゲル、シェリング、ノイファーやマーゲナウ、それから私が他の誰よりも好きで、ひょっとするとヘルダリーンより彼について書きたいと思うほどのシュトイドリーン、それから寮監長《エーフォルス》シュヌラーが姿を現す。

彼らはフランス大革命のことをまだ何も知らない。翌春にフランスの財務長官ネッケルが三部会を召集するだろう。騒乱が始まり、寮生《シュティフトラー》を熱狂させる。この時点から伝記作者たちは中立でなくなる。ヘルダリーンをジャコバン派のひとりに数え入れるものもあれば、彼の中に予言的な詩人を見るものもある。

テュービンゲンは風景画や都市景観図《ヴェドゥーテ》に向いた町である。この町は私に近しい町だが、私の記憶はここ数年の変化を飛ばしてしまっている。「木々はかりそめのもの、そして光、／その中に小舟が浮かぶ、呼びよせられて、／櫂の棒を岸辺にあて、美しい／斜面にあてて、扉の前で／影が歩んだ、それは／川面に落ちた／緑のネッカー川に、ネッカー川に」、とヨハネス・ボブロウスキーは書いた。櫂の棒と言うとき、彼は「つつくこと」を、重い小舟を長い竿でついて前に進めることを考えている。川の流れはよどみ、緑色だった。今もまだ少し緑色である。そして「影」はヘルダリーンの影をさしている。このシルエットを私もボブロウスキーのように水の中に見る、中洲の緑地から、あるいはネッカー門の前の橋の上に立って。

ヘルダリーンのテュービンゲンは私のテュービンゲンとは違っている。彼の思い出はロマンチックなものではなく、むしろみじめな暮らしと関りがあった。今、ブロッホ（エルンスト・ブロッホ（一八八五―一九七七）哲学者、一九六一年以降、テュービンゲン大学の教授。学生運動にも影響力をもった）がここで講義している。当時、ブロッホにあたる人物はベックといい、なんの天分もなく、それにカントに触れないまま、「実践哲学」に打ち込んでいた。

私は当時の惨めで、狭くて悪臭を放つ町を思い浮かべることができない。というのも私は長い歳月を経たものと狭さを快く思うようになっていたからである。旧講堂《アルテ・アウラ》のほこりの匂いに感動させられ、「シンプエック」で世界一黒いギリシアの煙草を買った。当時のヘルダリーンと同じぐらい若かった私は、過去のものが大切に保存されていることに心を傾け、彼の住んだ塔、プレッセルの園亭、シュティフト教会、城を含めた神学校、ヴルムリンゲンの礼拝堂を眺めていた。

彼の住んだ町は汚く、道路は荒れるにまかされ、夜は明かりがなかった。「多くの小路には、とくに町の低い地区では、家の前に堆肥が山のように積みあげられているのが目につく。少なくとも公国第二の都市で、しかも居城都市と名乗っている町で、そのような汚いものが目につく場所にあってはならないのだが。」さらに日々のごみもどうやら路地や道路の「へりの溝」に投げ捨てられ、そこでかびて醱酵した。そのためそうでなくてもぬかるんだ道の真ん中を歩こうとすると、荷車にはねをかけられた。夜は角灯なしに外出できなかった。

一七八二年四月、したがってヘルダリーンが神学校に入る七年前に、この町には五五五四人の住民がいた。とにかく彼らの道徳は、情況を冷静に記述したことでも感謝されねばならないフリードリヒ・ニコライ（一七三三―一八一一。ドイツ啓蒙期の文筆家）に称讃された。「非嫡出児の出産を考慮に入れると、テュービンゲンは他のどの大学都市とも違い、まことに称讃すべきだ。それ以外の大学ではその数がいつも非常に多数であることが知られている。ゲッティンゲン、ライプツィヒそしてイエーナで生まれたすべての子どもの中で――」

ニコライがドイツについて語り、この祖国について書いたとき、彼の目の前にあったのは別の地図であり、無数の境界をなす木々であり、通行税徴収所だった。大臣の名前を知る人はほとんどいないが、公爵や大公、侯爵、国王たちの名前は知られていた。ここでライプツィヒのことが書かれているので、私は自分の少年時代を、なくなってしまった、あるいは子どものときのままずっと残っているものも思い浮かべる。ドイツ連邦共和国とドイツ民主共和国というふたつの共和国のことだが、ニコライだったら違ったふうに、しかも怯えて語るだろう。地図は変わるものだ、説明するためにはたくさんの色が要る――

「――平均して七人中ひとりが、ミュンヘンでは……四人中ひとりが嫡出子でない。しかしテュービンゲンでは三十三人中ひとりだけである。」

どうやら五〇〇人の学生たちはおとなしく、自分自身のことに、その勉強に忙しすぎたらしい。

それともテュービンゲンの娘たちがしっかり監視されていたのだろうか。もっとも大学と町の関係も緊迫したものだった。職人とぶどう農家は給費生たちの思いあがりを軽蔑していた。

私はくり返し自分に言い聞かせる。住民の大半が非常に貧しく、小農やぶどう栽培者や職人、そして一番下、下の下には下僕や使い走りや女中がいる村落を思い浮かべるのだ、と。ほんのわずかな人たち、カール・オイゲン公の役人と教授が町の生活を決定するような役割を果たしていた。他方、学生は学生であるだけでちやほやされたり非難されたりしたが、神学校の寮生すなわち神学生ではなく、個人の家に下宿している学生はもっぱらその特権によってすでに自分の周りの人びとに影響を及ぼしていた。奇妙なのは補習教師《レペティテント》、今日でいうならば研究助手の身分だった。彼らは研究ですぐれた成績をあげたに違いなく、教授への道を辿っていた。もっとも彼らはたいてい給費生たちと結びつき、ときには反抗的で、平穏と秩序を監視している役人たちには癪の種だった。

ヘルダリーンには、一七五二年に制定された神学校規約がまだ適用されていたが、それはお話にならないほど偏狭で威圧的な行動規範で、寮監長さえ少なからぬ部分はまったくばかばかしいと考えていた。

「全ての給費生は神のみ名をいたずらに使うことを、またあらゆる罵詈《ばり》と呪詛を、神と人間のあらゆる掟に違反する日常的な忌まわしい行為を控えねばならない。軽率とこれに関する悪習は譴責《けんせき》処分で、性急さあるいは怒りから生じた違反は禁足処分で罰されるべきであり、執拗な悪態、呪詛と神への冒瀆はそれとは逆に宗教局へ報告され、他の者たちへの見せしめのために厳格に罰せられる。そのような放逸を耳にしたときは、どの給費生もこれを監査機関に知らせる義務がある。」

彼らは叱られて首をすくめ、密告をするように教え込まれることに慣らされた。こうした代価を彼らは大公と宗教局の給費生としてはらわねばならなかった。四年のうちに神と君主の前でうやうやしくお辞儀をする訓練をつんで、ついに国の宗教的で精神的なエリートと見なされるようになる。しかし彼らは他のドイツの国のエリートと比べることはできない。数え切れないほどの失意の人、精神障害者や神経症にかかったおべっか使いについてはもはや話題にならないだろう。彼らは牧師の地位につくまで、無気力に過ごし、もっといじめられた人たちの崇拝を受けるかもしれない――そしてこのコースから逸れ、忘れようと努めたわずかな人びとの顔にもはっきりと同じような影が刻まれただろう。彼らの知識は称讃されるべきだが、指示された教えに逆らって身につけた知識も確かに称讃されるべきである。彼らは哲学的な方法を駆使し、非の打ちどころなくギリシア語あるいはラテン語から翻訳したり、独自に「聖書」を解釈したり、あるいは押さえつけられた希望がついに輝き出す世界を詩の中で構想する能力があった。「シェリング、ヘーゲル、ウーラントそしてハウフ、これが我が国の定番である」――シュヴァーベンでこう誇らしげに言われることはよく知られている。もっとも定番の中にヘルダリーンは入っていないようだが。

彼は寮《シュティフト》に入り、すぐに事情にくわしくなった。人気のあった彼は友人、ノイファーとマーゲナウに手ほどきを受けた。

依然として私は物語ることができない。これら全てのことが、彼の嫌悪感や脱出したいという衝動は別として、私には少ししか目に見えてこない。多くの学生はよく考えないで秩序に順応した。彼らの誰もが十分検討された教授法のこの歯車装置に巻き込まれた。「各学生はその来歴に従ってすぐに言語、歴史、論理学、算術そして幾何学の試験を受けて大学入学資格保持者になる。その後、最初の二年間に哲学教授の講義に出席し、そして復習教師のもとで一週間ごとに復習をする――」

――朝八時から十一時まで彼らは「世間」に、それもどっぷりと入っていく。彼らは寮を出て、そして居酒屋か法学部学生の部屋でモストを傾けて座りこみ、ベックが彼の宝の小箱から見せてくれるかもしれないものを考慮に入れず、カントやシラーやシューバルトについて議論する。午後は二時から六時まで課業に当てられる――

「――これらについて四半期ごとに試験監督官と寮監長のもとで試験を受け、席次がつけられる。試練に耐えたと認められると公開テストがなされ、（哲学部によって）最終的に席次がつけられ、ようやくマギスターの位を受けとる。

　この後、主専攻の神学に取り組み、学部の教授のもとで、三年間で全課程を終える……この三年が経過すると公国の宗教局からシュトゥットガルトの本試験に呼び出される。もしここで認められれば、牧師職の許可を公に得る。そしてたいていは副牧師として国内の老齢の、あるいは病気の聖職者に委ねられるか、欠員となった職を、再び埋まるまで、代行することになる。二、三のものは公国の内外での、貴族の教育者《ホーフマイスター》で個人教授《プリヴァートインフォルマトーア》、つまり家庭教師として……義務を免除される――」

　――在学中にすでに自ら願い出て、三年の期間を予定より早く中断し、はじめてシャルロッテ・フォン・カルプのもとでお抱えの教育者、簡単に言うと家庭教師として自分の力を試してみることで、すでに最終的な遁走の準備をしていたヘルダリーンのように――

「――学問と熱意や良俗において秀でたる者は補習教師のポストにつくことができる。」そういうことなのだ。進んで膝を屈したものは、習ったことをさらに伝える資格ができた――ひっそりと続けられてきた途方もないしきたりである。

これらの人たちに時代はどのように理解されていたのだろう、と私は疑問に思う。彼らは遮蔽されていた。シュトゥットガルトの絶対君主は、最高の位置から許可された現存しか存在しないように手配させた。さらに先へ進む提案もなく、また騒擾もないように。

ヘルダリーンがまだマウルブロンにいた一七八七年五月、敬慕された人物、シューバルトが十年間の禁固刑の後に、ホーエンアスペルクから釈放された。修道院学校の生徒たちがそのことを話し、喜んだことは確かだ。しかし彼らは釈放を政治的な行為というより、むしろ自然の出来事と見なしたのだろう。しかし彼らの多くは自分たちも捕われ人だと感じなかっただろうか？

テュービンゲンでさしあたりこれに変化はなかった。「学問的に不動」だった大抵の教師たちは後ろを振り返るだけで、あえて新しいことに取り組もうとせず、受け継がれてきたものに頼ってきた。このことは長続きしなかった。とりわけ補習教師たちの中には比較的進歩的な人びとがいた。彼らは例えば口にされることがなく、謗られていたカントを研究し、彼の思想に夢中になった。まもなく道徳的な行動の優位は激しく論じられ、ベックやあるいは後にはフラットの教義学と比べものならないほど、神学校生を感動させた。

寮監長《エーフォルス》クリスティアン・フリードリヒ・シュヌラーは間違いなく教師の中で最も心の広い人物のひとりだった。彼は神学者ではなく東洋学者で、学生たちにある程度の自由を許し、偏見なく対応した。フランス革命の興奮がテュービンゲンに広がったとき、大公に対して平然とした態度をとった。

さて再びヘルダリーンに話をもどすと、彼は神学校の耐えがたい勉強に再三再四、逆らい、神学の勉強をやめて法学に変わりたいとニュルティンゲンの母に申し出てはいたが、幸運に恵まれていた。彼のごくそばにいる親しい人びとはいつも好意的だった。彼はマーゲナウとノイファーという志を同じくする人を得て、「三つの体とひとつの魂だった。」

ふたりは彼より二年先輩だった。ルートヴィヒ・ノイファーほど敏捷ではなかったマーゲナウは彼に従っていた。ノイファーが三人の盟友を代表して、紋切り型で凡庸な詩を矢継ぎ早に書いた。彼は何人もの大物文学者と文通していたが、ヘルダリーンの中に詩人を見てとり、彼を友情の盟約の中心にすえた。

私はまるでアルバムをめくるように、肖像画を開いてみる。これらの顔を私は知っているが、違うのは、生きた姿で出会ったことが一度もないことである。好奇心にそそられて絵画や銅版画や影絵でくり返し見て、覚えているだけである。もしかするとそれらは全然「ほんもの」ではなく、記憶によって、あるいはお粗末なお手本をもとにして描かれたもので、一世紀半前に行動し、話したり考えたり感じたりした人間のことをほとんど何も再現していないかもしれない。私の記憶が私の親しい人たち、親戚、友人や知人の顔立ちをこの活気のない肖像画に投影しようとしていることはわかっている。いけないと思いながら、比べてしまう。彼はあの人に少し似ているかも知れない、同じように向こう見ずでちょっといいかげんで、虚栄心をつかれると怒り出す。それからこの女性はいつも静かに座って微笑んでいて、何か思案しているのか、それとも愚かなだけなのかわからない。まるで空想の物語に出てくるような冷えきった顔もある。目を閉じていても見えてくる人たちも多くいて、特に夢の中で姿を変えて出てくる。

ヘルダリーンは今、十六歳か十八歳のきわめて若い人として再び私の前に現れる。古代ギリシアの若者のように身ごなしが軽やかで、その傷つきやすさが私を感動させる——あるいはシュライナー（ヨーハン・フリードリヒ・シュライナー（一八〇一—一八六三）線描画家）の細密な鉛筆素描に描かれた老人の姿で。ぶっきらぼうな表情で少し前かがみに歩き、まるで向かいにいる人と一線を画そうとするかのように、手を前にさし出している。

すでにウルムの牧師になっているころに描かれた油絵のノイファーはもう若くなく、毛皮の帽子をかぶった髪の下の顔は少し太り気味である。虚栄心が細かな皺までぴんとひき伸ばしている。——テュービンゲンでもうこうだったか？　そんなに風采に執心し、そんなに名誉欲が強かったのだろうか？　その手紙ではそう推測される。彼はこの盟約では、熱狂者で、これで自分を証明しようとしていた。

マーゲナウはもっと控え目で、もっと用心深かったのだろう。彼を粗野な人と私は想像していたが、三十九歳の彼を描いた絵は悲しみでやつれた夢想家を表している。彼はニーダーシュトッツィンゲンの牧師で、民衆にその地方の童話と伝説を語ってもらい、書き留めた。この狭い世界で尊重された「我われの牧師さま」だった。

彼らをじっくり眺めて、その性格を描き出そうとするごとに、私は自分の疑念を一緒に書き込んでいる。もしかすると肖像画が欺いているのかも知れない。どの微笑もどのしかめ面も、私の嘘を暴いているかもしれない。それに私はどんな声も聞いていないし、ヘルダリーンの声も聞いていない。私はほんのわずかでも彼の姿に近づくために、よく澄んだほとんど裏声のようだった、と言い張っているのだが。彼の声は冴え、聞きとれないほど小さい。その声に喋らそうとするならば、それにもかかわらずその声を「聞こえる」ようにしなければならない。

神学校時代の最初の二年に彼に何かが起こったが、それに関しては資料も手掛かりもない。彼は忍従から、修道院学校の六年間に吹きこまれた従順から目覚めた。突然、自分の周りで起こっていることに気づき、教師や親戚や母親によって設けられた枠を守らなくなった。

おとなしくするのよ、おまえ自身のために、それに私たちのために。

誰のために？

周りの世界はもうどうでもよかった。デンケンドルフやマウルブロンとただひとつ違っていたのは主張するようになったことである。もう修道院学校の寄宿生ではない、大学生である。くだらなさや非人間性や賄賂は依然としてあったが、前より簡単に共同生活から逃れることができた。彼らはできるかぎり寮を後にして、友人たちと会った。テュービンゲンの社交的な集いに受け入れられ、言ってみれば私的な庇護を手に入れた。ネッカー川の上にそそり立つ、大きく張り出しているが、内に向かった寮の建物は、給費生にとっては宿泊所というより一時収容所だった。この冷たい建物の中で友人を見出し、互いに暖めあったのはもっともなことだろう。彼らはある慣習の攻撃に抗して盟約を結んだかもしれない。マーゲナウは後になってそれに厳しく決着をつけた。「神学校の寮は、最初の時から私が退去した最後のときまで、耐えがたいものだった。あらゆるところで無秩序と無計画がはびこり、よき頭脳の持ち主に対する無数の辱め、古い坊主くさい礼儀作法、最良とはいえない規範による支配——ああ、私は何度救済を求めてひそかにため息をついたことか！　あるときはドイツの比類のない教育機関が楽しい仲間のための監獄になり、彼らはまたそこへ送還された。またあるときは奇矯な副牧師たちのための精神病院、またあるときは飲んだくれのための居酒屋、またあるときは休むためにここへ逃げてくる、のらくら者のために病院になる！——私の気持ちを一番傷つけたのは、上にいる人たちとの、そもそも大学の全ての教授とその弟子との距離だった。彼らは高いところから学生たちを見くだしていた。そして学生が従兄弟や親類縁者でなければ、教授たちはその存在に全く気がつかない」——

　——この「門閥主義」、この親族情実主義をくり返し取りあげないといけないのにはぞっとする。——結婚によってどこかの一族となることは、すぐに全般的な援助を受けるということを意味していた。親戚であることは絶対的な忠誠を意味している。シュヴァーベン人にとっては無条件に好ましいが、よそ者にはぞっとするような独自性である——

　「友情とそれを静かに楽しむことだけが、ともすると皺ができそうな額を晴れやかにした。」大げさな言葉だが、友情をそんなにも過大に見積もろうとしたのだった。しかしこんな口調で交わされた彼らの会話を考え出すのは私には難しい。彼らの詩や手紙を使うか、クロプシュトックの学者共和国から引用しなくてはならないだろう。この「共和国は長老会員《アルダーメンナー》、同業者仲間《ギルド》そして人民からなる」を、彼らは自分たちの定款にした。いうまでもなく彼らはここ、この空想された世界にもいるが、一番身分の低い人たちのあいだにはいない。彼らは名声と名誉そのものを知っている。というのも長老会は同業者仲間から選ばれて、告訴と弁護というふたつの発言権を持ち、代弁者を必要とせず、さらに下僕を解放する力を持っているから。

彼らは自分たちの詩を朗読しあい、他の人びととの交渉を断ち、彼らを羨ましがらせた。修道院学校時代のよき仲間だったビルフィンガーも気を悪くした。ビルフィンガーは急に離れていき、法学を学ぶために、ヘルダリーンが自分のために期待していたより早く神学校を去った。

彼らは高揚した気分をいだいて抗弁した。「三つの体とひとつの魂！」しかし彼は主張においても、また希望においても自身の友人たちよりずっと先に行っていた。一七八八年冬には大革命の予感はまだ何も感じていなかった。しかし不安が広がっていったに違いない、社会情勢に対する怒りや、正義と自由そして人間の品位に対する憧れが。私はあえてこれらの言葉を書く勇気がほとんどない。それらは使い古され、濫用されてしまった。彼にとってそれらはまばゆいばかりに輝き、新しかった。だから彼と無邪気に語れるために、裏切られてきた期待を全て忘れなければならない。二、三年後、彼はもっと知るようになる。

しかし彼は信念を同じくする人を見出したという幸せから、すでにこの瞬間に全く無邪気に若者の歓声をあげた。「そして、おお自由よ！　エデンの日々の／聖なる名残！　誠実なる人びとの真珠よ！」――専制君主たちに挑戦し、「獅子のごとく雄々しい」祖国愛を讃めたたえる。彼は自身の文章で抱擁し、それによって友人たちを彼のもとへひき寄せる。言葉の中ですべてが大げさになる。

すると私に疑問がわいてくる。くり返せばあたかも現実味をもっとおびてくるかのように、何度も詩で讃美されるのはどんな祖国なのか？　それは、現実をくつがえす知的な構想と同じく、美化された過去が集められたおとぎ話のようだ。古代の半神たちが話題になると、彼らは激しく議論した。そして不正や不誠実や束縛に抵抗したとき、半神たちはいつも彼らの英雄だった。彼らが正々堂々としていたときに。そのような新しい騎士を彼らは待ち望んでいた。つまり、ひとつの祖国、おとぎ話のような祖国が、城塞や宮殿があり、森におおわれたおもちゃの風景として広がっていた。純粋な空想から生まれた過去である。しかしもうひとつの祖国では強大な概念だけが支配的だった。

この国の文学の事情にくわしいノイファーは伝手《つて》を求めて、この才能ある友人への注意を喚起した。彼は「真面目なこと、崇高なこと、それに夢中になれることにとらわれている」のです、と。これは時代の好みにあった光景である。

新しい年の二月と三月をヘルダリーンは家にいた。病気だった。片方の「脚のけが」で苦しんでいた。病気は神学校から逃れて母親や弟妹のもとに止まり、子どもに返り、守ってもらうための単なる口実だったかも知れない。彼は身を屈めるのが好きで、うずくまり、保護してもらおうとする。ルイーゼととうとう最終的に関係を断ったので、不機嫌だった。ヨハンナはこの思い切った行動が理解できなかったし、法律学者のもとで勉強させてほしい、と彼がくり返し説得するのもよくわからなかった。

ちっとも落ち着けないのね、あんたは。

慎重にふるまっていますよ。でも絶えず自分の考えに逆らって行動するように強いられるのです。

そうじゃないわ。そうじゃないと、と兄さんに言っておくれ、リーケ。

私もそうじゃないと思うわ、フリッツ。マンマがまったく正しいわ。

人とうまくやっていけないのは自分でもわかっています。

彼がよくそんなふうに会話を終えてしまうので、母は途方にくれてしまう。

彼はしばしば自室にカールを呼んで、一緒にクロプシュトックをたくさん読み、カールのために
クロプシュトックを朗読し、魂の不滅や名声について論じた。

これは病気のようなものだよ、わかるかい？

少年はうなずいた。

おまえには理解できないだろうな、それがわかるのは書く人だけだよ。

読んで聞かせて、とカールが頼んだ。

本当に聴いているのかな？

もちろんさ。

「名声の誘うような銀の調べが魅力的にひびく／高鳴るこの胸に、それに霊魂の不滅は／偉大な
考えであり、／気高い人たちが流す汗に値する。」

すてきだな、いい響きだ。

クロプシュトックだよ。

ヨハンナにとってこの数週間、彼はほとんど手の届かないままだった。彼女はビルフィンガーに
言った。彼はとにかく不機嫌です。正気に戻らないのですよ。

四月に彼はシュトゥットガルトのノイファーを訪ねた。刺激に、興奮に満ちた二週間で、「立派な人びと」と初めて近づきになった。それらの場面のいくつかが彼の心に長く刻みこまれ、ひょっとすると後の読者には理解できない文章の中でくり返されるだろう。それは彼の思い出であり、彼の経験である。しかしそのことについて語るとき、私は彼の興奮を漠然と感じる。これはやはり新しいことだ。彼が願っていたことだ。

ノイファーは彼をシューバルトの住まいに連れていった。二年前からシューバルトは自由の身だった。大公カール・オイゲンは大勢の人から執拗にせがまれて、シューバルトをホーエンアスペルクから釈放しただけでなく、この失意の男にありあまるほどの恩典を与えた。むろん検閲のもとではあるが、劇場監督に抜擢し、しかもシューバルトがそんなにも慈悲深く与えられた自由を執筆によって新たに危険にさらす勇気がもうほとんどないことを知っての上で、「祖国年代記」を継続することも許した。

彼らは家政婦に、優雅な家具を備えつけた客間に案内された。そこは人が住んでいる気配はまったくなく、むしろ見せるためのものらしかった。火のように激しい、自由の書き手、ヴォルテールとエッティンガーの崇拝者、「君主の納骨堂」と、彼が特に好きだった「永遠のさすらい人《アハスヴェールス》」の作者にいよいよ今、本当に会えるのだ。かなり長いあいだ待たねばならなかった。シューバルトは手がふさがっている様子だ。彼らは腰をかける勇気もなく、互いに話もしなかった。ノイファーは窓から外をながめている。ヘルダリーンは小股であちこち歩き回る。

シューバルトにはやらないといけないことが今、たくさんあるのだ、とノイファーはいきなり、そしてちょっと皮肉っぽく言う。

それからすぐにシューバルトが登場した。ヘルダリーンはこの男を違ったふうに想像していた。彼はぶくぶく太り、その顔は厚ぼったく、赤かった。動きは鈍重で、荒い息づかいが聞こえる。十年にも及ぶ捕われの状態が彼をめちゃめちゃにしてしまったようだ。それに今も、身なりに構わない。服はだらしなく、チョッキのボタンがかけ違っている。ワインの匂いがする彼が部屋に入ってくるとすぐに、おそらく娘だろう、まだ大人になりきらない少女が盆に赤ワインのつぼとグラス三脚を持ってきた。

それで結構、と彼は言い、ノイファーに親しげに挨拶して、ヘルダリーンのほうを向いた。ではこれがすぐれた才能をお持ちという若い方ですか。彼は腕をせわしなく動かして彼らに座るように勧め、荒い息づかいをしながら寝椅子に倒れ込んだ。

ひどいことです、ひどいことです、と彼は言うが、それがこの重いからだを苦しめている病なのか、それとも若い人びとの才能なのか、ヘルダリーンにはわからない。

この混乱した英雄をはじめて目にしたとき、彼は嫌でたまらなくなり、できるだけ早く退散しようと心に決めた。しかしシューバルトを前にして、赤い、腫れあがった瞼のあいだから、ほとんど見えなくなった目で見られているのに我慢していると、これはとてつもない、人間を侮る権力の犠牲者、死の影を宿し、今しばらくのその死刑執行人から猶予をもらった人だということがわかってきた。

シューバルトがグラスをあげ、ワインをごくりと飲みこんで黙ってしまったので、ノイファーは話の糸口をつけるために、シュトゥットガルトの社交界について話そうとした。ぜいぜいと喘ぐような呼吸の音だけが聞こえた。

彼はノイファーに注意を払わなかった。

しばらくのあいだ彼はヘルダリーンをじっと見つめて、そして言った。

何もかもめちゃくちゃですな。

彼らは微笑んでうなずいた。

片づけてしかるべきです。今、彼は標準ドイツ語でしゃべっていた。

私の詩を見ていただけたらと、閣下、ノイファーがあなたに二、三篇お渡ししました。

君はよい若者だな、どうか閣下なんてそんな感傷的な呼びかけはやめてくれたまえ。

彼はこの老人にもっと詩のことを尋ねることもできただろうが、老人はどうもそれについて意見を述べる気はなさそうだ。それどころか次のように言うのだった。

フランスに目を向けないといけませんな。

はい、あそこでは人間についてよく考え始めました、と彼は答えるつもりだった。しかしシューバルトは答えさせなかった。

ヴォルテールを読みましたか？　いや、きっとまだでしょう。あんた方の学校ではあんな人物を決してとり扱わんでしょうからな。

シューバルトは熱弁を振るおうとしたが、はなから混乱してしまい、中断した。我われのお恵み深い殿が壊されたのはこの頭ですよ。

ヘルダリーンは彼を慰めたかった、自分たちが彼を見習おうと努力していることを信じさせたかった。あなたとシラーが自分たちを励ましてくれるお手本です、と説明しようとした。すると言わずにおいたものが、まるで会話の中に届いたかのように、シューバルトがとても優しく言った。あ、シラーですね。シラーは私にとって全てです。あの人はよくやりましたよ。少なくともあの人はお読みですな？

ふたりとも夢中でうなずいた。

あんた方に試問するつもりはありません。そんなことはどうでもいい。

彼の沈黙がまた彼らを心配させた。彼はせかせかと飲んだ。

ヘルダリーンは彼にワインをつぎ足した。

そう、大酒を飲み……

これはとびきり上等のワインですね。

なにしろウールバハのだからね。ご両親は何をなさっているのかな、ヘルダリーン君？

実父は亡くなりました。ニュルティンゲンの町長だったふたり目の父もまた亡くなりました。今は私の大切な母が私の世話をしてくれています。

詩人であることは金がいるものですが、十分援助してもらえますかな、とシューバルトが言った。

シューバルトは立ちあがった。これ以上、彼らと一緒にいる気はなかった。まだお昼前というのに、もう疲労が見てとれた。彼は二年前から自由の身だったが、まだ二年、生きねばならなかった。

書くことはいい事です、とシューバルトが言う。しかしがらくたはすぐにわかります。もっと信じることです。彼はふたりの目の前で手を振り、戸口を指さした。よく来てくれました。

彼らはシューバルトにお辞儀をした。

ごきげんよう《アデー》！　目をさましているのですぞ、若者たちよ！

彼らは家の入り口で若い男にぶつかった。この男はノイファーに挨拶して中に入っていった。シューバルトの親しい人らしかった。

誰かわかるかい、とノイファーが尋ねた。

いや。

シュトイドリーンだよ。

シュトイドリーン！

彼は「髪が風になびくような」広い額をしたこの顔を、この風采をまるごと忘れることはないだろう。この人なら兄弟のように愛することができるだろう。

シューバルトを見ることはもうなかった。ヘルダリーンがこの出会いについて母に、「ああ、このような人と友人であれたら嬉しいでしょうに」と報告した文章はまたしても様式化されたものだった。不滅の人びとのあいだへ迷いこんだ息子は自身を誇示しようとしたのだった。

おわかりでしょう。僕は詩人として受け入れられ、同じような考えをする人間として理解してもらえたのです。

全てを奪われたのに、やっぱりすごい人だね、と彼はノイファーに言った。

彼はノイファーとその母のもとで過ごした夕べのことをヨハンナに物語らなかった。それを考え出してみよう。ヘルダリーンが何度かノイファーの母を訪ね、彼女を敬愛していたことを私は知っている。彼はシューバルトに迎えられた後、ノイファーのところに滞在しないですぐにテュービンゲンに出発したと言われている。

私は彼をシュトゥットガルトに止まらせよう。

ノイファーが自分のところに泊まるように招いてくれていた。道中に一日かかるだろう。どうかできるだけ身軽に来てくれたまえ。彼が午前も遅くにノイファーの家に到着したとき、友人はもう待っていてくれた。いつものようにおしゃべりに熱が入り、彼はノイファーの母にちょっと紹介されただけだった。あなた方には夕方またお会いできるでしょうから。家族ぐるみの友人も二、三人お招きしているのですよ。ノイファーは彼の腕をぐいっとつかみ、ひっぱって行った。

宗教局の事務長で、相当な影響力があったノイファーの父にはまだ会えていなかった。

ノイファーは自分の母については尾ひれをつけていろいろ話していた。彼女のために、彼はときどき自分を「ペラルゴニア（マケドニア）人」と呼び、神学校の仲間からも、無論からかい気味にそう呼ばれていた。彼女は生まれながらのペラルゴニア人で、トルコの専制政治から逃れて、シュトゥットガルトに定住したギリシア人亡命家族の出身だった。

シューバルトへの訪問はヘルダリーンを疲れさせた。彼らはその後、宿屋でちょっと食べて飲み、疲れきって座っていた。見たいと思ったものしか見なかったノイファーでさえ、シューバルトのぞっとするような衰弱に狼狽していた。

彼らはあたりがもう薄暗くなってから帰宅した。ヘルダリーンが部屋で手と顔を洗い、衣服をととのえる暇がほとんどないうちに、ノイファーが迎えにきた。僕らが夕食に姿を現すのをみなは待っていたのだ、それに父は日課が遅れるのに我慢ならないのだよ。こういったことにヘルダリーンは慣れていなかった。

すぐにみながテーブルについた。「家の客人」はシュトゥットガルトの社交界で間違いなく名声を得ていた二組の中年夫妻だった。ヘルダリーンは好奇心に満ちたまなざしで品定めをされた。おそらくノイファーが大げさに予告していたからだろう。彼は女主人の左側に座った。ノイファーの父とはちょっと言葉を交わしただけで、ぎこちなくうちとけないままだったし、他の人たちも会話に活気をあたえる役に立たなかった。ノイファーだけが興奮して、父から咎めるような目つきで何度もたしなめられた。

この「ギリシア女性」にヘルダリーンは好感を覚えた。娘のころは華奢だったにちがいないが、今はふくよかになり、そのしぐさもおっとりしていた。それでもやはりいつまでも優美さを持ちつづけていた。彼女の暗褐色でまん丸い形の目は、彼女が会話の中心になったときはいつも不思議な輝きを放つことができた。

彼はこの女性を食卓へ案内しているあいだに、どのように会話を運んだものかともう思案していた。しかしそうはならなかった。ノイファー夫人がすぐにテュービンゲンのことやシュティフトでのありさまについて彼に尋ねたからである。寮監長シュヌラー先生やほかの教授たちをどう思っていらっしゃるの？　例えばベーク先生を？　あの方はここではずいぶんからかわれていますけれど。

うちのルートヴィヒは頑張っているかしら？　詩人たちが結束したらうまくいくでしょうね――彼女が訛りもなく、むしろシュヴァーベン風にしゃべったので、彼は話をさえぎって尋ねた。まだギリシア語がおできになりますか？　とお聞きしても、私の好奇心をお許し下さいますように。

もちろんですよ！　お聞きになりたいですか？　彼女はいくつかの文をしゃべったが、彼に異議を唱えられないかと不安になり、急いでつけ加えて言った。ルートヴィヒと同じようにあなたも、ご自分のギリシア語ではない、とおっしゃりたいでしょうね。

彼はうなずいた。少ししかわかりませんでした。

でも私たちはギリシア人ですよ、と彼女が応じた。

失われたご郷里のことをお話しください、とヘルダリーンが頼んだ。

このあいだにノイファー氏が会食をお開きにした。妻は若いお客人からまたギリシアのことを話してほしいとせがまれていたようですな。彼らをふたりだけで客間の片すみに残していきましょう。この話を私たちはもうよく知っていますからね、そうでしょう？

ルートヴィヒはそれでも聞きたいと主張した。母さんがギリシアについて話してくれることは聞きあきないし、それに母さんは退屈させないのだ。

ふたりの若い男たちに注意を向けられたことを夫人は喜んだ。喜びが彼女を若くした。

彼女はこまごましたことにこだわり、シュヴァーベン人には異国風に見える服装のことや、ぶどうの葉は果実に影を与えるだけでほかに何の役にもたたないと考えている、この土地のぶどう栽培者には想像もできないことだが、あちらではぶどうの葉を食すことや、男同士で踊ることや、ここの人たちの耳には調子はずれにしか聞こえない音楽を奏でる楽器があることなどをくわしく話した。

それで神々の神殿は？　と彼が尋ねた。

いたるところで見られます。山の上や林苑で、それに内陸や海辺で。

彼女が海辺でと言うたびに、彼は今まで見たことがなかった海を思い描かねばならなかった。それにちょうど今、コロンブスについて、その果てしない旅と、新大陸への到着について読んだばかりだった。荒れた海面を、その上に漂う船を、水のような空を、それから果てしない、穏やかな水平線を彼は見た。よそと同じようなことがいくつかありますが、違うものも多いのですよ。私たちの故郷、ギリシアのような光はどこにもありません、と彼女は言った。

光？　太陽のことをお考えになっているのですか？　太陽の光を、輝きを。

そう、私はあなた方のためにそれを考えているのです。でも少し違ったふうにね。

想像できます、と彼は小声で言った。

本当に？　と彼女は彼に応じた。でも私は、人びとはその光を実際に見て、とり囲まれていたに違いないと信じています。

それは人が感じる光です。

まるで私たちのもとにおいでになったかのように、おっしゃいますのね。それはあなたの空想でしょう。

ほかの光よりももっと力強い光です。

そう、まるで物体のようです。

彼は激しくうなずいて彼女の手をつかもうとしたが、また後ろへ凭れかかり、形ができるほど固まることができる光なのだ、とでも言うように自分の両手を合わせた。

ノイファーが言った。ねえ、ママ、彼はこうなのです、昂揚しているか、あるいは悲しんでいるかなのです。

シューバルトのところではどうだったの、と彼女が尋ねた。彼はあなた方の詩に助言をくれたの？　彼はその問いに立ち入らないで、彼女がトルコ人に対する暴動に遭ったかどうかを知りたがった。

一七七〇年の大蜂起のとき、私たちはもう国にいませんでしたが、それより前からもう反乱者のことを知っていました。あの人たちはいつも司祭さまのところで会っていましたから。

そのような民がそんなに長いあいだ、自由なしでいなければならないとは。

それはもう長くは続かないでしょう。

そして、マダム・ノイファー、と彼は遠慮がちに言った。それは人間が自由なしで生きなくてはならない唯一の国ではないでしょうね？

あなたもフランスのほうを見ている人たちのお仲間ですか？

私たちのようなものがそうしてはいけないでしょうか？

ああ、愛すべきマギスター・ヘルダリーン、でもそれは余計な興奮を私たちに与えるだけです。

ギリシア女性のあなたがどうしてそんなことをお考えになれるのでしょう？

彼女は立ちあがって言った。ギリシアについてもっと話したかったですが、もうみなのところへ行かないと。でもギリシアの光についてお話しになったご様子にはすっかり魅せられてしまいました、ヘルダリーンさん。

その夕べ、彼は鬱々として、もう話をする気をなくしていた。ノイファーが彼を責めた。丸太のようにふるまっては駄目だよ。

ひどい頭痛がするのだ。今日は一日がとても長かったからね。

女主人は彼が早めに退くことを許した。

階上の部屋で彼は横にならず、窓辺に腰をおろし、海やギリシアの山々について、よき神々と精霊たちについて、ペラゴス生まれの女性がこの上なく慎重に言葉を選んで話してくれた自由について文章を書いてみた。

お昼前まで待つことができない、と彼は翌日ノイファー夫人より先に出発した。確かに大きな才能にめぐまれた人だけど、風変わりだとノイファー夫人は感じた。どうかしているときは放っておかないといけないのだ、とノイファーは言った。連れなしでシェーンブーフを通り抜けてテュービンゲンに帰りたくない、と言っていたのだけど。

革命の年である。ヘルダリーンはパリで起こったことについていろいろ読んだり聞いたりしたと考えられる。討論しては、夢中になったことだろう。一七八九年七月、バスティーユが襲撃される。その前に三部会が開かれ、王はやむなくそれに同意した。ニュースはすばやく広まり、政治的な立場に従って、それぞれが意見を述べた。数多くの手紙や日記のページや声明が勃発の雰囲気や、若者たちの心をつかんだ熱狂的な期待を証言している——彼、ヘルダリーンにはそれがわずかしか見あたらない。しかし彼の周りの人びとが彼をひきずり込んだはずだ。一番親しい人たちは心を揺り動かされ、共に考え行動した。私はノイファーやマーゲナウのことより、彼がとくに結ばれていると感じていた人たち、シュトイドリーンやコンツやヘーゲルのことを思い浮かべる。彼らの情熱が彼をとり込む。しかしそれでもヘルダリーンは彼らも怖れていたのだろう。結局、誰も長くは彼のそばに寄れない。すでに修道院学校《ゼミナール》でそうだったように、彼はあまりにも活動的な人たちを避けるだろう。怒りを行動に表すこと、公然と実行することが彼には不気味だった。もちろん彼も同じように人間らしさや公平さや自由を夢みていた。これらの夢が彼の詩の中に入っていく。しかし彼は理想と手にした現実、詩と生活をほとんど神経質と言えるほど区別することを心得ている。口を挟まないというのが、子どものころからの教えだった。

どのようにこの途方もないことが彼のところに届き、どのように彼は反応したのだろう？　新しい形相《エイドス》をとまどいながら全て真似て、ともに期待を抱き、あとさきを考えず、待ち望まれた人間の幸福に賭けた時間はあったのだろうか？　今、私が知っている彼なら、きっとそうだろう。自分自身に愕然としたこともあったのだろう。彼は自分が一線を越えて考え、生きることができ、またそうせざるを得なかったことを知っていた——しかし他人と共に、そして他人のためにそうすることができなかった。ノイファーは、並々ならぬ関心を抱いてシュトイドリーンの「政治的策謀」について彼に語った。するとヘルダリーンは忘れられなかったこの人物の味方をした。ヘルダリーンは友人の多くがそうであるように、決然として、理念と行動を結びつける心得がある人物だから、シュトイドリーンの友人になりたいと願った。そのような男たちが彼は好きだった。

彼のことを話してくれたまえ、とヘルダリーンが頼んだ。

彼がシューバルトの「年代記《クローニク》」に書いていることを読むといいよ、とノイファーが答えた。僕の好みじゃないけれど、その後ろにはやはり力がひそんでいる。

彼は「新祖国年代記」を、そしてシューバルトの詩、「(パリから執筆者に送られてきた)ヴォルテールが捕われしバスティーユ牢獄の瓦礫の上で」も間違いなく読んでいた。瀕死の病床にある詩人がこの啓蒙思想家を兄弟のように思い起し、長いあいだ待ち望んできた蜂起への賛同に結びつけたことがヘルダリーンを熱狂させた。「あなたに、ああ友よ、あふれる胸の思いから、／自由な市民の力強い手が／押しつぶし、瓦礫と砂の中に投げた、恐ろしいバスティーユの遺物のお礼を言いましょう。／／かつてあなたを、おお、ヴォルテールよ、／かび臭い暗闇に閉じ込めていた身の毛もよだつ独房は／打ち砕かれた、／あの建物の木も石も釘も残っていない。／／かつてこの無辜の人がしばしば涙したところ！――／／それゆえ、誠実な人よ、私の祝福の言葉を／受けたまえ／あなたが私に遣わされたこの残骸のために。／かつて暴君が自由の民を弾圧した黄金の剣よりも、／私にはかけがえのないものだから。」

シューバルトは自身が囚われていたアスペルクの牢獄がバスティーユと同じようになることを、またいかなる重石も他人の上に乗ったままであってはならないと願っていた、と私は考えているが、ヘルダリーンにもそう考えさせよう。そして君主の寛大な計らいを受けながら、この老人が再び勇気をみなぎらせ、真実を頭から追い払わせはしなかったことにヘルダリーンは感嘆した。

日々の明け暮れが違って見える。まだ神学校《シュティフト》では思い切って公然と話すことができなかった。彼らは学び、沈黙した。教授たちは起こっていることを無視した。すべてが現状のまま止まらねばならなかった。そして彼はというと、彼は逃げる。高名なフルートの名人、デュロンがテュービンゲンに滞在していた。ヘルダリーンは彼のレッスンを受け、一緒に演奏した。空想の世界へ浸ることや、愛し崇拝することができる人物と共に自分の着想を生き生きさせることは彼には容易なことだった。例えばティルのように。

ティルは崇拝の的に、友人たちの同盟のよき詩神になっていた。ノイファーはティルの詩を朗読していた。ここでもシュトイドリーンがこの話に一枚かんでいる。シュトイドリーンはその初期の文芸年鑑詩集《ミューゼンアルマナッハ》のいくつかに——シラーはそれが自身の年鑑詩集と競合したので、大いに気を悪くして、古臭いと激しく非難していたのだが——ヨーハン・ヤーコプ・ティルの詩を印刷し、この才能ある人を熱っぽく語った。テュービンゲン大学の修士《マギスター》、ティルは一七七二年にヘルダリーンの「実父」と同じ年に二十五歳で亡くなった。早世したことが、彼の作品に光輝を与えた。ティルはノイファーやヘルダリーンと同じく、偉大な騎士の時代を讃美する愛国的な歌を書いた。「いまも泣きながら私はおまえの災難を眺めるだろう、／いまも嵐がおまえの頭の周りをとり囲むだろう、／ゲルマーニアよ！　すると堂々と、自信にみちた高みから／気高い平和は逃げ出すだろう。」彼らは熱狂的にこの精神を自分たちの中心にすえることができた。ヘルダリーンはノイファーと共にレムス谷へ徒歩旅行し、崇拝の対象の墓があるグロースヘッパハまで歩いた。道の両側はぶどう山で、ひなびた牧歌的風景だった。彼らはこのような景色を楽しみ、その中に逃げ込み、空想を追い続けた。しばらくするとこの早世の詩人への思いは、神学校《シュティフト》からのヒステリックな遁走と、三人の友情の、すなわち長老会《アルダーマン》の盟約の誓いとのための言い訳以上のなにものでもなくなった。二十歳の若者たちは熱狂者で、感情のままに、自分たちの結びつきが確かだと思える幸せを十分に味わい、互いに了解しあっていることを楽しんだ。ティルが歩いたテューービンゲンの辺りの全ての道が、書き残した全ての場所が、「周りでは歌の心に溢れた森の人たちが踊っている」とマーゲナウが陶酔からさめやらず書いたヴァンクハイムの小さな谷や、テューービンゲンの城とヴルムリンゲンの礼拝堂のあいだのシュピッツベルクが、彼らの巡礼地となった。

この道を私も二十年以上も前によく歩いた。ティルや長老会のことは何も知らなかったが、歴史を自明のこととして受け入れている景観にそそられたから。彼らはそこで、巨大な木の下や森のはずれの草地で横になって議論をして、朗読した。書物のことや神学校や他の学生たちのことを話した。

いいかね。詩人はあらゆることを敢行しないとだめだ、詩人の人生は星辰の軌道に似ているのだから。

それはうまい喩えだな。

詩人は日々の些細なことに邪魔されてはならない。

レンツのことを考えるとね、彼は小心なのに次々にいい成績をとっているのだ。

それは違うよ。やつは小心ではない。星がついていないだけだ。

ねえ、君たち、これからネッカー川の河原にかけおりて、泳ごうよ、とノイファーが言った。

彼らは蛇行して流れ、きらきら輝く川面を見ながら、並んでかけおりた。よく夜中に裸で水浴びをして、流れに逆らって泳ぎ、それから十分拭いもしないで、するりと衣服の中に滑りこんだ。こうすると馬みたいに湯気が立つのだ。

こんなふうに時代から離れて生きることができるだろうか？　絶え間ない変化に対して友情を守ることができるだろうか？　まもなく時代が彼らを捕まえるだろう。それには神学校の苦しい日常と講義の中でくり返される教師たちの無関心と彼らの非人間性とで十分だ。

それに彼の虚弱な体質と、牢のような部屋の壁に突然からだを押しつけてしまうほどの怒りの不意な爆発。このような感情の昂りから彼はこの数年間に、最も美しく、最も正直な詩を書いた。ようやく彼はお手本に従わずに語り、非常に大きな構想の中でも自分らしさを失わないようになる。彼の苦い思いが厳密な言葉を見つける。彼は自身の言葉で抗う。「私はもう我慢できない！　永遠に、永遠に／囚われ人のように、子どもの足が、／短い、まるで計ったような足どりで／日ごとのろのろ歩むのに、私はもう我慢できない！／／これが人間の運命なのか――私の運命なのか？　私はもう耐えられない。／私を魅するのは月桂樹だ――休息は私を喜ばせない／危険は男らしい力を生み出し、／苦しみは若者の気持ちを高める。／／わが祖国よ、私はあなたにとって何なのだ、何なのだ？／虚弱な乳飲み子の私を、涙をうかべ、／絶望的なまなざしで母親が／我慢強い腕に抱いて揺さぶる。」

彼はこの詩節の中で彼の三つのテーマを激しく響かせる、すなわち規則に従って学校で生きなければならない子どもが精神的に歪められること、（思い出の中では悩ましいほどすぐそばにいる少年であろうとも）少年ではなく大人の男だけが達成できる冒険的な名声への憧れ、自身のために彼をずっと幼いままにしておこうとする母親との――深い愛情を覚えたかと思うと、急に気分が変わり、弱気に距離をとろうとする関係である。彼は母を必要とするだろう。彼女のもとに帰るだろう。あまりにも長いあいだ、彼を「我慢強い腕に」抱いて揺すぶっていた彼女だから。

一七八九年の秋休みに、彼は昂ぶる気持ちを抑えてではあるが、改めて自分の葛藤を母に説明しようとした。「揺り動かされ、押し殺された心」が彼をくたくたにさせる。何日も彼はひとりで辺りを歩き回る。ビルフィンガーとの友情は、彼が長老会のメンバーでなかったせいだけではないが、もう冷めていた。今はもうビルフィンガーをめったに訪ねて行かなかった。

果樹園はまだ家族のものだった。ときおり彼はカールとリーケをそこへ連れて行き、昔のことを思い浮かべる。

カールは十三歳、利口で、ときどきびっくりするような機転をきかせる。まだラテン語学校の生徒である。しかし母親はカールを大学にやらないでおこうと決めていた。とにかくお金がかかるし、フリッツが経験したことでもう十分だわ。あの子には書記になってもらうわ。そこで彼は評判もあげるでしょう。ニュルティンゲンの町長さんがポストを世話してくれるでしょう。なんといってもゴックの息子ですからね。

一方、リーケは贅沢におめかしした、十七歳の若い淑女である。ヨハンナはそれが気に入らない。もうちょっと慎ましくしてもらわないと。

妹と弟は彼の悩みを知っている。

神学校での様子をお母さんに言い繕わないで話して、よく相談してみたら、とハインリーケは助言していた。

それはあまり意味がないだろう、と彼は考えた。その上、テュービンゲンの暮らしが高くつき、追加のお金を無心しないといけないので、お母さんのご機嫌を損ねてしまいそうだ。神学校ではあらゆる点でうまくやっていってほしい、とお考えだからね。

リーケはルイーゼのことを尋ねる。

彼女のことはもう何も聞いていないんだ。

それはよくないわ、フリッツ。

おまえがよいと思うことばかりやっておれないよ、リーケ。

そんなふうにいつもすぐに気を悪くしないで。

カールは口を挟まないで、兄と姉の会話を緊張して聞いている。

帰り道で彼らはネッカー橋の上でしばらく立ち止まる。少年のころネッカー川を素早く泳いで渡ったよ、五分もかからなかったな、と彼は話した。家路を急ぎながら、ハインリーケはテュービンゲンではパリの「事件」が話題になっているのかしら、と尋ね、不安そうに続けた。そもそも王さまを戴かないでそんな反乱をすることが正しいのかしら？　彼は笑って妹の手を取った。ああ、リーケ、その他のことが正しくなくても、それは牢獄を壊すことだったのだよ。信じてもいいよ。そのようなことが人びとをみな自由にすることもできるのだ。そしてフランスが自由な国、共和国になると、自由を求める気持が火のように広まるのだ。

それが怖いわ。

自由が怖いこともあるよ。

昨年、ラテン語学校の教師の職を退き、今はオーバーエンジンゲンの牧師になっていたクラーツがケストリーン同様、彼を訪ねてきた。彼らがヘルダリーンにとってよそよそしくなってしまったのではない。しかし彼は、彼らの世界から自分は何と遠ざかってしまったことか、と気づいた。彼がまだラテン語とギリシア語で助けることができる少年であるかのように彼らは彼としゃべるのだった。

彼はようやく休暇の最後の何日かに思いきって、神学の勉強に懐疑をいだいていることを母に話して意見を求めた。夕方のことだった。母は彼がまだ幼い子どもだったころのように窓辺に座って刺繍をしていた。そんな母の姿を見て、彼はやすらぎと彼女から伝わってくる精神的な強さを、それに憂愁をも感じた。母が誰よりも好きだった。

彼女は息子に気がついた。彼は椅子を手に取り、窓辺に近づき、母のそばに座った。そんなふうに彼らはよく座っていたのだった。ヨハンナは知人たちのことや、リーケの交友範囲のことを話して聞かせた。それは彼もよく知っていることだった。リーケはもう長くは家《うち》にいないでしょう。そしたらもっと寂しくなるわ。もちろんカールにはニュルティンゲンで書記の見習いをしているあいだは私のところにいてもらうつもりだけど。

何か言いたいことがあるのでは、フリッツ、そうね？

もういいのです。ちょっと思っただけで……

まだ神学校に慣れないの？

ええ、決して慣れないでしょう。
あとになって私に感謝するようになるわ。
おっしゃるとおりだといいですが。
私の言うことを信じるのよ、フリッツ。

激しい反撥と無気力がめまぐるしく入れかわる。一七八九年十月、秋の休暇に彼はノイファーとシュトゥットガルトに滞在し、ついにシュトイドリーンと知りあいになった。文学的に有名で、今もなおシラーと争っている、十二歳年上のこの男だけではなく、シュトイドリーン家の人びと、とくに妹たちに彼は心をひかれた。彼女たちは本をよく読み、談話に加わった。その中のひとり、ロジーネはノイファーと婚約していた。

私はフィリップ・フリードリヒ・ヘッチュの油絵に描かれたシュトイドリーンを知っている。美しい、非常に神経質な顔である、とまったく単純に言うことができよう。しかし私は肖像画が描かれた時代のことにも思いを馳せる。ここにはほとんど緊張した表情を浮かべた注意深い男、考え、しかも同時に行動する人が描かれている。広く秀でた額がほとんど顔の半分を占め、絵の中で輝いている。目は大きくなく、少し不機嫌そうに見えるが、そのまなざしは揺るぎない。ほっそりした鼻の下には、横に広がった、通人らしい口。頭の鉢は狭い。この顔はフランスの反逆者の顔と似通っている、ロベスピエールやデムーランあるいはブリソの場合と同じく、燃え立ち、思考することで、期待することでやつれ果てている。私は自分の解釈を加えていることがよくわかっている。しかしヘルダリーンを巡る人たちの肖像画で私がこれほど親しく感じるのはほんのわずかしかない。その肖像画が動きだすのを見て、話すのを聞き、耳を傾けているのを見守りたい。ヘルダリーンは彼を「堂々とした人」と描写している。そうだったに違いない。シュトイドリーンは弁護士として収入を得ていた。「領邦内の才能ある人物」を集めて、自費で年鑑を発行し、その結果「シュヴァーベンの文芸の祭司長」になった。若い詩人たちへの影響力はシューバルトのそれに匹敵し、彼亡き後は、その「祖国年代記」を、もちろんもっと鋭く、革命の問題に軸足を移して、継続した。そのためシュトイドリーンは、カール・オイゲン公はもう亡くなっていたが、新しい領邦君主から追放された。マインツで政治ジャーナリストとして地歩を固めようとしたが、うまくいかず、一七九六年ストラスブール近郊でライン河に入水した。

それは駆り立てられる思いと絶望が入りまじったかの人生のひとつで、ヘルダリーンの記憶に深く刻まれた。

彼は後になってもシュトイドリーンを忘れないだろう。というより彼の義憤や、人間の権利について述べたことや、一緒にギリシアに心酔したことを、ヘルダリーンの詩について語りあい、その後それをシュトイドリーンが三つの年鑑に印刷したことを思い出すだろう。

ここで彼は、進もうと心を決めた道で、ひたすら支援してくれる友をはじめて得たのだった。そして政治にその生存を賭した一連の友人の中の最初の人だった。彼らにとってこの決起はフランスだけでなく全人類の問題だった。

語らいの中で多くのことが、彼らが共通して抱いているギリシアへの愛情や、古代の風景や神々の住んだオリンポスや、その公明正大であると認められていた規範のことなどがとりまぜて話題になったのだろう。互いに自分の仕事も吟味しあった。他の人びとと同じようにルソーもひとりで見つけましたよ、と読んだ書物を伝えあった。八月二十六日に人権宣言が発せられた、との新聞のニュースも報告しあった。

彼がしばしば友人たちの活動を避けたり、聞いていなかったり、あるいは政治的な会話にあまりはっきりした態度を示さなくても、友人たちは悪くとらなかった。彼はそんなことがよくあったから。行為者として人前に出るのをヘルダリーンが怖れていたことを彼らはもうとっくに知っていた。

晩秋に新しい学期がはじまった。ギリシア語、ヘブライ語そして論理学はもうカリキュラムになかった。給費生たちは今、物理学、形而上学そして倫理学を受講した。

ノイファーは病気で、家にいることが許されたので、ヘルダリーンはマーゲナウとふたりきりだった。

数日のあいだは孤独が快かった。「少しばかりの、しあわせな時間」に彼はコロンブスに寄せる讃歌を書こうとし、この発見者を神秘的なもの中に連れて行った。詩は失われてしまったが、そのテーマは十三年後、ニュルティンゲンとホンブルクで、「コロンプ」の草案の中でくり返され、言葉を無理やりひっぱり出し、広がりをとり戻そうとする、早く老いてしまった詩人は物を書く学生のつかの間の快感を思い出したかのように願った、「英雄たちのひとりになろうと、／そして率直に、羊飼いの、あるいはヘッセン人の声で、／生まれついたその言葉でそれを口にしてよいならば

／海の英雄に。」

十一月五日の午後、カール・オイゲン公とフランツィスカ・フォン・ホーエンハイム妃が神学校を訪問した。支配者たちは前兆を見ぬいていた。彼らは怖れていた火を踏み消すためにやって来た。すべての学年の給費生、補習教師、そして教授が呼び集められた。領邦君主は寮監長と補習教師たちにそれぞれの義務を厳重に告げ知らせ、その後で賞罰を配分した。御前試験がなされ、ヘルダリーンの同期の学生は「神の存在について」試された。

君主の登場は伝統的な台本どおりに演じられた。さし迫った期限に急かされ、全てを想定しなければならなかった。大公夫妻を除いたみなは恭しく動きまわり、ぺこぺこして、その念入りな出来栄えを披露した。カール・オイゲンとフランツィスカは修道院中庭で、取り巻きを従えた寮監長シュヌラーに迎えられたが、そこに止まらず、委員会の面々を尻目に、大急ぎで食堂に入って行った。そこにはもう全ての人が集まっていた。

みなは立ちあがった。

寮監長は息を切らし、大公の背後からでも指揮をとろうとした。

大公はこれに気づき、補習教師に向って、今はまだ嘲弄の様子も見せず、尋ねた。補習教師諸氏はご自分の本分もご存じですな？

声をそろえて返事がひびく。はい。

諸氏ははたしてご存知かな？　と彼はさらに尋ね、そして声を高めて（今、愛国心を感動させる荘重さが必要であるから）、あなた方の職務がどのように重要な影響力を、私の神学校（彼はこの小さな所有詞で生ける、また死せる属具《インヴェンタール》がすべて我がものであることを強調しているのだが)、の繁栄にだけでなく、祖国全土に持っているかご存知かな?

合唱隊《コロス》が応じる。はい。

諸氏は六十万の魂が——我が国にこれだけの人間を所有しており(しかも彼は言葉でだけでなく、彼らを意のままにできるのだ)——諸氏の手から忠実な教導を待ち受けていることもご存知かな?

合唱隊が諾《うべな》う。

君主は寮監長のほうに向かう。ね、そうでしょう、監長殿、補習教師はあなたのお仕事も軽くすることができるでしょうね?

はい、と寮監長が答える。

大公は補習教師バルディリィを呼びつける。もし貴君が悪人を改心させようとお思いならば、まずやさしく注意しますかな? そしてその効果がなかったら、罰にとりかかりますかな?

緊迫した場面を保ち続けようと、すぐにまた寮監長のほうに向かって言う。監長殿、補習教師たちも閻魔帳に記入しておけるのではないですかな?

確かに、と寮監長が答える。

大公は給費生ザルトリウスを呼びつける。さあ、聴きなさい、ザルトリウス氏よ! もし補習教師が貴君にそう言ったなら、それは私が言ったと同じようなものです。補習教師は私を代理しているのですぞ——そして(今、彼の演説は早口で恐喝的になった)もし補習教師がうまくやっていけないなら、彼はそれを監督官に言うのです——監督官は私の宗教局に——そして私の宗教局はそれを私に報告するのです。

十四日ごとに、「有責であると判明したものたち」を大公に報告しなければならなくなった。部屋に帰った彼らはひそひそと話した。しかも互いに猜疑心を持つものも少なからずいた。

彼はノイファーがいなくて寂しかった。こうしてまた彼の周りには壁がゆっくりと閉ざされていく、彼はそれを打ち破りたい。夏の昂った気持ちはもうどこにも残っていない。ティルの足跡をたどって遠出したときの上機嫌はもうずっと前のことになってしまった。彼は書いた。母に宛てたある手紙の中で、「絶えざる不愉快、制約、不健康な空気、寮のまずい賄い」を嘆き、「虐待や威嚇それに軽蔑」について話し、またもや、神学校を離れ、法学の勉強に向かうことを許してほしいと頼む。「私の願いが弱さであるなら、私に同情してください。私の願いが思慮深く慎重であるなら、将来に対するあまりに臆病なためらいによって、たぶん将来あなたに多くの喜びをもたらすだろう歩みを踏み出すことを思い止まらせないでください。」この手紙は母と息子とのあいだの神経をすりへらすようないさかいの続きにすぎない。病気のために取った次の休暇と秋の休暇中も彼は母を説得することができないだろう。

前もって決められた道です、フリッツ。私たちはそれを選んできたのだから、あなたはその道を進まないと。後ほんの二、三年のことよ。

僕の気持ちをおわかりになりません。

そうかも知れないわね。

こんなことばかりではもう参ってしまいます。

心が昂ぶっているのよ。よくなるわ。私の言うことを信じるのよ。だって以前からもそうだったわ。

母に悪態をつぶやきながら家から走り出た彼だったが、後で恥ずかしくなった。しかし彼はもはや憎しみを隠さず、君主の強制にあからさまに答える詩も書いた。「哀れな愚か者よ！　もう死がお前の中を忍び足で歩く、／暴君よ、恐ろしい復讐の日が近づく、／かすかな足音も立てず近づき、／お前を裁き手の前に投げつける！／／そこで威力あるお前が王座を得ようとどのように身をよじるか、／泣きわめいて憐れみを懇願する！／消え失せろ！　暴君に恵みはない！／人民を辱めるやからに永遠の復讐を！」

興奮は嘲りと脅しの中で鎮まろうとした。彼らがほとんど毎日耳にしていた、人民を辱めるやからというような言葉が、実際の体験から理解でき、使えるようになった。そこに個人的な苦しみが加わった。彼は自分には心身ともに耐え抜く力が不足していることを知った。彼は友人たちにとって感受性の豊かな、あまりにも傷つきやすい、守らなければならない人間だった。馴染みのない人にとっては特権を強く主張する高慢な大学生だった。

II　第四話

彼はミュンツガッセをくだり、神学校に向かっていた。頭が痛む、もう数日前から。この痛みが自分の頭蓋骨の上の方に浮かんでいる一点から発しているような気がよくした。ときどき痛みの中心は少し遠ざかるが、たいていの場合、非常に近いところにあった。彼は痛みから逃げ出そう、あるいは心配することでないと思い込もうとしたが、無駄だった。この苦痛は彼が何もしないでも消えるが、また同じように理由もなしにくり返されるだろうとわかっていた。あたりがもう薄暗くなり、ネッカー川から霧が立ちのぼっていた。寒かった。目の前にひとりの男が歩いている。彼はその男の名前も職業も知っていた。名前はマイアー、女学校の助教員だ。この男が我慢ならない。いつ出くわしても、いつもあざけるようににやにや笑い、そういう習慣なのに、給費神学生に帽子をとらない。本来ならばそのような無視は彼にはどうでもよいことである。しかし痛みがそれを望まなかった。

この男が彼のすぐ前を歩いている。ヘルダリーンはこの助教員に追いつこうと急いだ。精神が昂っていた。マイアーは挑戦するように横から彼を見つめてにやにや笑い、挨拶もせず、帽子もとらなかった。

覚えてもらいましょう、助教員さん、とヘルダリーンが言って、帽子を男の頭から叩き落とした。彼は攻撃された男が逆らうとは思ってもいなかった。しかしその男はいたちのようにすばやく帽子を拾いあげ、彼の横を離れずに言った。止まれ、ただちに同行して、寮監長に告訴しますぞ。

いいでしょう、とヘルダリーンが応じた。

彼らはシュティフトに辿り着き、古い学生寮の中庭を越えていった。寮監室の前でヘルダリーンはマイアーから離れた。いったい名はなんというの、とマイアーが後ろから呼びかけた。

彼は冷静な返事をもらった。ヘルダリーンだ。

マイアーはすぐに寮監長に面会を許されて、この奇妙な話をした。すると寮監長は、公の学校でお仕事をなさっているので特にお気がすむようにいたしましょう、と請けあった。もちろんこれからは給費生の前で帽子を礼儀正しく取ってもらわなくては困りますよ。

マイアーはそれを約束した。

夕食後、シュヌラーはヘルダリーンを呼び出した。

この件は事実ですかな？

はい、その通りです。しかしながらあの助教員はもう長いあいだ給費生を怒らせてきました。挨拶をしなかったのは始めてではありません。

なぜ今になって、許されないやり方で無礼を働いたのですかな？

この数日のなりゆきです。

理解できませんな。

説明もできません。

問い詰める気はないが、とシュヌラーは言った。

ヘルダリーンはこの話し合いから解放され、後に罰を知ることになる。監禁室で六時間、座ってすごさねばならなかった。

私はこの年、一七九〇年に彼を待ち受けていることを知っている。彼はそれを知らない。私は彼のように思い出し、一歩一歩彼について行こうと努める。しかし彼の記憶であろうと願う私の記憶はやはり先へ進み、彼の最期まで到達してしまう。それが彼の姿をつくりものにしてしまう。私は何度、「後には」と書き、私にとっては書かれた過去である彼の未来を指示することだろう。彼が「後には」と言ったとき、彼のまなざしは不確かなものに向けられていた。キルケゴールの反復の解説が、語り手の記憶と語られた人の記憶のあいだのこの緊張を最もよく包括している。「反復と追憶は同一の運動である、ただ方向が反対だというだけの違いである。つまり、追憶されるものはかつてあったものであり、それが後方に向かって反復されるのだが、それとは反対に、ほんとうの反復は前方に向かって追憶されるのである。」（キルケゴール著『反復』枡田啓三郎訳　岩波文庫）

さしあたりノイファーが善良な、元気づけてくれる人である。ノイファーはマーゲナウに助けられ、盟約の儀式を執り行おうとまめまめしく働く。ヘルダリーンは自分に任された務めをいつもおとなしく果たすとはかぎらず、愚痴っぽくなったり不機嫌になったりするからである。この友人の

「気まぐれ」がしばしば他のふたりを困らせたようだ。彼はよく悪戯に巻き込まれるが、それでも友人たちを夢中にさせたのは彼の気分の高揚だった。

毎週の始めに三人のうちのひとりが長老《アルダーマン》に選ばれ、「美学論議」のためのテーマを決める役をまかされた。それぞれが、課題を出す人もこのテーマについて勉強しなければならなかった。それから木曜日に落ちあい、勉強の成果が議論され、誤りが正され、詩が朗読された。自分たちが書いたものを彼らはみな保管しておいた。それは彼らに不滅であるように思われた友情の物語を示す資料だった。何度も何度も長く誠実でいることを彼らは約束しあった。

うらやましげな学友の笑いものにならないように、たいてい寮《シュティフト》の外で、エスターベルクやヴァンクハイムの小さな谷で落ちあい、ワインやモストを飲ませるところに立ち寄った。

「子羊亭」では常連だった。

ヘルダリーンは長老として、次回のテーマである「尊厳」についてよく考えるように要請されていた。

人間の権利を念頭におくとき——「尊厳」は誰にでも、たとえ君主にでも認めないわけにはいかないだろう、とノイファーが言った。

もっとも何が尊厳で、何がそうでないかは君主の意のままだけど。

君は過激派《アンラジエ》だな、ヘルダー。

最上の命令で尊厳を持つことを許されない人びとの尊厳について、まず考えてみようと思わないのかい、ノイファー？

控え目な態度をとっていたマーゲナウがあるとき言った。人間の尊厳は誰のものであろうと生きていくうちに傷つけられるが、そんなよくない行動をする人はそうとは知らないことがよくある。

でも尊厳はそれ以上のものだよ！

それはどういう意味だ？

ともかく全体から考えないといけないのだ、わかるかい、尊厳はただの理念、栄誉だけではない。それは人間を平等であらしめる何かでもある、だから法規によって人間に保証されているのだ。

タレーランの人権の中に記されているようにかね？

タレーランではない——革命の人権の中にあるのだ。

君には困ったものだ、ヘルダー。

そうじゃないよ。僕らはそれを知っているのだから。すでに一度経験しているのだからね。ギリシア人たちのもとで。そこでは尊厳は神々に対する人間の自明の答えだった——違うかい？

彼らの盟約の祭典である最初の長老会は一七九〇年三月九日に祝われた。その後、長老会はさらに二回催された。彼らは盟約書を祓い清めて、そこへ各人が「自分のミューズのため」に詩を書き込まねばならなかった。ヘルダリーンは友情の歌を書き、団結の呼びかけとして、ほかのふたりがそれを読む前に、熱狂的に朗読した。「祝宴の卓につく神々のように自由に／我らは酒杯を囲んで歌う、／醇乎たる飲み物が輝くところ、／厳かにそして秘かに、慄きにうち震え／神秘の聖なる覆いに包まれて／我らは歌う、友情の歌を。」これは男子結社、情緒的な酒宴や男性合唱団《リーダーターフェル》に似ているように聞こえる——そしてこれが友人たちの空想力をも刺激した。ただしヘルダリーンの遠大な考え、その理想的な存在への憧憬はいつもこの狭い、快適なサークルを突き抜けていた。

同じ年の夏だった。マーゲナウがこの午後のことを描写している。ことのほかよく晴れた日だったという。彼らはエスターベルクに登り、山腹の子羊亭の庭で会う約束をしていた。四阿《パヴィリオン》、つまり「庭の感じのいい小屋」では用意がすべて整えられていた。ワインとパン、そして日が傾くころにはポンチが食卓に出されることになっていた。彼らは子どものように騒ぎ、その笑い声が谷や町まで響いた。山の上の宿屋の庭で学生たちがお祝いしているのは知れわたっていた。それは彼らが、自分たちが大切に扱われ、偉くなったと感じる瞬間だった。彼らの合意を削ぐことは誰にもできないだろう。彼らは羽目をはずして大いに楽しんだ。

ねえ、ノイファー、今、ネッカー川まで山のような大きな弧を描いて放尿することができるぞ。

やってみろ！

遠すぎるな。

それじゃ、できないのだ。

あとでね。あと十五分ほどかかるよ。

彼らは歌った。四阿の狭い窓が開いていて、なま暖かい空気が夕べの風ですこし動いた。

さあ、ポンチをもらいに行ってくれたまえ。

マーゲナウはできるだけいそいで帰ってくると約束した。そのあいだにワインを飲みすぎないで！

しかしながらマーゲナウは、ヘルダリーンがイメージしたように、幸福の絶頂を目の前にした今、静まり返っているべきだということを心得ていた。

それが彼の儀式だった。

ノイファーは長椅子に寝そべっていた。ヘルダリーンは窓から目の前にひろがる風景を眺めていた。それはニュルティンゲンの風景にも似ていて、彼を落ちつかせてくれた——空の青さの中に溶けこんでいる丘や山、ノイフェン城塞、ユッシー山、アハアルム、ホーエンツォレルン城、ライヒベルク、それから樹々にふちどられたネッカー川、ずっと右手に城。

マーゲナウがもどって来たよ、と彼は言った。

ノイファーが立ち上がり、彼の横に歩みよる。ふたりはマーゲナウが湯気の立ったポンチの鉢を注意深く手前にかかげながら庭の階段をのぼってくるのを眺め、彼のためにドアを開け、恭しくテーブルまで同行した。それから三人で定められた道を通って庭を通り抜け、ヘルダリーンが「カスタリアの泉（デルフィのパルナス山から流れ出る泉）」と定めていた「哲学者の泉」まで歩いた。友人たちが氷のように冷たい水で顔と手を洗い、それから、自分も同じようにすることに彼は心を配った。顔は拭わなかった。それは許されていなかった。彼らは冷気で清々しくなり、小屋に戻り、グラスを掲げた。ヘルダリーンが合図すると、彼らはシラーの「歓喜に寄せる」を歌い始めた。数年前、その詩が「ターリア」に載ったとき、ノイファーが書き写しておいた。ヘルダリーンはこの頌歌を神学校ではじめて知り、それ以来、「聖なる歌」と見なしていた。

彼らの声はその詩の誇張された言葉に駆り立てられて、どうしても大きくなってしまった。マーゲナウは後に、一緒に杯をあげることを歌った詩節、「喜びが杯に沸きかえる」というところで、ヘルダリーンが目に涙を浮かべて窓から杯を大空に向かってさし伸べ、「このグラスをよき精霊に」と力をこめて叫ぶと、それがネッカーの谷中に谺したと語っている。

これがこの時代の声であり気分である。シラーの歌では男たちの結社や友情がほとんど滑稽なまでに融合し、いわば原点として歌の食卓《リーダーターフェル》が全世界を抱きかかえる感情と見なされていたのかもしれない。早くもこの歌がまるごと若者たちの激しい感情にかなったのだ。彼らはこじ開けた。しかし当然多くのものをひきずってもいた。とりわけ習い性になっているものを、そして自身が、反抗するときにも、そこでは安全と思える全てを。愛国的なものやドイツ的なものは、いくら後から時代を超越していると解釈されようとも、現実の背景を持っている。第三身分はまだ閉め出されていた。しかし彼はそのことで利益を得るだろうが。この夕べも早いころに、ひとりの学生が世界に関するこの瞬間の感情を流露させるつもりだったが、多くの人びとが時代精神の近くにいたわけではない。彼は我を忘れているよ、とマーゲナウは言う、やりすぎだと思えることがときどきある。

ほっておこう、あれは彼の天才のなせるわざさ、とノイファーは言う。

しかし彼らはヘルダリーンを、自分たちのもとから前方に、エプロンステージに出て観客を前にしている人のように見ている。その観客を彼らはまだ知らず、認めてはいなかったが、怖れている。彼らが古い寮の前の、ネッカー川沿いにそそり立っている壁に沿った中庭を通り抜けてやって来るのが見える。この宵はなま暖かかった。まるで自分たちの感情の昂ぶりを恥じるかのように彼らは黙りこくり、押しあうように石の門を通り抜け、神学校に入る。

テュービンゲンの歳月は後に彼の追憶の中で要約され、色褪せない、人生を決定づける一連の光景になったにちがいない。さまざまの「気まぐれ」にもかかわらず彼はまだきちんとしていた。長老会に続いて、ヘーゲルとシェリングとの友情、それに何よりもシュトイドリーンとその家族との結びつきから縁故関係が広がり、最初の名声があがった。

君主の神学校への重圧はますます強くなる。新しい学則が準備される。給費生リューメリンは「悪い態度」ゆえに退学になる。ヘルダリーンにもかかわる戒告が言い渡される。首席のレンツは禁固室行になる。これらすべての措置も次第に広がる不穏な空気を鎮めることができなかった。カール・オイゲンは鎮静を期待していた。カール学院は墓場のような静寂に支配された。学院は君主の日ごとの厳しい監督下にあったが、テュービンゲンは遠く離れていたので、差し向けられた密偵、盗み聞きをしたり、耳打ちしたりする回し者同様、宗教局のメンバーはほとんど君主の役に立たなかった。

私はヘルダリーンが最初の二年間、ノイファーとひとつの部屋を分けあい、長老会のメンバーはそうでなくても一緒にいたのだと思っていた。しかし給費生金銭記録簿の記入事項から、彼は「ねずみ領」に、どうやらもうヘーゲルと一緒に住んでいたことが証明できる。彼らは自分たちの住みかをあけすけにこう命名していた。いたるところにねずみがいたのだろう。しかも彼らの部屋のある翼部はネッカー川の上に張り出していた。ねずみがその溝の中で夜中ごそごそ音を立てて、ちゅうちゅう鳴き、学生たちに怖がることを教えた。

同室だったヘーゲルがなぜ友情の盟約の仲間に加えられなかったのか、ほとんど理解できない。シュトゥットガルトのギムナジウムから来たヘーゲルとメルクリーンが彼よりよい成績だったため、席次がクラスで六番から八番にさがってしまったことに彼が腹を立てていたのかもしれない。ひょっとすると長老会のメンバーの熱中ぶりがヘーゲルには不愉快だったのかもしれない。

給費生の多くは、寮監長や若干の教授たち、そして君主が願ったほど学ばなかった。彼らは正統主義に順応しなかった。神学校では——そしてそれを彼らは知っていた——新しい思想はどれも伏せられたままだったので、彼らは外からの刺激を何でも受け入れた。ふたりの補習教師、コンツとディーツが事態のこうした展開に少なからず影響力を持っていた。

カール・フィリップ・コンツは神学生だったが、ヘルダリーンの入寮と同時に補習教師になった。一七九一年に神学校を去ったが、連絡を保っていた。彼はギリシアについて実に幻視者のように語ることができ、古代の神話や文学作品に没頭していた。講義中によく言い間違いをして、どもってしまった。文章を最後まで言い終えることができなくなり、困りはてて腕をばたつかせた。おまけに見かけも風変りだった。背が低くでっぷり太り、脂肪ではれぼったい顔の中から水のように明るい眼が燃えていた——学生たちは彼が好きだった。彼は考えたことを生きた、——言いかえると、考えに基づいて生きたから。彼の詩を学生たちは知っていた——それに彼が子どものころシラーの遊び仲間だったことだけで、学生たちには神秘的な重要性があった。

体を動かすのが難しく、動くには気力を使わないといけないような人物。彼はエウリピデスの悲劇について講義し、その霊感に運ばれて、ギリシアの美しさを描写した。コンツも彼に耳を傾けるヘルダリーンもただ空想の中で旅をする人である。「さらに私を一番ひきつけるのは、東方世界の途方もなく美しい景色、それとも一度ならず人間の力の偉大な始まりになったことである。美しいイオニアの空のもと、かの愛すべき島々で、美とその偉大な、普遍的な祭壇だったのでアフロディーテの母となったこの国で、――私が意味しているのは――ギ、リ、シ、アだ。」この熱狂ぶりがあまり齢の違わない若者たちの心をぐいとつかむ。教師が扇動者になる。コンツはカント哲学の信奉者のディーツとは違って、政治的な風潮にじかに影響を与えたというわけではない。そのころ彼は過ぎ去りし麗しいものに没頭していたが、人間らしく生きた時代を描き、現在と対比させることで反抗の支援をしたのである。コンツはテュービンゲンを去ってからも、神学校出身者の立派な経歴を辿った。まず教養を深めるための旅、それからエンツ川畔のファイヒンゲンとルートヴィヒスブルクで副牧師に、そしてついに一八〇四年からテュービンゲンで古典文学と雄弁術の教授になったコンツは、それからわずか数年もたたないうちにこの町に彼なりのやり方で帰ってきたヘルダリーンをツィンマー家に訪ねた。

コンツは自分のまわりに小さなグループを、専門家や熱狂的な人たちを集める。彼らは酒を飲み、煙草をくゆらし、自分たちが選ばれた人物に、先進者になったような気がしている。

彼は苦しそうに息をして汗をかき、絶えずハンカチで顔をふく。

しかしここ、わずかな人だけを前にしているこの部屋では、筋の通った講義を続けて、おしゃべりに加わり、受講者の熱い思いに応える。

彼らは話す。ときおりエウリピデスのヘカベ（ギリシア神話。トロイ王プリアモスの妃、ヘクトル、パリス、カッサンドラらの母）を話題にして、ここで大事なのは母親だけだ、とめいめい勝手にしゃべっている。

母親像が問題なのだ。

だけどアガメムノンの罪も重要な意味があるな。

あの人は好きじゃない、とヘルダリーンが言う。

誰のこと？　アガメムノンかい？

いや、エウリピデスだ。アイスキュロスとソフォクレスのほうが好きだな。彼らのほうがより非情だ。より現実的だ。

「現実的」という言葉を君はどう解釈しているのかね？

内的な繋がりがひどくはっきりしてくることですよ。

それだったらエウリピデスにもあるだろう。

そうは思いませんよ。

それではこれはどうかね？　ノイファーがポケットから二、三枚の紙片を取り出して広げ、もったいぶって読み始める。「私はそなたの息子とそなたに同情する、／そなたの運命ゆえに、ヘカベよ、／そして寛大にこの手をさし出して願う、／神々のために、正義の力で、／かの悪しき客人がそなたのために罰せられんことを。」

いいな！

コンツが叫ぶ。誰のだね？

ヘルダリーンのです、とノイファーが言って、ことさら丁寧に紙片を折りたたみ、ポケットにしまい込む。彼が翻訳したのです。

それなのに君はエウリピデスが好きでないのかね？

ディーツの場合はまた違っていた。彼はこっそり持ち込んだものを扱っていた。カントを読むことは神学校では長いあいだ禁じられていたし、教えることはこれから先も許されていなかった。ディーツは抜粋を書き写したり、とりわけ話題にしたりしてそれを広めた。カントの書物を学生たちは購入した。しかし自室にしまっておくことができたか、あるいはネッカー川の河川敷の石の下に隠していた、永劫の罰を下された蔵書の仲間入りをしたかどうかは不確かである。今日でもそう語りぐさにされている。

カール・イマーヌエール・ディーツは二十四歳、学生たちとそう齢が違わず、また補習教師として声望はとうていコンツに及ばなかった。早くも一七九二年には神学を断念して、その父親のように医師になった。

だがまだ今は啓蒙主義の代弁者として論争を巻き起こしていた。彼にとってカントは救世主だった。しかも本気だった。カントを解釈し、頑迷な教授たちに断固として反対するたくさんの論文を書き、学生たちに決定的な影響を与えようとした。ディーツは単純化しているよ。我を忘れて、カントは世界を幸福にする人だ、それに反してイエスは詐欺師だ、というような屈辱的な発言に心を奪われているのだ。これは神学校にとっては爆薬だよ、と彼のライバルのコンツがいくら誹っても、ヘーゲルやシェリングそしてヘルダリーンは彼の信奉者の一員であることを、多かれ少なかれあからさまにしていたことは確かだ。

これらすべては秘密裏に起こったことである。もし宗教局あるいは大公がディーツの策動について知ったなら、彼や彼に忠実な幾人かは即刻、神学校から退学させせられていただろう。

助手《ファームルス》がヘルダリーンと他の新しい同室の仲間を起こしにくる。朝の五時。夜はまだ明けそうにもない。一七九〇年九月二十三日、秋の休暇の最初の日だ。昨日から彼は修士《マギスター》である。修士号の授与のためのいろいろな虚飾と学位のむなしさを彼は笑いものにしていた。ほとんど一ヵ月も続いた試験期間でくたくたに疲れていた。できるだけ早く家に帰りたい。神学校を離れたい。朝はしゃべれない。服を着て、持って行こうと思う荷物をまとめて、丸め、縛って束にした。

ここ数ヵ月、自分の考えが奇妙に落ちかなかったことを彼は思い返していたかも知れない。いや、すべてが嫌だったわけではない。ノイファーとマーゲナウと一緒にいること、心をこめて執り行った長老会の儀式。ディーツを介して知り、好きになったカントについての果てしない討論。それにコンツあるいはフラットやバルディリィの講義も嫌だったわけではない。バルディリィの汎神論に心を動かされ、ライプニッツに関心を抱くようになり——それどころかノイファーとマーゲナウに反対されたにもかかわらず、この数ヵ月に考えることを、哲学することを学び、思考と事物の存在が互いに欠かせないことを、理性が実存の物差しになりうることを知った。したがってこれら全てはやりがいがあったはずである。しかしそこにはきびしい鍛錬、ねたみそして何よりも生活の束縛があり、それらが勉強の喜びを台なしにしてしまった。

それから彼は夏に、エリーゼ、大学事務局長ルブレの娘と知りあった。エリーゼに好感をもった。もちろんルイーゼのときと同じように、彼女を目にするや否やまた理想化したので、彼女と空想の中でつきあうことのほうが多かった。彼女は彼のリューダになった。「わたしが再び力を得て、／

かつてのように自由で幸せであることを、／この世のものならぬ君の心に感謝する、／リューダ、わたしを救ってくれたやさしいひとよ！」

彼は動じないで試験を切りぬけようと考えていた。通例、まず初めに学生たちが小さなグループに分かれて、教授の学術論文を弁護しなければならなかった。しかもその教授がこの討論を司会したのだった。ヘルダリーンがほっとし、また誇らしく思ったことに――これは彼の進級試験の中で最もできの悪いものではなかったのだが――このグループには彼の他に、ヘーゲルやアウテンリートやフィンクが含まれていたのである。討論は公開だった。落ち着かねば、と決意していた彼だったが、ひどく興奮してしまった。ヘーゲルが彼を宥めなければならなかった。その上、試験は多額の出費がつきものだった。金が足らず、彼は母に助けを頼まざるをえなかった。

彼らの教授はベークだった。彼らはどうやらよく頑張ったようだ。二週間後、全学位取得者が寮監長シュヌラーと使徒行伝と詩編に関して論争を展開した。シュヌラーは学生たちに命題の証明を任せないで、できるだけ自身の見解を述べ、それを「弁護」させるという独特のやり方をとった。それに続く「命題の宴《テーゼンシュマウス》」である程度のご馳走がどうにか振る舞われるために、給費生は自身の財布からお金を拠出しなければならなかった。その宴で彼は酔っぱらってしまった。

彼らは命題の弁護ではもう鍛えられていた。ほとんど毎日、レスラーやプフライデラァやブロクエの弁論に顔を出さねばならなかったのだから。

フランス革命の大いなる信奉者であり、のちにナポレオンの外交官になるカール・ラインハルトは神学校でのヘルダリーンの先輩のひとりだが、この苦労をほかの誰よりもわかりやすく描写している。「二十人から三十人までの受験者が四時間も、まるでガレー船をこぐ奴隷のように三列に並んで講壇の上に立ち、退屈しのぎに命題が印刷された紙片で顔を扇いでいる。」

君はコンツの話を聞いたかい？

どの話だい？　あの人はいろんなことをやってくれるからな。

ベーベンハウゼンの近くの森で彼に出くわしたのだよ。彼は僕らに気づかなかった。島嶼《とうしょ》での祝福された生活について声をかぎりに神々としゃべっていたからさ。

やっぱりあの巨漢の中には透視者が隠れているのだな。

九月二十二日、修士《マギスター》の学位が厳かに授与された。式典への招待状が講堂に公開で貼り出された。見学したい人は教授や補習教師、それに学生が正装して新講堂に入場するさいに列席するように招かれた。成績証明書に書かれたとおり、レンツがまた一番で、ヘルダリーンはシュトゥットガルト出身のふたりのせいで八番だった。学位取得者のリストのための履歴書の中で、彼は「ふたり目の父」のことについて述べていないが、そうこうするうちに「スプラ・エンズィンゲンズィ」、すなわちオーバーエンジンゲンで牧師になっていたクラーツと、かつての助力者《ヘルファー》ケストリーンについては触れている。父親代わりのこのふたりは彼の思い出の中で前面に迫ってきた。

試験を終えた受験者たちはリラックスしていたが、やはりこの晴れやかな式典に感動していた。

やっぱり胸にぐっとくるよ。

静かに、フィンク、おしゃべりをやめろ。

彼らは順々に名前を呼ばれ、マギスターの証書を受け、規定どおりに学位授与者名簿に名前が記入された。

マギスター・ヘルダリーン。

彼はこの称号をまれにしか使わないだろう。

そしてマギスター殿と呼びかけられると、ときとしてそれを禁じた。そんなの重要ではありませんよ。

後に塔の中で暮らすようになったとき、彼は司書官殿《ビブリオテーカリウス》と呼びかけられることが一番好きだった。最初の、一番難しい階段がクリアされた。休暇の後は、神学が教育の中で重要になるだろう。他方、彼らにマギスターとしてもっと自由が認められるようになる。

支度はできたかい、と彼はまだ寝ぼけているビルフィンガーに尋ねた。もう荷造りをすませたの?

露がおりていた。風が湿っぽい。彼はノイファーとマーゲナウに別れを告げた。ヘーゲルも最初、同行するつもりをしていたが、まずまずの値段で次の日にシュトゥットガルトに行く馬車のことを後で知ったのだった。ビルフィンガーとヘルダリーンは中庭を通りすぎて、一緒に遠足に行く前にいつも集まる門を抜けた。

ルストナウを過ぎ、ネッカー谷を通り抜けていく道すがら、彼らはほとんど話さなかった。ビルフィンガーは彼が自分に背を向けて長老会に加わって以来、不機嫌なままだった。

町の手前のネッカー橋で、彼はビルフィンガーに尋ねた。おやつを食べて休んでいかないかい。

家のものも喜ぶだろう、母もカールもリーケもね。しかしビルフィンガーはこの招待を断った。旧友の冷ややかな態度が彼を悲しませた。

彼は試験のことやマギスター学位授与式について話さねばならない。みなが知りたがっている。ケストリーンが招かれていた。ヘルダリーンは見くびっていた一連の手順を無理やり大げさに話した。みなの笑い声が彼を駆り立てる。

君はそう大して真面目に取っていなかったのだろう。

いやいや、もういいかげんに彼に冗談も許してやらないといけませんよ。

マギスター殿のお気に召すならね。

どうかそんな呼びかけはやめください、副牧師さま、あなたにとって僕はフリッツのままですから。

彼は自分の時間の大半をカールのために費やした。そうこうするうちに役場で書記として働き始めていた弟はその不満を隠そうとしなかった。少年は春に堅信礼を受けていた。ヘルダリーンは自分の堅信礼のことを思い出した。(ケストリーンもあのお祝いの場面をいろいろ思い出し、まだヒラーの小冊子のことを憶えているかい？ と尋ねたりした。) 良心にやましさからだけでなく、カールに対する兄らしい愛情から彼は弟の精神的な修業の世話もするつもりだと断言した。事実また何年にもわたってそうしたが、もちろん弟が独力で成果をあげて、後には父ゴックと同じような信望を受けるようになろうとは想像もしていなかった。しばしば彼らは連れ立って絞首台の山《ガルゲンベルク》やゼーアーの丘へ、それからときにはウルリヒの洞穴へ散歩に出かけた。フリッツ兄さんが僕にクロプシュトックを読んで聞かせてくれたね、と弟はいつも夢中になってしゃべった。この似ていないふたりは、ゴック夫人の息子さんたちと町でよく知られていた。

フランスでの出来事は母をひどく動揺させた。彼らは毎夕、たいていはかなりおおぜいで集まって、起こりうる影響について話しあった。

この熱病がどうか私たちの国に燃え広がりませんように！

でもマンマ、これは単なる熱病ではないのです、これは謀反です、全人類にとってぜひとも必要なことなのです。

私たちにとってはそうではないわ、フリッツ、私たちは落ちついて暮らしているから、騒ぎはごめんだわ。

ではつましい庶民の権利はどうなるのですか？

それなら私たちはもう持っているじゃないの。

人びとが自由を持っているとあなたがお思いなら、愛するお母さま、それは思い違いです。たいていの人はまったく権利なんか持たず、法的な権利のないまま専制君主に所有された状態にいるのです。

学校で教わったような難しい話し方をするのね。牧師としてはそれではだめよ。

わかっています。

カールはパリのことを聞きたくてうずうずしていた。役場では蜂起のことで持ち切りなのだ。まだ始まったばかりだ、とヘルダリーンは言った。よく気をつけておくのだよ。

国王に何も起こらないといいのだが、とカールが言った。

肝心なのは人民だよ。それに各身分がひとつにまとまったことだ。聖職者まで彼らの仲間になったのだ。

それから彼は少年に実践的な論理の質問をした。

十月十日に彼はいつものようにニュルティンゲンからフィルダーを越えて、シュトゥットガルトに歩いて行った。

ノイファーと会う約束していた。ふたりでシュトイドリーンを訪問するつもりで、それをもう何週間も楽しみにしていたのだ。

ニュルティンゲンで彼は自分の詩を整理した。一番よくできたものと自分で思っている「不滅に寄せる讃歌」をシュトイドリーンに読んでもらうことが彼にはとくに重要だった。これもまた早くもひとつの帰郷である。

シュトイドリーン家を訪ねた彼を思い描くことは難しくない。ヘルダリーンは知りあったばかりのころは確かに気後れを感じていたが、ここで待っていてくれたのは、心中を打ち明けることができる人だった。ほかの誰よりもこの人を友人にしたいと彼は願わずにはおれなかった。シュトイドリーンは実家に妹たちと住んでいた。シャルロッテやクリスティアーネ(ナネッテ)そしてロズィーネはこの友人たちとの付き合いでそれぞれの役割を演じることになるだろう。ノイファーと婚約していたロズィーネは夭折《ようせつ》する。シャルロッテは若くて控え目な態度のヘルダリーンに明らかに好意を感じていた。ナネッテも彼を気に入って、姉たちを「悩ませた」ということを、ノイファーがある手紙の中で語っている。

シュトゥットガルトの中産階級のこの家には、その住人が王家や聖職禄や特権階級に支配された経済に反逆する人であることを漏らすようなものは何もなかった。弁護士、シュトイドリーンは自身の地位と出自を十分に利用した。みなは市民の中に紛れこんで暮らしている。それにしきたりにも守られている。ヘルダリーンとノイファーは来訪を告げるとすぐに居間へ、すなわちシュトイドリーンの書斎へ通された。若い女性たちは客人を迎えるために美しく装って姿を見せた。ロズィーネと婚約してから、ノイファーはときおり許嫁と部屋にひきこもってしまったが、シャルロッテとほかの娘たちは、そう簡単に追い払えず、ついにシュトイドリーンが有無をいわせず命令した。もう一杯コーヒーを飲んだら、男だけで仕事にもどりたいんだ。すかさず悲嘆の声があがる。じゃあ、ロッテだけいていいよ。いつもロッテだけね！　もしかしたらヘルダーの新しい詩が聴けるかもしれないのに！　いつも同じで、変わらず、いつまでもこのままだろう。町の周辺まで一緒に足を延ばし、鄙びた旅館に立ち寄ることもその一環だった。こう書いていると、なぜか私の心に絵画が、風俗画が浮かんでくる。髪の毛に粉をふりかけ、見事にカールさせた鬘《かつら》をかぶった紳士たちが、少しわざとらしい姿勢で、ベンチに腰をおろしている淑女たちをとり巻いている。背景に館のいかめしい正面《ファサード》や喬木の影が見える。

シュトイドリーン家はこうではなかった、とどうして言えるだろうか？　それにヘルダリーンがそのような集いで居心地よく思わなかった訳があろうか？

話題は詩と政治についてだけとは限らなかった。したがって少女たちはお世辞を聞かされることも、愛想があまりよくない共通の知人の陰口を言い、ちょっとした醜聞をあれこれ囁くこともあった。オステンリート嬢はもうヴァイスリープ教授と婚約していたのにバーデンの士官と関係をもったのよ……ひとりの男を本当に愛しているなら、もうひとりはそうじゃないのでは……？　こんなふうにお互いにつかの間の情事をからかいあったり、モードについてのニュースを交換したりした。

このごろパリではどんなのが流行っているかご存知？

挿絵を見ましたわ。

ああ、このギリシア風のドレスですね。

そう、これですわ、ヘルダリーンさん。

胸の刳《く》りが深すぎて、あらわすぎません？

私は好きです、とヘルダリーンが言った。女性らしい自由の表現だと思いますよ。

ここでも彼の頭にはすぐ自由が浮かんでくるのだな、とシュトイドリーンが言った。

ここでもでは何故いけないの？

まったくおっしゃるとおりです。

でもいくらそんな衣裳を身につけていても、自分をはっきり表現できないとだめだわ。背中が曲がっていても、おなかが出ていてはだめね、とナネッテが言った。

シュトイドリーンはいやいや歓談の腰を折った。

好きなように衣裳をまとえばいいよ。でも今は本題にもどらせてくれたまえ。さあ行きなさい。よければ、ロッテ、君はいていいよ。

彼らは三人で華奢な丸テーブルを囲んで座った。今回はノイファーがそこにいない。ヘルダリーンは急に始まった静寂を、再び高まってきた緊張を味わった。熱意が刻み込まれたシュトイドリーンの蒼白い顔、その横にはかわいい、よく気のつくロッテの顔があった。

シュトイドリーンは、シューバルトの容体が悪くなり、もうすぐ最期の苦しみを迎えることだろうと話した。友人たちの誰もシューバルトの死を願っていませんが、彼の死後、私が「年代記《クローニク》」を続けるつもりでおります。そのときは、この偉大なご老人からなお要求できるよりもっと激しく、もっと鋭いものを私から期待していただけるでしょう。そう、みなはそれを怖れていますが、私のシューバルトだけはそうではありません、あの人はそうではありませんとも。

退屈させていないかい、ロッテ? と彼は尋ねた。妹は頬杖をついたまま頭を振った。

私は九二年度の年鑑を計画しています、とシュトイドリーンが続けた。もうコンツやノイファーやほかの人たちのすばらしい寄稿論文があります。ひょっとするとシラーもまた参加するかもしれません。ところであなたは新しい詩をお持ちになりましたか?

ヘルダリーンはチョッキから二、三枚の紙片をとり出し、シュトイドリーンに渡そうとした。シュトイドリーンは、ロッテも少しそれを聞けるように朗読してください、と彼に頼んだ。

ノイファーが「不滅に寄せる讃歌」という詩を夢中になって話してくれました、とシュトイドリーンは言った。

はい、私もそれを読みたいと思います。

彼は自信を持ってそれを朗読した。自分のテーマが何かわかっているとするなら、まさにこれであるから。

「我らはさいわいだ、我らはさいわいだ、自由な魂が、
不滅の女神にぴったり身を寄せ、
その厳かな指示に従って、
全ての卑しい激情にうち勝つとき！
思索家が深く真剣に様子をうかがい、
おんみによってはじめて自身の本質を理解するとき、
生の喜びが運ばれてくるから、
種が熟して穀物が収穫される土地から！
……
つわものたちが独裁者の目を覚まさせ、
彼に人間の権利を忘れるなと警告し、
官能の喜びにおぼれた彼の目を覚まさせ、
怠惰な奴隷に勇気を説くとき！
死をはらんだ戦場の嵐の中、
勇士たちの自由の旗がはためき、
勇敢に、疲れた腕がさけるまで、

名声の光につつまれたスパルタ人が密集方陣《ファランクス》を組むとき！」

最後の詩行が終わるやいなや、シュトイドリーンはすぐさま口を挟んだ。いいですね、君！　彼に人間の権利を忘れるなと警告し……！　それに、全ての卑しい激情にうち勝つとき、というのもいいですな。ルソーは何と言っていましたかな？　徳がなければ共和国は存在しえない。簡潔な道徳。奢侈も淫らさもない。それから、これは諳んじていますよ。「民主政もしくは人民政治ほど内乱と内紛がおこりやすい政治はないということを最後につけ加えておこう。というのは、民主政ほど、激しくしかも絶えず政体が変わりやすいものはなく、その存続のために用心深さと勇敢さが求められるものはないからである。とりわけこの体制においては、市民も実力と忍耐とをもって備え、ある高潔な知事がポーランドの議会で言った言葉を、生涯を通じて毎日、心の底からくり返さなければならない。マロ・ペリクロサム・ヴィタム・クヴァム・クヴィエツム・セルヴィシウム。」

どういう意味かわかるな、ロッテ？

いいえ。

私は平穏な奴隷状態より、危険があろうとも自由のほうを選ぶ。

これはまことの言葉で、私の心を打ちます、とヘルダリーンはほとんど夢見心地で言った。しかし安らかな隷従のほうを好むたいていの臆病な人びとにとって、この言葉は推進力になりえないのではと危惧します。もしかすると、自由をひき受けることは、私たちが知っているよりずっと難しいことかもしれません。

こう言って彼はシュトイドリーンの心を騒がした。それは敗北主義以外の何ものでもありませんよ、ヘルダリーン。それに従うものは決して人民の心をゆり動かすことはできないでしょう。たしかに、でもいつか人民の心を全部ゆり動かすことができるのでしょうか？

今におわかりになるでしょう！　とシュトイドリーンが大声で言った。ロッテは笑いながら彼の顔をじっと見て、話をさえぎった。ここにいるのはふたりだけよ、フリードリヒ、私たちのために喚くことはないわ、群衆じゃないのだから、ご存知でしょう……。

君はからかっているだけだ。

そんなこと決してないわ。

わかったよ、とシュトイドリーンが今度はもっと控え目に言った。わかりました、親愛なる友よ、パリでの、フランスでのこれからの成り行きを見守っていきましょう。それは私たちみなの気持ちをかき乱すことでしょう。

少し不安でもあります、とヘルダリーンが言った。

考えてもみてください、もしここで各身分がひとつになり、領邦君主の権力を奪うことになるなら――ただそれだけのことなのです。そうすれば社会的なエネルギーがひとりでに動きます。

シュトイドリーンはヘルダリーンの慎重さに気づき話題を変えて、尋ねた。コンツの新しい詩をご存知ですか？　ロッテはそのすぐ後で、どうか妹たちを部屋に入れてやって、と頼んだ。ポンチの下拵えができているし、あまり難しく考えて、そんな楽しみをだめにしてもね。

抜かりがないのだな、とシュトイドリーンが言った。

夕方、この家を後にする前にヘルダリーンは持ってきていた詩二、三篇をさらにシュトイドリーンに手渡した。二、三週間して、「不滅に寄せる讃歌」を年鑑に採用すべきかどうかを決めかねたシュトイドリーンは、「我が快癒」とミューズに寄せる讃歌、自由に寄せる讃歌、それから調和の女神に寄せる讃歌に決めたことを、ノイファーを介して知らせてきた。ヘルダリーンは不思議に思ったが、なんといってもあの人は知識もより豊富で、世故にもたけているのだから、と異議を唱えず、シュトイドリーンの選択に任せた。そしてちょうど書き始めていた小説でシュトイドリーンを驚かせたいと願うのだった。ギリシア人女性が風変りな舞台で演じる物語、『ヒュペーリオン』である。

一七九〇年の十月半ばに、彼はまた徒歩でテューービンゲンへ向かった。手ぶらだった。荷物は馬車で送ってある。彼は母とリーケに心から別れの挨拶をし、たびたび手紙を書くと約束した。遠くからだができるかぎりお前とお前の勉強の面倒をみるつもりだ、とカールに請けあった。

彼はテューービンゲンの下町を通っていった。小路には奇妙に人影がなかった。農夫たちはぶどう山で働いていた。隣接するユダヤ人地区ではいつもと変わらぬ暮らしが営まれていた。学生たちはこの下町の辺りでは重んじられていなかった。住民たちに悪いいたずらばかりし、祭りの、それどころか結婚式の邪魔までした。彼らで潤ったのは旅館の亭主たちだけだった。しかし町全体に、大学が経済的にも重くのしかかっていた。大学は税金の大部分を、それにそうでなくても宮廷の援助金を全部意のままにしていたからである。

人びとは彼に挨拶をしなかった。代用教員マイアーのように彼に挨拶をしなければならなかったのに。それがしきたりだったのだ。マギスターの彼は公人だった。無言で拒否されても彼の気に障らなかった。彼はとにかく急いだ。

彼は神学校の中庭でもう知人に出会ったことだろう。ほんとうに嫌な天気だったが、彼らは学年が始まる前の自由な時間を使って、休暇中に経験したことを話し、若い男たちのあいだで慣わしになっているように、ときには少々オーバーに挨拶を交わしたりした。補習教師のだれかが姿を見せると、何かニュースはないか、この冬、だれがどの部屋に割り当てられたか、どんな教授に当たりそうか、とすぐさま質問攻めにあった。

彼はコンツから、この冬は新しい建物の中のアウグスティノ寮に変わることに決まったと聞かされた。この寮はいい暖炉があるのでいつも暖かで心地いいのだよ。というのもこれらの建物はどれも冬は惨めなほど寒かったから。ほんのわずかな部屋しか暖房がされず、石が冷えきり、じめじめしていた。その結果は、たえず風邪をひいたり、肺炎になりやすかったり、早くからの痛風だった。また彼はコンツから、早熟の天才、十五歳のシェリングが今、神学校に来ていて、おまけに彼と同室になることを聞いたかもしれない。

再会を祝して、他の友だちも誘ってお会いしましょう、と彼はコンツと約束をした。それからすぐにアウグスティノ寮へ行かず、ノイファーとマーゲナウを訪ねた。

彼らは十人で、ずっと前から「猟師領」と呼ばれていた廊下に接する部屋に住むことになる。彼の寝室は「雄牛小屋」と決められている。今、勉強はより忙しくなり、より難しくなる。というのも神学の講義は神学校でなされ、教師たちが給費生の出席をもっとも重視したので、「人文科学」のときのように気晴らしや、レストランへ逃避することはできなくなった。シェリングはもとより、この部屋に新しく入ってきたもうひとりの学生も、先輩の学生にとっては過去のものである古いリズムに従って生活をした。「ちび」はよく出歩き、疲れきって「アウグスティノ会修道士」のところへ帰ってきた。しばらくすると彼はその驚くべき思考力と弁舌の才によって尊敬されるようになった。

ヘルダリーンはオークションでエリーゼ・ルブレに出会った。(しかしこれは神学校の場面を概観して私が拵えた年代記に納まらないので、それだけでまとまった物語にする必要がある。)

学生たちは助言を与えあい、レポートでは互いに助けあった。しかしまったく禁止されたわけではないが、望ましいとされていない書物を読んで何よりも興奮した。こんなときヘーゲルはルソーについての知識で頭角を現し、シェリングはカントにとり組み、ヘルダリーンは少なくとも二、三週間はライプニッツに夢中になっていた。わくわくするものを読んだ者は、その興奮を友人に伝えずにはおれない。ふたりあるいは数人にとり囲まれた論者が主張の根拠を述べながら歩き回る。これは自信に満ちた、生き生きした青春の群像である。

社会的なつきあいは大学の周辺の人びとに限られるようになった。ヘルダリーンの交友範囲はより大きくはなったが、シュトイドリーン家のように彼を受け入れてくれる家はどこにもない。あんなに心を動かされる場所はどこにもない。ルブレ家を正式に訪問することは、どちらかといえば気が滅入った。彼はできるかぎりそれを避けていた。ノイファーとマーゲナウとは、ふたりが悲しんだことに、以前のように何をおいてもということもなくなった。もう長老会の集まりもない。しかし彼らはまた一緒に「仔羊亭」で座り込み、勉強のあいまのわずかな自由を愉しんだ。あけすけなジョークをとばして、くつろいだ市民の暮らしのまねをした。ヘルダリーンは舞踏会館でフェンシングの講習を申し込み、母に自分の剣をテュービンゲンに送ってほしいと頼んでいる。

エリーゼ・ルブレとはじめて出会ったとき、彼はどちらかというとそっけない態度をとった。彼女はルイーゼとはまったく違っていた。彼は自分の記憶からルイーゼを押しのけようとしていた。ときどきエリーゼの姿を見かけたが、彼女とほとんどしゃべらなかった。彼女が彼を高慢だと思っている、と彼は耳にした。冷淡なふりをしていた彼だが、これには無関心でおれなかった。病気を口実にシュトゥットガルトの実家にいることが以前より多くなったノイファーに宛ててこのもつれた事情について書き送った。

「僕はずっと禁欲主義者になりさがってしまった。それはよくわかっている。永遠の潮の干満。いつも何かにとり組んでいないと――しばしば無理をしてでもそうしないと、旧態依然だろう。わかってくれるだろう、心の友よ！『我がよりよき自我は望む』――だから僕を許してくれたまえ、導いてくれたまえ、必要なら、元気づけてくれたまえ。」彼はまたシュトイドリーンのことを、そしてとても遠慮がちに年鑑のことを尋ねた。もちろん今は、自分の詩のいくつかがそこに掲載されていることをじゅうぶん当てにできたのだが。

「永遠の潮の干満」――一七九〇年十一月に君主はかなりの随行者を従えて神学校を訪れ、新しい学則の最終的な文書化と議決を求めた。学生たちのあいだにそれが不安を招いた。これらすべてのことが彼の気を滅入らせ、吐き気を催させた。彼の気分の変化はこれまでよりもっと激しくなった。しかし書くことで彼は、ほとんど飛躍的に、より大きな確かさを得た。シェリングに非難されたように、哲学的に思索するつもりなしに、修業中の詩人としてライプニッツにとり組んだ。彼は自分にとって新しく、見聞と知見を広げるこの思想を詩の中で受け入れた。「ライプニッツと僕の真理に寄せる讃歌が数日来、すっかり僕のジュピター《カピトリウム》の神殿に住みついている。」すでに彼はカントから、自然を精神的なものから分離することを、すなわち自然を因果律の機械的な運動と、これに反して精神は有限なるもの——無限なるものへの運動と見なさなければならないことを学んでいた。今、これに加えて、可能性、何かの理念、構想は現実のものより先に行かねばならないことを学んだ。これは二、三人の友人たちの政治的な考えにかなっていたが、さらにそれ以上に彼の詩作品の目標に、すなわち現実を生み出す構想にかなっていた。彼は「真理に寄せる讃歌」を書き換え、「調和の女神に寄せる讃歌」を完成させた。「精神にみちた人たちよ！　兄弟たちよ！　我らの絆が輝かんことを／愛のおごそかな魔力によって。／限りない無垢の愛が親しく導かれんことを／我らを高い調和の中へ。」これがあらゆる可能な世界の中で最善の世界だろうか？　それとも彼は、後にもそうであるように、人間を自然と仲直りさせ、互いに矛盾する合法性を止揚したいと思っているのか？　彼はこの詩によって、自分の最初の大きな詩のひとつを書いたことを承知していた。シュトイドリーンはこれを年鑑に載せるだろう。彼がヘルダリーンの中心思想を見つけ出した。これこそ君のイメージだ、君の夢だ、と彼が言う。「女神の息子」、平和を求める人、大きな結びつきをもたらし、突然、聖域の苑から立ち去る人。この人影をヘルダリーンはもう手放さない、この人影が彼に付き添っていく。それは平和の祝典の主であり、自由な人間、真実の人間である。それはヒュペーリオンを、よりよき人間に捧げられた歌の中をさまよい、後に地下墓室の記録の中の謎めいた精霊になる。敬虔主義的＝古代ギリシア的な作品であり、ライプニッツが願ったような構想である。

一七九〇年の十一月中旬に彼はヘーゲルと一緒にヴルムリンゲンの礼拝堂へハイキングに出かける。シュピッツベルクを越えていく道を、とりわけ変化にとんだ眺望を彼はよく知っていた。南にはネッカー川越しにシュヴァーベン山地《アルプ》、北にはイェーズィンゲンとシュヴェルツロホの大小の谷間が見おろせる。そのころ、ドイツ帝国成立後、ビスマルクを顕彰して全国に建てられた展望塔はまだなかったので、ここにも城と悔恨《ブース》という奇妙な名の小高い丘のあいだに塔はなかった。

彼らは二、三日前からもう約束をしていた。「大市の日」から逃れたかった。多くの学生はこの催しをもうずっと前から楽しみにしていて、陽気にこの雑踏に紛れ込んだ。「僕は雑踏に振り回されないで、同室のヘーゲルと、美しい眺望で有名なヴルムリンゲンの礼拝堂まで散歩するつもりだ」、と彼はカールに書いている。

彼らは友人たちについて、とくに首席のレンツのことについて語りあった。ヘーゲルはレンツの理解力や精神的な誠実さに深く感銘を受けていた。（なぜレンツがその後、ひょっとしたらより才能の劣る他の二、三人のようにうまくいかなかったのか、なぜ彼が遅れをとったのか、「多方面にわたる知識と素質を持った卓越した男」が中ぐらいの教区で沈黙したまま困窮生活を送ったか、ほとんど説明がつかない。このような抵抗をどれも抑えてしまう教育の犠牲者のひとりであることは確だ。レンツは大学生活が終わるとき、一度、抗議したが、それからは二度とそんなことはなかった。)

レンツで好きなのは、とヘーゲルが言う、冷静さだ。彼に口出しをすることは誰もできない。彼はやり遂げるよ。

ヘルダリーンはレンツを過度に評価したことがなかった。それに今、持ち出された冷静さという言葉で、ヘーゲルまでも気に入らない。いかなる考えも包含する冷淡さ、冷ややかな自負心が。ヘルダリーンをいらつかせたのは、ヘーゲルが例えばカントやライプニッツについての会話にほとんど巻き込まれずに、あくまでルソーを固持し、詩作が問題になると、いつもヨブ記を指摘し、そのきびしい言葉と際立った洞察力でこれに並ぶものがないと見なしていたことである。

しかしながらヘルダリーンはそのことについて友人と話す勇気がなかった。

ヘルダリーンがレンツに共感することができなかったように、ヘーゲルはノイファーから距離をおいていた。彼は情が深いわけでもなく、分別もたいしたことはないと非難した。どこでも気に入られようとし、ことが熱を帯びてくるとあまり目立たないように、傍観することができるのだからな。

そんな人間がシュトイドリーンと親しくできるわけはないよ、とヘルダリーンは言い返した。シュトイドリーンは気持ちが昂っているから、結局、誰が味方か敵か、全然気づいてないのだ。

彼らは子どものようにときどき落ち葉の中に足を突っ込んだ。

ヒルシャウの手前のネッカー川沿いの街道で色とりどりの斑点のように見えるオーストリア兵を

目にした。ヒルシャウはもう前部オーストリア領だった。

そこのほうが結構な暮らしだというううわさだが。

うわさ話にすぎないよ。オーストリア軍はひどい圧力をかけている。

君はコンツの熱狂ぶりにうんざりしないの？　彼はまもなくオリンポス山に登りつめて、もう帰ってこないぜ。

コンツほどギリシア人のことをよく知っている人はいない、とヘルダリーンが反駁した。僕にギリシア人を生き生きと見せてくれるのだ。彼自身がまさに詩人だ。

あまりにも高遠なものに手を伸ばしているように思えるな。

彼らが礼拝堂にたどりついたとき、美しい眺望は話題にもならなかった。そうこうするうちに谷に霧が広がってきていた。彼らはほとんど休まず、ひき返した。

僕がコンツに苛立つのは、彼は考えることができないことだ、とヘーゲルが言った。形而上学が彼にとってすべてなのだ。でも思考のためにはそれでは十分でない。

そんなことないよ、ヘーゲル。

そうさ。思考にはそれ特有の動きが、独自の法則があるのだ、現実もまたそうであるようにね。だからそれを我われが組み立てねばならないのだ。思考で。

でもそれはカントの場合とは違うよ。

そう、確かに。いいかい、とヘーゲルが説明する。ヨブはたえず現実に追いこされているから、思考するようにならないのだ。

そんなふうに彼らはしゃべり続けた。

そんなふうに彼らをしゃべらせておこう。

彼らは旅館に立ち寄った。ヘーゲルとふたりだけでワインを傾けるのははじめてだった。今、ノイファーが横にいてくれたほうがよかったのに、と彼は思う。ノイファーなら冗談を言って沈黙を破り、気分を軽くしてくれるのだが。

ヘーゲルが形而上学を攻撃するので、彼はうろたえてしまった。この新しい友人に、「年鑑詩集」に載ったクロプシュトックのすばらしい詩をもう読んだかと尋ねた。

ガリアの帝国議会についての詩かい？

そう、それだよ。ガリアは今までになかったような市民の冠を戴く、とそこには書かれている。ご老体がそこまで思い切ったとは結構なことだ。それは傾聴に値するな。

彼らは寮に帰って行った。中庭の寮監長館の前で、ヘーゲルが突然、別れを告げた。忘れ物をしたよ。ヘルダリーンは自分が言ったことがヘーゲルを傷つけたのではないかと考えた。ヘーゲルの無礼な言動はひどすぎる、とマーゲナウが腹を立てて言ったことを思い出した。そのような癖はヘルダリーンにはほとんど気にならなかった。もちろんコンツについてのヘーゲルの否定的な意見が彼の頭からずっと離れなかった。ヘーゲルにもっとちゃんと反論すべきだった。反論するにはしたが、遅きに失し、自分自身のために、「ギリシアの精霊」を絶えず新たに呼び出していたのだった。

「神々の姿を目の当たりにして／おまえの口は心に決めた、／愛の上におまえの国を築くことを。／そのときこそ天上の人たちはみな感嘆するだろう。」この詩は未完のままに終わった。彼はそれをヘーゲルのせいにした。僕の詩句に冷水をかけるのだから。

ヘーゲルの記念帳にヘルダリーンはイフィゲーニエの中から、「喜びと愛は大いなる行為をなすための翼である」という文章を書き、ヘーゲルは「一にして全《ヘン・カイ・パン》」と、汎神論を象徴する言葉をそこへ書き添える。

マーゲナウはヘルダリーンが書いているとき、ときどきじっと眺めていた。彼はマーゲナウがいても気にならなかった。君は僕の邪魔をしないからね、マーゲナウ。

IV　スイスへの旅

復活祭の休暇にスイスへ徒歩旅行しようと思いついたのは、クリスティアン・フリードリヒ・ヒラー、やる気満々でシュトゥットガルトへの伝手《つて》を世話しようとし、ときおりヘルダリーンに違和感を抱かせたあのマウルブロンの聴講生だったが——ここ、テュービンゲンで通学生として神学を受講していた。寮生ではないので、親密なメンバーではなかったが、自分の部屋を提供できるというメリットを有していた。おまけに周りにいつも大勢の若い人びとがいて、仲間づきあいを楽しんでいた彼は、学生たちのあいだにジャコバン党の考え方をもたらしたメンペルガルト（フランス名モンベリアール、ヴュルテンベルクの領地だった）出身者にいちはやく応じた人物だった。自由という言葉が彼の口をついてなめらかに出てきた。彼は自由を渇望するあまり、一七九三年にアメリカへ移住しようとしたが、予告だけに止まった。教師になり、結局、ニュルティンゲンに辿りつき、そこで一八〇八年から、この地方の最初の実科学校の教師として働いた。

彼はヘルダリーンから目を離さず、テュービンゲンに来るやいなや、ヘルダリーンのもとに馳せ参じた。ヘルダリーンはあらゆる点で彼にとっては「特別な人」だったから。

ヒラーは同宿の医学生、フリードリヒ・アウグスト・メミンガーとチューリヒの親戚を訪ねるつもりをしていたが、どうしてもヘルダリーンを旅の仲間に誘い込まずにはおられなかった。それは難しくなかった。ヘルダリーンは助力を惜しまず、気分を明るくしてくれるこのふたりが旅のよき道連れになるだろうと想像できた。長老会のメンバーと相談して、あれこれ迷ったあげく同意した。一緒に行くよ。しかるべきアドレスを手に入れておくよ。

彼は冷静を装っていた。しかし徒歩旅行ができるという期待で、心が騒いだ。とくにニュルティンゲンの人たち、母や妹や弟が、年老いた教師たち、ケストリーンとクレムがいち早くそれに気がついた。これは持っていこう、あれは置いていこう、と彼は計画を立てては、またそれを退ける。マーゲナウとノイファーが機嫌をそこね、彼が大騒ぎをしても知らん顔をするので、腹を立てる。彼らの気持ちをひき立てようと、彼はヒラーとメミンガーの子どもっぽいところを笑いものにする。

こんなことすべてが彼の心身をすりへらす。にぶい痛みが、頭のうしろの圧迫感がまたひどくなる。

出発は四月十四日に、と決められた。

三月に彼はニュルティンゲンにいた。謝肉祭で学校は休みだった。彼は今までよりずっとハインリーケのほうを向き、そのしっかりした考え方をいつもよりずっと頼りにした。もっとも彼女は彼の助言を聞かず、ロイトリンゲンの法律家、クレメンス・クリストフ・カメラーとの結婚の提案も断っていた。ヘルダリーンはテュービンゲンでカメラーに何度か会ったことがあり、その自負心に強い印象を与えられ、妹の夫にどうかと思ったのだった。

好きな人だったら、すぐにわかるわ、とリーケは言った。ヘルダリーンは余計に収入があったことを誇らしげに話して聞かせた。ルブレの推挙を得て、フィリップ・エマーヌエール・フォン・フェレンベルクという名の若きスイス人の法学生にラテン語とギリシア語を教えたのだった。フェレンベルクは後に進歩的な教育学者になり、ホーフヴィルに教育施設を設立し、そしてゲーテと友好関係を保っていた。今度の旅行のために、ヘルダリーンはフェレンベルクから数多くの助言と知人のアドレスをもらっていた。

彼はカメラーのためにもう一度、妹によく言って聞かせようとした。

一生を共にしたい人だと思わないわ。

こんなきっぱりした態度をとる妹ははじめてだった。まるで今まで知らなかった人のように思えた。人間はこのような確信をもって自分自身とつきあうべきなのだ、と彼は思った。彼女はまるでルソーの作品に登場する人物のようだ。何日もしないうちに彼はテュービンゲンから彼女に手紙を書いた。「ご覧よ、愛するリーケ！　僕がひとつの国をつくり、人びとの頭と心を導く勇気があるなら、僕が真っ先につくる掟のひとつはつぎのとおりだ――どの人間もありのままの自分であれ。だれも自分が考え、心に感じるのとは違ったふうに語るな、行動するな。そうすればお世辞たらたらのたわごとを耳にすることもないだろう。心のこもった言葉を語らないで半日一緒に座っていることもないだろう。――善良で気高く見えようと思わないから、善良で気高くあるだろう。そうなって初めて、死ぬまで愛しあう友人ができるだろう。それから――もっとよい結婚が、そしてもっとよい子どもたちができるだろう、と僕は思う。嘘偽りのないこと！　ありがたいことに！　妹よ！　僕たち兄妹は大切なお母さまからこの素晴らしい徳の素質をたっぷりと受けついだ——」

これはひとつ残らず彼の声である。この何ヵ月かに彼が思案し、ヘーゲルやノイファーやシュトイドリーンと語りあったことが、ここでいくつかのはっきりした文章になった。それは後に教育者として彼の念頭に浮かび、そして破綻に終わった理想と同じものである。

子どものように旅を心待ちにする息子の気分にヨハンナはうつされるままだった。彼女は旅のために新しい、丈夫な靴を作らせようと彼を靴屋に行かせ、自分で外套を縫った。ヘルダリーンは十分な旅支度をしてもらった。小さな皮製の旅嚢《りょのう》に肌着が三枚、ハンカチが三枚それに靴下三足を入れていくつもりだった。いばらの杖を家に忘れてきた彼は無くてはならないこの「備品」を送ってほしいと頼んでいる。

三人はアドレスをたっぷり集めていた。それぞれに道中で親戚や知人がいた。有力者や牧師、あるいは学者のもとに一、二時間だけだったら訪ねることができるだろう。ケストリーンから彼はラーヴァーターを推薦された。旧師はチューリヒのこの著名な人物とかなり以前から繋がりがあった。一目で彼は君が何者かわかるだろう、とケストリーンはラーヴァーターをまるで魔術師のように話して聞かせてくれた。

父から聞いているが、かなり大きな町では、道をよく知り、次の町まで案内して荷物も運んでくれる人を雇うことができるらしいので、ぜひそうしようよ、とヒラーが提案した。そうすればもっと楽に歩けて、道に迷わないですむからね。

高くつかないかい？

三人で分ければ？

しかし少なくとも往路はそうできなかった。ヒラーはすでに二、三日前に親戚の人にシャフハウゼンまで便乗させてもらっていたので、ヘルダリーンとメミンガーは旅の発起人なしで出発しなくてはならなかった。彼らはシャッフハウゼンで落ちあうことにしていた。

ふたりは四月十四日の早朝に出発した。三日後、シャフハウゼンに着くはずだった。どこを通って行ったかは知られていない。親戚か紹介された人を頼りにしていた彼らは最短コースを辿らなかっただろう。もてなしのいい牧師館や親の従兄弟たち、伯父や伯母、あるいはかつての修道院学校の生徒や神学校の学生のところにしばしば泊めてもらったに違いない。

とても歩きやすく、よく知られたネッカー川沿いの道がロッテンブルク、ホルプ、ズルツそしてオーベルンドルフを通過してロットヴァイルまで通じていた。前部オーストリアとスイスに入る国境で彼らは哨兵に旅券を示さねばならなかった。ロットヴァイルからシュヴェニンゲンやドナウエッシンゲンを越えてシャフハウゼンに行っただろう。もしかするとときどき馬車を利用したかもしれない。テュービンゲン大学のマギスターと身分を明らかにしたふたりの若き、裕福な旅の紳士方は、馭者から恭しく扱われたことだろう。

私は目の前にあるものを、私の世界の物音や眺めをしめ出すことができない。そのころは街道も道路もアスファルトで舗装されていなかった。町や村はずっと小さく、賑わいも今とは違っていた。空には飛行機がなく、町と町のあいだには鉄路がなかった。すべてがずっと静かだった。遠く離れたところにいる人の声がより早く、よりはっきり聞こえた。馬車が近づいてくると、蹄鉄のリズミカルな響きや車輪のごろごろいう音が聞きとれた。私の耳が自動車の騒音に慣れてしまったように、彼らの耳はそれに慣れていた。彼らの風景も違っていた。街道や道路はもっと狭く、森はもっと大きく、下草がぎっしり生い茂っていた。彼らは近道をした。標識がついいた、あるいは知り合いから勧められた小径があったのだ。ときどき道に迷うこともあったが、彼らは自分の位置を知る訓練ができていた。ドナウエッシンゲンの近くで、ドナウの源流の突兀《とっこつ》たる岩山や深くえぐられた谷のある厳しい地帯が待ち受けていた。若きドナウはここですでに大きな力を持っている。彼らは立ち止っては、あたりを眺め、美しい場所を教えあった。彼は何年も後になって、登り坂に疲れきり、谷を見おろして休憩をしたことを、川に流されて、遥か「アジア」まで運ばれていく自分をぼんやり考えていたことを思い出すだろう。

四月十七日にふたりはヒラーと彼の友人宅で落ちあった。ここは見逃してはならないよ、と彼はふたりをシャフハウゼンの滝に案内した。彼らは「轟《とどろき》落ちるラインの滝」を目の前に、敬虔な思いでずっと立ちつくした。それから互いに腕を組みあって、滝のどよめきに向かい、声を張りあげて歌った。

彼らはその日のうちに、もてなしてくれた人たちに別れを告げた。贅沢な携帯食まで持たせてもらう。ここからは三人で、ヴィンタートゥーアまで、そして次の日はチューリヒまで歩く。

彼らの気分は高揚していた。片ときも黙っておれなかったヒラーは、スイス人の自由の考え方について無駄口をたたいた。彼らは何百年ものあいだ専制君主から自由を守ってきたのだ。根っからの民主主義者だ、リュートリの誓約は美しい歴史だけではないのだ、と。

そんなにしゃべらないでくれたまえ。

シャフハウゼンの手前で税関兵に手続きを受けた後で、ヘルダリーンはメミンガーに言った。さあ、これで自由がどんなに人間のためになるかを学ぶことができるよ。僕らはそこから何と遠く隔たっていることか。

彼らはチューリヒのリマト川と大聖堂の近くで本格的な旅館を見つけ、さっぱり身ぎれいになり、食事をした後、すぐにラーヴァーターのところへ出かけた。彼らが訪問したとき、ラーヴァーターは五十歳だった。思慮深く人間通であるという名声だけが彼らをひきつけたのではなかった。ラーヴァーターがチューリヒの代官グレーベルと対決したことを彼らは知っていた。彼がこの横暴な男の不正を厳しく非難したことで、彼らはすっかりラーヴァーター派になった。確かにこれはずっと以前、彼らの生まれる前に起こったことだが、この伝説は彼らの知るところだった。

ラーヴァーターのことはケストリーンが既にかいつまんで、言葉を和らげてではあるが話してくれていた。偉大なラーヴァーター！ それに驚くべき説教者だ。そして何よりもまず『観相学断章』の著者だ。

彼は今、そうは言っても不安だった。こんな有名な人の前に出たことがなかった。しかも一瞥でどんな相手も判断することができるという噂の人の前だ。

彼らが知る由もなく、私もなかなか想像しにくいことだが、ラーヴァーターはゲーテのように、とっくに展示品に、自身の人生の博物館の陳列品になり、訪問者がひきも切らなかった。誰もが記帳しなければならなかった芳名録には、名前また名前がしっかり残された。

彼は書斎に座り、客を迎えた。思慮深く聞こえるが、彼にとってはとっくに使い古された決まり文句を用意していた。訪問客の顔が気になったときだけ、注意を怠らなかった。

家政婦が彼らをラーヴァーターのところに案内した。彼らは一人ひとり、まずはじめは比較的こだわりのないヒラーが自己紹介をした。ラーヴァーターはさっと手をさし出したが、きつく握りしめることはなかった。小柄で華奢な彼は大きな肘掛椅子にちょこんと座っていた。黒い服をまとい、ほとんど粉をふりかけていない髪の上に、小さな黒い縁なし帽をかぶっている。皺がよったその顔は老婆の顔に似ていて、彼らには魔女のように思われた。

彼らの誰もこの面談について一言も書き留めなかった。また関連があるようなものもほとんど残っていない。彼らはあえて質問しようとしなかった。

この訪問は次のようだったかもしれない。

ラーヴァーターはちょっともったいぶった声で若い紳士たちに椅子を勧めた。ケストリーンの紹介状は家政婦がもう渡していた。彼はそれを読まず、ただ目をやってその署名を確かめた。

それでは三人ともテュービンゲンの神学校においでになるのですね。あそこの状況は嘆かわしいと聞いていますが。

もっと自由をと願っていますが、とヒラーが言った。

自由は扱い方を心得ないといけませんな。

それを学ぶつもりです。このスイス連邦で実見させてもらいます、とヘルダリーンが言った。

ラーヴァーターは微笑んだ。きっとたっぷり欠点が見つかるでしょう。どうしてフランスに目をおやりでないのですか？

三人ともまるで試問されている生徒のようにうなずいた。

ラーヴァーターはすっかりヘルダリーンのほうを向き、黙って彼の眼を見つめて、それから紹介状を手にとった。わが友、ケストリーン君はお元気ですかな？

つい先ごろ会ったばかりです。とてもお元気です。

どうぞくれぐれもよろしくお伝えください。それから副牧師クレムさんにもね。

ヘルダリーンはそれを約束した。

家政婦が入ってきて、ラーヴァーターの耳に何かささやき、彼にメモを渡した。彼はそれを読んでうなずき、立ちあがって断りを言った。また客人です。バーデンから医者の卵が訪ねてきました。お暇をいただかないといけませんが、どうか悪く思わないでください。彼らはこの家を後にした。

医学生ベルンホルトがこの部屋に入ったとき、ラーヴァーターはちらっと目をあげて、手を動かして椅子に座るように指示しただけで、三人のテュービンゲンの学生が面談中に書きこんだ芳名録を読みつづけ、筆をとり、ヘルダリーンの名前の横に「NB」、すなわち、銘記すべし！　と書き入れた。今までこんなことをしたことがなかった彼だが、まるでこの訪問者の風貌に、あるいは発言の中の何か特別なものにひかれ、それを書き留めておきたかったようだ。彼も私のところに来た、と。

それについて彼らは何も知らなかった。夕方、さらに湖のほとりを散歩しようと計画していたが、気が塞ぎ、口数も少なく宿に帰った。次の日、彼らはまた上機嫌になり、ヴェーデンスヴィールまで船に乗った。

彼らはすでにテュービンゲンで、「自由の聖域」、フィーアヴァルトシュテッテ湖まで歩いていこうと固く決心していた。それらの場所を経験しないと、スイス旅行は無意味だろうという点で彼らの意見は一致していた。その地で、モルガルテンのそばでスイス人がオーストリアのレオポルト公を撃退した。その地で、彼らが自身のやり方で、自身の国で続けていきたいと願う歴史が始まったのだ。

四月二十日あるいは二十一日に彼らはアインジーデルン修道院に向けて歩き出し、その晩と次の日はそこに滞在した。今になってようやく、ラーヴァーターについての印象をくつろいで話しあうことができた。やっぱり大した人物だ、優れた精神の持ち主だが、評判に縛られ歪められている。ただ隠棲しているだけかどうか、わからないな、とヘルダリーンが言った。するとヒラーが応じた。あれもまたポーズだ。世にも不思議なもののように、毎日、見られているからね。

彼らは修道院のバラ園で座っていただろうか？　だが四月にはまだ薔薇が咲いていない。湖畔をそぞろ歩きしただろうか？　おそらく食後、ベッドに入っただろう。夜のとばりがおりると、ハッゲン峠を越え、ミューテンの大岩のそばを通りすぎ、フィーアヴァルトシュテッテ湖へ行こうとしていたのだから。ヘルダリーンは今回だけは、徒歩旅行を非常に詳しく、事細かに描いている。熱っぽい会話、友人たちの叫ぶ声がまるでこだまのように共鳴する。夜中の山林で彼らを襲った不安や、伝説になった場所を実際に見つけ出したときの喜びの声が共鳴する。テュービンゲンに帰るやいなや彼は「シュヴィーツ州」という詩を書き、上機嫌な案内人《ティツェローネ》ヒラーに捧げている。それは思い出の品である。

はじめて彼は高い山を知った。もう何日も雪をいただいた山々を目の前にしてきた。今、その山がすぐそばにある。しかもまだ夜のことで、月の光で遠近が歪んで見える。昼間に確かめるようによく見ていたので、険しいピラミッドのようなミューテンの岩がハッゲン山の頂上にあることを彼らは知っていた。この岩塊が光と影が交錯する中、太古の圧倒的なひとりの人影になった。

「永劫の森で夜はぞっとするように冷たく我らを迎えた、／それから我われは怖ろしくも堂々としたハーケンの山によじ登った。／夜の闇はますます深まり、巨大な連山は迫りくる……／すると雲の覆いが破れ、青銅の甲冑をまとった／女巨人、王者のごとく堂々としたミューテンが近づいてきた。」

日のあるうちに彼らはシュヴィーツに到着した。そこから湖へ、噴水へ、テルの広場があるアルトドルフへ向かった。ボートをこぎ出してもらい、キュスナハトまで行ったかもしれない。ヘルダリーンは理想の地を期待していた。劇場の壁のようにアルプスにとり囲まれた湖と山の眺めは今まで見たことがなかったが、夢のとおりだった。ともかく山の民はこの清らかな朝の壮観にとり囲まれ、自由を勝ちとったのだ。「自由の民の父たちよ！／聖なる人びとよ！　谷を見おろせば、そこに実現されていた、／大胆きわまる予感が約束していたことが、快い感激が／昔、子どもの服をきていたころの私に教えてくれたもの……」

この旅は聖地巡礼になった。ヒラーの熱狂がきっと彼らを駆り立てたに違いない。彼らは子どものころに聞き、覚えた物語を語りあった。

三人が土地の人びととあれこれ語りあい、人びとが自分たちの自由をどのように役立て、毎日がどんなありさまかを聞いてみたかどうかわからない。三人の若者はそうはしないで、自分たちの感情を全てのものと全ての人びとに当てはめたのではないだろうか。体験したことが、思い出の中ではじめて彼の願っていたことになった。讃歌風の呼びかけの中で、現実が理想像になった。汗もかかず、不安もない。靴が履きつぶされることもない。友人のあいだのけんかについての報告もない。ひどい宿や当てにならない亭主、その他もろもろの不愉快な旅の経験については何ひとつない。

帰路、もう一度「若きドナウ」を目にしたヘルダリーンは喜んだ。テュービンゲンには少ししか止まらず、さらにニュルティンゲンを目指して歩いた。

母は彼を「無事に」抱きしめることができて幸せだった。

スイスでなら僕の身に何もふりかかりませんよ。

どこにも悪い人はいるわ。スイスにだって。

カールとリーケは彼の話に耳を傾け、驚きのあまり叫び声をあげて話の腰をおった。

そんなに高い山があるの？

まさかそんなことがないわ。

僕が見たのは一番高い山とはとうてい言えないのだよ。その晩にケストリーンとクレムが訪問すると言ってきた。祖母ハインも、いつもより「小一時間」長く目を覚ましていようと決めていた。そしてヨハンナはより上等のワインをゴックの地下室から持ってきた。

あちこち旅して回ったのね、この子は、と祖母は言った。

ケストリーンにとって彼はかつての十二歳のラテン語の生徒のままである。客室でテーブルを囲んで座るやいなや、「フリッツ」に根掘り葉掘り質問する。

さあ、ラーヴァーターのことを話してくれたまえ。

この名前ならヨハンナも知っていた。彼女は息子のフリッツが偉大な人物に迎えられたことを誇らしく思っている。彼は——と話し始めたとき、ヘルダリーンは語ることが何もないことや、奇妙に畏縮した気持ちを再現しなければならなくなるのに気づいた——彼は……どう言っていいかわかりません。そう、ラーヴァーターはすばらしい人物です。彼のことは忘れませんよ。ほとんど話しませんでしたが。ケストリーン先生のことを、それにクレム先生のことも尋ねられて、あなた方について心のこもった意見を述べられました。

どんなふうに？

それはもう覚えていません。何についてしゃべったのか、もう全然覚えてないのです。ラーヴァーターはひっきりなしに来客があり、知らない人からじろじろ見られるので、臆せずしゃべる気はほとんどないのですよ。

それから彼はヴァルトシュテッテ湖への徒歩旅行の報告をした。話しながら興奮して、おまけにたっぷり飲んだので、結局ひどく酔っぱらってしまった。ずっといてもいいと許されていたカールが兄を部屋までつれて行かねばならなかった。

兄さんはもう詩人だ、フリッツ兄さん、とお休みの挨拶をしたときカールは言った。

そうとも。

V　革命

場面が激しく動き、これまで彼があまり注意をはらってこなかった人たちが登場する。彼らの考えは十分に練りあがっていない、と思っていた人たちが今、その勇気で、状況を考慮した反抗的な言動で彼を納得させた。「フランケン人」という考え方が広がった。革命は神学校まで到達した。外からやってきた人たちがうわさを触れまわった。ヴュルテンベルクの飛び領土、公国の一部だったメンペルガルト、すなわちモンベリアール出身の給費生がいく人かいた。ナポレオンが奪還するまでそこは公国の一部で、そこ出身の非常によくできた学生はありがたいご領主さまの上級学校への進学も許可されていた。しかし彼らはもうそう従順ではなかった。

給費生たちがどこへ向かおうと望んでいたのか、誰のために行動したのかは疑問である。彼らは学校でさまざまな種類の不自由をこうむり、ときおり抵抗しようと試みた。彼らがこうむった重圧は全く巧妙になされた。教師たちはその仕事を了解していた。給費生のうちで精神的により目覚めた人たち——というのもかなりのものがおとなしく順応し、後に奉仕の生活をするために、進んで手足をもぎとられるままになっていた——より目覚めた人たちは、シューバルトあるいはシラーのようにセンセーショナルに反抗した人たちを偶像のように讃美した。「正しくない」とされた読み物は全て学校で禁止されていたが、学生たちはしだいに啓蒙主義者、穿鑿家や世直しを企てる人たちの影響を受けるようになった。彼らは考え始めた、ルソー、ヴォルテール、カント、スピノザやライプニッツを相手にして考え始めた。シラーの「暴君たちに抗して《イン・ティラノス》」（『群盗』第二版の装飾画にそえられたモットー）やシューバルトの専制君主への悪態は背景を手に入れた。すぐにみなが断固たる共和主義者になったわけではない――親の世代がそうだったように、彼らも君主のもとで育ち、他の何かを想像することはほとんどできなかった。そのためにスイスも目を見張るようなお手本となった。それに彼らは自由のために戦ったとはいえ、自分たちを多くの人たちから際立たせている特権、聖職禄を守らねばならなかった。彼らの多くは裕福で、領主から非常に奇妙に援助を受けている家の出であることが珍しくなく、そこではりっぱな振舞いが日々の習慣だった。彼らは自分たちが不自由であり、弾圧されていることだけは理解していたが、他の身分の人たちのそれと比べることができなかった。職人や農夫や日雇いとの日ごろのつきあいから、その暮らしぶりを、彼らが苦しみ、折り重なって暮らしていることを知っていたが、その不安や希望までは知らなかった。それぞれの身分が自分たちの境界線をひいていて、不穏な空気の中でもそれを踏み越えることはなかった。したがって人間の共通の権利を、共通の自由を求めて戦っていたものの、ともかく彼らの革命だった。出自から言うと、反逆者、反撃する思想家のグループは、ナポレオン戦争の衝撃まで何年ものあいだほとんど変わらなかった。神学者や法律家や著述家、それからルートヴィヒスブルクの市長バーツ、ホンブルクの宮廷顧問官ズィンクレーアや行政長官ゼッケンドルフのようなわずか二、三人の役人である。それは教育があり、鍛えられていたから合意が簡単だったグループである。

この仲間はヘルダリーンが痛ましくもテュービンゲンの塔に入るまでずっと彼の周りを囲んでいた。いくつかの会話がライトモティーフのようにくり返された。そこで彼は話の仲間に加わる必要はもうまったくなかった。

彼は再び人生のひとつの時期から別れを告げた。今回は、イマーヌエール・ナストとの別れのようではなかった。マーゲナウが予定より早く神学校を去り、そしてノイファーがその二ヵ月後にシュトゥットガルトの孤児院の副牧師のポストをひき受けることになったのである。長老会の盟約は解消した。自分たちのために定めた決まりは、いずれにせよ今ではもういい加減にしか守られていなかったし、もう誰も長老会の会誌に詩を寄せることも、短評を書くこともなくなっていた。

友人たちはマーゲナウの出発の何日か前に、もうパーティの準備をしていた。何よりもまず、本格的なワインが調達されねばならなかった。夕べも早いころ、マーゲナウとノイファーの部屋にゆうに十二人もの給費生、多少の差はあれともかく友人たちが落ちあった。食卓の用意は任せてくれ、と誰かがすでにはっきりと言っていた。準備が全て整った部屋に入ってきた彼らは、「兄弟の宴」の席に着くことができた。友人たちの集いの中心である長老会の三人のメンバーは隣りあって、マーゲナウがノイファーとヘルダリーンのあいだに座ったが、もの悲しい気分で、まとまりのあることを語りあえなかった。

ヘルダリーンがそんな役を演じるなんて考えられないので、グラスを手にしたノイファーを起立させよう。彼は左手をマーゲナウの肩において、話し始めた。

兄弟たちよ！　我われの仲間のひとりが出発します。マーゲナウが別れを告げます。八週間のうちに我われの大部分が立ち去るでしょう。深い悲しみが君らを襲うでしょうか？　そうです。この場所との、この修道院との別れではなく、この上なくひどい立場を耐えぬくための助けとなった盟約との別れの悲しみです。我われが心をひとつにしたとき、これら全てが何だったと言うのでしょう？　どうということはありませんでした！　しかも壁に閉ざされた中で自由の精神がわずかに動いた今、この学校を去るのです。それが定めです。しかし後に残る君たちに、親愛なるヘルダリーン君、心から君たちを思い出し、しばしば訪問することを約束します。何ものもこの盟約を壊すことはできないでしょう！　朝日がまた昇り、すばらしい自由が、我らの苦難もいずれ暗い物語として語り伝えるだけの人間社会へ導くでしょう。

聴衆はびっくりした。ノイファーは将来のことを心配して、革命についての論争から、今まで用心深く身をひいていたのだった。その場に教授も補習教師もいあわせなかったが、こんな思いがけない発言のうわさが広まってしまうかもしれないのに。

ヘルダリーンは微笑みながら彼を見あげた。

ヘルダーの考えはまったく違うだろう、とノイファーが言った。そしてまるでそうすることで自分の気持ちを説明できるかのように、クロプシュトックの「新しい世紀」への頌歌を朗読し始めた。それから朗読を中断して、「変わらぬ友情を！」と叫び、杯をさしあげた。そのあいだに他のみなと同じように立ちあがったマーゲナウを抱きしめて、「さらば、愛するマーゲナウ！」と言った。彼らは飲んだ、マーゲナウは歌い始めた。「悄然と我らは顔を見あわす、／ぶどう酒に目もくれず！／誰もが目を伏せる、／大いなる喜びの歌よ／どうか今日は鳴りひびかないでくれ。」もうとっくに夜がふけていた。「私がテュービンゲンを後にしたのは月が明るく、美しい夜だった……我われは別れた。修道院の入口でもう一度抱きあった。それから私はクロプシュトックの高尚な詩、『自由の銀の響きを耳に』を口にして前進した。我われの友情の喜びを共に眺めようとしてか、晴れわたった空には満天の星が出ていた。別離と自由とがこんなに楽しく、またこんなに悲しかったことは今までなかった。こんな入り混じった気持ちをこんなにも解きがたく感じたことはなかった。」

（別れを告げるマーゲナウには、別離と自由の感情が「解きがたく」混ざっていたのではないだろうか？　彼は苦心して書いたが、しばしば言葉は彼の思うままにならなかった。彼がもし自分が書いたように考えていたのだったら、純粋な気持ちから自由を期待して歌い、話したこの夕べのすぐ後で、つい本心が出てしまったことになる。待ち焦がれていた自由はそう歓迎すべきものでないように見える。自由は不安にさせ、危険である。この入り混じった気持ちにはその理由がある。）

この夏をヘルダリーンはまだノイファーと一緒に過ごした。

彼はやる気がなく、ほとんど執筆しないで、エリーゼと会うことを避けていた。彼女の媚びるような言動が彼の憂鬱を強める。自分の生活をコントロールできない彼は不機嫌になった。

なぜ僕には、自分の生活を変えるために別れがいるのだろう、と彼はヘーゲルに尋ねた。弱すぎるのだろうか、臆病すぎるのだろうか？

ヘーゲルは彼がくよくよ思い悩むのをやめさせようとしたが、無駄だった。

僕は何もできない、恋愛をすることも友情を結ぶこともできない。君ほど友だちになる天分に恵まれた人物を知らないよ、とヘーゲルは言った。でも恋人になるのはだめだな。

ヘーゲルはよく彼と一緒に出歩いていたが、エリーゼをほのめかすような発言は一切避けていた。この出来事を友人たちはとうに潜行性の病気だと定義していた。もう三年目になる。そうでなくても病気の中に逃げ込み、朝は疝痛で、午後は頭痛でと、周りの人たちを簡単にはぐらかしてしまうヘルダリーンだった。友人たちは彼が好きで、彼の一風変わったところを弄んだ。

夏になると彼は他の人たちを避けて、ときどき森のはずれに身を隠し、草の中に仰向けに寝ころがった。ちょうど昔、果樹園でしたように手を頭の下にやり、空を仰ぎ、その眼力で雲を押しのけた。無限の空間を感じて、眦《まなじり》に風景を、ただ断片ばかりの風景を呼びよせ、緑色や褐色の鎌の形をしたものを感じた。瞼を閉じるとカールとリーケの声が聞こえてくる。お話しして、と彼らがせがむ。今はだめだよ――病気だ、と彼は心の中で考える。僕は病気だ、バランスを失い、自分を見知らぬ人のように感じ、他人の考えを考えている。「僕はあまり悲しくないし、あまり楽しくもない。これが一般に人間の性格の段階なのか、大人の男に近づくと、かつての活気を失っていくものなのか、僕はわからない……」

これが生きるということなのか？　そのように説明していいものだろうか？　彼のことを考えると彼に手が届き、そしておのずと彼の考えに行きつくだろうか？　彼は影のない人物であるので、私が影を投げかけなければならない。彼の文章を口の中で唱え、二、三週間前にテュービンゲンでそうしたように、古い大学附属病院の壁に凭れていると、彼が見つかるだろうか？　太陽に照らされて暖かい壁が私の背中を温めてくれる。見るともなしに通行人を目で追い、言葉も文章も聞きとろうとしないのに、声が聞こえる。私の放心状態は彼がそこにいることなのか？

神学校に対する大公の関心がますます重くのしかかってくる。新しい学則が協議されたが、そこで異議をとなえたのは宗教局委員会の世俗メンバーのゲオルギただひとりだったことを給費生たちは知った。彼の動議が否決された。はじめ噂として届いたことが、一方の人たちを安心させ、もう一方の人たちを黙らせた。無遠慮な人たちは、実際こうした人が多かったのだが、もっと無遠慮になり、力にものを言わせた。ついでに言うと、大公が締めつけをきつくするような条文を押し通すことをよりたやすくしたのは彼らの存在である。大酒をくらうことは日常茶飯事だった。抵抗は頭からではなく、腹からくる。

他の人たちはこれらの無気力な妨害者のことでぐちっていたが、ヘルダリーンは手紙の中で彼らについて頑なに口を閉ざしていた。ほとんどみなから尊敬されていた、「風変りな」彼は彼らを避けていたのだろう。ときどきからかわれた。修道院学校にいたころの彼なら、傷つき怒ったりしたが、今はそれをとっくに乗り越えていた。彼には彼なりのルールがあった。

わずらわしくなった彼は、君らはひどいよ、と言って笑った。

九月の初めに彼はようやくシュトイドリーン編の「詩神年鑑」の著者献本を手にした。誰がそれを持って来たのだろう？　たまたまシュトゥットガルトにいたノイファーだったのか？　使いの者で、嬉しさのあまり彼はその男にクロイツァーを余計にやっただろうか？

ひとりきりになれてようやく頁をめくったが、探す必要はなかった。それは彼の「ミューズに寄せる讃歌」で始まっていた。シュトイドリーンが、この友人が他の誰よりも、コンツその人よりもひき立ててくれた。ヘルダリーンは誇らしかった。世間の人びとは彼の登場に気づくだろうか？何日もたたないうちに早くもシューバルトがその「年代記《クローニク》」の中でこの年鑑を論評し、「ヘルダリーンの真摯な詩歌」への注意を強く喚起した。現下のところこれはかなりなことであるが、もっと深く理解され、予感的に、先見的に読んでくれれば、と願っていた彼には不足だった。

ともかく彼は自分が詩人であることを証明した。そして他ならぬシュトイドリーンが彼を支援してくれた。

部屋の前の廊下で給費生がたむろして、おしゃべりをしていた。コンツの声を聞きわけたヘルダリーンはドアをさっと開け、その冊子を見せて、シュトイドリーンの新しい年鑑ですよ！と叫んだ。もうご覧になりましたか、お読みになりましたか？私の詩ですよ！とは言わなかった。詩人を冷やかすような発言はどれも、彼を傷つけるだろう。コンツは、すぐ行くよ、というふうにただうなずいただけだった。そこで彼は喜びを伝えて、分かちあうことができるのを待っていた。コンツは急がず、おしゃべりにおしゃべりを重ねているので、彼はいつもより落ち着かねばと自制した。コンツには、活字になった自身の作品を目にすることは当然のことなのだから。ヘルダリーンは仲間の学生の本や書類がちらばっている机のところに腰をおろした。その乱雑さを見て彼は突然、不機嫌になった。こんなことにいつもは気にならなかった。しかしこの瞬間には、片付いた、住み心地のいい場所がほしかった。家だといいのに、母のところだといいのに。彼女だったら彼を誇らしく思ってくれるだろう、あるいは少し心配そうにするかもしれない。というのも彼はこれらの詩で、誰の目にもはっきりと母から離れたのではないだろうか。これで彼の無我夢中の、少年時代が終わったのではないだろうか？　大げさだ、と彼はふとひとりごとを言う。

ところが彼が思いもかけなかったことに、先ほど廊下で上の空だったコンツが大騒ぎをした。コンツが駆け込んできた。重くて体を動かすのもひと苦労のコンツの身振りのどれもが少々こっけいな印象を与えた。彼はヘルダリーンをぐいと椅子から持ちあげて、抱きしめた。

こいつはお祝いしなくては、ヘルダー！

その激しさに彼は気おくれがした。

そう重大なことでもありません。

ああ、とんでもない。これから君の評判をいろいろ聞くことになるだろう。ヘルダリーンだ！とね。自信を持つのだ。シュヌラーやルブレを考えてごらん。君はあの人たちにとって突然、ひとかどのものになったのだ。

ああ、ルブレですか、と彼は言った。どうしてそんなことを思いつくのですか？

君は変わらないな、ヘルダー。君にとって世界は苦い謎だ。さて、アウグスティノ寮の君の仲間たちの様子もちょっとのぞいて見るか。

そして彼ら、ヘーゲル、シェリング、ブライアー、そして後から駆けつけてきたノイファーと一緒に、シェリングが意味深く「ヘルダリーンの詩人としての登場」と名づけたパーティが祝われた。そこで感情に任せて、熱狂し、感動してわっと泣き出すつもりだった彼らは、ある程度、高揚した気分を生み出すことができた。ヘルダリーンと同じくその冊子に二、三篇の詩を載せていた「善良な徳の讃美者」ノイファーは彼を励ました。もう誰もが知っているが、讃歌を四篇とも朗読してくれたまえ。そしたら僕らはようやく試験に合格したと言えるだろうから。

ヘルダリーンは左手を背もたれに置き、右手に本を持って椅子のうしろに立った。「それから甘美な、激しく勝ちとられたゴールの地で、／取入れの偉大なる日が始まるとき、／専制君主の座が荒廃し、／君主の盲従者が腐敗するとき、／我が同胞たちの英雄の同盟で／ドイツの血とドイツの愛が燃えあがるとき、／そのとき、おお、天国の娘よ！　私は再び歌う、／瀕死の白鳥の歌を歌う。」

友人たちは拍手喝采した。勇気があるなあ、この讃歌で君はシラーと結びついたと思うよ。ただブライアーだけが、よりにもよって大公の給費生としてそのような詩行を発表する危険に注意を喚起した。これが勇敢に振る舞いたかったヘーゲルを怒らせた。それではずっと忍び足で近づかないといけないのかね、ブライアー君？　ヘルダリーンだったら彼に違ったふうに応じることができただろう。そうだな、印刷されたものを読み返してみたら、すっかり不安になってしまったよ。白状するよ。でもね、わかるかい、この詩はシュトイドリーンと親しくなり、彼に対する僕の尊敬から生まれたのだ。それに彼は、僕が少なくともここで彼の語調を手に入れたことを喜んでくれたのだ。

彼は「我が快癒」を抜かして、読まなかった。この詩の中で呼びかけられている彼のリューダが誰を指しているのか、エリーゼ・ルブレであることを誰もが知っていた。からかわれるように仕向けたくなかった。彼はこの詩によっても生き伸びた。あいかわらず苛立ちや厭世観に襲われていた、しかしそのころルイーゼを忘れ、そしてその際、エリーゼに助けられたのだった。

彼はそれらの詩からずっと遠く離れてしまったことに気づいていただろうか？　さらに先に進んで、自分の気持ちをより的確に表現できるようになったことに気づいているだろうか？　母への献辞がそれを予感させる。彼はもちろんすぐに彼女に一冊送っている。彼女は彼の最初の読者だった。そしてもし自身の喜びを伝えたいと思う人があるなら、それは母だった。「最愛の母上、私からささやかな捧げものをお受けとりとりください！　これは若僧の習作です。詩の種類が今の時代にふさわしくなく、読者にあまり喜びを与えないものかもしれませんが、そのうちもっといいものになるでしょう！　そのとき私は誇らしげに、また感謝して言うでしょう、これは私の母の――彼女の教育の、その変わらぬ母性愛の、それに私に対するやさしさのおかげなのです、と。」

ノイファーが別れを告げた。もう何週間も前からヘルダリーンは彼にこぼしていた。これから寂しくなり、喋らず不機嫌になってしまうのが怖ろしいよ。彼はヘルダリーンに勧めた。たびたびシュトゥットガルトに来て、暇があれば僕を訪ねて、泊まっていくといいよ。自身の才能に疑念もいだいているかもしれないが、誰にも邪魔されずに暮らしているこの仲間がヘルダリーンは羨ましい。全てがノイファーには簡単なことだった。シュトゥッガルトに帰るやいなや、気前のいい両親の家をバックにして、刺激を与えあう人びとを周りに集めていた。そこでいつも暖かく迎えられたヘルダリーンだったが、何人かの人にはよそ者のような印象を与えた。

残った人たちはヘルダリーンにてこずった。彼はむら気に負け、心を閉ざし、友人たちに耳を貸そうとせず、一緒に「仔羊亭」にくり出すことを断った。彼らはただ騒いで、酸っぱい安物のモストで自分たちの不安を紛らしていたのだから。一七九一年十月十日にシューバルトが亡くなった。知らせは国中にすぐ広まった。シューバルトが死んだ！　ヘルダリーンはかなり前から、シューバルトがとりわけ過度の飲食で憂慮すべき容態であることをシュトイドリーンから聞いて知っていた。

それ以後ヘルダリーンは「年代記」をシュトイドリーンのメッセージとして読むことになる。彼が誰かある人の政治的見解を信頼し、その人に従う気があるとするなら、それはシュトイドリーンである。シュトイドリーンはすでに一ヵ月後に、国中の詩人に「精神性の高いスタイルの抒情詩」を書くように「年代記」の中で呼びかけた。彼はその際、きっとヘルダリーンのことも、彼の新しい、ルソーの『社会契約論』の言葉をモットーにかかげた人類に寄せる讃歌のような讃歌群のことを考えに入れていた。シュトイドリーンはすでに社会契約論を知っていた、そしてこれが彼の時代精神に結びついた詩作の理想に最もかなっていたのだ。「……時代の精神はもう何年も、全ての世界に働きかける大胆な詩人の作品に豊かな題材を与えてこなかった。」

ヘルダリーンにとってシュトゥッガルトの会話の続きは手紙だった。

秋の休暇に彼はノイファーと一緒にシュトイドリーンを訪ねた。ヘルダリーンは自分にはなじみのない小さな仲間の中にいるシュトイドリーンを見つけた。もっとも少し後でコンツがそこに現れた。ヘルダリーンはコンツに「まだちょっと人怖じするので、頼りにしたい」と、彼に安楽椅子で横に腰かけるように頼んだ。するとやっぱりアウグスティノ寮の部屋の自分たちの集会に似てくるのだった。いつも感動があった。シュトイドリーンは話しながら、落ち着かない様子であちこち歩き回った。コンツはときおり跳びあがり、その度に無意識にチョッキをお腹の上にひっぱりおろした。ノイファーは落ちついて、くったくなく座ったままだった。

ルイ十六世はラファイエットが勾引令を公布すると、ヴァレンヌに逃れた。彼らはそのことについて政治的なパンフレットや「ミネルヴァ」（フランス革命の情報を伝えるため一七九二年ハンブルクで発刊された雑誌）を、それから寮監長に禁止されていたにもかかわらず、特にメンペルガルト出身者によってこっそり持ちこまれた他の新聞などを読んでいた。それらは夜間、ネッカー川沿いの庭の石の下に隠された。彼らはありとあらゆる意見を知っていた。亡命貴族に出会っていたノイファーは、ためらいがちに暴徒の残虐行為について話した。やつらは人間の頭を槍で刺したということだよ。

それは共和国に泥を塗るために抜け目のない支配者がでっちあげた話だろう。

しかもラファイエットも同じく貴族の出身、つまりアグゥイヨン（ジュラ地方の地名）の殿さまだろう？

彼らはたくさん読んで、事情に通じていた。

神学校の外で彼らのうちのかなりの学生は帽章をつけ、互いに「自由万歳《ヴィーヴ・ラ・リベルテ》」や「国民万歳《ヴィーヴ・ラ・ナシオン》！」と挨拶しあった。

そう、もちろん行き過ぎた行為もあるが、みなの熱狂が、新しい理想が重要なのだよ。

コンツは鎮めようと試みた。シュトイドリーン君、君が夢中になって語っていた熱狂が役に立ち、すぐに効果をおよぼしたのだ。あのような大きなことはその助けがないと始まらず、また続けられない。しかしこの激情が同様に害になった。これらの若い人たちは、ロベスピエールのことを考えるだけでいい、燃えるような煌めきと才能にあふれていたが、経験と知識に欠けているのだから。

若い人たちはいつもこう非難されるのですね。

それに個々の人について論じるのは無意味ですよ。みなが、貴族や市民そして聖職者が感動したようですから。

そうです、私は自分の目で見て、身をもって知ったのです。単なる陶酔ではありません、友人たちよ、理性が正しいかどうか試されるような出来事なのです。

こう言ってみなに注目された男は、シュトイドリーンの書き物机の横でほとんど身を隠すようにして隅っこに座っていた。三十がらみの華奢な男で、洗練された身なりをしていた。早く老けてしまったような顔は、目や鼻や口が、まるで終わることのない嫌悪感がひきよせたように、この上もなく狭いスペースに押し込められていた。この男は他人に与えるこの印象のことを知っていたにちがいない。彼は堂々とした印象を与えようと身構え、また並はずれた雄弁家だったので、実際にそれに成功していたのだから。

あれは誰ですか？　ヘルダリーンは小さな声でコンツに尋ねた。

ヴィルヘルム・ゲルバーだよ。ラインハルトと一緒にパリにいたのだ、そしておそらくまた彼のところに戻るだろう。

どうか聞かせてくれたまえ、とシュトイドリーンが彼に頼んだ。君は自身で見て知っているのだからね。我われはここにいて、読んで夢想するだけだ。連盟祭のことを話してくれたまえ。それがいつもいつも気になるのだ。

当時、みなはいろいろ読みました。それにフンボルトのところでもね。

でも私が見聞きしたほどではないでしょう、とゲルバーは言ったが、その口ぶりに高慢さがないとはいえなかった。君らは連盟がどのように始まり、どのように民衆が、自分たちこそ国民だ、と理解したかを覚えていますか？　ひとりのブルターニュ人がそこでみなを代表してしゃべりました。私はそれを言葉通りはっきり覚えています。我われはブルターニュ人でもなく、またアンジェ人でもなく、フランス人であり、フランス国の市民であることを厳粛に宣言する。そのために我われは自分たちの固有権をすべて断念し、それらを違憲だとして放棄する。我われは自由であることを喜ばしく、また誇らしく思う、とね。

ゲルバーは今、周りの人たちのことを忘れてしまった。彼は見渡しきれないほどの群衆を前にして、話すというより叫んでいた。変わった人と思われるかも知れないが、彼の真剣さと、彼らの心をもとらえてしまった生き生きと語られる思い出がそれを許さなかった。

この地でもそこまで行ってさえいたら、ヴュルテンブルク人もヘッセン人もないだろう、としばらくしてシュトイドリーンが言った。

それはプロイセン人のお気に召さないだろうな、とコンツが言った。

はいはい、君はなぜご自分の理性の裏打ちばかりして、僕らを気落ちさせてしまうのだ。

そんな意味で彼は言ったのではないよ。フランス人のように自由な祖国を願っているのですよ。

はじめてヘルダリーンがしゃべった。我われが今、考えているような祖国が我われの孫たちにとっても祖国かどうか、わからない。祖国とは正義と自由の大いなる故郷《ハイマート》である。それが理想だ。それは言語と境界線によって制限されない。ギリシア精神がそうであるように——

シュトイドリーンが彼の言葉をさえぎった。彼の言うとおりだ。おそらくこのサークルのみなは彼のように考えているだろう。ただ今は、ゲルバーに連盟祭のことを話してもらおうではないか。この理想郷の祭典のことを、自由な人びとの盟約がこうして奇跡のように確立されたことを。

あの人がただの熱狂者でなければいいが。

我われは騒がしいですが、どうか困惑なさらないで、ゲルバー。

ゲルバーは話しながら、彼らのあいだをあちこち動き回ったが、ほとんど彼らに注意を払わず、過去の印象を呼び出し、まるでその場にいあわせ、じかに関与しているように思わせるために、ときおり手をあげて言った。本来それは国民軍が民衆と一緒に祝う祭りであるはずだったが、おしまいには王やタレーランの意向に反して、それをはるかに超えるものになってしまい――民衆の和解の祭りに、統一の祝典になってしまった。もう夜が明け始めたころ、私は二、三人の友だちと連れだって、マルスフェルトに向かっていた。それは兵学校の真ん前にある広々した場所で、廃兵院からそう遠くない。大気が歌っていた、私はそうとしか言いようがない。大気はぴりぴりして、まだ光は発してないが白熱していた。町の人びとの半分が街頭に出ていた。彼らは挨拶を交わしたり、冗談を言いあったりしていた。歌声がくり返し聞こえた。もはや友愛についての演説はなかったが、誰もが兄弟のような親密さを享受した。それをどう表現すべきかわかってもらえるといいのだが、まるで治癒力のある熱のように広がっていった。赦してくれたまえ、これはうまい喩えではない。マルスフェルトの周りに芝生を積みあげ、土手を整備するのを手伝ってくれ、とブリッソ氏が我われに頼んだ。その土手から民衆がこの劇的なシーンを見渡せるようにとのことだ。おまけに我われはテントをひきずっていた。ほかの多くの人たちと同じように、祭りを夜中までひき伸ばせるようにテントを張りたいと思っていたのだ。それは新しい時代への遠足のように思われた。私だけではなく、多くの人びとがそう感じたのだ！　我われは年配の市民兵から仕事の割り振りを受けた。笑い、冗談を言いながら慣れない仕事に従った。上品なご婦人が水とワインを注いでくれた。一口もワインを飲まないのに酔いしれていた人もいた。自分たちが存分に味わっている幸せに酔いしれていた。マルスフェルトとの境界になっている小さな川のほとりの兵学校の前に、ごく小さい庭が設えられ、王や王妃、それに廷臣たちが入ることのできるように大きな天幕が張られた。広い円陣の中に八十三本の旗竿が立ち、そこに各県の旗が翻っていた。旗と王の丘の向かい側の祭壇でタレーランがミサを執り行った。なんという彩《いろど》りだろう！　なんという光を聖なるこの日は自由な市民に贈ったのだろう！　しばらくすると、連盟の行列が、国民軍の巨大な縦列がこの広場に近づいてくるという知らせが広まった。自由万歳！　国民万歳！　それから国王万歳！　の声も聞かれたが、それはすべての市民の耳に陽気に響いたとはいえなかった。国王一家はそうこうするうちに天幕に入っていた。廷臣たちはひきさがっていた。ようやく縦列が姿を見せた。彼らは迅速に、いや性急に行進し、すべての人たちの歓声のもと、方陣の中になだれ込んだ。民兵隊が腕を高くあげて、帽子を振りまわした。男も女もわっと泣き出し、子どもたちは手をとりあって踊った。私や私の友人たちは偶像崇拝者で、如才なく頭のいいタレーランが嫌だったが、このタレーランがその信心深げな宗教儀式を執り行ったあとで、驚嘆すべきラファイエット、国民軍の司令官が帽章のついた帽子を手にして祭壇の前に進み出た。みなは帽子を脱いだ。見渡すことができない群衆の上にあたりを制するような沈黙が広がった。彼、我らのラファイエットは国民と法、それから国王に対して誓約した。彼は何を考え、国王は何を考えていたのだろう。ラファイエットは当時すでに、君主にとって人民の連盟などどうでもいいということを、自分が王に背くだろうことを知っていただろうか？　いや、とんでもない、我われは少しも疑わない状態を新しく手に入れたのだから、我われ、革命の子どもたちはみな。儀式は終わった。しかし祭りの気分は終わらなかった。喜びの中で、行進の隊列が崩れた。みなは散策し、兄弟のように親しく交わった。天幕の中で集い、食べて飲んだ。子どもたちと戯れた。何人かがあちこちで群れになって踊り、他の群れに花綵《はなづな》を巻きつけた。女たちが死者たちの上に花を投げかけた――ついに夜になり天幕は数知れない灯火で明るく照らされ、闇のあいだに浮かぶ色とりどりの島のようだった。そして同志たちは過ぎ去ったこの日を祝おうと長いテーブルについた。演説がなされ、歌が歌われた。はじめはわずかな人たちだけだったが、ついにメロディーが広場じゅうに広がり、何千もの人びとの声がコーラスとなって星々へ轟いた。君らはこの歌を知っているかい？　ゲルバーが歌い始めた。彼らの大半はこの歌を知っていたので、途中から一緒に歌った。

立法者によってすべては達成されるだろう……
倒れるものは助け起こされるだろう、
起きあがるものはうち倒されるだろう、
ああ！　サ・イラ《うまくいくだろう》　サ・イラ　サ・イラ！

つりこまれて最初に歌ったコンツは、歌った後に生じた当惑を嘲笑した。してみると、友人の諸氏よ、我われはみなそんなにちゃんとした革命家ではないということですな。ただよく考えていただきたいのは、ラファイエットがもうパリにいず、そのかわりに王がつれ戻され、それに国民軍がこの度、愛するゲルバー氏よ、マルスフェルトで市民をねらい撃ちにし、そして大切な自由のためにひどい混乱がおきていることです。そういってコンツはヘルダリーンのほうを向き、彼をつかんだ。君は何も言わないのかい？　黙っているつもりかい？

僕は聞いているほうがいいです。

彼はこう言ったかもしれない。ゲルバーが話してくれたことは僕にとって過去のことではなく、将来の祝祭のビジョン、最終的な平和の祭典であるように思えるのです——ただそこにはひとつの声が、自分たちが待ちうけていたひとりの声が、心をひとつにまとめる人の声が欠けていたのです、と。彼らはヘルダリーンを理解しなかっただろう。

ノイファーと一緒に彼は出発した。ゲルバーに有意義なお話を伺うことができました、ムッシュー、と大袈裟といっていいほど礼を述べた。新しい詩を全部送るのだよ、とシュトイドリーンはなんとか入り口のところでヘルダリーンを励ました。

どの時代にもその言葉がある。それは天と地のあいだをさまよう。神々や精霊をさがし求め、牧歌的な理想郷を作り出し、実直で同時に不遜な人間像の形を整える。それは単語や概念を見出し、それらが言い表さねばならないものから自身を解放する。不十分さに、卑劣さに不信を抱く言葉である。言葉は純粋なままであり続けたいと願い、汚れや汗を認めない——それは新しい人間への言葉の期待のように純粋である。

間近に迫った学則の変更が学生たちを、無関心な学生たちや軽薄な学生たちをもひとつにした——彼らには他に選択の余地がなかった。寮監長、シュヌラーがこの件に関して大公と手紙のやりとりをしていることや、草案があるはずだということを彼らは知っていた。しかし問題は長びいた。補習教師《レペテント》のひとりであるベンゲルはノイファーに次のように書いている。「神学校生たちは目下、間近に迫っている改正のためにこれまで以上に不安になっている。しかし陰でいろいろ言わせておくつもりはなく、自分たちが異議を唱えることによって、事に別の形を与えるつもりだ、と公然と主張している。」

事は一年足らずのうちに大公が望んだような形をとった。

この噂でどうしてもみながヒステリックな気分になってしまったころに、ヘルダリーンはリーケに手紙を書いている。「近ごろの情報はまったくよくないものばかりだ……我われは好き勝手に弄ばれるために、造られているのではないという一例を祖国と世界に示さねばならない。それによき事にはいつも神威の庇護を期待できるのだよ。」

ハインリーケに宛てた手紙だけでなく、母親やケストリーンやクラーツに、それからとりわけ自分の理想に従って指導し、教育するつもりだった弟に宛てた手紙の中では、彼の仲間たちも一緒に意見を述べている。彼は仲間の昂揚した気分を束ね、討議をまとめ、攻めたてられた自分たちが実際に感じたことを決まり文句にした。すなわちもはや自分たちが孤立していないことを、不安と反対に太刀打ちできることを、大公は一握りの給費生だけでなく、時代精神を考慮に入れなければならないことを述べている。

一七九二年の春に十八歳のレオ・フォン・ゼッケンドルフが法学を学ぶためにテュービンゲンにやって来た。つまり彼は神学校生ではない。長くは友人たちのサークルに止まらなかった。すでに同年の秋、父親に家に呼び戻された。テュービンゲン大学はこの野心的な青年に提供できるものがあまりにも少なすぎた。日々の暮らしには無為と気晴らしのための娯楽しかないのだからね。

しかし自分にさし出されたもの全てに彼はともかく手を出した。好奇心旺盛で、冒険心にとんだ彼は友だちを見つけた。そのために父親の紹介状が助けになった。彼はレブレ家で、ほかの教授宅でもそうだったように、すぐに客として歓迎された。頭がよく機転がきく人物と見なされ、その礼儀正しさが高く買われた。ときどき生意気なことも、若いからと大目に見られていた。

あいつは誰にでも調子をあわせるのだ。ヘーゲルは彼が好きでなかった。逆にヘルダリーンはこの世なれたところが気に入った。自分もそのように軽やかに、感じよく振る舞いたかったのだ。この若者にとって気が重くなることは何もなかったし、傷つけられることは、そんな機会もなかったからほとんどなかった。学生のあいだでも、女の子のあいだでも人気があった。

彼はヘルダリーンを政治的なクラブに、ジャコバン党のサークルに紹介しなかった。ヘルダリーンはヘーゲルと一緒にすでに二、三回、招かれていたが、いつも控え目な態度をとっていたから。それに彼はメンペルガルト出身者たちの荒っぽい冗談に反撥を覚えていた。彼らが自分たちの信念を印象づけようと大声で喚くたびに、不愉快になった。

それは必要だからさ。ヘーゲルは彼の拒絶を大げさだと考えた。

彼は謎めき、くどくどと示唆ばかりするヴェッツルという名の学生に加えて、最も重要な役割を演じていた神学校生、ファロットとベルナルトを知っていて、高く評価していた。向こう見ずで、優秀な神学者ではなかったふたりだが、物分りがよく、それにこの件が問題になると隠し立てをしなかった。彼らは党派的で、――ほかの多くの人たちがそつなくカムフラージュしていたのとは違って――それを率直に認めていた。そのため何人かの教授の不興をかい、そして頑迷な補習教師に厄介な宿題の追加で苦しめられていた。彼らはいつも内輪で集まり、住いをあちこち移したので、招かれざるスパイはほとんど加わることができなかった。それでもヘーゲルはいつも疑り深く、やはり周りに宗教局あるいは大学当局の回し者がいるに違いないと思い、特に、出しゃばりで、熱心すぎる薬剤師のクネーベルから目を離さなかった。他のみなより年上で、わざとらしくかっかする彼はうさんくさい人物だと思われていた。

若いやつだったら大げさなのも許されるが、年長者だと、ばかかいんちきだよ。

彼は裏切り者、密告者だった。用心するようにいつも警告もしていたヴェッツルが、慌てふためいて神学校を後にしたとき、ことが明るみになった。彼は追われたが、無事ストラスブールに辿り着いた。

テュービンゲンは小さく、狭い。町の平穏をおびやかすかもしれないすべてのものに聞き耳がたてられた。共和制に何ら関心がない町の有力者たちが平和の番人である。彼らにとって民主主義や平等や友愛は悪魔がでっちあげたものだ。それゆえ彼らは——フランスの事態が本当に広がるかもしれないと、もう安心しておれず——扇動者を監視させる。わかりました、彼らは若僧で、役人はほとんどおりません。彼らにだったら、補習教師へのように圧力をかけることができます。もっと扱いにくいのはきっと弁護士や書記です。しかし彼らに道理を悟らせる方法はたくさんあります。彼らが「やりすぎる」と、投獄あるいは国外追放になった。

ゼッケンドルフのような人びとは情熱にかられ、しばしばやりすぎた。不用意に信用のおけない人と手を結び、旅館の食堂で不用意にしゃべり、法螺を吹く、しかし彼らの政治参加は、彼らの知識はまじめである。

メンペルガルト出身者たちが新しい情報について一番よく知っていて、フランスのちらしや雑誌を持ちこみ、もったいぶってそれらを読んで聞かせた。ヘーゲルは気が乗ると解説した。彼らに襲いかかってきたことは彼らの理解を越えていた。依然として多くのことが想像できないままだった。彼らがより明るく、より人間的でより友好的であってほしいと期待していた未来は大きく、血塗られた絵だった。彼らはときとして自身の驚愕を大声でかき消した。

しかしプロイセンとオーストリアが革命に抗して盟約を結んだとき、ブリソがこの連合軍に対する戦いを推し進めたとき、ファロットが泣きながら「祖国は危機に瀕している」という声明を彼らに読んで聞かせたとき、チュイルリー宮殿が襲撃され、国王が捕えられたとき、ラファイエットが卑劣にもオーストリア軍に寝返ったとき、革命軍がヴァルミーの戦いでプロイセン軍の集中砲撃に屈しなかったとき、彼らはこぞって憤激したり、賛同したりした。これら全てのことが近づいてきて、彼らとじかに関わりを持った。一七九二年九月、幾千もの「疑わしき人たち」が「ひとつの、しかも分けられない共和国」の名において虐殺されたときでさえ、彼らは宥めあうすべを心得ていた。あれは敵だった。悪影響を与える人たちで、出来たばかりの共和国を破滅させたかもしれないのだから、と。

さあ、コッタが書いたものをご覧、ラインハルトを読みたまえ！　このふたりを彼らは信頼していた。彼らはテュービンゲンと関わりがあり、しかもラインハルトは神学生だった。そしてふたりとも自国では不運で、自由がなく、国を出て革命に加わった。クリストフ・フリードリヒ・コッタはテュービンゲンの書籍出版者の兄だった。彼らの幾人かは、とくに年長の補習教師たちはコッタがストラスブールに行き、そこで「政治ジャーナル」を出版する以前に彼とつきあいがあった——しかし共和主義者と知り合いであることが自分の信用を傷つけるかも知れないと危惧し、沈黙しとおすほうを選んだ。コッタは終始、共和主義の問題に関わった。後にマインツで書記官としてキュスティン将軍に仕え、啓蒙的なパンフレットを書き、それが途方もなく多くの民衆に流布された。占領下のライン地域の郵便制度のために尽力したが、ナポレオンが権力の座につくと、忽然と姿を消した——そうこうするうちに有名になっていた弟が彼を匿ったのだろう。早々に老け込んだ、名前を明かさない男が繁盛している書店で少し帳簿の世話をしていた。あの男は誰か、何をそんなに苦しんでいるのかを誰もあえて聞こうとしなかった。ラインハルトの場合はもっと簡単だった。彼はヘルダリーンより九歳年上で、神学校では際立っていた。今もまだ、その才能が、機敏な頭の働きが称讃されていた。ベックやシュヌラーやルブレのような教授たちは、そのような不確かな道に彼が首をつっこんだことを理解しなかった。そのつもりがあれば、もう大公のもっとも重要な顧問のひとりになっていてもいいはずなのに。

ラインハルトの経歴の上で、わざわざ言及するほどでもないが、私を感傷的な気持ちにさせる一時期があった。ラインハルトはヘルダリーンと同じように、しばらくのあいだボルドーで家庭教師として勤めていたのだった。ヘルダリーンはわずか数ヵ月の滞在のあいだにラインハルトの活動について聞いただろうか？　覚えていた人が何人かはいたはずだ。それから、奇妙なアクセントでフランス語を話す人がまた来た、シュヴァーベン人が、と聞いただろうか？　それからラインハルトが共和国に仕えるためにパリに出発したことを、そしてこれが輝かしく、首尾よくいったことを誰かが彼に話しただろうか？　ヘルダリーンがボルドーに滞在した一八〇二年に、ラインハルトはすでに共和国の外務大臣になり、名をあげ、賞讃されていた。その後、タレーランに追われ、ハンブルクでニーダーザクセン行政区の使節として務めた。そこで彼らの人生の道筋は交差するが、その生活はまったく違っていた。ヘルダリーンは彼の最後の旅の途上で、精神的打撃を受け、すでに限界を超えていた。他方、もうひとりの男はまだまだへこたれていなかった。境遇に逆らわず、知的で、かつ世故にたけた彼は進んで仕事をひき受け、復古王朝から伯爵の称号を授けられ、公使としてドイツに赴き、ゲーテに文通相手として重んじられた。そしてついにフランスの貴族院議員、アカデミーのメンバーとなった――ヘルダリーンとはまったく違うタイプの人間である。

ラインハルトは若い人たちをひきつけた。なにしろ時代の前髪をしっかりつかみ、精力的に働いていた彼のことだから。シュトイドリーンはラインハルトと親密な関係にあった。しかし彼が故郷を去り、マインツに赴かねばならなかったとき、そんな関係は何の役にも立たなかった。シュトイドリーンの必死の叫び声は今や影響力を持つようになったこの男の玄関先で顧みられぬままに放置された。そしてひょっとするとラインハルトはうんざりするような会話をしながら、こう言い添えたかもしれない。ああ、シュトイドリーンなら知っていますよ。彼は道を踏み外しました。要するに不平家なのですよ。

コッタとラインハルトが伝えてきたことを学生たちは読んでいた。そしてシュトイドリーンのほうは、ラインハルトに国内の状態を報告した。「皇帝から、下はロイトリンゲンの町長にいたるまで、我われの上に立つお歴々はひどく怯え、実際どう手をつけていいかわからないままに、反対しているのは確かです。次第に検閲令がいたるところで出されるようになりました――しかし出版物はどこか別のところで印刷されています。皇帝はホフマンという名の教授を雇い、自由が広がることを阻止する雑誌を出そうとしています。この雑誌はさしあたり全ての……新聞と雑誌に大々的に予告されたので、皇帝がひそかに関与していることに気づかされました。これが刊行され――ウィーンでは皇帝がその一番高い身分の寄稿者だと公然と言われています。これがプロイセン王に送付され、王はこの上なくご親切な言葉で返事をして、その普及に寄与するために自身でもできる限りのことをすると請けあい――そしてこの手紙が公の新聞に印刷されました。君はこれで我われの君主たちが何と間抜けであることかおわかりでしょう。」

この学生クラブは宮廷や宗教局が睨んでいたような謀反人のグループではなかった。彼らは群り、感情のおもむくままに振る舞い、ギリシア人の理想像をフランス人のそれに結びつけたが、暴力行為が広まるにつれて、不安になり、どちらかというとロベスピエールやダントンやマラよりも、後にジロンド派と呼ばれるようになったブリソと彼の友人たちに共感を抱いていた。革命が近づいて来れば来るほど、彼らは不安になった。もし革命軍がドイツの南部、バーデンやヘッセンやヴュルテンベルクの占領に成功していたら、ひきこもり、用心深く眺めていただろう。そしてヴェッツルあるいはゼッケンドルフのように一役買ってみようと思っていたわずか二、三人の人間を除いて、街頭に出て自分たちがジャコバン派であることを明らかにしなかっただろう。

ヘルダリーンは純然たる思想家と行動しようとしていた人たちのあいだに立っていた。全てを承知のうえで命を賭けていたシュトイドリーンとラインハルトをヘルダリーンは尊敬していた。彼はそこまでやれなかった。彼はフランス軍がみなの期待に反して素早くマインツに進駐したあと、一七九二年十一月に母親に宛てた手紙で、ほとんど冷静ともいうべき調子で、誰が不幸に見舞われ、誰が難を逃れるかと比較検討までしているものの、彼の理念は卑劣なものを、血にまみれたしみに気づきたくなかったし、おそらくまた認めなかったのだ。彼は「愛するマンマ」に戦争のためにあまり心配しないようにと頼んでいる。というのも「何が起ころうとも、あなたが怖れていらっしゃるようにひどくはならないでしょう。私たちのところでも変化が起こる可能性は絶対ありません。やれやれ！　私たちは不当に行使した権利を取りあげられたり、暴力行為や圧迫のために罰せられる人たちの仲間ではありません。戦争がドイツのどこへ広がっていこうとも、よき市民はわずかしか、あるいはまったく何も失いませんでした、そして多くのものを、実に多くのものを得ました。またそうしなければならないのなら、生命と財産を祖国に捧げることも甘美で偉大なことです。私がモンス（フランス革命戦争ジュマップ戦いの戦場）の大勝利で倒れた勇士の父であるなら、自分がその子を悼んで流したどんな涙にも対しても腹を立てるでしょう。」

彼らははじめから革命の展開を理想化し、王の処刑にも困惑させられなかった。というのも結局、ルイ十六世に有罪の判決をくだすことで、共和制に道が開かれたからである——革命が自身を破壊し、恐怖政治の日々が始まったときに、はじめて自分たちの共和制に対する高い要求を撤回した。しかし彼らは今までどの世代にも許されていなかったことを、自分の目で見て、経験し、そしてそれが無駄ではなかったことを知ったのだ。それぞれが自身の道を進んで行った。シュトイドリーンは命を絶ち、コンツは教授になり、メンペルガルト出身のベルナルトとファロットの両人はともかく良い成績で試験に合格して、神学者として認められた。ヘーゲルは彼の時代の最も重要な思想家に、プロイセン国お抱えの哲学者になった。豊かな天分に恵まれたシェリングは最初こそ煌めいていたが、のちには気難しい保守主義者になった。ゼッケンドルフは、なおしばらくテュービンゲンの仲間と一緒にいるズィンクレーアと同じように、青春時代の思想に忠実でありつづけ、ついに国家反逆罪の責めを受けた。

そしてヘルダリーンは？　彼の記憶はこの上なく正確に期待の、興奮の命題を失わなかった。それらは彼の詩の中でくり返し現れた。ただ彼は政治的な策動に直接関わりあうことを避けていた。なるほど友人たちから離れず、彼らの会合に参加し、後にはホンブルクやラーシュタットやシュトゥッガルトでもたしかに注意深く耳を傾けていたが、彼の傷つきやすい共感を本気で受け止めていた友人たちはもう誰も、君はどう思う、ヘルダー？　と尋ねなかった。

VI 第五話

一七九二年の初夏、フランスとオーストリアのあいだの戦いが勃発した二、三週間後のこと、フアロットが息を切らせ、平穏なアウグスティノ寮にとび込んできた。ヒルシャウとロッテンブルクにフランス人が宿営しているぞ！　もちろんすぐに説明を加えた。避難民の、亡命者の兵団で、ミラボーの指揮のもとにオーストリア側に加わったそうだよ。ハプスブルク帝国の西南端に位置するこの地にいつ何時攻めてくるかわかないフランス軍を撃退するために軍隊が集められていたのだ。

給費生たちはてんでに叫んだ。裏切り者だ！　貴族の悪党どもだ！　臆病者だ！　国民を食いものにする奴らだ！　虫けらだ！

落ち着きをとり戻したヘーゲルがやっとの思いで友人たちを宥めた。

歩哨のいるところまでヒルシャウへの街道を行き、亡命者に出あうことがあれば議論をふっかけようではないか、とベルナルトが提案した。

彼らには耳を傾ける気なんかないよ。

試してみるべきだ。きっとホームシックにかかっているよ。それに名もない人びとなら、こっそり軍隊を離れ、家に逃げ帰るように説得できるかもしれないよ。

そこで何が彼らを待っているかわかっているのか?

もし彼らが善意の人たちだったら?

善意が公平に分けられているか疑わしいものだ、ファロット。

それでも彼らは好奇心からもうその午後にヒルシャウをめがけて歩いていた。それどころかふたりの補習教師さえも彼らの仲間になっていた。彼らはヘルダリーンを説得しなければならなかった。彼はこの企てを悪趣味で危険だとも思っていた。

じっくり見物するんだ、ヘルダー。

ヒルシャウの手前の哨所のあたりは騒がしく、彼らは全然目立たなかった。フランス軍の制服はオーストリア軍の制服とはまるで違っていた。物見高い土地の人たちは釘付けになった。フランス人は行商人や急ごしらえの雑貨屋の関心の的だった。瓶《かめ》に入ったワインやしぼりたてのミルクやあぶった肉が提供された。娘たちは媚《こび》を売り、片言のフランス語をしゃべった。ゼッケンドルフは何人かの法学部生を見つけたが、彼らはみなに加わることを拒んだ。あいつら修道士と関わりを持ちたくないのだ。

まるで縁日のようだ。どんな深刻なことが背後に隠されているかに人びとはまるで気づいていない、とヘルダリーンは言った。

裏切りものは顔を見たらそれとわかるだろうか? とゼッケンドルフが尋ねた。

ヘーゲルはいつものように平然と応じた。思い違いをしているよ、ゼッケンドルフ。少なくとも大部分は裏切りものではない。貴族と裕福な市民の立場を守っている。断固たる王制支持者か聖職権支持者だよ。

彼らはフランス人を会話にひきずり込もうとしたが、めったにうまくいかなかった。それにたとえ話ができても、士官や兵士たちは彼らの熱意をからかったり、革命がお国で起こらなかったことを喜ぶべきですよ、と意見したりした。だからそんな気楽なことを言えるのですよ。

ミラボー伯を見たいわ、とひとりの女の子が叫んだ。

見ろよ、ここでも伯爵さまが人気なのだ。

しばらく彼らのそばに立っていた見知らぬ男がささやいた。ヒルシャウとロッテンブルクでフランス軍は二、三人の共和主義者まで拿捕《だほ》したのです。彼らをフランスからひっぱってきたのですよ。そう言うとその男はふいに姿を消してしまい、学生たちはそれ以上聞きただすことができなかった。

くだらん噂だ、そんなことありえない、とヘルダリーンが言った。彼はもう立ち去りたかった。

夕空を背にして城のシルエットが現実とは思えないほど大きくなった。町は係留をはずされて漂っているように見えた。ネッカー川のモスグリーンの水面がさし込んできた太陽の光で輝き始めた。そうするうちにさっきの騒ぎが彼らの後方に退き、今はときどき声が、何を言っているのかわからないような奇妙な叫び声が、鳥の鳴き声が聞こえるだけだった。彼はまるでついでのようにシェリングとヘルダリーンは以前よりよりゆっくり歩き、刻々と変わりゆく景色を眺めた。そうこグに言った。このような瞬間には自然は果てることを知っているのだ。

それから数日間、ヘルダリーンはメンペルガルト出身者たちを避け、クラブに姿を現さなかったが、ついにヘーゲルが有無を言わさず、また会合に出るようにと言ってきた。いてくれるだけでいいのだ、口を挟む必要はない。激情家はいくらでもいる。とにかく君がいてくれないと困るのだ、フリッツ。

この年とそれに続く年に起こったのは、共和派の軍隊によるマインツの占拠、自由であろうと望む全ての国民に友愛と援助を与えるという国民公会の通達、王の処刑、シャルロット・コルデによるマラの暗殺、ジロンド派の迫害、ダントンの逮捕と処刑、そしてついにはロベスピエールの処刑である——これら全ての出来事は彼にはまるで自分の頭の中で起こったように身近で、直接的だった。せっかく歴史の大きな始まりを見つけ出したのに、自身の一時的な臆病さのせいで挫折してしまったかのように思えた。

彼はドン・カルロスを読んだ。シラーの語調にぐいとつかまれる。彼の存在は全てその反響である。彼らがエスターベルクへ行くときに、シュティフトの黴臭さを後にするためだけに、半時間、ネッカー川を散歩するときに、彼は自分の気持ちに通じる箇所を諳んじる。「友情などというちっぽけな情熱がポーザともあろう人の心を満たすはずがない。彼の心臓は全人類のために高鳴っているのだ。彼の思いは次の全ての世代の世界と共にあったのだ。」

彼はシラーの飛翔する想念を継承してカールへ手紙を書いた。弟はそんなこととは少しも知らず、ただただ兄の知識と先見の明に感嘆した。「僕の愛は人類……次の世紀の人びとである……自由はきっといつか来るだろう、そして徳は氷のように冷やかな専制政治のもとより、自由の暖かな光の中でもっとよく栄えるだろう……」

わずか二、三日のあいだだけだったがフィリップ・ルルージュがヘルダリーンに未来を示す人物になった。仲間はルルージュのことを音楽家エドゥアルト・グライナーからはじめて聞いた――もっともメンペルガルト出身者は信頼できる人たち、よく知っている人たちにしか事情を明かさないように気をつけていたので、とうていクラブのみなにというわけではなかった。グライナーもしばらくのあいだ信頼されていなかった。彼は自身のことについてほとんど話さなかったので、その出自はよくわからないままで、共和派に対する彼の大げさな熱情は彼らにはむしろうさんくさく思われた。彼は個人レッスンで生活をまかなっていた。グライナーはロッテンブルクのオーストリア人と最も有力な伝手があった。

ヘルダリーンは彼が好きでなかった。グライナーを気の許せる友人のひとりと考えていたヘーゲルに、彼に用心しろ、と警告した。あの男の全てがはっきりしない、それには何かわけがあるはずだよ。ヘーゲルはこの慎重さをいきすぎだと見なしていた。君の人間についての考えは、往々にして狭量だ、フリッツ。

彼らはたいていグライナーの住まいで落ちあった。そこは広々していて、ときどき音楽の演奏もなされていたので、彼らの会合も隣人たちに怪しまれずにすんだ。

グライナーは若き共和派のルルージュ救出劇の黒幕だった。彼はルルージュがヒルシャウで捕えられたとの知らせを受けた。ルルージュはマインツの軍参謀の命令を受け、亡命者のあいだの雰囲気を探るためにオーストリア軍にこっそり忍び込んだ。その際、見つかって、捕えられたという。

グライナーは二、三人の信頼できる人たちの助けを借りて、ルルージュを救出しようと計画した。もしこれが首尾よくいけば、しばらくのあいだテュービンゲンで匿っておく必要があるだろうな。

実際にそれは成功した。覚悟はしていたが、クラブの仲間の動揺は大きかった。役人の手を逃れてルルージュを一体どこに匿っておけばいいのだろう?

ルルージュを神学校に連れてくるのは難しくなかった。ちょうど正面玄関の工事でそれに接した翼部まで含まれることになり、寮監長は公的に姿を現すたびに苦情を言っていたので、ここは死角になり、チェックは不可能も同然だった。ある寮生は、女の子を一晩泊めてやったよ、とうそぶいていたが、誰もそれを信じなかった。もしそのような「評判の女の子」がいたなら、牢に掘り込まれるのを覚悟で見せびらかしただろうから。

彼らは鼠の領域に——廊下を彼らは「領域」と呼んでいた——一時しのぎの小さな部屋をこしらえた。椅子、机、そして藁の寝床を床の上に置いた。

補習教師のふたりには事情が知らされていた。廊下には目立たない見張りが、万一の場合、警告できるようにいつもうろつき回っていたが、それは必要でなかった。

ルルージュは背が低く、やせていた。共和派の兵士、あるいは密偵がそうだとヘルダリーンが思い描いていたようでは全然なかった。貧血の、虚弱な小さな男の子のようだった。しかしその顔は経験をつんだ男の顔だった、無愛想で土くさく、用心深い、少しうるんだ目をしていた。尋問がひどく彼の身にこたえていたのはあきらかだった。

ルルージュの出発は次の朝に決められていた。マンハイムまでの馬車が雇われていた。そこからルルージュは助けなしにマインツまで辿り着かねばならなかった。

別れを前にした今、ヘルダリーンはやはりこのフランス人とふたりだけで話したかった。好奇心にあふれ、興奮している友人たちを交えないで。ヘルダリーンは寝床についたが、真夜中すぎに起きあがり、入室を禁じられたその部屋の扉をひっかいた。返事がなかったのでそっと中へ入ると、ルルージュは眠っていた。緊張から解放されて、腕に頭をのせて横向きに寝ていたが、ヘルダリーンが一歩、歩みよったとき目を覚ました。

ああ、あなたですか、ヘルダリーンさん、と彼は言った。今まで一度もおいでになりませんでしたね。不信感をお持ちなのでしょうか？

いいや、とんでもない。ヘルダリーンは説明の言葉を探した。ルルージュは椅子を指し示した。おかけになりませんか？　ヘルダリーンは試されるべきは自分だと、腰をおろした。

何もおっしゃらなくていいですよ。あまりにもお騒がせしたこととお察しします。あなたはとても美しい詩をお書きだと、ご友人のヘーゲルさんから聞いています。

ヘルダリーンはうなずいた。

人間が互いに抱く愛情についての詩や、きたるべき自由についての詩だとか。

努力しています、ムッシュー・ルルージュ。

あなたは穏やかで、悲しそうです、ヘルダリーンさん。ルルージュがとても落ちついて、自信をもってこう言ったので、ヘルダリーンは驚かなかったが、どう返事していいかもわからなかった。

パリでの私の経験をお尋ねになりたくないのですか？

ゼッケンドルフとヘーゲルがそのことをいろいろ話してくれました、ムッシュー。

でも私からはお聞きにならなかった。

それは周知のことです。それに今はそう重要でもありません。

何について話しましょうか？

あなたが共和国の未来を信じておられるかどうかお訊きしたいです、ムッシュー・ルルージュ。

フランス人はほほ笑んでヘルダリーンを見つめた。どうしてそうしてはいけないでしょう？

それではあなたは人間が、人類がすでに自由に太刀打ちできると、自由にたいする教育ができているると確信されていますか？

それでは自由は教材なのですか？

そうですとも、これ以上大きく、また難しいものを私は知りません。

そして我われはまだ自由を学びとっていないとお考えなのですね？

我われはそれを学んでいます、各人がその才能に応じて。しかし多くの人は自由を理解していませんし、そのほかの人は自由を理解しようとしません。

お国では自由がないのですね、ムッシュー・ヘルダリーン。

あなたにはそれがおありなのですか？

共和国の国民、憲法に守られている私にそうお訊きになるのですか？

どうか悪くとらないでください。

はい、でもあなたのご憂慮が痛ましく思えます、ヘルダリーンさん。

ご自分が自由であると確信なさった瞬間がおありだったか知りたいものです、ムッシュー。はい、ありましたとも！　ルルージュは体をまっすぐ起こして座り、腕組みをした。はい、彼らに捕えられてロッテンブルクの教会の下の穴に監禁され、ヒルシャウへひきずっていかれ、打たれて、熱湯をかけられ責められたとき、そのとき私は私の自由を彼らの自由と比べることができました。そしてそのときほど自由を確信したことがありません。

ヘルダリーンはルルージュに近づき、身をかがめて右手を差し出し、左手を彼の肩において言った。よく話してくださいました、ムッシュー・ルルージュ。無事、ご郷里にお帰りになることを、それからこれからも自由を失わないでおられることを念願します。自由万歳《ヴィーヴ・ラ・リベルテ》！

彼は眠れなかった。まだ夜も明けきらないころに扉が開いて閉まる音を、それから慌ただしい足音を聞いた。誰かがルルージュに付き添って神学校を出て、馬車が待っている町の外まで行った。

一週間後、ゼッケンドルフはルルージュの消息を聞いた。あの共和主義者は無事マインツに辿り着いたよ。

この救出劇に加えてもらえず、気を悪くしていたヴェッツルは、ルルージュ事件から距離をおき、いたずらの責任をひき受ける気はなかった。そして誰もそれを彼に求めようとしなかった。もうヴェッツルは仲間の論争に満足しなかった。一七九三年の春には、大公が新しい学則を公布するつもりだという噂がよく囁かれるようになった。一月には公民ルイ・カペことルイ十六世が公衆の面前で処刑された。この出来事はクラブの友人たちをやりきれない思いにさせた。何人かは君主体制が流血のうちに幕をおろしたことに、専制君主の死に歓声をあげたものの、たいていの人はこの殺害がまさに始まりにすぎないことだと怖れていた。

うろたえ、議論に関わりたくなかったヘルダリーンをヘーゲルが窮地に追い込んだ。君は暴君の死を願っていたではないか、フリッツ？　君はそれを強く求める詩を書いたのではないか？　それなのに事が起こると弱気になり、嘆き悲しむのだから。君にとって暴君は現実ではなく、たんなる観念だったのか？

君の言うとおりだ。僕にはわからないよ。現実を見ると、僕は怖れ始めるのだ。

それじゃ君の不自由は？

暴力なしにはできないものだろうか？

それでは王が振るった暴力はどうなるのだ？

それは怖ろしいものだった、ヘーゲル、わずかの人にしか役たたず、多くの人を無理やり押さえつけた。

ほかにどうやってそれを終わらせることができるだろうか？

わからないよ。

ヘーゲルは友人が途方にくれて泣きだしそうなのに気づき、彼に代わって答えた。王は生きていたら、古い力を何度も味方にひき込もうとしただろう。

それではジャコバン派の力はどうなの？　とヘルダリーンが小さな声で尋ねた。それは国民の力なの？　それは誰の役に立つのだろう、君？　彼らはこれからブリソや彼の友人たちの命を奪わないだろうか？

我われには時間が必要だ、ヘルダー。それに国民は学ばねばならないのだ。暴力に、流血に直面してかね？

クラブのメンバーの分別や意図に反して、ヴェッツルは学生たちに混ざって扇動しはじめた。ヴェッツルの計画は全給費生を動かし、大公とその新しい学則に反対することだった。君主は一度にみなを神学校から放り出すことができないだろう。ばらばらに選び出すことができないので、まったく何もしないだろうよ。

この論法に寮生たちは納得した。彼らはある晩、神学校の中庭に集まった。この「無益な悪戯」に参加するつもりがなかったヘルダリーンはヴェッツルに臆病者とののしられた。しかしゼッケンドルフとヘーゲルに、せめて中庭までおりてきてくれと説得されて、その気になった。するとやはり連帯が、黙っていてもわかりあえるという気持ちが、みなの近くにいることが、説明のつかない力が湧いてくることが彼を興奮させた。ヴェッツルは誰ともはっきりと見分けられないように、灯火や松明を持ってくることを禁じていた。教授や寮監長に大きな、ひとつの黒い塊としか見えないようにしないといけないからね。

子どもじみたシェリングが忍び笑いを始めた。あえて話すことも行動することもしない「闇の男たち」の集まりが彼にはこっけいに思えたのだ。

静かにしろ、ちび、と彼はどやしつけられた。みなは、臆病者もひかえめな者も、政治に無関心な者も勤勉な者もヴェッツルのひき起した騒擾を急に本気にした。ヴェッツルは中庭を見わたし、大勢を支配できるように台の上に立った。長いあいだ沈黙していた彼は突然うわずった声で叫んだ。

自由《リベルテ》を！　専制君主の学則に反対！

　しばらくすると彼らは寮監長シュヌラーが彼らのあいだに紛れ込んでいるのに気づいた。監長は明かりも持たずおりてきて、こっそり彼らのあいだに忍び込んでいたのだ。彼の声が中庭じゅうに響きわたった。酔っぱらいが若干いるようだな、そうでないと監長がいるのに気づくはずだ。それとも君らは自室にもどるかな。春の宵はとかく若者を妙な気にさせるものだ。彼らは不平も言わず解散した。

　ヴェッツルはシュティフトから姿を消した。ストラスブールへこっそり立ち去った。大公にとってシュティフト内の革命的な策謀の証拠だった。

　度を越した言動や常軌を逸した衝突をできるだけ避けようとしていたヘルダリーンを革命がそっとしておかなかった。フランスの連盟祭の三度目の記念日である一七九三年七月十四日の気もそぞろになるような明るい早朝に、彼らはルストナウの近くの草地をめがけて歩いた。自由の樹《フライハイツバウム》を立て、その先にジャコバン派の帽子をのせて、大声で「サ・イラ」を歌った。クラブの仲間のうちの、信頼でき、パリとマインツからとり入れた当世風の話を口まねするだけではない人たち七、八人だった。彼らは最後に「ラ・マルセイエーズ」を、はじめはフランス語で、その後はシェリング訳で歌った。

Ⅶ　出発を前にして内輪のこと

新たに始めよう。描かねばならないのは、出発を前にした一七九二年と一七九三年のあいだの短い期間である。

私は経験を、始まっては突然終わる日常の逸話を述べたい。新しい話を始めるつもりだが、それはまたすぐに途切れてしまう。ニュルティンゲンの、テュービンゲンの語らいを彼と共に感じ、彼のように考えたい。誰も跡づけることのできない、感じて行動したことが紡ぎ込まれたものを目に見えるようにしたい、これらの日々を彼のように味わいたい。

彼は小説を、『ヒュペーリオン』を書き始めていて、一年間、詩を書いていない。その原稿を読み聞かされたシュトイドリーン、マーゲナウそしてノイファーは感銘を受け、この構想を支援した。彼がよく会って話を交わしたシュトイドリーンはこの小説に時代精神をとり入れるように勧めた。マーゲナウは自分にとって少し偉大になりすぎた友をもう感嘆するばかりで、ヒュペーリオンを、自由を愛する英雄、「力強い信条に溢れた」真正のギリシア人と賞讃した。

ヘルダリーンは病気を口実によく故郷で過ごしたが、実際、病気がちだった。しかしシュトイドリーンとノイファーのいるシュトゥットガルトや、マーゲナウのいるファイヒンゲンにもよく出かけて行った。シュトイドリーンの健康状態が気がかりだった。度重なる検閲、はてしなく続く宮廷との対決のためだけではなく、読者たちが離れていったためにも、「年代記」は廃刊になった。読者たちはシューバルトを支持していた。十年間、大公の地下牢に座ることを許されていた愛国者の辛辣さと辻褄のあわないところも受け入れた。しかしジャコバン派やほかの無頼の輩とつきあい、朝まで居酒屋でしゃべりまくり、激烈な演説をして、フランスでプロイセン人が乱暴を働いたとか、貴族出身の士官が農民たちの最後に残された財産まで挑発しているのに、兵士の運命はなんと惨めなことかと、「年代記」で報告させるような弁護士は信用しなかった。そんなことを聞きたくもなかったのだ。

それはもはや、妹や友人たちのサークルで豊かな知識を才気縦横に披露するあのシュトイドリーンではなかった。朝っぱらから酒瓶を手にする酒飲みだった。その気力のなさを言い表す言葉もない。何という輝きが彼から消えてしまったのだろう。

それでもシュトイドリーンは新しい雑誌を計画していた。もう詩しか載せないことにしよう、それから翻訳だ。ぜひ寄稿してほしいと言われたヘルダリーンはヘシオドスの作品を翻訳した。

これはいい、とシュトイドリーンが言った。使えるよ。でも今は、『ヒュペーリオン』を読んで聞かせてくれたまえ。待たさないでくれたまえ。まるで以前のようだ。ノイファーはいつものように「女の子たち《メーデレ》」をつれて来るようにシュトイドリーンに頼まれていた。ロズィーネとシャルロッテとクリスティアーネやその女友だちはもうとっくに小さなサロンで待ちかまえていた。みなは大騒ぎで挨拶を交わした。ロズィーネの姿がまたヘルダリーンの心を動揺させた。彼女は以前よりもっと透けるように白く、弱々しくなっていた。「気高い心よ、おまえは星々に／そしてこの美しい大地にふさわしい」と、彼はロズィーネを考えながら書くだろう。

今、彼は読んで聞かせている。

彼はもう誰も知らないものを読んでいる。『ヒュペーリオン』の第一稿を彼は自分で廃棄してしまった。だからどのような考えが、どのような文章が、どのような章句が、ヴァルタースハウゼンのシャルロッテ・フォン・カルプのところで、それからフランクフルトで書き続けた作品に書き込まれたのか誰も知らない。

彼はまるですべての文章を吟味するように、いつもより控え目に朗読した。挑発的に頷くノイファーにも注意をはらわなかった。しかしシュトイドリーンがついに彼を遮って言った。どうかそんなに臆病にならないで、君のヒュペーリオンには情熱の火が必要なのだから。

こう言われて彼は自由になった。読みながらマティソンがテュービンゲンを訪問したときのことを思い出している。フリードリヒ・マティソン！　この高名な詩人は、コッタと交渉するためにシュトイドリーンとノイファーと一緒にテュービンゲンにやって来たが、「前途有望なヘルダリーン君」と知り合いになるためにもね、と好意的なことを言った。若者たちはみなこの男の影響力を畏れていた。彼の発言は文学界だけでなく、カール・オイゲン公の宮廷でも重んじられていた。シュトイドリーンはヘルダリーンがマティソンの詩を反感なしに読まなかったことを知っていた。気に入らないのは彼の詩が機械仕掛けのように感じのいいことだ。彼には簡単なことなのだ。農夫の貧しさであろうと、支配者の栄光であろうと、好きなように讃美する。しかしこの上品で、最新流行の服を着た紳士に――パンタロン、革命家の長いズボンを身に着けることなど思いもよらなかったことだろうが――挨拶されると、ヘルダリーンは気持ちをくすぐられ、周りのみすぼらしさを当惑しながら詫びた。彼ははじめのうちほとんど会話に加わらなかった。マティソンさんは君が新しい詩をひとつ朗読するのを期待されているのだよ。寝室に取りに行かねばなりません。詩の原稿を引き出しにしまっています。マティソンはそうするように頼んだ。

彼は敢為の霊に寄せる讃歌を朗読した。どうやらあまり時間がない様子のマティソンは、すぐに始めるように慇懃に頼んだ。客人のわざとらしいポーズがヘルダリーンを挑発した。彼はこの有名な聞き手に向かって、荒々しく、全力をこめて読んだ。「お前は誰か？　まるで餌食さながらに／無限な世界がお前の前にくり広げられる、／おまえ　素晴らしき霊よ！」彼が読み終えるやいなや、マティソンは跳びあがり、二、三歩近づいて彼を抱きしめた。ノイファーとシュトイドリーンは手をたたいた。ヘルダリーンはたぶんマティソンを誤解していた。この人はやはり熱中し、感動することができる人だった。なんという精神だ！　なんという純粋さだ！　とマティソンは叫んだ。あなたは険しい道を歩んでおられる、若き友よ。もう一度、ヘルダリーンをその腕に抱きしめ、つぶやいた。残念ながら時間がありません。もっとお作を拝聴したかったのですが。マティソンは別れを告げた。注意力が散漫で、礼儀作法を心得たこの紳士の思いはもうコッタのもとにあったのだろう。

シュトイドリーンが彼を送って出た。

大成功だ、とノイファーが言った。

ヘルダリーンにも同じように思われた。

あの人は君を助けてくれるよ！

僕もそう信じるよ。

マティソンは手を拱いていた。

ここで今、シュトイドリーンのもとで大切な人たちに囲まれて、ヘルダリーンは心おきなく朗読した。

これは大きなものになるかもしれないな、とシュトイドリーンは思った。

これ以上『ヒュペーリオン』について話さないほうがいいですよ、とヘルダリーンが頼んだ。そんなに捗っていませんから。

それじゃ待っているよ。

彼らは散歩に出かけた。シャルロッテとクリスティアーネは彼をまん中にして、腕をくみ、彼に妹リーケのことを尋ねた。もうすぐご結婚なさるとお聞きしましたわ。

はい、もう来週です。私は肖像画を描いてもらおうと思っているのですよ。

いったいどなたに？

ヒーマーです。

いい方をお選びなのね
そうでしょう。その絵を妹に贈るつもりです。

それであなたは、とクリスティアーネが尋ねた、あなたの最もお好きな方のことを何も話してくださらないのね？

数えきれないほどの恋人のことをね、お嬢《マドモアゼル》さま。

クリスティアーネが彼の腕を強くつかんだ。

そう思いこんでいる恋人、それで十分なのです。

からかってらっしゃるのね。

いや、とんでもない。敬意を表しているのです。お気づきではないですか？

このところヘルダリーンがまた頭痛にひどく悩まされている、とノイファーから聞かされた彼女たちは彼を優しく大目に見ていた。

それについて彼女たちは何も気づかなかった。彼は陽気で、活発で、よく気がついた。何年も後までシュトイドリーン家の娘たちは「若きヘルダリーンのすばらしい風貌」を覚えていた。

あなたのリーケさんを一度ご紹介いただけませんかしら？　とクリスティアーネが尋ねた。

妹は人前にひっぱり出されるのを好みません、愛するお嬢さま、だから彼女をご披露できません。それはブロインリーン氏にお任せしなければなりません。

ヘルダリーンはブロインリーンを表面的にしか知らなかった。ブラウボイレンの教授たちがマウルブロンを訪問したときのことを彼は覚えていた。その中にブロインリーンがいた。ブロインリーンが冷静で、誠実で、同行者たちよりはるかに多くの質問をしたので、彼の注意をひいた。些細なことにあんなに拘る人を先生にしたくないよな、とそのころビルフィンガーは言っていた。

あの人が今、妹の夫になるというのか？

ヘルダリーンは試験を口実に、婚約パーティーに出席しないと言って母ヨハンナの機嫌をそこねた。しかし結婚式の日取りは彼とブロインリーンの秋の休暇にと決められた。ヘルダリーンはお祝いにリーケに何を贈ればいいのかあれこれ考え、マウルブロンの仲間であるヒーマーがシュティフトを訪ねてきたときに、自分の肖像画を描いてもらおうと思いついた。ヘルダリーンはテュービンゲンとシュトゥットガルトで二、三度ヒーマーのためにモデルになった。

おそらくこれが最もよく知られた彼の肖像画だろう。それはシュトイドリーン家の娘たちが知っていたとおりの二十三歳の青年を示している。きちんとした身なりの若い紳士、シャツの襟はレースのひだ飾りまで開き、上着も全部は閉じていない。なめらかで、項《うなじ》まである髪の毛には念入りに髪粉がふりかけられている。しかし額は他の全ての肖像画の額と同じく、非常に広く、そして眉根の部分が額と奇妙に一体となっている。晩年の肖像画でもそうである。まさに誘惑するように澄みきった顔である。

彼はヒーマーにこの絵を、「マギスター・ヘルダリーン宛で」直接ニュルティンゲンに送るように頼んでいた。

ニュルティンゲンに帰り、彼はかつての彼の部屋ではじめてその絵を見た。自分に出会ったように思った。

結婚式には親しい人たちが集まった。ブロインリーン家の親戚と、レヒガウやマルクグレーニンゲンからやって来たヘルダリーン家の親戚の他に、彼の幼いころの守護神だったクラーツとケストリーンそしてクレムがいた。クレムは町の教会でハインリーケとブロインリーンの結婚式を執り行うことになっていた。

町中が多かれ少なかれ興奮に巻き込まれた。ゴックのお嬢さんが結婚だ！　誰もが関心を持った。お祝いの品が山と積まれた。もう母と祖母では祝宴の進行を取りしきることができなかった。

フリッツにやってもらいましょう。

そんなことできませんよ。

結局、自信のあるブロインリーンがすべてをひき受けた。力強い、虚栄心がなくはないこの男にひかれたカールがその手助けをした。お義兄《にい》さん！　まるで彼にとってこの親戚関係が肩書きになったかのように。ヘルダリーンはこれが気に入らなかった。二、三度弟をこの騒ぎからひき離そうとしたが、無駄だった。彼はブロインリーンとなかなか打ち解けなかった。なんといってもブロインリーンは彼より十八歳年上の「人生経験豊かな大人」で、自身の経験と洞察力を大いに誇りにしていたから。ヘルダリーンは彼と話すことを避けた、そしてもし話さねばならないときは、四歳の少年をそこにひき込んだ。彼はブロインリーンが最初の結婚でもうけた子どもで、このパーティーのあいだじゅう、それとは知らずに主役になった。あまりにもまじめで、涙をこらえてじっと恐怖と戦い、いつもフリッツおじちゃんのそばにいたがった。ヘルダリーンはこの少年と一緒によく散歩に行った。お話をしてやり、優しくできるのが嬉しく、少年から何か要求されるのではないかと怖れなくてもいいので、安心しておれた。

彼が最初の日にもう果樹園の鍵をもらおうとしたとき、母はちょっと思案したすえに、あの地所を売らなければならなかったの、と打ち明けた。私もハインお祖母さまももう庭の世話をすることができず、手伝いの人もいないので、あの「小さな地所」はひどく荒れてしまい、とりわけ木々はもうとっくに切らないといけなくなってしまったの。

そんなこと了解できません。残念です。

ショックだった。あの果樹園、「ふたり目の父」の大きな贈り物は、子どものころの隠れ場だった。何年ものあいだ彼に確かさを与えてくれた全てがしだいに終わり、消えていく。この家も母はそう長くは維持できないだろう。カールは一人前になり、妹は嫁いでいく。

でも私はここにおりますよ、とヨハンナが言う。

はい、マンマ、あなたはここにいてくださる。

ハインリーケはもう花嫁衣装をまとっていた。「もうこれからはふたりきりでいることができないでしょうから」、とヘルダリーンを自分のところに呼んだ。衣裳が彼女を変えていた。彼は少なくともこの瞬間に、ふたりで思い出にふけろうとあてにしていたのだが、ハインリーケは主婦と母親の役割のリハーサルをするつもりか、ヨハンナのこれからのことを話しあおうとした。お母さんにうちの財産の管理をまかせることができるのかしら。ブロインリーンはそれを疑っているの。先のことを冷静に考えている彼女にヘルダリーンはびっくりした。ひょっとすると慎重なだけかもしれない。それは考えられる。しかしそんな妹を今まで見たことがなかった。そんな妹を覚えておきたくなかった。

お母さんはずっとうまくやってこられたのに、なぜ突然そうでなくなったの?

お母さんのことを心配しているの、だんだん齢をとってこられたから。

僕は心配していない。

妹は明らかに彼の激しい言葉を覚悟していなかった。それでいいわよ、フリッツ。

町の人びとがネッカー坂沿いの家と町の教会のあいだに人垣を作って並んでいる。ブロインリーンがことさら厳めしく振る舞おうとするので、横にいる花嫁が幼く見えてしまう。カップルの後ろをカールに腕をかかえられたヨハンナ、さらにその後ろを小さなブロインリーンの手をひいたヘルダリーンが歩いていく。

マギスター・ヘルダリーンは優しいんだな、と背後で誰かが言うのが聞こえる。

ふりむくと、ケストリーンが彼に微笑みかけていた。

せめてそうだといいのだが、と彼は考えた。彼らは僕のつらさとたびたび僕をこわばらせる悪寒を予想していない。僕は今、また凍る思いがする。

近ごろよく周りの村で説教をして、聞くところによると首尾よく終わっているらしいね。うちの教会でちょっと説教する気はないだろうか、とクレムから尋ねられたが、彼は断った。

食事の後でその肖像画を手渡した。ハインリーケは思いがけない贈り物に喜んだ。その絵を長いあいだ眺めていたが、モデルそのままではないわ、と言った。

どっちのほうがいい？　と彼は尋ねた。

どっちですって？

みなが笑った。

とうとうヨハンナがきっぱり言った。そりゃ私のフリッツよ。彼はまず母を、それから妹を抱きしめた。それから彼がクラーツとケストリーンとクレム、そして妹の夫と一緒に元の場所に戻ったとき、ケストリーンがみなの前でラーヴァーターの手紙を読み聞かせた。ブロインリーンがブラウボイレンの悪童どもの悪口を言ったとき、小さなブロインリーンはまたヘルダリーンの膝の上に座っていた。

おじちゃんができたね、とクラーツが言った。

この家はだんだん空っぽになってしまったわ。もうたくさん、と母は嘆いた。

どうかもっと手ごろな住まいを探してください、マンマ。

今回は別れの挨拶をするのがひどく難しかった。もし彼が帰ってくるのだったら、ひょっとすると全てが変わっていたかもしれないのだが。

彼は橋を渡り、果樹園のそばを通りすぎ、知らない男が鎌で背の高い草を刈っているのを立ちどまってじっと見た。男は立ちあがり、前腕で額の汗をぬぐい、こんにちは《グリュース・ゴット》、と言って、またその仕事を続けた。

テュービンゲンで彼はもう正気をとり戻すことがほとんどなかった。修了試験が近づいてくる。彼をいちばん滅入らせたのは、副牧師あるいは代理牧師としてへんぴな場所に赴かなければならないことだった。彼は友人たちに家庭教師の口を探してほしいと頼んだ。僕にはコネがほとんどないのだ、それに母に知られることになるだろうから。家族を煩わせることができない。それはしたくないのだよ。いつも助力を惜しまなかったシュトイドリーンが急場を助けてくれた。

シラーに頼んでみよう、とシュトイドリーンがすぐに言ったかどうか、私には確信がない。彼の虚栄心がそうさせなかっただろう。まずこの要件をうまく軌道に乗せてから、シュトイドリーンは初めて友人に、彼のためにどんな仲介者と手紙のやりとりをしているかを打ち明けるだろう。気にかけておくよ、とシュトイドリーンは言った。安心してもらえるよ。待っていてくれたまえ。それにもかかわらずヘルダリーンはそれを予感できただろう。そうこうするうちにベルンで家庭教師のポストを見つけ、予定よりも早くシュティフトから立ち去る準備をしていたヘーゲルは、シラーが女友だちの依頼で家庭教師をさがしていることを、イエーナの知人から聞いていたからである。もちろんヘルダリーンにはシラーに思いきって問いあわせてみる勇気はなかっただろう。そこでシュトイドリーンがきっかけを作ることをひき受けた。こうして強大な相手とまた私的な手紙のやりとりが始まることになった。「この詞華集《アンソロジー》への寄稿者の中に」、とシュトイドリーンは書いた、「あなたにお願いしなくてはならない人がいます。それはヘルダリーンです。彼が少なからず将来性のある讃歌詩人であることは確かです。この秋、シュティフトを出ますが、祖国とそこでの副牧師職という狭い活動範囲を超えていく以外、何も望んでいません。この究極の目標を達成するために、目下、十分な資金がない彼は、家庭教師の道をとってそれに到達しようとしています……」

　そこでも彼は「貧しいヘルダリーン」と見なされていた。まるで彼にお金がないかのように、まるでこの家族が食べるものにも事欠いているかのように。しかしながらヨハンナは少なからぬ財産を蓄え、その大部分を彼のために有価証券や貸付金につぎ込んでいた。そこから彼が比較的大きな額の金を要求することは一度もなく、ときどき例のちょっとした助けを求めるだけだった。それを彼女は「愛するフリッツのために」と記された支出簿に几帳面に書き込んだ。そう取り決められていたのだろうか？　彼女は不信をいだいていたのだろうか？　自分が死ぬまで遺産がばらばらにならないようにしたかったのだろうか？　それとも将来の不幸と、そして寄る辺のない状態で息子が蓄えていたお金を必要とするかもしれないことを予感していたのだろうか？　貧しいヘルダリーンは結局、裕福な人だった。

シュトイドリーンの手紙が功を奏し、推挙されたヘルダリーンを少なからず混乱させた。カール・オイゲンが病気になり、まもなく亡くなるだろうと思われていた。もう専制君主制の氷のような風がそう激しく吹き荒れないことを誰もが期待していた。しかしそれは思い違いだった。後継者、カールの弟ルートヴィヒ・オイゲンは二年間しか統治しなかったが、病弱で、廷臣たちの言いなりだった。そして廷臣たちは厳しい路線から逸れることがなかった。シラーの故郷訪問にご異存はないでしょうか、とカール・オイゲンのもとに問い合わせがあったとき、宮廷はこの訪問者を無視するとの通達を出した。これが全てだったと言われている。シラーは一七九三年九月八日、妻を伴ってルートヴィヒスブルクに到着した。もうその六日後にシャルロッテは第一子を産んだ。シラー家の人びとがみなこの高名な息子と生まれたばかりの孫の周りに集ったのは十分な理由がある。シラーはその前の何年かは、病気がちで、苦労しながら『人間の美的教育について』の執筆に取りかかっていた――ところが今、あきらかに状況が一変した。あんなにもしばしば懇願し、褒めそやされていた幸運の女神が近づいてきた。彼の周りには人びとが参集した。しかし満足感は長もちしなかった。シラーは自分をとりまく「不毛」に憂鬱になり、気乗りがしない。仕事ができない。

シュトイドリーンを通じてヘルダリーンは十月一日午後、この偉大な人物を訪ねるようにとの知らせを受けた。君が職を得る見込みは十分あるよ。

断れたら断りたかった。少し羨ましげだった友人たちが彼に不安を忘れさせた。

何と呼びかければいいのだろう？

そうだね、何と呼びかければいいかな？

最近、ワイマールの殿様は彼に宮廷顧問官の称号を授けたのだ。

じゃあ、宮廷顧問官殿かな？

それでいいだろう。

彼はノイファーのところに泊まり、友人たちを興奮に巻き込んだ。そして翌日の早朝に出発した。ルートヴィヒスブルクにあまりにも早く着いてしまい、居酒屋で約束の時間がくるのを待った。

若い男が玄関を開けてくれた。シラーの親戚の男だろうと彼は見当をつけた。

マギスター・ヘルダリーン殿ですね――お待ちかねですよ。

さて、私がこれから書かねばならないのはお芝居の一場面かもしれない。ふたりの主要人物が出会う。シラーの特徴をうまく描写できるといいのだが。崇拝者たちの言うところの、「灼熱の精神の人」である彼を狭すぎる部屋の中であちこち歩かせよう。

ヘルダリーンにとって彼はシューバルトと同じく画期的な意義を持つ人物である。ヘルダリーンはシラーの肖像画をいくつか知っていた。自分に近づいてくる人は肖像画に描かれた姿に似ているが、ずっと背が低く、虚弱だった。その身振りは落ちつきがなく、見るからに病みあがりに見えた。

私がこう書くのも、イメージと現実のあいだのギャップを、この若い訪問者が感じたショックを明らかにするためである。偉大さは必ずしも目に見えるものではない。

しかしその声が彼を驚かせた——低音で、音楽性に満ちあふれた声が。シラーは自身の話し声を楽しんでいる。それはそうと彼は今、自分の前にいる相手が質問されたこと以外、口にすることも予期していない。

ヘルダリーンは腰をおろした。

シラーは彼にしつこく質問した。

彼の両親のことを。

学校や教師や友人のことを。

席次のことを。

語学の知識のことを。フランス語がよくできることが前提なのですよ。

教授たちや当局のことを。

教育者としての彼の考えを。

彼は小声で、できるだけ正確に、できるだけ慎重に答えた。

シラーは詩文学の美と規則について哲学的な考察を述べた。あなたもそれらを守っておられるでしょうか？

私はどの詩句でも努力しております。

この偉大な人物がヘルダリーンの詩を何も読んでいないかったことがわかった。彼は悲しんだかもしれない。しかし気を取りなおして、自分のいくつかの試みが載っているシュトイドリーンの新しい年鑑を勧めた。まもなく発行の予定なのです。

シラーは心して読むと約束した。

どなたのところで家庭教師をすることになるか、ご存知ですね、マギスター殿？

いいえ、宮廷顧問官殿。

フォン・カルプ少佐の家庭です。少佐夫人は私どもの家族と昵懇の間柄なのです。夫人の息子フリッツに彼女は少々てこずっています。彼をしつけ、教えることがあなたのお仕事になるでしょう。カルプ家の所有地はヴァルタースハウゼンにあります。

ヘルダリーンはヴァルタースハウゼンをどこで探せばよいのかわからなかったが、あえて尋ねることもしなかった。彼にはそれを見つけ出す時間はたっぷりあるだろう。

テューリンゲンのマイニンゲンのそばです、とシラーは言った。ところであなたは共和制の支持者ですか？

はい、と彼は答える。紛れもなく、とつけ加えたかもしれない。私は考え込んでしまう。この出来事が私を混乱させる。

国民公会から私は共和国の市民権を贈られました、とシラーが言った。このことはよく知られています。しかしルートヴィヒを殺害した共和国に私はがっかりしました。人間は自分に与えた権利にとって非力すぎます。ご賛同いただけますか？

ヘルダリーンはためらいながら答えた。私には複雑すぎます、宮廷顧問官殿。しかし彼は慎重にすることを忘れて尋ねた。あなたは代議士のガデやヴェルニョやブリソの運命について詳しいことをお聞きになりましたか？

彼らは他の多くの人たちがたどった道を辿るでしょう、とシラーは言った。あなたは彼らを支持なさっているのですか？

彼らは我われの理念が正しいことを証明しています、宮廷顧問官殿。

こんな話し合いにもう我慢ができなくなったシラーは立ちあがった。ヘルダリーンは彼について戸口のところまで行った。じきにこの用件で通知を受けとられることでしょう。

ヘルダリーンは礼を言い、自分がひどく感情的な言動をとったことを恥じた。

彼はシュトゥットガルトで休まず、ニュルティンゲンまで歩いて帰った。フィルダーで馬車に乗せてもらえた。馬車の中でどうしても現実だとは思えないあの場面についてあれこれ考えた。あの出会いははたして本当だったのか、と彼は疑問に思った。

シラーはその日のうちにシャルロッテ・フォン・カルプに手紙を書いた。「ちょうど今、テュービンゲンで神学の勉学を終えたばかりの若い男性を探し出しました。彼の言語の知識と家庭教師に欠かすことができない学科について質問したところ、よい証左を得ました。フランス語もわかり、話します。そして（これを持ち出すことが推挙に役立つか、あるいは不利になるかわかりませんが、）詩的才能がなくはありません。それについては一七九四年のシュヴァーベン詩神年鑑でその証拠を見つけられることでしょう。名前はヘルダリーン、哲学修士です。私は本人に会いました。あなたは彼の外見にとてもお喜びになるでしょう。彼はたいそう上品で丁重です。彼の行儀作法にはよい証明書が出せますが、まだ完全に分別があるとは言えませんし、彼の知識からも態度からもそんなに周到さを私は期待しておりません……」

イエーナ滞在中のシャルロッテ・フォン・カルプは返事を先延ばしにして、ようやく二週間後、ヘルダリーン氏の件で夫と話しあわねばならないとの手紙をシラーに書き、ご面倒でなかったらもう二、三度ヘルダリーンに会い、話して試してほしいと頼んだ。彼女にはシラーの性格描写によるその若い男がどうも不気味に思われ、「激しい気性」がどうも気にかかったようである。

ヘルダリーンはいらいらしながら待っていた。シュヌラーと宗教局が望んでいた彼の学位取得は期待はずれだった。最後の何週間のうちにひとりの道連れが、席次が一番なので尊敬はしていたが、頭がよくて勤勉だと思うだけで、今まであまり関わりを持たなかった人物が近づいてきた。彼は今、レンツを見損なっていたことを、あまりにも少ししか彼とつきあわなかったことを自責せざるを得なかった。というのもカール・クリストフ・レンツがシュトイドリーンのように、行動し、自分の理念のために責任を持つ人間のように見えたからである。

レンツは公開試験に姿を見せなかった。これが大騒ぎをひき起こした。教師たちは取り乱した。町中がその噂でもちきりになった。寮監長シュヌラーはレンツを説得できなかった。レンツはカントの精神に基づき行動しているとかたくなに言いはり、試験の次の日、寮監長あての手紙で、「こせこせしたうわべの長所」で自分の本分を果たせるという印象を与えようと考えたことはありません、と自分の行動を説明した。レンツは首席の立場を利用する気はないが、試験の規則は決して例外を許さないだろう。それゆえ彼はきっぱりと拒否した。彼は大公から罰せられ、シュティフトに居続けなければならなかった。一七九四年の春に新しい学則が読みあげられたが、それに耳を傾けることを拒否し、再び罰せられ、降格させられたが、三月には早くも試験を受けた――そして三年後、補習教師としてシュティフトに帰ってきた。そのときには学生たちはもう前より落ち着いていた。

ヘーゲルはこの騒動を知らなかった。彼はすでにスイスにいた。しかしレンツが公然と嘲弄しようとしたことを聞き、彼を支持した。とにかく誰かがやらないといけないならば、「レンツ大人《たいじん》」がやってくれるだろうからね。

数日のうちに彼らは別れなければならないだろう。ヘーゲルはふだんより優しく、おとなしく、そして指図をすることも以前より少なかった。ヘーゲルはヘルダリーンに『ヒュペーリオン』から朗読してほしいと頼んだ。ヘルダリーンがルストナウでずることになっていた説教に同行し、批判的な言葉は一言も言わず、友を褒めた。彼らはもう一度、戯れるように「ギリシア的思考」の腕を磨いた。

ヘーゲルが旅立つ朝、ヘルダリーンは馬車の駅まで送っていかなかった。彼らは旧講堂のそばで別れの挨拶をして、抱きあった。するとヘーゲルはまるで取り決めていたかのように、彼らにとって永遠に通用する合言葉は何かと尋ねた。

合言葉は何だね、フリッツ？

神の国！

神の国！

達者で、すぐに手紙をくれたまえ。元気かどうか、暮らしはどうか、教えてくれたまえ！

そして君は少佐夫人が君を雇う気になったかどうか、知らせてくれたまえ。

さようなら《アデュー》。

ヘルダリーンはよい成績で試験に合格した。

このとき、彼にとってまだ重要でないが、友人になる定めの人物が、端っこに姿を現した。彼はヘルダリーンに興味をいだき、彼に魅せられて、言葉をかわすこともなく、見守っていた。この好奇心に満ちた、エレガントな十八歳の若者は今、法学の勉強を始めたばかりで、ジャコバン派で一番明晰で、秘密結社「黒い兄弟たち」の中で推進力になっているそうである。イーザク・フォン・ズィンクレーアである。ゼッケンドルフはヘルダリーンを謀反の企てにひき込みたいと思っていた。しかしヘルダリーンには同好会《クラブ》だけで十分だった。熱狂的な人たちの有無を言わせない考え方がいやだった。

時が流れ、歴史が加速する——それなのに人びとはそれに気づかない、とヘルダリーンはかわした。彼らは自分たちの希望のために、瞬間をつかんで放さない。そんなふうに僕は考えることができない。

彼にとってではなく、ズィンクレーアにとってすでに賽は投げられたのだろう。彼はヘルダリーンを忘れることができず、見失いたくなかった。そこでヘルダリーンが希望しているかどうか問い合わせることもなしに、彼のためにハンブルクの家庭教師のポストを推薦した。そのあと寮生から、ヘルダリーンがフォン・カルプ夫人のもとで仕事につくだろうと知らされた。ズィンクレーアは失望した。精神的に結ばれたいと思っている人を今、また失うことになるだろう。

このように人目をひかず、このように端っこで主役たちが姿を現す。

十二月の初めにヘルダリーンはとうとう知らせを受けた。フォン・カルプ少佐が家庭教師として彼を待っていて、できるだけ早くそのポストに就くようにとのことだった。

彼はシュトゥットガルトの宗教局の試験をもうこれ以上進むつもりのない道の果てと感じていた。成績の書類は次のように記録されている。「……ヘルダリーンが暫定的に――家庭教師のポスト――フォン・カルプ家で三年のあいだひき受けることは許可されるが、説教と大学での研究の継続を思い起こし……」

彼は自室の戸棚をかたづけ、持ち物をまとめた。ぐずぐずしている彼をシェリングが助けた。たいていの友だちはもう行ってしまったが、シェリングにはまだ二年、大学での勉強が残っている。まだエリーゼに別れを告げなくてはならない。

ニュルティンゲンでも別れを告げた。母が新しい衣服、新しい下着の用意をしてくれた。

彼は旅を楽しみにしているが、ヨハンナは心配でならない。どうしても牧師の職より家庭教師の生活のほうがいいと思っているの?

僕はわかりません。

彼はたぶんわかっているのだろう。

Ⅷ　第六話

ヘルダリーンとエリーゼ・ルブレの恋愛事件を物語る手紙は一通も残されていない。彼が母や友人たちに宛ててエリーゼについて書いたものは、物悲しい気分から生まれたものである。彼女は私には重要でない。私は彼女を必要としないだろう。縛られるわけにはいかない。しかしながら彼女にささげた彼の詩、リューダに寄せる詩は一緒にいることを、愛情と情熱が続くことを待望している。

このような物語は彼の気分を辿らないでは書けない。そこへお話を紡いでいくために一握りの発言がつけ加わる。

ベーク教授が、あなたのフルートの演奏で場をにぎわしていただきたいのですが、と彼を夏のパーティーに招待してくれた。

その集いはそう大きくなく、彼はたいていの人びとを少なくとも顔だけは知っていた。ベークあるいはノイファーが彼を紹介してくれた。

彼はこうした庇護にもかかわらず、居心地がよくなかった。じきに、それに人目をひかずに姿を消そうと考えていた。彼は誰にとっても重要でなかった。

音楽で私たちを楽しませてくださるとお聞きしておりますが？

若いノイファーさんのお友だちですか？

ああ、ニュルティンゲンのご出身で。

ゴック参事官夫人を、あなたの母上を存じあげています。どうぞよろしくお伝えください。

しかしヘルダリーンは誰からの挨拶を伝えていいのかわからない。というのも彼は「シュマルツハーフェン（壺《ラード》）」と彼が勝手に名づけた、このやたら愛想のいい男を紹介してもらっていなかったからである。こんな男からの挨拶を母へ伝える気はなかった。

ベークは彼に楽器を取ってくるように頼んだ。すぐに始めてもらえますので。

戸口のところで彼は大学事務局長ルブレに出くわし、彼に、それから同じくらい丁寧にその夫人に挨拶をした。そこへひとりの若い女性がヘルダリーンを品定めしながら加わった。娘のエリーゼです、とルブレが言った。

もうお帰りになるおつもり？　とルブレ夫人が尋ねた。

いえ、ベーク教授に演奏するように言われたので、楽器を取りに行くだけです。

それではあなたが予告されていたフルート奏者なのね。

はい、でも私の腕はたいしたことはありません。

聴かせていただきましょう。

彼の心に若いルブレ嬢が刻まれた。

ベークはおしゃべりをしている人たちに、静かにして、席を取るように頼んだ。まずヘルダリーンさんがフルートで、その後、マギスター・ニートハンマーさんがみなさんにお楽しみいただけるように二、三曲ピアノで弾いてくださることになっています。ヘルダリーンが弾き終えたとき、もうニートハンマーがピアノのそばに座っていた。壁に凭れて耳を傾けていた彼は、何度もエリーゼに目をやってしまった。彼女のきれいな顔は傾聴のあまり少し緊張した様子だった。彼女はルイーゼに似ているが、ただ全体において、もっとしっかりして、世慣れているように見える、と彼は思った。

コンサートが終わり、みながあちこちで集まりおしゃべりをした。年かさの男たちが喫煙室にこもってトランプに興じていたとき、エリーゼが彼のところへやってきて、ブライアーのことを尋ねた。私の従兄弟なの。あの人も今晩ここに来ると思っていたのに。

病気のために、一週間休暇を願い出てシュトゥットガルトの家にいますよ。

そんなの聞いてないわ。

ヘルダリーンは彼女をひき止めておくためにだけ喋った。

次の朝、もう自分たちが何について喋ったのか思い出せなかった。

しかし彼はノイファーに言った。しばらくのあいだ、彼女に会わないほうがいいな。

友はこの決意を支持した。やめとくんだな、フリッツ、あの娘は君にあわないよ。

ときどき彼はエリーゼを見かけて挨拶をしたが、それ以上は何もなかった。

それでも彼女の夢を見た。彼が自分に禁じていた夢だった。腕に彼女を抱いていた。ときどき彼女は大きながっしりした裸のからだを彼に押しつけた。彼はこんな夢から何度も驚いてとび起き、友人たちの息遣いに耳を欹てながら手淫した。デンケンドルフでビルフィンガーや他の友人たちとひそかにした戯れが頭によぎった。他の友だちと一緒にやった、あの他愛もないいたずらは教師たちによってすぐにやめさされた――あるいはルイーゼと会った後でいつも襲われ、抑えることができなかった「怖ろしい欲望」のことが思い出された。

今、この病癖がまた返ってきた。

彼は昼間、理性で悪夢を思い止まらせることができ、重苦しい妄想に邪魔されず、もうひとりのエリーゼを、人間というより魂、人の姿というより幻像を空想することができた。再び恋人を理想化して、彼女から遠ざかり、頭の中で思い浮かべた彼女にすべての憧れを背負わせた。「私がまた力を得て、かつてのように自由で幸せであることを、この世ならぬ君の心に感謝する、／リューダよ、愛しい救い主よ！」

偶然がまたふたりを一緒にした。彼は二、三人の学生と競売に出かけた、何かを競り落とすためではなく、楽しむために、人づきあいのために。

彼は母親と一緒にいるエリーゼをすぐに見つけ、広間を立ち去ろうとした。しかし彼女が微笑みながら彼に会釈し、ルブレ夫人も同じように彼に気づいたので、ヘルダリーンはそこに止まり、催しが終わるまでふたりの女性を待つことにした。

またエリーゼが気になった。同い年の少女より成熟しているように思えた。十六歳だとノイファーから聞いていたが。ご一緒に散歩しましょう、と母親が誘い、若いふたりが邪魔されずに話しあえるように、自身は二、三歩下がって歩いた。

ヘルダリーンは今、ヘルダーの『人類史哲学考』とルソーの『社会契約論』を読んでいることを話したが、少女を退屈させていることに気づいた。そこでニュルティンゲンでのリーケの日々の暮らしや、女の子たちのサークルについて目に見えるように物語ると、エリーゼは笑った。お話が上手なのね。

そうですか？　思い出すのが好きなだけです。

私のところへお出でになりません？　父が喜ぶでしょう。

エリーゼがあまりにも率直に誘うので彼はびっくりした。

時間が許せば。ありがとうございます。

だってここ、テュービンゲンでは死ぬほど退屈ことがよくあるんですもの。

我われはそれに気づかないほど勉強しないといけないのです。

次の年のあるパーティーで彼女はほとんど例外なしに、ひとりの男と踊った。彼は法学部の学生で、浮いたうわさで有名だった。みなの目の前で彼女はうっとりと彼を見つめていた。ヘルダリーンは自分がそんなに嫉妬深かったとは思っていなかった。彼は広間の片隅に座って彼女を眺めていた。彼女はときどき珍しいものでも見るように彼をちらっと眺めた。ルブレ氏は娘のふるまいを気まずく思ったらしく、彼を難しい会話に巻き込み、しばらくしてから娘を手招きした。まだヘルダリーンさんとほとんど踊ってなかったな。

でもズットアーさんはすごくダンスが上手なの。

ヘルダリーンさんは踊りが下手だという評判でもないが。

見ていただければおわかりいただけますが、とヘルダリーンは言った。

それではそうしてください。

ふたりは踊った。お話してくださいな、とエリーゼが頼んだ。そんなに黙ってばかりいないで。

ダンスが終わると彼女は広間から彼をつれ出した。来て、と彼女は言った。あの人たちをもう見たくないわ。ふたりはがらくたがいっぱい置かれた狭い廊下に入り込んだ。だしぬけにエリーゼが彼をひき寄せ、彼のほほと口にキスをして、からだを彼に押しつけて言った。なぜ何もかも私がひとりやらないといけないの、フリッツ、なぜ私を抱きしめないの。

彼女が彼を払いのけた。彼は夢の中でしか、そこまで行くつもりはなかった。それにごたごたに巻き込まれることやルブレ家の非難を、それに気持ちが平板になるのを怖れた。彼女に会うことがまた少なくなった。彼女は彼にたくさん手紙を書いた。彼女の手紙は切ないものだった。

彼は彼女を避けようとしたが、うまくいかなかった。ノイファーの母、あのギリシア人女性がエリーゼをかわいがり、シュトゥッガルトにいっそうよく招待するようになったからである。しばらくする彼女はノイファーの妹たちの陽気なサークルの常連になっていた。たいていはヘルダリーンとはちがう期間に滞在していたので、鉢合わせになったのは二、三回ほどだったが。

あるとき、エリーゼはとり巻きなしにヘルダリーンを散歩に誘い出すことができた。ふたりは並んでゆっくり歩いた。彼は距離をとろうと気を配った。喋っているあいだずっと彼はエリーゼがきっとキスして欲しがっていると考えていた。彼女の頬は緊張と苛立ちで紅潮して美しかった。また不意に迫られるのではないかと怖れた彼は立ち止まり、そっと彼女に腕を回した。彼女のからだをほとんど感じなかった。しかしエリーゼはこんなことで我慢しなかった。彼をもっとしっかりひき寄せてキスをし、頭を彼の胸にうずめ、彼には「怖ろしい」熱を発散し始めた。彼は逃げた。彼女は笑い出した。彼はエリーゼの手を取ろうとしたが、彼女はそれをひっ込め、彼を残して坂道を走りおりた。夕方、他の人たちがいる中で、彼の横に座った彼女は、みなに聞こえるように言った。もう怒ってないでしょう、愛するフリッツ——そうでなくて？

彼はエリーゼをシャルロッテ・シュトイドリーンと比べた。シャルロッテは、それにクリスティアーネも、自分の性格にずっと近いことに気づいた。なぜ他の娘にも親切にしてはいけないことがあろうか？　誰か他の娘に夢中になれないだろうか？

彼がシャルロッテに興味を持っていることを感じたエリーゼは彼を咎めた。彼とヴィルヘルミーネ・マイシュとの件についてエリーゼは何も聞いていなかった。

シュトイドリーンがこの若い女性を見つけ出した。彼女はハイルブロン近郊の牧師館の出身で、早くから詩を書き始め、それをシュトイドリーンに送っていた。シュトイドリーンはその平明で、自身を売り出そうとするところのない詩行が気に入っていた。一七九二年冬にヴィルヘルミーネはシュトゥットガルトの親戚のもとに滞在し、自ら名乗り出て、しばらくするとこの仲間の一員になった。都会の社交界にすばやく順応し、それどころか度を過ごして、自由を謳歌した。田舎にいた昔の自分を笑いものにして、官能的な態度を隠さず男たちを不意打ちした。シュトイドリーン家の娘たちが寛いだパリ風のドレスを着るのにまだしり込みしていたときに、彼女は流行にならい、ウエストが高くて深い襟ぐりの、ゆるやかな薄物のドレスをまとっていた。

彼女はその魅力でヘルダリーンを窮地に陥れた。そして彼はそれを許し、一緒に戯れた。おまけに彼女はシュトイドリーンの政治的理念を擁護し、フランスの代議士の妻であるローラント夫人を讃美した。あの人はよき大公さまを倒そうと企んでいるのよ、とエリーゼのように危険な弁護士に用心するようにヘルダリーンに警告することもなかった。

友人たちはふたりの戯れを応援するように見守っていた。はじめて「ヘルダー」がもめごとを怖れないで、こだわりなく若い女性とつきあった。

ヴィルヘルミーネはこれからの先の自身の計画を彼に打ち明けていた。もうナイペルクの親元に帰る気は全然ないわ。二、三年旅をして楽しもうと思うの。そのためカールスルーエやハイデルベルク、それからウィーンの親戚を利用させてもらうつもりなのよ。彼女の大胆さに彼は感動してしまった。彼女は自身の憧れを意のままにして、いざというときにはそのために戦うすべも心得ていたのだ。

彼は彼女から、いかなる不安も覚えることなく優しくすることを、何も期待せず、何も心配しないことを習った。友人たちは二台の馬車を走らせてレムスタール（ネッカー川の支流、シュトゥットガルトの東方のワイン産地。）に入り、休憩した。そしてその後、思い思いに散歩した。ヴィルヘルミーネはヘルダリーンを捕まえ、彼と一緒に他の人たちのところから逃げ出した。

彼らは森のくぼ地を見つけ、草の中に座った。彼はヴィルヘルミーネのきれいなドレスが汚れないように自分のジャケットを広げた。

彼女は彼に凭れ、まるで刺繍のことを話すように、自身の最新の詩のことを喋った。気に入ってもらえたようで、二つの年鑑に載るらしいの。でもあなたの詩と比べるつもりはないわ。

彼女が言ったこととしたことはすべて意外なほど自明のことだった。

よく悲しくなるの？

今はそうじゃないですよ。

彼は彼女をひき寄せ、キスをした。横になった彼女は彼をつかまえて離さず、彼の手をとり、自分の胸にやった。彼女に触れた彼はそれ以上を願ったが、彼女は愛撫の手をやさしく鎮めることができた。疲れて、頭痛をさらに強く感じたとき、彼は彼女のからだを離し、頭の下で両手を組みあわせた。じっと空を見つめ、自分が手に入れたこの軽やかさを説明する言葉を彼女が言ってくれるのを待った。

わかるかしら、おたがいに何も求めないから、自分たちのことがもっとよくわかるのよ、と彼女が言った。

彼らがこんなふうに好意を示しあったのは、このときだけではなかった。

後に、もうヴァルタースハウゼンでつとめるようになったとき、彼に一篇の詩が届いた。「というのは、ああ！　私の心に浮かぶように思えた／あの素晴らしいときが／至福に満ちた、／あなたのお傍で、／あんなにも楽しく過ごしたときが、／ずっと夢も見ながら。」

彼女だったらきっと自分が沈黙し、距離を保っていることをわかってくれると確信した彼は返事をしなかった。

エリーゼにはヴァルタースハウゼンとイエーナからさらに続けて手紙を書いた。感情の高まりもなしに書いた。そしてときどき彼女が他の男性のことについて触れてきても慌てなかった。

彼はこれらの全ての思い出をよみがえらせなかった。それらは別れとともに色あせた。ただひとつの面影はそうでなかった。それはズィンクレーアの短い登場と同じように、未来からのメッセージだった。あのギリシア人女性が彼をうちとけたパーティーに招待してくれた。たぶん息子から言われたからだろう。愛するヘルダリーンがもう一度、ギリシア熱を燃やすには刺激がいるのだよ。三つの部屋でみなが歓談していた。ワインとブレーツェルが饗された。シュトイドリーンがいた、コンツ、シュトイドリーン家の娘たちの女友だち、老ノイファー氏の知人たちがいた。ヘルダリーンがノイファー夫人の方へ向かうと、夫人はギリシアの知人の手紙から最新のニュースを進んで読んで聞かせた。自分の好奇心が夫人には迷惑になってきたのに気づいた彼はようやくお詫びを言って、別のグループのひとつのところへ行ったが、すぐに煩わしくなってしまった。

半分考えごとをしながら、無頓着に客を眺めていた彼は彼女を目にした。

青ざめた、透明な石から刻まれたような顔、大きくて丸い目、かつらをつけないで漆黒の髪を顔の近くで梳かしていた。

彼は感銘を受けた。僕の思い込みだ、彼女はすぐにこの場から消えてしまうかもしれない。僕の『ヒュペリオーン』の中から出てきた人物だ。

あの人は誰？

誰のことだね、フリッツ？

年老いた前かがみの男性の横に入る女性だ。

銀行家の娘だよ。気に入ったの？　紹介しようか？

いや！　彼はきっぱりと言った。

ノイファーは知りたがり、惚れたのかい、と尋ねた。

もしこれをそう言うならば、愛する友よ。

惚れたのかい、一目で？

そうだ。

彼女はときどきやってくるよ。彼女と話したくないの？

いや！

彼はパーティーでもう一度、今度はシュトイドリーンのところで彼女に出会ったが、紹介してもらうことを再び断った。しかしシュトイドリーンを通して、彼女が自分と交友を結ぶことを望んでいるかを問いあわせてもらった。しかしそれは、遣わされた友人が言うようにどうしょうもなかった。

彼はノイファーに、彼女の「優美な姿」について、「彼女の中にある気高さと静けさ」について手紙を書いた。

ノイファーは彼女について、彼女が誰で、何をしているかを話したかった。

知りたくないよ。

エリーゼには別れの際に、一週間に一度、長い手紙を、もしできたらそれ以上、書くと約束した。

彼は義務から、それから奇妙なことに、おそらく良心の呵責からもそうした。というのも六年たった後にもこの関係を、そうこうするうちに結婚したエリーゼをひどい目にあわせたかのように思い出したのだから。「僕は軽薄さの報いを十分に受けた。軽薄さはそのため僕の性格の中へ忍び込み、口で言えないほどの苦い経験をすることでしかそこから自分を離すことができなかった。」

第三部　家庭教師にして哲学者

ヴァルタースハウゼンとイエーナ（一七九四〜一七九五）

I　第七話

誰も彼を待っていなかった。来訪は知らされていなかった。イエーナにいたシャルロッテ・フォン・カルプは忘れていた。たそがれどきに彼がコーブルクで雇った馬車はヴァルタースハウゼンの館の前でとまった。それは三階建ての正方形の建物で、その四隅に奇妙な、少し小さすぎる塔がついている。十四日間の旅だった。馬車の旅をいやいや辛抱してきたが、ニュルンベルクでは外交官として勤務していた、シューバルトの息子のルートヴィヒ・シューバルトに元気づけられ、クリスマスイヴにエアランゲンの大学教会で若き神学者アモンの「素晴らしい、美しくまた明るく考えぬかれた」説教を聴き、そのあいまに「運命に寄せる讃歌」にとりかかっていた――今、彼はその到来を待つ人もなく到着した。

馬車が村を通り抜け、登り道にさしかかったとき、御者が叫んだ。前方にお館が見えますよ！どっしりと落ちついた館の輪郭が、とりわけいくつかの窓の後ろに明かりが灯っていることが彼をほっとさせた――これが新しい住処《すみか》であるかもしれない。

馬車が止まった。彼はとびおり、馭者を助けて荷物をおろした。しばらくしてようやく召使が館から出てきて、少し離れたところで横柄に見ていた。ヘルダリーンは御者に賃金を払い、召使にどなりつけた。どうかご主人に取り次いでくれたまえ！

来客はないはずです。

そんなことは考えられない。フォン・カルプ少佐殿に取り次いでくれたまえ。

でもどなたもお見えになるとは聞いていません。

少佐夫人が雇われたのだ。私は新しい家庭教師だ。

召使は頭を横にふった。そんなことはあるはずがないでしょう。家庭教師には事欠いていません。当家の家庭教師はミュンヒと言いまして、中におります。

駅者に頼んでコーブルクまでつれて帰ってもらうべきだろうか？　召使を無視して、館の中に入るべきか？　これはいたずらなのか？　少佐夫人は自分をどうするおつもりか？

彼女は自分を試そうとされているのか？

フォン・カルプ少佐夫人にそれでも取り次いでくれたまえ！

召使は実に上機嫌に彼の言葉をさえぎった。少佐夫人はもう何週間もおいでになりませんよ。それではカルプ少佐殿に、テュービンゲンからドクター・ヘルダリーンが到着ですと取り次いでくれたまえ。

召使は、どうしてもというなら、と言って、ひき返し、館の中に入っていった。どうしてもというならか、と彼は言った。

まぎれもなく待たれていなかった客は、旅の荷物に囲まれて途方にくれ、混乱と憤りを押し殺して、駆者に命じた。夜遅くなってしまうのでもう行ってくれたまえ。お待ちした方がいいのでは、と駆者が尋ねた。いや、いや、取り次いでもらったから、どうか行ってくれたまえ。さらば《アデュー》。

馬車が暗がりの中に消えた。これでひとりきりになってしまった。しかし早くも召使がひき返してきて、荷物を手にとって言った。少佐殿はドクター・ヘルダリーン殿をお迎えになるとのことです。

そうしてくださるのか！

突然訪ねてきた男に、予告もなしの男に面会するおつもりだ！

そのほうが賢明です、これはおもしろいことになった、とヘルダリーンは召使に聞こえるように大声で言った。

彼の同時代人だったら喜劇のひとつにこうして取りかかることができよう。私にとってこの登場はもう定められている。それは次のようだった。もっとも彼の手紙では召使のことは話題になっていない。そもそも彼はこのように出迎えられて、感じた不安を軽く扱っているが、少佐が彼のために直々に扉を開けたとは考えられない。それゆえ召使を来させた。私が考え出した人物でなく、このような場面に登場する人物を。

次に起こったことはそれに劣らず奇妙で、混乱させるようなものだ。たぶん痛風で背中が曲がり、ガウンを羽織った見栄えのしない男が雑然としているが、暖炉の火で温められた快いサロンで彼を迎えた。召使が旅行ケースを下に置いたホールは氷のように冷たかった。

面接はぎこちない舞踏劇に展開した。少佐は探るような目つきで、自分の名前をぶつぶつ、フォン・カルプ少佐、とつぶやきながら彼の周りをぐるぐる回った。彼のほうは、困惑した当主の身振りをくり返し、自分の決まり文句を、私はドクトル・ヘルダリーン、ヘルダリーンです、テュービンゲン出身です、と唱えた。わかりました、と少佐がうなずいて言った。テュービンゲンご出身とわかりました。なるほど。そうそう。はいはい。いやはや、そうじゃないのです。いやはや、そうじゃないのです。少佐夫人ですよ。そう。少佐夫人ですよ。彼女が。そう。彼女が。彼女が善意で。善意で。わかっています、わかっていますとも——少佐はぐるぐる回るのをやめて、肘掛椅子の上に倒れこみ、ヘルダリーンにも座るように指図して叫んだ。リゼッテ、ポンスだ。グラスを二客だ！　すると間髪をいれずドアが開き、呼ばれたリゼッテがポンスの鉢と二客のグラスをのせた盆をかかげて入ってきた。息を切らした客は、はじめ手品かと考えたが、きっと事件が乏しいこの地方で、少なくともこの大騒ぎをたっぷり楽しむことができるように、もうかなり前から下女がドアの前に立って耳を澄ましていたのももっともだと思った。だからポンスは当然のことながらもう冷めていただろう。そういうことか、と一口飲んだ彼は気がついた。

少佐は打ち明けた。全て忘れていたのです、尊敬するドクター、あなたのために妻と何度か手紙を交わさねばならなかったのに。もうすっかり安心してしまった少佐は肘掛椅子に凭れて言った。ご到着を祝って一口飲みましょう。彼は旅のことを尋ねたが、それ以上は聞こうとしなかった。部屋の外が騒がしくなり、新たな災いが予告されたからである。男の声が大きくなり、女の声がそれをやっきになって宥めていた。

なぜこんなごたごたの中にあれは私をひとりでほっとくのだろう、と少佐はひとりごとのように言って、ドアのほうを食い入るように見つめた。敵の攻撃に完全には覚悟が決まっていない士官である彼はぞっとしたのか、ガウンを胸のところに寄せあわせた。

もう寝間着姿の、そのような激しいことをしでかすとは考えられない痩せた男がドアをさっと開けた。彼の怒りは、すぐに少佐がまたぶつぶつ言い始めたので、その力をほとんど全て吸いとられてしまった。新しい家庭教師は少佐のつぶやきから、この男が今までの家庭教師、ミュンヒ氏だと推察することができた。ミュンヒ氏はおそらくドクター・ヘルダリーンの登場によって、はじめて解約の通告がなされたことを知ったのだろう。いやな手落ちだ、いやなことだ、ちょっとやそっとの一時金で埋め合わせはできませんよ、とミュンヒ氏がつけ加えた。それを当てにしたいものです、と油断なく言った。しかしこの語気が少佐の気に障った。それは私が決めることですぞ――ミュンヒ氏はもう聞こうとせず、ヘルダリーンのほうに向きをかえ、断言した。私の怒りはあなたにではなく、この家の状況に対するものです。あなたは先任者が交代について何も知らされていないことを想像もできなかったでしょうから。そうですとも、と言って彼は挑戦するように少佐に目をやったが、少佐はもうまた息抜きをしていた。ヘルダリーンは黙っているほうを選んだ。ミュンヒ氏が好きでなかった。痩せこけて一見、繊細に見え、またその激昂もまことにもっともだが、教育者としても癇癪を起していたのだろう。このことは後に正しいことがわかった。ミュンヒ氏が自分の生徒を折檻したのは稀なことではなかった。

何もかも落ちついて相談したいものですな、と少佐が言った。落ちついてなんかおれません、とミュンヒ氏が応じた。それはわかりますが、無駄ですな、と少佐は言った。そしてその部屋に若い女性と男の子が入ってきたのを明らかに喜んでいた。少年はふたりの教育者が不本意ながら奪い合いをした当の本人、フリッツ・フォン・カルプだったから。

少佐は肘掛け椅子から立ちあがらず言った。新しい先生、テュービンゲン出身のドクター・ヘルダリーン、そしてこちらは妻のお相手役のマダム・キルムスです。

マダム・キルムスは少年の手を離し、ヘルダリーンをじっと見つめた。

ミュンヒはそのあいだに腰をおろしていた。

少年はヘルダリーンに走り寄り、彼の横に立って、言った、あくまで強情に。これが僕の新しい先生。やさしいんだ。

おまえがそう思うなら、と少佐は言った。キルムス夫人は笑い出した。

何がおもしろいのです？　とミュンヒ氏が尋ねた。

笑ってはいけなくて？　キルムス夫人も静かに腰をおろした。彼女のたたずまい全てがヘルダリーンに感銘を与えた。

妻に手紙を書こう、と少佐は、まるでこれが全てを解決する思いつきであるかのように言った。

これについて誰も何と言っていいかわからなかった。

ママはいつ帰ってくるの、と少年が尋ねた。

この問いに少年は父親から返事をもらわなかったが、キルムス夫人は「もうすぐよ」と言い、つけ加えて聞いた。ミュンヒ先生が家においでのあいだ、ヘルダリーン先生をどの部屋にお通ししましょうか？

わからん、と少佐は言った。

それでは私がそのお世話をいたします、とキルムス夫人は言った。

ミュンヒ氏にはとにかく二、三日のうちに家から出ていってもらおう、と少佐はどちらかという と自分に言い聞かせるように断言した。それで片がついたようで、一時金のことなどもう話題にも ならなかった。

すばらしい、と少年が言った。するとミュンヒ氏は縮みあがった。

お疲れのことでしょう、とキルムス夫人が言った。召使を呼んで、お部屋へ案内させましょう。 それからリゼッテに軽いお食事を運ばせましょう。

彼女が部屋を出ていき、しばらくすると召使が姿を見せた。少佐はヘルダリーンにお休みの挨拶 をし、それから客間を出ていくようにミュンヒ氏にも、お休みと言った。

フリッツはヘルダリーンの手をとって、お部屋についていって行っていいですか、と尋ねた。

いいよ、と言って、少佐にお辞儀をした彼は、フリッツとともに召使の後について行った。召使 は階段をのぼり、彼を三階へ案内した。

フリッツはまだしばらく彼のそばにいた。ノックの音がした。フリッツを迎えにきたキルムス夫 人が、もう少しお心を騒がすことがないご登場を願っておりましたのに、と言った。少年は彼の手 をなでた。彼はこの子の腫れぼったい虚ろな顔にぎょっとしたものの、この行為には心を動かされ た。

ヘルダリーンは服を着たまま、ベッドに横になった。ともかくこのような騒ぎを切り抜けたのだ！

その三日後、ミュンヒ氏は館を離れた。一時金をもらったかどうか、その後任には知らされなかった。

II　始まり

これが彼の最初の勤め口である、はじめて周りに友人がいない。学校や大学の日課に従う必要がないが、自身と生徒のために自分で一日の進行を決めなければならない。見ること聞くこと全てが新しい。彼は自分が誰にも依存していないことを――しかしまた他の依存関係をも知るようになる。この年の前半に彼が母や弟に、そして（遠く離れることによって、全ての友人のうちで再び一番の友人になった）ノイファーに宛てた手紙から、私は感情の充溢を読みとる。それが全てをうまく調和させる。フリッツ・フォン・カルプもこの心地よい気持ちにふくめて考えられ、これが頑な少年に治癒的に働いたのだろう。そしてヘルダリーンは少年の愛想のよさが長続きせず、しばらくすると病的で反抗的な態度がまた現れ、苦しめられるだろうことをまだ知るよしもなかった。館での生活はたしかに「かなり孤独」だが、「精神と心を陶冶するためには好都合である。」彼は全てを落ちついて観察しようと思う。こうして誰にも邪魔されず、こんなに軽やかに、自信をもって日々を暮らすことはこれ以後、もう決してないだろう。私は周りにいる人びと、ヴィルヘルミーネ・マリアンネ・キルムスや少佐やフリッツ、召使たちやネニンガー牧師、それに五月半ばになってようやく帰宅したシャルロッテ・フォン・カルプの目でヘルダリーンを観察しようと思う。女中のリゼットは彼を天使と呼び、そしてヴィルヘルミーネ・キルムスはすでにテュービンゲンの友人たちがそうだったように、彼を見て、アポロを思い起こした。

きっと先生が好きになるわ、とヴィルヘルミーネは呪文を唱えるように言う。まるで全てを台なしにする力を持っているのはその少年だけだと知っているかのように。

「私の時間は授業とこの家の人たちのお相手をすること、それから私自身の仕事に分けられています」、と彼は母に書く。彼は召使たちと、「主人一家」のあいだで暮らすことになる。こうカルプ家を彼の手紙の中でも呼んでいる。きっと彼は、はじめてポストにつく前に自分がどのように振舞うべきか、どのように扱われるかについて熟慮し、比較的地位の高い使用人になるのではと危惧していた。しかしおそらく彼の容姿と自信によって認められたのだろう。おまけに少佐はしばらくのあいだ女主人のいないこの家でまともな相手と刺激的な会話ができることを喜んでいた。今まではネニンガー牧師だけが会話の相手だった。ネニンガーはむろん頑固な田舎牧師ではなく、神学の進歩に心を開いた精神の持ち主だった。そしてネニンガーのほうも、神学に詳しく、古代ギリシア人だけでなく、最新流行の哲学者たちをも知っている人と討論できることを喜んでいた。彼とヘルダリーンはすぐ親しくなり、少佐がふたりの親密さからしめ出されたままにならないように気をつけなければならなかった。しかし彼らが神学上の微妙な問題に巻き込まれるや、少佐は例えば自分がアメリカ戦争に加わったことやラファイエット将軍を知っていることなどを話して彼らを遮り、この家の若い家庭教師の気をひくすべを知っていた。ヘルダリーンにとってラファイエットは革命に背を向けたものの、心を動かされる人物であり続けた。最初の連盟祭で、ラファイエットが登場し、フランス人にだけではなく、全ての人に人権を贈った様子をヘルダリーンはいつも思い出していたからである。少佐と共和国について話そうと探りを入れたが、すぐにやめにした。私は軍人として、「人々のあいだを、陸軍や海軍とじゅうぶん長く駆け回った」後、夫そして父親であると、誠実な家長であり園芸家であると考えていますからね、と少佐は君主制に背いた人びとを例外なく罵った。

ヘルダリーンは子どものころから一日が規則的に過ぎ行くことに慣れていたので、まず始めにフリッツのための授業時間を、午前は九時から十一時まで、そして午後は三時から五時までと定めた。他の時間は、カルプと歓談しようと、村へくだってネニンガーを訪問しようとも、(それはそうと彼はときどきネニンガーに説教するように説得され――このようにしてまもなく村でも知られ、重んじられるようになった)、気が向けばフリッツと散歩することも、天気がよくないときでも情熱的な植物愛好家のヴィルヘルミーネ・キルムスに庭で出会い、彼女の仲間に加わるのも自由だった。

フリッツは最初の数週間は、できるかぎり先生のそばにいて、先生のお供をするのだとあくまで主張していた。牧師館を訪ねたときも、彼が邪魔をしないようにおとなしく座っているのにネニンガー家の人びとは驚いた。この子はすっかり変わってしまったようだ、素直でかわいくなったよ。ミュンヒやその前任者たちのもとでは悪魔に憑かれたようだったのだ。少年はときどき彼にミュンヒのことを話して聞かせたが、自分のことはまるで他人のことのように喋った。全ては年齢によるもので、そして今はまだ何も起きていないかのように。ミュンヒ先生は僕をいつも殴ったんだ。宿題をちゃんとしなかったときにはいつも。何か覚えていなかったときはいつも。大声を張りあげずにはおれなかったときにはいつも。大声を張りあげずにはおれない？　汚してしまったときにはいつも。汚してしまう？　ヘルダリーンには想像もできない思いだった。確かにフリッツはときどき頑なこともあったし、学力の伸びもはかばかしくなく、少佐夫人の願っていたように大学進学の学力をつけさせるのは簡単ではないかもしれないが、ヘルダリーンは互いに愛情を抱き、ねばり強く親切に接することがいい効果を生むと信じていた。こうした第一印象をシャルロッテ・フォン・カルプに伝えると、彼女は感激して返事を書いた。「あなたはまっとうな人間を育てることで人類に貢献なさっています――でもあなたに申しあげねばならない私の感謝の言葉は差し控えておきましょう。」さらに、「きっともうすぐお目にかかれるようにいたします」と。彼女の手紙が彼を怯ませた。それはいつもヒステリックで、全世界を両腕に抱くような感情に溢れ、ときにはまた涙もろい調子を帯びていた。召使たちのおしゃべりから、少佐夫人がどんなに気まぐれで厄介な人間か、しかし好感を抱くとついオーバーになってしまうことも彼にはわかってきた。彼は夫人の到着をもどかしい思いで待った。夫人だったら高名な友人たち、シラー、ゲーテ、ヘルダー（ヨーハン・ゴットフリート・フォン・）やフィヒテについて話して聞かせてくれるだろう、と。

　オーストリア生まれの料理女、ヨゼフィーネが朝食を部屋まで運んでくれ、彼女の訛りが楽しく、――ゲゼルヒト（豚肉の燻製）とは何のこと？――など彼はいろんな言葉の意味をまず尋ねなければならなかったのだが、ちょっと彼女とおしゃべりをした後、少なくとも最初の数ヵ月はまじめに、また綿密に授業の準備をした。精神的打撃を受けているが、まだいびつになっていないだろう精神を励まして教育したいと彼は願っていた。牧師のポストについていろんなことで人間愛を無駄に使うより、おそらくまだ汚れのない人間に全力をつくすほうが思慮深いことではなかったでしょうか？ネニンガーは彼に異議を唱えた。

村人の誰もがそれぞれ、どんなに私を頼って来てくれるか、ご覧になったでしょう？

そのような任務は私には向いておりません。

それはご謙遜です、それに世界の認識と何の関係もありませんよ。

もしかすると私は自分を求めてひきこもらねばならないかもしれません。

そんなことをなさってもフリッツは感謝しないでしょう、とヴィルヘルミーネ・キルムスが言った。

しかしながら彼はシラーに対して――それから自分自身に対して――自身の教育上の目標について釈明した。「彼は私を理解し、私たちは友だちになりました。私が知るかぎり最も純真なこの友情を根拠にして、いっさいの行動の良し悪しを結びつけようとしました。しかしながらいかなる確固たる根拠も、人間の思考と行動に結びつけられると、そのうちに不都合なことを伴うことになりますので、彼の全ての行動が彼と――そして私のためだけになされるのではないことを私は思いきって補足しようとします。そしてこの点で私を理解してくれたなら、彼は必要である最高のものを理解したことになると確信しています。」

夕食はこの家の習慣で、昼食よりたっぷり供され、少なからぬ量のビールが飲まれた。夕食前の午後五時から七時までの自由時間がヘルダリーンの一番好きな時間である。彼は三階の自室で、小さながたがたする机を薄明りでも十分なように窓際によせて座る。周りにはたいていヒュペーリオン原稿が広げてある。テュービンゲンでの最後の数ヵ月に友人たちのために書き写していたころから彼はもうそれに満足できていなかった。マーゲナウに指摘されたように、ヒュペーリオンの幼年時代と青年時代から急に「自由を愛する戦士」へという飛躍があまりに唐突すぎるように思えた。もう一度最初から始めて、要約しなければならず、少なくともこの草案で満足しなければならなかった。「現在のことについてはまたいつか他のときに! アダマスとの私の旅もまたいつか他のときに!」ディオティーマのことも、トルコ人に対する戦争もまだ姿を見せない。ヒュペーリオンが率いている人びとが略奪するというぞっとするような驚き、思想と行動のあいだの裂け目を前にした驚愕もない。夕べの窓際でこうして執筆するという、全き健やかさは、この断片の最後の手紙の「私の心はこの薄明りの中で、水を得た魚のように快い」の中に現れている。この数ヵ月が自分に許されたもので、いつまでもこのままであるはずがないことを彼は知っている。

テュービンゲン時代にもましてカントを読んだ。友人たちにまだ釈明しなければならないかのように、カントの著作『単なる理性の限界内での宗教』を一文一文、読み通した。

外からのニュースは遅れてやって来る、多くの場合、まず噂として。一七九三年七月にジロンド派の議員が監禁された。ブリソが十月に処刑され、ロランが十一月に自殺した。それから半年後の一七九四年四月にダントンが断頭台で処刑された。六月にはロベスピエールが陰惨に歪んだ同盟祭、「最高存在の祭典」で祭司長として讃美された。

そのことについて少佐やシャルロッテと話すことができない。できるのはせいぜいライン河畔のフランス軍の動きについてだけである。すると少佐はその事情に通じていると思い、予言を、間違った予言をして、どっちにしてもはるか射程外にいるのがいいのだと思っている。ネニンガーは外から災いと未知のものが入ってくると、村の枠内に限られた彼の人間愛に逃げ込む。ひょっとするとヘルダリーンはそのことについてヴィルヘルミーネ・キルムスと話して、かつてテュービンゲンで大騒ぎしたことを、ゼッケンドルフとシュトイドリーンの政治的な暴走を、大公の専横やシュヌラーの駆け引きによってひき起こされた騒ぎのすべてを呼びさましたかもしれない。それはヴィルヘルミーネの関心をそそり、世界を、行動を、思いきって彼女がつかむことができなかった自由の名残を意味していた。

しかしこの物語の始まりは違っていた。二、三度まなざしを交わし、あわただしく言葉をやりとりして、彼女が彼の部屋を訪ね、お話しに出されたカントの最新の著作を貸していただきたいのですが、と聞いて始まった。

しかし、私はどうしても口を挟み、言い伝えられてきたことや注解のあいまいさと多様さを最初に詳しく述べて、苦情を述べればならないので、この物語はそう始まるわけにはいかない。この人物について、どのように、そしてどのような物語にしたら、生き生きと物語ることができるかがわかっているから。

ヴィルヘルミーネ・マリアンネ・キルムス。アドルフ・ベックによって出版され、注釈を施されたシュトゥットガルト版の手紙の巻に彼女についての情報が簡潔に記されている。「……一七七二年五月二十一日マイセン生まれ、管財業務代理人ケムター（一七三三年―一七七七年）の娘。ヴィルヘルミーネは一七九一年の終わりにワイマールで倍以上も年上の、病弱で心気症の財政局書記キルムスと結婚した。夫は非常に不幸な結婚生活ののちに、すでに一七九三年二月七日に亡くなった。ネニンガー牧師は彼女を非常に優れた女性のひとりと呼んでいる。（一七九四年の終わりごろ）彼女がマイヌンゲンのどの家で家庭教師になったかは知られていない。一七九五年七月の中ごろ、娘を生んだが、その子はマイニンゲンで死んだ。彼女の生涯についてそれ以上のことは――そしてそれがひき起こした疑問については――ヘルダリーン年鑑一九五七年　四六―六六頁を参照されたし。」しばらく前はヴィルヘルミーネのことにまだ詳しく関わっていなかった私は、彼女が本書の中で（ちょうどシュトイドリーンがそうであるように）他の多くの人物より重要になろうとは予感できなかった。しかし新しいフランクフルト版の推察と立証を思い出す。その編纂者D・E・ザットラーには明らかにじゅうぶん根拠のあるものだったので、彼はそのとにかく短い伝記的な概要の「一七九五年七月」という項目で、「ヘルダリーンの娘かも知れないルイーゼ・アグネスの誕生」と報告している。ヴィルヘルム・ミヒェルは彼のヘルダリーン伝記でただの一度もキルムス夫人に言及していない。ヴィルヘルミーネはその子を一七九四年十月に身ごもっている。このころ彼女はヴァルタースハウゼンに滞在し、ヘルダリーンと非常に親しくしていて、他の男性たちとつきあいがあったとは考えられない。誰と？　家長である少佐とは絶対にありえない。わかっていること全てから判断すると、彼女は誇り高く、自分の信条を持った人だ。彼女が愛情においてひたむきだったと私は信じている。カルプ家の農場管理人？　彼について私は何も知らない。彼のことはどこにも述べられていない。しかし彼女がヘルダリーンにたいする自分の友情と愛情をそんなに簡単に漏らすことができただろうか？　彼女のことを思い浮かべ、彼と彼女の物語を語るとき、それは考えられない。ではやっぱりヘルダリーンが小さなアグネスの父だったのか？　彼はそれをいつか知らされていただろうか？　そしてもしその子のことを聞いていたなら、それに納得しただろうか？　彼女はそのことを彼に書いたのだろうか？　ふたりは手紙を交わしていたのだろうか？　手紙は何ひとつ残されていない。教え子ととっくにうまくいかなくなり、またひどい頭痛の発作に悩まされていたヘルダリーンが永久にヴァルタースハウゼンを離れる前に、妊娠に気づいたヴィルヘルミーネは彼にそれを隠し通した、と推測することしか私には残されていない。彼女もそのあとすぐカルプ家を去り、マイニンゲンで新しい勤め口についた。ひとつの深い愛情の痕跡が消し去られた。しかしそれはあったに違いない。というのも私たちに残された手紙の中でただ二ヵ所だが、女性についてヘルダリーンがヴィルヘルミーネ以上に打ち解け、率直にそしてやさしく書いたことがなかったからである。一月十六日に彼は妹リーケに報告している。「少佐夫人のお相手役の女性はラウジィッツ出身の未亡人で、まれにみる精神と心情の持ち主だ。英語とフランス語を話し、ちょうど今しがたカントの最新作を私のところから借りていった。その上、とても魅力的な容姿だ。おまえの怒りっぽいお兄ちゃんのことをおまえがひどく心配しないように、愛するリーケ！　(1) 僕は家庭教師になってから、十年分もの分別を持つようになり、(2) そしてとくに彼女が婚約していて僕よりずっと分別があることを知っていてほしい。こんな悪ふざけを書いてしまい許しておくれ、いとしい妹よ！　次にはもっとまともなことを書くから！　永遠に君のフリッツ。」こんな陽気で自嘲的な調子はこのあと、どの手紙にも戻ってこない。そしてヘルダリーンが女性の容姿についてこんなに艶っぽく——そして妹のきもちを刺激するように——指摘したことは一度もなかった。彼はルイーゼ・ナストやエリーゼ・ルブレそしてロッテ・シュトイドリーンやズゼッテ・ゴンタルトのように彼女を美化しなかった。彼は楽しげに観察して、単に尊重している以上のひとりの人間について報告している。まだ彼は「それ以上」が怖ろしい——彼は誓いを盾に取る。一年後、教育者としてもう既に挫折して、その職を放棄していた彼はイエーナからノイファーに手紙を書いた。「ここでは少女や婦人たちは僕の心を氷のように冷ややかにさせる。ヴァルタースハウゼンの屋敷には女友だちがいた、失いたくない女《ひと》だった。ドレースデン出身の若い未亡人で、今はマイヌンゲンで家庭教師をしている。きわめて思慮深く、気立てがよくしっかりした女性だが、悪い母親のせいで不運なのだ。またいつか別の折にもっと彼女とその運命について話せば、君は関心をいだいてくれるだろう。」ひょっとすると後にノイファーはもっと聞いたかもしれない。それ以上のことを私は知らないし、彼女の肖像画も、彼に宛てた彼女の手紙も知らない。私を驚かすのは彼女について意見を述べるときの深い情愛、暖かさ、そして現実感覚だけである。彼女はヘルダリーンを受け入れ、フリッツのことで絶望する彼をいろいろな点で助けたにちがいない。彼女は全く穏やかに、落ちついて彼を理解したにちがいない。ヴィルヘルミーネはドレースデンに帰り、そこで一七九九年一月八日にゴットヘルフ・ツァイスという男と結婚した。一八〇〇年一月九日、息子アウグストを産んだが、この「善良でものわかりのいい前途有望な若者」は早くも十七歳で亡くなった。このように人生に立ち向かい、より弱いものたちを力づけてきた女性は明らかに絶えず喪失と不幸につきまとわれていたのだ。

III　第八話

できそこないの出迎えの一悶着に、とりなすようにヴィルヘルミーネが姿を現した翌日、ヘルダリーンはリゼッテやヨゼフィーネや召使の男たちに彼女についてしつこく尋ねた。少佐夫人のお付きになってどのくらいたつの？　出身地は？　ちなみに村では誰とつきあっているの？　自分の好奇心が恥ずかしかったが、あのように落ちついて親切に事態を解決してくれた女性に対する関心のほうが大きかった。

あの方は未亡人です、と彼は耳にした。

夫君は昨年亡くなったばかりです。

ドレースデン出身だとか。

ほんの二、三週間前からこのお屋敷においでです。

フォン・カルプ夫人はあの方にとても満足なさっているようですよ。

どなたかとご婚約されているとか。

誰と？

それはここでは誰も知りませんね。

食事のときに彼らは隣りあって座った。少佐がしゃべった。後にはシャルロッテが食卓の席を楽しませようとした。しかしときどき彼はヴィルヘルミーネをちょっと話にひき込むことができた。すると彼女がたくさんの本を読み、よく知っていることがわかり、嬉しかった。

彼女の声は思いにふけった少年の声だった。彼女はでしゃばらなかったが、卑屈に見えないすべを心得ていた。逆に彼女がいることがみなには気持ちよかった。その外観は彼にちょっとハインリーケのことを思い出させた。ただヴィルヘルミーネは妹より分別があり、豊かで、はるかにきっぱりしていた。

彼女の「魅力的な容姿」は男たちの注意をひいたにちがいない——彼女は上背があり、彼より背が高く、ふっくらしていたが優美だった。いつも黒いドレスをまとい、その深い襟あき《デコルテ》をベールで覆っていた。

ヴィルヘルミーネは彼がフリッツと勉強していると、ときどき部屋を覗き込み、そこに数分黙って腰をおろした。彼女がそこにいるだけで彼は励まされた。

それでも彼女を散歩に誘ったり、その部屋を訪ねておしゃべりをする勇気がなかった。カルプ家でその他に何がしかるべきとされているのか、はっきりわからなかった。

始めの何日かはほとんど彼女のことだけを考え、こっそりヴィルヘルミーネと言っては、どうせ自分に許されていないのなら、彼女のほうから来てくれればと願った。そして彼女は実際そうした。

二週間が過ぎた。ここにきて起こったこと全てをもう一度味わいながら、母や妹へ、友人ノイファーへ詳細にたくさんの手紙を書き、「運命」に寄せる讃歌を、一行また一行、推敲した。その最終節のいくつかの行は、普遍的なるものに向かって出発しようとする彼の気分を書き写していた。「崇高なる嵐の中で崩れ落ちるがいい／わたしを閉じこめている壁が、／そしてますます壮大に、また自由にたぎるがいい、／わたしの精神よ、未知の国へと!……」、彼は『ヒュペーリオン』の草稿をそろえ、時間はかかるが、心がはずむ仕事の準備をした。知らない土地で生きる心がまえをした――二週間がたったある夕べ、彼の部屋の扉をそっと叩く音がした。しかし彼ははじめ聞きもらしてしまったが、それからとびあがった。誰の来訪かもうわかり、お入りください、と叫んだ。

ヴィルヘルミーネは、彼がハインリーケに伝えたように、カントの本を貸してほしいと頼んだ。

もし今、まだ読みたいとお思いでないなら?

いいですとも。ただ思いもよりませんでした――

私がカントに興味を持っているということが?

お許しを――

どうして、マギスターさま、謝ることはありませんわ。ただ去年、『判断力批判』を読もうと苦労して、かなり捗ったのです。ついこのあいだ、庭のベンチであなたのご本を見つけて、もう一度挑戦できないかと考えましたの。

お座りになりませんか?

すぐに夕食に呼ばれるでしょう。

ああ、そうでしたね。

彼はその本を渡した。食後、あるいは明日、もしご面倒でなかったら、少しカントを説明していただけませんか、と彼女は言った。

食後では？

いいですわ。

彼には少し性急すぎたように思えた。彼女はそんなそぶりも見せなかった。

お邪魔でないかしら？

決してそんなことはありません。楽しみですが。

なぜ彼は堅苦しい言い方で、そのような始まりを押し殺さなければならないのだろう。夕食後、少佐におしゃべりに誘われた彼はほとんど自分のいらだちを抑えることができなかった。ヴィルヘルミーネは見守り、宥めるような眼差しをときおり彼に投げかけた。

退屈してきた彼は上の空の返事をし、少佐はしばらくしてそれに気づいた。今日はフリッツの世話でマギスター殿は特別お疲れになったことでしょう。

それから彼らはカントについてはまったく触れず、フリッツのことを話した。あの子の態度に驚いています。ミュンヒ先生との何週間かを思い出すと、今も全身に恐怖が走りますわ。

思いもよらないことです。

見ないとわかりませんわ！　悪意があの子を損ねるのです。もう正気ではありません。

フリッツが腕を振り回して暴れ、わざとからだを汚し、自分の先生の悪口を言い、ありとあらゆる卑劣な言動を口まねして彼を中傷した様子を彼女は話して聞かせた。

それでミュンヒ先生は？

はじめは好意的に取ろうとしましたが、そのあと少年を殴りました、来る日も来る日も。

それで少佐夫人は？

黙って見ておれなくなって旅に出られました。

彼が私のもとでもあえてそうするとは思えません。

そう願いたいですが。

彼女は家の人たちが誤解しないように、そこを去った。しかしこれから彼らはよく連れだって散歩し、毎晩、会って話をするようになった。

ふたりは親しくなったものの、お互いに馴れ馴れしくするのを避けていた。とくに彼女の悲しみを、亡くなった夫の思い出を憚っていた彼だったが、ついに彼女から夫の思い出は絶えず続く悲嗚と自己憐憫と病気しかないことを聞かされた。

私よりずっと年上でした。知識や経験で差があることをいつも誇示しなかったら、そんなに悪くはなかったのかもしれませんが。

彼は『ヒュペーリオン』や彼女がすでに知っている詩を朗読した。というのもシャルロッテ・フォン・カルプがシュトイドリーンの詩年鑑を読むように彼女に渡していたからだった。

少佐夫人があなたをお雇いになったのはよかったわ——私のためにも、それからもしかしたらフリッツのためにも。

シャルロッテ・フォン・カルプが三月に帰宅して、ヘルダリーンが家を取り仕切る彼女の圧倒的な存在感を味わい、その魅力と生きる喜びに心を奪われ、「幅の広さと奥深さ、それに繊細さとそのなさの点でたぐいまれな精神力」に感嘆する前に、彼女にこの関係が邪魔されるかもしれない前に、彼はヴィルヘルミーネと関わりあった。ヴィルヘルミーネが自身の自由について独特な考え方を――それが彼への好意だけからであるにせよ――していたから、彼は今までのように束縛にしりごみすることがなかった。

ときどき彼は話しているうちに彼女の手をつかんだが、それ以上は何もなかった。目を覚ましているときはいつもヴィルヘルミーネのことを思い、その温もりを、その飾り気のない信頼を求めた。

知りあっておよそ三ヵ月になったある夕べに、彼女は言った。もしご異存がなければ、もう少し長いあいだここにいたいです。

もうずっと前からそう願っていました、と彼女は言った。

彼はうなずくだけだった。

どうしても新しい夫を探している、と思い込まなくてもいいのですよ。

もうどなたかと約束もされていますからね、と彼は言った。

彼女は笑った。私を守ってくれる都合のいい噂です。

それではどなたもおありでないのですか？　と彼は言った。

あなたがおいでですわ、と彼女は言った。

これが彼を不安にさせる。

これに気づいて彼女は言った。今、あなたがいらっしゃるわ、私のヴァルタースハウゼンの時のために。私たちの時のために。

彼女はあわてずに服を脱ぐ。彼はびっくりして彼女を眺める。彼女は窺うようにではなく、明るく落ち着いて彼を見守っている。

彼女にとって新しいことではないのだ、と彼は思う。しかしこんな考えをしたくない。

さあ来て、と彼女が言う。一晩中はおれないの。

彼はランプの燈心をふたつとも消して、服を脱ぎ、彼女のところへ横になる。彼女は違う、彼を怖れさせない。彼の所有物でなく、彼の一部である。彼女の情愛は彼が懐かしく思い浮かべるが、またまだ確かめたことがないものである。

彼らは家じゅうの人たちに何も気づかれないように注意した。ヴィルヘルミーネは夜が明ける前に部屋を後にした。ふたりはさらにお互いにあなた《ズィー》と呼び続けたが、これをとても気に入った彼は、人目につかないときでもそうした。

あなた《ズィー》を愛しています。

あなたを愛しています。

彼らはシャルロッテを結局は欺けなかった。彼女は彼の美しさに感銘を受けた。いつも常軌を逸したように偉大な人物をさがし求めていた彼女は、彼の美しさの中に天才の反映が認められると信じた。彼女は彼を得ようとした。自身の世間知や心ここにあらずの優雅さを、その才気を存分に使って彼の気をひこうとした。

シラーとあなたのことで話しあいましたわ。

ゲーテとお会いになりたくはないかしら？　あの方はきっとあなたを助けてくれるでしょう。

フィヒテにもお引き合わせできましてよ。

ときどき夫人は偶然であるかのように彼の手を愛撫する。

立派なご婦人だけど扱いにくいの、とヴィルヘルミーネが言う。あなたを弄んでいるのよ、そしてご自分をもね。ご自分のことは知らなさすぎで、他の人たちのことを知りすぎなの。

それが彼はわからなかった。後にフリッツが彼に反抗したとき、はじめてヴィルヘルミーネの忠告を理解するのだった。愛情を込めた教育の試みが故意に台なしにされた彼が職を放棄してその敗北を認めようと心を決めたとき、シャルロッテはヒステリックに反応するだけで、逃げ道を、口実を求めた。それでも彼は、あの方の不安は自分のそれに似ている、私たちは似ているのだ、と好意的に考える。

あの方は嫉妬深いのよ、とヴィルヘルミーネは言った。

確かにほんの少し、と彼はうぬぼれの気持ちがなくもなしに言った。

それにあなたが本当はまだ子どもだということをわかってらっしゃるのよ。

そうですか？

子どものことは気づかわねばならないのです。

秋になり、フリッツとの対決で頭痛がひどくなった。もう以前のようではなかった。頭の中が錐もみされるように痛く、失神しかねないほどの痙攣がおきた。彼は叫んだ、痛みと怒りから少年を怒鳴りつけた。

少年は彼を窮地に追い込み、弱みにつけ込んだ。

夜中にヴィルヘルミーネが彼を宥めた。しかし彼女はもう彼にとってふたたび見慣れぬ人間になった。

イエーナから、もうヴァルタースハウゼンに帰りません、あなたに感謝したかったですが、と彼女に手紙を書くつもりだった。彼はそうしなかった。

彼女がヴァルタースハウゼンを去り、どこに行ったかわからないと彼は聞いた。別れた今、彼女の姿が彼の記憶の中に戻ってきた。「ヴァルタースハウゼンの家に女友だちがいた。失いたくない女《ひと》だった……」

Ⅳ　教え子

シャルロッテがまたこの屋敷をとり仕切るようになってから、単調な日々の流れが乱された。至る所に彼女が姿を現す、彼女の声が聞こえる、あれこれ提案する。いつも誰かを、リゼッテやヨゼフィーヌ、あるいはワイマールにお供していた侍女を従えている。何度か息子の授業に立ち会い、その後でヘルダリーンの繊細さと学識について大袈裟に意見を述べた。本当にこの子に奇跡を起こしてくださったわ。

少佐は脇役になった。戦争の逸話をもう食事中でも話すことができなかった。そのお話だったらもう知っていますわ、とたいていは不機嫌にシャルロッテに腰を折られ、少佐は誰にともなくぶつぶつぶやいた、シャルロッテの意のままの少佐は。

彼女はヘルダリーンの詩作品に熱狂的な関心を示した。隠れていらしては駄目ですよ。シラーやゲーテのようなお偉方とつながりを求めないといけませんわ。彼女の話にこのふたりは神々のように姿を現した。彼らは非の打ちどころがなく、この世ならぬ生活を送る高嶺の花だった。彼はシャルロッテの心の昂りに、苛立ちやすさに慣れていった。毎日、彼女にはらはらさせられた。それなのに彼はこの家に縛りつけられ、立ち去らなかった、近くのマイニンゲンにさえ行かなかった。ときどき村に連れ出して、説教するきっかけを作ってくれたネニンガーがいなかったら、彼は館の住人の他は誰にも会わなかっただろう。「いかなるものによっても気を逸らされることがない」静寂を力を込めて讃美し、満ち足りた気持ちでいようと努力した。ヴィルヘルミーネの友情とシャルロッテにかけられた期待で、そのときはまだ満足していた。シャルロッテは、冬にフリッツと一緒に彼をワイマールとイエーナに連れて行こうと考えていた。もっと熱心に息子のために時間を割くつもりです、そしてあなたは「お偉方のサークルで」ゆっくり過ごす機会がおできでしょう。あの方の約束はいつも信じることができるとは限りませんよ、とヴィルヘルミーネが警告した。高邁な計画をお立てですが、気まぐれで忘れっぽいですから。

マイニンゲン公爵が来訪を告げてきた。賓客のご訪問とあって家中が上を下への大騒ぎになった。シャルロッテはとにかく全てを自分で準備したいと思っている。彼女はあらゆるところに姿を現したが、肝心なときにはつかまらなかった。少佐はもう食事のときにしか姿を見せなかった。フリッツは行儀作法でやかましく言われ、いらいらを募らせた。まだ今のところ影響力が非常に強いヘルダリーンは彼を落ち着かせることができた。

興奮しないで。私のそばにいなさい。朗読して聞かせるから。

シャルロッテはヘルダリーンを公爵に紹介するつもりだった。あなたのことを、あなたの詩作品のことをお聞き及びなの。あなたに関心を持っていただけるようにしたいわ。彼女はそれを忘れてしまう。彼はフリッツにラテン語の単語を質問して答えさせるが、少年は三つか四つの単語しか覚えることができない。ヘルダリーンが怒りをこらえて、窓から外を眺めていると、庭園で公爵とシャルロッテ、フォン・カルプ少佐と二、三人のお供が散策している。その中にヴィルヘルミーネもいる。きっとシャルロッテはお茶の時間に彼を呼んでくれるのだろう。彼女はそうしなかった。半幌つきの馬車が出て行く。彼は話し声に耳をすませて、ヴィルヘルミーネのところへ行くと、どうしてまたそんなにご機嫌ななめなの、と彼女が尋ねる。

なんでもありません。疲れているだけです。

約束を果たしてくれなかったことをシャルロッテに聞いてみるべきだろうかと彼は迷った。彼女はそのことすら気づいていなかったのだ。彼女に恨みを抱くことはできなかった。彼がシラーの『優美と尊厳』を読んでいるとヴィルヘルミーネから聞いたとき、シャルロッテはせき立てた。あなたの小説の中から読んでくださったあの部分をシラーにすぐお送りなさいな。

自信がありません。

そんなに慎重にならないで。

しかしながら彼女はシラーのところへ彼を連れて行かなかった。シラーはシュヴァーベンからワイマールへ帰る途中、三日間マイニンゲン公爵のもとに立ち寄ったのだ。ヘルダリーンも夫人にはっきりと頼む勇気がなかった。大シラーをひとり占めにしたいのよ、とヴィルヘルミーネが言った。帰宅したシャルロッテは、シラーと私はあなたのことについて詳しく話しあいましたのよ、と何気なく言った。宮廷顧問官さまはあなたを高く評価しておいでです。「ターリア」誌のために、できるだけ早くあの方に小説の草稿をお送りなさらないと。それはそうとつい先ごろ私のために書き写してくださったあの詩をヘルダーにお送りしましたのよ。敬愛しているみなさん方にあなたのことを知ってもらわねばなりませんから。

なぜここが人里離れた場所だと不平を言うの、とヴィルヘルミーネが尋ねた。他のどこで私たちはお会いできたでしょう？

これでいいのです。世の中を知るためには急ぐことも必要なのです。たっぷり時間がおありですわ。

ないのです。彼がきっぱりこう言い切ったので、彼女はこのことについてそれ以上話さず、自分たちの愛に残された短い時間についてひとりであれこれ考えた。

ようやく聖霊降臨祭に二、三日、ヴァルタースハウゼンを離れる見込みが提供された。シャルロッテがこの祭りのあいだに家族を連れて、レーン山地のフェルカースハウゼンに伯父のフォン・シュタイン男爵を訪ねるつもりをしていた。遠出を楽しみに待つ気持ちだけで、彼の心は軽くなり、フリッツのための授業がより容易に進めることができる。

彼らは二台の馬車に分乗して出発した。フリッツはヘルダリーンとヴィルヘルミーネ、それに召使たちのそばに座るのだと言い張った。シャルロッテは聞き入れた。この子は先生にべったりだから仕方ないわ。ヘルダリーンはしばらくのあいだ少年のそばについていなくてもいいことを、とにかく楽しみにしていたのだが。

途中で彼と教え子のあいだのはじめての力くらべという事態になった。確かに旅は長くなく、半日もかからないと考えられていた。それにフリッツはその道筋を知っていた。それなのにしばらくするとぐずり始めた。ヘルダリーンは読んで聞かせてと彼に言われた。

手元に本がないよ。

じゃあお話を作ってよ。

景色を眺めたいのだ、フリッツ。このあたりをまだ知らないからね。

ヴィルヘルミーネは、ヘルダリーン先生の代わりに私がお話しします、と言った。

あんたの話はいつもくだらないよ。

それは失礼だ、フリッツ。

先生のお話をしてよ。

どうか我慢をするのだ。もうすぐ伯父さまのところに着くよ。伯父さまやそのご家族のことを、君のいとこたちのことを話してくれないかい？

あの人たちはみんな嫌いだ。

そんなふうに言ってはいけないのでは。

とんでもない。

少年が馬車を止めるように命じた。ひと休みしたいのだ。

それは無理だよ。それでなくてもご両親の馬車はずっと先に行っている、あんまり遅れたら気を悪くされるだろう。

ここでどうするかを決めるのは僕だ。

それは思い違いよ、とヴィルヘルミーネが言った、この馬車の中で決めるのはヘルダリーン先生です。お父さまはそうお望みでした。

僕だ、とフリッツが叫んだ、ここで指揮をとるのは僕だ。

今、リゼッテも召使も彼を宥めようとしていた。

するといきなりフリッツが泣きべそをかいてヘルダリーンにしがみつき、ふたりを足蹴にして、下衆《げす》は僕にかまうな、と言った。

彼は怒って少年を力ずくでひき寄せ、あやうく殴りそうになった。

ミュンヒ先生みたいに僕を殴るつもりか！

ヘルダリーンはぎょっとして彼を離し、蹴とばされた脚をさすっていたリゼッテは、この子のために、今しがた呼び出されたミュンヒ先生が帰ってきてくれればと願った。だっていくらマギスター先生が寛容と愛情を示されても、彼には何の役にも立たないのだから。

ご覧、フリッツ、とヘルダリーンは窓の外を指し示して言った。あの山地は素敵じゃないか？あそこで歩き回れる、騎士ごっこもできる。手に汗を握るような昔の時代のお話も作ることができるぞ。

フリッツは彼の言うことを聞いていなかった。彼は真っ青になり、そのからだがこわばった。彼は板のように横たわっていた。唇のあいだに小さな泡ができていた。早くから卑劣さが刻みつけられた少年の顔に勝ち誇ったような表情が浮かんだ。ほかの人たちは何が起きたかわかっていた。ヘルダリーンはわからなかった。悪臭がしてようやく気がついた。フリッツがズボンに粗相してしまったのだ。

途方にくれた彼は、君のような大きな少年が、と言った。フリッツは金切り声をあげて笑い、便をはさんだまま手足をばたばたさせ始めた。以前のようだわ、とリゼッテが悲しそうに言った。馬車が小川を横切ったとき、ヴィルヘルミーネが馬車を止めさせた。リゼッテが少年と一緒に川辺におりていき——いえいえ、マギスター先生、こんな嫌なことをあなたにさせるわけにはいきませんわ、と言って少年のからだを洗った。

悪臭が馬車の中にこもってしまった。フリッツはフェルカースハウゼンに着くまでじっとしていた。

遅いと叱りつけたシャルロッテだが、この不愉快なことを聞かされて、どうぞこれで息子を判断しないで、とヘルダリーンに切願した。再発が一回かぎりのものであるといいのですが、と彼女は願った。

子どもの多いシュタイン家はほんとうの慰めであることが証明された。彼らの屈託のなさが全てを受け入れた。フリッツはみなからわざと離れていようとしたが、遊び仲間に何日間かすんなり迎えられた。すると大人たちはうるさく考えず、楽しく語りあった。みなから「レーンの殿さま」と呼ばれていたディートリヒ・フィリップ・アウグスト・フォン・シュタインは話題があまり哲学的に、あるいは文学的にならないことに重きを置いていた。その方面に疎いものでしてな。そんなわけで彼らは三々五々、庭園を散策しては、やれ食事だ、やれワインを飲もうと集まった。そしてヘルダリーンにはヴィルヘルミーネとふたりきりの時間がたっぷりあった。

フリッツがちゃんと世話され、それに彼もしばらくのあいだ厳しい監督のもとに勉強しなくてもいいことを喜んでいるようなので、ヘルダリーンは二、三日暇をもらいたいとシャルロッテに頼んだ。ひとりでレーン山地へ入り、歩きたいのです。落ち着きをとり戻し、新しいアイディアに想到するよい機会になるでしょうから。ご家族が出発される前に帰ってくるつもりです。シャルロッテはあれこれ考えたすえ、遠出を承諾した。結局のところ、彼女はフリッツがここでもヘルダリーンの「気持ちのいい影響」下にあると思っていたかったのだが。馬車の中での出来事を「不運」と呼んでいた彼女は、そんな後だから、彼にはおそらく距離をとることが必要だろうと考えた。彼はたっぷり時間をかけて歩き、しばしば休憩して、眺望を楽しんだ。ときどきヴィルヘルミーネがそばにいてくれたら願い、自分でも驚いたことに、しばしばニュルティンゲンを、それにブラウボイレンとハインリーケをも懐かしく感じた。「このあいだレーン山地を越えてフルト地方に遠出をした。すばらしい山頂や山のふもとや、モミの木陰や家畜の群れや小川のあいだに、小さな家々が散在する魅力的で肥沃な谷間を見ていると、まるでスイスの山地にいるような気がする。フルト（彼はフルダの指している）の町そのものもまことに好ましい位置にある。山の住人、どこも同じだが、すこし無愛想で、しかも人がいい」、とヴァルタースハウゼンに帰ってヘーゲルに手紙を書いている。それはテュービンゲンを後にしてから、ヘーゲルに宛てた最初の手紙である。このような誇張した描写で彼は、当時、テュービンゲンのサークルを前にしてスイスについて語ったことを友人ヘーゲルに思い起こしてもらおうとしたのかも知れない。というのも「僕たちが『神の国』という合言葉で別れて以来、きっと君は僕のことをときどき思い出してくれただろう」から。しかし彼がテュービンゲンやシュトゥットガルトの旧友たちを、もちろん神学校やそこでの毎日のプレッシャーではなく、仲間との付き合いを、一緒に大騒ぎをしたことや意見を共有したことを次第に懐かしく思うようになったのは確かである。ロベスピエールの処刑のニュースが彼らのあいだで何という大騒ぎをひき起こしたことだろう！　ここヴァルタースハウゼンではシャルロッテがこの出来事に関する話題を避けている。そうでなくても恐ろしいフランス人たちが全世界を不安に陥れたのですからね！　彼はちょうど母親とのいさかいで憔悴しきっているヴィルヘルミーネをそのことで煩わせたくなかった。それに少佐はというと、この革命家の死を、「やれやれ、卑劣漢は死んでしまった」と昼食時に簡単にコメントしたのだった。ヘルダリーンはこの家の主人に返答しようとしたが、シャルロッテの警告するような眼差しを受けてさし控えた。それは駄目、駄目よ。そこで彼はヘーゲルあるいはシェリングあるいはノイファーだったらどう反応しただろうか考えてみた。ヘーゲルだったら包括的な歴史の精神について、歴史そのものではなく、場合によっては殺人も認める、避けることのできない不幸について語るかもしれない。彼だった狼狽するが、いつものように考えることを、思考を優先させるだろう。だがシュトイドリーンは？　絶えず心を揺さぶられていたこの友を思い出すとヘルダリーンは悲しかった。心ならずも次第に彼から離れ、その代わりになったのがもっと古い友人のノイファーだった。シュトイドリーンだったらさらに先まで期待しているだろう！　彼だったら断念しないだろう。彼だったらむしろ恐ろしいロベスピエールの後継者たちにすべての未来があると信じるだろう。

総裁時代《ディレクトーリウム》（一七九五―一七九九年）が始まった。

シャルロッテはイエーナからフィヒテの最新の著作『知識学』を送ってもらい、つまらない日常の暮らしから気分を転換するように、と彼に渡した。彼女はそれで彼を喜ばせた。彼女は利口で、直観的に振る舞い、埋め合わせをしようとした。そして実際、彼はフィヒテのパトスに熱中した。彼は弟に宛てた手紙の中で、励ましの言葉をかけてくれる仲間もなしに自身の混乱をひとりで究明しようと試みた。「……自己の考えを正して広げようと絶えず努力して、考えられうるあらゆる主張や行為を批判したり、その正当性と合理性を判断するにあたり、絶対にどんな権威にも頼らず、みずから試してみるという原則のもとで、自国あるいは他国のえせ哲学やおろかな啓蒙思想、また多くの神聖な義務を偏見と名づけて冒瀆する賢明ぶったナンセンスに決して惑わされず、しかも思索する精神を、自己の尊厳と正義を人間性そのものの中で同時に感じとる人間を、自由思想家だとか自由にかぶれたいんちきだと名づけて糾弾、あるいは笑いものにしようとする愚人や悪党に断固として迷わされないという原則のもとで、こうした原則はこの他にもたくさんあるが、全てこうした原則のもとで、ひとは一人前の男になるのだ。」そして聞き知ったこと全てをぎゅっと握りしめて書いた。「ロベスピエールが断頭台の露と消えなければならなかったことは、私には正しいことと思えるし、ひょっとしたらよい結果が生まれるだろう。人間らしさと平和の両天使をして、まず来たらしめよ、それが人類の目標なのだ、そうすればきっと栄えるだろう！　アーメン。」

自己撞着しているものの、途方もなく厳しいこの文章を書き写している私は今、彼が全力を集中させてこの文章を練りあげているあいだに、あるイメージが、手紙の行間に流れる思い出に逆らうような優しいイメージが、イメージというよりある感情と言ったほうがいいのかもしれないが、ふと彼の頭をよぎったのかもしれないと思う。ほんのちょっとのあいだ、彼はまた果樹園にいて、仰向けに寝転がり、風のざわめきに耳をかたむけ、その舌に子どもの味覚がよみがえった。するとこのイメージが彼の考えの中にそっと入ってきて、あたかも光のように言葉の上に落ちた。もう春に彼は「抽象の領域から」遠ざかろうと固く決心していた。『ヒュペーリオン』の校正は彼を自信に満ちた気持にさせた。彼はもう一度シャルロッテとヴィルヘルミーネの前で、最終的に『ヒュペーリオン断片』と名づけた作品を朗読した。彼は彼女たちが感激したことに勇気づけられた。「ターリア」誌に載せてもらうためにとにかくこのままシラーに届けるのよ、とシャルロッテは決めた、今日にも使者を使ってね、そうでないと、いつものように逡巡してぐずぐずするだけですから。

そのようになされた。

ノイファーがロズィーネ・シュトイドリーンの病状が思わしくない、肺結核で憔悴していると書いてきた。この知らせはヘルダリーンに打撃を与えた。彼はシュトイドリーン家の三人の少女たちのことを、シュトイドリーン家やノイファー家の集いのことを、故郷の逸話で喜ばせてくれたギリシア人女性、ノイファーの母のことをヴィルヘルミーネに話した。

ああ、もうずいぶん前のことです、と彼は言った。

ヴィルヘルミーネは笑った。まるで老人がご自分の青春時代について話しているみたい。

私にもそんなふうに思えます。

シュトイドリーン家のどなたかがお気に入りでしたの？

思い違いでなければ、三人ともです。

ずるい人、食いしん坊ね。

そうかもしれません。大げさでした。ナネッテとシャルロッテだけでした。

このおふたりだけ？

もしかするとシャルロッテだけかも。

彼女とは本気でしたの？

もしかするとヴィルヘルミーネとも。

今度は私をからかうのね。

いや、もうひとりの女性でした。

なぜ謎めいた言い方をするの？

謎だからです。

彼ら並んで横たわり、ふたりともまるで夢を見ているように軽やかに、相手を傷つけないようにおしゃべりをする。

静かに、聞かれるといけないから。

そうね、家中が私たちの秘め事を知りたがっているわ。


夏になり、彼はフリッツとの力比べが自分には不利な結果になることを認めざるをえなくなった。少佐がヴァルタースハウゼンで過ごした最初の何週間に少年の好ましくない性癖についてすでに数回にわたってほのめかしていたので、ヘルダリーンはなお注意深く少年を見守っていた。しかし何も目につかなかった。女性たち、シャルロッテあるいはヴィルヘルミーネからそのようなことは何も聞かなかった。フリッツはときには確かに反抗的で陰険だったが、ふつうは甘えて寄りついてきたし学習意欲もあった。ただヘルダリーンは少年の知力がとりたてて言うほどのものでないことに気づいていた。勉強する気もない、と少年は言いはった。愚かなのか、それともただとぼけているのか、彼は確信がなかった。

少年の反抗が募り、彼は平静さを失った。以前よりよくフリッツをどなりつけるようになったが、ミュンヒのひどいやり方を思い出して殴ることは避けた。フリッツは自分の部屋に閉じこもり、ヘルダリーンあるいは母親が頼んでも、開けないこともあったのだろう。

また前のようになってしまったわ、とシャルロッテが嘆いた。彼は責められているような気がした。

彼がそれを話すと、ヴィルヘルミーネは宥めた。あの子はどうしようもないの、自分で自分を台なしにしているのよ。

どうして、と彼が尋ねた。あなたは私よりもっとご存じでしょう。

そうだとしても、彼女は言わなかった。少佐が話していた悪癖の現場を自分でおさえたときに彼ははじめてなぜだかわかった。

フリッツに、おやすみ、というのを忘れていた彼は——もう眠っているかもしれない少年を起こさないように——そっと部屋に入って行った。フリッツは裸でベッドに横になり、自慰していた。身をすくめ、急いで下着を頭の上にかぶり、途方にくれてにやりと笑った。狼狽で身がすくんでしまったヘルダリーンは、さあ眠るのだよ、フリッツ、おやすみ、とだけ言った。なぜみなが黙っていたかが今、わかった。話題にするのも憚られたのだ。彼は翌日、少年の「病気」の事情がわかったことを少佐に知らせた。それから少佐がシャルロッテにはっきりとそれを理解させたのだろう、というのも彼女はいわばヘルダリーンに秘密をうちあけたのだから。もうあの子から目を離さないでください。必要なら夜もあの子のそばにいてください。

フリッツというと、ついに現場を押さえられて、もう禁じられた楽しみを隠そうとしなかった。そう、するんだ。やるよ。気持ちがいい。したければ何度でもできる。気持ちがいいのだ。

病気になってしまうよ、とヘルダリーンは彼に訴えた。むやみにやると体が弱って動くこともできなくなり、命とりにもなりかねないぞ。

それに関して少年と話さなければならないことにヘルダリーンは吐き気を覚えた。デンケンドルフやマウルブロンの寝室で生徒たちが夜になると互いにけしかけあって、そうしたことを、そしてレンツがそのとき、とくに頭角を現してひけらかしたことを思い浮かべた。彼らの誰も体が弱くならなかったし、おまけに長患いもしなかった。しかし医学の定説によると自慰は心身を衰弱させる危険な悪癖だった。

時代はそうとしか知らず（そして知ろうともしなかったので）、彼はよりよい知識を得ることができなかった。カルプ家の人びとや家庭教師たちがフリッツを気にかけず、好きなようにさせていたなら、やがて彼はこの楽しみをやめていただろうと思う。しかしそんなふうにして彼は周りの人びとから身を守り、彼らの嫌悪感と憂慮にうっとりしたのだ。それゆえ彼は陰鬱な病気になった困った少年、とみなの関心の的になった。

ヘルダリーンはもう拘りなく少年とつきあうことができなかった。「教育」は日ごとの、そして夜ごとの――ますます度重なる――試練となった。それに彼は長くは耐えられなかった。まるで少年の病気が自分に伝染するのではないかと思うほどだった。もうヴィルヘルミーネも彼の気を晴らすことができなかった。

授業の後で彼はフリッツと遠くまでハイキングをした。

フリッツに効き目があるといいのだが。

しばしばフリッツと馬で遠乗りにでかけた。

フリッツと泳ぎに行った。

何もかも役に立たなかった。

寝ずの番をしながら、はじめは本を読んでいた彼はそのまま眠り込んでしまった。あるときフルートを取ってきて演奏を始めたが、それがフリッツを喜ばせた。こうだと考え事も、ぼんやりしていることもできるかも知れないな。それから彼はしばしば演奏するようになった。

しかし安らぎは長続きしなかった。フリッツは自分の教師を中傷し始めた。愛すべきヘルダリーン先生を演じているだけだ。猫なで声でささやいている。ずっとわけのわからないことを喋っている。もうあの人とやっていけないよ。

嘘です。

先生があなた方を謗《そし》っているのだ。

それは事実ではありません。

先生は夜中にキルムスさんの部屋に行くのだよ。

黙りなさい。

どうぞこの子の言うことに惑わされないでください、とシャルロッテが頼んだ。先生に辞めてもらっては困ります。これまでどなたもこんな豊かな影響を与えてくださったことはありませんでしたの。

彼は口説かれてしまう。

人生はそうでなくてもすぐに私たちの仲を裂いてしまいます、とヴィルヘルミーネは言った。こんな不快なことにまだ我慢がおできになれるあいだ、どうぞここに止まってください。秋になって神経衰弱が昂じた。彼はもう自分の気分をおさえることができなかった。食事中にお喋りをして、ほほ笑んで注意を怠らないでいようと苦心するが、彼の喉には叫び声が鬱積した。

彼は数週間来、カールに与えたような影響を期待してフリッツにクロプシュトックの『ヘルマンの戦い』を少しずつ読み聞かせていた。こうして朗読をしているときに大騒ぎになった。彼が本から目をあげると、フリッツが向かいの椅子に座って、挑発するように彼を見つめ、ズボンの前を開けてペニスをつかんでいた。彼は服をきちんとするように落ちついて少年に促すつもりだった。

お願いだ、愛するフリッツ……

しかし血が激しい勢いで頭にあがり、血管が切れてしまうかもしれない、と怖ろしかった。頭蓋骨の下からこめかみにかけて痛みが猛烈な勢いで広がる。彼は飛びあがって叫び声をあげ、目がくらんで倒れた。
シャルロッテとリゼッテが急いでその場に姿を現した。少し遅れて少佐とヴィルヘルミーネがやって来た。フリッツはもうとっくに衣服を身に着け、狼狽したふりをして立ちつくし、先生がやっとの思いで立ちあがるのをじっと見ていた。少佐はヘルダリーンと抱き起した。一体どうしたんです？　彼は答えることができなかった。マギスター先生が突然、叫び声をあげて、椅子から落ちたのだ、と少年は言った。それまで何もなかった。そして声を潜めて、こんなことが前にも二、三度あったよ、とつけ加えた。

この卑劣な言葉に彼はなすすべもなかった。少佐は彼を自分の部屋に連れていった。そのあとシャルロッテが二日間、休養するようにとヴィルヘルミーネを通して伝えてきた。彼はヴィルヘルミーネに何が起こったかを、より正確に言うと、それを遠まわしに話した。彼女はそれを了解し、シャルロッテに説明したが、彼女は信じようとしなかった。ヘルダリーン先生はとても神経質で、少しエキセントリックなところがおありで、おまけになかなかご自身に満足がおできでないの。それで怒りっぽいのよ。

それでもシャルロッテはふだんより思いやりがあるように、そう、ふだんより優しくなったと言ってもよかった。彼女はたいてい自分のサロンで手紙を書いたり、管理人を迎えたり、読書をしたり、ピアノを弾いたりしていたが、ヘルダリーンを夕方にそこへ招いた。ヘルダーとシラーの手紙を読むようにと彼に渡して、うちとけた様子だった。しかしときおりヴィルヘルミーネ・キルムスをけなすようなことを言ったので、彼は夫人が自分とヴィルヘルミーネと関係に気を悪くしているような印象を受けた。とにかく彼女は今までそれに気がつかなかったのだ。シャルロッテはたしかに美しくなく、心配ごとや生への執念がその顔に刻みこまれていた。しかしその物腰には彼女のじかで、むき出しの欲望がにじみ出ていた。彼は彼女の情のこまやかさに応えて、彼女と関係してみようという考えと一瞬、戯れた。

ヴィルヘルミーネは彼にとって逃げ場であり続けた。フリッツが彼をひどく苦しめた最後の数ヵ月はこれまでにも増してそうだった。夜ごと共に過ごしていることをふたりはもう隠さなかった。キルムス夫人はいい方よ、とリゼッテが言って彼を力づけた。若いカルプ少年の悪い行いを包み隠さず話した唯ひとりの人物であるネニンガー牧師は、彼とヴィルヘルミーネに祝福を与え、ふたりを夫婦にすることが許されればと願った。ヘルダリーンはこれら全てのことから逃げた。ヴィルヘルミーネと将来のことを話さなかった。僕には時間がいるのです。自分のために時間がいるのです。彼女のからだを彼はよく知っていた。なんの不安も抱かず彼女を愛し、彼女に、さあ、寝よう、と言える自分に驚いていた。この愛は日常的なものにならなかったが、日々の一部だった。

十月になると毎晩フリッツのそばで起きていなければならなくなった。少年は自身の衝動にとりつかれていた。はじめは単なる反撥から起きたことがひとり歩きした。

悪癖が病気になってしまった。シャルロッテは彼と息子を二、三週間イエーナへ遣ろうと考えた。そこでならふたりとも気を晴らすことができるかもしれないわ。

ダンスの講習なんかどうかしら？

いいかも知れませんね。

そこで旅の、彼が言うところの転地の準備がなされた。

フリッツがようやく眠ってしまうと、彼はいつもヴィルヘルミーネのところへ行った。彼らは夜半に眠らずに横になり、お互いになぐさめ、愛撫しあったが、自分たちがおそらくもう会うことがないだろうことを知っていた。

彼が大変苦労して、長いあいだ推敲した詩を彼女は諳んじていて、まるで過去の詩節のリフレインであるかのように、ときどき声に出して言ってみた。「今もなお老いることなく微笑みかける／心の春は君に、／青春の神は君臨する／今もなお君と私の上に。」

フリッツが不平を言った。旅はいやじゃないけど、ほかの家庭教師とのほうがいいや。

少佐は少年をさんざん殴ったが、どうしょうもなかった。フリッツはしばしば部屋の隅っこにうずくまっていた。よだれが口から垂れ、動くことも、言葉を発することもできなかった。

それなら黙りを決めこむのだな！　黙りを決めこむのだな！　こんな情景がヘルダリーンから落ちつきを奪ってしまう。

お願いです、ヘルダリーン先生、でもどうかあの子に気をつけてやってください。

そうしてみるつもりです。

彼はその午後、出発を前にして荷づくりをしていた。

たったひとりで公園を散策した。

遠くからだと館は我が家のように見えた。彼はそこに住み、働きたかったのだが。

彼はそれを試してみたのだ。

ネニンガー牧師を訪ね、ふたりでビールを飲んだ。牧師は彼が行ってしまうことを残念に思った。

この辺鄙な村で誰と語りあえばいいのでしょう？

以前もそれに辛抱されていたのでは、愛する友よ。

そうですが、それよりいい状態があることを今、知ってしまったのです。

ヘルダリーンは台所にいるヨゼフィーネのところへ行って、パンに「すごくおいしいガチョウの脂」を塗ってもらった。

どこでこんなご馳走をまた頂けるでしょうか？

ヨゼフィーネとリゼッテは目に涙をうかべていた。

少佐は彼をもう一度、散策に誘った。ふたりは口数も少なく、並んで歩いた。私の話はもうみなご存じでしたね、と少佐が言った。それにここでは私に何も新しいことは起こりませんしね。

シャルロッテはできるだけ早くあとを追いかける約束をした。

馬車は五時に来ることになっています。旅はまる一日かかり、馬は交代することになっていますのよ。それから息子には昼食後、休憩させてくださいな。

もう荷造りはおできですか？　とヴィルヘルミーネが尋ねた。

みな用意できています。

ここにまだカントのご本がありますよ。カントはもういりません。

お終いまでお読みでなかったのですか？　あとで送ってくださってもいいですよ。

いいえ。ありがとうございます。

彼女はいつもと違っていた、彼をひきよせ固く抱きしめた。

なぜ聞き入れてくださらないの？

そうしていますよ、と彼が言った。

いいえ、お心はもうここにありませんわ。

その夜は彼女と眠らずにいようと思っていたのに、眠り込んでしまった。彼女が起こしてくれた。鳥が鳴き、空気が生暖かく、夜が明けた。

いらっしゃらないと。もう馬車が来ています。カルプ夫人がもうフリッツを下へ連れて行かれたわ。

一緒に下へ来てくださらないのですか？

彼女は頭を振った。彼はトランクを手にして、もう待機していたらしい召使を呼んで、重い旅行用のトランクをひきずりおろした。ヴィルヘルミーネがドアを閉める音を聞いた。

そう望んだのではないのに、ことは終わってしまった。

フリッツは毛布にくるまり馬車の中に座っていた。

彼がとなりに腰をおろすと、少年はからだをずらして彼から離れた。

旅が楽しみかね、と彼は尋ねたが返事はなかった。

ワイマールとイエーナで手渡してほしいと、彼の手に手紙の束をおしつけたシャルロッテが、手を振っている。木々が邪魔して見通しがきかない。ヴィルヘルミーネは窓辺にいない。彼は後ろに凭れて、目を閉じる。

V　ワイマールとイエーナのお偉方

ヘルダリーンがしばらくのあいだ暮らしていた町のいくつかを、例えばイエーナを私は知らない。彼の時代の絵画を、銅版画をじっと見る。それらの眺めはよく似ている。背景に丘陵と木立に囲まれた町、絵の手前の端に待ち針のような大きさの人たちが散策し、絵のように美しく集っている。きれいな絵だが、生き生きしていない。今日、郵便局員の保養施設になっているヴァルタースハウゼンの館の写真のほうが役に立つ、そこには簡素な三階建ての建物と、以前は庭園だったが今は荒れはてた区画の土地が写っているだけだが。似たような建物を知っている私は自身が観察したものから——ひょっとすると見当はずれかもしれないが——甦らせることができそうだ。

どのような風景を？　テューリンゲンの森を、そう暗くはなく、そう密ではないがハルツ山地のようだ——いやシュヴァーベン山地《アルプ》のようだと考えればいいのだろうか？　あるいは南シュヴァルツヴァルトのようだと？　私はヘルダリーンに頼らざるをえない、彼が私を助け、示唆してくれる。私は彼のように見ようとすべきなのだろう。もしかすると私のまなざしは似たような出自と記憶を持っているかもしれない。彼は新しいものを自分の知っているものと比べる。そして私もそれを、ニュルティンゲンやテュービンゲンから見た、くっきり浮かんだシュヴァーベン山地の輪郭を知っている。彼がズィンクレーアといっしょに二ヵ月間住んだイエーナの園亭から、「ザーレ川のすばらしい谷あい」が見わたせる。「それはテュービンゲンの我われのネッカーの谷あいに似ているが、ただしイエーナの山々はもっと雄大ですばらしいものがある。」また彼とは何のかかわりもないが、その響きの荘重さが私の記憶に残った詩行もある。「目の前の愛らしい谷に広がるイエーナ、／と母が旅先から書いてきた／ザーレ川の岸辺の絵葉書に、／保養で夏にケーセン温泉にいた母が。／今はもう祖先の女《ひと》は忘れ去られ、消え去った、／彼女が書いた文字、筆跡さえも、／生きた歳月も、妄想の歳月も、／しかしこの言葉だけは決して忘れられない。」ゴットフリート・ベンがこの詩行を書いた。「目の前の愛らしい谷に……」が私の心に刻まれた。型にはまったこの言い回しが私の目の前に不思議な子どもらしい現実を、爽やかな夏の風景を作りあげる。

しかしヘルダリーンがイエーナに来たのは夏でなく、一七九四年十一月の始めだった。彼らは旅の途中で凍えていた。そして移り住むことになるレープデ門外の離れ家《ガルテンハウス》でも凍えるだろう。この家は書籍出版業者フォークトのものだった。シャルロッテが全てを手配したのだろう。彼女はフォークトと彼の閲覧施設を知っていた。因みにヘルダリーンはこの施設をしばしば利用した。ヘルダリーンは家賃のことを気にせず、好きなようにその小さな家を使えた。ヘルダリーンが外出しているときに少年の世話をするために、家政婦まで雇われた。彼はフィヒテの講義を聴き、尊敬するシラーから許可をもらえればいつでも訪問したいと思っていた。知人はそれだけではなかった。テュービンゲン時代から知っているニートハンマーが大学で哲学を教えていた。それにまもなくズィンクレーアが姿を現す。

イエーナ時代はしかしながら不幸な出来事とともに始まり、取り返しがつかず、ただではすまなかった。ヘルダリーンはシラーに会いたいと熱望した。すでに最初の何日かのうちに挨拶のカードを送って訪問を予告し、嬉しいことにすぐに招待された。ルートヴィヒスブルクの狭苦しさにうんざりしていたシラーは五月にイエーナに帰っていた。それからその夏に、ふたりの「巨大な人物」の友情の始まりとされている、原植物についてゲーテとの重要な談話がなされた。そして九月に、シラーはワイマールのゲーテ邸に滞在した。ゲーテは四十五歳、シラーは三十五歳だった。二十四歳のヘルダリーンにとって彼らは有名であるだけでなく、経験豊かな、年の離れた男たちだった。全てにおいて彼の先を行っていた。

ノイファーに彼はこの不首尾な出来事を打ち明けた。「シラーのところにもすでに二、三度行ったが、最初のときがとにかくついていていなかった。部屋に入ると愛想よく迎えられたが、奥に客がいることにほとんど気づかなかった。その人は表情も変えず、それからその後もずっと声をあげず、特別なことを感じさせなかった。シラーは僕の名前をあげて、彼の名前も言ったが、僕は彼の名前を聞きとれなかった。僕はそっけなく、ほとんど相手を見もしないで挨拶をし、シラーにだけ全身全霊を傾けていた。客は長いあいだおし黙っていた。シラーは僕の『ヒュペーリオン』断片と運命に寄せる詩が載っている「ターリア」誌を持ってきて、それを僕に渡した。シラーがそのあとちょっと席をはずしたので、客人は僕がいた机からその雑誌を取りあげて僕の横で『ヒュペーリオン』の頁をめくっていたが、やはり一言も口をきかなかった。僕は顔じゅうまっ赤になるのがわかった。

今、わかっていることをそのとき知っていたなら、まっ青になっていただろう。それから客は僕のほうを向いて、フォン・カルプ夫人のことや、僕らの村のあたりのことや近隣の人たちのことを尋ねた。こんなことはめったにないことで、慣れない僕は言葉少なに答えた。とにかく大禍時《おおまがとき》だった。シラーが戻ってきて、ワイマールの劇場の話になった。客がちょっともらした言葉は何かを予感させるに十分だったのに、何も気づかなかった。さらにワイマール出身の画家マイアーもやってきた。面識のないその男は彼とあれこれ話をしていた。しかし僕は何も気づかなかった。その日、出かけて行った教授クラブで、君、何とゲーテが今日の午後、シラーの家にいたと聞いたのだ。ワイマールへ行ってこの不運と愚かな行為の埋め合せができるように、神が僕を助けたまわんことを！」神は彼を助けなかった。助けるつもりだったシラーはうまく和解させることができなかった。ヘルダリーンはシラーだけに心を奪われていたにちがいない！　全身全霊で庇護者のすべての言葉を受け止めたにちがいない。彼と並ぶと誰も重みを持たなかった。重要な人でもシラーの近くではぱっとしなくなってしまったようだ。ヘルダリーンはゲーテの肖像画を知らなかったのだろうか？　この人物が堂々と登場して、わざとらしく意味ありげにしゃべったことにヘルダリーンは気づかなかったのだろうか？　大切なシラーのそばで、あんなにも偉そうにしていることが、彼の気に障ったのかもしれない。ひょっとすると彼の人生を変えることになるかもしれない関係を台なしにしてしまったこの奇妙なエピソードのおかげで、このワイマールのゲーテを私の物語に取りあげる必要がなくなった。ゲーテに語ってもらえそうな安易な引用文は見つかるだろうが、現実離れと荘重さはヘルダリーンの物語に入れるべきでない。ヘルダリーンの望みとは逆にゲーテは脇役にとどまる。この客を直感的に無視し、心の中の何かが圧倒的なものに抗ったと考えてもいいのではないだろうか？　結局、ゲーテの側からの侮辱に侮辱がこれに続いた。そして三年も先へ延ばされた。ヘルダリーンとその仕事の成功をめぐる短いやりとりはシラーとゲーテのあいだの手紙で行われたことであり、彼には知らされていなかった。

彼は「エーテルに寄せる」と「さすらい人」の二篇の詩をシラーに見本として送り、出版を願った――するとシラーは作者の名前をあげず、これらは年鑑のために寄稿されたものですが、とゲーテに渡した。ゲーテはあえて助言を与える勇気がありませんと気をもたせる返事をした。「両方の詩には詩人になるためになくてはならない資質が認められるが、それだけでは詩人になれないでしょう。」それにもかかわらず彼は、「エーテルに寄せる」を「年鑑」に、折を見て「さすらい人」を「ホーレン」に採用するといいだろうと考えていた。そして実際そうなった。シラーはゲーテが自分の「友人であり被保護者に全く好意がないわけでもない」ことを喜び、それは「あなたが何年か前に私の家でお会いになったヘルダリーンです」、と明らかにした。ゲーテはあの奇妙な出会いを忘れていなかった。矜持《きょうじ》を傷つけられた彼はしつこく覚えていた。返信の中で、シラーの指摘を無視して、作者の名前を書かなかった。それらの詩から彼はシラーとの親近性を読みとったが、「ただそれらはあなたの作品にありますような豊かさも強さも、また深さもありません。」一七九七年八月、ヘルダリーンはフランクフルトの父のもとに滞在したゲーテを訪問することが許された。「昨日、ヘルダリーンも私のところに来ておりました。彼は少し意気消沈して、病気がちに見えましたが、まことに愛すべき人物で、謙虚です。そう几帳面すぎるほど率直です……私は彼に特に小さな詩を作るように、誰にとっても人間的に興味のある対象を選ぶように助言しました。」それからというものこの意見は、すぐれた才能が相容れないことをはっきりと説明しようとするときにいつも引用されることになる。これをあまり極端にならないようにも説明できる。ゲーテは要するに忘れていなかった。この若者がどんなにへりくだり、遠慮がちであろうとも、常軌を逸しているように思えた。これらの詩をもて余した彼は距離をおき、この冷ややかな性格描写がシラーにもあてはまることを示唆した。そこでシラーはひきさがった。

ヘルダリーンはもはやワイマールの巨匠のもとでは合わなかった。畏敬の念が彼を歪める。友人たちは彼の美しさと自由な性格に感動するが、偉大な人物の前に出ると、彼は小さく、醜くなる。彼はそのようにふたりの古典的な作家たちを軽く掠めて、彼らに気づいてももらえ、それどころかそのひとりであるシラーから暫くのあいだ、庇護されたが、彼らに認められたわけではない。ヘルダリーンは彼らとはちがう言葉をしゃべった。彼はその時代をちがったふうに理解していた。彼の足もとにはしっかりした土台がなかった。彼は市民について市民へじっくりと語ることができなかった——彼は途上にあり、このことが自身を危なげないものと信じていた人たちを不安にした。病んだ老ヘルダリーンがゲーテの名前が触れられただけで度を失ったことをヴァイプリンガーはなお経験している。愛想のよい無視が彼を生涯のあいだ傷つけていたのだ。

イエーナで彼はとにかくあらんかぎりの自信をかき集めた。この町はテュービンゲンに似ていなかった。ここでは大学が社交界をも支配していた。学生と市民のあいだに対立なかった。それどころか大学のサークルは人びとを大いにひきつけ、雰囲気と流行を作りだしていた。教授たちのクラブは、関心を持った人びとに、もっとも少しばかり名が知られていないとだめだったが、解放されていた。サロンが生まれ、またすぐに消えていった。人びとは哲学や政治について議論をかわし、時代の先端にいることを自負していたが、フィヒテをめぐる「自由人同盟」のような危険な結社に対しては警戒していた。

一七九二年の学生騒擾もまだ影響を及ぼしていた。それはテュービンゲンの暴動をはるかに上まわるものだった。テュービンゲンではいかに教授たちに警戒しないといけなかったか、教授たちは大公の命令になんと唯々諾々としていたことか。彼らの策動は、イエーナの隠しだてのない蜂起に比べるとなんと密かに、ためらいがちに消えてしまったことだろう。イエーナの蜂起は一七九二年春、憲法学者ゴットリープ・フーフェラントの新しいフランス憲法についての講義から始まった。学生たちが殺到した、法学生たちだけではなかった。自分たちがあえて考えようとしなかった自由が、文書によって確認された自由があることを彼らは聞き知った。大胆かつ熱狂的に解釈をしたフーフェラントは、自身でそんなに大きくなるとは全然望んでいなかった火を掻き立てた。学生たちはさらに考えを進め、大学の自治と独立を要求した。彼らはますます頻繁に集まり、集会で自分たちの願望を世に知らせた。市民と学生のあいだで暴力沙汰になった。騒ぎが大学全体を巻き込み、党派が生じた。大学当局はこれを鎮めることができず、ワイマールのカール・アウグスト公が七月十七日にイエーナに軍隊を進駐させた。憤慨した学生たちは中央広場で兵士たちに立ち向かった。兵士たちは集結した人びとを力ずくで追い散らし、打ちのめし、逮捕した。学生たちは抗議のため、八日間、講義やゼミに出なかった。政府はこれまで静観していた市民をも敵に回した。しかし抵抗はもう公然としたものではなくなった。反逆者は秘密結社、騎士団やフリーメーソンの支部会に結集し、メンバーは厳しい儀式で誓わせられた。最も重要な結社は調和団、黒い兄弟団それにコンスタンティニスト団だった。ジャコバン主義の考え方がエリートの思い込みと結びついた。自由人同盟は同様に共和制支持の立場を固辞し、メンバーを選び出す際にも劣らずエリート的だった。

ヘルダリーンは新しい友人を得て、学生の暮らしと町の生活に関心を寄せようと考えていたにもかかわらず、いつも端っこで見守っていた。彼は党派形成の全体像がつかめず、それに了見の狭い確執が嫌だった。またしても考えと行動がひとつにならなかった。今までこれほど密度が高く、直観力にみちた講義を聴いたことがなかったフィヒテのもとでさえ、それは変わらなかった。

理念が生まれ、言葉になるのをはじめて経験した彼は、講義を筆記して、それを読み、尊敬する人の言葉で考えた。ただカントの原書講読では間違いを指摘し、反論を述べた。それでもフィヒテも思考と行為をひとつにすることができなかった。ヘルダリーンは慎重にしている自分が間違っていないと思った。

彼はフィヒテから自由な人間は「ふたつの秩序からなる環《グリート》」であると聞いた。「ひとつは自我が純粋な意思によって支配される純粋に精神的な秩序で、そしてもうひとつは私が自身の行動によってその中で働く感性的な秩序である。理性の最終目標は自身以外の道具を全く何も必要としない、その秩序の純粋な行動である。——自己理性でないもの全てからの独立、絶対的な無条件性である」。

フィヒテは彼自身の激しい要求をかなえていなかった。大学における陰謀に巻き込まれた。調和団やコンスタンティニスト団の保証人になり、秘密結社のメンバーの無罪放免を押し通したときは、まだ理性的な決定をくだしていた。しかし彼らの粘り強さを考えに入れていなかった。彼らは彼の申し出にまったく応じなかった。そのために彼は「結社は解散」させねばならないと考えた。激しく非難された人たちは反撃に出て、講義の邪魔をし、彼の家の前で野卑な言葉で挑発した。彼は悲鳴をあげて、自分の人格があまりにもいいかげんにしか、あまりにも少ししか保護されていないと嘆き、とうとう二、三ヵ月のあいだイエーナを離れてしまった。

「まことに偉大な人物の近くにいることは、たとえそれがまことに偉大で、自立し、勇気のある人物であろうとも、僕の心を打ちのめにし、そしてまた昂揚させる。」こうした戯れの行為にヘルダリーンは翻弄される。一方では、シラーやゲーテやフィヒテを、そして（一度訪ねて行き、「心から」もてなしてもらった）ヘルダーを目の前にして夢のように感じたこと、他方では、二、三人の友人や知人の政治的陰謀。そこで彼はいつものように状況を理想化することによって身をひく。「今、僕は思考や詩作を通じて、そして義務としておこなう行動を通じて、仕上げてみたいことで頭と心がいっぱいだ。もっとも後者はもちろんひとりではできないが。」

毎日つきあうのはシュヴァーベン人のニートハンマーとカメラーだった。ニートハンマー家はもてなしがよく、ヴュルテンベルク出身のイエーナ居住者ならびに旅人のたまり場になっていた。ヘルダリーンより二歳年下のヨーハン・カスパー・カメラーは医学生で、その父はズィンデルフィンゲンの牧師だった。ヘルダリーンがカメラーにひかれたのは、同郷だったからだけではない——彼はイエーナで絶えずシュヴァーベン人に出くわしていた——、カメラーの落ちつきと思慮深さが彼を喜ばせたのだ。カメラーはどの秘密結社にも属していなかったが、それでも共和主義的な意見を表明して、しかも最善の社交界に出入りしていた。すばやく結ばれたこの友情は確かめあう必要がなかった。ヘルダリーンは彼にその心中を打ち明けた。カメラーは日常的ないざこざにも助力を惜しまなかった。フリッツ・フォン・カルプは今、自分の教師を追い出そうと決心したように見受けられた。ヴァルタースハウゼンでのように彼らはレッスンを続けていたが、フリッツはぶつぶつひとりごとを言い、痙攣をよそおいズボンの中へ漏らしてしまったり、居眠りをしたり、手淫をしたりした。ヘルダリーンに同席を頼まれたカメラーがいるときもそうだった。

怒りのあまり見境がなくなったヘルダリーンは少年を二、三度殴った。これをいいことにフリッツはまるで今にも死にそうな唸り声をあげて隣人たちをびっくりさせた。彼らは恐ろしい少年虐待について書籍出版業者フォークトにクレームをつけた。ご覧になればおわかりでしょう。もうあの先生の手に負えません。病気がちであまりにも繊細で、哀れなあの少年にふさわしい家庭教師であるわけはありませんよ。ヘルダリーンは夕方六時から七時まで続いたフィヒテの講義のあと、ときどきカメラーのところで眠らせてもらった。そのあいだ、ひとりで生意気な少年とうまくやっていくことを任されていた家政婦の勧めもあって、カメラーは当惑したフォークトのところに出かけて行き、意地の悪い噂ですよ、と説得しようとした。マギスター先生も荒々しい処置を講じざるをえないときもあるのですよ。しかしフォークトはすでにシャルロッテに知らせていた。またほかの情報筋からもシャルロッテは息子がヘルダリーンから受けている「きわめてひどい扱い」について注意を促されていた。彼女はヘルダリーンとの別離を「きわめて穏やかに、慎重に」話しあいたいので、エアフルトで会ってほしいとシラーに頼んだ。シラーはとりもつ気がなかった。ところが家庭教師が新しくなることに不安をおぼえたフリッツが要求をひきさげた。僕はいい子にするつもりだよ。それにカメラーさんが訪ねてきてもかまわないよ。あの人は僕にいい影響を与えてくれる。とってもおもしろいお話をしてくれるのだ。少年はシャルロッテの気持ちを変えることに成功した。ヘルダリーンさんにはフリッツと一緒にワイマールの私のところに来てもらいましょう。ヘルダリーンはフリッツがせっぱつまって猫をかぶっていることが、もはや彼の信頼を得ることができないことがわかっていた。

カメラーはイエーナに残るように彼を説得した。

ワイマールはゲーテの町である。本当はそこへ行きたくない。その町のいたるところに、いつもこの偉大な人がいることで圧迫されるだろうことを彼は予感している。しかしシャルロッテのたっての願いに負けて、フリッツと一緒にワイマールにやって来た。フリッツは母のもとに来るやいなや、以前の悪癖におぼれてしまった。

ようやくシャルロッテはこの関係を続けることは無意味だと気づき、取り乱すことなく全てにけりをつけた。ゲーテがちょっと立ち寄った。彼はヘルダリーンに挨拶して、彼と話をしたが、そのことについてヘルダリーンに関する彼の手紙の中で一度もとりあげなかった。はらはらすることもなしに全てが終わったことをシャルロッテは喜んだ。ゲーテには「心底親切な父親」のようなところがある、とヘルダリーンは後になってから気がつく。

あなたはこれからゲーテを拠りどころになさることができますよ、とシャルロッテが言った、それにもちろん私をもね！　実際に彼女は、不幸に追いかけられたときも、貧困に陥ったときも彼からいつも目を離さず、くり返し彼のことを問いあわせるだろう。

彼女は腹蔵なく、彼の経済的な状況についても話した。それが彼の気持ちを楽にした。

嘆かわしいことです。あなたのせいではありません。子どもが――あなたのほうがよくご存じのはずです。

フリッツの中にはよき才能がかくれています、と彼が応じた。ただ私に力がなかったのです。私のいらだちが。

それは当たっていますね、と彼女は言った。辛抱強くはありませんね。ニュルティンゲンにお帰りになって、新しい家庭教師のポストをお探しになりますか？　どうぞお母さまによろしくお伝えください。そのうちお手紙を書くつもりです。

ヨハンナと手紙のやりとりをしていたシャルロッテは、ヨハンナが息子の進路を不安そうに見守っていたのがわかっていたので、この決着を、最初の仕事上の挫折を慎重に釈明しなければならことを承知していた。

ありがとうございます、宮廷顧問官夫人。すぐに家に手紙を書くつもりです。母は心配しすぎなのです。

それではニュルティンゲンにお帰りにならないの？

イエーナに留まるつもりです。ひょっとすると大学で講義ができるかもしれません。あるいはここ、この辺りで家庭教師に。友人がいます、それに宮廷顧問官シラー氏が私を推挙してくださるでしょう。

夫人は償いとして四半期分の給金を彼に持たせた。お要りかもしれませんからね。それからたびたび会いに来てくださらないだめよ。フリッツもそのときはもっとよい面もお見せできるでしょう。

ひょっとするとシャルロッテはヘルダリーンが好きで、彼を口説き落とそうという思いつきと戯れていたのかもしれない。しかし彼があまりにも自分に似ていたので、その不安や傷つきやすさと予測できない怒りを怖れていた。よく似ているからこそ、ほかの多くの人たちより彼のことがわかっていた。「それにしても、休息をご存じないあの方もいい加減にくつろぎ、自足し――そして落ちつかれますように！」とヘルダリーンの解任を知らせるシラー宛の手紙で書いた。「彼はすばやく走っている車輪のようです。」

どうやら心配していたようになってしまったと考えている母に彼は解任の理由を落ちつきはらって説明した。そしてシャルロッテも疑い深くなっているヨハンナに、なぜヘルダリーンが母の願いに背いて、イエーナに留まるかをはっきりわからせようとした。「ヘルダリーンは普遍的に善きことと美しきことのためにいずれ寄与すべく勉学を積まねばならないのです！……彼はいまイエーナにおります――この大学はドイツで啓蒙主義によって――また今、とりわけそこで動き出した思想のエネルギーによって――全てが傑出しています。」

ヨハンナはこの何年間か、彼を呼びもどし、牧師の職に就く気にさせようと再三、試みた。彼女は自分の夢をあきらめなかった。しかし息子は、今度は以前のようないいかげんで要領をえない返事をしなかった。ニュルティンゲンから二キロ離れたネッカーハウゼンの教区に空きができたので、応募するようにヨハンナが知らせてきたとき、彼は珍しくきっぱりと返事した。「ネッカーハウゼンで牧師になる気持ちがないかとお尋ねですね。実を申しますと、私は旅の途中で、私の仕事とささやかな計画を放棄するつもりはありません。それがどんなに尊敬すべき、好ましいものであろうとも、今、私が取り組んでいることや私の勉強と両立させることは難しく、私の性格の中でやっかいな大変革を起しかねません。」それから彼は故郷の過去とのもうひとつの結びつきをも断ちきった。ヨハンナは彼を思い出によってなんとか縛ろうとして、あのお嬢さんともまたもっと親しくなれるでしょうに、とエリーゼ・ルブレの名前をあげてきた。そうこうするうちに彼がヴィルヘルミーネと親しい間柄になり、学生の戯れの恋といったものからどんなに遠く離れてしまったかをヨハンナは知らなかった。彼は旅の途上にいた。誰も、ヨハンナさえも彼をつれ戻すことはできないだろう。「テュービンゲンの女友だちには今日のうちにも手紙を書きます。彼女についてどう自分の考えを定めなければならないかをよく考えますと、もっと親密な関係を結んでおけばよかった、これから結んでいきたいといった気持ちになれないことをあなたに打ち明けます。」とにかく息子に希望を抱いているヨハンナは切り替えた。息子を失いたくない。ほかの誰よりも自分が必要とされていることがわかっている。「どうか私の力を何ものにも妨げられず行使することをお認めくださ い」、と彼はイエーナから頼んできた。彼女は全力を尽くして助ける約束をし、そして彼を助けた。

全ては彼があらかじめ考えていたのとは違ったふうに推移した。もちろん規則的にフィヒテの講義を聴き、ときどき教授クラブにも招かれた。そこで一度、ゲーテと画家マイアーに出会った。ニートハンマーがひき続き面倒をみてくれ、それに友人のカメラーがいてくれる。彼のもとでヘルダリーンは心の中を打ち明け、休むことができた。どうやら彼はもっと当てにしていたようだが。彼はひきこもり、『ヒュペーリオン』の増補稿を執筆した。正確に言うとこの仕事を口実にして、ひとりで考えに耽り自室で夕べを過ごした。学生たちの激した言動や口先だけのおしゃべりに嫌気がさしてしまったのだ。

フランスで起こったことに彼は注意深く、しかしほとんど人目につかないように注目していた。フランス軍の勝利を喜び、プロイセンが敵の共同戦線から外れたことを不思議に思ったが、やがてそれがただポーランドへの利害関係のためだけになされたことを理解した。すぐれた革命家たちが互いに殺しあったあと、何が起きるのかまだはっきりしてこなかった。ボナパルトについてもう取り沙汰されていた。総裁政府が支配した。彼やシュトイドリーン、それにヘーゲルが全幅の信頼を寄せていた多くのものが失われ、裏切られたようだった。その名残は無くならなかった。

そして彼は自分自身とカメラーに何度も言って聞かせた。この世界にかつて現れ出たものが消えてしまうことはありえないよ。だからこの新しい、全てを包括する人間理解も消えてしまうことはないのだ。これらすべては、ギリシア人たちにとってそうだったように、我われにとってもそうなのだよ、カメラー。

シラーはまだ彼を助けてくれていた。ヘルダリーンが作品を終えていないのに、とにかく『ヒュペーリオン』をひき受けるように、コッタを説得した。「あなたのご推挙ですから、ヘルダリーンの『ヒュペーリオン』を出版しましょう」とコッタが承諾した。彼は百グルデンというわずかな報酬を申し出たが、ヘルダリーンはそれを両巻ではなく、第一巻だけのものと勘違いしていた。

しかし値段のことで交渉したくなかったのでそれを受け入れた。彼はまだ要求できるような人間ではない。話合いの成り行きが気持ちを滅入らせたが、励みでもあった。目標ができた。彼はコッタから処女作を出してデビューするだろう。

この噂で名望があがった彼は招待をよく受けるようになった。それでも、仕事を口実にひきこもることができる。

ヴィルヘルミーネがここにいてくれたら、と彼はカメラーに言った。ヴィルヘルミーネがどこにいるのかわからない。噂によれば彼女はシャルロッテにそのことについて何も言い残さなかったという。

僕では不満なの？　とカメラーが尋ねた。

こんなあてこすりの言葉に彼は我慢した。

ズィンクレーアがカメラーから彼を奪った。彼はニートハンマーのところでズィンクレーアに再会したが、ニートハンマーはホンブルク出身の定見のない扇動家に用心するようにと警告していた。はじめはテュービンゲン時代から知っている人に出会えた喜びだけだった。しかしズィンクレーアから発する魅力は彼には圧倒的だった。シュトイドリーンのもとでもそうだったように、ヘルダリーンはまたしても自分がふたつに割れたように、まるで自分の本質の積極的で、反抗的な部分をズィンクレーアが具現しているように思った。ズィンクレーアなら自分を先へと推し進めてくれるかもしれない。四月になって彼はズィンクレーアと一緒に町を見おろす高台にぽつんと立つ園亭に引っ越した。

私はズィンクレーアのことを少なくともヘルダリーンと同い年であるかのように書いている。彼をそう見て、その声をそう聴いている。彼は例えば、一緒に住もう、と自分の提案を押し通し、主導権を握ったことだろう。しかしこの空想に屈して、誤りを正さねばならない。ズィンクレーアは二十歳になったばかりで、ヘルダリーンより五歳年下だった。それにもかかわらず彼が優位に立つ。要求が多く、精力的に働く。ときとして辛辣で不遜な彼がヘルダリーンを怯ませる。しかし結局は静かで辛抱強い彼の反論が聞き届けられる。ズィンクレーアはこの友人を追い立てることができないことをわかっている。ふたりの生の速度は異なっている。「そのように互いに相手のとりこになっている友人はそういないだろう。」そのとおりである。彼らがいつも一緒で、幸福で、ひとりがもうひとりをいつも理解し、またたがいに傷つけないということではない——しかし彼らは互いにぴったり合っていた、補いあうふたつの声だった。

ホンブルクの宮廷博物館にズィンクレーアの肖像画がかかっている。それは彼が方伯に仕えていたときに描かれたものだ。三十歳ぐらいだろう。シュトイドリーンの顔のように心を開いた顔ではない。なにかに覆われたようであり、同時に不遜でもある。ほとんど不格好といえる奇妙な頭の形。額は高く、広く突き出ている。その下の狭い三角形の中に目と鼻と口が押しあい、三角形の先端には小さな厚ぼったい顎がある。たくましい鼻根によって分けられた両の目は離れ、驚くほど小さな口は高慢そうに尖っている。

注目すべき人間だ、でも冷ややかで人を寄せつけない、とはじめて彼を見た人は言うだろう。あるいは友人にならないと、その素性を明らかにできない人間かもしれない。ホンブルクの市民は彼が好きでなかった。たいてい冷たくあしらわれ、独善的で尊大だと思い知らされていた。彼は自分の中に燃える輝きを隠すすべを心得ていた。ズィンクレーアはスコットランドの由緒ある貴族の出身で、その父はホンブルクの宮廷の公子傅育官《ふいくかん》だった。そして宮廷に対する関係も常に親密で、ほとんど親戚のようだった。方伯は若きズィンクレーアの革命的な意図を大目に見ていた。たぶん若気のいたりだろうと考え、若いズィンクレーアが本気だとは知らなかった。他方、ズィンクレーアも宮廷で提供される職を進んで断る気もなかった。彼のホンブルクの庇護者《メントール》である宮廷顧問官フランツ・ヴィルヘルム・ユングは紛れもない共和主義者で、ズィンクレーアに政治的な影響を与えた。ズィンクレーアはテュービンゲン、そしてイエーナから自分の経験と出会いをユングに報告していた。ユングは四十歳そこそこで、良心に従って方伯のもとでの勤務を退いていた。これはズィンクレーアの好みでなかった。彼は巧みに論理をあやつり、提供されたチャンスを利用した。どのような立場にいてもうまく努めることができた。自分の理念を隠蔽した、それを否定しなかった。

そのように常軌を逸したところが結局、ヘルダリーンには不気味なままだった。はじめてホンブルクに滞在したころ、ズィンクレーアが宮廷の陰謀について話し始めると、彼は手を横にふった。そんなこと理解できないよ、ズィンクレーア。

ここ、イエーナではズィンクレーアのほうがヘルダリーンの気難しさに折れざるをえなかった。ズィンクレーアは旅館で昼食と夕食をとる習慣だった。家からもらっていた金で心配なく暮らせたので、イエーナで一番の仕立屋で服を誂えることも当然のことだった。しかしヘルダリーンのほうは、冬中、温かい食事は日に一度だけで、たいていは自炊だった。そして今、新しい住まいでもまたそうした。はじめズィンクレーアはこの倹約の理由をあえて訊く勇気がなかったが、ときどきヘルダリーンを招待した。ヘルダリーンがイエーナを離れることはズィンクレーアにとっても意外だった。彼はその直前にヘルダリーンに尋ねた。金に困って、仕事もないから行かねばならないの？

彼らは町を見下ろすことができる園亭の、ヘルダリーンが見晴しの間と呼んでいた部屋に座っていた。


ヘルダリーンは答えた。そのためでもあるが。

家からお金を貰っていないのかい？

少しだけだ。貰いたくないのだ。

どうして、母上は資産をお持ちじゃないのかね？

いや。ただ要求したくないのだ。僕は母の意向に反して自立した。今のところ彼女の援助を頼りにしたくないのだよ。

それで貧しい金持ちを演じたほうがいいと思っているのだ。

わかってくれないのかい、ズィンクレーア？

彼は友の遠慮がちな態度に実際は納得していなかったが、同意した。それは彼の本性には馴染みのないものだった。彼は貰ったものを手に取り、持っているものを享受した。

彼らは素早く親しくなった。ズィンクレーアは容易なことではなかったが、格別の配慮を示した。彼は笑いながら、ヘルダリーンのように早起きして、ベッドを整え、部屋を掃除して、勉学と人生を追及するために外出するのだと言った。一方、ヘルダリーンは昼間、ずっと家で『ヒュペーリオン』を執筆した。午後も遅くなって、フィヒテの講義の前にはじめてふたりは町で落ちあった。晩はズィンクレーアが主導権を握った。旅館の控えの間にこの友人をひきずって行き、そこで同じ考えの人たちと落ちあった。ヘルダリーンが黙って注意深く仲間のあいだに座り、場合によっては首を縦に振って同意の気持ちを表してくれるだけで我慢していた。結社に参加するようにズィンクレーアに催促されていたが、彼は断った。

それは僕には向いていないよ。それはもうわかっているよ。

ある晩、夜通し語りあった彼らは友誼を深めた。何よりもまずヘルダリーンの真剣な情熱を、思索を行動よりも優先させる断固とした態度をズィンクレーアは終生思い出した。難しくなってしまったよ、ズィンクレーア、行為者でありたいと願い、またそうしようとしたが、行動するうちに、いつも理念を忘れてしまったことにぞっとしたのだ。

ヘルダリーンは七日間の徒歩旅行を終えたばかりだった。シラー訪問は話題がほんの些細なことでも、いつも刺激を与えられたので、彼はいつものように表敬訪問をしたあと、一日また一日と旅への決意を固めていた。行先も定めず、また誰かに訪問の予告もせずに出発した。

なぜよりにもよって今なのだ、ヘルダリーン？　僕がいるのが気に入らないのかい？

この国を見たいのだ、とヘルダリーンが言った、ひとりきりでいたいのだ。いや、違うよ、君がいてくれて幸せだ、ズィンクレーア。僕の気まぐれな思いつきをとにかく受け入れてくれたまえ。

彼はザーレ川沿いにハレまで歩き、デッサウをくまなく歩き、「ルイジィウムとヴェルリッツの庭園ですばらしい日」を過ごした。ライプツィヒでは予告なしに哲学者ハイデンライヒと出版者ゲッシェンを訪問した。誰からも待たれていないという気楽さを楽しみ、晩には宿で、昼間の歩みのリズムから心に浮かんだ文章を書き留め、うっとりしていた。歩きまわって風景を見た。それは彼がもっと先に行ったとき見ることのない、あるいはさらに先に行ったときにはじめて見る景色だった。

ズィクレーアはヘルダリーンが旅で本当に元気をとりもどしたことに気づいた。必要だったのだ、わかるかい、愛する友よ。

彼らはベッドに横になっていた。ヘルダリーンが灯火を消すほどその夜は明るかった。こんな雰囲気が彼は好きだった。夕方の講義や宿屋での討論で疲労して、どちらかというと興奮ぎみにパイプを吸い、ズィンクレーアも落ち着くまで待ち、そして一気におしゃべりが始まり、そしてうまくいくと、朝まで続くことになるだろう。

なぜ昨日、ムールベックのところに一緒に来なかったの、フリッツ？

それはズィンクレーアの友人たちのひとりだった。ここイエーナでヘルダリーンが避けていたこれらの友人たち、ムールベック、ジークフリート・シュミットそれにベーレンドルフはホンブルクで彼にとって大切な人たちになる。

仕事をしたいのだ、ズィンクレーア、気を外らされたくないのだ。

でも君の書くもの、君のヒュペーリオンは僕たちと関わりがあるのに。

君らと？　それだと少なすぎるだろう。君らとも、僕とも、僕が何の役にも立たず、夢想するだけのギリシアと、僕の思い出と、僕が身をもって知ることと関わりがあるのだ。

あいかわらず閉じこもるのだな。ちょっと煙草をくれないか、ヘルダリーン？　切らしてしまったよ。

ヘルダリーンは彼に革の煙草入れを投げてよこす。ズィンクレーアは一抓みの煙草をつめかえ、革袋のひもを結び、投げかえす。

僕らの失敗つづきが君を愕然とさせているのはよくわかるよ。しかも君の言うとおりだ。僕は多くの友人を失ってしまった、ヘルダー、それも彼らが大学と大公の重圧と迫害と脅しに耐えることができなかっただけの理由でね。彼らはおとなしい学生であることを選んだ。誰がいったい大学から退学処分を受けたいだろうか。

僕は臆病じゃないよ、ズィンクレーア。

そう、君は僕らみなより勇気があるように思えるときがある。ただ君の勇気は僕らのとは違うけれど。

大げさだな。

僕らが出会えたことは幸せだ、ヘルダー。君は違ったふうに考えることを教えてくれる。

そうかな？

行動だけでは十分でないことを僕にはっきり教えてくれたのは君だけだ。このことをユングにも手紙で書いたよ。

でも行動も大事だ。

それを君が言うのかね？

それがないと思想は世間の人びとの目に見えるようにならないのだ、ズィンクレーア。

それを君が言うのかね？

僕の中の行為者は、ズィンクレーア、あまりにも虚弱にしか育ってこなかった。

君はときおり、まるで君がふたりいるかのように話すのだね。

ひょっとするともっと多くのものに分けることができるかも知れないよ。

ズィンクレーアは起きあがり、友が両手を頭の下においてじっと寝そべっているのを見て、笑い出した。

僕に身体的な苦しみを与えるものを笑うのだな、とヘルダリーンは真剣な調子で言った。僕は頭と胸の中で分裂を感じている。苦労して自分がばらばらにならないようにしているのだ。

笑ってすまない、ヘルダー。

僕の心に重くのしかかっているのはフランスでの出来事だ、ズィンクレーア、おぞましく血塗られた出来事――だがこうでしかありえないのだろうか？　いつか違ったふうになるだろうか？　君たちが自由を唱え、自由のために概念を探し求めるのはいいことだ。なぜフィヒテは君らの敵になってしまったのだろう？　自由が不思議な物質であるからか、ズィンクレーア？　それは空気のようにどこにでもあるように見えるが、それを吸い込むや、その物質は自身とその個人を変えてしまう。それはその個人だけにふさわしいと思えるものになる。そして一人ひとりが、私の自由、と言う。それを他の人の、他の人たちの自由と比べて、違いに気づく。しかしひょっとするとこの物質が吸い込まれる前に、自身の組成の中で変化させないといけないのかもしれない。これに成功した人はまだ誰もいないが。

君には気勢をそがれるよ、ヘルダー。

そんなつもりはないよ。君はいつも行動するつもりだろうし、僕は友人として君がいてくれることがうれしいのだ。というのも考える人間が後れをとっていることを、君らがしでかし、新しくしたことを、可能性として差し出したものを、僕らは記述するだけだ。そしてこの可能性が、僕ら、行動する人間と思索する人間の両方ともを熱中させる理念になりうることを、君は僕にはっきりわからせてくれるから。

それでは僕のことを非難しないのだね？

君こそ僕を非難できるだろう、ズィンクレーア、僕が君の足をひっぱっているのだから。

ああ、ヘルダー、行動するうちに、委縮してしまわないように、君を見つける必要があったのだ。

大学は力ずくで結社を解散させようとした。無所属の学生が秘密結社に与した。たびたび大小のデモになった。ズィンクレーアは首謀者のひとりと見なされた。大学評議会は審問することにした。すっかり首謀者の役を演じたズィンクレーアは、それでも他の人たちに対して責任を取ろうとし、学長代理に面会を願い出て、一七九五年五月三十日に許可された。それは一触即発のぴりぴりした短い会談だった。学長代理は二、三人の評議会のメンバーにとり巻かれて彼を迎えた。テーブルの反対側に座るように求められたズィンクレーアは、自分が違反者であるとわかっています、と言って、あくまで立ったままでいた。

評議会の面々は腰をおろした。

学長代理には会談を――ズィンクレーアの言うところの審問を開くのが難しかった。彼はまずズィンクレーアを黙ってじろじろ見て、それから尋ねるように評議会のメンバーのほうを見た。

あなたを、ズィンクレーアさん、五月十九日と二十七日の騒ぎのさいにひそかに監視していました。あなたは演説して群衆を唆したということですな。

それは事実ではありません、閣下。群衆が激昂していたのです。私は彼らに呼びかけて、彼らを鎮めようとしたのです。

我われはちがう証言を得ていますが。

私は自分のために証言します、閣下。

あなたが聞いてほしいと頼まれたのですぞ。

閣下、私はあなたに罪を帰せられた人びとが尊敬できる考えをしていることを請けあいます。テーブルについている面々が頭を寄せあってひそひそ相談した。

それはあなたの解釈ですな。

はい、閣下。ご高配のほどを。

我われは違う考えです。

それでも参加者全員の、とくにあなたがたが首謀者と呼んでおられ人たちの無罪を求めます。

それは例えば、バウアーやあなたのことですかな、ズィンクレーアさん。

そうお聞き及びでしたら、閣下。

大学を攻撃して侮辱しておいて、よくそんなに大それたことをお求めになれますな。

あなたは我われの要求を、閣下、ご存じですね。

はい、転覆だね。

それは、どうぞご寛容をお願いします、閣下、噂です。

暴徒が大勢で集まるという噂ですかな。

学生に関わることです、閣下。

誤った方向に導かれたのが、ズィンクレーアさん、暴徒ですよ。

我われの懇請をかなえてくださいますか、閣下?

その権限は評議会にあります。

ズィンクレーアはさがっていいと言われた。評議員たちは満足そうに彼を見送った。

首謀者の学生たちの大部分がイエーナから逃れた。みなが放校処分を受けることが確実になり、ズィンクレーアにもそれが通告された。もちろん彼は質問状の中で弁明しようとした。すると罰は諭旨退学に軽減された。これはすでにホンブルクの家に帰っていた彼はもうどうでもよかった。すると評議会は彼の不在を逃亡と解釈した。

何もならなかったな、ズィンクレーア。

我われは彼らを挑発したのだ、ヘルダー!

彼らは勝ち誇るだろう。そして君たちに従ったものは身を屈め、職をうるために憚ることなく自由を断念するだろう。

だけど彼らの頭の中にはひとつの思い出が残るよ。

そうかも知れないな、ズィンクレーア、ひょっとするとそれに賭けることができるだろう。

ヘルダリーンはまたしばしばニートハンマーとシラーを訪問するようになった。ニートハンマーの家でフィヒテとノヴァーリスに出会った。この語らいは声のないまま、心の会話に止まった。聞くばかりだった彼はノヴァーリスの清らかな顔に魅了され、この人との親近性を感じたかもしれない。「危険な人物」、ズィンクレーアについて手紙の中で黙っていたように、この出会いについて誰にも手紙を書かなかった。

イエーナの町が萎《しな》びて、彼から離れてしまった。彼はもうこの町を捕まえていなかった。ズィンクレーアと一緒に引っ越す前から、すでに影の中を歩いているような気がしていた。家々、風景そして人びとは自身を投影したものに、他人の作りあげたものにすぎないように思えた。

ズィンクレーアが学長代理とのやりとりで、夜中にひどく興奮して帰ってきたとき、ヘルダリーンが言った。行くよ。

行くの？　引っ越すつもりか？

ニュルティンゲンに帰り、家庭教師の職を探すよ。

よく考えろよ。

この数週間ずっと考えていたのだ。

なぜ何も言わなかったのだ？

行かねばならない、いいのだ。

シラーはご存知かい？

手紙を書くつもりだ。

それじゃ逃げるのか？

君の言うとおりだ。逃げるのだ。

でも僕からではないよな。

そうとも。

ズィンクレーアはアドレスを書いて彼に与えた。ハイデルベルクでこの人を訪ねるがいい。医者で学者だ。それに自由思想家だよ。彼のもとでは何も伏せておく必要はない。

そこにはゴットフリート・エーベルと書かれていた。

エーベルはいろいろコネを持っている、とズィンクレーアが言った。君に職を世話してくれるかもしれない。

彼らはいつもよくしたように、夜通し語り明かすつもりだった。しかしズィンクレーアはすぐに眠り込んでしまった。ヘルダリーンはそっと荷造りをして、衣類を束ね、眠っている友を起こさないで家を出た。彼ならそれをわかってくれるだろう。

シラーの住まいの前で彼は立ち止った。窓は暗かったが、声が聞こえたように思えた。しばらくのあいだ彼は耳をすませ、それから先へ進んだ。

第四部　幕間劇《まくあいげき》

ニュルティンゲン（一七九五）

彼は待つのが上手くない。こらえ性がない。彼の記憶はせかせかし、散漫である。彼は石になってしまったようだ、と人は言うだろう。彼は時間が必要だ。そっとしてやりなさい。しかし彼はそっとしておいてもらいたいとは全然思っていない。時間が自分から逃げていくのを、自分の中を駆け抜けていくのを彼は感じたい。僕はもう人間にがまんできない、と彼はマルクグレーニンゲンにマーゲナウを訪ねたときに言った。神が、神々が僕を裏切者としてお創りになったかどうかを知らない。そうなのだ。神々は輪郭を描き、同時に拒絶なさるのだ。僕はそれを受け入れる用意がまだない。いつかそれを理解するようになれば、今とは違ったふうに書くだろうし、また違った生き方をするだろう。

どう違ったふうに書くのだ、フリッツ？

そうだな、決定的なもの、完璧なもの、形づくられたものはもはや重要でなくなるかもしれない。みながこれまで聞いていたのに、誰も書き記さなかった、てんでに喋る声を僕は書き記すかもしれない。結果より構想のほうが重要になるかもしれないよ、マーゲナウ。

彼にもっと質問して、このぞっとするような硬直から彼をひき離したかったが、うまくいかなかった、とマーゲナウは語っている。

しかしこれは後の、待ち時間のあいだのことだった。

彼はイエーナからひそかに立ち去った。はじめは徒歩で、その後、郵便馬車でいくらかの道程を走る途中で、彼はまるで目の見えない人のようだった。もう風景も見ず、乗りあわせた人たちとも話さなかった。夕方、旅館でうつろな表情でテーブルについている彼を見た人は、彼を病気だと思った。それから早々に自室にこもり、そこでこわばった両手を膝の上にのせ、ベッドの縁に背を丸めてまた何時間も座っていた。彼は何も見ず、何も聞かなかった。感覚を失くした彼のからだが動揺した魂を運んだ。「追い出されたさすらい人、／彼は人びとと書物から逃れた。」

ハイデルベルクでも彼はそもそもエーベルに会うべきかどうかをまだ思案していた。こんな状態では誰だって傷つけかねないだろうな。しかしこの町の眺めが、ネッカー川にかかる橋の眺めが——この書き割りが——心を軽やかに、それに少しばかり朗らかにした。

ズィンクレーアがエーベルのことを夢中で話してくれていた。

彼はたっぷり時間をかけた。何日も話していなかったが、沈黙を破るのはいいことかもしれないな。

人ごみの中をぶらつき、橋の上で立ちどまり、懐かしい光景を辿った。「もう長いあいだ私はあなたを愛していた、あなたを戯れに／母と呼びたい……」

お昼近くに彼はエーベルが泊まっている「騎士亭」に行き、彼のことを尋ねた。エーベル博士はいらっしゃいませんが、昼食にお戻りになるとのことですよ。

食堂でお待ちしているとお伝えください。

どなた様でしょう?

イエーナから来たマギスター・ヘルダリーンです。

長いあいだ待つことはなかった。エーベルが姿を現した。まさに登場だった。というのも背は高くなかったが、自分が力強く、人目をひくことをこの男は知っていたからである。問題は頭部である。堂々として、その大きさは圧倒的だ。高くて、非常に肉づきの薄い鼻はつけ根に隆起があり、広くて後方へひっこんだ額からとび出している。目は大きく見開かれている。幅広く肉づきのいい口が頬をふたつに割いている。

彼は真っ先に思った。侏儒《しゅじゅ》の顔だ。エーベルが微笑んで、立ちあがり、彼らは向かいあった。英雄の顔だった。

エーベルは旅のことを尋ねた、しかしヘルダリーンは体調がすぐれないことを言わずにおいた。

我らの友、ズィンクレーア君は元気ですかな?

大学当局との対決で早くもひどく憔悴しています。

屈すべきでなかったですね。

それにしても秘密結社が陰謀をたくらむことも是認なさるのですか?

共和主義者に他のチャンスがないときは?

あなたは共和主義者ではないのですか?

もちろんそうですが。

ただあなたはもっと用心深くて、暴力を怖れていらっしゃる、ね、そうでしょう?

他の人にこう言われたら彼は不快感を覚えたかもしれないが、エーベルだとそう感じなかった。

エーベルは彼の状況を話題にした。あなたは新しい職をお探しですね？

今、僕は難しい状況におります。少なくともすぐに家庭教師の職の見込みを提示できないと、宗教局の要求を聞き入れ、どこかの教区をひき受けざるをえません。私どもの国ではまさしくそうなのです。

歩きましょうか？　とエーベルが尋ねた。

彼らはネッカー川沿いに歩いた。エーベルはヘルダリーンと腕をくんだ。ヘルダリーンはズィンクレーアとの共同生活について話し、エーベルは共和主義が生まれた場所をつぶさに見るために、パリに移り住もうと考えていることを話して聞かせた。そして終わりに、今晩は招待を受けていて、これ以上相手ができないことを詫びた。

もしかしたら、ヘルダリーン君、心当たりがあるかも知れません。フランクフルトの友人、ゴンタルト家でね。宗教局のことでご心配されなくてもいいように、お知らせするつもりです、じきにね。

彼は「騎士亭」で荷物を受けとった。ふたりは抱きあった。エーベルは速い郵便馬車でマンハイムまで行くように勧めた。

そのあたりは勝手がわかっています、とヘルダリーンが言った。馬に乗ってそこへ行きました、ライン河畔のマンハイムやシュパイアーへ。

きっとまたお会いしましょう、とエーベルが言った。

「お目にかかった瞬間からどんなに大切な方であるかを……感じました」、とヘルダリーンは彼に書いている。

はずみがついた。こうだと次の、さらにまた次の暮らしがうまくゆくはずだ。彼はスタートを切ることがだんだんうまくなる。

しかしニュルティンゲンは期待していたように彼を温めてくれなかった。リーケがいない。母は落ち着きがなく、ぐちをこぼす。彼女は家を、シュヴァイツァー館を嘆かわしい安値で売却せざるをえなかった。果樹園がそうだったように、今また家を失くしてしまったわ。ただ祖母ハインだけは以前と変わらず、ヘルダリーンの健康を気づかい、彼を子どものように扱って、すぐりのジャムを朝食のパンにたっぷり塗ってくれた。カールの不満がみなを滅入らせる。彼は義兄ブロインリーンの助けをかりて、じきに出ていくことを望んでいた。

いつひき払うのですか、マンマ？

まだはっきりしないの。

でもそうなさらないといけないのでしょう。

一七九八年、彼女は教会通りに引っ越し、ブロインリーン家の兄弟の家を借りて住んだ。それが早く夫に先立たれたリーケ、そしてカールと彼にとっても新しいわが家となった。その家はシュヴァイツァー館からそう離れておらず、そして私が彼のために考え出した初恋の女の子が住んでいた別のブロインリーン家の近くだった。

この家を手放すのはいいことなのよ、とヨハンナが言った。お前のためにお金が少し残るから。

心配しなくてもいいのよ。もちろん宗教局に逆らわないでくれたほうがいいけれど。

もうそれはありません、マンマ。

そう、もうないのね。

彼はクラーツとクレムを訪ねた。まるで熱に浮かされて興奮しているかのような彼はみなにかたくなだと思われた。

「私は自分をとりまく冬の中で、凍え、すくんでいます。私の天が仮借のないものであればあるほど、私は石のように冷たくなります。」

彼はシラーに逃げ出したことを弁解する自虐的な手紙を書いた。「このような苦痛を持ちまわっていては、どうしても自分の誇らしい要求も失ってしまうだろうことはよくわかっていました。あなたにとって重要なものでありたいと望んでいた私は、あなたのとって無にもひとしいことを自分に言い聞かさざるをえなかったのです。」そしてさらに手紙を続けて、「詩神年鑑《ムーゼンアルマナッハ》」のために二篇の詩を送った。シラーは一年半、返事をしなかった。そして「詩神年鑑」にはただ「自然に寄せる」一篇だけが掲載された。

彼が不運を、侮辱的な言動をひき寄せる。

ヨハンナは「新しい職の」知らせを、変化を待ちわび、責めるように黙り込んでいる。いたたまれず家をぬけ出した彼は、近くの昔なじみのネッカー川沿いの道を、ウルリヒの洞穴や絞首台の丘《ガルゲンベルク》に逃げ込んだ。教会の壁に凭れ、ラテン語学校の生徒たちが遊んでいるのを眺める。高慢でみなの反感をかったシェリングのことを思い出した彼は、次の日、この友に会おうと朝早くテュービンゲンに出発した。もう長いあいだ、シェリングの消息を聞いていなかったし、彼も手紙を書いていなかった。

君は不実だな、ヘーゲルが君のことを書いてよこさなかったら、君は死んでしまったと思ったかもしれないよ。

ひょっとしたら僕はもう死んでいるかもしれない。

以前の調子がもどってくる。シュティフトには知っている人がまだ何人もいて、挨拶を受けた。シェリングは今、「ねずみの領域」に住んでいる。補習教師のために急いで片づけなければならないことがあったシェリングを廊下で待っていると、もうたっぷり十年はヴァルタースハウゼンやイエーナで過ごし、ここにいたのはずいぶん前のことのように思える。一年前には同じ時間を分かちあっていたのに。今、彼の時間は違った時間である。ここ、シュティフト内でないほうがずっとうれしいのだが、と言われたシェリングは同意した。よくわかるよ、僕だってこのぞっとする牢獄を出るほうがうれしいよ。

ねえ、「子羊亭」で食事はどうかね、とシェリングが提案した。その後、ニュルティンゲンへ帰る君を少しお伴するよ。フィヒテのことをどうしても聞きたいのだ。

ヘルダリーンはできるかぎりフィヒテの講義について報告しようとするが、イエーナで暮らしていくためにどんなに倹約しなければいけないかとか、ズィンクレーアがとても献身的な助けてくれたことなど、話がついつい日常的なところへ逸れてしまった――それでシェリングは自身の哲学的な試作についてすぐには話せなかった。

彼らは出発した。

道中が君には退屈すぎないといいのだが？

どうしてそんなことを言うのだ、ヘルダー、二、三時間、君と一緒にいられたらそれで幸せだよ。

ネッカー谷を通ろうか、それともシェーンブーフを越えていこうか？　とヘルダリーンが尋ねた。

シェリングはネッカー川沿いの道の方が楽だと思った。

彼にとってどうでもよくなっていた景色が、また見えてくる。木々が生い茂り、靄につつまれたシュヴァーベンアルプの山地、テック城とノイフェン城の城壁。ネッカーテンツリンゲンの手前で彼らは水浴びをした。ぴちゃぴちゃと水を跳ね飛ばし、水を掛けっこし、草の中に横になり、陽を浴びて体を乾かした。

ヘーゲルに僕の哲学の論文を送ったが、君には送らなかった、とシェリングが言った。君の住所さえ知らなかったのだからな。

どうか責めないでくれたまえ。新しい生活でとても忙しかったのだ。

女性のことかい？　世の中のことがわかっていると思っている早熟な若者がそこでまた尋ねた。

そうじゃない。僕の生徒にてこずっていたんだ、それにその後、シラーやフィヒテとのつきあいがきつかった。

フィヒテはどのようだったか話してくれたまえ。

すごく弁が立つのだ。彼がしゃべると、何でも信じられる。彼の思考が言葉になるさまをじっと見ていた。それは見事だったよ。それはそうと、彼はちょっと虚栄心が強く、つきあう相手が自分にふさわしいかどうかをひどく気にするんだ。

僕の新しい論文を送ろうか、ヘルダー？

ああ、今だとそれを読む時間がある。

『哲学の原則としての自我について』を特に読んでほしい。それが僕には重要なのだ。フィヒテにずっと後れをとっている。僕には明晰さが欠けている。

フィヒテは君よりそう先に行ってないよ、シェリング。

君はいい人だな。

本気だよ。

彼らは川沿いの藪の中を前後して歩かねばならなかった。シェリングはとげのある枝に注意して、身をかがめて先を行った。ヘルダリーンはこの時を楽しんでいる。とにかく将来のことも考えず、何か知らせを待つ必要もなく、よき友人がそばにいて、子どものころの懐かしい景色が周りにある。水浴びでさっぱりして、陽にあたり、ぐったりする。フィヒテの講義を聴いた僕はときどき、哲学がある目的に到達できたというイメージを持った、とヘルダリーンが言った。しかしそんなはずはない。ひとつの考えにまたひとつの考えが続いて、それを訂正し、補うのだ。わかるかい？　哲学は僕にとってはてしない進歩であり、そして詩文学はしばしばそれと気づかず哲学に伴うのだ。

それでは歴史は？

両方で身を養っているのだ。ロベスピエールあるいはより正確に言えば、僕がちょうど読んだエンペドクレスでも、人民の指導者たちは神的なものと一体であることを切り札にして、人間として神の代わりになった。そうすることによってのみ彼らは人びとに新しいものを目に見えるように、感じとれるようにすることができたのだ。それから次に途方もない破綻がくる。新しいことが実現されると、人間は誰もそれぞれ共通点の中で、理解しあわねばならないから、彼らは神的なものから退かねばならない。世界のあつれきがまた明らかにならざるを得ない。人間はそれに苦しみ、しかも永遠に苦しむだろう。エンペドクレスは勝利の喜びをあきらめ、そうすることによって贖い、ひとつにまとめようと試みる。『ヒュペリオーン』の中で僕は同じようなことを言っている。

それじゃ君は要求と希望のあいだに決して和解はありえないと考えているのかね？

ことによるとね、シェリング。そこまで考える勇気がなかったが。分裂した状態がわかっただけで今のところ十分だ。

ネッカーハウゼンとニュルティンゲンのあいだでシェリングはひき返すつもりだった。そうしないと夜になってしまうからね。

どうか僕のところで泊まってくれたまえ。きっとヘルダリーンはシェリングを長くは説得しないだろう。ヨハンナは来客がうれしい。カールの部屋をご用意します。あの子は二、三日の予定でシュトゥットガルトに行っています。もっとよい職につける見込みがありそうなのです。

だけどマァマ、シェリングさんはカールをまったくご存知ないのだよ。

いや、君がよく一緒に散歩していたあの少年ではないの？

そう、あの子だ。今では書記だ。

せっかくですがお断りせざるをえません、とシェリングは言った、ブルンシュタイゲの親戚は僕が泊まらないと気を悪くするかもしれませんので。でもあと小一時間だけでもいてくれたまえ。

彼らは夜中まで座っていた。

ようやく八月に、ヘルダリーンはエーベルから銀行家のゴンタルトが彼を雇いいれるつもりだとの知らせを受けとった。

ゴンタルト氏は君に手紙を書かれるでしょう。彼の九歳になる息子の面倒だけを見てほしいとのことです。ゴンタルト夫人がまことに尊敬すべき人だということを私はつけ加えておきたいですよ。

そもそも自分が教師であってもいいのだろうか？　ひとりの子どもを納得させ、導くには、あまりにもわずかしか自分自身に納得できていないのではないか？　しかし心情はある、自分が知っている他の多くの人よりずっと心情が、愛情があるではないか？　それでは自分の焦燥は？

ケストリーンが彼を説得して、疑念を忘れさせた。

繊細だな、フリッツ、君は子どもたちに理解を示している。ベルゼルケル（北欧神話の熊の衣をまとった狂暴な戦士）ではない。君には精神がある。それが教育者として必要なのだ。君のルソーのことを思い出してごらん。

まだ神学校にいたころ彼はケストリーンやクラーツとルソーについて論争した。彼らはルソーの「奢侈な理念」をからかっていた。理性は自然に生まれるものではない、というのも動物は植物と同じく理性を持たないからだ――理性はもっぱら知ることの成果なのだ。「分別のない子ども」が知ろうとしないと、厳格さが、そう、容赦しないことが必要なのだ。

彼らの言ったとおりではなかったのか？　フリッツとの経験が彼らの意見が正しかったことを証明したのではなかっただろうか？　いやそうでない。この少年の理性の根っこが粗野な道具でひき抜かれてしまったのだ。この少年を助けることは全くできなかった。エーベルは今、おとなしくて聞きわけのいい、感じのいい家庭で育った子どものことを書いてきた。ここでならルソーの主張することを実現できるかもしれない。そこで彼は、フリッツ・フォン・カルプのときのように自分自身と生徒のために、もちろん前より道徳的な主張は少なめにして、教育プログラムを構想した。というのも今回の手紙の相手は、師と仰ぐシラーではなく、対等の友人エーベルだから。「ただ自分自身にだけこだわることは許されず、また適当ではありません。そして今の世の中で、人間の教育のために願望をいだき、努力するとき、逃げ込むことができるただひとつの避難所が個人教育であると考えていなかったら、いろいろの骨折りがみじめな失敗に終わってしまった私は、そうやすやすとは再び教育に携わろうとする気持ちにはならなかったでしょう。以前に教えていたときには、人間も自然も裏目に出るばかりだったのです。」（彼は生徒として、また学生として反抗したことがなく、せいぜい仲間の反抗を支持しただけだった。彼はここではじめて自分が受けた教育を手厳しく批判した。それが彼をしめつけ、歪め、恭順を強要し、共同精神を主張する思考を知らさずにおき、罰を与えるときはひどいやり方で個別化した。その教育は彼を神学ではすぐれているが、生きる力をない人間にしてしまった。教師としての彼の答えは単純である。ルソーの理想を少なくとも試している学校はまだない「今の世の中で」教育者は自らの私的な分野で、子どもが住んでいるところで、子どもを自立し、自発的に行動する人間に形成しなければならない。）「私は子どもを自然の状態、罪は知らないが、拘束された本能の状態から、文化を喜んで受け入れようとする道につれ出してやらねばなりません。子どもの人間性を、より高い欲求を目覚めさせ、そうしてはじめて子どもがより高い欲求を満たそうとつとめる手段を与えてやることができるのです。子どもの中に一度より高い欲求が目覚めたとき、子どもがこの欲求をいつまでも自分の中に生き生きと保ち、その充足のために努力するように、私は要求することができますし、しなければならないのです。ルソーは子どもの中に人間性が目覚めるまでゆっくりと待とうとしている点で、正しくありません。そのあいだによい感化を与えることを目指そうとせず、ただ悪い影響を与えないようにという不都合な教育に甘んじるのですから。ルソーは、天使の炎の剣を持ってではなしに、鞭によって子どもをその天国から、その動物的な幸福の状態から駆り出そうとする人びとが不当であると感じていますが、私の判断が間違っていないなら、彼は極端にその反対の状態に陥ってしまいました。子どもが現今の世界とは別の世界にとり巻かれているのなら、ルソーのやり方のほうが優れているかもしれませんが。」

周りの人びとに反対されるので、限定せざるをえない人文主義的教育の諸原則を彼は文章にした。しかし彼はこの「より高い欲求」を共有財産にするとき、はじめて周囲の人びとの心をこじ開けることができると知っていた。今日でもまだそこまでいっていない。今もなお努力と期待が現実を上回っている、今もなおルソーのやり方が結局、「より適切である」とは言えない。

おそらくエーベルはこの手紙を読んでもらおうとゴンタルト家に渡し、そして夫妻はこの手紙についてじっくり話しあっただろう。ひょっとするともうここで、若者らしい感情の横溢がゴンタルトの気に障っただろう、ひょっとするともうここで、ズゼッテは探していたよりよい、自由な考えをする人間に呼びかけられたと感じたかも知れない。

ヘルダリーンは待たされた。

彼の気分は晴れなかった。あんな高潔な教育構想を彼らに向けて書いたのに。落ちつきなく散歩する彼の姿に町の人びとはすっかり慣れてしまった。ときどき知人の誰かが近づいてきたが、彼はおし黙り、あるいはぶつぶつ言って、追い払ってしまった。

病気なの、とヨハンナは言った、どうしようもないわ。気持ちが動揺しているの。

クラーツと祖母ハインが彼女を説得した。若いので、我慢ができないのだ。そんなに待たされたら誰でも耐えがたいことですよ。

私のほうがよくわかっています、とヨハンナが反論した。あれは決してやみませんわ。

彼は落ちつかないままだった。旅に出てシュトゥットガルトにノイファーを訪ねた。過ぎ去ったことをくり返し、それを鎮静の儀式にしようとしたが、なかなかうまくいかない、というのもシュトイドリーンは追われる身になり、ロズィーネは亡くなってしまったから。思い切ってシャルロッテとクリスティーネを訪れる勇気はなかった。ノイファーのところでシュトゥットガルトの商人、クリスティアン・ランダウアーと知りあいになり、開放的で実務的なこの男と楽しく語りあった。ランダウアーは後に彼を受け止めることになる人びとのひとりである。彼はヴァイヒンゲンのコンツを訪ねて、ふたりしてヘラクレスを解釈して、論を争わせ、仲直りした。疲れきってブルームのところに行きついたが、そうこうするうちに郡長になっていたブルームの尊大さに辟易して、マルクグレーニンゲンのマーゲナウのところに逃げ込んだ。彼は自分の気持ちが冷えきり、感覚が麻痺してしまったことを感じて、友人の人の好さを嘲弄してしまった。人間から利己心と下劣な言動以外、何ものも期待すべきでないよ、と。それからもう何も喋らず、固まったように食卓に座ったが、食事をしなかった。翌日、黙ったままこの家を後にした。マーゲナウはヘルダリーンを「もはや喋ること」ができず、「仲間との共感がみな麻痺してしまい、生ける屍だった」と描いている。

それからからだをひきずるようにして、マウルブロンのブロインリーン家へ、ハインリーケのもとへ辿り着いた。

どうしたの、フリッツ兄さん？

僕は石くれだ、リーケ、僕の中ではもう何も動かない。

さあ、うちでゆっくり休んで。

ブロインリーンは義兄が回復するとは思えなかった。フリッツはもうずっと突飛で、おかしかった。今、それが急に表に出たのだ。

リーケは彼のために部屋をひとつ用意した。煙草かワインがいるのだったら、どうか言ってね。

彼は二、三日、窓辺に座って、じっと外を見つめていた。それから挨拶もせずに、妹夫婦のもとを去り、ニュルティンゲンの家へ歩いて帰った。

彼のありさまを見たヨハンナはぎょっとした。

彼は母に何も言わせなかった。医者はいやですよ。

でもプランク先生は知っているでしょう。

いいえ、ほっといてください。

十二月の中ごろ、彼はエーベルに催促した。苦境に追い込まれています。クリスマスが近づき、宗教局からどこかの牧師のところへやられる覚悟をせざるをえなくなりました。それにシュトゥットガルトで教師の職の申し出もあるのです、と口実にした。

彼は将来の仕事の支度のためにシュトゥットガルトに出かけて、ノイファーのところに泊まった。まだ何もわからないのでしょう、とヨハンナが言った。どうかあせらないで待つのよ、フリッツ。どうでもいいのです。牧師になればこんな身の回りの品はとにかくいらないのですが。

十二月五日に、エーベルから任用されたとの知らせが届いた。

「来週には出発できると思います」と彼は返事した。「しばらく前から体調がよくありませんでしたが、たぶんあと一週間もしないうちによくなるでしょう。」

十二月十五日、彼は別れを告げ、クリスマスの祝日をレヒガウのマイアー牧師と母の親戚のもとで過ごした。十二月二十九日にフランクフルトに到着するともう夜だった。町はあまり見なかったが、町の音は、まだ行き交っている車の騒音はよく聞こえた。ゴンタルト家の住まいである白鹿館から遠くないから、とエーベルが勧めてくれた「シュタット・マインツ亭」に宿をとった。

エーベルが待っていてくれた。旅でひどく疲れていたにもかかわらず、硬直は消えていた。大晦日にゴンタルト家に姿を見せるようにとエーベルから知らされた。しかしその前の日に、九歳のヘンリ・ゴンタルトが予告もなしに彼を訪ねてきた。召使に付き添われた少年は無邪気に登場し、好奇心いっぱいで楽しそうに彼を質問攻めにする。どこからいらっしゃったの？　今まで先生をなさったことは？　フランクフルトははじめて？　旅の途中でフランス人を見ましたか？

彼らは一緒に笑った。

もうお帰りにならないと、と召使が注意した。ヘルダリーンは宿の玄関まで少年に付き添い、見送った。彼の気分は今、よくなっていた。幸先のよいスタートだ。こうだとよい物語を、彼がその中で「僕のホルダー」と呼ばれる物語を始めることができるかも知れない。

第五部　ディオティーマ

フランクフルト（一七九六～一七九八）

I　都会

彼が見、そこに住み、それについてひと言も書かなかった町へ私は帰ることができない。古い絵図を私の経験と比べてみる。彼のフランクフルトを考え出さねばならない。いずれにせよそれは彼が感じたように、背景に影のように止まったままだ。寒い。旅館の二階の部屋は廊下の暖炉では十分に暖まっていなかった。投宿客はドアを開けっ放しにしていた。笑い声が、ひそひそ話す声が、いびきの音が、洟をかむ音が聞こえる。彼は長いあいだ、窓辺に立っている。また雪が夜通し降った。午後四時ごろゴンタルト家に出かける前に、彼は町をぶらつく。それはテュービンゲンやイエーナと、シュトゥットガルトとも比べものにならない。建物はずっと豪華で、ツァイル通りの周囲にはたくさんの作業場があり製品が並んでいた。馬車や辻馬車が上品な人びとを乗せて行き交い、貧しい人びとが物乞いをしていた。雑踏で彼は自信をなくした。プロイセン王の傷痍軍人で、トールガウで足を失ったという、ぼろをまとった物乞いを彼は避けてしまった。後で恥ずかしくなってその男を探したが、もう見つからない。いたるところにオーストリア兵が屯している。駐屯部隊はついこのあいだ補強されたばかりだった。人びとはジョルダン将軍に率いられたフランス軍の進撃を待ち構えていた。

差支えがあってヘルダリーンに付き添っていけないエーベルがゴンタルト家の家族について説明してくれていた。「白鹿館」と呼ばれているゴンタルト家の住まいは、君が務めることになる、「コーブス」と呼ばれているヤーコプ・フリードリヒ・ゴンタルトではなく、その叔父、ハインリヒ・ゴンタルト＝ドゥ・ボスクのものなのだが、遺産分割のためこうなったのだ。ヤーコプの父はゴンタルト家の繁栄の元であるノイエ・クレーメ通りの本店に住んでいる。ヤーコプは自分とその家族のために白鹿館の広々した屋敷を選んだということだよ。

一度に多すぎます、エーベル。

覚えとかなきゃだめだ、あの家の人たちはこんな形式的なことに重きを置いているのだから。

もう冷ややかな空気が流れ始めた。エーベルはヘルダリーンがしり込みし、軽くあしらい始めたのを感じた。あっという間に覚えられるよ、フリードリヒ。主人の名はヤーコプというが、友人からコーブスと呼ばれている。夫人の名前はズゼッテ、彼女の魅力はきっと君を夢中にさせるだろう。君の生徒のヘンリはもう知っているね。思いやりのある、心の広い少年だ。君は彼を楽しみにできるだろう。小さなお嬢さんたちの心配はしなくてもいいそうだ。彼女たちの世話はレッツアー嬢がするからね。この家は美人に不足していない。それに君は、グレーデルと呼ばれているヨハンナ・マルガレーテ・ゴンタルトにもしばしば会うことになるだろう。彼女はノイエ・クレーメ通りの親元に住んでいるが、コーブスから離れられないのだ。私は彼女ゆえにゴンタルト家と縁を切れないでいるのだよ、とエーベルは自身の困惑を隠そうとしなかった。私はグレーテルに好意を抱いている。彼女は子どものころの痘瘡のせいで、容貌は損なわれたが、美しい魂はそのままなのだ。できれば妻にしたかったのだが。

なぜできなかったのですか？

率直に言うと、私はゴンタルト家にとって家柄が低いのだよ、君。この家に出入りして、彼女のお相手をすることは許されているが。

エーベルの皮肉な口調が痛ましかった。時間厳守ではなく、ほぼそのころに行くといいよ、とエーベルが助言してくれた。

だから彼はまず白鹿館を探して、まるで宮殿のような大きな家を眺めて、それから町を散策した。それでもやはり正面玄関に早くついてしまった。カタリーナ教会の時計はまだ四時を打っていなかった。ヒルシュグラーベン大通りを五回、行き来しようと心を決めた。それから玄関のドアにずっしりと重々しい、美しい細工がほどこされたノッカーを打ち当てた。

豪華なお仕着せを着た従僕がドアを開けた。名を告げると、従僕は広々した、非常に豪奢なしつらえの広間を通りぬけ、幅の広い階段をのぼって二階へ彼を案内した。その豪奢さに彼はひるんでしまった。それに比べるとヴァルターースハウゼンは簡素で、泥臭いと言ってもよかった。ここでは壮麗さが鏡に映し出されていた。あかりは鏡の中で幾重にも屈折し、ごく小さな調度でさえその贅沢さが際立っていた。

エーベルが紹介するように説明してくれていた人たちがみな本当に彼を待っていた。玄関の大広間ほど贅をつくしたしつらえでないが、小さな広間というよりむしろ大きな談話室で、ピアノがすぐ目に入った。数人が立ったり座ったりして、楽しげに話したり読書したりしていた。三人の子どもが一緒に絨毯の上で彩色された積み木で塔を建てて遊んでいた。従僕が立ち去り、ひとりきりになった彼は一瞬、戸口のところに立ち止まった。すると黒っぽい服を着た恰幅のいい男性が近づいてきた。ヤーコプ・ゴンタルトです。マギスター・ヘルダリーンです。彼は腰をかがめて挨拶した。ゴンタルトは彼に手をさし出した。ヘルダリーンは少しいかつい顔を見つめた。ものであれ、人間であれ値踏みする以外何もできない目がその顔の大部分を占めていた。彼は自分がゴンタルト氏にとってどんな値打ちがあるのだろうかとよく考えた。さあどうぞ、妻とヘンリが待ちきれない思いでいます。エーベル博士があなたについて感じのいいことばかり話してくれましたからね。

ズゼッテ・ゴンタルトの姿を見た彼は衝撃を受けたにちがいない。彼はその後何日もたたずして、ズゼッテの「永遠の美しさ」について書いているからである。彼女は美しかった。彫刻家ランドリーン・オーンマハトが制作し、後世に彼女の姿を伝えた胸像とレリーフは、心を開いた、奇跡のような顔立ちを再現している。大理石がまだ肌を、作家ハインゼが賞讃したティツィアーノの肌を覚えているかのように見える。髪は赤みをおびた栗色。ズゼッテは華奢だが、すこし豊満になりやすいたちである。ヤーコプ・ゴンタルトと結婚して十年になり、四人の子どもを産んだ。彼らがはじめて出あったとき、彼女は二十七歳、ヘルダリーンより一歳年上だった。彼女はライラック色の縁飾りのついた白い服を着ていた。彼はそれを忘れないだろう。そんな彼女をずっと見ていたかった。この家から追いやられた彼に、「まったくあなたのお好みどおりに、ライラック色と白色の布で」

ドレスを縫っています、と彼女はそれでも手紙を書いている。

ヘンリはもうご存知でしたね？　行儀よくしておりましたかな？　ヘルダリーンはそこにいあわせたほかの人たちに紹介された。彼はとくにマリー・レッツアーが心にかなった。開放的な、率直な彼女が。

彼らは歓談した。お部屋の用意がまだできておりませんから、ようやく一月十日ごろに本腰を入れてお仕事にとりかかってもらえます、と彼は知らされた。

でもどうか訪ねてきてください、ヘンリが喜ぶでしょうから。

はい、とヘンリが言う。そうだと本当に嬉しいなあ。

別れの挨拶をうけ、さがってもよくなった彼はほっとしたが、ゴンタルト夫人の近くにいられないことが悲しかった。

そのようにそれは始まった。そのように始まったかもしれない。

この世界が彼をいらだたせた。贅をつくした品々をこんなに見せつけられたのははじめてだった。しかし彼はこの職を断ろうとは思わなかった。ヤーコプ・ゴンタルトは年俸四〇〇グルデンを申し出ていた。気前のいい賃金だった。じっとしておれない気持ちから逃れるために、彼はホンブルクのズィンクレーアのところまで歩いた。ズィンクレーアはイエーナから帰郷し、そうこうするうちにホンブルクの宮廷で方伯の侍従で腹心の友として仕えていた。ホンブルクへの道は、まだ歩いたことがなかったが、ヘルダリーンには親しみが感じられた。ゆるやかな起伏のあるタウヌスの山々は、少なくとも遠くから見るかぎり故郷の高地《アルプ》に似ていた。彼は友人に会える喜びをかみしめながらゆっくり歩いた。友人はヘルダリーンがフランクフルトに到着したことを知っていたが、訪問してくるとは思っていなかったので、びっくりした。いつものように熱烈に、家を全部使ってくれと申し出て、母親に一番大切な友人だと紹介した。ヘルダリーンは彼女を見て、ノイファーの母、あのギリシア人女性を思い出した（そのような女性たちが彼を受け止めて庇護し、ヨハンナが始めたことを、まるで彼女から委託されたかのように、当然のことのようにひき継いでいく）。彼は彼女にコーヒーを勧められたが、ズィンクレーアはワインを所望した。この再会を祝して飲まなきゃ、それにユングとロイトヴァインにもすぐ知らせなくては。

どうかそういっぺんに言わないで、とズィンクレーア夫人が頼んだ。こんな人だと、あなたもご承知ですね、マギスターさま？

ヘルダリーンは、どうかこんな「ばかげた肩書き」で呼ばないでください、と彼女に頼んだ。（テュービンゲンの塔の中で心の平衡を失った老人は「マギスター」と呼びかけられたとき、もっと機嫌がわるかった。ホンブルクで職責なしに受けとることになる肩書き、「宮廷司書殿」と呼ばれるのはまだ我慢できた。）

僕の部屋で泊まらないとだめだよ。

でも隅《かど》の小部屋が空いているわ、イーザク、ヘルダリーンさんはそっちのほうがのんびりおできでしょう。

わかってくださらなくては、ママ、僕たちはとり戻さないといけないことがいっぱいあるのですよ。フランクフルトでの最初の日々はどうだった？　エーベルの紹介は適切だった？

ヘルダリーンはためらいがちに話した。矛盾した印象を表現するのが難しかった。

あの女性《ひと》を知っているかい？

誰を？

ゴンタルト夫人だよ。

見かけたことはないが、美しい女性で、フランクフルト社交界の花形との評判は知っている。

彼女はパーティによく出ているの？

ゴンタルト家は贅沢な暮らしをしている。宮廷顧問官ユングから、ゴンタルト夫人についていろいろ聞いているよ、例えば……彼女はもう君を虜にしてしまったのかい、フリッツ？

しょっちゅう彼女のことを考えてしまうのだ。まるで僕らがまだ一度も始めたことのない会話を続けているかのように。

彼女は初産の後、かなり長いあいだ体調をくずして泣いてばかりいて、わけのわからないことを喋り、夫のことさえわからなかったそうだよ。

彼女は明るかったよ。

じゃあ、また元気になったのだ。

夕方に彼はユングとやっと知り合いになった、それから牧師ロイトヴァインとも。ふたりとも断固たる共和主義者、共和国の支持者である。ズィンクレーアはイエーナであまりにも頻繁にユングのことを話題にし、彼のことを父親のような教唆者と呼んでいたので、ヘルダリーンは「君のユングのせいで」と彼をからかった。スコットランド出身の貴族で、方伯の相談役だったズィンクレーアの父は一七七八年、ズィンクレーアが三歳のときにすでに亡くなってしまった。そこで同じく宮廷に仕えていて、それからしばらくしてフォン・プレックという男性と再婚した未亡人とも知り合いだったユングがこの早熟の少年イーザクをひき受けてともかく教育した。

まるで僕のふたり目の父のようだね。

僕にもふたり目の父がいたのだ。

物語の人物が手探りをしながら出てくる。ズィンクレーアの話からヘルダリーンは別のユングを、美しく、背が高くて痩せた熱血漢を、身ごなしが軽やかでしかも性急な男性を予想していた。ところが実際のユングはずんぐりした、太ったといっていい男で、あまりにも凝りすぎた、若向きの服を着ていた。愛情にみちた眼と哀れっぽい口をしたその顔は生気なくたるんでいた。荒々しく、勝ち誇ったようなバスの声はその風采と相容れなかった。これに反して牧師ロイトヴァインはどこか士官めいたところがあり、背筋がしゃんとして、身のこなしは無駄がなく素早かった。

彼らはあるテーマ、すなわち私がズィンクレーアの手紙や詩を読んだときに気づいたテーマについて、すなわち彼がもっぱら自分の母を特別に愛していることについて語りあった。彼女は彼の生涯の唯ひとりの女性であり続け、彼に溺愛された。親密な仲になりたい、エロチックな了解が欲しいという思いは男たちとの友情の中でかなえられたのだろう。彼らの多くに——すなわちヘルダリーンやゼッケンドルフやムールベックに——彼は誠実な気持ちを持ちつづけた。しかし母親がいないと生きられないと思っていた彼は、彼女が自分より数日早く亡くなったことを知らなかった。彼自身は一八一五年四月、ヴィーン会議中に亡くなった。ちょうど少佐に昇進し、オーストリア軍とともにナポレオンと戦うことを切望し、新しい制服を仕立屋へ取りに行こうとしていたときだった。多くの仲間同様、歴史の進捗に見捨てられたと気づいた革命家の奇妙な死である。

ユングはズィンクレーアが母、「宮廷顧問官夫人」に捧げたソネットのことを話題にした。するとヘルダリーンは朗読してほしいとズィンクレーアに促した。それは単純で、熱を入れすぎて失敗に終わった詩だった。「母よ、あなたを花輪で飾りましょう、／するとあなたのお歳の深刻な数も、／永遠の若さの愛にみちた輝きなかで光を発するでしょう。」ロイトヴァインは、情熱につき動かされて行動し、自身の子どもの未来を準備する女たち、英雄の母たちの肖像の輪郭を描き始めた。聖書にもギリシア神話と同様にそのような女性が描かれている。歴史の上にその影が大きく落ちている女たち、絶望した女たち、復讐する女たち、愛に飢えた女たち、そして憎しみをみなぎらせた女たち、雌獅子たちがね！

ユングが笑って、大げさですよ、と口を挟んだ。大きな着想はお金の心配や確執といった毎日の心配ごとでたいてい委縮してしまうものです。疑いもなく素晴らしい女たちも、日々を超越して計画を立てる立場にいないですよ。

それは違う！ヘルダリーンはロイトヴァインが演説をぶっているあいだ、母は何をしているだろうか、と考えていた。キャベツのことで農夫と話しているかもしれない。祖母と一緒に座って、刺繍をしているかもしれない。カールの不満に心を痛めて、ブロインリーンに手紙を書いているかもしれない。幼い孫のために肌着を縫っているかもしれない。それは違う！おそらく彼女たちはすでに父親たちに密かに逆らって生き、用心深く誤りを正した。しかしながらより大きな計画、構想を果たさざるをえなかった。自身の死を越えて、子どもたちの人生の大枠を決め始める。まるで霊薬のように希望と愛を伝染させる。多くの場合、彼女たちの忍耐が揺るがぬ土台となり、その上に立って我われは自立の第一歩を踏み出す。他方、彼女たちは娘たちに自身が失ってしまった愛を教える。彼女たちはもう眠れぬ夜にしか思い出さない経験を糧として生き、それによって世界を生み出すのですよ。

ロイトヴァインはこう言ったヘルダリーンが一段と現実に近づいたことを認めた。しかしあなたは、ヘルダリーンさん、我われがまだ究明していない過去から偉大さを読みとることが重要だとお考えではないのですか?

もしそれが、とズィンクレーアが彼の言葉をさえぎって言った、我われの未来のために待望する、人間の基準にも当てはめることができるなら、その場合はそうだろうね。

彼らは床についた。ズィンクレーアが彼の言葉をさえぎって言った、ぜひ自分のベッドを使ってくれとすすめた。僕には寝椅子も同じくらい楽なのだよ。疲れていたヘルダリーンはすぐ眠り込んだが、自分の頭をなでる手を感じて、目を覚ました。ズィンクレーアの顔が雪明かりのなかではっきり見えた。

びっくりさせてしまった?

いや、心地よい夢からまったくゆっくりと目覚めたのだ。

でも眠りながらため息をついていたよ。

ひょっとしたら君の手がその夢を変えてしまったかな?

君以上に、友にしたいと思う人はほかにいないだろうよ。

寝るのだ、イーザク。

ズィンクレーアは身をかがめて、彼の額にキスをした。

おやすみ、ヘルダー。

ときどきゴンタルト家に姿を見せるほうがいいのかな？　とそれから数日して彼は尋ねた。ズィンクレーアが彼を宥めた。ゴンタルト夫人がそう言ったとしても、あてにしてないよ。昼間、ズィンクレーアが宮廷で職務をはたしているとき、ユングが彼を迎えにきて、散歩に連れ出した。ヘルダリーンは彼に政治的状況を説明してもらった。ユングは明らかにフランス人たちと親密な連絡があったようだ。プロイセン軍が提携をうち切り、気の毒なポーランドを抑圧していますから、共和国軍がこの二、三ヵ月のあいだにさらに進撃してくるにちがいありません。ジュルダン率いるマース＝サンブル駐留軍を阻止することはまずできないでしょう。そうすれば、若い友よ、私がもし自身の国の役に立てるならば、私は共和主義者に感謝しなくてはならないでしょう。

ユングは『オシアン』を英語から翻訳していた。彼は自分の住まいでその捗った部分をヘルダリーンに読んで聞かせた。

コッタと契約なさっているとズィンクレーアから聞きましたが？

まだそれを実現できずにおります。

あなたの物語、『ヒュペーリオン』が待たれます。

私はまずフランクフルトに馴染まねばなりません。

それはわかります。詩趣は繊細なものですからね。私の『オシアン』のためになんとかコッタにお口添えをいただけないでしょうか？

私の言うことなどコッタはたいして重視しないでしょう。

彼はぬかりないユングに興ざめした。それでも、あなたのために尽力します、と約束した。というのは、その翻訳が、そして翻訳にうち込むユングの姿が彼の心をゆり動かしたからである。

別れぎわに彼はズィンクレーアに、すぐ戻ってくると約束した。

つまり気がふさいだらってことだな、ヘルダー。

そうならないことを願っているが。

ここまでそう遠い道のりではないよ。

一月十日、彼は職につき、その後、二、三日して宿を出て、彼にあてがわれた白鹿館の部屋に引っ越した。（これは詳しく調べて確実なことが保障された、彼の生涯のなかで際立った日付のひとつである。召使がその前日に知らせを持ってきたのだろうか？　彼はその後、緊張しただろうか？夕方に白鹿館の近くに行ってみただろうか？　はじめて挨拶に訪れたときの、僅かだが、強烈な印象が彼を不安にさせただろうか？　ネッカーハウゼンかどこか他の場所で教区をひき継いでほしいという母の願いに従わないで、フランクフルトに赴くという決断ははたして正しいのかという迷いに彼は突然、襲われたのだろうか？　彼は優柔不断だったのか？　彼は母や弟に宛ててこんな気分のことを決して書かなかった。こうした放浪生活に対する母の不信の念が正しかったことを証明し、また彼女を心配させることになりかねなかったから。しかしはじめに違和感を覚えたことを、こうした気分を一般化して、彼はノイファーにはっきり述べている。「……君は今も僕を見て、放浪の結果に、そのような境遇によって思わず知らず身についてしまった絶え間ない、複雑な関心に気づくだろう。新しいことのためにそう悩まされなくなるときがやがて来ることはよくわかっている。しかしいくら慎重でも、未知のものは実際、僕にとってそれがありうる以上のものになりがちだということを、また人と新たに知りあいになるたびに、僕が何らかの錯覚から出発することを、子どもじみた金色の予感を犠牲にすることなしに人間を理解することを学べないことを、今また気づかせられたのだ。」)

「……人と新たに知りあいになるたびに、僕が何らかの錯覚から出発する。」五日前から彼はこの家にいる。子どもたちにはとても簡単に近づくことができた。ヘンリはもうほとんど彼から目を離さず、勉強好きで好奇心に溢れていた。無邪気に甘えてくる彼の様子にヘルダリーンは有頂天になってしまった。ゴンタルト夫人は勉強のはじまりを注意深く見守り、授業にも加わった。ヘンリがすでに何を知っていて、ラテン語と歴史ではどの程度進んでいるかをときどき説明した。彼女の美しさと覆い隠された優しさは、社交界での話し方や客人たちとののびのびしたつきあい同様に彼をどきまぎさせる。彼に純粋さと無邪気さをこんなにも確信させる女性に彼は巡りあったことがなかった。でもなぜ彼女はあんなにも優雅に社交的な仕事をこなし、明らかに満足の色を浮かべて騒ぎに加わり、他の人のために着飾って夫を喜ばせるのだろう？　やっぱり思い違いをしているのだろうか？　彼は——またもや——まったく存在しない女性をどうしても欲しがっているのだろうか？

彼は長くは疑っていなかった。ゴンタルト夫人の存在が一日に影響を与える。ヴァルタースハウゼンとは違う。絶えず家が活気づいている。ゴンタルト氏が商売仲間を招待する。ズゼッテが女友だちを迎える。子どもたちでさえ祖母や伯母たちの訪問を受ける——そんなとき、彼はいつも自分が地位の高い召使であり、多くのことからしめ出されていることにはっきりと気づいた。しかしズゼッテはふさわしいと思えるときにはいつも彼を仲間に加えた。それにマリー・レッツァーとの屈託のないつきあいが彼を喜ばせる。教養があり好奇心の旺盛だった彼女はヘルダリーンを文学論議に巻き込む。この家の慣習を説明して、ときには客人について忌憚のない意見を述べ、ズゼッテの家政婦のヴィルヘルミーネに気をつけるように警告する。あの人は陰謀を好み、どの家庭教師ともいざこざを起こそうとするのよ。

午前中にヘンリを、そしてときどきイエッテも教えることが申しあわされた。午後は彼の自由に任された。ゴンタルト氏に来客がないときは、彼とマリーが食事に加わった。ゴンタルト氏が会話をリードした。彼が不機嫌だと、沈黙が食卓の上に重くのしかかり、それを破る特権を持っていたのはヘンリだけだった。少年の、生き生きとした愛くるしい話はみなを喜ばせ、またズゼッテにはあれこれのできごとを解説するいい機会になった。ゴンタルト氏は最初のうちはときどき新しい家庭教師を会話にひき込み、愛想よく彼のイエーナ滞在について尋ねた。ゲーテに出会われましたか？　うちはシェーネマン家を通じてゲーテ家ともつながりがあります。本当にフィヒテはそんなに印象的ですかね？　ヘルダーなら知っていますよ。ヘルダリーンの詩にゴンタルト氏は一度も言及しなかった。その後しばらくして、みなが家庭教師に慣れると、ゴンタルト氏はマリー・レッツアーにそうしたように、ヘルダリーンも無視した。ふたりは黙って座り、聞き役だった。

午後にはヘルダリーンはたいてい自分の部屋にいた。それは心地よく設えられ、息苦しさはなかった。『ヒュペーリオン』に手を入れることは容易なことだった。外からの要求で絶えず気をそらされることはなかった。テキストが膨らみ、変わっていった。ヘンリが彼の横で遊び、紙を切り抜いて人形をこしらえたり、素朴な風景を描いて遊んでいても気にならなかった。絵はいつもマロニエとポプラの木が植わった庭だった。

彼はヘンリが何か聞きたそうな様子で執筆中の彼をときどきじっと眺めているのに気づいた——少年がそこにいることに慣れ、それが好ましくなった。

ズゼッテとマリーはよく演奏した。ふたりともピアノが上手かった。楽器がおできですか、と彼女たちが彼に尋ねた。彼はフルートをニュルティンゲンに置いてきた。

音楽は私にとって慰め以上のものです、と彼は言った。書くときには音楽が聞こえます。合奏できれば、差しさわりなくご婦人がたと一緒にいられるし、それに時間はもっと快適に過ぎていくだろう、と彼は考えた。もう痛みはなく、そうすぐにくり返されることがないと確信していた。こんないい調子が長続きするかもしれないと思えた。「人生の半ばですでに老人になってしまっていた僕が少し若返ったかのような時でもあった。今、少なくとも二、三ポンド軽くなったので、以前より自由に、またすばやくからだを動かせるようになったよ」とカールに手紙を書いた。カールにフランクフルトに来てもらい、自分の変化を納得してもらうだけでなく、惨めな仕事から思い切って脱け出せないでいる弟に自信をもたせ、その将来の力になってくれるかもしれない人びとにひきあわせたかったのだ。「シラーは僕に何も送ってこなかったかい?」と彼は尋ねている。シラーは沈黙したままだった。もしほかの、もっと恵まれない立場にいたら、彼はすっかり落ち込み、書くことができなかっただろう。こうして彼はこの侮辱をのり越えた。「どうか僕のフルートをしっかり荷造りして送ってくれないだろうか。」ズゼッテのそばにいたいという思いがいっそう募り、彼はマリーとヘンリを口実に使った。君の新しい課題について相談したいとママに伝えてくれたまえ。——今日の午後、ちょっと合奏しませんか、レッツァー嬢？　もしかするとゴンタルト夫人も時間があるだろう。いつも子どもたちが聞き手だった。音楽のように精神と魂をしなやかにするものは何もない。彼は本気でそう考えていた。それにしても子どもたちはコンサートごっこに夢中になり、椅子を寄せて並べ、それから少なくともしばらくのあいだは、膝に手を置き、聴衆を気どって静かにしていた。子どもたちは家の人びとの好奇心と疑いから家庭教師ヘルダリーンとご婦人がたを庇護していた。

　マリーはヘルダリーンがズゼッテに好意をいだいたことを見逃さなかった。そしてそれがズゼッテに応えられたことを、関心をいだき、詩と音楽を愛する女主人の態度の背後に隠されていたにもかかわらず、彼より早く気づいた。マリーが嫉妬して、彼の注意をひこうと努め、禁じられた恋ではないという有利な立場を利用しようとしたことは考えられる。ヘルダリーンはこれに気づかず、ズゼッテへの仲介者として彼女を必要としていた。彼はマリーが好きだった、その慎重さが、心遣いが。そして後に彼女に秘密も洩らした。それは彼女にはつらいことで、彼女を傷つけた。というのは少なくとも彼女はズゼッテと同じくらい美しかったからである。もちろんそれはこの世のものならぬ《エーテリシュ》美しさではなく、しなやかで、挑発するような艶めかしさだった。ハインゼは彼女を「花咲くスイスの乙女」と名づけた。彼女は「姿を現すだけで喜ばれた。」マリーはベルン出身で、彼より四年前の一七九二年にゴンタルト家の娘たちの教育係として職についた。彼女はよく事情に通じていて、ゴンタルト家の主要な知人仲間にひきあわされていた。若い男性たちが彼女の周りに群がっていた。また使用人たちにも尊敬され、必要なときにはムードを盛りあげることもできた。

「私たちの魂は今、ますます自由に、そしてますます素晴らしく、ともに生きています。」最初のヒュペーリオン＝習作のメリーテがディオティーマになった。それはステラとリューダの後に続いている。またしても理想化され、崇拝して遠ざけられた人物である。もちろん行動することでひとりの英雄に組み込まれ、こうしてすでに彼に結ばれている。愛された女性であり、そして破壊できないように見える子ども時代を、人間を迎え入れる健全な自然を司る女性である。

そうこうするうちに、女主人にほかの仕事がないときに、ズゼッテとマリー、そして彼が午後、たっぷり一時間、合奏することが慣わしになった。彼らはときどき演奏を中断して語りあった。ズゼッテは彼にニュルティンゲンのことや母のことについて尋ねて、なぜカールがまだ来ないかと訝った。そしてマリーは子どもたちの最新の名言を教えた。

まだ彼はみなから「ヘルダリーン先生」と呼ばれていた。

四月のはじめに、思いがけずシェリングが姿を現した。やはり三ヵ月前から同じように家庭教師として職についていた彼は、「リートエーゼルのご両人」と呼んでいた双子の生徒とその後見人とともにライプツィヒへ向かう途中だった。ヘルダリーンが午前中にバルコニーの間と呼ばれている部屋でヘンリを教えているとき、シェリングが突然、静寂を破り、上機嫌で顔を出した。ヘンリはシェリングのおかしなシュヴァーベン訛りを面白がり、母とマリー・レッツァーを呼びに行ったほどだった。どうしても来てくださらないと。ヘルダリーン先生のところに変なお客さんが来ているよ。興奮して顔を蟹のようにまっ赤にして、絶えず「然り、然り、然り」と言うんだ。

疑いなくあの偉大なフィヒテの仕事をひき継ぐだろう、将来を嘱目される哲学者です、とヘルダリーンは友人をそのジョークが伝染したように紹介した。

ヘーゲルがそうでなかったら、とシェリングがつけ加えた。

私たちは神学校で一緒でした。

今はもう、ヘンリの相手をなさるお気持ちはないでしょう、とズゼッテが言った。

ヘンリが異議を唱えた。

よければ一緒に私の部屋に来なさい、哲学論議にきっと退屈するだろうが。ズゼッテは少年をひき止めようとしたが、彼はふたりと一緒に行き、食後も彼らのそばを離れようとしなかった。とてもおとなしくしていたので、彼らは少年のことを忘れてしまった。

私は、この少年になって部屋の片すみに座って耳を傾けていたいので、あくまでこの少年の好きなようにさせておこう。私は知りたくてたまらない。私の空想が掻き立てられる。ヘルダリーンにとり組んできた多くの人たちが知っていることを、彼とシェリングがおそらくある文章についてフランクフルトで語りあったことを私も知っている。哲学史で、「ドイツ観念論の最初の体系プログラム」と見なされ、その独創的な文章を基盤として彼らの思想体系を構築したのはシェリングとヘーゲルだけではなかった。『ヒュペーリオン』を執筆中で、すでに『エンペドクレス』の計画を立てていたヘルダリーンが、行為を怖れた思索する詩人が決定的にそれに協力した。このプログラムの一部がヘーゲルの手書き原稿の中に伝えられている。その草案をヘーゲルはシェリングからもらっていた。それは二頁にもならないものである。

この対話はシェリングが友ヘルダリーンをテュービンゲンからニュルティンゲンに送って行ったときに始まった。それから半年後にシェリングはもう一度、ヘルダリーンがフランクフルトへ出発する直前にニュルティンゲンに出かけて、さらに議論を交わした。

僕は始めるつもりだ、とシェリングが言った。僕の考えの赴く先を知りたい。

カントやフィヒテ、ギリシア人たちやルソー、そして革命の出来事が彼らの中にひき起し、彼らがとり組んで摩擦を起こしたこと全てがくり返され、手探りするように言葉で表現された。そして三人の声が全て、それぞれの心をとらえたことや互いに違う点がさらにつけ加えられた。「草稿」が書き記された紙片は、彼らが共に暮らしたテュービンゲン時代を総括したものであり、彼らの共通のスタートである。ここから彼らは自身のテーマを携えて、それぞれ別の道を進んでいく。

シェリングが原稿を持ってきて、それをゆっくりと、一文一文読んで聞かせ、それからふたりして校正し、新しく書きなおしたのか、それとも彼らのどちらかが、言葉のやりとりをメモしたのか、あるいは結局、一緒に文書にしたのか、それはどうでもいい。ヘンリが耳を澄ませていたこの対話の精神が私には問題である。大抵のことを彼は理解できなかったが、大人の男たちの真剣さに、情熱に心を奪われた。

まるで口論みたいだったよ、とヘンリはズゼッテに話した。でもそうじゃないのだ、だってシェリングさんは、僕の命に関わることなのだ！　と言ったのだから。それにすごいシュヴァーベン訛りでまくしたてていたんだ。

シェリングはヘーゲルと一緒にとり組んでいたものを、ヘーゲルの依頼で再現したのだった。

君も知っているだろう、これがヘーゲルにとって感覚に訴える宗教のイメージなのだ。彼はそう考えるほど枯渇しているのだ。でもやっぱりそれもまた正しいのだが。

神話の話になってはじめてそれは的確だが、そうでないときは表面的なお題目のままだ——僕らもそう思っていたよ。そして倫理《エーティック》は——僕らがかつて考えたように、——ちょっと見てくれたまえ、それをもう書いたのだ。「この倫理はあらゆる理念の、言い換えれば、あらゆる実践的な要請の、完全な体系であるだろう」、というのはこの倫理こそ、絶対的に自由な存在である人間が、神話の一般的な見解から遠ざかっていようとも、中心の体系として扱われているからである。

それははっきりしている。神話は、我われの神話は理念のもとにあり、理念に寄与しなければならない。

そのとおりだ、ヘルダー、そのことが神話から祖先の悪い評判を、不確かさをとり除くのだ。たわごとを言う人はそのような神話にもはや喜びを感じないだろう。

ヘルダリーンは立ちあがり、両手をかたく合わせ、窓から外を眺めて、シェリングのうしろに立った。シェリングはペンを手にして座り、待ち受けている。でもそれはね、シェリング、人類の歴史の原則を詳しく説明しなくてはならないということだろう。我われが国家、憲法、政府や立法といった人間の手になる惨めなものを理解し、道徳的な人間の世界の理念に、おそらく神も不死も我われ自身のほかに探すことが許されていない絶対的な自由に想到しなければならないだろう。

そっくりこのままではヘーゲルの気に入らないだろうな。

かまわないさ。さらに考えを進めさせてくれたまえ。そこではそれどころか美的感覚が問題となる。人間が理性的であるとき、その理性の最高の志向は、真実と善意を美の中で緊密に結びつけることである。ただそんなふうにして人間は弱くて愚かなありとあらゆることを克服して、教条主義的な哲学をのり越えるのだ。僕は美的なセンスなしに、歴史を思い浮かべることができないし、また理解できない。そしてこれが、シェリング、詩文学を、それが失ってしまった、人類の師であるという地位へ連れ戻すのだ。

それでは哲学は?

それは詩文学の中で生まれるのだ。

もしくは詩文学が哲学的になる。

詩文学はもうずっとそうだったよ、とヘルダリーンは言った。

大袈裟だな。

詩文学のために大袈裟に言うのだ。

これでヘーゲルもやっと満足できるよ、ヘルダー。というのも君の着想で神話を定義することができるからね。人間が自身の絶対的な自由の中で、それから君の言う美的規定のもとで、歴史を理解するつもりならば、もはや教義学者によってすっかり駄目にさせられた神話と関わっているわけにはいかない。新しい、健全な神話が、理性の神話が必要だ。そしてそこで偏見のないものと啓蒙されていないものがひとつのイメージの中で互いを認めあう。よく注意して聞いてくれたまえ。このことをすぐに書き記しておこう。「民衆を理性的にするために神話は哲学的に、そして哲学者を感性的にするために哲学は神話的にならねばならない。」

いいだろう、美的な直観性は理性のひとつの行為ということだね。

そしてこのときはじめて、ヘルダー――シェリングは彼を見あげてその手をとった――、このときはじめて一体性が支配する、このときはじめてどの人もひとしく自身を開花させることができる、このときはじめていかなる能力ももう押さえつけられない、このときはじめて全体の精神の自由と平等が支配する。これが新しい宗教である。そしてこれが理性的な人間の行為である。

過大に見積もっていないか？　疑念はないか？

たとえ疑念があろうとも、ヘルダー、疑念をいだいていては、よりよき未来を準備することができないよ。

わかった、とにかくそれを終わりまで書いてくれたまえ。

ヘルダリーンはまた腰をおろした。ヘンリはくしゃみが出そうになり、それをこらえた。

そこにいたの？　退屈しなかった？

ううん。少年ははげしく頭をふった。

シェリングは笑った。今、僕らはこの少年の前途を哲学的に論究したのだ。

いや、ちがうよ、彼の曾孫の前途ですらないよ、シェリング。

君はその憂鬱を晴らすことができないの？

あのね、ヘンリ、埋め合わせに、今から三人で庭に出て、君が自分で植えたお花をシェリングさんにお見せしてはどうかね。

夏になると裕福な家族はフランクフルトの町を離れて郊外の別邸に行くのが慣わしだった。一七九六年にゴンタルトは町の東部のプフィングストヴァイトに一軒の家を、そのあと何年かしてアードラーフリヒト館を借りた。彼らは何日も引っ越しの準備をした。マリー・レッツァーはリストを手にして、部屋から部屋へ歩き回り、持っていくべきものを大きな籠の中に積みあげた。彼女は子どもたち、とりわけ女の子たちとおもちゃのことで辛抱づよくやりあった。あそこでは庭や牧草地で、それから森で遊ぶ機会がもっとたくさんあるでしょうから、お人形さんは邪魔になるだけよ。

でもご本はみな持っていかなくちゃ、とヘンリが大声で叫んだ。そうね、確かに。お勉強は続けるの。そうでなかったらヘルダリーン先生は町に残らないといけないわ！　うわあ、いやだ。そうなったら大変。マリーはときどき準備のためにうろうろするのを中断して、ヘルダリーンをその部屋に訪ねた。そんなふうに息せききって動いている彼女に好感をいだいたヘルダリーンは、それを彼女に告げた。

どうぞそんなふうに持って回ったお世辞だけはおやめになって、マギスターさん。

冗談めかしてこう言われた彼は考え込んでしまった。

いやそうじゃないのです、言いたかったのはただ……

混乱させてしまいましたかしら？

言いたかったのは……

驚いたわ、詩人も言葉に窮するのね。

彼はマリーの無邪気さがありがたかった。

こうした夏休みはまことにご立派な行事ですわ、と彼女ははっきり言った。子どもたちとゴンタルト奥様はいつでも夏休みをもらえます。ゴンタルト氏はあの方の流儀でそれを楽しまれるけれど、私たちのようなものにはむしろ果てしない大騒ぎの連続です。休暇が始まったらすぐに、あなたご自身の時間をお持ちになれるように、みながそれに敬意を払うように気をつけてね。そうでないと、小さな遠足に続く遠足と、浮き足だってしまい、ご自分をとり戻せなくなってしまいますよ。

彼は大袈裟にお辞儀をした。ご忠告に感謝します、レッツァー嬢。居心地のいい隠れ場を探します、そして雲隠れの名人と非難されるようになりましょう。

ご自分を笑いものになさるのね。でもコッタのためにご本を書きあげるおつもりではないのかしら？『ヒュペーリオン』を？

どうやら世間の人はみなそれを知っているのですね。

私は世間の人？

そうじゃありません、お嬢さま。

それを私たちに朗読してくださることを願っています。

自信が持てません。

きっとそうなさるわ、ゴンタルト夫人がお望みですもの。プフィングストヴァイトで邪魔が入らなかったら、そのご本からヘルダリーン先生に朗読していただかねば、とおっしゃってましたよ。

そうおっしゃったのですか？

そうよ。だから私たちの前で読んで聞かせてくださるわね？

さあ、もう行かれたほうがいいですよ。

馬車はみなと家財道具が別邸に落ち着くまで五回も行き来しなければならなかった。とにかく四輪馬車に乗って夏の中に旅することができるのは、はじめてのことです。

ヘンリはこの文章をくり返して言った。彼はそれを風変りと思い、覚えておきたかった。そしてまたそのような文章を考え出したかった。これを聞いた人は、ヘルダリーン先生が詩人だということに気づくでしょうね、と少年はズゼッテに言った。

それだけではおそらく足りないでしょうよ、ヘンリ。

とんでもない、とあやうく語気を荒げそうになったヘルダリーンは彼女に口答えした。ただヘンリの理解力と想像力はその点で鍛えられねばなりませんが。それにそのような文章を独特な魅力があると思うだけではだめで、夏を場所として、風景として見なければなりません。生活をそのように把握して感じとり、過ぎ去りし全ての夏を同時に考えねばなりません。

ヘンリは身震いして、いたずらっぽく右手を口の前にあてた。彼らしい仕草である。やだやだ、たくさんあるんだもん！

たくさんじゃないよ、不思議なことに、たったひとつの考えなのだ。

そんなら僕は商人になるほうがいいよ、お父さまみたいに。

あなたにはまだ時間があるわ、とズゼッテが言う。するとイエッテがからかうようにつけ加える。

ヘンリったら算数がまるでだめなのに。

彼らはすばやく住まいを整えた。ヘルダリーンは狭くて、背の高い木々の陰になって湿っぽい小部屋をあてがわれた。それは、ふたつの子ども部屋がそのあいだにあるだけで、すぐズゼッテのサロンと寝室に隣りあっていた。

最初の一週間はまったく邪魔されずにお仕事がおできになるでしょう。そのあいだずっとご無理をおかけしないように、とヘンリと約束しましたから。そしてその後はお好きなように授業をなさってください。これまでの先生方は朝のほうを好まれました。庭はまだ目覚めておらず、騒がしくありません。その上、園亭でもまだそう邪魔が入らず、勉強できます。そこで彼もヘンリと一緒にそこへひきこもった。二、三日するともうヘンリは、また少し本を読みましょう、と彼に催促した。先生は僕に厳しくなさらなくてもいいのです、それに嫌になったら、少しおしゃべりしましょう。

ヘンリはのみ込みが早く、しばしば先生の生真面目さにおどけてみせて、兄のように彼とつきあった。ヘルダリーンはこうしたうちとけた態度を楽しんだが、それをいいことにはせずに、適切な距離をとることを少年に気づかせた。私は君の友人としてではなく、ヘンリ、教師として雇われているのだよ。

あなたはそのどちらにもなれます。

実際、そうでもあるがね。さあ、もう一度、奪格（ラテン語の六格）のおさらいをしよう。

コッタが『ヒュペーリオン』を短くして一巻におさめるように強く勧めてきた。そこでヘルダリーンはもう一度原稿を送り返してほしいと頼んだ。それで彼は忙しかった。ズゼッテはヘルダリーンをじっと見守っていたのだろう、そして彼は彼女を。ふたりは昼間、ゲームをしたり、ピクニックをしたり、木々の影に入って腰をおろして庭ですごし、私たちの誰もが覚えている眺めのようになった。

ゴンタルトは晩に市内からら帰ってくるごとに悪い知らせを持ってきた。六月六日にフランス軍がラーン川に到達した。フランクフルトへの進撃が危惧された。しかしその十日後、ゴンタルトが顔を輝かせて馬車から飛びおりた。みなが彼を待ちかねていた。カール大公が共和国軍をヴェッツラー近郊で打ち負かしたぞ。それは猶予にすぎなかった。ヘルダリーンはゴンタルト氏あるいは女性たちと戦争について話すのを控えていたが、ズゼッテとマリーと散歩していたあるとき、私は戦争を憎んでいますが、実際はフランス軍の勝利を願っています、と言った。そうなってはじめて国民は自分たちの自由を見つけ、その権利を手に入れることができるでしょうからね。彼がさりげなくこう言ったとき、ズゼッテはびっくりして、きっぱりと言い返した。ヘルダリーン先生、でもあなたは子どもたちや私の夫や私が生活の基盤を失うことを願っておられないでしょう。

もちろんです！　そんなことを願えるわけがありません。そしてまたそんなことになるはずもありません。

戦争のことを忘れるほうがいいですわ、とマリーが言った。そしたら戦争のほうも私たちを忘れてくれるから。彼はできれば、そのような戦争はそんな簡単なことが問題ではないのです、と答えたかったが、マリーがもうこの話をやめたがっている様子なので、逆らわなかった。

それがどんなふうに始まったのか、私にはわからない。もうここで、この夏らしい隠れ家で互いに愛を告白したかどうか、相手への心遣いや募る思いを口に出さないで十分に味わったかどうか。彼女の肩が彼の腕にふれたり、その微笑がいつもと違っていたり、自分では全然気づかずに、愛しい方よ、とさりげなく彼を呼んだり、彼が朗読した後で、一瞬、彼の手を取ったりといった、誰にも心当たりのあるちょっとしたことが彼の心をかき乱し、悲しませる。

彼女は用心深くしなければならないし、これからもそうするだろう。しばらくすると噂が広まったが、ゴンタルトにまで達しなかった。そしてマリーはこの家のために偏見なく耳を傾け、噂を品定めし、それらを弱めて間違いを正すことができた。それどころか、そんなひどいことを言いふらすと首になるわよ、と脅した。ゴンタルト奥さまは冗談をおわかりにならないでしょうからね。

それは他の多くの恋物語のように、人目をしのび、扱いにくく、モラルに逆らっているが、物わかりのいい何人かに守られていたのかもしれない。しかし彼は他とは違った、高い響きを奏で、そして彼女はそれを受け止めた。彼は愛する人の姿から理想像、ディオティーマを作り出した。彼女は知らないうちにすでに彼の詩作品の中に入っていた。

惨めさは、日常は、彼がゴンタルト家を追われて、ふたりがひそかに会い、手紙を交わすようになってはじめて彼らに襲いかかった。今、人目をしのぶことはそれに比べて自然なことである。

彼は真っ先にノイファーに自分の新しい恋を打ち明けた。「僕は新しい世界にいる。以前は何が美しくそして善きものであるかがわかっているつもりだった。しかしこのひとを見てからというもの、僕の知識の全てを嘲笑したい。愛する友よ！　僕の精神が何千年もそのそばに止まることができ、また止まるだろう存在がこの世にいる。そして人間の思考力や理解力は自然の前でどんなに未熟なものであるかがわかってくる。愛らしさと気高さが、そして静けさと生気が、それから精神と心情と容姿がこの女性の中でこの上なく幸せにひとつに溶けあっているのだ。」こう文章にすることで、彼は素朴な感情や願いに抗う覚悟をする。まるでもう今、身をひき、決して近づこうとする気がないように見える。祭壇はあまりにも高すぎる。物欲しげな様子もエロチックな言い回しもない。肌も温もりもない。プラトニックな関係を三年間続ける理想的なカップル。枯れた、衒学者の夢想の実現。

そんなわけはない。そうではなかった。たぶん彼らはこの最初の年にもうドゥーと親しく呼びあっていたのだろう。それより先に起こったことを考え出し、物語ることができる。それは遁走の物語、容易ならない、それでもやはり味わいつくされた緊張の、不安と忘我を分かちあった物語かもしれない。

II　第九話

庭での日々は終わった。ゴンタルトは家族を町に連れもどした。皇帝軍はいくつかの前線で戦わねばならない。イタリアでボナパルトは首尾よく作戦行動をとる。五月にはミラノを占領していた。六月の終わりにモロー将軍が部隊を率いてストラスブール近郊でラインを渡り、ヴュルテンブルクに進駐した。北部軍団とともに足止めされていたジュールダンは、今、勢いをえてオーストリア軍を撃退する。七月八日、ヴェッツラーを占領し、十日にはフリートベルクの手前まで迫ってくる。フランクフルトまでもうそう遠くない。町の人びとは戦いのどよめきを耳にした。混乱は途方もなかった。革命軍の兵士たちを怖れた人びとが慌てふためいた。余裕のあるものは避難を企てるか、あるいはすでに立ち去っていた。ヘルダリーンもこのごたごたに巻き込まれ、旅支度をしては、また荷を解く。ズゼッテに話しかけることはほとんどできない。彼女はよく泣きながら自分のサロンにひきこもってしまう。毅然としていると思われたいゴンタルトは指図をするものの、次の瞬間にそれを取り消してしまう。マリー・レッツアーだけが落ちつきを失わず、フランス人というと血に飢えた人食いだと想像して、死ぬほどの不安をこらえている子どもたちの面倒を見ている。ゴンタルトは子どもたちの誤りを正すどころか、フランスの悪魔たち、あのごろつきで放火殺人犯、と口にして子どもたちの不安をかき立てる。ヘルダリーンは間違いを指摘し、子どもたちにフランス軍が何のために戦い、なぜ自分が彼らの勝利を願っているかを説明する勇気がなかった。ゴンタルトはフランクフルトが占領される前に、自身を除いた家族が町を離れ、ハンブルクの親戚のところに行くように手配していた。出発の日は、たびたび延期された。こんなはっきりしない状態がいらいらを募らせた。ズゼッテさえもときどき子どもたちを叱りつけた。ヘルダリーンはしばしば午後になると、街中の混乱を、「名状しがたい紛糾」を詳しく見るためにこの家を離れた。そこでは熱狂の中で歴史がはっきりと見えた。濠のそばでオーストリア軍の兵士たちと徴募された市民たちが堡塁を修繕していた。どの小路や広場でも士官たちが思いがけず姿を現した。旅の馬車が、とくに夕方ごろ、さかんに行き交った。より裕福な人びとは戦いの場から立ち退いた。彼はたまたま旅館で皮なめし職人と話を交わした。職人は怯えきっている金持ちをからかった。やつらは共和主義者からいいことは何も当てにすることができないからね。

そうそう、聞くところによるとマインツやパリでは銀行が栄えているとか、ご存知ですか、とヘルダリーンが言った。

それじゃそこでもそうですか、と皮なめし工がむっつり言った。我われのようなものは彼らに剝ぎとられるのだ。それに自由は、あなた、大砲からも出てきませんよ。

では自由という言葉をどう理解されているのですか？

この質問でうろたえてしまった男は食卓から立ちあがり、ビールを飲み干して立ち去った。

マイン川のほとりのザクセンハウゼンでヴェッターアウから避難してきた人々が野営していた。女たちは苦情を言った。すべて無駄だったのよ、フランス軍がもうここに迫ってくるでしょう。故郷に残っていたほうがよかったわ。

彼はマリー・レッツラーに言った。奇妙なことです――被災者でなかったら、悲惨さはほとんど絵のようなところがありますね。

傍観しているだけでしたら、ヘルダリーンさん。

その翌日、彼らは逃げ出した。新聞がジュールダンの部隊がさらに攻撃してきたと告げていた。それにゴンタルトは私的な情報も得ていた。おまえたちは即刻、出発しなければならないだろう。半時間すると馬車が玄関先に来ることになっている。ゴンタルトを説得して、同行する気にさせることはできなかった。私は店を離れるわけにはいかない。何よりもまず、家で略奪されないように気を配っておかないといけないのだ。すべてが決まった今、トランクはまだひとつも詰め終っていない。子どもたちは泣きわめき、家政婦に地下室に追い立てられ、閉じこめられる。あんたたちはここにいなさい。そうでないといと、後で見つからず、馬車はあんたたちを残して出発しなくてはなりませんからね。ズゼッテとマリーは女中を従えて、衣服や帽子やバックを手にしてずっと廊下を走り回っている。ヘルダリーンは荷造りするものがあまりない。母に知らせてもらうように、弟あてに手紙を書き、送ろうとしていたその手紙の封を切り、つけ加えた。「皇帝軍は目下、ヴェッツラーから退却中だ、フランクフルトのあたりは真っ先に主戦場になるといっていいだろう。そのため私はこの家の親戚がいるハンブルクに向けて出発する……フランス軍はヴュルテンベルクにいるそうだ……どうか男らしくあれ、弟よ！　私は恐怖すべき対象を怖れていない。怖れているのはただ恐怖をだ。どうかこのことを愛する母上に伝えて、安心させておくれ！」

ゴンタルトでさえ荷物を運びおろす手伝いをしている。馭者はかさばるものをらくらくおろしている。一番幼いマーレは、このお人形さんじゃないわ、とめそめそ泣いている。

おとなしくなさい。お父さまにキスをするのよ。

ヘンリ、あなたのひざ掛けはどこなの？

イエッテ、刺繍糸の入った籠をお願いね！

ゴンタルトが彼をかたわらにひっぱってきた。ただひとりの男性であるあなたには、一行の無事を気にかけ、私の指示どおり情勢を見定めて道筋を決めてもらわねばなりません。どうぞ私の味方でいてください！　その冷静さと慎重さでヘルダリーンに不快感を起こさせていたゴンタルトだったが、今は同じように興奮していた。彼は妻を抱きしめてむせび泣き、おまえたちによかれと思ってのことだ、と何度か言った。

彼らは夜間に馬車をちょっと止め、馬を交換して休息したが、走り通し、三日後カッセルに着いた。ハーナウ近郊で戦場の近くに迷い込み、逃げるオーストリア軍に押し止められ、ズゼッテはひき返そうかと考えた。フランス軍が来るのを家で待つほうが、こんなふうに何の庇護も援助もなしにいるより分別があったのではないかしら。しかしヘルダリーンはゴンタルトに強く促されたことを思い出し、旅の続行を主張した。緊張に、不安に追いたてられた彼らは身を寄せあった。もうしきたりはどうでもよかった。家にいたときにはありえないと思われていたことが、普通のことになった。子どもたち、とくに年上のヘンリとイエッテのふたりはそれを享受し、利用しつくした。フルダの宿ではヘンリを妹たちと床につかせることができなかった。僕は全然、眠くないよ。馬車の中で眠るほうがいい。もう少しおしゃべりをして、お話を聞いているほうがずっといいや。宿には他の避難民もいて、見聞きしたことや情報を交換していた。彼らは自身の不安をあざけり、陽気さをよそおって気を紛らしていた。フランス軍はどっちみちフランクフルトに集結していた。東部のこの辺りのほうが安心だろう。いや、フランクフルトはまだ陥落していませんよ。しかしハーナウには、考えても見て、ヘルダー、今や共和国軍がいるのだよ！

なんて言ったの、ヘンリ？　とズゼッテが尋ねる。

フランス軍がハーナウにいる、と男の人がさっき話していたのだよ。

いや、そのことではないの。ヘルダリーン先生をどうお呼びしたの？

ヘルダーだよ。

ベンチでヘンリの横に座っていたヘルダリーンは少年を抱きよせた。私がそう呼ばれていることをどこで知ったの？

シェリングさんがそう呼んでいたんだ。

でもあなたがヘルダリーン先生をそうお呼びするのはよくないわ。

いいですよ、奥さま。それによかったら君も私にdu《ドゥー》と言っていいよ、ヘンリ。

ドゥー――ヘルダー。

ほらね。

彼らはこの呼びかけをくり返し、何度か笑いあった。ヘンリはかち得たものをたっぷり演じた。ズゼッテは困りきって、しばらくしてから言った。ヘルダー——すてきな響きね。すると、いち早く避難民らしく振る舞うようになり、とにかく危険を避けて慎重にしていたマリーがとても軽やかな調子で言った。私をマリーと呼んでくださってもいいと申しましたら、あなたをヘルダーとお呼びすることを私にも許してくださるかしら？

この「愛らしい申し出」を彼はうれしく思った。こうなったのはあなたのせいよ、とズゼッテは冗談めかしてヘンリを叱り、翌日にはことさら「ヘルダリーン先生」と呼ぼうとしたが、カッセルに着く前に、ふとヘルダーと言ってしまい、それからはいつもこう呼びかけた。馬車の中でときどき自分の手をしばらく彼の手の上に置いたが、恐怖で一瞬こんな仕草をしたのか、それともひそかに好意を示そうとしたのか、確信がなかった彼は彼女の手を取ろうとしなかった。彼はこんな不確かな状態が心地よかった。

カッセルの町は戦場からずっと離れていて、そしてまた戦争を当てにしているようにも見えなかった。もちろんここまで撤退してきた避難民がたくさんいて、彼らの語る盗賊さながらの過激共和派《サンキュロット》の乱暴な話に迎えた人びとは肝をつぶしていた。みなは苛立ち、同時に浮かれていた。もう今日明日のことしか計画が立てられず、慌てふためいて後にしてきた規則正しい生活はもうどうでもよかった。

ゴンタルトが紹介してくれた旅館はなかなか見つからなかった。ようやく見つけたと思ったら、まるで仮設収容所のように屋根裏まで満員です、と亭主にすげなく断られた。町はずれのもっと簡素な旅館で彼らはあっさりと四部屋もらえた。ここの亭主は、こんな上品な客を泊めることができて悪い気がしていないようだった。ヘルダリーンは唯ひとりの男性として、小部屋だったが一部屋をあてがわれたが、日中はそこをときどきズゼッテに譲る約束をしなければならなかった。ズゼッテには、これから何日もハンブルクに向けて旅を続けるつもりはなかった。私はカッセルを知っています。ここにはいろいろ見るべきものがありますし、私もマリー・レッツアーも知人や友人が何人かいます。それに子どもたちにこれ以上、無理をさせたくありません。彼らはフランクフルトのあたりはどうなっているかを問いあわせた。次の日に、フランクフルトが陥落したことを聞いた。ジュールダン将軍が町を明け渡すように市参事会に要請したが、オーストリア軍がそれを市民に認めなかった。七月十四日の夜、フランス軍がはげしい砲撃を開始し、ゆうに百八十軒もの家屋が焼きはらわれ、オーストリア軍は断念せざるをえなかったとのことだった。

ズゼッテは夫を心配した。避難の身の彼女たちに消息はわからないままだったが、ようやく三、四日してカッセルの商売仲間を通じて、ゴンタルトが家とともども無事に戦禍を逃れたとの知らせがきた。

ズゼッテはこの朗報を遠足で祝いたいと思った。彼女は待つばかりで元気をなくしていた。庇うように子どもたちを周りに集めて、口を利かなかった。食事にもまれにしか出て来ず、姿を見せたとしても大抵泣き出しそうになり、すぐにまたひきこもっていたのだった。さて今、全てがよくなり、子どもたち、とりわけイエッテがほっと胸をなでおろした。彼女は母がふさぎこんでいることにいちばん悩んでいた。

しかし郊外へ遠足に行くのはやはり危険だとズゼッテは考えなおし、ヴィルヘルムスヘーエの庭園で散歩ということなった。曲がりくねった小径と古い木々がたくさん生い茂る丘の上に広がった公園は、マリーの言葉によると、「魂をとり戻す」ためにふさわしい書き割りだった。彼らは「広大で魅力あふれた自然」に夢中になり、とりとめもないことをしゃべったり、子どもたちにからかわれたり、ボール遊びに興じたりした。通りがかりの人たちの目には幸せな家族と映った。彼女の眼差しや――ヘルダー、捕まえてくださらないと！　と呼ぶ声がどれもが彼には大切になった。彼はより傷つきやすく、より開放的になった。自分がもはやこの愛から逃れることができないだろうことを、彼女のどの合図にも従わざるをえないことがわかっていた。しかしこうでなかったらとも望まなかった。マリーは戯れに彼の関心をひこうとしたが、あきらめて芸術家たちのサークルに加わり、そのすばらしい率直さで彼らをとりこにした。ズゼッテははじめはこのつきあいをあまりにも大胆だと思ったが、ハインゼが自分は彼らの後援者である、と上機嫌で宣言したので、ようやくこの「陽気なグループ」の相手をした。

『アルディンゲロ』の名高い作者、ヴィルヘルム・ハインゼは、（もちろんゲーテはこの本の自由奔放さを認めていなかったが）、進歩的な若者や昔ながらの自由思想家の崇拝の対象だった。ハインゼがお前たちをひき受けて、カッセルの社交界に紹介してくれるだろうから、お世話になるがいい、とゴンタルトは前もってズゼッテに知らせていた。ハインゼは当時五十歳で、その『アルディンゲロ』は十年前に刊行された。ヘルダリーンはとかくの風評があり、禁書のひとつとされていたこの本を神学校で読み、その中の文章を自身の詩のモットーとして掲げた。その勇気と自由精神にあんなにも感銘を受けた当の詩人に会えることを非常に期待していた。

ハインゼは半神のように登場した。ふたりの女性、ズゼッテとマリーは美の女神の役割を喜んで務めた。彼女たちはハインゼのご機嫌をとり、神のごとく讃美した。ヘルダリーンをたいして重要でない召使として無視していたこの世慣れた男は、思い込みによる魔力が本当になり、境界線を消させて、ヘルダリーンとズゼッテを決定的に結びつけるようになろうとは、ズゼッテが自身の作品の助けでディオティーマになる決心をするとは予感もできなかった。


ハインゼが到着したのは、彼らがカッセルに来てすでに十日たったころである。ヘルダリーンは今までこんなに自由で生き生きとした、ほとんど浮ついたと言ってよいズゼッテを見たことがなかった。彼女は彼に子どもたちの授業をやめさせて、公園の散策のお伴をさせ、マリーが自由に行動をしても文句を言わなかった。彼らはハインゼが案内すると前もって言ってきたのに、先にヴィルヘルムスヘーエの絵画館を訪ねた。絵画館の監督官をしていたティシュバインに親切に迎えられ、案内を受けた。監督官はゲーテとローマで親交があった画家ティシュバインの兄、小ヨーハン・ハインリヒ・ティシュバインである。ヘルダリーンはレンブラント、ルーベンス、ロラン、それにシャフナーやそのほかのドイツの初期の画家たちの絵をみな知らなかった。一度にこんなにたくさんの絵を目にすることははじめてだった。

ここで彼は、しばらくのあいだ、ズゼッテから、そしてハインゼを除いた新しい知人たちから同輩のように遇された。一歩さがって、仕える者の役割をはたす必要がなかった。それに彼女は慣例や義務に縛られていなかった。びくびくしないで、より率直にしゃべり、自分がどんなに彼に好意を抱いているかを仄めかすことが多くなった。物おじせずに彼をヘルダーと呼んだが、子どもたちはそれを喜んだ。

だってこれが本当のお名前ですもの、とイエッテが言った。彼が彼女の仄めかしを理解するまで、時間が必要だった。彼女はそれに慣れていた、それが彼女の言葉づかいだった。それは彼の言葉づかいではなかった。そして依然として一線はひかれたままで、彼はそれを真に受けていた。しかし少し自身の性格に反するものの、彼はそれを見習い、一緒に戯れた。ばつの悪い思いをしていた彼を擬古的な彫像のひとつ、ダイアナの裸像の前で押し止めた彼女は、彼の道徳的厳格さをからかった。それはシュトイドリーンや友人たちのもとでというより、むしろ修道院学校や神学校で学んだものだろう。しかしそれから彼女は、ほのかに光る石の肌や、そのような女神たちが世界に解き放つ、素晴らしく素朴なイメージについて、そして彼女が夢の中で願っている自由について語った。するとて話に加わるのが彼には苦にならなくなった。

『アルディンゲロ』を一緒に読んで、ハインゼに対して心構えをしようというのが彼の思いつきだった。彼女も彼のようにその本を知っていた。しかしある散歩のおりに、こんな無理にこしらえた官能性には耐えられないわ、と彼女はさりげなく言った。彼は何も答えなかった。

彼らは夕食を抜くことがよくあったが、その晩彼女は、私の部屋にいらして、と頼んでいた。マリーが画家仲間からハインゼの本を手に入れてくれましたの。これで読書を始めることができますわ。マリーは慣れない環境でまだ落ち着くことができない子どもたちの相手をしていた。ズゼッテは椅子を窓際に寄せて、彼にもそうするように頼んだ。ふたりは向かいあって座った。ふたりの膝がほとんど触れそうだった。この本のことをよくご存じのあなたが読んでくださいね。何か思いついたら口を挟ませてもらいます。

彼はすぐに始めないで、頁をくって探した。彼女はわきから眺めていた。

たぶん私たちが話していたところへ立ち返ろうとなさっているのね？

この箇所です、と彼が言った。見つけましたよ。さあ大理石のディアナ像のことを思い出してください――「ひとことで言うなら、裸像の美しさは造形芸術の勝利であり、目にとって、そして肉体だけの人間にはたいしたことであるが、内的な人間にとってはわずかなことでしかない。それだけでは不滅なるものをとらえることができない。そのためには、魂と、そしてそれが呼び起こした、想像を絶する力からじかに生まれるなにかが、すなわち生命、動きが欠かせない。そしてあらゆる芸術の中でこれらを持っているのが音楽と詩文学である。身を屈めるがいい、おまえたち、他の姉妹たちよ、これらのミューズの前で。」

すばらしいわ、と彼女が言った。この個所は詩文学のためにもあなたのお心にかなうに違いありません、でも私ははっきりと違う意見です。詩情なら私も、コーブスだって持っています。まさに私たちの想像力です。そしてそれが刺激されると、どんな生気に乏しい人をも動かすことができます。そうお思いではありませんか？

彼は笑って、さらに少し先まで頁をめくった。これはハインゼの意見でも、またアルディンゲロの意見でもなく、すでに述べられたように「意地の悪い抗弁者」のそれです。ハインゼはそれに基づいて筆をすすめ、認めています。「人は自然を写しとることはできない。それは感じとられ、理解力の中に入っていき、完璧な人間によってふたたび新しく生み出されなければならない。」

そうね、そう言ってもよかったのですね。

マリー・レッツァーが姿を現し、すんなりと会話の仲間に入った。彼らは笑い、屈託ないときを楽しんだ。ときおりテクストの一節が朗読されるが、ただ気分をかき立てるためで、脈絡はなかった。

ハインゼの到着でさしあたり朗読の夕べが終わった。ズゼッテはまた社交界のルールに従った。この優雅さに、この世慣れた様子にヘルダリーンはかなわなかった。彼は背景に退いた。ズゼッテはさまざまな催しにはじめは彼をまったく誘わなかったが、ハインゼにひどく気に入られたマリーはどこへでも同行した。ズゼッテとマリーはヘルダリーンが執筆中で、ノイファーとシラーの年鑑に発表していることをハインゼに気づかせようとしたが、それでこの著名な人物の関心を呼び起こすことはなかった。ハインゼは家庭教師をその地位にふさわしくあしらった。

ヘルダリーンはズゼッテを見損なっていたのか、彼女がこんな仲間のうちで普通におこなわれている軽薄な戯れを自分とやっていたのではないか、と思い悩んだ。急に彼女が背を向けたことで、そう推論できた。マリーはよく彼を部屋に訪ね、絶えず子どもたちの世話を焼くだけではだめよ、ご機嫌をそこねていらっしゃることは、誰の目にも明らかですわ、と詰った。

ゴンタルト夫人のせいではありません。

まあ、ヘルダーったら、大げさね。まるで子どもね。私たちのうち誰も、あなたがお考えのように、まっすぐに生きていません。それにゴンタルト夫人はもうじゅうぶんつらい思いをなさっていますわ。

そんな印象は感じられませんでした。

あの方を少ししかご存じないのです。ハインゼさまがあの方のお気を紛らしてくださるのです。そしてあの方はそれを喜んでいらっしゃるのよ。

何から彼女の気を逸すのですか、マリー？

どうしてもそれを私からお聞きになりたいの？　どうしてただそればかりお考えになるの、どうしてそんなに深刻に決めつけて気に病むの？

カッセル滞在の日々から彼の記憶の中に入っていったもの全てが矛盾していた。彼は踏みにじられ、無視された。決して卑劣な考えを抱くことができないと彼が思っていたただひとりのひとが、そうと気づかず彼を傷つけた。そしてもっとうわべだけで、軽率だと思っていたマリーが、自尊心を傷つけられた彼を慰めてくれた。結構、彼女は自分と同じく、仕えなければならない身分で、おそらくぞんざいな言葉や辱めを経験していたが、感受性が豊かで、無礼な言動を見逃さなかった。なぜマリーをもう気にかけなくなっていたのだろう、と彼は自問した。マリーは親切にふるまい、子どもたちに理解があり、文学に対して生き生きしたセンスがある。それに彼女をズゼッテより美しいと見なしている人が少なくない。しかし比べることなどできない。彼はズゼッテを待たねばならないだろう。これはまた違った愛である。マリーはヴィルヘルミーネに似ている。それをくり返すことはできない。ニュルティンゲンの近くの教区をひき受け、結婚して父親になるのはやはり意味があるのではないかと考えないといけないのはもうごめんだ。なぜそのような考えが自分をうろたえさせるのか彼はわからない。誰だってそう考える。彼はそう考えてはならない。

マリーは彼を散歩につれ出し、気を紛らせてくれた。彼女は話をするが、答えを期待していない。彼がヴュルテンベルクでのフランス軍の戦いを心配して、神学校でルルージュに出会ったことを話題にしたとき、無口になり、じっと耳を傾けた。彼は異端審問の思潮から行動し、過去の時代を守ろうとする亡命者たちの悪事を罵った。新聞が最近のニュースを伝えてきた。サン゠シール将軍がその軍を率い、テューービンゲン、ロイトリンゲン、ブラウボイレンを越えてオーストリア軍を追撃したとのことだった。ニュルティンゲンが戦闘行為に巻き込まれたかもしれない。「相変らず大地をけがし、下劣な行為をほしいままにして、おまえたちの近くでひどいことをしているコンデの部下の残忍な人たち」より、人間愛がわかっていると信じている共和国軍兵のことだから彼の不安は少なかった。コンデ公麾下の亡命者部隊は情け容赦なく乱暴を働き、馬や食糧を徴発し、強姦したので実際に怖れられていた。今はもう家庭の平穏以外何も好んでいない母がこの混乱のもとでどんなに苦しむことになるか、彼はわかっていた。弟の職業上の立場も心配で、カールに宛てて心中を打ち明けた。「我われの善良な母上を心からお気の毒に思う。あのようなご気性で、謙虚なお方だからこんな事態のもとでどんなにお心を痛められているかがわかっているから、心配でならない。」彼は異父弟にテューービンゲンの精神とイエーナの学説をまとめて書き、巨大な変革を見る目を研ぎすませてほしいと願った。「共和主義者たちの巨歩がしるすこの途轍もない光景を間近に見て、私のカールよ、君は魂を本当に強くすることができるのだ。」いつハインゼに注目されるか、あるいは少なくともズゼッテをとり戻すことができるかはもうどうでもよかった。

彼が何もしないのにそれは起こった。『アルディンゲロ』という回り道をしてだが、やはり他ならぬハインゼの助けを借りてだった。彼はズゼッテから、夫の勧めに従って、ハインゼに付き添ってもらいさらにヴェストファーレンのドリーブルク温泉への旅を続けることになるだろう、と知らされて驚いた。そこの気候は衰弱した私のからだのためにいいだろうとのことなの。それでは私がさらにお供することをお望みでしょうか？　とヘルダリーンは尋ねた。ズゼッテはまるで何日も待たせていなかったように、彼をわきに呼んだ。私のせいもあって、とてもご機嫌が悪かったとマリーから聞いています。急いでその埋め合わせをしたいの。ハインゼさまはここ数日、まだいろいろとお約束がおありで、おもてなししなくてもいいの。だからまたふたりだけでいられますわ、ヘルダー――そしたらもう私にお気を悪くされないでしょうね？

それは互いに駆けよりたいとせかされる思いを少しも漏らさない小さな歩みだった。

ズゼッテはもう辛抱しなかった。

マリーは疲れていますからと言って、ひきこもってしまった。

彼はさらに読んだ。ズゼッテはようやく自分のパートがわかったかのように、彼の手から本をとりあげた。

ラファエロについてのこの対話は退屈ね。彼が恋人のフィオルディモーナをどう、どんなに激しい情熱をいだいて物語っているか覚えていますか？　それを読んでお聞かせしたいわ。彼女はどうやらもう午後に、頁のあいだに栞を挟んでおいたらしい、というのも探さないでその頁を見つけたから。彼女はわざとらしくはないが、まるでこの物語に関わっているかのように暗示的に読んだ。

「彼女をご覧になるべきです！　選び抜かれた高貴な姿、歓びにあふれるもつれない人を。これより喜ばしく、気高く恍惚たる顔は存在しません。あたりを見回す彼女の目には力があり、その口はチャーミングだが、蠱惑的でない。ほっそりしたからだが纏う衣服の下にふくらむ豊かな胸を見ると、すぐにもそれを剥ぎとってしまいたくなる熱い気持ちがこみあげてくる。すると春の太陽が昇るように、熱く燃える豊かな乳房が露わになる。頬と顎はただただ咲き初めた花のように初々しく、この上なく愛らしい、愛の光がきらめく卵形をしている。ああ、踊る彼女の栗色の巻き毛は酔いしれたように翻る。音楽と踊りの動きにつれてこの世ならぬ眼差しが甘美に漂い、きれいな脛が若々しい力にみちて高くあがった。まるで素早い稲妻のように、消えてはまた戻ってきた！　しかしなぜ私は不可能な試みを始めるのだろう！　彼女のやさしい腕がぶどうのつるのようにからむ、かの人は命の最高の幸せを楽しんでいる。いかなる王も神もこれ以上のものを持たない！」

ズゼッテはその本を窓台の上に押しやり、後ろに凭れかかって彼を見つめた。その文章が指のように彼にふれた。彼は描かれていたことを見た。彼女が望んでいたようにそれを見た、フィオルディモーナの役のズゼッテを。

お顔が急に真っ青になりましたわ、とズゼッテが言った。

ろうそくの明かりのせいです。大丈夫です。

覚えておいでですか？

とてもよく。このシーンは忘れられません。

この個所には気持ちがかき立てられます。夢へ誘われます。そして彼女は前かがみになってつけ加えた。白昼夢へと。怖ろしくないわけはないでしょう、ヘルダー？

何を今、怖れるべきでしょうか？

何をではなくて、誰をと言うべきでしょう。

誰を？

私たちを。

そうお思いですか？　彼女は全てを他の子よりずっとよく知っていて、大人びてうなずく子どもを演じてうなずき、それから小声で尋ねた。私がそうであってもかまいませんこと？

彼は立ちあがり、部屋に入っていった。彼女に背を向けて立ち、同じように小声で、だめですと答えて、それからもう一度、だめですとくり返した。

私のところにいらして、と彼女が頼んだ。

彼はちょっと離れて彼女の横に立った。彼女は彼を見あげて、その手をとり、彼をひき寄せた。それから顔を彼の顔にくっつけ、彼の腕をつかんでその肩におき、頰を彼の頰に擦りつけ、ゆっくり彼の口に近づき、口づけをした。

彼は愕然としただけではなく、不意に寒けがして固まってしまった。

これが怖れなの、と彼女が言った。言ったとおりでしょう、ヘルダー。

彼女はもう一度、彼に口づけをした。彼は頭を彼女の膝においた。

もし違ったふうになっていたら、と彼女が言った。もちろんそれは望んでなかったけれど。こうなった今は、違ったふうになっていたらとは思いません。

彼女はその胸に彼の手をおいた。フィルディモーナの胸のよう？

いや。

そんなに美しくはない？

いいえ。

私はあなたの知らない人かしら？

いや。

彼は彼女の横で、床の上に座った。しばらくすると彼女がそばにうずくまり、私のことをイエッテと思って、と言って彼に口づけをして、いいえ、そう考えないで、と言った。

ズゼッテはその晩のうちに彼にまるで連禱のようにきまりを課した。

ほかの人がいるところで私にドゥーと言ってはなりません、最愛のヘルダー。

ドゥーと言ってはなりません。

他の人たちがそばにいるとき、じっと見つめてはなりません。

私に親しく目くばせをしてはなりません。

私の手をとってはなりません。

もう私に『アルディンゲロ』を朗読してはなりません。

さあ、お行きなさい、もう床につかないと。今は自分が怖いの。

彼が言った。フィオルディモーナではなく、ディオティーマです。

あなたの？
私のでもあります。

III　ヒュペーリオン

そうこうするうちに彼は出発に折り合いをつけるようになった。彼は落ち着かない、曖昧な情況に巻き込まれた。八月九日に彼らは温泉場ドリーブルクへ出発した。ハインゼが同行したが、いつものようにヘルダリーンにほとんど注意を払わなかった。「自然のままの、美しい地方」を馬車で走る途中、ヘルダリーンは何よりまずヘンリとイエッテを相手にして、自身も不案内な土地をできるかぎり説明した。マリーとズゼッテはハインゼとおしゃべりをしていた。ヘルダリーンは何度も後ろに凭れかかり目を閉じた。するとヘンリが妹たちに小声で言うのが聞こえた。しっ、ヘルダーは眠りたいのだよ！　この優しさが彼を感動させた。彼はフリッツ・フォン・カルプと行ったレーン山地へのおぞましい旅のことを思い出した。ズゼッテと長めの話をすることを避けていた。ハインゼに秘密をさとられたくなかった。

ドリーブルグの四週間は夏らしい一日で終わった。彼はまたほっと息をつくことができ、ハインゼの尊大さにもう腹を立てることもない。このような環境にいるハインゼをむしろ気がきき、そつがないと思った。彼らは湯治場の隣のホテルに逗留した。ヘルダリーンはそこで「強壮と浄化の効用があるという炭酸水」を試しに飲んで、ブロッケン山を見わたせるクノッヘン山までみなで歩き、夢中になった子どもたちと「砦の王さまとお妃さまごっこ」をした。ハインゼは夕方には早くひきさがり、マリーは若いプロイセンの将校たちと親しくなったので、彼らは自分たちの時間がたっぷりできた。しかし彼らは、ズゼッテの言い方をすると、幸せの際《きわ》に止まり、一線を越えなかった。彼らには何も気づいていない子どもたちが共謀者のように思えた。

私はこのような環境にいる彼がもらうことのなかった一通の手紙を彼に受けとらせ、おそらく知ることのなかった一篇の詩を読ませることにしよう。それは謎のように定期的に彼に届いた知らせのひとつかもしれない。フランクフルトに着いてすぐ、彼はゴンタルトの商売仲間で、おまけに親戚筋であるヨーハン・ノエル・ゴーゲルと知りあいになった。ゴーゲルは、町で一番大きなワイン販売店を持ち、フランクフルトで「一番美しい場所のひとつである」ロスマルクトの豪邸、金鎖館に家族と住んでいた。ヘルダリーンはゴーゲル家を、「フランクフルトの社交界の人たちの気どりや、精神と心情の貧しさに染まらず、家庭の喜びを台無しにしていない」、「控え目で、こだわりがない、まともな人びと」だと描写している。(ズゼッテが属していた社交界への彼の軽蔑はこんなに早くからもう表現されていた。)ゴーゲルは自分の子どもたちのために教師を、家庭教師を探していた。そこでヘルダリーンはまだスイスで働いていたヘーゲルを推薦した。ゴーゲルは応募してもらいたい旨をヘーゲルに伝えるように彼に頼んだ。しかしヘーゲルから便りはなく、それからほどなくして彼らはフランクフルトを離れなければならなくなった。私が指している詩、「エレウシス」をヘーゲルは八月に、つまりヘルダリーンがドリーブルクに滞在していたときに書いた。それは草稿しか残されていないし、おそらくまた草稿のままで終わったのだろう。ヘーゲルはそれを友、ヘルダリーンに向けて書いた。そしてそれは友に対する敬意のしるしだけでなく、自分たちをひとつにした、過去と未来を総括する、ギリシア人に対する愛と、はげしく波立つ時代精神との結びつきについての了解である。またこの詩は、ヘーゲルがまもなくフランクフルトにやって来て、ふたりが再会するだろうという知らせをも含んでいる。かつて存在したもの、ヘルダリーンがもうとっくに失われてしまったと思っていた若き日の友情の時がここで彼にあらためて約束された。「……君の姿が、愛する友よ、私の前に現れる、／すると過ぎ去った日々の喜びが現れすぐに消え去り、／再会の甘い期待に席を譲る――／早くも目に浮かぶのは久しく憧れてきた、燃えるような／抱擁の情景、それからお互いを問いあい、／ひそかに相手をうかがいあう情景、／今ここで友の態度や表情、考え方のどこかに、／あのころと変わったところがないかと、――確信したときの深い満足、／昔の盟約への気持ちが、より強く、より熟したことを知り、／あの盟約は何の誓いにもしばられずに／自由な真理のためだけに生き、／意見と感性を束縛するいかなる規定とも決して、決して結びつかないことを。」これは彼が熟知し、愛した語調である。

ノイファー、シェリング、シュトイドリーンがヘーゲルとともに戻ってくる。このことが彼を受け止めた。彼らは自分たちの未来の下絵をそのように描いていた。そしてその情熱の残り火を誰も踏み消すことはできなかった。

ヘーゲルが来ます、と彼はズゼッテに言った。ご存知でしょう、テュービンゲン時代の友人です。ゴーゲル家で家庭教師になるのです。気に入られたいためにではなく、人間らしくあるために、我われの周りにはお愛想を言わない人がいないといけません。彼は今、自信に満ちていた。

九月八日に彼らはカール大公の勝利と、共和国軍がフランクフルトを明け渡した知らせを聞いた。帰宅できる。もっと長く滞在するつもりだったハインゼは彼らに同行することにした。中途半端だったが、無我夢中で味わった自由からの別れをズゼッテはうまく延ばすことができた。ヤーコプ・ゴンタルトはフランス人が戻ってくるのではないかと怖れて、フランクフルトから逃げ出したのだ、しかも逃亡のついでにニュルンベルクで商いをと考えていた。そうだともうしばらくカッセルで過ごすことができそうだとズゼッテは考えた。ふたりはしばしば一緒に過ごした。マリーは気くばりをして、子どもたちの注意をそらそうとした。エーベルから、共和国のことを詳しく調べ、可能ならば参加するためにパリに行くつもりだとの知らせがきた。思いがけず新聞でシュトイドリーンの自殺についての記事を見つけた。ズゼッテは追悼のためにお友だのことを話してほしいと望んだが、彼はそれができなかった。悲しみが心の中でせき止められ、彼は途方にくれてしまった。ひとりの友は自由を求めて出発し、もうひとりの友は破滅してしまった。最後にシュトゥットガルトに滞在したときのことを彼は思い出した。シュトイドリーンはあびるように飲んだ酒のためにもうむくみが出ていたが、それでも自信に満ちていたことを、彼の妹たちのやさしい好奇心はいつも自分を勇気づけてくれたことを。終わってしまった。大きく構想された図柄からひとつの大きな石がはがれ落ちた。

ズゼッテと彼はときどき狭いベッドに並んで横たわった。ふたりはほとんど触れもしなかった。彼の欲望は大きかったが、彼女が差し出した、はりつめた静けさのほうが強かった。

それはいけません、ヘルダー。自分たちのせいで命を失うでしょう。生きましょう。帰りましょう！　やはり子どもたちには今、それが当然です。

落ちつかない旅館暮らしと私たちがなげやりだったことが、子どもたちの気持ちをすさませてしまったわ、とマリーは考えた。ハインゼは大仰に別れの言葉を述べて、じきにフランクフルトを訪ねると予告した。アシャッフェンブルク（フランクフルト南東、マイン川中流域の町）への旅の途中でゆっくりお訪ねするつもりです。カッセルからフランクフルトへの馬車の旅は、彼らにはあまりにものろのろしたものに思えた。途中で、とくにハーナウのあたりになると、もう戦禍の跡が目に入ってきた。焼け落ちた家屋、舗装がはがれた道路、わきへ押し投げられた壊れた馬車。子どもたちが興奮して窓からからだをのり出して指し示した。フランクフルトはもっとひどい様子だった。おびただしい廃墟、がれきを片づける人びと、もう家屋を修繕している大工たち。色という色がなくなってしまった。街の上に灰色がたれこめていた。人間も傷つき、勇気を失くして無感動になっているように思えた。どの通りでもまた兵士たちが幅をきかせていた。

　ヒルシュグラーベンは変わっていなかった。玄関先まで乗りつけたとき、子どもたちが大声をあげた。パパはいますか？　きっとまだだよ。ズゼッテも最初に叔父に尋ねた。コーブスはどこ？　帰っていますか？　歓迎のあいさつの場面を馬車の中から目で追っていたヘルダリーンはこんな質問に傷ついたが、自分に言い聞かせた。彼女にはごく当然のことだ。彼女の夫なのだから。あなたの子どもたちの父親ですから。

　ヘンリが彼を呼んだ。ヘルダー！

彼らは荷物を家の中に運び込んだ。ヘルダリーンは少年を連れて自室にひきさがり、彼女が呼んでくれるのを待っていた。彼女が夕食に呼びに来た。夕食時、ゴンタルト＝デュ・ボスクはフランス軍やオーストリア軍の残虐な行為を支離滅裂に報告した。市参事会のへまに腹を立て、オーストリア軍がフランス軍よりもっと徴発し、好き勝手に価格を決めて、その上、五年後にようやく満期になる、言いかえれば何の価値もない有価証券で支払ったことに腹をすえかねていたのである。そう、それで彼らはずっとおびえていたのだろうか。いや、この家の商売は結構うまくいっていた。戦争は豊かな商人には利益をもたらした。そして周りの農家は裕福になった。

ゴンタルトは不在だったが、ズゼッテは用心するように、とくに家政婦のヴィルヘルミーネに注意するように遠慮がちに彼に頼んだ。あの人の好奇心と口の軽さは危険ですから。彼らは逢瀬を重ねた。ときどきマリーも一緒だった。しかしベートマン家のパーティでオーストリア軍の士官、リュート・フォン・コレンベルク男爵と知りあい、夢中だった彼女はもちろんうわの空だった。

ズゼッテにはまた務めがもどってきた。ほとんど毎日、お客が、ゴーゲル家やボルケンシュタイン家やベートマン家、そしてゴンタルト家の親戚がお茶や夕食に来ることになっていた。ヘルダリーンはやれやれ、ようやく戦禍を逃れ、しかも十分に儲けさせてもらった、とかいうおしゃべりにほとんど耐えられなくなった。彼はヘンリを連れて街を歩き回り、廃墟を眺めた。人びとがみな意気消沈しているのに衝撃を受けた。カールにニュルティンゲンの事情を尋ねた後で、「こんど私に会うときは、前のように革命的な気分にいないことに気づくだろう」と知らせている。共和主義者は惨憺たる印象を、とくに市井のつましい人びとのもとで残した。彼らは誰も容赦せず、略奪し、ゆすり取り、尊厳と自由の痕跡を残さなかった。しかしそれは戦争中には考えられないことだろう。おそらく戦争はそのような希望を失効させてしまうのだろう。彼らはおそらく何世代もかけてようやく実現できるようなひとつの現実を待望したのだろう。いずれにせよ理念も成熟しなければならず、一挙に出現することはない。無駄だったはずはない。エーベルはパリから、期待がなにもかも裏切られたことに気がついた、と悲しげな手紙を書いてよこした。この手紙を見せられたズゼッテは、「私たちの賢明なエーベル」がよりよき分別を持ったことを喜んだが、彼ははじめて語気を荒げて彼女に反論した。じっくり考えてエーベルに返事を書き、送る前にそれをあなたに読んでいただきましょう。それは時代に対する彼の重要な、包み隠さない返答のひとつだった。現在が民主政体や人間の叡智や理性についての見解を拒否しているので、それを未来に投射しなければならない。それらはもはや失われることはありえず、裏切られることもあってはならない。エーベルにその信念を放棄させないがために、彼は慎重に言葉を選んだ。「愛するエーベル！　あなたほど裏切られ、傷つけられたということは、崇高なことです。真理や公正へ深い関心を抱くあまり、それが存在しないところでも、それを見ようとすることは、誰にでもできることではありません、そして観察する知性が魂によってこれほどまでに籠絡されるのは、それが高貴すぎて時代にあわなかったのだと考えてもいいでしょう。自身が傷つくことなく、汚れた現実をあからさまに見るということはほとんど不可能なことです……しかしあなたはそれに我慢なさっています、そして以前に見ようとなさらなかったことにも、また、それでもなお今、それを見ようとなさっていることにも、同じように非常に尊敬します。――人類のすべての花や実りがその希望のうちに再び花開き、実るのを見たと思った場所から、絶望して別れを告げることがどんなにつらいかを私は知っています。しかし自分自身は、それに二、三人の人たちも自分のものです。この自分自身とわずかの人たちの中にひとつの世界を見出すこともすばらしいことです。――そして私はどのような騒擾も崩壊も概して絶滅か新しい体制のどちらかに向かわざるをえないのだということに、一縷の慰めを見出しています。しかし絶滅というものは存在しないので、我われの腐敗した時代から世界の青春時代が戻ってくるに違いありません。今ほど世界が変化に富んでいるように見えたことはなかったと確信をもって言うことができます。世界は途方もなく多様な矛盾と対立に満ちています……しかしこうであるほかどうしようもないのです！　我われによく知られている人類の一部のこういう特性は確かに異常な出来事の先触れです。これまでのいっさいを恥じ入らせるような信念や考え方の革命が将来、起こると私は信じています。そしてそれに対してドイツはおそらく非常に大きな貢献することができるでしょう……」

（このように詳しく引用したのも、これらの文章がヘルダリーンを詩的なものや、純粋に精神的なものの中へ遠ざけてしまおうとする人びとに抗弁するものだからである。彼は政治に関心を持つ人、断固たる民主主義者だった。彼がジャコバン派、それともジロンド派かだったかをめぐって争ってみても始まらない。行為者に失望させられたことは疑いがない。マラーとロベスピエールを許しがたいとするヘルダリーンの手厳しい批評は、傷つけられた心から生まれたものだが、事態に対する手厳しい批評ではない。他方またこの事態はそのとき以来、彼にとって思索しながら少しばかり参加できた過程の対象であり、彼の後もまだ長いあいだ終わることがないだろう。行為者たちは彼の一生のあいだ彼に不安を吹き込み続けたが、同じように彼をひきつけもした。彼は自分の思考のために行為者たちを必要としたが、彼の思考は彼らを当てにしていない。エーベルに宛てた彼の手紙は、後世の人たちに宛てたものでもある。）

ズゼッテは彼の誇張した表現を理解しようとしなかった。あなたは私たちみなからあまりにも多くを求めようとなさるのね、ヘルダー、私たちはもっと小さな、了見の狭い人間です。でもエーベルはあなたの励ましのお言葉を必要とするでしょう。

カッセルで彼らに思いがけず与えられた屈託なさがまたくり返される時があった。ただ周りの人たちがそこに入ってくる余地はもうほとんどなかった。彼らはもっと油断なく、もっと危険だった。

今晩いらして、ご一緒に読書しましょう。

それから不意の来客で、ゴンタルトの要求で彼女は足止めされてしまった。ズゼッテは彼の前でゴンタルトをかばった。どうかおいでにならないで。シュレッサー家が来るとコーブスだけにしておけないの。あの人たちは私が病気か、と尋ねるでしょう。彼に迷惑をかけたくないの。

そうこうするうちにヘーゲルは承諾の返事をし、一七九七年一月にゴーゲル家に赴任するつもりだった。ヘルダリーンは彼となら用心しないで時代についても話しあうことができるだろうとあてにしていた。ところがフランクフルトに到着したのは病気がちで、ふさぎ込んだヘーゲルだった。スイスの孤独な暮らしが彼を衰弱させてしまった。すんでのところで自分自身に息が詰まるところだったよ。それに心気症《ヒポコンデリー》にね。

しかしゴーゲル家の暮らしぶりが気に入ったのか、ヘーゲルはすぐに回復した。彼らは仕事が許すかぎり訪問しあい、興味深い新聞記事や書物を教えあった。昔よくしたような熱っぽい議論がまた姿を現した。すっかり興奮してしまった彼らの意見は、すぐに衝突した。ヘーゲルが冗談半分に、「彼の哲学」の進捗ぐあいを尋ねると、ヘルダリーンは手を横にふった。いや、哲学は僕にとっていまだに詩の貧弱な血縁者にすぎない。

そうだと思っていたよ。シェリングと僕がいないだけで君は寂しかったのだ。あの利口なシェリングは具象的な世界に入っていくのが好きだ。だが君はそれを抽象的なことなしに表現することがまったくできない。僕には事の概念が問題なのだ。抽象することも分析することも必要なのだ。君は君が知っているもの、慣れ親しんだものから離《エントフェルネン》れ、疎外《エントフレムデン》しなければならない。この最後の二語を彼は大げさに強調して言った。

ヘルダリーンにとってそれは新しいことだった。彼の友人はスイスでのわび住まいの中で、さらに考えを進め、彼をずっとひき離してしまった。彼は今、遅れをとり戻さねばならないし、また喜んでそうした。友に会うごとに、刺激を受けた。思索と論争に疲れたふたりは、次第にうすれていくテユービンゲンの思い出を探しまわした。憶えているかい、ベック先生があのブライアーを……?

ヘーゲルが苦もなくフランクフルトの社交界に根をおろしていくのに彼は呆れてしまった。彼自身はうまくいかなかったのに、ヘーゲルはすぐに若い崇拝者たちにとり巻かれていた。ただし定期的に音楽ホールで催されているコンサートに一緒に行こうとヘーゲルを説き伏せることができなかった。彼には気分転換だったので、できることならこの友だちを連れて行きたかったのだが。こうしたコンサートのおりに彼は偶然、ヴァルタースハウゼンのカルプ家でちょっと目にしたことがある商人シュヴェントラーに出会った。今、フランクフルトで仕事をしているとのことだったが、それは彼には決して喜ばしいことでなかった。シュヴェントラーがヴィルヘルミーネのことを話題にしないとも限らなかったから。それにズゼッテを愛するようになってから、ヴィルヘルミーネとの関係は彼には許しがたいほど無遠慮で、あけすけなものに思えた。あのように我をなくして近くにいることに今はもう耐えることができないだろう。彼らしくないことだが、しきりにシュヴェントラーに話しかけた。三十名もの質のよい楽士が集まっているということは驚くべきことですよ、とオーケストラの質の高さについて長々と意見を述べると、シュヴェントラーはうなずいて、同意するほかなかった。彼らは礼儀にそむかない程度に、早々に別れを告げた。シュヴェントラーがゴンタルト家とつきあいがなく、またコンサートの常連でもなかったらしいから、ヘルダリーンは彼に再び会うことはなかった。それでもヘルダリーンはシュヴェントラーに感銘を与えた。「感じのいい男です」とマイニンゲンのハイム宮廷顧問官夫人に手紙を書いた彼は、「彼が今、キルムス嬢のために、どんな気持ちをいだいているのか知りたかったのですが、私がことを知っていると彼にじかに言いたくはありませんでした」、と気づかわしそうにつけ加える。何を知っていたのだろう？ヘルダリーンがヴィルヘルミーネと関りがあったことだろうか？　カルプ家に出入りしていた誰がそれを知っていただろう。しかし彼女が子どもを産み、シュヴェントラーがヘルダリーンとしゃべったほんの数ヵ月前に、その子が死んだことも知っていたのだろうか？　いずれにせよフランクフルトにいるシュヴェントラーにも噂がとどいていただろう。さらに別の手紙で、ヘルダリーンは誰ともつきあわず、「ひきこもって研究と、――何人かの人たちの付言によると――感じのよい女性だとうわさの高い、教え子の母親のためだけに生きている」のでそれ以来会ったことがないと伝えている。

噂の網が周りにはりめぐらされたが、彼はそれを知らなかった。ヘーゲルが用心するように注意した。ゴーゲル家の召使たちも、ゴンタルト夫人への君の愛情についてこそこそ囁いているんだ。僕は彼女を愛しているのだから。

おめでたいよ、ヘルダー。あの自信家のゴンタルト氏が長いあいだ手を拱いて見ているとでも思っているのかね？

そんなことどうでもいいよ。

だけど町中が知っている。結構、ゴンタルト氏にはたぶん秘密なのだろうが、口さがない連中はいくらでもいるからな。

彼女は天使のようなひとなのだ。

そうかも知れない、でも君も家庭教師病にかかるとは、理解に苦しむな。

それはなんだね？

そんなことも知らないのか？　ああ、ヘルダー、君はいつまでたっても生きるすべを身につけないのだな。簡潔に言うと、家庭教師は女主人にいちばん手が届きやすいので、すぐそのとりこになるということだ。

僕の場合はそうでない。

そうだと思っているよ。

それを手紙で書いたのだ、ヘーゲル。

彼は『ヒュペーリオン』の著者献本をながいあいだ待っていたが、コッタ社から何の連絡もなかった。そしてついに一七九七年四月のある午後、家政婦がニュルティンゲンを経由してきた小包を持ってきた。彼は目の前にその十一冊を積みあげたことだろう。

ただ彼が幸せだったかどうか、私はわからない。

彼はその本をズゼッテの部屋に置き、彼女を喜ばせたいと思ったが、誰かに見つかるかも知れないから、それは控えていた。夕方、ゴンタルトが外出したとき、それをズゼッテに持っていった。ご本ができましたのね。どうかそこから読んで聞かせてください、と彼女が言ったが、彼はドアのところへ行った。彼女がうしろから呼びかけた。ご機嫌をそこねたの？　ちょっと失礼します。そのあいだに下線をひいたところを読むように彼は頼んだ。あなたに宛てた手紙のようなものです。彼が戻ってくると、ズゼッテは彼をひき寄せて優しく愛撫し、彼の手をとり、誰かが盗み聞きをしないかと小声で話した。一度、あなたのために時間をつくります、ヘルダー。きっとね。私たちに時間はないけれど、時間がいるのです。とにかく私のようにそれを信じてくださらなくては。あの人たちはあなたがどんな人かわかるでしょう。みなは、そして私はあなたを誇らしく思うでしょう。

彼は反響が必要だった、成果に飢えていた。ノイファーやコンツといった友人たちに意見を求めた。ヘーゲルと話したことだろう。ゴンタルト家のかかりつけの医師で、ヘルダリーンと友人になったゼンメリングを通じて、ハインゼが好感をもってくれたことを聞いた。「中には……とても温かく、胸に迫る個所があり、老カントをも感激させ、すべての事物は仮象にすぎないというカントの考えを改めさせてくれるかも知れません。今、そのキャリアを進み始めたこの若き勇士の将来に私の祝福を」、と多分ゼンメリングがゴンタルト家の家庭教師に伝えるだろうことを期待してハインゼは手紙を書いた。ひょっとするとカッセルとドリーブルクで彼を無視したことのお詫びのつもりだったのかもしれない。

ヘルダリーンが聞いたのはこれだけだった。年末に第二巻の草稿をコッタに送ったので、批評家は第二巻を待っているのだと彼は考えた。ますます殻に閉じこもっていく自分を救い出してくれることができるかもしれない、と彼が待ちのぞんでいたシラーからは一言もなかった。

私は塞がってしまいました、と彼はズゼッテに言った。もう自分自身から抜け出すことができません。

彼女は夏を待ってほしいと彼を宥めた。ゴンタルトは苦労しないで商店に通えるように、町の北方のエッシェンハイム門からそう離れていないアードラーフリヒト館を別荘として借りていた。

それまでずいぶん待たねばならなかった。ズゼッテは嫌な噂を怖れて、彼女を「ある意味で忘れ」、あまり通ってこないように促した。そうしてくださったら子どもたちは感謝するでしょう。調子が悪いのは神経痛のためです、と彼は今、ほとんどいつも説明するようになり、ズゼッテは愕然としたが、自分の愛情をこっそり示さず彼を助けることができなかった。彼女は友だちとお茶会を催し、ヘルダリーンもゼメリング家とゴーゲル家、あるいはマリーの婚約者が来るときだけそこに招かれた。そんなときこだわりなくふるまい、必要以上に長く彼女を見つめず、少なくとも馴れ馴れしさを隠しとおすことは彼には簡単なことでなかった。もう長いあいだ全然していなかったが、彼はおとなしい、憐れみを必要としている心気症患者のふりをした。彼をくわしく診察して、鎮痛剤の処方をしたゼンメリングは、今にも彼が重病になってしまうのではと怖れた。魂の座は松果体にあるため、魂は有機的なものに、松果腺のまわりの脳液によって決定的な影響をうけている、というゼメリングの考えは、はじめは彼をおもしろがらせたが、そのあと考え込ませてしまった。ヘーゲルはこの見解を単純なナンセンスと見なした。

しかしそうでないとすると魂とはなんだろう？ どこにあるのだろう？ それは気体なのか？ それともそれは考えを束ねるものなのか？ よきものと悪しきものとのあいだにある無なのか？

魂は私たちの感情に帰せられるべきものだ。それだけだ。

こうした意見のやりとりをヘルダリーンから聞かされたゼメリングはあくまで自説を曲げなかった。ご存知ですか、愛する友よ、あなたやご友人のヘーゲルさんのように魂を定義することもできましょう。また別の説明も数知れずあるでしょう。しかし私は医者として人間の本性を、人間のからだを考えに入れたいと思います。

それではときどき私の魂のへりが黒く干からび、しだいに一枚の紙切れのように広がっていくように思えるのは？

それはもしかすると実際の病気の症候かもしれません。

私は病気なのですか？

もちろん病気ではありませんが、ヘルダリーンさん、そうなる可能性はあります。

ゼメリングは彼に、気分転換に外出するように指示した。ほとんど白鹿館を出られませんね。ご本の続きを執筆なさっていることは存じています。それに午前中はヘンリのお相手をなさらないといけませんからね。どうぞゴンタルト夫人からお暇を貰いなさい。二、三日ホンブルクでお過ごしになれば、ズィンクレーアは喜ぶでしょう。さもなければ弟さんを呼んであげなさい。それはもうご計画なさっているのでしょう。

彼の気分はよかったり、悪かったりした。フランクフルトの最初の数週間に期待していた安らぎは決して生じないだろう。彼は弟を招待して、その旅費を負担した。そして四月にカールが到着した。弟は全てに、大都会や人びとや邸宅の豪華さにびっくりした。よくよく知れば、すべてが惨めで、うわべだけであることが明らかになるけれど、と彼はできれば訂正したかったが、弟の意見に逆らわなかった。

ここは素晴らしいな。兄さんはいいな。

わかっているよ、カール。

ズゼッテは夫が、――こんなことがずっと続くときりがない、彼の家族全員をかかえこむことになるぞ、と――反対したにもかかわらず、カールが無条件で家族の生活やパーティに参加できるように気を配った。授業をそのまま続けてほしいと考えていたヘンリが喜んだことに、カールが授業に同席した。

リヴィウスの『ローマ建国史』からお話ししてくれたように、フリッツ、歴史も学びたいな。

君たちは彼をフリッツと呼んでいるの？　とヘンリが尋ねた。

じゃあ君たちは？

ここではヘルダーというのだよ。

ヘルダリーンとカールが二、三日旅をするつもりだと聞いたヘンリは悲しんで、そんなことを「許可しないで」、とズゼッテにしつこくせがんだ。そうじゃなかったら僕も一緒に行くよ。

ホンブルクへの道中で、カールは母が戦禍をどんなに不安に思い、耐えてきたかを話して聞かせた。ヨハンナは亡命者さえ共和主義者よりまだ信用がおけると考えていたようだ。

ズィンクレーアはカールを同輩のように扱ってくれた。彼らはカールの前で、遠慮なく話した。

青年は黙って耳を傾け、質問されたことにだけ答えた。

はい、共和主義者について苦情を言うことはできないでしょう。でもロイトリンゲンを通過行進したとき、コンデ将軍の部隊のようにひどい乱暴を働いたということです。だから僕は手の平をかえしませんよ。

ズィンクレーアはカールの間違いを指摘した。豪華な宮廷服をまとった彼はいずれにせよこの青年に強い印象を与えた。

戦争とはね、カール、ある大きな理念にかき立てられたものであろうと、人間を歪め、普段は目を覚ますことがない諸力を解き放つのだ。すると粗野な群れでは、まさに弱者が、虐げられたものがしばしば卑劣になる。だから彼らを送り出したはずの理念が、頭からなくなってしまうことがある。全ての人の頭の中からではない、自由を待ちうける人からではない。だからそれにもかかわらず理念が荒地の中にしみ込んでいくのを期待しているのだ。

ズィンクレーアはホンブルク方伯の委任を受けてダルムシュタットに赴かねばならなかった。彼はふたりにマインツまで徒歩で行き、共和主義者がそこで政権をどのように行使しているかを見てきてはどうだろうと勧めた。それは両刃の剣だった。彼らはタウヌス山地を横切り、フェルトベルクに登ったが、ヘルダリーンはその「途方もない見晴らし」に驚いたカールが尋ねる村や集落のすべての名をあげるのに苦労した。

あれはボナメスかもしれない。自信がないが。

ボナメス? あの村は本当にそういう名なの?

でもまったく違うかもしれないな。

マインツに近づくと、何度も身分証明書を提示しなければならなかった。カールの不安は、護衛兵がずっと親切なままで、兄がフランス語で楽々と話しているのを見たとき、おさまった。町の様子に彼らは愕然とした。フランクフルトよりずっとたくさんの建物が破壊されていた。廃墟の多くに緑の草が生い茂り、石のあいだから小さな木が生えていた。この町は四年前のプロイセンの砲撃で一番大きなダメージを受け、それ以後は皇帝軍によってくり返し攻撃されたので、立ち直れず、再建もできないでいると彼らは聞かされた。

土地っ子たちは全てのことになげやりになっているように見えた。皇帝軍であろうと共和主義軍であろうと、彼らにはどうでもいいのだよ。ヘルダリーンとカールはいたるところで、言いようがないほど汚れ、荒みきった子どもたちの集団に出会った。彼らは輜重隊の荷物運搬車のそばでなにやら探って、ぶたれ、ののしられ、民兵に追いはらわれていた――ひどく汚れて、荒んだ彼らのはしっこさと図々しさにはカールもびっくりしてしまった。

こんなことは僕らの故郷ではありえないだろうな。

そう安心しておれないぞ。

ニュルティンゲンでは、フリッツ？

そこでもそうだよ。

ズィンクレーアは彼らのためにすぐれた歴史家、ニコラウス・フォークト教授に推薦状を書いてくれていた。考え方を同じくする人で、きっと君たちのことを喜んで迎えてくれるだろうよ。フォークトはジャコバン派でもあり、ジャコバン派でもない。ズィンクレーアはフォークトを奇妙にもこう描写したあと、フォークトの事件をつけ加えた。マインツにジャコバン派のクラブが次々と生まれた一七九二年の慌ただしさの中で、名簿が順繰りに回されたとき、フォークトは自身が知らないうちに、また望みもしないのに自分の名前が載ってしまったクラブの名簿に出くわした。もちろん彼はまったくの共和制支持者で、またジャコバン派の考えに近い関係にあったのだろう。しかしこの子どもっぽいいたずらに当惑して不機嫌になり、故郷を後にしてスイスに亡命の地を見つけようとした。しかしスイスで暮らしを立てることができず、四年後にようやくマインツに帰り、それ以来、学生たちに敬慕され、大学で教鞭をとった。

フォークトの住まいの前で護衛兵が見張りをしていた。もしかすると教授は拘束されていて、自分たちの訪問が厄介なことをひき起こすかもしれないと彼らはためらった。カールはひき返したかった。ヘルダリーンは、ここにフォークト教授がお住まいでしょうか、お訪ねしてもいいでしょうか、と兵士に尋ねた。どうしていけない訳がありましょう？　教授にはたくさん来客がありますよ。彼らはほっと息をついた。フォークト自身がドアを開けてくれた。ヘルダリーンは自己紹介をして、カールを紹介し、ズィンクレーアの手紙を渡した。ズィンクレーアさんのご紹介ならどなたでも信頼できます。フォークトに関してはあらゆるものが、額や目や鼻さえも、大きくなりすぎていた。彼の熱狂的な歓迎ぶりに彼らは心を奪われてしまった。それに続く会話は奇妙に気があい、後々までヘルダリーンの心に残った。

あなた方を家にお泊めできません。私の住まいは小さすぎます。たっぷりお話したら、まずまずの宿にご案内しましょう。彼は立ち入った質問をし、彼らは自分自身のことを報告しなければならなかった。ああ、ゴンタルト家にいらっしゃるのですね。ゴンタルトはやり手で、奥さまは天使だと聞いています。当たっていますか？　こう問いただされてヘルダリーンは少し気まずい思いがした。

『ヒュペーリオン』については、——いいものだ！　最良のものだ！　と——聞いただけですが、「ターリア」に載った断片を、それに二、三篇の詩を知っています。それからフォークトは「自分の世界」をとうとうと話して聞かせた。世界は我われのようなものにとって、そう見えなくても、若き友人たちよ、絶えず自身の法則を、バランスを探しています。それは世界に与えられているのです。世界はそれを知りません。つまり世界は宇宙と、神の力によって贈られたそのすばらしい法則の鏡像ですから。人間は宇宙の意識的な部分です。すなわちまだその精通した部分ではないということです。我われは徐々にこの法則を認識し、受け入れ、宇宙的なものを再びとり戻すことができるようになるでしょう。

ヘルダリーンが質問する。それでは人間の精神は自然との調和を得ようとつとめるべきでしょうか？

自然は、帰り道を見つけなければならない人間よりもっと正確な宇宙の鏡です。

しかし溝がより深くなると？

そのときは、愛するマギスターさん、人間がその矛盾に耐え、それを説明できるかどうかは疑わしいです。

この言葉が彼の心に残った。彼はまだ『ヒュペーリオン』を執筆中だったが、まさしくこの理念をひとりの人物を例にして劇的に表現しようという漠とした計画に彼の考えは逸らされた。この人物はハムベルガーの『すばらしい作家たちについての確かな消息』の中でかなり詳しく読んで以来、まるで兄弟のようにひきつけられた哲人エンペドクレスである。

約束どおりフォークトに宿屋に案内された彼らは、そこで大騒ぎに巻き込まれた。酔っぱらった共和国軍の士官が、亭主に断られたのに、もっとワインを出せと要求した。もし同行者に阻止されなかったら、亭主を殴っていただろう。彼は悪態をつき、とつぜん泣き出した。

別れの一杯のつもりだったのだ。君らには我われのことがおわかりでない。君らドイツ人は我われを敵だと思っている。明日も命があるだろうか？　出動だ、フランクフルトをさして進軍だ。一度も酔っぱらえたこともなく、残りの人生に何があるというのか？　亭主はほかの兵士たちにワイン一瓶を与えたが、どうかこれ以上、宿で飲まないでください、と頼んだ。さもないとパトロール隊に見咎められますよ。

ヘルダリーンはこの士官将校に同情して、この口論を見守っていた。

彼は亭主に尋ねた。フランス軍が戦闘をまた始めるというのは本当ですか？

そうです、町の手前でジュールダン将軍が大部隊を招集しました。

ヘルダリーンは滞在を中止し、フランクフルトに帰らねばならないだろうと思った。私はお母さんがおまえのために心配なさるのを望まない、カール。フランクフルトですぐに荷物をまとめて、そのまま帰るのが一番いいよ。

帰路、彼らは戦列のあいだを馬車で走った。皇帝軍は小隊に分かれてフランクフルトに向けて退却していた。小隊には混乱が見てとれた。たくさんの兵士が徴発した家畜を追い立てていた。退却する「兵士たちの人相《フュジィオグノミー》を見ただけで状況は察するにあまりある」、と彼は手紙を書いた。

ちょうど始まったばかりのフランクフルトの大市《メッセ》がこの家に見知らぬ人をたくさん運んできた。ズゼッテは絶えず新しい客人の面倒を見なくてはならず、カールに別れの挨拶をする暇さえなかった。おまけにフランス軍が町を占領して、大市での商売を台無しにされるのではという気がかりがゴンタルトを悩ませていた。

フランス人が騎兵隊とともに前進して、四月二十二日にはボッケンハイム門の前まで迫ってきた。この分隊はオッシュ将軍の指揮下にあったが、将軍はまだ来ていなかった。

大市のためにやって来たたくさんの人たちが町に滞在し、不安そうに身を寄せあっていた。ゴンタルトは商売仲間と談話室に座り、トランプで客人に気ばらしてもらおうと尽力した。ズゼッテはピアノを弾き、ヘルダリーンとマリーは子どもたちをひき取った。包囲の中、みなが戦乱を、侵略を覚悟してその午後を過ごしていたとき、ゴンタルト＝デュ・ボスクが胸をなでおろすようなニュースを持ってきた。通りの叫び声を聞かなかったのですか？　喜びのあまり町中が我を忘れています。何もかも終わったのですよ！　平和が来るのです！　たった今、ボナパルトの急使が町に到着しました。将軍がレオーベンでオーストリア軍と暫定的に講和を結んだそうです。戦闘は停止されるでしょう。

人びとはお互いに祝杯を交わした。ズゼッテは夫の腕にしがみついた。一緒にお祝いをしましょう、とマリーとヘルダリーンが呼ばれた。子どもたちは大人のあいだを走り回り、フランス人はもう来ないの？　としつこく訊いた。

来ないとも！

ほんとう？

私が言うのだから、イエッテ。

じゃあ誰がやめさせたの？

ボナパルトだよ！

その人は皇帝派なの？

いや、フランス人だ。共和制主義者だ。

なぜその人が仲直りさせたの？

彼はいつもと違ったふうに周りの人たちに耳を傾けた。ズゼッテに近づけないことが彼を傷つけた。彼女はその役割を見事に演じた。そんな彼女をそばで眺めているのが嫌だった。内側から塞がってしまうあの感じをまた持ったかもしれない。ヘンリにボナパルトのことを説明しなくてはならない。ボナパルト――この名前がこれから人びとの口にあがるようになるだろう。英雄、ひょっとすると革命の生まれ変わりかも知れない。輝かしい、生まれながらの勝利者、待ち望まれた不屈の行為者。彼がヘンリとイエッテのそばに座って、ボナパルトとそのイタリアでの勝利の行進についてわずかばかり知っていることを我慢強く、くり返して話していたこの日に、家中に歓声が響きわたった。彼はひどく緊張して、ズゼッテの声が聞こえはしないか、足音が廊下に響きはしないか、と耳を欹てたこの日に、おそらく彼の内なる声が変わった。そのような詩句を彼は今まで聞いたことがなかったし、また知らなかった。その声が彼を不意打ちした。まるで押し流されたひとつの氷塊からつぎの氷塊へ飛び跳ねているような気持だった。彼は辛抱づよく待たねばならなかった。子どもたちと話しているあいだにも、それらの詩句を絶えず口の中で言ってみた。家政婦が子どもたちを迎えにきたあと、机に向かって座り、しばらく前にエンペドクレスの文章をメモしていた紙を裏返し、ボナパルトに寄せる頌歌を一気に書いた。それは今まで書いたものともう何の関係もなく、一般によく知られている頌歌の調子、なめらかな押韻から逸れ、ようやく自身の現在を、自分が与かり知っていることを、そしてくすぶり続けるこうした苦しみを言葉に掬いあげている詩である。「詩人とは聖なる器、／生命のぶどう酒が、英雄たちの／精神がたたえられている器だ、／／

しかしこの若者の精神は、／この性急な精神は器をはり裂きはしないか、／その精神を捕えようとすると、この器が？／／詩人はその精神を、自然の精神と同じように、手を触れずにおく、／そのような素材を目の前にしては巨匠も子どもにひとしい。／精神は詩の中で生き続けることができない、／それが生き続けるのは世界の中なのだ。」

この平和の経験、この解放は根源的である。それを彼はついに「平和の祝い」と題した大きな詩になるまで忘れない。

Ⅳ　第十話

五月に家族は町の北部、エッシェンハイム門を出たエーダーヴェークにある別荘、アードラーフリヒト館に移った。ヘルダリーンの滞在より二十年前にヨーハン・ゲオルク・マイアーによって描かれたグアッシュ画では、後期バロック時代のどっしりとした贅沢な本館がポプラの木立のうしろに隠れている。寄棟屋根が重なりあった、少し低い農舎が後方に控えている。背の高い生垣が屋敷をぐるりととり囲んでいる。空には夏の雲が聳え始める。「……住まいは緑のまっただ中にあり、牧草地に囲まれた庭に面している。まわりには栗やポプラの木立がある。それに豊かな果樹園があり、山の眺めが素晴らしい。」彼は平和が、安らぎが訪れるのだと自分に言い聞かせて、またどんどん書き始める。ゴンタルトの前で気をつけなければならず、召使のように除けものにされ、ズゼッテがよく手の届かないところへ行ってしまうという町での落胆を忘れることができた。それはもう終わった。彼は爽やかに過ごせると信じ込んだ。「僕は年をとればとるほど、春とともに大きな子どものようになるように思う。僕はまだ思いきりそれを楽しむつもりだ。」

ゴンタルトは昼間、グローセ・クレーメ街の店舗にいて、たいてい夜遅く帰宅する。ズゼッテは一日の段取りを決める。子どもたちが庭で遊び、使用人たちが仕事をして家の中がしんとしている朝がふたりだけの時間である。午後、彼はヘンリと勉強。晩に彼らはマリーと一緒に主人の帰りを待つ。マリーはもうとっくに共謀者で、ふたりを守り、誰かがあまりにも無遠慮に彼らを追いまわすと、用心するように警告する。「午前中、ゴンタルト夫人はヘルダリーンと上の園亭や小部屋なの。子どもたちはあたりにいないのよ」、とマリーはフランクフルトの女友だちに手紙を書いた。マリーは自身の恋がかなわないので、この秘められた恋にやきもきしていた。彼女の恋人、ルイ・リュート・フォン・コレンベルク男爵は部隊を率いて、そう遠くないところへ来ていて、折に触れてマリーを訪ねることもできたのだが、彼女はゴンタルト家の人びとが、おそらくまたズゼッテが腹を立てないかと怖れていた。マリーはこの苦しみをヘルダリーンにだけ打ち明けていた。

ゴンタルト夫人は逢引きにご理解があるかしら、ヘルダー?

さあ。

もうすぐズゼッテが来るだろう小さな園亭の前を彼らは行ったり来たりしていた。

それじゃ奥さまご自身は？　それにあなたは?

マリーは逆らうようにではなく、むしろ悲しそうに聞いてくる。それが彼の心を動かす。ときどき、マリーが心をうち明けられる妹のハインリーケの代わりをしてくれるのでは、と彼は勝手に思い込んでいた。マリーの助けをかりてズゼッテを忘れ、捨てようと戯れに考えたりした。マリーのそばなら、警戒しなくてもいいだろう。彼はちょっと待っていて、マリー、と言って、芝生をぬけて家へ、自分の部屋へかけ込む。きちんとつみ重ねられた紙片のあいだを探し回り、一枚をとり出し、素晴らしい贈り物を友だちのために突然、思いついた子どものように、息せき切って戻ってくる。彼は早くもズゼッテと顔をあわせてしまう覚悟ができていなかった。白いドレスのふたりの女性は芝生の上でおしゃべりをしていた。彼は立ち止まり、ゆっくりふたりに近づき、ズゼッテに朝の挨拶をし、マリーにその紙片を黙って渡す。マリーはそれを読み、もの問いたげに彼を見つめるが、思いきって話すことができない。ズゼッテはそれをマリーの手から奪い取る。何かしら、ヘルダー、私の知らないもの？

いいえ、おふたりともご存知です、ドリーブルクでお聞かせしたものです。

ずっと前のことね、とマリーが今とはまった違った暮らしのことを話すかのように言った。

そう、ずっと前のことです、と彼は言い、そしてそれを彼女のように考えた。

園亭に入って、読んでくださいな。そしたらきっと思い出しますわ。

「さあ、決して憐憫の情に惑わされないでください。私の言うことを信じてください。どこへ行こうとも、私たちにはまだ喜びが残されています。真の悲しみは霊感を与えてくれます。悲惨な運命に足を踏み入れたものは、より高きところに立っています……」

やっとそれを思い出しました、一語一語を。どうしてそれを朗読なさるの？

マリーを慰めたかったのです。

マリーを？　慰めがいらないひとがいるとしたら、それはマリーなのに。

そうじゃありませんよ、とマリーはまったく厳しい口調で、咎めるように言う。

あなたが？　なぜ私たちのヘルダーがあなたを慰めないといけないの？

想像がおつきにならないのですか？

できないわ。

ヘルダリーンは一瞬、マリーの口に手を当てた。何も言わないで。私がそれを説明します。マリーには恋人ルイがいるのに、ズゼッテ、会えないのです。でも会いたいのです。それなのに少なくとも数分でも、人目につかず逢瀬を楽しむことを許してもらう勇気がないのです。

でもすぐに結婚するのでしょう、マリー。

すぐに？　まだ数週間もありますわ。

それじゃ、我慢しなくては。

それならあなた方はどうなの？

それはちょっと違うことです。あなたはこれからずっと一緒に、きちんとした暮らしができるのだから。

それじゃ、あなたは？

それにお答えできないわ。

さらに朗読しますよ、と彼は小声で言って、ときどき紙片から目をあげて読み続ける。そして読み終えたときに言った。あなたはご自分の将来に確信がおありです、マリー、けれど一介の家庭教師に将来のことを決して訊かないでください。

マリーは子どもたちのところへ行った。遠くから子どもたちの声が聞こえる。ズゼッテは後ろに凭れかかり、目を閉じる。

夏のざわめきが彼の意識の中にしみ込んでいく。ときどき彼の意識はあらゆるものを拒んで痺れたようになり、思いにふけると無意識になってしまう。

マリーはできるときには、家からみなを、子どもたちを馬車で連れ出し、あるいは召使を市場へ使いに出した。彼はズゼッテのところへ行くが、体が震えるほど緊張してしまう。ズゼッテは彼をひき寄せる。彼は彼女の顔に、首に、腕に、それから手にキスをする。ふたりは互いの気持ちが変わらないことを誓いあい、自分たちの命の短さを嘆き、計画を立てては、それらを退け、互いに相手の様子を窺う。彼がもう自分を抑えることができなくなると、彼女は彼を押しのけて、泣いた。それはだめ、私の全てが、私の分別も、私の無分別も、私の心も思慮もあなたのものです。私のほうがあなたよりもっと欲しいけれど、そこまでは行けません。

彼はその後ときどき、夢でも見た状態に陥った。自分の部屋の周りの壁が迫ってきて息が詰まりそうになるだけでなく、自分の周りの空気も動かなくなってしまう。あるいはゴンタルト氏が追いかけてきて、彼は目の前に広がる草原を逃げ込む。こんな一日の終わりに襲ってくる神経の痛みに、彼はほとんど耐えることができなかった。

ふたりはそんなふうに夏を過ごした。

Ⅴ　危機

彼とつきあった人たちは気づかっていた。ズゼッテとマリーは彼がますます神経質になっていくのを詰った。ヘンリさえ彼の気分が変わるのを怖れて逃げ出した。彼はそれに対してなすすべもなかった。名づけようのない病が彼を蝕んでいく。今はもうめったにしか会うこともないヘーゲルは、ゼンメリング先生の治療を受けるようにと強く迫った。しかし彼は先生からもう鎮静剤をもらっていた。あらゆるものに、あらゆる人に抗う気持ちがますます募っていく。世界についての彼のイメージは現実と相容れない。彼はほとんど全ての手紙の中で、それから詩の中でも、ひどく立腹し、声をあげてそれを表明している。アードラーフリヒト館でズゼッテと危うい戯れを続けながら、『ヒュペーリオン』を書き終える。もうそれをズゼッテとマリーの前で読み聞かせることはない。彼は女性たちが途方もない怒りに愕然とするだろうことがわかっている。ホンブルクからズゼッテにこの本を送り、うわべは夏の朗らかな客人に見えた自分が何に堪えていたかを遅ればせながら知らせるだろう。彼女のために、ほっと息をつき、安堵した瞬間をとらえて詩を書いた。「来て、私たちをとりまく喜びを見るがいい、涼やかな風に／林苑の小枝がなびく、／踊るひとの巻き毛のように、そしてかき鳴らす竪琴の上に／喜ばしい気配が漂うように、／空が大地の上で雨や日の光と戯れる……」ズゼッテはこれを快復のしるしと解釈した。やはり彼は光に心を閉ざしていなかった。しかし彼はヘーゲルに『ヒュペーリオン』の最後から二番目の手紙、ドイツ人に対する途方もなく荒々しい誹謗を読んで聞かせる。「こうして私はドイツ人たちのもとにやってきた。多くは期待していなかった、そして期待したほど見つからないと覚悟していた。私はまるで故郷を失った、盲目のオイディプス王のように、謙虚な気持ちでここに来た。彼はアテネの市門にたどり着き、そこで神々の林苑に迎え入れられ、美しい魂の人びとに出会った——私の場合は何と違っていたことだろう！——昔からずっと野蛮人だ。勤勉と学問、それに宗教によってさえ、ますます野蛮になり、いかなる神的な感情も持つことができず、聖なる優美の女神の幸せに与かるには骨の髄まで堕落している。ありとあらゆる誇張とみすぼらしさが善良な性質をもった人びとの感情をも害し、投げすてられた器の破片のように鈍く、調和を欠いている——これが、私のベルラミンよ！　こんな人たちが私の慰め手であったとは——辛辣かもしれないが、これが真実だから私は言う、ドイツ人ほど支離滅裂の国民は考えられない、と。職人はいるが、人間はいない。思想家はいるが、人間はいない。聖職者はいるが、人間はいない。主人と従者、若者と分別ざかりの人たちはいるが、人間はいない——それはまるで五体が切り刻まれ、生命の血潮は砂の中に流れ出て、手と腕が折り重なって散らばっている戦場のようではないだろうか？」

ヘーゲルは彼を遮りたかった。ヘルダリーンは止めようとせず、ヘーゲルのちっぽけな部屋の中を歩き回り、ほとんど叫ぶように読み——そして読み終えた。ヘーゲルはすぐに沈黙を破る勇気がなかった。それから一語一語、間《ま》をおいて言った。

これは――君――じゃない――フリッツ。

こうなってしまった。こう君らが仕立てあげたのだ。

誰が？

人間と時代だ、ヘーゲル。

どうかひき返してくれたまえ、フリッツ。それで君は破滅してしまう。それで息が詰まってしまうよ。

僕はしかしこう見ているのだ。

それで君のマドンナはどう言っているの？

あのひとは知らないし、また知ってほしくもない。それはおそらく……

なんだ？

ああ、なんでもない。

君が読んでいたとき、テュービンゲンを思い出したよ。あの天真爛漫な大騒ぎの全てを、しかしまた人間にはよきものが与えられていて、誰も僕たちから取りあげることができなかった、という確信をもね。君はまさにそのように激昂することができ、炎のように輝き、僕らの前を歩き回った。するとノイファーがアポロを思い出したのだ。君は変わってないよ、ヘルダー。君の中の少年はかたくなで気落ちしているだけだ。

よせよ。

君らはまだどのぐらい郊外に滞在するの？

わからない。九月末までかな。

それならまだあまり会えないな。

ヘルダリーンが知らないうちに、ヘーゲルはゼンメリング博士と相談したが、博士はこの不機嫌な患者を「重症の心気症」から救い出す可能性はさしあたりないと見ていた。

あの方はそれをまったく望んでおられません、ヘーゲルさん。逃げて、ご自分を破滅させるものの中へ避難されるのです。それに関して私どもはどうしようもありません。彼の要求に応ずるには、全人類が変わらねばならないでしょうから。

ゴンタルトがフランクフルトのほとんど全ての名士を招いたある園遊会で、ヘルダリーンはある女性が他の女性に言うのを聞いた。あれがヘルダリーン、ゴンタルト家の家庭教師よ。それに奥さまのいいひとらしいわ。

ヘルダリーンは自分の部屋にかけあがり、閉じこもってしまった。ズゼッテには何も言わなかった。

出て行きます、とマリーがおしゃべりの最中にさりげなく言った。

行ってしまうの、マリー？　この家と何か嫌なことがあるの？

いいえ、とんでもない、ヘルダー。七月にとうとう私のルイと結婚することになったの。ヘルダリーンは突然、マリーを置き去りにした。

彼女は驚いて呼びかけた。あら、喜んでくださらないの？

彼は返事をしなかった。

これからズゼッテとふたりきりになってしまうだろう。事情を心得た、親切な女性はもういなくなってしまう。ズゼッテがお客の群れに紛れて姿を消すと、彼をそっとわきへひっぱって行き、楽しそうにおしゃべりしてくれる人はもう誰もいない。

彼はますます失っていく。

婚礼準備が子どもたちをひどく興奮させる。彼らの話題はそれでもちきりだ。ふたりの小さな娘たち、レーネとマーレが引き裾を持ち、ヘンリとイエッテが教会の中で花を撒くように言われている。

それであなたは何をするの、ヘルダー、とマーレが尋ねた。

そうだね、何をするのかな?

マリーのために詩を作るの、とイエッテが言った。

それはできないよ。

できるよ、とヘンリがきっぱり言った。

できさえすればいいのだが。

カタリーナ教会での結婚式と白鹿館での披露宴に招待されていた彼は子どもたちと一緒に町に出かけた。彼はマリーの恋人ルイ・リュート・フォン・コレンベルク男爵に、もっとも皇帝軍の制服を着ていたが、好感を持った。

マリーは前の晩に彼に別れの挨拶をした。目に涙を浮かべ、彼の手にキスをし、その「繊細な魂」について話し、彼のために神のご加護を祈念した。彼は途方にくれた子どものように振る舞った。

彼は行列のしんがりを行った。それぞれの務めを果たしている子どもたちを他の人たちはじっと見守った。最後列のベンチに腰をおろした彼は、何も考えていなかった。過ぎ去ったこの一年がぱっと思い浮かぶが、それをしっかりとつかんでいることができない。オルガンが鳴り響き、抱擁、祝辞、そしてまた抱擁と、延々と続いているのに、まるで沈黙した人びとのお祝いのように思える儀式を眺めていた。ズゼッテが男爵の横に立っている。花嫁と言っても通るぐらいの彼女が他の女性の幸福に立ち会っている。彼のそれではない。ズゼッテはただの一度も彼の方に目をやらなかった。退場するときマリーは彼に呼びかけた。アデュー、ヘルダー。これを聞いた人びとは、驚いて彼女を見つめた。男爵が微笑んだ。マリーが話していたのだろう。彼はいろいろのことを知っているのだろう。しかしズゼッテは今度もまた顔をあげなかった。彼はツァイル通りを越えて、エッシェンハイマー門をめがけて走った。郊外のそこは静かだった。庭師が垣根にもたれてぶつぶつこぼしていた。夏の別荘は空っぽだ。みなが婚礼式に出かけている、使用人までも。マリー嬢が男爵さまと結婚だ！　花婿はバーデンのベーディヒハイムにお城を持っている！　マリー嬢は城主夫人だ！　マリー嬢は運がいい！　マリー嬢を羨んだりするつもりはないけれど！

そうとも。

彼は園亭に腰をかける。また静けさが全てを覆っていた。鳥がうたう。彼はそれに耳を傾けない。風が葉むらをそよがす。彼はそれに耳を傾けない。年老いた召使、ヴァイデマンが門扉のところへ行くのが見える。しかし彼はその足音に耳を傾けない。彼は紙とペンを携えてきた。

家へは手紙を書けないが、ノイファーには心中を打ちあけるつもりでいる。少なくとも誰かひとりには自身の声を聞いてもらわねばならない。「長いあいだ君に手紙を書かなかった。書けないこともよくあるのだ。こうなんだ！　と言おうと思っているうちに、もう事情が変わってしまう。運命は我われを前へ前へと駆り立て、ぐるぐると駆け回らすので、馬の群れに逃げ去られた人のように、ひとりの友人のもとに止まる暇がない。……君がいなくて寂しいことがよくあるが、最良の友よ！　一緒に哲学や政治の話をできる人はたくさんいる。しかし自分の弱みと強みをさらけ出せる人の数はそうやすやすと増やしたくない。ひとりの友人を信頼しきって、心中を打ちあけるということも、ほとんど忘れていた。君のそばに座って、まず君の誠実な気持ちで温まりたい――そうすれば真情を吐露することだってできるのに！――ああ、友よ！　僕は黙りこくっている。すると僕の気持ちを暗くしないではおかない重荷が心につみ重なり、ついに押しつぶされそうになる。それに僕の眼が今までのように澄んでいないことこそ、僕の災いなのだ……ああ！　どうか僕の青春を返してくれ！　僕は愛と憎しみにひき裂かれている。」

ズゼッテはもう彼に問いたださない。彼女の思いやりは前よりずっと濃やかになる。

だんだん『エンペドクレス』の計画がはっきりした形になってくる。彼はこれを悲劇にしようと考えて、エンペドクレスを「すべての偏った存在に激しい敵意を抱いている人物」と見ている。

シラーからついに返事がきた。彼は喜び、崇拝する人からの呼びかけの言葉に慰められた。しかし彼が望んでいた「自由と安らぎ」は戻ってこない。

ズゼッテは三人の娘と夏の別荘を後にした。大市が始まった。コーブス・ゴンタルトは彼女を必要としている。仕事熱心な彼は妻がそばにいるのを承知しておきたかった。ズゼッテは大市を待ち望む気持ちを隠さなかった。

ヘルダリーンはヘンリと後に残された。彼らは授業でプルタルコス英雄伝のデモステネスをとりあげた。ヘンリにはこの教材は難しすぎ、退屈すぎ、彼は先生の気持ちをそこから逸らそうとした。

なぜいつもそんなに悲しそうなの、ヘルダー？

そう見えるかい？

うん。誰だってわかる。

でも君とふざけているだろう、楽しんでいられるよ。

でもほんとうに楽しいとは言えないよ。

説明ができないのだ、ヘンリ。

僕らといるのが嫌なの？　ホームシックなの？

ホームシック？　どうしてそんなことを思いつくんだね？

ニュルティンゲンのことやカールが小さかったときのことを、あんなに嬉しそうに話してくれたのだもの。

そのためにホームシックになったのではない。ひょっとすると遠い異国への憧れかも知れない。

行ってしまうの？　どこへ？

それがわかればいいのだが。

それではわかっているは一体何なの、と少年は尋ねて、笑いながら両手を打ちあわせた。

ほとんど何もわかっていないよ、ヘンリ。

それじゃ僕みたいに勉強しないと。

そうだね。

思いがけずノイファーが来訪を告げてきた。大市のためにゴンタルト氏と会う約束があったシュトゥットガルトの商人ランダウアーのお供のノイファーはゴンタルト家に堂々と客として登場することができるとのことだ。一七九七年九月十一日にふたりが到着した。ヘルダリーンは彼らを宿に迎えにいき、ノイファーを、それにランダウアーを胸に抱きしめることができ、この上なく幸せだった。泰然自若としたランダウアーに彼はまた深い印象を受けた。ランダウアーは非常に親切で、白鹿館に行く途中ですでに言ってくれた。いつか助けが必要になったら、遠慮せずに私に相談を、あるいはノイファーに知らせてくださるだけでもいいですよ。

私は助けを求めなければならないように見えますか？

それは誰もわかりませんよ。

人間のことがとびきりよくおわかりなのですね、ランダウアーさん。

ランダウアーがいることで、ゴンタルトは初めて、そしてまたこれを最後に、ヘルダリーンをまともに扱った。ヘルダリーンは同席を許された。追い払われなかった。ノイファーが——そしておそらくランダウアーも——事情に通じていることを承知していたが、こだわりなく振る舞っているズゼッテの誇りに彼は気づいていた。家庭教師ヘルダリーン先生をもう長くご存知ですか、とゴンタルトがランダウアーに尋ねた。するとランダウアーはわざと大袈裟に答えた。そうでもありませんが、私の大切な友人で、尊敬すべき詩人です。

この答えがゴンタルトを困惑させる。彼は商売のことを話題にした。ズゼッテが席を外す。ヘルダリーンは耳を傾けていたが、ついにノイファーが友人と散歩に行きたいと願い出る。そのようなことがらに我われ神学生は下調べができていませんので。ゴンタルトは夜会に招待した。もちろんあなたにもお願いしますよ、ヘルダリーン先生。

語調はなんと変われることか。人は権威の影が自分の上に落ちると、なんと変わってしまうことか。

ノイファーはズゼッテの「高貴な美しさ」に圧倒された。それで彼女は君を愛しているの？　そうだ。

ゴンタルト氏はそれを知っているの？

いろいろ噂されている。町中がおしゃべりしているのだ。もしかすると。

またどうして――？

それ以上は言わないでくれたまえ、ノイファー。

彼はランダウアーの庇護のもと、四日間を楽しんだ。

あなたにはお友だちが必要なのね、とズゼッテが気づいた、すぐにまったく別人になってしまったわ。

私ではなく、愛しいひとよ、変わったのは他の人たちです。ランダウアーが裕福で声望があるのは私のせいではありません。家庭教師にしかなれなかった、それ以上の何ものにもなれなかったことについては責任がありますが。

そんなふうにすぐにまた冷やかになってしまうのね。彼女のハンブルクの兄、ヘンリ・ボルケンシュタインとその夫人が何週間か滞在すると知らせてきた。ズゼッテは彼らをもてなす準備をしなければならなかった。パーティーに続くパーティーが催された。彼は締め出された。もう誰もランダウアーのようにひき回してくれない。ズゼッテは姿を見せることがわずかになり、いろいろの手はずで気もそぞろだった。「……この一年はほとんどいつもお客があり、パーティーばかりでした。ほんとうに！　なんといろんなことがあったのでしょう。もちろん非力の私はそれを切り抜けるのにいつもひどく苦労しました。」

（ときとして彼の人生の中でこれから起きるだろう何かが予告されることがある。先触れである。アドルフ・ベックが、ヘルダリーンの手紙や彼に宛てた手紙、あるいは他の文書によって証明された日付に従い、比類ない知識を持って書き記した『彼の生涯の年代記』を私は毎日、執筆前に繙く。それがヘルダリーンの痕跡、彼が経験して、体験したことである。私は頑張ればそれを、一日で読めてしまう、彼の人生を。読んでいるあいだ中、私はあれこれの暗示を呼び覚ます。私の想像力はひとつの文章で満足せず、組みあわせ、置きかえ、つなぎあわせることをくり返す。私は短いあいだだけ姿を現しては消えてしまい、ようやく後になって重要になってくる人たちを放っておかない。彼らは私が筆を進めながら再現しようとしているこの瞬間に、彼の頭の中に起こっていることとは何も、あるいはほんの少ししか関係がない。私はそれ故、距離をおいて彼を創り出し、動かし、私が知っていることをできるだけ彼に知らさないで、例えば括弧にくくって、書くことにしよう。

一七九七年の十月中ごろ、ヴェッテラウ（ヘッセン州、タウヌス山地の東側の低地）のフリートベルク出身の二十三歳の作家ジークフリート・シュミートがヘルダリーンを訪ねて来た。シュミートはズィンクレーアの知りあいで、推薦状を携えてバーゼルに職を求めて行く途中だった。シュミートについての意見はどれも似たようなものである。彼の狂信的な自信過剰、誰にも左右されない自負心は、多かれ少なかれ全ての人を精神的に疲れさせたにちがいない。もっとも彼は他人の興味をいつも自身にうまくひきつけることができたのだが。シラーはしばらくシュミートを応援していたが、ゲーテがはっきり意見を述べると、また退いてしまった。ゲーテの手厳しい批評は、彼のヘルダリーンについての批評より厳密かつ詳細で、シュミートのその後の人生も考えに入れると、著しく鋭い洞察力があった。

「フリートベルク出身のシュミートが私のところに来た。それは不快だとは言わないまでも、快い出現でもなかった……彼をそう期待できないのでは、と懸念している。彼は打ちひしがれた人間でないとしても、精進、寛容、愛情、そして信頼のひとかけらも彼のもとで姿を現さないのは悪しきしるしである。彼は元学生の、俗物的なエゴイズムの中にいるような印象を与えた……」

シュミートは一年間、バーゼルで家庭教師として我慢し、それから見習士官としてオーストリア軍に加わったが、一年後に解任された。再び家庭教師になり、このあいだにエアランゲンで博士号を取得した。一八〇四年、故郷フリートベルクに帰るも、落ちつきのない暮らしのために、家族からあからさまな非難を受けて追い詰められ、半年間、入院生活を余儀なくされた、それからズィンクレーアに迎えられた。ズィンクレーアは一八〇八年に彼が再びオーストリア軍に、ホンブルク皇太子の軽騎兵連隊に入隊できるように世話もした。一八一九年、騎兵大尉として依願退職をして、一八五九年に亡くなるまで、ハンガリーとウィーンで暮らした。彼が高齢で書いたドラマは不首尾に終わった。――この男がヘルダリーンを訪ねてきたのである。この男の尊大で、あまりにもなれなれしい態度にヘルダリーンがなぜ尻込みしなかったか、と疑問に思う。ひょっとするとそのころどんな訪問でも嬉しかったのかもしれない。ひょっとするとシュミートが彼の詩を称讃し、『ヒュペーリオン』を読もうとしていたことに惑わされたのかもしれない。それはシュミートがその後、彼に宛てた書いた最初の手紙で証明されている。「私はヒュペーリオンを読み始めています――友よ！　友よ！　ズィンクレーアはこの本の中に道徳体系が擬人化されていると見ていました。ほんとうにひどいことだ！　他の人たちはみな、そこに何を見つけるのだろうか！」こんな調子はヘルダリーンには親しいもので、ナストあるいはノイファーあるいはマーゲナウとのあいだで激しく交わしたやりとりを彼に思い出させた。シュミートと一緒に青春が孤独の中にいる彼に返ってきた。そのために彼はこの関係が長続きするだろうと歓迎した。そしてもっとよく知っている私にとって、シュミートは先触れとして姿を現したのだった。政治に無関心のこの夢想家は自身の訪問によって、そのあと一年もたたないうちにヘルダリーンが知るようになる、あのホンブルクの仲間と見なされる新しい友人たち、ムーアベック、ベーレンドルフ、バーツ、ホルン、ゲオルギイの登場を予告する。彼らはみな、哲学者にして行為者だった。彼らはみなヘルダリーンをますますぎょっとさせるあの緊張を思う存分にくり拡げる。しかしまさにその緊張のために彼は今、『エンペドクレス』の構想を書いている。——そこでフリートベルクから来たこの若き紳士はそれから興奮したまま周縁に止まる。)

ヘルダリーンは自分の立場がもうよくなりえないことがわかっていた。ズゼッテに対する自分の愛情で現実世界の要求にどんなに逆らおうとも、数えきれない無礼な言動をどんなに阻止しようとも。それを無視して、漠然とした希望を抱き、やり過ごしていたのはまだつい最近のことだ。今、彼の周りの全てが塞がってしまった。社交界と言ったり、書いたりするとき、彼は自分をじかにとり巻いているものを考えていた。彼はこの圧迫に、この「時代の好尚」に抵抗した。「我われをとり巻いて、まるで深淵のように口をひらいている空虚によって、あるいは形も魂も愛もなく我われを追い立て、我われの心を乱す、社会と人間のいろいろの活動によって煩わされれば煩わされるほど、それだけ一層、我われの側からの抵抗も情熱的に、激しくならざるをえない。それともそうならずにすむのだろうか？　それはおまえも自分で経験している、愛する弟よ！　外部からの苦しみと乏しさが、おまえの豊かな心を乏しさに変えてしまう。おまえはおまえの愛を抱いてどこへ行くべきか、おまえの豊かな心ゆえに、どこに物乞いして歩かねばならないかを知らない。こうして我われの最も純粋なものが、運命によって汚され、まったく無垢であるにもかかわらず、破滅せざるをえなくなるのだろうか？　ああ、これを救うことができる人がありさえすれば！」

ズゼッテは彼を助けたかった。彼の近くにいることができるように、彼女はだんだん慎重さを欠いていった。それにもかかわらず、彼の具合を悪くさせるものに属する彼女は彼を助けることができない。すべて戯画だ、と彼は嘆いた、私をとり巻くのは戯画ばかりだ。あなたではない、子どもたちでもない、他のみなだ！　彼らは私の夢の中まで追いかけてきて、いばり散らし、私の弱さを見くだして、勝ち誇るのだ。どうか春まで、夏の別荘へ引っ越すまで待って、と彼女は宥めた。

いくつかの新しいニュースが彼の気を逸らせた。ハインリーケに第二子が生まれ、彼にちなんでフリッツと名づけられたという知らせがブラウボイレンから届いた。代父になってほしいとのことだ。旅に出る、少なくとも二、三日、フランクフルトに背を向けることができるかも知れない。ゴンタルトがそれを許さなかった。そうでなくてもヘンリの授業をまったくおろそかになさっていますからな。それは違いますよ。たぶんそうでしょう。聞くところによると、あなたは他の楽しみのほうがお好きとか。どの言葉も彼を傷つける。もしどうしてもここにいろと仰せなら、旦那《ムッシュー》さま、と彼は低い声で言った。するとゴンタルトは答えた。あなたを雇ったのは家庭教師としてで、お話し相手《ゲゼルシャフトラー》としてではないということをあくまで要求します、ヘルダリーンさん。

ズゼッテとヘルダリーンの噂に心を痛めたヘーゲルが、我慢してくれと頼んだ。

もっと我慢せよというのか？　ヘルダリーンは彼をどなりつけた。ヘルダリーンはとり乱していた。ズゼッテとの関係についての発言はどれも彼を激昂させた。もっとだと？　彼らが私をひき止めたのだ。私の魂がからだから離れて、一日じゅう、うつうつと過ごすようにさせてしまったのは彼らだ。思い通りにやってくれたのだ、ヘーゲル。彼らは家庭教師という装置を、従順な道具を持っているのだ。ただ私のヘンリはかわいそうに思う、あの子はそれに気づいているのだから。

一七九七年の大晦日の夜、もう真夜中も過ぎたころにズゼッテが彼のところへやってきた。彼は服を着たままベッドに横になり、にぎやかな騒ぎに耳をすませていた。庭で花火が打ちあげられていた。子どもたちは起きていてもよかった。ゴンタルトに来るように言われていた彼は神経痛を言いわけにして断った。ズゼッテはからだをほてらせ、その髪の毛はほつれていた。すごく楽しいのよ。

あなた方は楽しみがおありだ。

あなたもご一緒できたのに。

そうできませんでした。

でも私はおそばにいるわ。

すぐまた行くでしょう。あなたがいないことにご主人は気づくでしょう。

あの人たちはみな忙しくしていて、それにほろ酔い気分よ。

彼女は彼と並んで横になり、彼を抱きしめる。彼はキスしようとするが、彼女ははねつけた。私の様子から、気づかれてしまうわ、ヘルダー。今は駄目。とにかくおそばにいたかったの。

彼は夢心地で、無理に明るい調子をよそおって言った。近ごろ、ロイファーという家庭教師を描いた戯曲を読みました、ズゼッテ。彼は私と同じような状況で、女主人のスカートの下に潜りこみたいという誘惑にかられないように、去勢したのです。

彼女がひどく怒るだろうと思っていた彼はちょっと間をおいた。しかし彼女が静かに横たわっていたので、話を続けた。

彼、家庭教師ロイファーは運がよかった。このゆゆしい欠陥を少しも気にかけない娘に愛された。

リーゼ、君と寝ることができないのだ、と彼は打ち明けた、すると娘は答えた。それなら私のそばで起きていることができるわ。——これは私たちのあいだのことみたいでしょう、ズゼッテ。私たちの恋みたいでしょう？

彼女はからだを起こし、さっと手を動かして顔をさわった。それから指で髪の毛をもっとくしゃくしゃになるまでかき上げて、何も言わなかった。

下に行かなくてもいいのですか？　花火が終わりますよ。

すぐに行くわ。読んで聞かせて、ヘルダー。

私がした物語がおわかりでしたか？

読んで聞かせて。

読みたくありません、ズゼッテ、できません。下に行ってください。

いつものようにあなたのお声を聞かないうちは、行かないわ。

ずっと話していましたよ。

何のことを言っているのか、おわかりのはずよ。

わかっています。あなたは私の詩をご自分の空想とお考えなのです。

ひどいわ。

すみません、数えきれないほど侮辱を受けたものは、自分が侮辱しているときも、全然そうとはわからないのです。

彼女は立ちあがって、（彼女はもう違った歩き方ができず忍び足で）戸口に行った。

こちらへ耳を傾けてください、と彼は言った。諳んじることができます、そしたらどうぞ行ってください。新年をいさかいで迎えたくありません。「来て、私を落ちつかせてください、かつて四大を宥めたあなた、／天上のミューズの喜び、時代の混沌よ、／天国の平和の響きで、荒れくるう争いを片づけたまえ、／死すべき人間の胸のなかで仲たがいさせられたものがひとつになるまで、／静かで優れた、古くからの人間の天性が、／沸きあがる時代を離れて力強く、晴れやかに立ちあがるまで。」

あの人たちを待たせないで、ズゼッテ。

新年を彼は医師ゼンメリングのもとで迎えた。医師は「神経性頭痛」を根治するとは言わないままでも、和らげましょう、と請けあった。もっとも二、三度診断をして、処方した薬が効かないままだったので、何か根本的な変化があると、頭痛をとり除く助けになるかもしれません、と認めざるをえなかった。もし健康になりたいとお思いなら、フランクフルトを離れ、他の人びとが周りにいるようになさらないといけません。ヘルダリーンは助言の裏にはゴンタルトの働きかけがあると思ったが、ゼンメリングはそれを否定した。もちろんこの件についてはゴンタルト氏の味方であることは認めますが、こういうもめごとがこの世からなくなること以上に望ましいことはありません。しかしこれは医師としての見解です。侮辱的な言動が人を病気にさせますからね。

私は立ち去ることができません。ことは自然に決着がつくでしょう。

ゼンメリングはこの諦観を非難した。あなたは何度も、お考えになったはずです、最良の友よ、まさに背を向ける勇気のことを。あなたのヒュペリーリオンを思い出してごらんなさい。

でも運命に話しかけることができないことについてもね、ゼンメリング先生。

コーブス・ゴンタルトから平土間席の親類縁者を経由して、家政婦や召使たちにいたるまで、ほとんど家中のみなが関与している不愉快な宣伝活動のただ中で、子どもたちまで混乱して不安におびえるようになってしまったが、ズゼッテはひとつの打開策を見つけることができた。ヘンリを先生と一緒にスイスのジュネーブの親戚のところへやるようにコーブスを説得した。そこでならヘンリはたどたどしいフランス語をなおせるかも知れませんわ。ゴンタルトはこの計画に同意した。そんなふうに闖入者を家から追い出し、ズゼッテを自分のそばに置いておけるのだから。この見込みでヘルダリーンは元気をとり戻した。少なくとも、二、三日、故郷に、ニュルティンゲンやブラウボイレンに滞在できるだろう。彼は母に、ハインリーケに手紙を書き、ヘンリと計画を練った。

すっかり別の人のようだ、ヘルダー。また始めのころみたいだ。

もうそんなに長いあいだそうだったの？

果てしなく長かったよ。

ヘンリは大まじめだった。大好きなヘルダーのままでいてほしいと先生に願ったときも。

しかし時代がそのような遁走を許さなかった。フランス軍がスイスに進駐した。折衝がなされ、ヘルヴェティア共和国が生まれる見通しが生まれた。

旅をすることができなくなったよ。今はスイスでも戦争だよ、ヘンリ。

VI 第十一話

彼はフランクフルト時代が始まるとすぐに小さな書き物机に心を奪われてしまい、明るいところで仕事ができるように、それを窓際に動かしていた。毎朝、ヘンリと一緒にそこに座って書物を広げ、夜はそこで書きものをした。その象嵌細工は目を閉じても思い浮かべることができ、その光沢ある表面を木と手が熱くなるほど擦ったものだった。机の前に座ると庭を見おろすことができ、くたびれるとよく机に頭を乗せ、引出しに原稿をしまっておいた——この小さな書き物机が取りあげられ、それに代わって今まで地下室にあった簡素で不格好な家具ととり換えられてしまった。それは入念に考え出された卑劣な行為だった。この机に愛着を持った彼が、この机があるからこの部屋を住み心地のいいものに感じ、机とともに生きていたことは知られていたのに。

最初に、「平土間の観客」のひとりであるゴンタルト゠デュ・ボスクの召使がこの書き物机の返却を求めてきた。ゴンタルトさまが談話室のためにそれを必要となさっているのですよ。

彼は断った。この家具はヤーコプ・ゴンタルトさまから自由に使ってもいいと言われたもので、そう簡単に差し出せません。

召使は姿を消した。

代わりに家政婦が姿を現した。ノックもなかった。何をそんなに気どっているのです？　なんとおっしゃろうと、この書き物机はあなたのものではありません。どんな机でもお仕事はできましてよ。新しいのはもう廊下に出ています。一度ご覧になっては？　いいかげんな教師のあなたにはそれで足ります、と彼女は声を高めて言った。あなたにはあれで十分です！

代わりの机を見ることを彼は拒んだ。

何ということをおっしゃるのですか、ショット嬢《さん》。私の部屋から出て行ってください、どうぞ。けんか腰になりたくありませんから。

家政婦は答えた。何になりたくないですって？　けんか腰にですって？　でも毎日そうなさっているのでは。私がゴンタルトさまだったら、もうとっくにお払い箱です。

出て行ってください！

彼女はおもむろに姿を消した。

どうやらゴンタルトは彼女が部屋から出てくるのを待っていたようだ。今、彼は舞台に、より正確に言うと、家政婦が開けたままにしていた戸口のところに歩み寄り、咳払いをして、ぶっきらぼうに命じたのだから。この家具は、ヘルダリーンさん、遅くとも半時間後に、兄さんの談話室に置かねばなりません。運ぶとき、あなたが従僕を助けてくださるものと当てにしていますよ。

でもどうして？

必要だからです。

なぜこれまではそうでなかったのですか？

これは形見の品です、それにあなたの部屋に入れるつもりは元々なかったのです。

愛着を持っています。

あなたのものではありませんよ。

はい、私のものではありません。

それでは頼みましたよ――

奥さまにお尋ねしなくてもいいのですか？

この件で妻を煩わすことはありません。

わかりました――

何がわかったのですかな、ムッシュー？

この――

ゴンタルトは部屋に足を一歩踏み入れ、顔をこわばらせた。何が言いたいのです？

私が言いたかったのは。ゴンタルトさん、この決着のことです。

ゴンタルトは不意に背を向けて、出ていった。

ヘルダリーンは引出しの中を片づけ、原稿をベッドの上にきれいに積みあげた。召使が廊下から叫んだ。どうかいいかげんに手伝ってくださいよ。

新しい机は場所をとり、彼の小さな部屋には大きすぎた。それから彼らは「彼の」机を、家中を通り抜けて階段の下へ運んだ。ゴンタルト＝デュ・ボスクが彼らを待ち受けていて、その家具の置き場を指示した。ヘルダリーンはひとことも言わず、談話室を後にした。

彼は新しい机で二、三日は仕事をすることができないだろう。原稿をしまっておける引き出しがもうない。ヘンリはびっくりして尋ねた。先生の机はどこ？

ヘルダリーンは不思議がる彼の口調をまねて、同じように尋ねた。私の机はどこ？　私の椅子はどこ？　私の家はどこ？

ヘンリの気は紛れなかった。ヘルダリーンがヘンリに説明した。君のおじさん、ムッシュー・ゴンタルト＝デュ・ボスクは急にそれがいるのだって。

でもおじさんは書き物机なんか使わないよ。

ああ、彼は自分が何をしたのかもうわかっているよ。

ヘンリはズゼッテを呼んだ。もちろん彼女は机の交換のことをもう知っていた。あの人たちはもっといいのを見つけられなかったのかしら、と彼女が尋ねた。

私への脅しです、と彼が言った。

どうぞ取るに足らないことだと考えて、ヘルダー。

取るに足らないことを全部ため込まねばならないのですか……

こんな不快な嫌がらせは無視してくださいな。

それでは盲目になれとでも？

ヘンリが笑い出した。変なの、ヘルダー。

庭まで一緒に来るかい？　彼は気まぐれをわびるように、少年の手をとった。

ふたりが行ってしまうと、ズゼッテはほこりだらけで、ひびの入った机の天板の上をハンカチでそっと拭った。

Ⅶ　胸さわぎ

ヘーゲルも不機嫌になりはじめた。彼ははじめのうちゴーゲル家やその友人たちを褒めちぎり、すばやく交友関係を結び、彼らを自慢していたが、そうこうするうちに陽気な騒ぎにうんざりしてきた。仕事の邪魔だし、まったく何の役にも立ちそうもないよ。ふたりは、めったにしか会わなくなっていた。ヘルダリーンはほとんど家から出なくなり、ヘーゲルのほうは友人の「感情の病的な激変」を、救いようがないと考え、怖れていた。しかし政治上の事件が彼らをまた結びつけた。一七九八年三月、二十年のあいだ開かれていなかったヴュルテンベルク国議会が改めて招集された。フリードリヒ・オイゲン公は議会の助けをかりて税を定め、戦いの負担金を分担させようとしていた。領邦内の世論は沸騰した。オーストリアの駐留軍の過酷さに、領主家の身勝手さにうんざりしていた。パリの総裁政府《ディレクトーリウム》（フランス革命時の政府、一七九五年－一七九九年）の使節たちが共和制への期待を煽った。そうでなくても共和制の信奉者や友人たちがいたが、領邦議会は領主の単なる道具以上のものであるべきだ、と新たな支持者が増えていった。議会の力で領主の権力を奪うことができるかもしれない。アレマン人の共和国という理想が民主主義者の指導者たちの頭に住み着いた。その主唱者のひとりがクリスティアン・フリードリヒ・バーツだった。ヘルダリーンはラシュタット会議でこの男と知りあいになる運命にあった。彼らはそれぞれ論文を発表し、その中で自分たちの改革のイメージを展開させていた。ヘルダリーンは故郷からのニュースを知りたくてたまらず、政情の急変の兆しを喜び、弟からビラや小冊子を送ってもらった。「全ての人が、またいつの時代にも読んで理解しやすい」という誇らしげな副題のついた、バーツの論文、『請願権について』がテュービンゲンのヘルダリーンの小さな文庫の中に残されていた。学生のとき彼らはこのような文章を読むことを熱望していた。「今もなお古い慣例や法律に我慢するより、君主の義務と目的に、したがって国の興隆にも背くものはなにもない。古い慣例や法律は野蛮と無知にしかその起源と根拠を持たず、そこでは人間の権利は偽りの権力の偶然性と不当な要求によって量られていたのだ……」

彼らは領邦等族《ラントシュテンデ》（領邦議会を構成する諸身分）と総裁政府の協力に全幅の信頼を置いた。だんだん大きくなっていくこの力に大公も長くは勝てないだろう。テュービンゲンで夢みたこと全てが今、実現されるかに見えた。たえずテュービンゲンの思い出に耽らないように、あるいは現在の不安と古代ギリシアのより良い状態のあいだに類似を探し求めないようにヘルダリーンに忠告していたヘーゲルは、「口を出そう」とした。さあ今こそ、カール・オイゲン大公の厳格な規律のもとで考えることを学んだのは無駄でなかったことを明らかにしようではないか。今こそ、このような悪党どもに立ち向かうために、それを使おうではないか。君と共に激《げき》を書き、それをパンフレットにして人びとに届けたい。ヘルダリーンは断った。僕は政治家ではない。この件について僕はあまりにもわずかしか知らない、心を開き、関心をいだいた傍観者で、それ以上ではない。

また怖くなったのかい？
怖くない。君と争うつもりはない。君は僕をわかってくれている。臆病から控えているのではない。現実の世界が僕を病気にしてしまった。そしてそれが好転しないかぎり病気のままだろう。したがって本来なら力を貸さないといけないのだろうが、できないのだ、ヘーゲル。

ヘーゲルは自身が書いたものを印刷してくれる人が誰も見つからなかったが、ヘルダリーンがそれを書き写し、ズィンクレーアに送った。すると彼はともかくそれをラシュタットの友人たちに回した。「平然と現実を傍観することから、しだいに何か他のものへの希望、期待そして勇気へと変わってきた。よりよい、より公正な時代のイメージが人びとの魂の中に生き生きと入ってきた。言いかえると、より純粋で、より自由な状態への憧れが、ため息が全ての人びとの気持ちを動かし、現実と相争わせたのだ。」

ズィンクレーアはもうとっくに気が短くなり、その職に疑いを持つようになっていたヘーゲルのようにひどく彼を責め立てなかった。彼はホンブルクにズィンクレーアを訪ねていくたびに、ボナメスとホンブルクのあいだの小さな森や牧草地を歩いて元気になった。もちろんすぐに政治談義をして、「宮廷民主主義者」に難癖をつけるホンブルクの市民へのズィンクレーアの怒りの爆発にも耳を傾けなければならなかった。しかしズィンクレーアは彼から態度表明を求めなかった。君は我われの仲間だからね、ヘルダー、それを表明するにはおよばないよ。

十二月にラシュタット会議が始まった。それはカンポフォルミオの講和条約でオーストリアとフランス共和国のあいだで決められていた。ラシュタットで講和規定が最終的に文書化され、ライン左岸地域のフランスへの割譲が交渉されることになっていた。交渉によってとくに共和主義者は弾みと変化を期待していた。そのために正式の代表団の他に共和主義的な考えを抱いた多くのオブザーバーがラシュタットに滞在し、交渉の成り行きに影響を与えようと試みた。ホンブルク方伯はズィンクレーアを自らの代理としてラシュタットに遣わそうと決めていた。ヨーロッパの第一級の外交官たちと肩を並べてつきあい、交渉できるというチャンスがズィンクレーアの心を弾ませた。いや、僕は僕の方伯に逆らって行動するつもりはない。だが彼のために行動するつもりもない。彼を裏切るつもりはないが、無条件に支持するつもりもない。事態の展開が僕を助けるだろう。方伯はわかってくださるはずだ。たぶんフリードリヒ五世はズィンクレーアをこの任務につかせることで、彼をどんな矛盾にさらすことになるかを承知していただろう。方伯にもっとすぐれた、もっと敏腕の人材がいなかったのか？ ズィンクレーアの忠誠を方伯は試そうとしたのだろうか？

〈ズィンクレーアがラシュタットで方伯の代理をつとめる、と私は書いた。私は共和国と帝国の代表団の中にいるズィンクレーアの姿を見て、そのような会議の一場面を想像してみる。後のウィーン会議より華麗でないのは確かである。ラシュタットは小さな町である。宮殿は新しく、上品なので、人びとはいろいろのものを持ちこみ住み心地をよくした。彼らは際立つことを覚えた。共和政府の代表者たちもこの点に関して不器用でなかった。外交は見かけの華やかさを必要としている。ズィンクレーアは外交官である。如才なく、任せられたわずかばかりの権力を十分に生かすすべを知っていた。その際、彼が何歳なのか私はすっかり忘れていた。彼の職務と彼に委ねられた仕事の重要性が彼を年上に見せた。実際は、ラシュタットで君主の代理を務めたとき、彼はまだ二十三歳にもならない、非常に若い男だった。今の我われのイメージからすると、六学期目の法学の学生、あるいは大学での研究を打ち切り、目立たない助手として各省の次官の鞄を持ち、ときには演説の草案を寄せる――しかし先頭で交渉の席につき、提案したり、拒否したり、決定したりすることは決してない人間だ。

この会議は全体としては、熱意や意図、そして構想において非常に新しいものだったにちがいない。六年にもおよぶ戦争の後で諸国は平和以外の何も欲していなかった。多くの地域が荒廃し、貧しくなった。どのような条件で平和が実現されるかは、たいていの人たちにとってどうでもよいことだった。しかし若い人たちにとってはそうではなかった。彼らは新しい、人間によりふさわしい平和の定款を念頭におき、共和主義的な考えが広がることを期待して、変革を待ちこがれた。それにもかかわらず、自分たちは真の平和の代弁者であると見なしていたラシュタットの交渉人たちは権力者たちのおもちゃの人形にすぎなかった。まもなくボナパルトが政権を握ることになるだろう。それなのにオーストリアは総裁政府の力に不信を抱いていた。一七九九年に再び戦いが始まった。予告された講和は一度たりとも試されることがなかった。会議は中断された。)

それでもまずまずの一年になるかもしれない。ズィンクレーアの昂揚感が燃え広がった。ヘルダリーンがまた定期的に治療を受けるようになったゼンメリング医師は思いがけない回復にびっくりして、もう少しホンブルクの空気を吸うことを彼に冗談めかして勧めた。

ヘルダリーンのほうがよくわかっていた。町を散策したり、庭で子どもたちと遊んだりするとき、大地が自分の足元で割れ、足音を忍ばせて泡のような薄い膜の上を走って渡るように感じることがよくあった。全ての物音が遠ざかった。彼は自分が話しているのに、人に聞こえていないように思った。こんなとき小さなマーレに咎められ、恥ずかしくなったヘルダリーンは、こんな幻覚を呪った。そんなに叫ばないで、ヘルダー。だって私はボルケンシュタインおばさまほど耳が遠くないわ。

別荘アードラーフリヒト館へ引っ越したのは、ズゼッテが約束していたように早春ではなく、ゴンタルトが商いのために町にひき止められ、それに家賃が高すぎるということで、ようやく五月になってからだった。そうでなくても何も、別荘への夏の思い出も、くり返されることはなかった。安心して、ひきこもり、ズゼッテと一緒にひそかに過ごすことはもうほとんど問題外だった。ゴンタルトはスパイ網をはりめぐらし、多くの使用人に秘密をうち明け、「家庭教師ヘルダリーンに関する」役立つ情報には何でも報奨金を確約した。それで十分だった。どこで彼らが逢おうとも、子どもと一緒であろうとも、使用人が何かごそごそ忙しそうに出てきた。彼らが園亭に座ると、すかさず庭師が姿を現した。ヘルダリーンが夕方、サロンでズゼッテのそばにいると、ときどき「うっかり」ドアが開けられ、どうしても今、次の日曜日にお客さまがあるかどうかお聞きしたいのですが、と家政婦が言った。

彼らが彼を追い立てた。彼らの好奇心をヘルダリーンは皮膚の上にできた醜い吹き出物のように感じた。ズゼッテは卑劣な言動なんか無視したいと思っていたが、怖気づいて、さらに慎重になった。誰もそばにいないのに、ひそひそささやいている自分たちにはっと気がつくと、彼らは途方にくれたように笑い、決心していたのに怯んでしまった。

子どもたちはこの陰険なたくらみを知らずにすんだが、それでも自分たちの先生がただならぬ様子でいらいらしているのに心を痛めていた。一番小さなマーレは、ヘルダリーンがヘンリとプルタルコスを読んでいるとき、ときどきその部屋で遊び、彼のために紙の敷物をつぎつぎと切り抜いてくれた。彼はそれをていねいに窓敷居の上に置いた。やさしいのだね。またずっと元気になったよ。ズゼッテはまるで夫を挑発するかのように、最後の力をふりしぼって彼にまた毎晩、自分のそばで過ごすように求めた。彼女は以前のように彼に朗読してもらいたかった。怖れず、そして押さえつけられずお互いに語りあいたかった。

ふたりはかつてのように振る舞おうとしたが、長くは続かなかった。ドアの前でひそひそ話が交わされ、足音が聞こえる。ズゼッテは部屋を出て、こっそり覗き見している人びとを追いはらう。ご主人さまからけしかけられている彼らは厚かましく、すぐに戻ってくる。

大きな声で読んでくださいな、と彼女が言った、あの人たちにも聞こえるように。なんだかわからないでしょうけど。

彼は朗読した。彼女か彼の言葉をくり返して言った。「美しき生よ！　あなたは病んで床につき、私の心は／泣きつかれた、もう私は怖れはじめるが、／しかし、しかし、信じることができない、／愛するかぎりあなたが死ぬとは。」

あの人たちにわかるように、もう一度読んでくださいな。部屋の前はしんとしていた。彼は机の上に身をかがめ、ズゼッテをひき寄せた。ふたりは口づけをした、誰かが息をこらして鍵穴から見ていることを知っていた。互いにからだを離さず、沈黙することで部屋の外の息を凝らした静けさに応酬する。

彼は自分の心を誰にも打ち明けることができない。ときどき本や雑誌を借りにくるヘーゲルに、それとなくこの出口のない状況をほのめかした。

おそらくまもなくお別れしないといけないだろう。

ヘーゲルはさらに尋ねる勇気がなかった。そしてヘルダリーンも、恋が追いつめられれば追いつめられるほど、想像もつかないほど抽象的になっていくことを、抽象化したところで彼の恋心を和らげることができないことを、ディオティーマをズゼッテから切り離すことはできたが、それでもズゼッテをこれまでにも増して激しく求めてしまうことを、自分自身を、ずるがしこく苦しめられて、逆らうことができない自分と、いかなる侮辱にも泰然とかまえる力強い精神の自分とに分けることができたことを、友人にわかりやすく、納得いくように説明をすることができなかっただろう。

ノイファーだったらわかってくれるだろう。彼はノイファーに美化することなく手紙を書こうと努力した。どの文章もうまくいかず、ごまかしで、虚構のように思えてくる。彼はその手紙を終わりまで書かず、破ってしまった。ノイファーが「年鑑詩集」のために、新しい詩を遅れないように受けとれるように、あらためて二、三行を書いたが、ゾフィー・メローと連絡を取るように、とノイファーが彼に頼んでいたことや、人びとがそこでも彼について何か恋愛関係があると陰口めいたことを言っていたのを思い出した。イエーナでゾフィー・メローに二、三回会っただけで、彼女の優雅さとその恋愛について友人たちの前で、夢中で喋ったのだろう。それ以上は何もないのに、そんな悪意のある噂を彼が今、ひき寄せたのだろう。彼の怒りが突然、姿を現し、ノイファーはいぶかしく思うだろう。「僕がメローと、あるいは名前もわからない誰かとイエーナで恋愛沙汰を起こしたという噂があるので、彼女に手紙を書くわけにはいかなかった。——ああ！　愛する友よ！　まだ僕を信じていてくれる人はごくわずかしかいない、そして人びとの冷酷な評判は、少なくとも僕がついにドイツを去るまで、ずっと僕を追い回すだろう。」

ここでは誰も使者、仲介者や後の友人として現れてこず、彼の思いが、言葉自身が使者になる。

「僕がついにドイツを去るまで」。

週末のうちにゴンタルトはズゼッテの気持ちをひき立てるという口実でまたパーティーを催した。子どもたちは子ども部屋に、あるいはずっと離れた庭の片隅に追いやられて悲しみ、言うことを聞かなかった。ヘンリは自分のお気に入りの白楊《ジルバーパッペル》のところに行こうとヘルダリーンを誘った。西方にタウヌス山地を望み、小川の両岸を白楊が縁どっていた。太陽があたっている昼間に白楊はきらめき、重さを感じさせなかった。ヘンリはそこに歩いていくのが好きだった。だって木々がだんだん生きているように見えてきて、近づくとささやき始めるのだもの。たえずおしゃべりをする木は、ポプラ《パッペル》の仲間だけなのだ。一緒に白楊のところへ行く、ホルダー？

いいとも、ヘンリ。

ふたりはパーティーのお客についておしゃべりをした。あの人たちは高慢ちきだ、とヘンリが苦情を言う。まるで子どもたちはいないかのように振る舞うのだから。

あのね、彼らは生まれたときにもう年老いていたのだよ。

これが少年を面白がらせる。

彼らのように背が高く、年老いていても？
心の内が老いているのだ、ヘンリ。
それであなたは、先生は心が若いの？
私はあの人たちみなより老いているよ。
そんなこと信じないよ。先生は心の内が僕と同じように若いのだもの。
もし君が望むなら、少なくとも白楊のところへ行くまではそうありたいな。
それから帰りもね、とヘンリが言った。
そうだな、じゃあ帰りもね。
その次の日、彼は大急ぎでこの家を後にした。

Ⅷ　第十二話

予想はしていた。しかし心構えはできていなかった。

ゴンタルトがこの日、店に出かけなかったので、家中は混乱におちいった。料理女はお客さまがあるかどうかを訊いてまわった。必要もないのに興奮した庭師は玄関前で縁取り花壇を荒っぽく掘りおこした。家政婦はとりとめもない指図をあてもなく、大声で叫んだ。ズゼッテは姿を見せなかった。ヘンリは遅れて授業に姿を現した。イエッテとマーレは屋敷の周りの砂道をぜんまい仕掛けの人形のように歩き回っていた。

ヘルダリーンはヘンリがいつもと違って落ちつかない様子なので、気を紛らわせてやろうと苦労した。本を覗き込まないでローマの建設について話して聞かせ、一時間をつぶした。それから少年に、台所から水を一杯もらってきてほしいと頼んだ。たくさん喋ったので、喉が渇いてしまったのだよ。少年はもどってこなかった。

彼は待った。わけもなく本と原稿を整理して机の上に積みあげて、窓を開けた。栗の木《カスターニエン》の下でヘンリが妹たちと遊んでいるのを見て呼びかけたが、少年は応えなかった。庭師も頭をあげなかった。

彼は廊下を走り、ズゼッテの部屋をノックしたが返事はなかった。二、三度廊下を行き来したが、ついに階段をおりていった。扉が開いたままになっている談話室からヤーコプ・ゴンタルトが彼を呼んだ。ヘンリが強情に帰ってこないのに不安になったヘルダリーンがおりてくるだろう、とゴンタルトは待ち構えていたにちがいない。

ヘルダリーンさん！

場面は出来あがっていた。ゴンタルトは決して使うことのない書き物机の横に立っている。ズゼッテは彼から少し離れて、普段は壁際に並べられている高い背もたれのある椅子に座っている。彼女は両手を膝の上に組みあわせてうなだれている。

はい、なんでしょうか？

彼は敷居を越えるやいなや、立ち止まった。それ以上、進むつもりがない。

不安は覚えなかったが、頭の中でブーンと音がした。すると不意に憤りが彼の喉を締めつける。

あなたの生徒をお探しですか？

はい、逃げ出しました。

いいや、召使のように水を取りに行かせたのです。

そうです。しかし召使のようにではありません。もう何度も……

なおさらひどいことですな。

私が好きで、そうしてくれたのです。

あなたが好きですと？　ゴンタルトの声がかん高くなった。この家であなたを好きでないものがおりましょうか、あなた、あなたのお世話をしたいと願わないものがおりましょうか？

ムッシュー・ゴンタルト……

あなたは少年を甘やかし、ひ弱にします。あなたの醜い、官能的な想像力は彼には毒です。

ムッシュー！

私の話を遮ることは許しませんぞ。あなたの間違った道徳が、見てのとおり彼を病気に、そしてしつけの悪い子にしてしまいました……

どのような道徳のことをおしゃっているのですか、ムッシュー？　彼はもうゴンタルトに目を向けなかった。私のですか？　どんな権利があって、それについて判断をくだせるとお思いなのですか？　あなたは人間を軽蔑され、操られる。あなたの冷たさに、何度も愕然としました。あなたとあなたのご友人はどなたもとんでもない風刺画《カリカチユア》にほかなりません。彼らの近くに迷い込むと、身の毛がよだちます。心から話されるとすれば、お金のことだけです！　我われはみな、私、奥さま――お子たちはあなたの所有物で、それ以上ではありません。あなたは我われを意のままになさる。吐き気がします……

出て行きなさい、とゴンタルトは低い声で言った、出て行きなさい、即刻、私の家を離れなさい。

すると彼が驚いたことに、ズゼッテが言った。出て行ってください、どうか。

彼は唖然として、とつぜん訪れた静寂に耳をすませたが、いまだに訳がわからないままだった。

夫が言ったことを彼女は言ったのだ。

はい、出て行きます。彼はうなずいた。お望みのように。

奇妙にからだをよじらせて跳びあがり、向きをかえた彼は、階段を駆けあがった。衣服をかき集め、本と原稿を束ねた。ズゼッテの部屋に駆け込み、そこに置いていた自分のフルートを手にしてふり返り、その部屋を見た。誰もいない、あまりにも片づいた部屋が彼の記憶に残った。持てるものを全てかき集め、他のものは後で送ってもらうことになるだろう。彼は階段を駆けおり、一瞬、玄関の間で立ち止まり、彼女の声が聞こえないかと待ち受けた。家を出て正面玄関を通りぬけて走った。栗の木のそばでずっと遊びに夢中の子どもたちは彼に気づかなかった。彼はアデュー、アデューとつぶやき、町をめざして走りつづけ、エッシェンバハ門を通りぬけて立ち止まった。人びとが彼を不審そうに見つめていた。どこへ、と彼は声を大きくして尋ねた、いったいどこへ？　ニュルティンゲンに行きたかった。しかし——突然姿を現すことをどう説明すればいいのだろう？　母を悲しませるだろう。ズィンクレーアのところへ行こう、と自分に言いきかせて、きびすを返し、回り道をしてアードラーフリヒト館のあたりに行き、その屋根を遠くから見てむせび泣いた。走った。雲のない日だった。タウヌスの山並みが近づいてくる。また走った。走りに走って自分自身の中から走り出してしまうのではと思えた。彼の頭の中にひとつの言葉が取りつき、だんだん大きくなり、頭蓋を、意識を満たして、心を埋める。エーテル、エーテル。するとこの言葉が文章を呼び寄せ、彼は意味もわからないまま唱える。はるかな青色の中へさまよい、私はいくども天空《エーテル》を見あげ、高き天空の中へさまよい、天空の中へさまよい、はるかな青色の中へ、天空の中へ。

ズィンクレーアのもとで彼は倒れ込んだ。

彼らに追い払われたのだ、イーザク、追い出されたのだ、追い払ったのだ。

落ちつくのだ、ヘルダー。

ここにいたい。

そうできるよ。僕がその手配をしよう。

ズィンクレーアは彼を抱いて揺り動かし、言いきかせる。これから君の住いを探しに行くつもりだ。

ヘルダリーンは一緒に行くと言いはる。ひとりでおれない、今はだめだ。でも荷物はここに置いていかないと。いや、全部、自分で持っていきたい。

彼らは町へ出かけた。ズィンクレーアは質問しなかった。ふたりとも黙っていた。ヘルダリーンは荷物の重さを感じながら、友のそばをのろのろと歩いた。ときどき話を切り出そうとするが、頭をふってむりやり沈黙した。

ズィンクレーアは部屋を貸してもらえるかどうかをふたりの人に尋ねたが、無駄だった。

何も見つからない、とヘルダリーンは言った。

ズィンクレーアがその男と交渉していたが、彼は聞いていなかった。

ご友人は病気ですか、とその男が尋ねた。

いいえ。長旅をしてきたのです。必要なのは休息することだけです。

それなら私どものところでおできです。

マギスターさんはしばらくホンブルクに滞在されますか？

はい。

それでは年間、五十グルデンお願いします。

前払いはいかほど？

半額を。

ズィンクレーアはそのお金を明日、持ってくると約束した。

ガラス職人のヴァーグナーさんだよ、とズィンクレーアが言った。

ヴァーグナーはふたりを部屋に案内した。部屋は一階にあり、庭に面していた。「私は野原が見わたせる部屋に住んでいる。窓から果樹園、それから樫の木々の生えた丘が見える。そして数歩も行かないうちに美しい谷の牧草地だ。」

大家はヘルダリーンに台所と便所の場所を説明しようとしたが、彼は手を振って断った。すぐに勝手がわかるでしょう。今はひとりにさせてください。

彼は椅子を窓ぎわに寄せて腰をおろし、もうズィンクレーアとヴァグナーを気にしていなかった。ズィンクレーアは次の日、邪魔はしたくないのでちょっと立ち寄ったとき、別れたときの場所にいるヘルダリーンを見つけた。ベッドは使わないままだった。

床に就かなかったの？

いろいろ考えていたようだが、何も覚えていないよ。おそらく少しは眠ったのだろう。ここは静かだし、眺めが気に入ったよ。

食事に迎えに来ようか？

いや。君に感謝している。

ズィンクレーアには彼が何かを待っているように思えた。

今晩、うちに来るかい？

ゆっくりさせてくれたまえ。

彼は待った、あてもなく待った。

ヴァーグナーはパンとりんご酒の壺を運んできたが、話しかける勇気がなかった。

ズィンクレーアは友のほうに目をやらず、ヴァーグナーに彼の体調を尋ねた。怖いです、と彼はズィンクレーアに言った。私が話しかけると、あの方は今にも叫び出すのではないかと怖いです。

ヘルダリーンはまだ荷物をほどいていなかった。ようやく中身を取り出し、衣服を戸棚に入れ、書物を窓台に並べた。その晩は床に就き、次の朝、早起きして、また待った。

お昼ごろ、ズィンクレーアのところから遣わされた使者が、転送された小包をもってきた。その中に、煙草一袋、ポッセルトの『年代記』とヘンリの手紙が入っていた。ズゼッテの手紙はなかった。手紙を書くことを彼女は許されなかったのだろう。彼女は言いたくなかったことを言った。彼女には時間がいるだろう。

ヘンリは一七九八年三月二十九日付けで手紙を書いた。（それは彼が家を出て二日後だった。）

「大好きなヘルダー！　先生が行ってしまわれたことに僕はどうしても辛抱できません。今日、ヘーゲルさんのところに行きました。もう長いあいだ、先生がそれをお考えになっていた、とヘーゲルさんが言っていました……食事のときにお父さまが、先生はどこか、と尋ねましたので、出て行かれました、と答え、先生からよろしくとも言いました。お母さまはお元気で、くれぐれもよろしくとのことです。それから先生も僕たちのことをどうか度々、思い出してくださいますようにお願いします。お母さまは僕のベッドをバルコニーの部屋に移させました。先生が教えてくださったことを全部、僕たちと一緒に見直すおつもりなのです。どうぞまたすぐに僕たちのところへ帰ってきてください、僕のホルダー、そうでなかったら、僕たちは一体、誰のもとで勉強すればいいのでしょう?」

この愛らしい声につらくなってしまった彼は、手紙を手にして家を出て、草地をめざして走り、ようやくだんだん落ち着いてきた。

彼はズゼッテにも知らせてもらえるように、すぐにヘーゲルを通して少年に手紙を書くつもりである。郵便より早く届くように、フランクフルトのヘーゲルを訪ねることに決めた。

ヘーゲルのところに長居はしなかった。ヘーゲルは次にゴンタルト家を訪問するとき、ヘンリに手紙を渡すと請けあってくれた。

行かねばならなかったのかい?

そうだ。

町では君らのことでもちきりだ。

そうだろうな。

ホンブルクにいるつもりなの?

しばらくはね。それからもっと遠くへ行くつもりだ。外国へ。

夕方、帰り道で館のそばを通りすぎた。背の高い木々の下の角灯はもう灯っていた。館は静まりかえっていた。

もうヘンリから便りはなかった。ズゼッテの最初の手紙で、彼はそのわけを知った。「今、ヘンリがあなたのお手紙をいただきました。そのことが私をたいへん慰めてくれました。それから私はいつもあなたの新しい自由と独立だけを思い浮かべていました。あなたの日々のくらし、静かなお部屋とその窓の前の緑の木々を、あなたのお便りを、このかけがえのない慰めを私はわずか十五分も手にしていることができませんでした。ヘンリがお見せするのだから返してほしいと、大真面目で言ってきて、私はそれをもう二度と見せてもらえません。お便りを見せたときに、ヘンリがいったい何を言われたのか、禁じられたのか、私にはわかりません。しかしそのあと彼はずいぶん変わってしまいました。あなたのお名前を言うのも避けようとしていましたもの。あなたがF……に来られたのに、私は遠くからでもお姿を目にすることができませんでした。これは私にはとてもつらいことでした！　私はいつも土曜日にはいらっしゃるものと信じておりましたが、それでもいつお出でになっても不思議はないという予感がしたので、あなたがお通りになったその晩は八時半ごろに窓を開けて、角灯の明かりであなたのお姿が見えないかと思っておりました。その後しばらくして、ヘンリをヘーゲルさまのところに伺わせようとしましたら、それはもう許されていないのです、と彼が応えたのです。こんな命令にまったく抗弁できず、それを申し訳ないと思わないならば、恩知らずになりますよ、と彼にまじめに言いましたが、お父さまの言いつけを守らないといけない、と申しまして、何の役にも立ちませんでした。」

ヘルダリーンは、自分に関して何を吹き込まれたのか、自分の姿がどのように消されてしまったのか、と考えてみた。父は少年を疑いと不安でさんざん苦しめたのだろう。

ズゼッテは彼に十七通の手紙を書くだろう。そしてふたりはひそかに逢瀬を重ねるだろう。

彼が彼女のために草案を描いた聖なる場所へ彼らは決して足を踏み入れることはないだろう。

さあ、とズィンクレーアが言う、君を機嫌よくさせたいよ。

第六部　友人たちのあいだで

ホンブルク、シュトゥットガルト、ハウプトヴィル、
ニュルティンゲン（一七九八～一八〇一）

I　異議

私は口をさし挟まないで、さらに書き進めることができない。というのはますます彼の姿が私の身にこたえ、彼の姿と語り手の私の距離がより小さくなってきているのに気づいているからである。彼に付き添い、彼とともに考え、彼の考えと行動の後を追える時間が短くなった。突然の発病までわずかの歳月しかない。彼の人生の速度が増した、と私はすでに二、三度、書いた。それは今、落ち着きのない、明らかな理由のない遁走となった。この落ち着きのなさ、この加速する激しい気持ちに逆らって、次の数年のうちに彼が書いた詩は不思議なほど安らかである。彼を偉大で、比類のなきものにしたほとんど全てのテキストがこのとき生まれた。それらがこの緊張を受け止め、それに耐え抜いた。それどころか、『エンペドクレス』の場合のように、この緊張を披露している。これは彼の悲劇作品には三稿が残されているが、この場合、稿というのは当を得た名称でない。それは彼の心を「奪うような」人物の姿を把握して、その姿で自身を説明しようとする、三つの助走である。彼は三度、途中でやめたが、それでも三度、願ったことを実現した。『エンペドクレス』に関して、最終的に未完であること、断片であることが彼の表現法となる。それはその思考の、進展のプロセスを再現し、その進捗を構成する要素である。断片として生きた生が、今、断片として姿を現す。それにもかかわらず各部分が『エンペドクレス』の場合のように、ひとつの全体に欠かせないものであることを彼は知っている。もはや全体をはっきり見極める力がない彼は、部分がそれを予感させ、そして予感が全体を気づかせるに十分であるようにと願った。新しい時代の子である彼は、情熱的にその始まりを観察し、理想と一致した人間像を他の誰よりも願い、そしてそれを漏らした。彼はこの断絶を書き記した。最初の助走のエンペドクレス、雄弁な護民官《トリブーン》は、もっぱら自身だけが神であると思いあがり、民衆や自然とひとつになることから逸れてしまう。第二の助走のエンペドクレスは仲介者になるが、不遜な要求をする人間から離れる。「何の意味があるのだろう／神々とその霊も私が／啓示しなかったら。」第三の助走の彼は人間からまったく離れて、理念の中に入り、自己を抽象化する。「なぜなら私は若いころからあまたの罪を犯してきた。／人間を人間らしく愛したことはかつてなく、ただ仕えただけだった、／なるほど、水や火のほうがもっと盲目的に仕えるものだが。／それゆえ私を人間らしくは応対しなかった／人間は……」この裂け目は越えがたい。それは最後の跳躍によってしか、克服し、贖い、和解されえない。誘惑者、仲介者、密告者であるエンペドクレスはエトナ山へ身を投げ、自然と、そして人間の記憶とひとつになる。神話的な人物として彼は帰路を見つけ、裂かれたものをひとつにする理念となる。

第三稿のためにもはやヘルダリーンは二十頁も必要としなかった。

『エンペドクレス』によって彼は目指したところに到達した。彼は心を決めた。完成したもの、言い表されたもの、磨きあげられたものはもう重要でなくなった。詩はもはや（彼が傍観している歴史のように）構想以上のものでなくてもよくなる。もちろんそれは絶えざる、切迫した意思表示で、自己を越えて、外のほうを指し示そうとする構想である。

それを私は再現することができない。彼をつれ戻そう、私が輪郭を描こうとする姿へ。消えうせそうだが、まだお終いではない。私は彼の詩ではなく、彼の生をどうにか彼の詩で解説する。彼の生活の慌ただしさとそれに抗う彼の詩の、このふたつのテンポを目に見えるように描写できるか私はわからない。

II　公女

彼が住むのはたいてい小さい部屋だ。そう快適でもなく、狭くて息が詰まりそうになることもある。しかしそうする他なかった。居心地がよくないことは彼には自明のことだ。ホンブルクの町はずれのガラス職人ヴァーグナー家の部屋は、彼の最も居心地のよい部屋のひとつである。しばらくのあいだこうだろうとわかっているかのように、彼はその部屋を調えた。ズィンクレーアは彼を助けた。再び夫を亡くした自分の母の家から小さな長持ちを運び込んだ。ヘルダリーンはその中に書物と原稿を、それに追加して運び込まれた、二重の鍵のかかる手箱の中にディオティーマの手紙を保管した。

ズィンクレーアは最初のショックを乗り越えられなかった彼を、愛するひとのために戦わねばと納得させることができた。これ以上、逃げ出すなんて、あのひとには決してわかってもらえないだろうよ。今、ヘルダリーンの思いの全てはズゼッテに向けられていた。どうしたら彼女に会えるだろうか、と彼はあれこれ考えた。第一木曜日に彼女が決まって劇場を訪れていたことは知っていた。「芝居がかったばかげたことに」に少ししか興味がなく、友だちとトランプをするほうが好きだった夫が一緒だったことはないも同然だった。そこだったら会えるだろう！　まだ自信がなかった彼は、この計画をよい思いつきと思うかとズィンクレーアに尋ねた。すると友人は夢中でこの考えを支持してくれた。女性があまり好きでなかった彼の心をこの恋愛沙汰が興奮させ、いわばそれを演出できることに心をそそられたのだ。「柳旅館」に一晩泊まり、もしかしたらズゼッテから便りがあるかもしれないから、そこで待つように彼はヘルダリーンに助言した。フランクフルトのおしゃべり連中の貪欲な目を前にすると、君はあのひとに話しかけることができないだろうからね。少なくともズゼッテを見ることができるという望みが彼に新しい力を与えた。少しばかり付き添っていったズィンクレーアは、幸運を祈り、助言を与えて、彼を送り出した。平然としているように見えないといけないよ、ヘルダー。君の悲哀を何も気づかせては駄目だ。頼むから、彼女に目配せするのだ、それ以上は駄目だ。それで手紙《ビリエット》を待っていることを彼女だけに示すのだ。彼女はおのずからそれに気づくだろう。会って話したいと思うはずだ。彼女がそこに来ることを期待するよ。彼女が来るとずっと信じ込むのだ！　そのような願いは聴き届けられるものだ。

ヘルダリーンはもうホテルにじっとしていられなかった。しかし街中に出て行きたくもなかった。予定より早く見つけられたくなかった。こう考えた彼は、自分が子どもっぽく思えた。こんなことが彼の顔を歪める。

劇場で彼は片隅にからだを押しつけていた。ゴーゲル家の人びとが彼を見て、遠慮がちに挨拶をした。お芝居が始まる直前に、ようやく彼は席につき、ひそかにあたりを見回した。このようにこそそすることにまず慣れないといけないだろう。ズゼッテがそこにいる。白いドレスを着て、まるで現実ではないかのように、背景から浮きあがって見える。ずっと離れているのに彼はズゼッテの視線を感じる。きっと気づかれていたのだろう。彼は躊り、二、三度しか彼女に目をやることができなかった。全ての人から、何も知らない人からも悩まされる。芝居がはねて、彼女に近づいたが、彼女はまるで合図をするかのように、ひょっとするとそれが合図だったのだろう、手でその額をなでた。彼は考えにふけっているかのように立ち止まり、もう目で彼女を追わなかった。あやうく叫びそうになった。

使者が金曜日のお昼ごろに待ちかねていた手紙をもってきた。「……希望だけが人生で私たちを支えてくれます。」ズゼッテは「午後三時十五分に」白鹿館の彼女の部屋に訪ねてくるように、と大胆な申し出をしてきた。彼は自信がなかった。思いきって行くべきだろうか？　もし誰かに出くわしたら？　どう振る舞えばいいのだろう？　やっぱり災厄に憑かれているのだろうか？　それでは誰が私を病気にさせたのだ？　だがズゼッテは、「たとえ誰かがあなたを見ましても、それは何でもありません、三年間、ひとつ屋根の下に暮らしたものが、半時、一緒に過ごしても、何も奇妙なことではありません、その反対の方がずっと人目をひくことです」、と書いてこなかっただろうか？　彼は彼女の指示を守り、「人目を憚らず、裏木戸」を通りぬけて、「いつものように階段を駆けあがった。」家の中は、みなが耳を欹てていたのか、それとも何も気づかなかったのか、ことりとも音がしなかった。彼女の部屋に通じる扉が細めに開いていた。彼女は彼を待ち受けていた。

彼はすぐに彼女を抱きしめたかった。しかしこうなった今、それができない。彼女は部屋の真ん中に立ち、青ざめて少し腕をあげたが、まただらりと垂らしてしまった。ふたりは向かいあって立ちつくし、時間を必要とした。その後、何を話したのか、彼はもう思い出せない。彼がわかっていたのは、自分たちがささやくように話し、家の中の物音に聴き耳を立てて、見つけられ、どきっとさせられることをずっと待ちかまえていたこと、そして最後に彼女が、こうなるとわかっていたら、ヘルダー、あなたの全てが欲しかった、と言ったことだけだった。この言葉が彼にはひどくこたえ、他の全てを押しのけた。

誰にも見られなかった。彼が館に沿って急いで歩いて行くと、開いた窓から子どもたちの声が聞こえた。

これが十一月、十二月と、第一木曜日にくり返された。言葉が見つからない状態はますますひどくなるだろう。互いを失うかもしれないという不安だけが、宥めるような、言い繕うような、うっとりさせるような、腹を立て、びくびくした、途方にくれた、哀願するようなことを言わせたのだろう。「けれどもこの愛の結びつきは、私たちをとり囲んでいる現実の世界で続くもので、ただ精神だけによって成り立つものではありません。それには（官能ではなく）感覚も欠かせないのです。私たちの愛のように、現実からまったくひき離され、養分も希望もなく精神の中だけでしか感じることがないような愛は、ついには夢想になってしまうか、あるいは目の前から消えてしまうでしょう」、と彼女は書いた。彼は彼女に応えた、「……私のような運命の中にいると、必要な勇気を失わないでいようとすれば、どうしても命の最も奥底にあるやさしい調べをほんのちょっとのあいだ失ってしまいます。」この物語は長びいた。それはふたりがしがみついている現実からだんだん多くのもの失い、そしてやっと純然たる絶望だけではないと思えるようになるだろう。彼はホンプルクではじめて書いた詩を持ってきた。彼女はそれを傍らにやり、いつものように、読んで聞かせて、とせがまなかった。

さあ私をじっと見て、ヘルダー。

彼が立ち去るやいなや、彼女はそれを読んだ。「輝かしい神々の息子よ！　おまえは恋人を失い、／海辺に行き、滔々と流れる潮に向かって涙した。」

彼は遅ればせにヨハンナに転居を知らせた。最初の二週間は、落ちついて手紙を書くこともできず、境遇を変えたことを母に悪くとられないかと懸念していた。「……無礼な高慢さ、日ごと学問と教養がことごとく故意に落としめられ、家庭教師も召使であり、仕事に対して賃金を支払われているのだから、特別なことは何も要求できない、などの不用意な発言、それにこれがフランクフルトの流儀で、私に投げかけられた多くの言葉は――いくら無視しようとしてもやはり私を傷つけたのです……」母がどんなに彼の生計のことを心配し、彼を無力で軽率だと思っていることはわかっていたので母を安心させた。ホンブルクはフランクフルトより物価が高くないので、フランクフルトで一年半のあいだに貯めた五百グルデンでたっぷり一年間は生活できます、と。

張りつめた神経がやすらぐことはなかった。彼は緊張に慣れた。しかも書くことができる。ズィンクレーアは彼が落ち着けるように配慮したが、ヴァグナーとその家族も間借り人を気づかい、彼の少なからぬ癖にも好意的で、よくひとりごとを言い、ときどき夜中に家を出て、翌朝、明るくなってからようやく散歩から帰ってくることや、コーヒーや紅茶を飲みすぎ、部屋を煙草の煙でいっぱいにすることなどを大目に見ていた。

心が半分に裂けても、人は生きることができるとわかるだろう、と彼はズィンクレーアに言った。ズィンクレーアと町を歩くごとに、友人が誰からも挨拶を受けることが彼は嬉しかった。

故郷のニュルティンゲンのようだな。

違いはニュルティンゲンが伯爵領でないことだけだ。

ズィンクレーアは自身の職務をおろそかにせず、自身の振る舞いの矛盾を認めていたが、方伯を敬愛していた。あの方は信心ぶっているのではなく、本当に敬虔なのだ。教養があり、すぐれた判断力の持ち主だが、いずれにせよいろんな点でより強力なダルムシュタットの本家に依存しているのだ。

僕は少しだけ代理を務めているが、なんにもならないことのために交渉をしているようなものだ。

ヘルダリーンはズィンクレーアがこんなふうにシニカルに弁解するのが好きでなかった。

ズィンクレーアはどうしても彼を伯爵家に、というより少なくともその家族のうち、さしあたりここにいる人たちに、伯爵夫人と令嬢のひとりに紹介したいとせっついた。君の名はもう伯爵家に知られている。それに君がホンブルクに住んでいることもね。公女さまがたは『ヒュペーリオン』と君の詩をたくさん読まれたらしいよ。ヘルダリーンはためらった。誰かの世話になりたくないし、宮廷詩人に、あるいは甘やかされた公女さまがたのお気に入りになる気は少しもなかった。マウルブロンでカール・オイゲン公とフランツィスカ妃の前で、褒め称える詩人として登場し、後々までやりきれない思いをしたことを思い出した。彼らの役に立てるかもしれないが、共和主義的な考え方を隠すつもりはないよ、と彼は言った。

それで僕は？　とズィンクレーアが尋ねた。僕が共和主義者であることを君は認めたくないの？　ヘルダリーンはあやうくズィンクレーアを傷つけるところだったことに気づいた。いや、イーザク、君ほどの熱い民主主義者を知らないよ。でも不器用な僕より君のほうがずっとうまく演技することが、自分を隠すことができるのだ。僕はいとも簡単に捕まえられてしまうのだ。

君がかい？　ズィンクレーアは唖然とした。君を捕まえることは誰にもできないよ、ヘルダー、それにときどき僕は、君が風の精で、僕らのうちのひとりではないように思うのだ。

ふたりの会話の終わりを聞いていたズィンクレーアの母は、もしよろしければお城へお供いたしますよ、と笑って約束してくれた。彼はほっとして同意した。こんなおおらかな女性と一緒なら、何も心配はないだろう。

城での会話は彼が驚いたことに、ゴンタルト家での引き合わせよりずっとのびやかに終始した。フランスの将校がたびたび城に宿泊するのに業を煮やした方伯自身はフランクフルトに滞在していた。ヘルダリーンはかなり大きな集いだと思っていたが、無口で不器量な女官の他は、伯爵夫人と彼女の娘のアウグステ公女だけだった。紅茶がふるまわれ、ズィンクレーアの母が質問したり、逸話を語ったりして場を盛りあげてくれたので、ヘルダリーンは暇乞いの後で、ほんとうに家庭的で、暖かなもてなしだったと褒めた。ズィンクレーアはそんな彼に満足していた。

彼は自分がその中心にいるのに、そのことに何も気づいていないひとつの物語を紡ぎ出した。それは後になってようやく明るみに出たが、その牧歌的な静けさで時代を離れ、同時にまた時代に根ざした光景になる。

「昨日、今年の大学総長《レクトーア・マグニフィクス》、天下に名高いヘーゲル教授が私たちのところで食事をされた――私にはこれはほんとうに困ったことだった――それに彼といろいろ話すのが恥ずかしいほどだった……そのとき彼は、世間にはもう消息を絶っていたヘルダリーンのことを、――その著作『ヒュペーリオン』について話し始めた――私にとってこれらすべては、アウグステ姉さまのせいで、彼女との関係で私の子どものころに新時代を画した――いつもは香りあるいはメロディあるいは響きによって呼び覚まされるある思い出だった。突然、緑色の表紙の書物『ヒュペーリオン』がアウグステ姉さまの窓の上にのっているのが見えた。それから窓際の美しいぶどうの蔓を、窓から入り込む太陽の光を、窓の前に、うっそうとした栗の並木の涼やかな影を見て、鳥の声を聞いた――つまり全ての過去がその親しい名前で蘇ったのだ。」一八三〇年三月六日にその日記にこう記したのは、アウグステの九歳年下の妹マリアンネである。彼女はプロイセンの皇太子ヴィルヘルムと結婚し、ルイーゼ妃亡きあと、プロイセン宮廷のファースト・レディーになった。ヘルダリーンがはじめてホンブルクの城に行き、当時二十一歳だったアウグステ公女にはじめて会い、話して以来三十二年の歳月が流れた。時代が彼らをひき離し、全ては蕾《つぼみ》のうちに忘れさられた。ヘーゲルはベルリンで畏敬された国家的な哲学者となり、ヘルダリーンはテュービンゲンの塔ですでに二十四年間、精神の闇の中で過ごしていた。一八一六年、こう書き記したときマリアンネは意図せず自身がそのきっかけを与えてしまった姉の「遺言」を思い出したことだろう。この年、高齢の方伯はホンブルクが主権をとり戻したことを祝うために、家族を呼び寄せた。ナポレオンの時代は過ぎ去った。弱小国家にまた権限が与えられた。九人の子どものうち、六人が姿を見せた。息子のひとりは戦死し、ふたりの娘は不参を詫びてきた。それは彼らみなを感動させるパーティーだったに違いない。彼らは両親に導かれ、青春時代と子ども時代を巡った。マリアンネとアウグステは過ぎ去ったことを思い起し、夜分に館の庭園を散歩した。するとこうして楽しく一緒に過ごしたときの残響のように、「どんなふうにヘルダリーンを愛していたの？」という問いが鳴り響いた。マリアンネはこの後すぐ、手紙で姉にこの問いを投げかけた。アウグステにとっては思いがけないことだった。彼女はこの恋を隠し、押しのけていた。三ヵ月たってから彼女はようやく応えた——それも「遺言」の形で。彼女は終止符をつけたのだ。この問いに彼女は激しく打ちのめされたにちがいない。彼女は今、この命を生き、この愛を愛しきって、新しく始めようとした。あれは過ぎ去ったことだ。しかし心の中では今も、あまりにも近くにあることなので、多くのことを語らずに、守らねばならなかった。ヘルダリーンを知る前に、彼女は『ヒュペーリオン』を手にした。「私は一日中、読みふけり、それから作品の構想の中に身を置いて考えました——まるで私の気持ちを代弁しているようでした。おそらく二十回は読みました——遠く隔たったその脈絡が私には大切なものになりました……それは私にとってこれを書いた人より自然だったので、彼に会わないうちに、もう本の内容と一体となりました——その後しばらくして彼はこの土地に二、三年住みました。私が望んだときにはいつも、彼の友人が彼について話してくれました。（彼自身は私が興味を持っていたなんて、全然知りません。）——話しあったのはその二、三年のあいだに三度か四度ですから、全然話してないも同然です——会ったのは多分六回です。しかし想像力は自由に羽ばたきました——そして想像力はなしうる限りのことを誠実になしとげました！……この生き生きした姿が私の中の恋への思いを育みました――こうしたものがないと、ひとは人間として成長できないと私は信じます……考えてもみてください、彼の中にあると信じこんだことをこの際、思い出すと――私はそんなに不意に、そんなに力強く、そのとき捕まえられたのです。――嘘でも夢でもありません――これを記しているこの瞬間にはじめて思い出したとしても。――本当に不思議なことですが。」

　深窓に育ち、敬虔な教育を受けたこの女性は、自分の愛がかなわず、ヘルダリーンの二度目のホンブルク滞在で、誰の目にも彼の惑乱がはっきりわかったので、思いを届けることができないことを知り、その恋を取り消した。彼は「狂ってしまいました。――おそらくその感情の深いところを夢によって遮断させてしまったのでしょう。」ここで彼女は自分自身についても語っている。

　マリアンネの方がより正確に知っていて、訂正した。私だってヘルダリーンのことが好きで、彼の近くにいたかったし、彼に気づいてほしかったわ。だからアウグステ姉さまだったらなおのことでしょう！　秘密を打ち明けられたアマーリエ姉さまが、ヘルダリーンに寄せるアウグステ姉さまの「大きな、激しい恋」について話してくれましたわ。アウグステ姉さまはご自分を欺いているのよ。傷ついたので、そんなに「限りなくはっきりと」ご自分のことを判断できなかったのよ。「彼が錯乱したときの悲痛は、あなたにはとても大きかったに違いないわ！　――」

　そもそもアウグステは、ヘルダリーンが彼女とその母を前にして座ったとき、ひと言でもしゃべっただろうか？　私はあなたの『ヒュペーリオン』を読みました――何度も、と彼に言っただろうか？　これらすべてのことを方伯夫人は何も知らなかったのだろう。

　しかし遠慮がちに彼女の母と話していた彼は、彼女がヒュペーリオンから思い描いていた姿に似ていた。彼の繊細な美しさ、表現力に富んだ、少し調子の高すぎる声。空想と現実が一致したので、彼女は途方にくれてしまった。ひと目で彼を、全身に燃えるような痛みを感じるほど愛してしまった。もし彼がこの瞬間に、彼女に合図をしていたなら、彼女は彼に夢中になっただろう。しかし彼は何も気づかなかった。

何も彼の注意をひかなかったのだろうか？　彼は確かに繊細で、緊張を感じていた。緊張にさらされていた彼はそれを不愉快に思うこともあった。もちろん彼の思いは全てズゼッテに向けられていて、彼女を失うにちがいないという不安が膨らんでいた。それでもアウグステに気がついた。彼女のわざとらしい、ほとんど強情と言うべき沈黙が彼をいらだたせた。彼が見つめると、彼女は目を伏せた。彼女は異常なほど幼い印象を彼に与えた。それに均斉を欠いた、その風変りな顔立ちが彼を捕えて放さなかった。彼はこのもの問いたげな遠慮を知っていた。それを説明できた。ただもう誰も彼の心に訴えることはできなかった。彼は愛を全て与えてしまった。結局のところもう愛することができなくなっていた。

彼女はヘルダリーンについてズィンクレーアと語りあい、彼の体調を気にかけ、『ヒュペーリオン』を読んだことを、愛していることを知らせてもらった。

彼をではなく、『ヒュペーリオン』を。

ヘルダリーンが城館の図書館で過ごしたり、ズィンクレーアと女官の誰かを訪ねてきたりすると、公女もすぐに姿を現した。胸をときめかせこちこちになった彼女は、彼がちょっと触れただけでも、失神しただろう。彼はとりわけ平静を装い、彼女を安心させようとした。

彼女はきっと度々彼の夢を見ただろう。

彼女は自分で恥ずかしくなるような場面を思い描いた。

彼女は彼に向かって、そして彼のために祈った。

誰も彼の心に届くことができないのは幸いだった。このような関係に彼はもう耐えることができなかっただろうから。

そこで彼女はヒュペーリオンという理想像を抱いてひきさがった。この点において、ふたりはお互いに非常によく似ていた。そして時代のムードが彼らの逃避を助長した。満たされない熱望から、彼女は自身のヒュペーリオンを、彼は自身のディオティーマを抽象化した。

傷はふさがらなかった。

彼は彼女を理解したことを、ほとんど情愛を込めて明らかに示した。彼女の二十三歳の誕生日に彼は詩を献じた。「ああ、この喜ばしい日から私にも／私の時間が始まり、ついに／私にもあなたの苑で歌が、／気高い方よ！　あなたにふさわしい歌が捗りますように。」彼女はこれに短く、そして厳密に答えた。言いたかったこと、囁きたかったこと、叫びたかったことに礼儀正しい文章で逆らったが、冷まし切ることはできなかった。「あなたのキャリアが始まりました、誰の激励もいらないほど、素晴らしく、そして確実に始まりました。ただあなたの勝利とお仕事の進捗にたいする私のまことの喜びは、いつもそれにお伴するでしょう。アウグステ――」

彼は『ヒュペーリオン』の第二巻に献辞を添えて彼女に贈った、そしてソフォクレスの翻訳も同じように。

そしてすでに病気になっていた彼をズィンクレーアがホンブルクにつれ帰り、何も責務のない図書館司書として仕事につけさせたとき、アウグステは彼のためにその部屋にピアノを置かせた。というのも彼女は彼自身より彼を、そして彼が音楽で元気をとり戻し、音楽を奏でているときには興奮を抑えることができることも知っていたから。

彼女は認めても差し支えない以上に深く彼を愛していた。

Ⅲ　小さな会議

ズィンクレーアはラシュタットでの自分の使命の準備をした。方伯がこの会議のために彼を代理人に定めたのである。彼の任務は簡単ではなかった。会議のムードは戦争の被害を訴えている小さな侯国に厳しいものだった。帝国はもはや拒む力を持たなかった。オーストリア人はラシュタットを嘲るように「取引所」と呼んでいた。もちろん多くの使節にとって、交渉とあくどい駆け引きは志を同じくする人びととの共同謀議ほど重要ではなかった。影響力の大きいフランス人たちに啓発されたヴュルテンベルクの領邦等族がその点で特に目立っていた。彼らは大公に対する住民の抵抗を煽ろうとしていた。ズィンクレーアはすっかり感激していた。二、三の友人との再会を楽しみにして、すぐに一緒に旅立とうとヘルダリーンを誘った。

政治的なことで君を煩わせないと約束するよ。君は自分のためにたっぷり時間がとれるだろう。それに僕と一緒に「熊亭」で泊まってもらえる。頼むよ！

ヘルダリーンはズゼッテのことを思い浮かべた。それはいわばはじめて彼女の圏内から離れることだった。ところがズィンクレーアは彼のためらいを違ったふうに解釈していた。経費の心配をする必要がないのだよ。

いつものことながら、痛み入る、イーザク。だけど先に行ってくれたまえ。知ってのとおり、かつてより全てが僕には難しいのだ。

一週間後、彼はズィンクレーアの後を追った。こうして彼は、外へのつながりを意味する友人なしでもあり、まったく心を閉ざしていることができた。彼があっけにとられたことに、生気をなくし、なすすべもなかった彼の内部から驚くべき、生き生きした安らぎが生まれてきた。すでに予感し、待ち望んでいた文章が全て自明のことのように姿を現した。彼は邪魔されずに仕事をし、どの詩行も何ヵ月も続く無気力な状態から彼をひきずり出した。「私にも、このはかない心が救われる／ひとなみの居場所があるように、／そして故郷を失って私の魂が、／生のかなたに憧れ出ずにすむように／／歌よ、私の快い隠れ家《アジール》になっておくれ！」

彼はラシュタットからニュルティンゲンまで歩き、しばらくぶりに故郷に帰ろうという思いと戯れた。母にそれを知らせ、新しくとりもどした落ちつきを見せたいと願った。しかしやはり寄り道をやめて、彼女をがっかりさせてしまった。お天気がよくないのです。遠く離れたヴュルテンベルクへの道中は、今もなお追いはぎの出没で安心できませんから。

ズィンクレーアの気前のよさのおかげで、ラシュタットまで馬車で行く資金が十分あった。それでも旅はつらかった。神経の痛みが頭から背中まで走り、悩まされた。馬車が揺れるたびに拷問にかけられたように苦しかった。おまけに雨が降り、雪が降って寒かった。幌の覆いはすぐ濡れてしまった。彼はラシュタットに熱を出して到着するのではと危惧していた。しかし到着するやいなや、何もかも忘れてしまい、気分がよくなったように感じた。旅館「熊亭」では祝宴がえんえんと開かれているようだった。彼はやっとのことでズィンクレーアのことを聞くことができた。初めのうちは、ご自分の部屋においでですよ、いや、まだお城ですよ、ということだった。しかしズィンクレーア氏ならもう二、三日前からお見かけしていませんな、とあるザクセン人が言った。そうこうするうちにヘルダリーンは、自分たちの制服を多少とも見せびらかしている男たちの騒々しい集まりの中にいる彼の声を、大きな笑い声を、紛れもないうんざりしたような大笑いを聞いた。ズィンクレーアは彼を少しも休ませてくれず、みなに紹介し、ひき回してはからかい、そして嫌味たっぷりだった。だまされるなよ、ヘルダー。ここではゲームがなされているだけだ。ここでは演じ、眩惑されているだけだ。実際に起こることに大抵のものは気づかないのだ。数人のフランス人とオーストリア人が糸を操っている。我われごときは訝しく思うために招集されているのだ。

　ズィンクレーアは大袈裟だった。会議の周辺では、影響力がなくもない、そしてまた自分たちが代表する領邦国家の世論のために是が非でも頑張れるだけの力をもったグループができていたのだから。ヘルダリーンは外交的な虚飾に、それから人びとがお互いに意思を疎通させている専門語《ジャルゴーン》にも慣れていなかった。おそらくいつもはものうげな王宮所在地のこの町は活気がみなぎっていた。この会議、影響力のある人たちと、そうであると思い込んでいた人たちの会合は、商人や泥棒を、そしてとりわけ娼婦とおぼしきたくさんの若い女たちをひき寄せた。会議が長びけば長びくほど、彼女たちのサービスが憚るところなくより必要とされた。ニュースや噂を言いふらすのも女たちだった。

オーストリアがまだ計画していないことを知ろうとする人は、娼婦と一夜を共にし、おしゃべりして過ごしさえすればよい、とムーアベックが断言した。ヘルダリーンがイエーナで二、三度慌ただしく出会ったことがある彼が今、ここで発言の主導権をにぎっていた。自薦の監視人や世論を操る人間や後見人が多く来ていたが、ムーアベックもそんなひとりだった。彼らは幾夜もぶっ通しで議論し、交渉使節を鼓舞した。使節たちは会議が捗らないことに業をにやし、最初から自分たちがフランス人より劣勢と思いこんでいた。ズィンクレーアの仲間は毎晩、旅館の「一隅《エッケ》」に陣取っていた。そこはとかくの風評があり、政治より哲学論議がさかんだと噂されていた。ヘルダリーンは今、とにかく名前だけは知っていた彼らと知りあった。ムーアベックは二十三歳で、一番若かったが、すでにあちこち旅をしていた。第三次プロイセン公使の秘書、フリッツ・ホルンと同じようにイエーナの自由人同盟のメンバーだった。またこのふたりは、ヘルダリーンがこの後すぐホンブルクで知りあいになった詩人、ベーレンドルフと親しかった。グライフスヴァルトで哲学を教えていた父のポストを継いだムーアベックはエルンスト・モーリッツ・アルントと親しい交友関係にあった。そしてこのことが若いころシュトラールズントでアルントと過ごしていた、フォアーポンメルンから派遣された秘書、ヨハン・アーノルト・ヨアヒム・フォン・ポンマー＝エッシェと彼を結びつけた。このような交友のネットはとぎれることなく、あらゆる重圧にも屈しなかった。そしてヘルダリーンはしばしば友人たちの話しぶりにあわせざるをえなかった。彼らはしばしば略語で、共通の過去への注意を喚起して語りあった。彼は何度も聞いてすばやく慣れ親しみ、フィヒテの思想をパロディーふうに歪曲し、カントの専門用語を軽やかに扱って楽しんだ。みなは機転と政治的な活気で、精神的な父祖や保護者から自分自身を解放した。

彼の友人にもなった、ズインンクレーアの友人たちに加えて彼は他の使節たちも知るようになった。その中にヴュルテンベルクの領邦等族の代表、ヤーコプ・フリードリヒ・グッチャーがいた。グッチャーはこの若きシュヴァーベンの詩人に惚れ込み、彼を散策に誘い、その信頼を得た。ズィンクレーアはこの人脈を支援した。ヴュルテンベルク人の中から最も早く革命的な認識が生まれるだろうと期待されていたからである、それにバーツはグッチャーの戦友であると考えられていた。ヘルダリーンはバーツの扇動的な著作を弟に頼んで手に入れていた。今、このバーツが何度もラシュタットに姿を見せるようになったのである。

シュヴァーベンの国家体制の熱烈な精通者であるグッチャーは若い人びとと距離をとっていたが、バーツは簡単に仲間にひき入れることができた。バーツは、「力ずくの逆転」だけが役に立ちうると考えているズィンクレーアと意見が一致していた。これに反してグッチャーは国家体制を根本的に知ることで「連帯精神」に生命を与えたいと願っていた。

ヘルダリーンは議論にあまり耳を傾けていなかった。ときには目を閉じて、パイプをくゆらせ座っていた。またときには発言が彼に迫り、まとわりつくことがあった。誰がそれを言ったかはどうでもよかった。そんなとき彼は口を出し、みなを驚かせた。真っ先にヘルダリーンをそそのかすことができたのはムーアベック、この「休みなき魂」だった。ふたりの意見が対立して険悪になると、他の人たちは沈黙し、そして論争に耳を傾けようと別の人たちもそこに加わった。

いや、ヘルダリーン、推進力としての個人に勝るものは何もないと僕は思うのだ。それが歴史を作りあげ、そしてそれが歴史なのだ。

もしそうだとすれば――ヘルダリーンはあたかもひとり言のように喋り、書いたものをもう一度、はっきりと表明して、ズィンクレーアのときどき窮屈な思いをさせる現実感覚から脱け出した――もしそうだとすれば、ムーアベック、僕らはたしかに歴史を手にしているのだろう、しかし僕らはそれを知らない。だから歴史は僕らを手に入れていないのだろう。個人の重要性を否定するつもりはないが、それは部分としてしか歴史の中に入っていくことができない。ひとつの全体とつながりのある小さな部分だ。そして全体は個々のものが何を求めて努力しているかを知ることもできないし、また知ろうともしない。

こともあろうに君が、行動し、愛する個人である『ヒュペーリオン』の作者である君がそんなことを言うとは！

君たちはみな僕の『ヒュペーリオン』をそうと知らずに読んだらしいね。彼は全体から今にも失われてしまいそうなのに――だから彼の悲しみがあるのだ。君たちがここで政治を論じるなら、友人たちよ、どうか個々のものを支持するためにではなく、ある理念、ある未来像のために論じてくれたまえ。君たちは自身の経験を、いまだ存在しないが、欲しいと望んでいるものに関連づけ、考えをまとめて、理念にしようとする。何ものでもなく、我われ各人を苦しめた歴史は、我われそのものである歴史になれるかも知れない。これが満たされ、ついにかなえられたときにだけ、主体は客体を正当に評価するのだ。

まさにこの矛盾が我われに特徴を与えているのではないかな？　これではない、ムーアベック。君は民主主義者だ。僕もそうだ。ここにいる我われはみなそうありたいと願っている。我われは本当にそうなのだろうか？　我われが目ざしている真の民主主義は、愛する友よ、つまり人間と自然のあいだの、意図と理念のあいだの、主体と客体とのあいだの矛盾を解消するのだから……

彼は天国のことを話しているぞ、とフリッツ・ホルンが叫んだ。彼は正体を隠した神学者だ。もし君がそれを神学と考えるなら、政治は神学になるべきで、その逆もまた然りと考えてもいいかもしれない。君の言うとおりで、僕は天国のことを考えている。僕は理念が正しいと認められ、正しいことが理念になる夢が実現された人間の祖国を考えている——これが修復された和合だ。

それはいつなの、僕のヘルダー？　ズィンクレーアがとてもやさしく尋ねた。

ヘルダリーンはあてもなく前を見やり、肩をすくめてほほ笑んだ。それが僕にわかるだろうか、イーザク、だって僕らは人間だから。

彼は友人たちから緊張を取り除いた。彼らは笑い、互いの健康を祝して乾杯をした。自分たちがまだ持たない幸せを感じ、その時のために気持ちをひとつにした。

それはそのまま続くはずだったが。

彼はホンブルクへ、フランクフルトへ行かねばならない。ズゼッテが待っている。十二月の最初の木曜日を、四週間のあいだ待ちこがれ、彼の空想の中で祝祭となったこの日を逃すことができない。何も伝えることができず、せかせかした言葉を交わすだけの、満たされぬ思いで苦しめられる愛撫の三十分になっても。

僕は行かねばならない。

ズィンクレーアとほかの友だちは彼をひき止めようとする。

ヘルダリーンは彼らに耳をかそうともしない。彼は悪夢の中を駆けぬける。

いつものようにフランクフルトで泊まった。知人に出くわさないかと怖れ、裏の戸口で道がふさがっていないかと窺い、耳をすまし、いつものようにこっそり白鹿館に忍び込んだ。こんな振る舞いをしなければならないことが彼の気持ちを傷つける。

扉が立てかけてあった。彼らは向かいあって立ちつくした。すぐに言葉が見つからない。

私がお話しましょうか？

何をなさっています？

ラシュタットでどなたとお会いでしたか？

あなたの詩が……

はい……

マーレは今、刺繡を習っていますの。

それでヘンリは？

もういらっしゃらないと。

はい。お手紙をくださいますか？

はい。

「私たちには、お互いに対する魂の奥底からの信頼と、私たちをひそかに導き、ますます強く結びつけてくれる愛の無限の力の存在を信頼する他何も残されていません。」

彼の心を占め、彼を拉し去ろうとし、感覚を麻痺させたのはこの類いのない声だった。ズゼッテの手紙を読むと、彼は何日にもわたって彼女の声しか聞こえなかった。彼をとり巻くものは存在しないも同然だった。彼はときどき、これではいけない、気分を晴らそうとときたまズィンクレーアの母を訪ね、ラシュタットのお喋りをくり返し語って聞かせ、『エンペドクレス』の仕事を先へ進めようと試みる。

彼はよく散歩に出かけ、凍えるような寒さをかみしめる。次第に冷静さをとり戻し、再びその考えを言葉に表すことができるようになった。気持ちの浮き沈みはいつまでも残るだろう。

祖母ハインの七十二回目の誕生日に詩を届けるようにとヨハンナが言ってきた。他のどんなプレゼントもお祖母さまをそんなに喜ばせることはできませんよ。それは彼にとってたやすいことではなく、また彼はその詩に満足できなかった。しかしその詩句が過去のできごとを呼び起こす。彼はケストリーンと勉強している自分の姿を見る。また突然、単語の綴りの列が全部はっきりわかる。中庭のむこうで呼んでいる母の声が聞こえる。カールと果樹園に行く。階段室の匂いを嗅ぐ。地下室に蓄えてあるりんごが醱酵をはじめたこの匂い。あるいは洗濯で傷口が開き、血のにじんだ祖母の手が見える。それからさらに遡って、見た覚えはない、思い浮かべただけのラウフェンの庭まで帰っていく。まるで光と影のベールに包まれたようだ。喬木林の葉群れのざわめきと村の物音、温かさと安らぎ。それはまた果樹園なのかもしれない。「そして遠く過ぎ去った日々を思い浮かべる、

／すると故郷はまた私の孤独な心を喜ばせてくれる、／それに私がかつてあなたの祝福のもとで生い立った家、／愛情に育まれ、少年がすくすくと成長した家。」

彼はズィンクレーアがいないのが寂しく、ラシュタットのテーマを取りあげて手紙を書く。「どんな力も、天上において、そして地上において、絶対君主的な権力を持たないことはいいことだ、いやそれどころか生命、そして全ての組織の第一条件でさえある。およそ絶対的な君主政権はどんな場合でも自身を破棄するものだ、なぜならそれは対象を持たないからだ……」彼らはさらにこれを論じあうだろうか、これでムーアベックを得心させることができるだろうか？

「信仰と勇気において僕は大いに得るところがあった。」

雪の中を彼はアードラーフリヒト館に向かって歩く。見なれぬ男たちが表玄関の前にたむろしている。どうやら争っているらしい。彼は垣根のそばに立ち止まる。園亭の横に立ち、以前、暮らしていた部屋の窓を見あげる。どなたかをお探しですか、男たちのひとりが尋ねる。いえ、いえと頭を横にふり、雪におおわれたこのお屋敷の庭が気に入ったのです、と彼が言うと、その男は、夏にご覧にならないと、と言う。はい、ここはそのころが特に美しいにちがいないと思います、と彼は言う。

今年は仕事を制限しよう、あるいは少なくとも確信を強めてくれそうなものだけにしよう、と彼は考える。

ズィンクレーアがラシュタットからムーアベックを連れてきた。ふたりには話したい逸話がいっぱいあり、ヘルダリーンをそそのかし、「熊亭」以来のお喋りをえんえんと続ける。

レープマンのフランス総裁政府への途方もない非難をもう読んだかい？　ムーアベックはすっかり夢中だった。卑劣な言動を一掃する、何と気高い考え方だろう！　よく聞いてくれたまえ。「しばらくすると、共和主義者の名前が罵りの言葉になり、市民という肩書は忌まわしいあだ名になる。祖国への思いは恥になり、よその土地へ移住したものへの賛辞が流行して、自身の血をもって自由を戦いとった戦士は下劣なもののように扱われるだろう。自由の息子たちが無敵なものにし、ヨーロッパの全ての専制君主の同盟軍を敗走させた歌は、それを歌う人たちを侮辱にさらすことなく歌われることはもうないだろう。新しい、ぞっとするような恐怖の体制が祖国を愛した全ての人たちに対して用いられたのだ。」

そのとおりではないだろうか？　ムーアベックは興奮していた。この描写は大げさすぎると思っていたズィンクレーアは、彼らが議論を戦わせているあいだ控え目にしていたヘルダリーンにひどく叱りつけられた。それはあまりに外交的だと思える、イーザク。もしムーアベックがレープマンの悲嘆に精神的に結ばれているのなら、彼の言うとおりだよ。それは報復の嵐になるかもしれない、なるにちがいない。革命では徹底性しかないのだ。次第に衰えるものは、もうすでに負けているのだ。灰色は白にもなれると考えている人は生涯、思い違いをしているのだよ。

ムーアベックが歓声をあげた。それが聞きたかったのだ。自分の傷つきやすいところを突かれたズィンクレーアは彼とヘルダリーンを非難した。外交的手腕がうまいと僕を罵ってもいいよ。しかし君らの純粋主義は何ももたらさない。せいぜいのところ、不必要で無実の犠牲だけだ。じゃあ今は？　ヘルダリーンの憂鬱が彼らふたりをうろたえさせた。

それじゃ君はそんなに自信があるのかい？　とズィンクレーアが尋ねた。
もし僕が歴史の守護神だったら、わかるけど。

彼と同じように捕らわれていたズゼッテは、彼の問いたげな、やさしい言葉をむさぼるように聞き、それに応えた。逢瀬の危うさを平然と無視して、誰かに聞かれても平気だと嘯き、彼が辞去してから一度もなかったように上機嫌だった。夏になったらアードラーフリヒト館の垣根でもっとたびたびお逢いできて、お手紙を交換できますわ、とズゼッテが彼に約束した。

彼は、こそこそするのは嫌ですと彼女にかこつのを慎んだ。

ズィンクレーアさんによろしくお伝えください。あなたはお元気ですね、大切なあなた？

しばらくのあいだひどい病気だったことを彼は何も告げなかった。ズィンクレーアとムーアベックも彼を元気づけることができないほど、とても弱っていたのだが。

ズィンクレーアから差し向けられたミュラー医師は胆石による腹痛を、しかし心気症のことをもっと口にした。きわめて繊細な体質の方なので、興奮されないように用心しないといけませんな。

私は元気です。シュレーゲルが私の詩を批評してくれたからですよ。シュレーゲルはノイファーの年鑑をけなしていますが、私の詩は褒めてくれました。その批評文を書き写してきましたよ。

彼女はお礼を言った。どこに私の手紙やメモを隠していらっしゃるのですか、と彼は尋ねた。

誰も、一番抜け目のない人だって見つけることはできません、と彼女は彼を安心させる。

もういらっしゃらないと。どうぞお気をつけて。

彼は『ヒュペーリオン』の第一巻と第二巻を束ねて、書き物机の上に置き、私が行ってしまってから献辞をお読みください、と頼んだ。

その見返しの頁に、「あなたのほかに誰に捧げよう!」と彼は書いていた。

Ⅳ　ベーレンドルフ

ズィンクレーアはムーアベックを介してベーレンドルフと知りあい、彼を自由な魂を持つ人間のうちで最も自由なひとりと言明していた。この詩人、ベーレンドルフはこの夏をホンブルクで過ごし、そしてムーアベックとヘルダリーンもそこにいるのがわかっているので、難しくなければとにかく大幅な計画を立てるつもりをしていた。ヘルダリーンはバルト地方出身のこの若き詩人をズィンクレーアの話からしか知らなかったが、もちろん彼の好奇心はそそられた。彼はみなと同じように断固たる民主主義者で、その倦むことのない活動にはときどき不安を覚えさせられるのだよ。ズィンクレーアはベーレンドルフのために、気が向けば彼らがいつでも会えるように、ヘルダリーンの近くに宿を見つけた。

彼らはすぐに親しくなった。ふたりの手紙からこう推論できる。

ベーレンドルフを思い描き、彼の無愛想で、誇りたかい横顔の影絵を眺めるたびに、私はもうこの世にないシュトイドリーンを思い出す。そしてヘルダリーンも休むことを知らなかったシュトゥットガルトの友人を思い出したと確信する。シュトイドリーンのようにベーレンドルフはバルトの故郷に根をおろすことができず、みずからの命を絶った。そしてベーレンドルフはその政治的な夢の純粋さと誠実さで、シュトゥットガルトの友人にもひけをとらなかっただろう。このことがヘルダリーンを兄弟のように魅了した。

彼がベーレンドルフの戯曲や詩に魅力を見出していたかどうか、私は自信がない。ベーレンドルフは多くを望んでいたが、それでも型にはまり陳腐なままに終ったその詩から努力は読みとることができる。彼の才能は、シュトイドリーンの場合もそうだったが、「わざとらしかった」。

彼らはすぐ親しくなった。最初の何日かは、遅れをとり戻さねばならないかのように、いつも同席していた。もちろんヘルダリーンが不満だったことに、話はいつも政治のことばかりで、ムーアベックとズィンクレーアはラシュタットの経験を事細かに再現した。ほとんど異論は出ず、彼らはお互いの正しさを確かめあった。新しい友人の気持ちを傷つけないように、ヘルダリーンは神経をすり減らすような討論に巻き込まれた。しかしベーレンドルフは彼の抗う気持ちに感づいていた。ふたりきりになったとき、彼はヘルダリーンにそのことを尋ねた。

政治にはうんざりなんだろう、フリードリヒ？（彼はヘルダリーンをほかの友人のようにヘルダーではなく、フリードリヒと呼び、そしてそう呼び続けた。）僕らは君の重荷なの？

いや、そんなことはない。ただ、総裁政府のとった行動が正しいのか、モローあるいはボナパルトは老練な作戦行動をしたのか、フランス人はラシュタットでオーストリア人に騙されたのか、等々と考えることに意味があるだろうか？　それは、ウルリヒ、変えようがないよ。僕らの頭を悩ませている人たちはみな、僕たちの意見を取りあげはしない。しかし時代は進展せざるをえないし、大方の世論には影響しない。それには要約するような文章がいるだけで、戦いの描写ではない。

君の言うことがわかる。僕らはまだそこまで至っていない。現下の情勢に巻き込まれているのだ。イーザクを見てごらんよ。外交的に策をめぐらすのが彼の日々の務めだ。彼は方伯のために交渉し、そうしなければならないのにその敵対者のような考えを抱いている。それは簡単なことだろうか？

僕だったら無理だろうな。

僕にもできないが、フリードリヒ、彼を理解するようにするつもりだ。

しかしラシュタットでふたりのフランス人使節が殺害されたことに僕らの誰よりも興奮したのは君だった。

そうだ、でも僕が会議を残念がっていると思わないでくれたまえ。あそこで平和は見つからなかった。あれは茶番で、民衆には無理な期待だった。しかしこのふたりはもしかすると、それとは知らずに共和主義者の勝利のために殉じた人かもしれない。我われは彼らの精神から行動すべきなのだろう。

ベーレンドルフはあるスイスの友人にホンブルク滞在について報告し、ズィンクレーアとヘルダリーンの性格を的確に描き出している。「この地にひとり友人がいる、彼は根っからの共和主義者だ——それからもうひとり、——こちらは精神と真実の共和主義者だ——彼らはきっと、時期が来るとその暗やみから突然、現れ出る。後者がドクター・ヘルダリーンだ……」こう書いたとき、ベーレンドルフは二十四歳だった。そしてヘルダリーンは数年前にこの手紙の受取人と知り合いになったが、それ以来、会っていなかった。それは教育学者フェレンスベルクでベルン近郊のホーフヴィルで教育施設を設立した人物である。ヘルダリーンはテュービンゲンで収入を増やすために彼に補習授業をした。このようにして、それほど重要でないかもしれないが、少なからぬ人物が姿を現す。だから私はこの小説を執筆する際に彼らを見失わないように気を配らねばならない。

ムーアベックとベーレンドルフはスイスの事件に関心を寄せて興奮し、激論になったが、不思議なことにこれが彼らをひとつにした。フランス軍が進駐してきて、スイス連邦の国民が共和国になる決断を言明したとき、このふたりはスイスに滞在していた。彼らはここにドイツの連邦を勇気づける模範を見てとり、オーストリアがこの重大な始まりを台なしにしてしまうかもしれないと怖れた。

ベーレンドルフは今にもスイス軍に志願しそうだった。みなが興奮していた。矛盾を含んださまざまなニュースによってとりわけ緊迫してきたこの雰囲気の中へ、フリートベルク出身のジークフリート・シュミートの手紙が舞い込んできた。彼はもうひとりの友人、ヤーコプ・ツヴィリングと同じく、オーストリア連隊で勤務しているとのことだった。

ベーレンドルフは怒り狂った。ムーアベックは裏切り者たちと関わりあうつもりはもうなかった。ズィンクレーアは慎重にしていた。すると彼らに負けず劣らずぎょっとして、気難しくなったヘルダリーンが彼らに言い返した。

そもそも彼らを非難する理由が僕らにあるだろうか？

ヘルダー、君はいったいどうしてそんな質問ができるのだ。

本気だ、何を僕らは思いあがっているのだ？

彼らはよくそうしたようにホンブルクとボナメスのあいだの野道を、ときには一列縦隊で、そして道が広いと並んで歩いた。前後に並んで進むときには声を大にして話さねばならず、ほとんど叫んでいた。人が聞いたら、延々と終わりのない喧嘩をしているように思っただろう。

僕らはこの件に対して彼らから誠実さ以外何も求めていない。

どの件だ、ウルリヒ？

僕らの共和国の件だ。

それは君が主張しているほど、君が意味しているほど簡単なことだろうか？　まだみんなが国民公会にいたころ、君は誰の信奉者だったの？　ブリッソー、それともダントン？　このふたりが対立したとき、君の胸ははり裂けんばかりではなかったか？　君は今、この両人のひとりが共和主義者だったことを認めないのか？　あるいはズィンクレーアが？

僕のことはいいよ、ヘルダー、とズィンクレーアは冗談めかして言った。

いやいや！　結構、君の方伯殿は君の信念を、きみが共和主義者だということをご存知だ。それでも君を信頼されている。君が父上の職禄を受けついだからだろうか？　ズィンクレーアのような人物は忠実である他ないからだろうか？

やめてくれ、ヘルダー、お願いだ。

君らがシュミートの悪口を言うのをやめないからだ。

矛盾はそっちのほうがもっとあからさまだよ。

あからさまか、あるいはそうでないか。矛盾ははっきりしている。

君はオーストリア軍に恩義があるのか、ヘルダー？　そんなことは決してしないだろう。それにどっちみち軍人にはなれないだろう。それは別の話だ。だけどお願いだ、方伯に仕える共和主義者のイーザクのことを考えてくれたまえ。彼はこの矛盾に息を詰まらせていない。存分にしゃべらせてくれたまえ、イーザク。決して君を侮辱するつもりはない。フリートベルク出身の彼を侮辱したくないのと同じようにね。僕はシュミートに、彼をつき動かしたものは何だったかを尋ねなかった。今、彼は時代に我慢させられている。これが取るに足らないことだろうか？　亀裂が各人のあいだを走っているのではないだろうか？　僕らは苦しんでいる。僕が考えているように、苦しみが困窮について知ることであるならば、シュミートの決断を僕の知識として彼と共に考えようと思う。そうすることでのみ、時代が意味することを明らかにすることができる。

彼の言うとおりだと思う、とベーレンドルフが叫んだ。

僕はそうは思わない！　ズィンクレーアは苦笑いをした。だが僕らの友はもう彼の『エンペドクレス』を執筆中なのだ。そして僕は彼をそこへ前進させた考えを説得して変えさせるつもりはない。ヘルダリーンはそうこうするうちに第一稿を放棄し、第二稿に手を染めていたが、これで満足できるだろうかと疑っていた。

ヘルダリーンは友人たちとの会話を続けるかのように、カールに手紙を書いた。「ある人間の魂に向かって、君を信じる！　と言える以上に僕を晴れやかにしてくれることはない。そして人びとの不純さ、惨めさがしばしば必要以上に僕の気に障っても、人生に善良さ、正しさ、純粋さを見つけるたびに、他の人たちより自分が幸せだろうとも感じる。だから欠落感に対する感覚を鋭敏にした自然を告発するのは僕には許されないのだ。自然は僕にすばらしいものをいっそう親密に、いっそう喜ばしく認識させてくれるから。そして不完全なものの中に、しばしば僕の中にひき起される漠然とした苦痛ではなく、むしろその独特の、一時的な、特別な不足を感じ取ることができるようになり、そしてまたより善きものの中にその独自の美しさ、その特有のよさを認識して、一般的な感覚に立ち止まらないだけの巧みさを自分のものとできるようになりさえすれば、僕の心はもっと安らかになり、僕の仕事はもっと不断の進歩をとげるだろう。」

　ベーレンドルフはヘルダリーンに雑誌を、文学的な月刊誌を発刊してもらいたいと思いついた。彼は大家たちも自分のために協力を拒まないだろうと自信があるからね。ムーアベックが自身のみじめな経済状況を嘆いた後で、友人たちはヘルダリーンの立場を話題にした。ムーアベックよりよくないのは確かだよ。フランクフルトの貯えはすぐに尽きてしまうが、母上には無心したくないのだ。ズィンクレーアがときどき急場を助けていなければ……ベーレンドルフの提案が彼らを全く有頂天にさせてしまった。それぞれがそれなりに貢献できるだろうが、ヘルダーほど発行人にふさわしい人はいないだろう！　一晩よく考えてみたいな、と彼は受け流した。しかし彼はもう決めていた。この雑誌のために、出版社と有力な寄稿者を見つけることができたら、もうしばらくホンブルクに、そしてズゼッテの近くに止まることができるだろう。これがチャンスだ、おそらく最後のチャンスだ。そして誰が助けてくれるかももうわかっていた。シュトゥットガルトの出版者シュタインコプフのもとで自身の年鑑を発行していたノイファーである。彼だったら仲立ちをしてくれるかもしれない。そこで彼はすぐノイファーに手紙を書き、この計画を詳しく説明した。「この雑誌は少なくとも半分は本当に魅力的な詩作品にあてて、その他は芸術の歴史や批評をあつかう論文を載せることになるだろう。」

ついに彼はやる気をとり戻した。将来を前にした不安は消え失せた。これに続く編集会議で彼らは執筆者やテーマのリストを書きあげ、論評することができるかも知れない書物について夢中で話しあった。とくに女性の読者もねらったこの雑誌の名前をあれこれ考えた。ズィンクレーアは「ヘーベ（ギリシア神話の春の女神）」を思いついた。ムーアベックは「シンポジウム」を提案したが、面白みがなさすぎで、あまりにも男性的ということになり、ヘルダリーンの提案した「イドゥーナ」がやっと賛同を得ることになった。

彼はなるほどと思わせたというより、むしろ口説いたのである。ヘルダー（ヨーハン・ゴットフリート・フォン・ヘルダー）がイドゥーナ、詩神の妻のことを述べているのだよ。神々は彼女の手に不死のりんごをゆだね、老齢が近づいたことを感じたときに彼女のもとにやってきて、その果実を食べ、若返ったという。ヘルダーの物語を表題に使うべきではないだろうか。

そしてあまり乗り気でなかったシュタインコプフが、ポピュラーでしかも一流の文学者の名がちりばめられた刊行物ならば、と同意したとき、ヘルダリーンはもう編者になったつもりだった。ただズィンクレーアだけが早まって動くなと警告した。ヘルダリーンは、しばしば絶望させてきた母や弟にこの転機を知らせようと急いでいた。年に五十カロリンを得ることになるだろう、つまり五百五十グルデン、これで十分やっていけるだろう。やがてヘルダリーンは寄稿者の最初のリストも作った、すなわちコンツとユング（そのオシアンの翻訳）である。そして彼はかつての宮廷顧問官でそうこうするうちにマインツの警部になったユングを訪ねて旅もした。ユングを訪問することで、自分にとってますます新しい共同体の模範となったマインツ共和国を見て回れるチャンスが与えられるかもしれないと考えていたが、そうはならなかった。警備員や使者、得体の知れない密告者やへりくだった書記たちにとり巻かれていたユングは彼を離さなかった。ヘルダリーンがもうよく知っている『オシアン』をまた朗読し、このような環境の中で、文学的に始めて登場できる自分の幸運を称え、その合間を縫って、落伍兵や密偵のことをヘルダリーンにささやいた。追跡しなければならない彼らに自分の命も狙われているのですよ。それから彼はフィヒテの手紙を見せた。フィヒテはフランケン共和国を通ってスイスに旅をしようとして、パスポートの交付を頼んできたのです。それは私には難しいことではありません、とユングは言った、そうではありません。でも、お聞きください、フィヒテが表明していることは、広く知られるべきだと思うのです。「しかしラシュタットにおける残虐行為によって、私の見る目がまったく変わったのは確かです。絶対権力は今、断固たるものになりました。それは……理性と感情のいかなる表現をも抑圧する絶対的な必然性に転じてしまいました。今からは、誠実な人間の祖国はフランス共和国だけしかないことが明らかであり、人類の一番大事な希望だけでなく、人類の存在が共和国の勝利に結びついていますので、誠実な人間は共和国だけにその力を捧げることができます。」ヘルダリーンはズィンクレーアのためにこの文章を書き写したが、ズィンクレーアは喜ぶことができなかった。フィヒテは大人しく従ったのではなかったか？　僕らが反抗したとき、彼はこっそり逃げたのではなかったか、ヘルダー？　僕が大学を追われたとき、フィヒテ教授を僕の弁護者の中に見つけることができなかった。――僕らは時代のため、そして時代に抗して書くだけではない、イーザク、しばしば時代と共に書き、そしてそうするほかないのだ。それを人は背信と呼び、他の人は理性と呼ぶ。――そんなことを言う君は、ヘルダー、好きでないよ。――いつかそうできるようになるよ、イーザク。さらにリストにはゾフィー・メロー、ハインゼ、シェリング、アウグスト・ヴィルヘルム・シュレーゲルの名前があげられている。友人か知人ばかりで、大物のシラーあるいはゲーテの名前はなかった。ヘルダリーンは彼らに、しかもゲーテにも依頼した。それは彼にはたやすいことではなかった。「尊敬すべき方よ！　あなたが私の名前をずっと覚えていてくださるかどうか、私の手紙を、おまけにご依頼を変だとお思いにならないで読んでくださるかどうか、私にはわかりません。」この願いはかなえられなかった。ゲーテは彼らに対して返事をする必要さえ認めなかった。そしてシラー、その沈黙で彼の気持ちを混乱させ、その説明のつかない拒否で、彼の上にいまなお重くのしかかっていたシラーは、「親愛なる友よ、こんなに時間が少なくなく、今の仕事に縛られていなかったら、あなたがたの雑誌に寄稿をというご要望に喜んでおこたえするのですが」、と拒絶した。そのつもりはなかったが彼らは、待望の、ありえたかもしれない前途を叩きつぶし、彼を不安定な状態につき戻した。シュタインコプフは有名人の協力なしにあえて月刊誌を出す勇気がなく、計画は破綻した。

ヘルダリーンの貯えは底をつき、彼はヨハンナに援助を頼まざるをえなかった。彼女は彼に百グルデンを二度送った。

友人たちはあきらめて慎重にひきさがり、話し合いがうち切られた。みなと一緒に忙しく事を進めていた彼は、すっかり忘れていた孤独の中へ落ち込んだ。「今、ひとりきりでいる僕はまず心に思い浮かぶことについてこだわりのない友人とゆっくり話がしたいとよく思うのだよ」、とくり返すことのできない過去への思いでいっぱいになってノイファーに手紙を書いた。このとき彼に知らされたこと全てが、彼の苦い考えによると、自分がひき寄せたこと全てが彼をおびやかし、締めつけた。彼はシュトゥットガルトのランダウアーのところへ行くべきか、それともイエーナのシラーのところへ、とあれこれ考えた。ズィンクレーアは彼にそれを思い止まらせることができた。家から彼は義弟ブロインリーンが重病で、リーケが心配しているとの知らせを受けた。ヴュルテンベルクでフランス軍とオーストリア軍の戦闘が増え、彼はヨハンナのことを案じる。ボナパルトが、みなに期待されているこの天才の輝かしい歩みを彼は見守ってきた。ボナパルトはクーデターによって権力を握り、第一執政になった。このイメージも曇ってきた。彼は一種の独裁者だ、とヘルダリーンはあたかも決着をつけるかのようにズィンクレーアに言った。しかしエーベルを、無理な期待を抱いてパリに赴いたものの、革命の聖杯を見出せなかったエーベルを慰めようとした。「パリに関するあなたのご判断は私の心をゆり動かしました。それほど大きな視点を、それにあなたのように澄んだ、公平な目を持たない誰か他の人が同じことを言っても、私はこんなに不安にならなかったでしょう。良心的な人びとをそのように見事に陶冶することができた強大な運命も、弱い人びとをそれだけ一層、ずたずたにひき裂いてしまうしかないことがよくわかっています。偉大な人びとも、その偉大さは彼らの本性にのみ負っているのではなく、自身を時代に生き生きと関連づけることができた幸運な立場のおかげでもあることを理解すればするほど、なおさらそのことがわかります。しかし今も私にわからないのは、個人と全体の中の多くの偉大で純粋な諸形式が、なぜそんなにも少ししか癒すことも助けることができないのかということです。この上なく強大で、全てを支配する苦しみを前にして、とりわけこれがしばしば私を沈黙せしめ、謙虚にさせるのです。」

こうした状況が彼を追いつめた。もう出発しかないことが彼にはわかっている。しかしこの新しい経験は得るところもあった。ランダウアーが二度、訪ねてきて、自宅に泊まるように申し出てくれた。

シュトゥットガルトに来なさい、そこだったらご家族も近くだし、それに君はみなをもっとよく知っているだから。

ズゼッテが必要としているとき、どうして立ち去ることができよう。彼は申し合わせどおりに二、三度、垣根のところでズゼッテに会った。彼らはびくびくして、激しく抱きあった。彼は自分たちが怒り狂って罵る無数の見物人を前にして、汚され、さらし者にされているように思った。彼女はくり返し手紙を書き、彼は、『ヒュペーリオン』第二巻がそうでなくても遅きに失して出版され、彼女があんなにも期待していた名声などもうどうでもよくなっていたときに、彼女に返事した。「私たちは、ふたりとも最上の力を持ちながら、お互いに相手が欠けていることで、凋んでいかざるをえないと考えなければならないとは……、天に向かって叫びたいほどです。」

一八〇〇年三月二日にブロインリーンが亡くなった。妹は母と祖母のもと、ニュルティンゲンに引っ越した。また昔のようになった、彼の子ども時代の三人の女性たち。僕は行かねばならない、と彼はズィンクレーアに言った。今度は友人も反対しなかった。ニュルティンゲンへ？

ニュルティンゲンあるいはシュトゥットガルトのランダウアーのところだ。また故郷だ。

申しあわせたように五月八日に、約束の時間に垣根のそばにいます、これが最後です、もしあなたに、よくそうであるように客人がなくて、そしてもっとくだらないことに阻まれなかったら、と彼はズゼッテに手紙を書いて約束した。

Ⅴ　第十三話

ふたりは一七九八年九月から一八〇〇年五月までほぼ二年足らず続いたこのあわただしい逢瀬と、嘆願してはそれを打ち消す手紙のやりとりの恋にずっと耐えてきた。彼らは逢瀬と逢瀬のあいだ恋焦がれ、何もかなえることができなかった。そしてついに肉体のない、ふたつの声となった。ひょっとすると始まった戦争が彼を阻むかもしれない。モロー軍が上部ラインからくだり、オーバーシュヴァーベンまで迫ってきた。しかし彼は暇を告げようと固く決心していた。戦争がどう展開しようとも、どうにかして少なくともマルクグレーニンゲンか、マイアー家のいるレヒガウまで行くつもりだった。

彼は去らねばならない。もう出発しようとしている。

彼の動きは何もかも減速する。騒がしく、色彩ゆたかだった景色は動かない。それは今、彼ひとりのためにある。彼は単純な詩節のように道を知りつくしていた。

もう建物の屋根が、道端の大きな角灯が見える。その角灯のもとで夕方、二、三度、ズゼッテが彼に気づくまで立ちつくしていたのだった。生け垣の始まるところに彼が姿を現すまで窓辺に立ち、待っていることはわかっている。さあ、今度はズゼッテが入口に姿を現すまで、彼は立ちどまって待たねばならない。子どもたちの声が聞こえる。彼らは屋敷と農舎のあいだの日陰になった庭で遊んでいる。

彼のためにライラック色の縁飾りのついた白いドレスを着て彼女は戸口に立っている。それから芝生の上をなにげない様子でゆっくり歩き、ときどき立ち止まる。そのたびに彼は垣根に沿って進み、四阿のわきの狭いくぐり戸まで行かねばならない。彼女はもうそこで待っていた。彼に背中を向けて立っている。彼の足音を聞いて、ふり返る。はじめ彼らはしゃべれなかった。彼女は彼の手をとり、それを口に持っていって口づけをする。

行ってしまうの？　と彼女が尋ねた。それから、行かないで、と言った。返事をすることができず、途方にくれた彼が肩をすくめた。どこへ手紙を書けばいいの？　と彼女が尋ねた。

書かないで。

息が詰まってしまうわ、ヘルダー。

どこで暮らすかわからないのです。

でもそれを教えてくださいね。

使者がいません。

ズィンクレーアさんを通して。

ひょっとしたらね。

納屋から出てきた庭師がふたりに近づいてくる。

ヘルダリーンはチョッキから一枚の紙を取り出した。

あなたに宛てたものです。

彼女は彼に自分の手紙を渡す。

今すぐではなく、お帰りになってから読んでください、ヘルダー、あなたがおいでになるかどうかわからなかった昨晩、書きました。

庭師が立ち止まった。

ごきげんよう。

彼女は彼に口づけをする。

お気をつけて、大切な方。

はい。

彼はだしぬけに走り出す。彼女はまるでそこで木になってしまいたいと願うかのように、垣根の中に後ずさりする。

彼は彼女の願いに逆らって、途中で、歩きながらその手紙を読んだ。何度も読んで、大声で自分に聞かせ、彼女の声と話した。「あなたは今度いらっしゃるのですね！――あなたがいらっしゃらないと、あたり一帯は何の音もせず、空虚です！　あなたへの滾る思いをまた胸の中にしまい込み、失わないでいるにはどうしたらいいのでしょう？　私の心は不安でいっぱいです。――もしあなたがいらっしゃらなかったら！――そしてもしあなたがいらっしゃったら！　そのときも心の平静を保って、生き生きとした歓びを感じないでいることは難しいです。どうぞひき返していらっしゃらないで、静かにここから出ていかれるおつもりだと、前もってわかりませんと私は翌日の早朝まで、ひどく緊張して、不安で窓辺を離れることができません。私たちはどうしても心を落ちつかせることが必要になります。ですからしっかりと私たちの道を進み、私たちの痛みの中でもせめて幸せであることを感じて、この痛みが私たちのために長く止まるように願いましょう、なぜならその中で私たちが完全に高貴なものであると感じて、強められますので……」

彼は返事を彼女に手渡していた。「……ああ！　おまえ、愛する守護霊よ！　おまえから遠く離れて、ひき裂くかのように／心の弦を奏で始める／ありとあらゆる死の霊が私とともに。／／おお、色あせよ、大胆な青春の巻き毛よ！／おまえ、愛するものよ、明日よりも今日のうちに、色あせよ。／……ここ、寂しい／分かれ道で悲痛が私を、／破滅の力が私をうちのめすところで。」

彼は戦争の成り行きを気にして、なお一ヵ月近くホンブルクに止まったが、ズゼッテはそれを知らなかった。待つことが彼を立ち竦ませる。

もう彼女は窓辺に立たないだろう、彼女は背を向けてしまった。ゴンタルトは彼女を会話にひき込もうとするだろう。彼女のためにパーティーを催そうとするだろう。しかし彼女は今、この別れの後、もううわべを偽ることはなかった。彼女はひきこもり、ますます力なく黙りこむようになった。噂が意地の悪いこだまのように続き、ひそひそとささやき話がなされ、酷評された。友人たちや客人たち、それに新しく来た人たちまでこの物語を歪めて伝えたので、精神的な打撃を受けたベッティーナ・フォン・ブレンターノは動揺してカロリーネ・フォン・ギュンデローデに手紙を書いてしまった。「……ここフランクフルトで彼の名前を挙げることができません。というのも彼について、ヒュペーリオンを書くためだけにひとりの女性を愛したのだ、とこの上もなく怖ろしいことが大袈裟に言いふらされているからです。」

VI　平和の先触れ

ズィンクレーアと彼がこのように別れたことは今まで一度もなかった。気が動転するのではと不安だった。辛労が絶えなかったふたりは休息が必要だった。

便りをくれたまえ。

君もね。

僕を必要とするときは来てくれたまえ、ヘルダー。

うん。

心だけでなく、からだも疲れはてていた彼をこれ以上どんな苦労も傷つけることはできなかった。彼は前に歩くというより、ふらふらと前に進んだ。三日目の午後、フィルダーからきた彼の目の前にニュルティンゲンが姿を現す。

六年のあいだ帰っていなかった。このような町はゆっくりとしか変わらない。戦争は目に見える痕跡をほとんど残さなかった。しかし彼は女性たちから、ひっきりなしに徴発されたとか、あやうく餓死するほど切りつめていたとか、宿営した兵士に場所を明け渡して肩を寄せあって暮らさねばならなかったのに、兵士たちはお構いなしに女や娘を悩ませ、住民の苦しみに気もかけなかったと聞かされた。

ネッカー橋の前に家が二軒新しく建てられていた。最近建ったのだろうか？　それとも彼がそれを忘れていただけだろうか？

紐でひき寄せられるように、彼は子どものころの思い出を追いかけた。腐朽して、もうすぐ壊されるネッカー門をくぐり、教会の塔を見上げた。それからネッカー坂を登り、中庭へ通じる門まで走る。玄関のごつごつしたノッカーは覚えている。あるいは斜めの框が左右についた二階の天井、あちらはリーケの、こちらは僕の部屋だ。

もうそれは彼のものではない。

彼は別のところへ帰らねばならない。キルヒベルク、マルクト通りを横切って回り道をし、町役場とヘンツラー家とのあいだの小さな裏庭を通り抜ける。ラテン語学校の前で立ち止まり、かつてのようにカスタニエンの影を、初めはまっすぐな幹の影を、それから樹冠の丸い影を辿る。教会小路に曲がり込み、ブロインリーン家のそばを走り抜けると、突然、町から出て、誰にも会いたくない、挨拶もしたくないという衝動にかられる。

家の中はシュヴァイツァー館とはちがった匂いがする。冬のりんごとワインの匂いではなかった。彼は階段の手すりにもたれ、待ちうける。しばらくして大声で、ここに誰かいますか？　と叫ぶ。

フリッツだわ、とハインリーケの声がする。

彼女たちが階段をおりてくる。みな黒い服をまとっている。彼をつかみ、ぐいとひき寄せ、ひっぱりあげる。彼を放さないので、彼はついに笑いながら叫ぶ。あなた方に殺されてしまいますよ。

疲れているの？

とうとう帰ってきたのね。

喉がかわいているの、お腹がへっているの？

ゆっくり休みたいの？

顔を見せておくれ。

フリッツ。

彼女たちは落ちつかない。モストとパンを持ってきて、彼の荷物を運び出す。まるで彼の目の前で、波打つ、ひとつの黒い衣服の中にするりと入ってしまったかのように頭を寄せあい、また急いで離れる。

どうかお座りください。

彼は部屋の中を見まわす。家具は、机と大きな戸棚に見覚えがあるが、しっかり覚えていたはずのイメージは抜け落ち、なじみのない、より窮屈なものに変わってしまう。

クラーツさんの病気がとても重かったのよ。ブロインリーン家は宿営を割り当てられたけれど、ありがたいことにうちは助かったのよ。彼女たちはとりとめのない町のニュースを吹き込む。

母は昔のままだが、ハインリーケは人生の一時期を飛び越えて、ヨハンナの双子の妹のようになっている。

子どもたちはどこ、リーケ？

家の裏庭よ。連れてきましょうか？

いや、今はいいよ。

再び女たちは三人とも彼につきそって屋根裏まで階段をのぼっていく。ここが兄さんの部屋よ。兄さんのために特別にしつらえさせ、ぜひ空けておくように、とお母さんが譲らなかったの、とリーケは言う。その部屋は小さくて、ようやくベッドがひとつ置けるぐらいの奥行で、机と椅子、それに低い棚が置けるぐらいしか巾がない。棚の上には水差しと洗面器が乗っている。とても暑い。彼女たちは立ち去りたくない。彼を眺めて、彼が話すのを聞いていたい。もう一度、彼に触れ、抱きしめる。

長いあいだ帰らなかったね。

はい。

今度はしばらくいるわね。

それは明日じっくり話しましょう。

彼は彼女たちを部屋から追い出して、閂をさした。衣服を全部脱ぎ、暑さに逆らうように息をはいた。からだを洗ったが、汲置きの水も生ぬるかった。ベッドにからだを横たえる。彼女たちがひそひそ話をしている。何を話しているのか彼は想像がつく。

具合が悪そうね。

三十歳なのにもう老人みたい。

いったいどんな目にあったのかしら。

顔はもう皺だらけよ。

もう美しくないわ。

彼なりにやはり美しいわ。

病気なのね。

もうフリッツをどこへもやらないわ。

彼は長いあいだ眠って、追い立てられるような、ほとんど像を結ばない夢をずっと見ていた。目を覚ましたとき、どこにいるのかわからず、自分に説明しなければならなかった。また眠り込み、まだ明るくならないころに、またひそひそとささやく声や、ときどきドアの前を手さぐりしながら進む足音や、息づかいを聞いた。

ヨハンナはすぐにまた彼を行かせたくない、シュトゥットガルトであっても。

だけどもうランダウアーさんと約束したのです。

まずすっかりよくならないと。母の願いで彼はプランク医師に診察してもらった。医師はからだ全体が衰弱していると診断をくだした。

神経痛が絶えずおありですか、それとも周期的に？

数週間来、絶えず苦しめられています。

痛みは頭だけですか？

移り変わります。ときには腕と背中も痛みます。

幻覚はおありで？

よくあります、そしてときには私が自分の中から出ていくように思えます。

これは極度の疲労のしるしですな。

ヨハンナとクラーツ、それからケストリーンが彼のことをしゃべり、彼をニュルティンゲンの有名人にしていた。彼の詩が、シラーやシュトイドリーン、そしてノイファーの年鑑詩集に載っていることを誰もが知っている。しかしそれを読んでいる人はいないも同然だった。

そのほうがいいかも、とクラーツが言った。彼らはびっくりするが、なにもわからないからな。

用心深くケストリーンがヘルダリーンの共和主義の立場を尋ねた。おそらくニュルティンゲンには十人ほど共和主義者がいるが、ひとり残らず頭がいかれている。オーストリア軍とフランス軍は両方とも人びとを散々な目にあわせたので、今はもう平和と友好的な支配だけが望まれている。それ以上は何も望まれていない。そうだな、平穏を、と言っていい。ところが君たち民主主義者はどんな平穏ももたらしてくれない。

確かに講和は結ばれましたが、尊敬する先生、平穏はありません。それは別です。

十日後、彼はシュトゥットガルトへ出発した。彼はそこで「しばらくのあいだ安らかに暮らし、以前のように邪魔されずに日々の仕事ができるように」、ランダウアーの世話を受けようと決心していた。

ランダウアーの家は、シュトイドリーンやノイファーと過ごしたころから知っていた。それはグラーベン大通り（現在のケーニヒス通り）にあるもっとも立派な建物のひとつで、上級高等学校《ギムナジウム・イルストレ》の並びにあり、衛兵本部《ハウプトヴァッヘ》に接していた。四階建ての建物の一階は広々した織物の店舗で、裏手には、周りの家々の壁にとり囲まれた、小さいが、植物が生い茂った庭があった。あのころからノイファー家はランダウアー家と行き来していたが、ヘルダリーンがこの家に招かれたことは一度もなかった。

この大家族はもちろん彼を迎え入れた。

クリスティアン・ランダウアーの弟、クリストフが数日前に亡くなり、それに年老いた父親も病床にあった。しかし悲しみが温かいもてなしを曇らすことはなかった。彼はランダウアーと宿代を支払う取り決めをしていた。ランダウアーのほうは、四人の子どもの教師として雇用した証明書を出すことになっていた。もっとも子どもたちのうち一番幼い子どもはまだ一歳にもなっておらず、一番年上の子はちょうど六歳になったばかりだった。これで宗教局は何の手出しもできなかった。

彼の部屋は三階にあり、庭に面していた。ここでしばらく腰をすえたいと彼は望んでいた。ノイファーはすぐに訪ねて来てくれが、その興奮ぶりに煩わしくなって、ここで僕にようやく休息が与えられるかもしれない、と彼は言った。もう一度、いらいらせずに「まるでわが家にいるように」書くことができるだろう。これまでただ逃亡だけの、ただ敗北だけの人生の半分を客として、また召使として暮らしてきた、と彼は心の中で考えた。ここでは友人たちの中にいる。彼はクリスティアンとルイーゼ・ランダウアーに助けられて、彼の「小さな住まい」をどうにか整えた。全てに満足だったが、ただ書き物机がなかった。

書くための場所がいるのです。それにはこだわりがあります。

ランダウアーは彼の気持ちを理解して提案した。他に引き出しをお持ちでないようだから、衣服もいくらか入れておけるように、ご自分の机を入手なさってはどうでしょう？　そんな話をしたとき、彼は今まで使ってきたすべての机を、ゴンタルト家の部屋で奪われたあの机を思い浮かべた。何度もズゼッテに手紙を書きたいと思い、書き始めてはそれをわきへやった。どの使者にそれを託せばいいのだろう？

彼ら、ランダウアー、その夫人ルイーゼ、彫刻家ダネカーの大のライバルであったシェフアウアーと結婚したルイーゼの妹、そしてクリストフの死後、ランダウアーのもうひとりの弟のルートヴィヒと結婚した義妹はみな一緒に音楽を奏でた。ほとんど毎晩、客が姿を見せ、昼のあいだもときどき家族が集い、大騒ぎになることがあった。自室で書きものをするヘルダリーンに誰もが敬意を表したが、そうでないときは、陽気さは伝染するものだから、彼も騒ぎに巻き込まれた。彼は生きることを享受するこの大家族の一員だった。老ランダウアーが亡くなったとき、彼もその死を一緒に悼んだ。家長と、同じ年に亡くなったその息子の追憶のために、ヘルダリーンが墓碑銘を書き、ランダウアーがそれを刻ませた。「私は泡沫《うたかた》の日々を過ごし、家族のみなと成長した。／ひとりまたひとりとあなた方は安らかに眠り、逝ってしまわれた。／しかし安らかにお眠りのあなた方は私の心で目覚め、似通った／魂の中であなた方のお姿が憩う。」

慌ただしく計画したものを彼は今、落ちついて披露することができる。詩がたくさん生まれ、以前のようにノイファーやコンツなどの古くからの友人に朗読して聞かせる。ふたりは、それにランダウアーもヘルダリーンの気分の変化や彼の健康を気づかい、いいかげんに腰をすえるように、とときどき説得するが、彼はそれをはねつけ――自身の詩の大いなる静けさで彼らに応える。

マレンゴ（一八〇〇年六日十四日ジェノバ北方での戦い）以来、休戦協定が保たれている。彼もみなと同じく、平和になると思い込んだが、間違いだった。リュネヴィルの和約までの次の二年間に彼が書いた全ての詩と手紙に平和を期待した痕跡を辿ることができる。彼は平和に飢えきっていた。

人づきあいのいいランダウアーを介して新しい知人や友人を得たが、彼らはみな彼の過去からの人物と関係があった。ギムナジウムで古典語とフランス語を教えていて、コンツから「鼻息のあらい修道士」と呼ばれていたシュトレーリン教授は定期的に自宅を生徒に宿として提供していたが、その生徒の中に「リーゼル家」のふたり、シェリングの弟子で、ヘルダリーンをフランクフルトに訪ねてきたことがある双子がいた。ヘルダリーンはルイーゼ・ランダウアーの義弟にあたるシェフアウアーにとくにひきつけられた。何時間もシェフアウアーの工房に座りこみ、彼が仕事をするのを眺めていた。

あなたと同じようにこの箪笥《コモーデ》にゲーテも座っていたのですよ、とシェフアウアーが話して聞かせた。私はその当時、横たわるヴィーナス像の制作中で、ゲーテはそれを褒めてくれました。有名人との思い出にうっとりとなったシェフアウアーは、ヘルダリーンがこの名前があげられると、立ちあがって工房を後にしたことに気づかなかった。

それとは反対に、コッタの「一般新聞」を編集していたルートヴィヒ・フェルディナント・フーバーはよくシラーについて話した。というのもフーバーは十五年前にライプチヒでケルナーとともにシラーの「親衛隊」に属していたのだ。十五年前に私は修道院学校生としてマウルブロンにいて、シラーを自由の歌の中の英雄のように思っていました、とヘルダリーンは言った。そしてランダウアーの友人たちの中で一番温和なハウクは、なんと言っても、カール学院でシラーの学友だった。なぜシラーは私を見放し、もう私の詩を信頼してくれないのか納得がいきません、とヘルダリーンは思い切って彼に尋ねた。

シラーはとにかく今、ゲーテと影響を及ぼしあおうとしているからね——

ハウクはこれより適当な答えができなかった。

ランダウアーの友人たちはヘルダリーンを尊敬した。この家族が企画して催したパーティーの多くでヘルダリーンは中心人物だった。みなは日曜日に郊外にくり出し、田舎の宿屋に立ち寄り、ワインを飲んで歌い、歩き回り、興奮して政治論議をした。こんなとき、ランダウアーは自身の民主的な見解をはっきりと言わないことがわかった。コンツとヘルダリーンは彼を支持したが、他の人たちは多かれ少なかれ意見を控えていた。それはシュヴァーベン風の民主主義だな、とコンツが大声で罵った。誰かを、とくに自分自身を大切に扱うために、ひそやかに行動する。それは違う考えをしている人を目覚めさせることができるかもしれないからな。

一八〇〇年十二月十一日、ランダウアーは三十一歳の誕生日を祝った。ケーキの上には齢の数だけのろうそくとその数だけの客人だ！　彼はこの考えどおりに客を招待した。私が百歳になったら、大広間がいりますな。

家長の誕生日はヘルダリーンにとって別れのパーティーとなった。安らぎについて彼は思い違いをしていた。それはほんのひとときしか仕事の役に立たなかった。痛みはもうほとんど和らがなかった。夜中に耳をつんざくような声に起こされた——ふたつに裂け、増大した彼の声だった。周りの人びとの親切と善意が今は実直で窮屈に思える。
ランダウアー家でのようなパーティーがゴンタルト家でもあった。そこでヘルダリーンはズゼッテのためを思ってひとり隅にいたり、あるいは出て来なかったりした。ズゼッテは彼を思い出しているだろうか？　彼がどこで暮らし、誰とつきあっているか彼女は知らない。ひょっとするとゴンタルトの商売仲間の誰かが、ランダウアー家の客である彼を話題にしただろうか？　おそらくそれはないだろう。

ここ、ランダウアー家で彼は敬愛されていた。そして友人のために誕生日にスピーチをするだろうと当てにされていた。一杯機嫌で、千鳥足の巨漢コンツが大騒ぎをしてヘルダリーンの出番の準備をした。さあ、どうか聞いてください、今はお静かに。シックとシェフアウアー、君たちは後で歌ってもらうからな。これはどうしたことだ、どうかご注目を、ヘルダーがクリスティアンのために詩を朗読しますよ！

その詩は韻をふんでいた。ずっと前から彼はもう韻をふんだ詩を書いていなかった。そしてテュービンゲンでようやくまた韻をふんだ詩を書くようになるが、それらはどれも似ていて、彼の記憶からこぼれ落ちた莢《さや》だった。ランダウアーの誕生日の詩節では、テュービンゲンの青春の日々によく似たくつろいだ気分が彼を励まして、書かせたのだった。「喜びたまえ！　君はよい運命の星を選んだ、／奥深くまめやかな魂の君は、／友人たちの友となるべく生まれたのだ、／この祝宴でこれを君に示そう。／／……／そして見たまえ！　憂いについて語ったのも喜びのあまりからだ、／濃い色のワインのように、厳粛な歌もなぐさめとなるだろう。／祝宴がはねると、だれもが明日は

／狭い現世でおのが道を行く。」

彼は別れを告げた。深く雪に覆われた上部シュヴァーベン地方の過去の冬景色が彼をとり戻した。彼は自分が後にしてきた別れと出発を全て回想する。不思議だ、いつも凍てつく寒さの中を、年のはじめに出発した、ヴァルタースハウゼン、フランクフルト、そして今はスイスのハウプトヴィルへ。しかし彼は今回、秋に満足している。生まれた詩は、彼の口まねをして、あらかじめ冬を知っている。「ああ、悲しいかな、冬が来るとどこで／花を摘み、そしてどこで／太陽の輝きを、／大地の影を受けとればいいのだろう？／囲壁が立ちはだかる／無言で、そして寒々と、風の中で／風見がきしる。」

シュトゥットガルトで彼は雇い主になるアントーン・フォン・ゴンツェンバハの息子と話しあい、これまでとはちがって即座に承諾の返事をもらった。俸給は年五〇〇グルデン、ゴンタルト家のそれより高かった。彼は十日間歩いて、トゥールガウのゴンツェンバハ家の領地、ハウプトヴィルに到着した。彼は「城館《シュレスリ》」とゴンツェンバハ家の大きな店舗について詳しく訊いて回る必要がなかった。ゴンツェンバハ家はこの村を支配していた。上の館にはゴンツェンバハの古いほうの家系、スイス連邦で裁判権を所有し、共和国になると地方行政の長を務めたハンス・ヤーコプの家族が住んでいた。そして下の館にはヘルダリーンの雇い主、商人アントーン・ゴンツェンバハの家族が住んでいた。九人の子どものうち一番若いふたり、十五歳のバルバラと十四歳のアウグスタが生徒だった。

彼は親切で、遠慮がちな態度で迎えられた。彼の部屋はホンブルク、ヴァルタースハウゼンそしてイエーナでのように庭に面していた。「窓の下に、清らかな小川が流れ、そのほとりに柳とポプラが見える、……私は住んでいる。全てが静まりかえった夜、晴れた星空を仰いで詩を作り、思索にふけると小川のささやきはまことに気持ちがいい。」

ゴンツェンバハはゴンタルトとちがって芸術を理解し、バイオリンを見事に弾きこなし、ときには家庭教師と共演した。しかしフランクフルトとは違って、商売が家庭の時間をも支配していた。ここでは巧妙に、そして晩餐のおりに偶然であるかのように優雅に取引のことが論じられることはなかった。ゴンツェンバハとビジネスの上でも夫にひけをとらないウルズラ夫人はしっかりと商取引をし、製品の品質について激論し、相場表を唱えて張りあった。村全体が彼らのために働き、ゴンツェンバハ家なしには誰もやってゆけなかった。「ハウプトヴィルはこの家の商売と活動によって持っている。」こうした活気は昼食時の会話にも影響を与えていた。昼の食卓では全てがオープンに語られ、商取引が家の中に汚いものを持ち込むのでは、と心配して取り繕われることはなかった。子どもたちが事情を心得て会話に加わり、将来商人になるための授業時間でもあったことが彼は気に入った。

生徒たちはやりやすかった。彼女たちはおとなしく、苦もなく学び、しばらくのあいだ彼の気むずかしさを我慢していた。彼が夜中に部屋でしばしばひとりごとを言ったり、ときには涙を流して嘆き悲しんだりするのは確かに彼女たちには気味が悪かった。それは彼女たちのしっかりした現実感覚にあわなかった。

以前より散歩に出かけることがずっと少なくなった彼は出不精と思われていた。彼がすでにずっと遠くまで旅をして、「命の霊薬《レーベンスエリクスィーア》」のように自然を必要としていることを娘たちはまったく信じようとしなかった。

彼は娘たちにクロプシュトックの「チューリヒ湖へ寄せる頌歌」を書き写し、暗唱するように命じた。部屋が静まりかえり、羽ペンをひっかく音と、緊張した子どもたちの息遣いしか聞こえなくなると、彼はまるで白鹿館にいるように思えて、じっと座っていることができず、低い声で呻き始めた。娘たちはびっくりして彼を見つめた。

どうかなさったのですか、マギスター先生？

おかげんが悪いの？

彼はただ不機嫌に頭を横にふった。苦しまぎれの放心状態の一瞬にバルバラの手をつかみ、それにキスをした。娘は跳びあがり、妹も跳びあがった。彼女たちは憤慨して部屋から走り出た。ゴンツェンバハから釈明を求められた彼は弁解するすべもなかった。ばかげた、自分でも説明のつかない気まぐれです、と口ごもりながら言った。しかしゴンツェンバハは、もしこんなことがくり返されるなら、やめてもらいます、と脅した。

一八〇一年二月九日、フランス共和国とドイツ帝国のあいだでリュネヴィルの和約が結ばれた。これに先立ってどれだけ多くの講和条約が結ばれ、そして破られてきたことか。今度は強固なものであるように思えた。帝国はライン左岸の領土をフランスへ割譲した。この知らせはヨーロッパを有頂天にさせた。そして個人的な救済のように平和を期待していたヘルダリーンは、自身と世界のあいだの了解が修復されたと感じた。「世の中はこれからほんとによくなると思う」、と彼はリーケに手紙を書いた。「近い時代を眺めても、あるいははるか過ぎ去った時代を眺めても、全てが類まれな日々を、美しい人間性に満ちた日々を、安全で、怖れのない善意と心情にあふれた日々を招くように僕には思える。神聖であり同様に晴れやかな、素朴であると同じように崇高な日々を。」

彼はかつて平和を目にした、それはただの空想ではなかった。当時、フランクフルトでボナパルトの使者が馬に乗り、市門の前で軍隊をひき止め、人々が平和だ！　平和だ！　と叫んだ。しかしやはり長く続かなかった。彼は平和の化身であるこの使者を思い出した、傷んだ現実の中へ急に訪れた理想の告げる使者、ボナパルトに使わされた騎兵を。「和解させるものよ、かつて一度も信じられなかったおまえが／今、友の姿を／とって……」

平和は長続きするかに見えたが、そうはいかなかった。彼は高揚した気分から、暗い妄想の中に落ち込んだ。ふたりの女の子たちは彼の後をつけ、待ち伏せをした。なぜ私をつけるのだね、と彼が尋ねると、彼女たちはにやにやした。この笑いが大きくなり、威嚇的な仮面になった。

あっちへ行ってくれ、そっとしておいてくれ！　と彼は叫んだ。

極度の疲労だ。それ以外の何ものでもない。もうゴンツェンバハを宥めることはできなかった。辞めていただくほうがいいでしょう、怯えた娘たちのためにも、あなたのためにも。

ゴンツェンバハは彼に証明書を書き、ヘルダリーンがヨハンナに釈明できるように説明してくれた。「私の息子も私も、親戚のふたりの若い男の子が私のところへ来ることになっていると、友人であり尊敬するあなた、お話ししたことを覚えておいででしょう。彼らこそが私の教育計画の対象だったのです」、しかしこの少年たちがハウプトヴィルに来ることができなかったので、ヘルダリーンさん、あなたにはもう義務がおありでないのです。この善意の虚構があなたを助けてくれるはずです。

もう平和に耐えることができない、と彼はカールに言った。僕のように、平和を期待して待ちうけ、何度も完全に幻滅させられたら、バランスを失うだろう。こうして平和もその犠牲を見出すのである。

Ⅶ　第十四話

ニュルティンゲンまでもう遠くなかった。ボーデン湖のほとりはもう春たけなわだった。山地や高原の牧草地では春はまだまだだが、谷が開けると、花のじゅうたんが果樹園や林間の草地やぶどう山に広がっていた。彼はしばしば休憩しなければならず、ときには足を踏み出すのもつらかった。過ぎ去った何週間かがせき止められ、あいまいなイメージの層となった。彼はまるで子どもと話すようにひとりごとを言った。おまえはいい子でなかった。自分に気をつけていなかったよ。ランダウアーの言うことを聞いてさえいたら。

ノイフェンの山道までそう遠くなく、谷の中にニュルティンゲンを見晴らせるヒュルベン村で、目の前に警官が立ちはだかった。その男は見るからに不機嫌で、自身の怒りをぶつけることができる誰かを必要としていた。

旅券を見せるのだ。

そうするように言われたことは今までありません。

旅券だ。

私はここの出身です。

ヒュルベンか?

いいえ、ニュルティンゲンです。

旅券だ、さっさと出せ。

彼が警官の胸をどんと突くと、警官はサーベルに手をかけた。

動くな!

今までのみ込んできた、むしゃくしゃした思いが一気に爆発した。彼は自分自身の姿を見るような、自分の声を聞くような気がした。お前を待っていたのだ、この道化野郎。まさしくお前を待っていた。どうしても邪魔をするのだな。まったく世の中は警官だらけだ。いたるところで誰かが待ち伏せしている。支配者に命じられて、権力の前で卑屈な態度をとり、弱者を踏みつける。神が姿を現されないので、せめて王か、大公か、方伯か、選帝侯としておこう。あるいは教会の監督か教授殿か。あるいは宮廷顧問官か、枢密顧問官か。彼らでなければ、少なくとも町長だ。こんな人たちの前でおまえたちは腰を屈めないといけないとは。自由の息吹が少しでも当たれば、お前たちは労咳になりかねない。いや、そうじゃない! いや、違う。どの部署もお前たちの分別次第で牢獄となるだろう。お前たちに屈しないものは捕らわれ人となるだろう。お前たちはすぐに支配者を、そして召使をも見つけるだろう。世界はお前たちを払いのけない。革命はそれができなかった。いたるところでお前たちは甘い汁を吸える。自由をさえ、お前たちは自身の偏狭さで守り、その分別で狭量なものにして、独居房や監獄を設けて快適にしてしまうのではと心配だ——そう、お前たちはそれをやってのけるのだろう。

警官は彼の腕を背中へねじ曲げ、彼は痛みから逃げ出したかった。

お上品な紳士なら、お好きなときに飛び跳ねられるでしょう。

もうぐうの音も出ない。

ところが歩哨に立っていたひとりの警官がヘルダリーンを知っていた。

自分はザイドルであります。自分の母親もネッカー坂に住んでおりました。

彼は同僚に説明した。これはマギスター・ヘルダリーン、ゴック町長の義理のご子息です。

行っていい、手違いだった。

その無作法な警官は詫びもせず、彼より先に、黙って歩哨室を出ていった。

彼は坂道を重い足どりで、花咲く谷を目の前にしてゆっくり歩いた。怒りは消えていた。ノイフェン、リンゼンホーフェン、フリッケンハウゼン、すると霞の中にニュルティンゲンの町の教会が立ちあがった。

ふるさとに帰ってきた、と彼は大声で言った。

「ふるさとに帰るのだ、そこには花咲く、見なれた道がある、／そこで大地とネッカーの美しい谷を訪れるのだ、／そして森、神聖な木々の緑、そこでは／かしわの木々が静かな白樺やぶなの木々と親しみ集い、／山の中の憩いの場所はお前をやさしく抱きとめてくれる。」

驚いたことにヨハンナは彼を咎めず、根掘り葉掘り訊こうともしなかった。どうやら彼がそのように帰郷することに慣れてしまったようだ。

Ⅷ　過去からの声

ヨハンナは、彼には改めて出発する力がもうないと思っている。まず元気をとり戻し、それから宗教局におまえにその意志があることを伝えないとね。宗教局はそう長くは免除してくれないでしょう。そしたら牧師職をひき受けざるをえないわ。ヨハンナはまめまめしく息子の部屋を整える。ランダウアーのところに使わないまま置いてある、あの新しくて高価な書き物机をニュルティンゲンに運ばせるつもりだったが、彼はそれをさし止めた。ケストリーンはネッカータイルフィンゲンにまだ決まっていない牧師職があることを知っていた。ヨハンナはそのために努力をするように息子に迫った。しかし彼はそれを断った。まだそこまで行っていません。彼女は息子がただ逗留しているだけであることに、まだスイスの敗北から逃げているだけで、故郷に止まることができないことに、短期間シュトゥットガルトを訪問して、外国でまた職があるかを問いあわせるつもりであることに気づけたはずだが、そんなことを知りたくなかった。

ニュルティンゲンの友人たちとのおしゃべりを彼は避けていた。自分の「よりよい」過去のほうに向きを変えた。彼のように旅の途上にあったシャルロッテ・フォン・カルプはほとんどヴァルタースハウゼンにいなかった。病気がちで、経済的な心配にも苦しめられていたが、『ヒュペーリオン』を読んだ後、マインツから手紙を書いてよこした。その性急な書き方が彼にカルプ家にいたころを思い出させる。「非常に純粋なエゴイズムを相手に魂がついにみずからに言って聞かせるのはたしかに不思議なことです——お前はもう何も失うことはないだろう——しかし残念なことにお前はまだ苦しむだろう！　と。」シャルロッテは自身のせかせかした、もつれた考えをそう語った。彼は彼女に返事をしなかった。これに反して、フリートベルク出身のジークフリート・シュミートとはせっせと手紙を交わした。彼のせいでヘルダリーンはベーレンドルフとズィンクレーアに喧嘩を売ったこともあったのだ。彼にはシュミートのまっすぐな感激が好ましく、それには心から応えることができた。

しかしながらシャルロッテの突然の手紙はきっかけの言葉、イエーナを彼に与えた。そこで講義ができないだろうか？　シラーとニートハンマーが助けてくれないだろうか？　彼はギリシア文学の講師として推薦をふたりに頼んだ。「私はギリシア文学に興味を持つ若者たちを、とくにギリシア文字への隷属から解放してやり、ギリシア詩人の大いなる明確さはその精神の充溢の結果だと若者たちに理解させることに役立つ立場にいると信じています。」これはシラーと再び連絡をとろうとする彼の最後に試みだった。シラーは応えなかった。彼を実際つなぎ止めていたものが、あるいはそう思い込んでいたものが、つぎつぎと切れはじめた。

新しく取りかかり、確証を見つけようとするもうひとつの見込みも同じように潰えてしまった。ヘルダリーンはランダウアーを通して、「一般新聞」の編集者フーバーを知っていた。このフーバーはコッタがヘルダリーンの詩に関心を持つように仕向けてくれた。コッタは一巻本千部を、全紙につき九グルデンの謝礼で出版する用意があった。ヘルダリーンは希望をいだき、詩を集めた。

しかし出版には至らなかった。

彼は止まることができない、彼をつなぎ止めるものはもう何もない。

あんたは病気なの、フリッツ、行くことはできないわ。

僕もどこへ行くのかわからない。

行ってはいけないわ。

ランダウアーからヘルダリーンの職探しについて知らされていたシュトレーリン教授が打開策を提供した。ボルドーのハンブルク領事、ダーニエル・クリストフ・マイアーのもとで仕事におつきになれるでしょう。マイアー氏は五十ルイ金貨の年俸の他、さらに旅費として二十五ルイ金貨を出してくれるとのことです。

最後の待ち時間が終わった。ヘルダリーンは納得するに足りる目標を呈示して出発できる。一八〇一年十二月十日、彼は徒歩の旅を始める。再び、冬へ逃げ込む。三人の女性が彼をネッカーハウゼンまで送っていき、涙を浮かべ、別れに納得できないまま彼に手を振った。

批評をしてほしいと、自身の牧歌風の劇『フェルナンドとその尊厳』を送ってきたベーレンドルフに彼は別れを告げた。「君のフェルナンドは僕の胸をずいぶん軽くしてくれた。友人の進歩は僕にはまったくよい兆しである。僕らはひとつの運命のもとにある。」まったくその通りだ。彼らはふたりとも人生に「ちゃんと」折り合いをつけることができないだろう。「さあ、お別れだ、かけがえのない君よ！　次に会えるときまで。僕は今、惜別の思いでいっぱいだ。久しく泣かなかったが、やがて祖国を、おそらく永久に後にしようと決心した今、つらい涙を流すことになった。というのも、この世で祖国より愛すべきものを僕は持っているだろうか？　しかし人びとは僕を必要としていない。」

第七部　最後の物語

ボルドー、ニュルティンゲン、ホンブルク（一八〇二〜一八〇六）

I

ストラスブールで当局は彼を長いあいだひき止めた。外国人として再審査しなければならないとのことだった。旅券に問題はない。彼は待った。寒い。切りつめねばならない。安宿に部屋をとった。そのあいだずっと震えていた。十日後、通知を受けとる。旅行の許可は出たが、パリ経由ではない。彼はコルマールとベルフォールを経由して、ブザンソンまで郵便馬車を利用した。まだこの区間には郵便馬車が定期的に走っていたが、内陸部では大幅に麻痺しているとのことだった。宿で知りあった、マインツから故郷に帰る途中のフランスの役人の忠告に従ってヘルダリーンはピストルを買っていた。山岳地帯では今も、王党派の敗残兵や追いはぎがうろつき回り、極貧の人たちからなけなしの財産を奪っていた。ヘルダリーンは用心するように言われた。今、彼は共和国の中にいた。しかしそのことを話題にする人はまずなかった。彼の気に障ったのは、ほとんど全ての人が政治について話すことを避けていたことである。

ブザンソンで彼は馬車を探したが無駄だった。目の前には険しい山また山が迫っていた。遠くから人の姿が見えると彼は回り道をした。じめじめして寒く、ときどき雪がちらついた。灰色の雲がどんより垂れ込め、流れていった。正しい道をとって進んでいるかわからないことが多かった。寒さが骨の髄までこたえ、暖かな旅籠で眠るときも、悪寒で目を覚ましてしまった。病気になりはしないかと心配だった。ヨハンナが外套を仕立てさせてくれたことがありがたかった。かさばった外套は湿って重くなり、彼の膝のあいだにだらりと垂れさがった。しかし夜になり、その中にくるまると、湿った布地は彼のからだで乾いた。

フランス語をしゃべると、すぐにドイツ人だとわかってしまうことに慣れてしまった。あるときは外国人であることに助けられた。ドゥー川とソーヌ川が氾濫し、薄い氷塊を道路まで押しあげていた。ネッカー川は、ふたり目の父が身に死を招いたときもこのように荒れ狂っていたに違いない。シャロンの手前でふたりの男に小銃で脅され、押し止められた。彼らは彼の旅行鞄を要求した。彼はピストルを取りだすべきか迷ったが、思い止まり、旅行鞄をつかんで放さなかった――どこから来たのだ、と彼らは尋ねた。シュトゥットガルトから。ボルドーへ行く途中です。それでは王制支持者、王党派だな。彼は返事をしなかった。男たちのひとりが言った。自分はロッテンブルクで亡命者として仕えていました。もうずいぶん前のことですがね。オーストリア軍と戦われたのですか？　ヘルダリーンは答えず、よくわからないふりをした。同志から持ち物を取りあげるわけにはいかないですな、と彼は放免された。

それでは共和国でもやはりこうなのだ。こうだと予感もしていなかった。共和国は疥癬を病む皮膚をして、いたるところで害虫にたかられて弱り、身を守ることができないように見えた。というのもどこで会話に加わろうとも、特に農民との会話で、革命と民主制に対する反感を聞かされねばならなかったのだ。ボナパルトが——ひょっとすると。彼は病気に襲われた地域をさまよい、感染してしまうかもしれないと思うようになった。よい戦争でも卑劣な言動を生みだす、と彼はよく主張していた。それはどちらかと言うと豊かな想像力から生まれた意見だったが、彼は今、身をもってそれを知った。誰かとしゃべり、悪夢から解放されることはなかった。彼は黙っていることに慣れ、危険がありそうだと、しばしば唖者を、旅する気弱な男を演じた。すると彼の中で絶え間なくしゃべる声がますます甲高くなっていった。

九日後、定められたようにリヨンに到着して、すぐに地方警察署に届け出た。ほっとして、商人宿に部屋をとったが、それは以前の全ての宿よりずっと快適だった。ここでならもっと安心して話をすることができた。たいていの人たちが共和制と、初代執政官ボナパルトに信頼を置いていた。彼は耳を傾けているほうがよく、自分の考えを決してさとらせなかった。一週間、からだを休めようと決めていた。ボルドーへ行くつもりだと話すと、みなから用心するように注意された。オーベルニュの山地は深い雪の下にあり、もう羊飼いでさえ生計を立てられず、山賊になってしまったからね。地方警察は四日間の滞在しか許可せず、激しい怒りに襲われた彼はもう次の日に出発していた。まだ六〇〇キロ歩かねばならなかった。

彼は自分の歩数を数えることもあった、何時間も。脚に、背中に、頭に痛みを感じることもあった。だんだん全身が痛み、それに慣れてしまった彼は痛みを覚えなくなった。

彼は十八日間、十八夜、旅の途上にいた。

目にしたのは雪と森、狭くて滑りやすい道、そして人間である。彼は人びとの貧しさを嗅ぎつけるが、だんだんそれに順応して、感覚がなくなってしまった。牧童小屋や村の小さな宿屋でいつも緊張して、窺うようにして眠った。彼はオーベルニュ高地の入り口、円頂丘群《モン・ドーム》への登り坂にほとんど気づかず、丘の上で吹雪に逆らって進まねばならなかった。ここ円頂丘には、住民たちが銃撃を受けて見捨ててしまった廃墟の集落があった。そこに飢えのあまり狼のように獰猛になった犬が住みついていた。彼は二度も発砲して、犬の群れを追い払わねばならなかった。こんな集落のひとつで屋根が銃撃で穴だらけになった空き家に逃げ込んだ。彼だけではなかった。もうひとつの部屋に十二名ほどの男たちが横になっていた。汚れで彼らの顔は見分けがつかず、手や腕は疥癬でおおわれている――そんなことで彼はもう驚かない。誰もが不潔でかさぶただらけで、いっこうに終わりそうもない冬のせいで、生気がない。男たちは彼に声をかけ、焚火で沸かせていた紅茶を勧めてくれる。彼は耳が聞こえず、口がきけないふりをするが、もう何も怖れていない。ぼろぼろの制服をまとった、どうやらリーダーとおぼしき男が、ここだと暖かですよ、と火のそばで眠るように招いてくれた。うなずいた彼は無気力なふりをするが、また実際そうだった。歌っては、ぶつぶつつぶやいている彼らが何を言っているのか、聞きとれない。もしかすると彼らに殺されるかもしれない。道中ずっと自分を殺す人が現れるだろうと覚悟していた。もしかするとピストルを渡し、荷物をさし出すほうがいいのかもしれない――彼はそうしなかった。目を覚ましておくつもりで、火のそばに近づいた。彼らは場所まで空けてくれた。炎でゆらめく男たちの影の向こうの入口にひとりの女の姿が見えた。彼女は彼に合図した。彼はすぐに立ちあがらず、しばらく待っていたが、用を足さねばならないふりをして出て行った。この女性は彼の袖をぐいとつかみ、彼を連れて行った。

あれはこのあたりで一番たちの悪い落伍兵なの、ムッシュー、無事に今夜を過ごせないかも知れないわ。さあ、こちらへいらっしゃい。

連れて行かれた小屋に住んでいたのは彼女ひとりではなかった。ベンチや暖炉の上に子どもたちが眠っている。ひとりの子どもが目を覚まして叫んだ。その女性は子どもを宥めて、パンを与えた。

お腹がへっていますか、ムッシュー？　ワインを一杯いかが？

彼は数日来、はじめて声を発したが、その声は醜く、しゃがれているような気がした。ご主人はどちらに、マダム？

軍隊にいます、まだ軍隊にいるなら。あなたはここの方ではないのね？　よその方ね。

ドイツから来ました。

ドイツ人《アルマン》なのね。

彼女はそれ以上質問を思いつかなかったので、彼はまた黙っておれた。

彼女は立ちあがって、ベッドがちょうどひとつ収まっている小部屋をさし示し、おやすみなさい、と言った。お水はどこですか、と彼が尋ねた。彼女は暖炉から水差しを持ってくる。彼はからだを洗うが、汚れがこびりついてしまったように感じた。外套を、上着とズボンを脱ぎ、からだを横たえ、すぐに眠り込んでしまった。あとから彼女が彼のそばに横たわったので、彼は目をさました。さあ、して、と彼女が言った。彼は頭を横にふった。彼女は彼をやさしく愛撫し、それから彼の胸をこぶしで叩いた。ここへ連れてきたのは私よ。あの豚どもから救い出したのは私よ。さあ！　できません。あなたを腕にすることしかできません、もうそれ以上は。

なぜ戦争はあなた方をみな石くれにしてしまうのかしら？

そう、石くれです、と彼が言う。

彼は彼女に腕を回して眠り込んだ。朝になって、彼女に用心深く腕を振りほどかれ彼は目を覚ました。石くれね、と彼女がささやく、どうしようもない石くれだわ。彼女はイール川（ドルドーニュ川の支流）の谷へ出る近道を説明してくれた。

ここでは冬からゆっくりと春にうつり変わることがない。海からの暖かい風で谷は不意に花盛りになる。道は前よりつらくなくなる。もうがたがた震えることもない。氷のように冷たい風が行く手に立ちふさがることもなく、雪と泥でこちこちにかたまった地表がゆるむ。彼はまた文章で考えることができる、不器用な、怒りにみちた不明瞭な言葉ばかりではない。するとその文章が風景と人間に話しかける、「美しい春に。」

リブルヌの手前まで彼はドルドーニュ川沿いに歩き、町で川向こうまで渡し船で渡してもらえると釣り人から聞き及んだ。風は塩のにおいが、海の香りがした。彼は今まで海辺にいたことがなかったが、空想力で海を知っていた。『ヒュペーリオン』で彼は海に本心を打ち明けていたが、ここの海はそれとは別の海だった。

リブルヌの大広場のすぐ近くの宿に泊まったが、よく眠れず、夜明け前にもう起きあがり、渡し船で対岸に渡してもらった。最後の区間は駆け足も同然だった。もういいかげんに到着したかった。

ボルドーはまだすっかり目覚めていなかった。彼は領事の家を尋ねたが、はっきりしたことを教えてもらえなかった。だんだん落ちついてくると、急に全てがもうゆがんで見えなくなった。海の湿った風をはらみ、すばやく流れていく雲が浮かぶ、緊張に満ちた空、光に上塗りされたようにどれも少し明るすぎるように見える家々。彼は広場で、大劇場を前に感嘆して立ちつくした。空間と戯れているようなその柱廊は想像していたギリシア神殿のイメージどおりだ。しかも領事の所有する大きな家の表玄関の上のバルコニーもそのような列柱で支えられていた。そこへ行く道は容易く見つかった。トゥルニー通り《アレー》をくだって行けばいいだけだった。

家族は彼がこんなに朝早く来るとは思ってもいなかった。しかし領事は彼をすぐに、どうやら昼のあいだずっと仕事部屋として使っているらしい、絹の壁布を張りつめた部屋に迎えてくれた。朝食を持ってこさせ、旅の苦労をねぎらい、妻と教えてもらうことになる五人の娘を紹介した。むろん明日からです。まずご辛労から回復なさいませんとね。

彼の部屋は大きく、品よく調えられていた、「私にはすばらしすぎるぐらいです。」彼は服を脱がず、横にならなかった。

疲れすぎて眠れなかった。満足がおできになりますよ、と領事は言っていた。満足が？　どんなふうに満足が？　彼は母へ手紙を書き、報告をしようとするが、どの文章も過ぎ去った怖ろしいことを、この夢の漂礫《ひょうれき》を表すことができず、領事の言葉をくり返す、「満足がおできになりますよ」と。マイアー氏と親しくなれないだろうことははっきりわかっていたが、意識して距離を保つこともひょっとすると役立つかもしれない。マイアーがハンブルクでワインを商い、非常な成功をおさめたとシュトレーリンから聞いていた。二十七歳でボルドーに定住したが、再び幸運に恵まれ、メドックのぶどう園を手に入れたという。一七九七年に彼は領事になった。夫人はフランス人だった。

領事に慇懃に迎えられた彼は、この男の虚栄心に気づかされた。マイアーは自分がどのような印象を与えるかを知っていた。たっぷり頭ひとつだけヘルダリーンより背が高く、「うまく説明できないような雰囲気」があり、意見を述べるとすぐ命令口調になった。家の奥のことを、手際よく、物静かにこなしていたマイアー夫人はヘルダリーンがここでの暮らしに馴染めるように助けてくれた。彼の正確なフランス語を褒め、娘たちの個性を説明した。町でぜひ覚えておくべき商店や飲食店の名前を教えてくれた。夕方、楽しめるでしょうからね。

そんな時間は私にはないでしょうが。

しかし彼はしばしばガロンヌ川の岸辺を散歩し、それから子どもたちが馬車で海に行くときにも仲間に加わった。空は遠出の始めには晴れていたが、暗くなり、目の前にした海ははげしく波立ち、水平線の中に消えうせる灰色の荒野だった。どれも素晴らしいものと彼が信じていた自然は、今の彼にそう答えた。

子どもたちを教えることは難しくなかった。ときどき授業に参加したマイアー夫人は、彼が目に見えるように生き生きと話し、不慣れな娘たちをあまり疲れさせないように注意をはらっていることを褒めた。

快適な環境であるのに、彼の中でどうでもいいという気持ちが募り、心を暗くした。幻覚がますます頻繁に起こるようになった。彼は自分自身と並んで歩き、自分の足音を他の誰かの足音のように聞いた。自身のおびえた息遣いが耳の横であえぐ声に聞こえた。彼は自身の不安をマイアー家の人びとに隠そうと骨を折った。「あなたが望まれたように私は今では鍛えに鍛えられ、祓い清められました」、と彼は到着の日に、少し非難の気持ちもなくはなしに母に手紙を書いた。ひとかどの人間になるのよ、と彼女は強いなかっただろうか？「私は主として、このままでいようと考えています。何も怖れず、そしていろんなことを甘受しましょう。」この落ち着きは見せかけだけのものだった。ヨハンナはほっとして、返事を書き助言を与えた。しかしそれからすぐ後の手紙では、ヨハンナ自身が途方に暮れていた。彼女の母、祖母ハインが二月に亡くなったのだ。彼は祖母を愛していた。たいていの人たちより彼にずっと優しかった彼女を。しかし嘆くことができなかった。母に手紙を書く勇気はなかった。書いても母を慰めることはできなかっただろう。受難日《カールフライターク》（復活祭直前の金曜日）になってようやく書いた。「私たちのお祖母さまが亡くなられたことについて、私は悲しみを語るより、むしろ自制が必要ですと申しあげても、どうか誤解なさらないでください、……しかし今の私の立場では、こんなに長いあいだ試練に耐えてきた心情をたもち、耐えねばならないのです……」いかなる出来事も、いかなる言葉もなんの響きも見出しえない、無音の状態から抜け出す勇気が彼にはもうなかった。人を寄せつけない彼の態度がマイアー家の人びとにも奇異の感を与えた。彼らは彼の気分を変えさせようと、ブランクフォールの町へ、メドックのぶどう園へと彼を連れていった。人びとは夏のために準備しないといけないのよ。熱情的な景観、真昼の灼熱の中で高く固まる空、その「炎」、「人びとの沈黙」が彼を圧倒した。ここでは海が「強烈な自然の要素《エレメント》」である。子供たちはヘルダリーンがすっかり変わってしまったように思った。先生はまた笑うこともおできなのね。

それは長続きしなかった。彼は帰り道、また力なく坐り込み、呼びかけられても応じず、周りの人たちに気づかなかった。いくつかの文章が彼の中で語り続ける、もう別れの光景が。些細なことやうわべだけの気分に混乱させられないように我慢しようと彼は心を決めていた――しかし何に対してももう身を守ることができない。「しかし今は行って、挨拶しておくれ／あの美しいガロンヌ川に、／それからボルドーのかずかずの庭園に／そこでは急な川岸に沿って／細い道が走り、そして川の流れへと／小川が流れ落ちる……」

領事は晩のパーティに彼を招待した。そんなにひきこもっていらしてはいけません。あなたが憂鬱だと子どもたちにはよくありませんよ。一番上の娘が、偶然のようにすぐ横にいて、彼を紹介した。彼女ののびやかさが彼を守ろうとする。しかし探し求め、過去のイメージと比べようとする彼の記憶から彼を守ることができなかった。若くて優雅な女性のひとりがズゼッテに似ていたのだ。ズゼッテのように彼女も笑うときには思わず腕をあげた。彼女のように耳を傾けるときは少し前かがみになった。

彼がこの女性に注意を向けたのを見逃さなかったマイアー嬢は彼に尋ねた。あの方とお知り合いになりたいですか？　ボルドー一お金持ちの織物商の奥さまよ。

どうか――やめてください。

彼は興奮してどもってしまった。部屋にさがらせてください、いいでしょう？

ご気分が悪いのですか、ムッシュー？

とても疲れているだけです。お許しください。

次の日に彼は逃げ出そうとして、ボルドーからストラスブールへの旅券をもう警察で申請した。

直行ですか？　と警察官が尋ねた。

ことによるとパリにも行きたいのですが。

それでは「周遊」ですかな？

彼はじっと動かないでいることができず——そのため恥ずかしく思っていたが——腕と脚が痙攣した。

係官はそれに気がついて、椅子をすすめ、型通りの質問をした。

髪の色は？

褐色です。

褐色？　栗色ですな。

眉は？

何とおっしゃいましたか？

眉の色です。

栗色です。髪と同じように。おっしゃったように。

そう言いましたな。顔の形は？

ヘルダリーンが黙り込むと、警官は自分で答えた。じゃあ卵形だ。額は？

またヘルダリーンは黙っていたが、微笑が浮かんでいた。

広い。そう広いな。目は？

褐色です。

鼻は？

とても高いです。

高い、と書いておこう。口は？

ヘルダリーンは口をきゅっと結ぶ。警官は彼の唇をじろじろ見て、決めかねている様子だ。中くらいの大きさだと思うが。

顎は？　ここで警官はためらうことなく自答する。丸みをおびている。――二日後、旅券を取りに来てもらえます、ムッシュー。

二日もかかるのですか？

ひょっとすると明日にできるかも。

確かですか？

お急ぎなら。

急いでいます。

じゃあ明日に。

ありがとうございます。

夕食中にヘルダリーンはついでのように言った。もう明日出発します、出発せねばならないのです。不思議なことにマイアー氏はわけを尋ねなかった。そうだろうと予期していました、ムッシュー。どうぞ快適なご帰郷の旅を、それからこれからも腹立たしいことがありませんように願っています。報酬と旅費をお渡しできるように、明朝、書斎に来てください、とマイアー氏は彼に頼んだ。

ヘルダリーンは荷造りをした。はじめはなかなか寝つかれず、うつらうつらしていたが、マイアー家のぶどう園の近くの海浜のように思えるところで、ズゼッテと彼女に似たフランス女性が手に手をとって自分の方にやってくる夢を見る。ふたりがまとっている透きとおった衣服は風でからだにぴったりまといついている。彼女たちは彼のほうにふわふわ漂ってくる。二重になった顔は奇妙に歪んでいる。彼は走り去ろうとしたが、膝まで砂にはまりこんでしまい、うまくいかない。彼女たちはほとんど彼に手が届きそうだ。しかしそれから彼女たちはその場でからだを動かした。透きとおった布地は肌と合体している。今、ふたりの姿は裸だ。近くにくると彼女たちの顔がはっきりしない。今、彼には頭の中に途方もなく、しかも絶望的な思いがあるのが見える。その思いがこれはズゼッテとフランス人女性の肉体にちがいないと知らせる。それがはっきりすると、顔もまた見分けがつくものになり、女性たちはまたからだを動かすことができるようになる。彼女たちは入浴させなければならない子どものように、彼の衣服を脱がせる。彼女たちに声がなく、彼と話せないことを彼は知っている。ズゼッテはフランス人女性の上に身を横たえるように彼に強いる。彼は抵抗しようとする。なぜ彼女が先なのだ？　と彼が叫ぶ。私が彼女だから、という声が聞こえる。しかしズゼッテの唇は動いていなかった。彼は肌の下にもうひとりの女性の肌を感じる。その女性はゆったりと手足を伸ばす。ものすごい、ものも言えない情欲に襲われた彼はそれに屈する。目をあげると、ズゼッテは見えなくなっていた。彼はもうひとりの女性の顔を叩いた。あのひとはどこだ？　なぜ行ってしまったのだ？　彼女はどうやら叩かれたことを感じていないらしく、そして今、また完全にズゼッテになっている。あれはあのひとなのか、でもあのひとでない、と彼は自分に言い聞かせる。彼女は夢遊病者の声で、どの単語にもアクセントをおいて、あなたのためにそうしたのです、ムッシュー、と言って、湿って冷たい砂の中へ沈んでいく。彼は自分の叫び声の残響で目を覚ます。

これについて誰とも話すつもりはない、と彼は声を荒げた。

彼は服を着た。椅子を窓際によせ、膝の上に手を載せ、明るくなるまで待った。足音が、それからドアを開け閉めする音が聞こえる。さあ、これでお金をもらいにいける。領事はもうその用意をしていた。とても親切で、おそらくまた憂慮もしていたのだろう。もしお望みでしたら、娘たちの授業をなさる必要ありませんが、なお二、三日、我が家に滞在してくださっていいのですよ。

それはできません、閣下。領事は心配そうに彼を見つめた。お元気そうには見えませんが。

いいえ、そんなことはありません。マイアー氏は夫人とふたりの年上の娘を呼んだ。彼女たちは愛想よく、ほとんど気の毒そうに別れの挨拶をしたが、すぐまたその部屋を後にした。

上着のボタンがかかっていませんよ、ヘルダリーンさん。ヘルダリーンは微笑をうかべ応えた。

それならお詫びを申しあげねばなりません、閣下。

よくお眠りになれなかったのですね、君。

いいえ、とてもよく眠りました。

さあ、お行きなさい。主があなたとともにあらんことを。

ああ、ところで説教するのを忘れておりました。

それならご郷里でとり戻すことがおできでしょう。

　あなたに感謝しなければなりません、閣下。

警察署でひき止められなかった。旅券はすでに交付されていた。彼はアングレーム（フランス西部、シャラント地方）まで歩いた。パリに通じている大通り沿いの町の名前を心に刻み込んで、歩きながらそれを口に出して言う。何時間も頭にはこれらの名前しかなかった。ときどき彼のまなざしが眺めをつかまえた。「単純な空は／そもそも豊かといえるだろうか？　そう、まるで花のように／銀色に輝く雲があるからではないか。」あるいは天空《エーテル》と何気なく言った。天空、あるいは王者《フュルスト》と。それらの言葉は丸く、何ものももたらさなかった。それらは単語そのもので、石のようで、それ以外何ものでもなかった。ポワティエとオルレアン間はまた郵便馬車が運行していた。集落の多くが戦いで荒廃していた。乗りあわせたひとりの男に彼は話して聞かせたかった。ここからそう遠くないヴァンデ地方（フランス中西部）で……

　知っていますよ、ムシュー、私はそこの出身ですから。

……私の友人、イーザク・フォン・ズィンクレーア男爵が、蜂起した人びとに対抗する戯曲を書いたのです。

　話しかけられた男はどうやら共和国の支持者でないようで、座席に凭れかかり、もう彼の相手をしなかった。

　オルレアンからパリまではまた徒歩だった。馬車の旅は高すぎたのだった。夕方、遅くにパリに到着した。汚れて、服装にかまわなかったせいで、宿屋から追いはらわれた。彼は逆らわないで、かえって亭主の前でおおげさにお辞儀をした。ごもっともです、ご亭主、ごもっともです。あなたが正しいです、ご亭主、教養がおありのことを、それに礼儀正しい方であることも疑うつもりはありません。

彼はある家の玄関で眠ったが、朝早くにそこからも追いはらわれた。

彼はまず通行人にエーベルの住所を尋ねた、エーベルはそうこうするうちにきっと有名になっているだろうから。それから大いに尊敬されている代議士ブリッソーの家を尋ねた。話しかけられた人たちは笑って、指で自分の額をたたいた。ブリッソーだって？　あの人は首を刎ねられましたよ。

首を刎ねられた？

ひとりの若いドイツ人の男が彼の動きをしばらく見守っていたが、話しかけてきて、一切れのパンを差し出した。彼はもう飢えも覚えず、それを飲み込んだ。

パリにお住まいで？

旅の途中です、あなた。

思いがけない親切が彼を落ち着かせた。家々はまたしかるべき場所にもどり、通りはもう狭くなく、暗く感じられなかった。歩くごとに自分の横に感じた足音ももう気にならなくなった。彼はその若者に、ご一緒願えないでしょうかと尋ねたが、びっくりした若者に仕事を言い訳に断わられた。

それではちゃんとした美術館はご存知ないでしょうか？　ズゼッテとヴィルヘルムスヘーエの彫像を観賞したとき、もっとも美しい古典時代の美術品はフランス人が集めてしまいました、とティシュバインが言っていた。若い男は彼をナポレオン美術館（ルーヴル美術館の当時の呼称）へ連れて行き、そこで別れを告げた。ヘルダリーンは広間から広間へ歩いた。そこは涼しく心地よい。今にも動き出しそうなポーズで静止している像はやはり彼の思い出に触れてくる。ただそれらの偉大さに彼は耐えぬくことができない。

残りの道中のことを彼はもう何も覚えていなかった。ただストラスブールで出国許可を与えた役人にひどく腹を立てた。警官がふたりして国境を越えて彼をひきずり出した。もう二度と来ないでくれ！　こんなごろつきはもうたくさんだ。

ランダウアーのところに行くほうがいいだろう。彼なら僕だとわかってくれる、と彼は自分に言い聞かせた。しかし私だとわかる人がそもそもいるだろうか。

彼は興奮を静めるために、ランダウアーの家を通りすぎ、衛兵本部のあたりを二、三度うろうろした。衣服をととのえようと泉で手と顔を洗った。それから、この時刻にはたいていランダウアーがいる一階の店舗に入っていった。ランダウアーは彼を見て愕然とした。

ヘルダー！

そうだ、クリスティアン。ヘルダリーンは友人をじっと見守り、自分がどんな印象を与えたかがわかった。

ランダウアーに抱きしめようとされたヘルダリーンは、彼を押しのけた。臭いのだよ。やめてくれ。

狼狽にもかかわらずランダウアーは休みなしにしゃべりまくった。コンツやノイファーや子どもたちのことを、それからその間に起きたことを話して聞かせた。考えてもみたまえ、衛兵本部が取り壊されるのだよ！　ねえ、シュテーリンが政府と騒動を起こしたのだ、それからズィンクレーアがバーツと一緒に訪ねて来たよ！　ねえ、君の部屋はすぐ使えるように、君が後にしたときのままにしてある。邪魔されずに書きものができるように、あの美しい書き物机はそのままにしてある。子どもたちは不自由していないから、もう君に面倒を見てもらう必要がない！　ねえ、フーバーが検閲と悶着を起こしたのだ！　ねえ、この数年来の一番できいいワインが地下室にあるのだよ、君のために風呂の用意をしないといけないな、マティソンが新しい詩集を出版したよ。

それから……

マティソンを今、訪ねて行くよ。

どうして？

そうだな、どうしてだろう？

それはできないよ、ヘルダー、服を着かえ、さっぱりしないと。きっとへとへとに疲れているだろう。

僕はすっかり元気だよ、クリスティアン、めったにないほどだ。マティソンはこんな僕に会うと、やはり喜んでくれるにちがいない。

どうか家《うち》にいてくれたまえ。

すぐ帰ってくる。

いつ？

その前にニュルティンゲンにも行かないといけない。

だけど、もう立っていることもできないのに。

ああ、もう僕の足はますます憐れなことになってきたよ。

さあ、家にいてくれたまえ。

ルイーゼと娘さんたちによろしく。

マティソンのところで彼は庭を通って行かねばならなかった。ひとりのめかしこんだ男性が待ちかまえていた。どなたにご用で？

宮廷顧問官マティソン殿にお目にかかりたいのですが。

男は軽蔑するように彼をじろじろ見た。宮廷顧問官殿がお会いになるとは思えませんが。

そうでしょうとも、この服ではね？　彼はこの状況を面白がり始めた。

いったいどなたをお取り次ぎすればいいのでしょう？

もしできましたら、もしそうしていただけましたら、あなたさま、どこの誰でもない人をお取次ぎください。今、彼はまたよどみなく話すこともできた。

どうかお願いしますよ、あなた。

ボルドーから来たヘルダリーンをお取次ぎください。

ヘルダリーン様を？　フリードリヒ・ヘルダリーンですか？

そうまさしくその人を。その人をご存知ですか？

彼の詩を数篇。私は宮廷顧問官殿の秘書です。

宮廷顧問官殿は私を庭で、それとも家の中でお会いになるとお思いですか？

思いますに……

庭のほうがいいとお考えのようですね。

秘書が興奮して家の中に急ぎ、すぐにマティソンを連れて帰ってきた。テュービンゲンで彼を抱きしめ、未来を約束してくれたこの大男はあまり変わっていなかった。この人は彼のことを忘れてしまい、助けを必要としたときにいなかった。しかしヘルダリーンが演じたかったお芝居はうまくいかなかった。言葉がもう思いどおりにならない。彼は自分の顔がひきつるのを、圧倒的な怒りでからだがわけもなく震えるのを感じた。お辞儀をしようとしたが、腕を後ろにひいて、ぶらぶらさせてしまった。

マティソンは彼から少し離れて立ちつくした。

ヘルダリーン、ああどうしたことか！　マティソンはこのすさんだ様子の、明らかに病気の男を家に入れたものか、わからなかった。「彼は死人のように真っ青で、やつれはて、髭はぼうぼう。くぼんだ眼は凶暴で、それに乞食のような形《なり》だった。」

マティソンはさらに気をもむ必要がなかった。ヘルダリーンは黙ったまま庭を離れて、通りでぎこちなく飛び跳ね、空をつかむように腕をあげて走り去った。

ハルトのそばの納屋で夜を過ごした彼はようやく次の日にニュルティンゲンに到着した。いつもそうしていたという理由だけで、絞首台山《ガルゲンベルク》を越える近道を辿った。町の人びとは彼を怖れて後ろにひいた。たいていの人は彼が誰だかわからなかった。再び彼はまずシュヴァイツァー館の前に立ち、ひとりごとをつぶやきながらしばらくそこを動かなかった。子どもたちに笑いものにされ、さらに先へ進んで教会小路へ入った。外へ出てきて、みな外へ出てきて！　と家に入るときに叫んだ。誰かの手が彼をつかもうとしたので、彼は腕をばたばたさせた。ヨハンナの声が聞こえたように思ったが、それはもうどうでもよかった。彼女たちは彼を階段の上にひきずりあげ、ベッドに寝かしつけ、服を脱がせた。ヨハンナとハインリーケのふたりはすすり泣きながら、手を休めず、ぼろぼろの服を脱がせ、からだを布で拭った。

なんて痩せたのでしょう。

きっと何日も食べてないのよ。

彼の心情のせいだわ。

誰のせいかしら？

誰のせいでもないわ。

家にいてくれさえしたらよかったのに。あんなに頼んだのに。

病気よ。プランク先生をお連れして。

粥を飲ませ、安静にさせてください、と医者は言った。もし発作が起きたら、私をお呼びくださるがいいでしょう。

爪先立ちでふたりはそっと部屋を出て、台所に行き、そこでじっと待っていた。彼の部屋から何か物音はしないかと耳を欹てて、不安で身動きもしなかった。

彼は長くは眠らなかった。安らかな眠りを忘れてしまったよ、とハインリーケに言い、散歩につきあってほしいと頼んだ。一番行きたいのはネッカー川のほとりの桑畑だ。

五月祭はもうすんだの？　と彼が尋ねた。

六週間前にね。

僕は冬に旅立ち、夏に帰郷したのだな。

ハインリーケは彼がボルドーを離れたわけを慎重に聞き出そうとしたが、彼はそれをかわした。それぞれ事情があるのだ、あまりにもたくさんのね。

彼は医師プランクが推測したより早く回復した。もちろん医師はヨハンナに注意していた。見せかけの回復のようです、ぶり返しがあるかもしれませんよ。手紙が書けない、と彼は嘆いた。おそらくまたランダウアーのところに帰るのが理にかなっているのでしょう。あそこには僕のすばらしい書き物机となくてはならない安らぎがありますからね。

それだったら家にもあるでしょう。

彼を思い止まらせることができなかった。ランダウアーはヘルダリーンが予告もせずに姿を現したことに驚いたが、あらゆる心づかいをして彼を迎え入れた。

ヘルダリーンはシェッフアウアーとこれから書こうとしている詩について話した。それはいつもの詩とは比べものにならないのですよ。

精神が成長して経験を積むように、敬愛する友よ、私の詩は成長するでしょう。もはや完成を求めるべきではなく、歴史の流れを自分の中で受け止めてくり返し、それを誰もなしとげられない素晴らしい構想として目に見えるようにするのです。詩は時代の誠実な同伴者でありえます。ちょうど今、私が書いている詩のように。「すなわち死すべき運命のものたちは／いずれ破滅の淵まで達する。それゆえ反響《エコー》は／彼らとともに変化する。長く／時間はかかるが、真なるものは出来《しゅったい》する。」

シェッファウアーは彼が真なるものをどのように理解しているのか知りたがった。それについて、あなた、これ以上意見を述べたくありません。だって書いてあるとおりですから。それともあなたはよりよき人間と何の関りもお持ちでないのですか？

七月の始めにランダウアーはズィンクレーアから一通の手紙を受けとった。ヘルダリーンのボルドーの住所を知らないので、それを転送してほしいとのことだった。ランダウアーはそれを笑いながら持ってきた。ほら、ズィンクレーアが期待していたより早く、便りが君の手元に届いたよ。ボルドーから一度も彼に手紙を書かなかったの？

暇がなかったのだ。

ヘルダリーンは封筒を机の角のところにきっちりと置いた。ランダウアーはそのこだわりにいらついた。

読みたくないの？

今、暇がないのだ。

しかしランダウアーが部屋を出て行くやいなや、彼は封を切った。彼は知らなかったことを読み、憔悴してしまった。読み進めるごとに彼の唇がわなわな震えた。「ホンブルク・フォーア・デァ・ヘーエ、一八〇二年六月三十日——愛するヘルダリーン！——僕が君にしなければならない報告は、友情が少しも助けにもならない怖ろしいものであるが、やはり偶然に任せておけない……君の愛の気高い対象はもはやこの世のひとでないのだよ。しかしやはり君のものだった。愛の対象を失うことはより怖ろしいことかもしれないが、愛にふさわしくないと見なされるほうがより心が傷つくものだ……君を慰めるすべもない。君がそれを自分で見つける以外ない。彼女がまだ生きていたとき、君は不滅を信じていた。君の愛するひとの命がはかなさと別れた今、きっと以前より信じるだろう……風疹で十日間床にあったG夫人は今月の二十二日に亡くなった。子どもたちも同じ病気にかかったが、幸いなことに回復した。この冬に彼女はひどい咳をしていたが、それが肺を弱らせたのだ。彼女は最後までいつもと変わらなかった。その死はその生のようだった……」

彼は挨拶の言葉も残さず、この家から逃げ出した。ニュルティンゲンに帰らねば！　ここ数日のあいだ彼を元気づけ、彼の考えを爽やかにしてくれたものはみな消えてしまった。彼は虚ろだ、中身のない空間だ。その中でいくつかの文章がだんだん大きな音をたてて反響した。悲しみが急に怒りに変わった。この世界ではない、悪意のある時代ではない。おためごかしの親切心が、社交のつきあいが彼女の命を奪ったのだ。彼をわきへ押しやり、追いはらったあの人びとが。名前を明かさない人びと、ぞっとするような人びと、権勢をふるう人びと。彼はものも言わず階段をあがり、自室に駆け込み、窓を開けて、叫び声をあげた。その声をヨハンナは生涯忘れることはないだろう。彼は握りこぶしで自分の胸を打ち、髪の毛をかきむしって叫んだ。椅子を持ちあげ、壁に打ちつけて、それを窓から放り投げた。そのあとで洗面器を、水差しを、そして小さな棚を放り投げた。女性たちは部屋に入る勇気がなかった。プランクが三人の男たちを連れてやってきて、彼の腕を背中に回した。またしても、ここでも彼の敵が彼を押しのけ、黙らせようとした。誰かの手が彼の口を塞いだ。彼は息が詰まりそうになり、しだいに抵抗できなくなった。ベッドに寝かしつけられ、縄で縛りつけられた。プランクは彼に鎮静剤を流し込んだ。医者は床に落ちた本を拾いあげ、声を出してそれを読み始めた。ホメロスのイーリアスである。プランクが読むと、すぐにその効き目が現れた。強ばった彼のからだがほぐれ、固く握ったこぶしが開いた。しばらくすると彼はギリシア語の文章を一緒に唱えていた。

今回はその晩と次の日をずっと眠り続け、夕方近くなってとても静かに目を覚ました。長い看病を覚悟していたハインリーケに彼はワインを少しばかりとスープを、それからパイプにつめる煙草を頼んだ。

怒りの爆発はくり返されたが、だんだん大きな間をおくようになった。彼のそばにいつも母か妹のどちらかがいた。天気がいいと、家の下の庭で座ったら、と彼を説得して、小さな机を庭に運びおろした。しかし彼は何も書かなかった。ときどき読書をした。そして彼がからだを強ばらせて白目をむくと、リーケか母が教会小路を横切ってラテン語学校まで走り、朗読してくれる人を呼んでもらった。プランクはクラーツ先生の後任者とそのように相談していたのだ。生徒さんは何も怖がることがありませんから、とにかくすぐにひとり来て、ホメロスを読んでもらいたいのです。少年たちは交替でやって来た。彼らはこの詩人を落ちつかせ、癒すことを誇りと思っていた。教区監督のクレム先生が、彼の右に出る人はいなかった、と言われているのだから。ヘルダリーンが話しに加わろうとしたのは生徒たちとだけだった。彼は自身が生徒で、クラーツやケストリーンが先生だったころのラテン語学校時代や、とりわけ頭がよく、またとりわけ見栄っ張りのシェリングという男の子のことを話した。

彼の容態がよくなった。しかし彼には人とつきあう気はほとんどなかった。クラーツとケストリーンに会いたくなかった。

ランダウアーに事情を聞いたズィンクレーアはヘルダリーンにホンブルク滞在を検討するように切願した。「君は今、僕にはより近しい間柄だから、もっと君に会って、自分だけのものにしたいと望んでいる。よかったら迎えに行くよ。」彼はまだ慣れた環境を離れるつもりはない。それが自分を守ってくれていることを知っている。いつ発作が起きるかも知れず、彼はいぜんとして仕事をすることができなかった。ズィンクレーアはあくまで手をゆるめず、精神的打撃を受けた友人をうまく隠れ家から誘い出すこともできた。旅ができて、友人たちにも逢える見込みもあるのだよ。僕は方伯と一緒に、レーゲンスブルクの諸侯会議で方伯領の拡張のために戦うつもりだ。カールはレーゲンスブルクの会議の事情に詳しかった。リュネヴィルの和約とライン左岸がすべてフランスに割譲された後、新しい国境によって不利益をこうむったものに埋め合わせをすることが諸国代表団の課題らしいよ。

弟はヘルダリーンの帰郷以来、遠慮していた。兄の発作で不安にかられただけでなく、家族に精神を病んだものがいるようになった後、町での自身の評判も心配だった。書記だった彼はそうこうするうちに主任に出世していた。ズィンクレーアさんが旅費まで負担してくれるなら、兄さんの頼みを聞き入れてレーゲンスブルクに行かせたら、とカールはヨハンナを説得した。

はじめ彼はこの旅行をどちらかと言うと投げやりな気持ちで受け入れていた。しかし馬を変えなくてはならず、馬車がブラウボイレンに停まったとき、彼は妹夫婦を訪問したときのことを思い出した。すっかり元気になり、馬車からあたりの風景をほとんど倦むことなく眺めた。馬車がウルムを離れると、もう見慣れぬ風景、「バイエルンの平原」と「フランケンの丘陵」が現れた。彼はメモをとり、まだまとまっていない詩行、「身近なよきもの」について書いた。それは、「自分をとり巻いていたもの、とり巻いているもの、不可解な時代に台無しされたが、今は純粋な実見として帰ってきたもの」を意味していた。彼が歩き続けた、あるいは考え抜いたヨーロッパ、祖国はかつてより理性的で純粋なものになった。「あまたの庭」があり、「大地の心が／開かれるとき、かしの木々の丘を巡って、／灼熱の大地から／川が流れ出で、／日曜ごとに、どの家の敷居も踊りながら客を迎える」ガスコーニュの村から、「バイエルンの平原に安らかにつらなる喬木林のある山脈」まで彼は思いを馳せた。彼はまた自分の声をとり戻した。

宿屋でズィンクレーアが見つからなかった。方伯のお伴をして市庁舎で折衝にあたっていたのだ。ヘルダリーンにはむしろそのほうがありがたかった。それなら旅の疲れから回復でき、もう少し書きつづけることができる。

宿の部屋へ通じる廊下で、ひとりの紳士が彼に話しかけてきた。彼に再会したことをひどく喜んでいる。ズィンクレーアは友人たちみなにあなたのご到着を言いふらしていたのですよ――彼はこの男のことを思い出せなかった。しかしこの男はヘルダリーンのそっけない態度を全く気にかけず、巧みに戸惑いを隠して名を名乗った。フリッツ・ホルンです。ラシュタットのことを思い出してくださいよ。

そう、ホルンですね、とヘルダリーンは言った。しかしこの名前は彼の記憶の中で響きを返さなかった。ヘルダリーンの困惑を見逃さなかったホルンは説明した。私はかつてのようにプロイセン勤務ではなく、ブレーメンのためにレーゲンスブルクに来ているのですよ。

我われは再会を祝わねば！

良心の呵責に苦しまなかったら、彼はこの招きに応じなかっただろう。しかしひとつ、またひとつとこの人物が組み立てられていった。仕草が、話し方や笑い声が見覚え、聞き覚えのあるものになった。ホルンの口をついて出てくる話を追うのがヘルダリーンには難しかった。旅館の食堂で彼らは出窓《エルカー》に座っていた。客は彼らだけだった。彼は今、ラシュタットでもこうだったことを思い出した。彼らのテーブルにはズィンクレーア、ムーアベックそして他の人びとが座っていた。どうやら彼の記憶はそのような動きのない光景にしか止まらず、もう時代と結びつくことはなかった。彼はそそくさと飲み干し、二杯目を注文した。せわしなく腕を動かし、自分自身をしげしげ見て、腕をからだに強く押しつけた。ホルンはどうやらこのおぼつかない仕草を、自分自身とのこの戦いを気にかけていないようだ。ヘルダリーンは再び見つけた友人の心遣いがありがたかった。ホルンは生徒と言っていいぐらい丁寧にヘルダリーンの詩を朗読した。この数年、年鑑や雑誌で君の詩を読み、僕のアンソロジーのために書き写していたのですよ。

じゃ僕らはやっぱり結ばれていたのですね、とヘルダリーンはためらいがちに、質問のように言った。

彼は立ちあがり、半分残っていたグラスを一気に飲み干し、テーブルを手で拭い、ひと言も説明せずにホルンのもとを離れた。午後は自分の部屋で待っていた。旅で書き留めたものにとり組もうと思ったが、うまくいかなかった。その詩行は意味を失ってしまった。それがどこから来たものか、なぜそれらが自分にとって大切だったのか、もうわからなかった。

ドアをノックする音がした。

彼は座ったまま眠り込んでいた。

もう一度、こんどはもっといらいらしたノックの音がしたが、彼は応えることができなかった。ズィンクレーアがさっとドアを開け、彼に向かって突進してきた。ふたりは挨拶もせずに、ただお互いをしっかりとつかんで離さなかった。彼はしゃべりたかったが、ズィンクレーアは、しゃべらなくてもいいと言うために、頭を横にふり、彼をやさしく撫でた。あまりにも長いあいだ彼らは離れ離れだった。

愛する友よ！ とズィンクレーアが何度も言った。そのときヘルダリーンはズィンクレーアの肩越しに、廊下で彼らを眺めている人影に気がついた。彼はズィンクレーアの腕を振りほどいて言った。それはホンブルクで別れて以来、ズィンクレーアがはじめて聞いた彼の声だった。我われは追われている！ 監視されている！ あそこで誰かが窺《うかが》っているよ！ まるでもう長いあいだ猜疑心にさいなまれていたかのように、ひどく不安そうに言った。

いやはや……、とその男が言って、開いた扉から廊下に落ちた光の中に歩み出た。そこでズィンクレーアがその人が言おうとしたことを補った。僕の殿さまだよ、ヘルダー、方伯だよ。

困りきったヘルダリーンは口ごもりながらお詫びの言葉を探そうとした。しかし方伯は、うす暗いところをうろつくやからには私だって耐えられません、と宥めた。だから明るい光の中でご挨拶をしたほうがいいでしょう。夕食にお招きしてもよろしければ嬉しいですが。

ヘルダリーンははじめのうち、ほとんど喋らず、わずかしか答えなかった。自分が頑《かたく》なで、不快感を与えていて、ズィンクレーアがときどきわきから確かめるように眺めて、病気の具合を顔色で読もうとしていることがわかっていた。

気分がよくなってきた。休養できたよ、と彼は言った。

気づかれたと感じたズィンクレーアはそれをかわそうとして、バーデン人やダルムシュタット人、それにヴュルテンベルク人の頑固さをこぼした。彼らは再分割で少しも小国に譲ろうとしなかった、もしかするとまだ欺こうとしていたのかも知れない。ホンブルクには何の見込みもないも同然なのだよ。不思議なことに方伯はこのテーマに巻き込まれず、まったく慎重に、ヘルダリーンに「彼の境遇」について尋ねた。ヘルダリーンはここ数年のことを聞かれるのは何でもつらいことだと思っていたし、これまで誰も、ヨハンナでさえも、あえて質問することはなかったのだ。

彼は自分がどこにいたかを暗唱した、シュトゥットガルト、ハウプトヴィル、ボルドーに、それからニュルティンゲンに、と。親切で、素晴らしい人びとと近づきになりました。彼らは私を援助しようと尽力してくれました。それに奇抜で、深遠な美しさをもった風景の中を旅して、大切な友人たちを訪れました。私は酷寒と灼熱のあいだの境界を壁のように通りぬけました。

そう言ってあなたは宗教の説明をなさるのですね、と方伯は言った。

そうお思いですか？　私には当時、神々に見捨てられたように思えました。

ズィンクレーアがほっとして笑い声をあげ、緊張がほぐれた。「そうはいってもやはり宗教から離れないように」、方伯は、時代精神と宗教が、世俗的な希望と精神的な希望が互いに近づくような大きな詩を書くように老クロプシュトックに提案したことを話して聞かせた。しかし彼はこれをとり上げてくれませんでしたよ。

これがきっかけになった。ひょっとすると彼はこのためにレーゲンスブルクに旅をしてきたのだろう、依頼を受けるために——もっとも彼らは気をつかって、彼の前で政治的討論を避け、ホルンの貴族に対する粗野な怒りが、冗談めかして短くしか彼に届かないようにズィンクレーアは見張ってはいたが。いや、彼はもうそれを必要としない、彼は得体のしれないごたごたに巻き込まれたくなかった。方伯がほのめかしたことが彼の心を奪った。たしかに彼はまだ夕方の飲み会に誘い出され、ズィンクレーアの兄弟のような優しさを味わい、ヘルダリーンの影響を自慢するホルンに、自身のソフォクレスの翻訳を読むように促した。しかし彼はその力のすべてを方伯の提案に集中させていた。

帰郷後、ヨハンナは彼の様子がよいほうに向かっているのに啞然とした。彼はクラーツやケストリーンを訪れ、自分の子ども時代をまるで他人の子ども時代のように話した。彼は冷たいよ、とクラーツが言った。あんなに一緒にやってきたのに、とケストリーンが愚痴をこぼした。彼が上の空でなく、親切に扱ったのはカールだけだった。彼はカールを家から、女たちのスカートの裾から出してやりたかった。ここでは何者にもなれず、いつまでたっても小ゴック、偉大なゴック町長さんの息子のままだろうよ。ところがカールのほうは、病人がヨハンナをひとり占めにしたがっているのだろうと不信感を抱いた。

僕はまだ行けない。

僕はいつも出かけていたよ。

兄さんがどうなったか、ご覧のとおりだ。

誰も僕をよく思っていない、とヘルダリーンは思った。弟は無論そうだが、いろいろ物入りなことが多かったけれど、何の役にも立たなかったわ、とくどくど並べたてるヨハンナもまたそうだ。

僕は狂ってない、ばかじゃない、と彼はときおりぶつぶつ言った。するとみなはすかさず請けあった。そう、そうよ、ちょっと加減が悪いだけで、またすぐに元気になるわ。

彼はそうこうするうちにヨハンナがズゼッテに対する彼の愛情のことも知るようになったことに感づいていない。ズゼッテの手紙も二重の鍵のかかる小箱に入れて保管していたトランクを彼はわざとボルドーに残してきたが、それがマイアー領事によってニュルティンゲンへ転送され、彼がレーゲンスブルクに出かけているあいだに到着したのだった。ヨハンナは汚れた、黴臭いにおいのする洗濯物を取り出し、その小箱を見つけた。良心の呵責を覚えながら錠前師にそれを開けてもらい、手紙を読んだ。差出人の名前を探したが無駄だったので、はじめは何のことかわからなかった。しかしそこにあげられた名前や場所から、その説明がついたが、ハインリーケとカールに黙っておこうと心を決めていた。

彼女たちがうるさくつきまとう、彼はそれがわかっている。

彼女たちは絶えずしつこく迫り、根掘り葉掘り質問しようとする。今では、掃除をしようとするときしか部屋に入れてもらえない。彼はその場を離れず、疑い深そうに見張っている。

外出するときは書いたものすべてをしまい込んで鍵をかける。そして自分の手紙は見られないうちに、配達人に渡す。

彼女たちは詮索好きで、自分に敵意を持っているのだ。

彼はたびたび閉じこもり、食事に姿を見せるのを拒んだ。

一気に書きたかった。方伯の希望に応えたいと願った着想は豊かで、無尽蔵に思えた。使徒ヨハネも時代から唾され、追放された人で、その行為が失敗に終わった彼にもただひとつの武器として言葉が残った。パトモス島での恐ろしい洞察、黙示録のビジョン。しかしレーゲンスブルクでうまくいった最初の詩行は強烈で、それに負けないで書くには、ぎりぎりの力をふりしぼらないといけなかった。彼は詩行を順々にではなく、互いに結びつくか、あるいは互いに潰しあう層のように重ねて書けたらと願った。方伯にこの詩を約束していた。完成しなければならなかった。クロプシュトックに太刀打ちできるものを書くように挑まれていた。「神々は優しい、しかし彼らが支配するかぎり、／彼らがもっとも嫌うのは見せかけだけのものだ、そのときにはもう通用しない、／人間のもとで人間らしいとされたものは。」

共和国からの最新のニュースがあるの？　と彼が家の中へ叫んだ。

静かに！　とハインリーケが大声で言った。ブロインリーン家の人たちに聞こえるかも知れないわ。

そこでカールが答えた。共和国は十一年目だけど、我われは一八〇三年と数えているのだよ。

ヘルダリーンは扉をばたんと閉じ、鍵を回した。

数日間、ひと言も思いつかなかった。

ズィンクレーアがホンブルクに来てほしいと改めて頼んでくる。

彼は決めることができなかった。ヨハンナがかわりに返事をした。ズィンクレーアの「兄弟にもまさる好意」に感謝しながら、もう決して息子を自分の庇護のもとから手放すつもりがないことをはっきりと知らせた。息子はあまりにもしばしば彼女から逃げ出し、ダメージを負ってきた。「隠さずに申しあげますが、長男の嘆かわしい状態がよくならないときのことを考えると、とても心配です。と申しますのも、息子は来春、この上ない寛大なお許しとご親切なお招きを受けて、貴方さまをお訪ねするというずいぶん大きな望みを口にしています、このような暗澹たる状態ではとても無理だと思われますので……しかし神さまのおぼしめしで快方に向かいますなら……息子の救いと回復のために私はできる限りのことをいたします。当地の医者、プランク先生と彼の他の友人たちは、私どものようながさつな女たちのもとでは、そう簡単によくならないだろうと申されています。もちろん私どもはできるだけ彼を大切に扱っていますが、息子を楽しませ、気を晴らしてやることができず、放っておくしかないことがあまりにも多いです。以前はよく彼のそばにいて、気に入ってもらっていた長女も私も、よかれと思えることもさせてもらえないのです。」

ハインリーケの子どもたちだけが彼の部屋にいつでも入ることを許されていた。彼には子どもたちから隠れる必要はなかった。

クリストフ、リーケレ、フリッツ！　彼が呼ぶと、子どもたちはすぐにやって来た。わくわくするような遊びを考え出し、お行儀よくしていると、フランスの物語を、笛を吹く羊飼いや、黒い肌をした妖精や、人のいい追いはぎの話を伯父さんはしてくれるから。彼は子どもたちとならあえて町にも出かけ、彼とカール叔父さんが好きだった隠れ場所を彼らに教えて、教会前の敷石の上でけんけん跳びをして見せる。

ちがうよ、マンマ、フリッツ伯父さんは気がふれていないよ。

そう、あんたたちにはそうじゃないわね。

子どもたちは悲しくて、そして愉快なメロディーをフルートで吹いてもらうのが一番好きだ。私のよりよき日々に、優しい天空に、シャラント川の上の美しい空に思いを馳せると、そんなメロディーが浮かんでくるのだよ、と彼は意味ありげに仄めかす。

もうあきたよ。さあ、もう行きなさい。もう疲れた。

彼は誰かに手紙を書こう、誰かと腹を割って話しあおうと決心した。しかしズィンクレーアあるいはランダウアーのように彼のことを全て知っている人とではなく、その好意が彼の記憶に残っている誰か他の人と。ベーレンドルフとはどうだろう、その心のざわつきは自身のそれでもある——そうだ、ベーレンドルフだ！　そして彼は辻褄のあわない言葉を口にすることなく、気に入った喩えを見つけて、フランスのことを語る二頁以上もの手紙を一気に書くことができた。しかしもうひとつの声が強くなり、そしてついに理性に逆らって彼はその声に屈してしまった。「故郷の自然もじっくりと考察すればするほど、僕の心を強くとらえる。雷雨、その現象の最高の瞬間においてだけでなく、まさにこの観点に、力および形態として。そのほかの天のもろもろの形態では、我われに神聖にならしめるように、民族的《ナチオネル》なものを、しかも原理としてまた運命としてなるものを形成する光の作用、昇るとき、また沈むときのその圧倒的な力強さ。あちこちの森の特有の性格、自然のさまざまな性格がひとつの地方で出会い、こうして大地の全ての聖なる場所がひとつの場所の周りに集まる。すると僕の窓辺をつつむ哲学的な光が僕の喜びになる。僕がここまでやってきたように、これからも保ちつづけられるように！」

彼らが探りを入れて聞き出そうとするから、彼はこう書かずにはいられないのだろうか？　たまたま家に来ていて、階段のところで出会ったクラーツを、彼はめまいがするような哲学的な話にひっぱり込む。

いったいなぜ冬はもうやまないのでしょう、敬愛するお方よ？

ようやく十一月になったばかりだよ、フリッツ。

終わりが見えません。

三月までまだ凍てつくような寒さを覚悟しなければならんよ。

おそらく凍てつくような寒さを、マギスター殿、ですかね。それからなお長く、しかし三月まではね。

では寒いのかね、フリッツ？

人間が、残忍な人間が夏を略奪して、副牧師殿《ディアコーン》、共和国を冬にひき渡したのです。

それは私には難しくなりすぎたよ、フリッツ。

難しくなりすぎた？　みなはどんな季節を覚悟しなければならないかを忘れてしまい、今はその準備ができていないのです。これは困ったことです。

そうだ、困ったことだ。さようなら《アデー》、フリッツ。

さようなら、副牧師殿。おりを見てまたお話をさせてもらってもいいでしょうか？

君に会いに来ようか？

いや結構です。

方伯に捧げる詩は今、うまく捗っていた。クリスマスに彼は妹の子どもたちに栗の実と木の枝でこしらえた奇妙な人形をプレゼントした。そして妹から大晦日に子どもたちを連れて街中を歩き、イルミネーションをながめ、真夜中に塔の上でラッパが吹き鳴らされるのを聞く許しをもらった。噴水はどれも凍っている。

氷は水を思い出させるが、水そのものでないのだよ、と彼は子どもたちに説明する。それは今日の人間の状態によく似ている。

それより何か歌って、フリッツ伯父さん。

一八〇三年一月十三日、彼は方伯に献じる讃歌「パトモス」をズィンクレーアに送った。ズィンクレーアはこの手稿を方伯の五十五歳の誕生日に進呈した。方伯は喜ばれ、感謝してこれを受けとり、ホンブルクでヘルダリーンに会うことを楽しみにされているとのことだった。「荒れ模様の天気が過ぎ去ったら、春と一緒に君の到着を楽しみにしている。」

友人たちは彼を忘れていなかった。ベーレンドルフはソフォクレスの翻訳のために出版社を探そうとした。シャルロッテ・フォン・カルプは彼女の旅の生活の数えきれない滞在地のひとつであるホンブルクに数週間住んでいたが、「心からよろしく」との挨拶を送ってよこした。それに「君が来てくれると、彼女のためにも僕はありがたいよ。あのひとのにぎやかな精神は相手がひとりでは物足りないのだ。取り巻きには事欠かないのに、その教養が何も使われることがないのだ。」最も誠実な友人のひとりであるランダウアーは彼の沈黙を気にやみ、彼の心に訴えかけた。「どうしているの？　おそらく一日中、それから夜半まで、仕事をしているのだろう。それで何の知らせもくれず、その上、もう訪ねてこない。正直のところ、友よ、君がもう友人の消息を尋ねようとしないのは、君にとって友人はないも同然になってしまったのかと考えて、よくつらい思いがするのだ。」

冬が過ぎ去るやいなや、彼は子どもたちに予告した、すぐに出発して、友人たちがどうしているか見に行くつもりだよ。今のところは、他の人の話に耳を傾けるのはまだ骨が折れるがね、とつけ加えた。

クロプシュトックが亡くなった。ヘルダリーンは新聞でそれを読み、それはもう悲しそうに部屋の中を走り回ったので、ヨハンナとリーケが彼の様子を見にきた。

あの人を尊敬していたのだ。

誰を、フリッツ？

クロプシュトックだ。クロプシュトックが亡くなった。もう一度カールに読み聞かせてやることができたらなあ。なぜこんな都合の悪いときに旅に出ているのだろう。

プランク医師は新たな、恐ろしい発作を懸念した。

彼はもう子どもたちも寄せつけなかった。読み聞かせを頼まれていたラテン語学校の生徒も今では彼を怖れるようになっていた。

少し体調がいいと、彼は台所の母のところに行き、しきりにニュースを聞きたがった。母はとにかく思いついたことを口にした。あのケストリーンさんにお孫さんができたのよ。親戚のブロインリーン家はとてもリーケのことを気づかってくれるわ。クルツさんのところの雌牛が疫病にかかったのよ。プランク先生の息子さんは今、ラテン語学校で一番なのよ。シェリングのおばさんのマティルデの話だと、お友だちがムルハルトにご両親を訪ねてきているそうよ。まあ、考えてもごらん、結婚するのよ。

行ってみる。

どこへ？

ムルハルトだ。

行かないで、フリッツ。

ひき止めることはできなかった。彼女たちは叫び、彼を追いかけて走った。いったい何を考えているの。シェリングはあんたの相手をする暇なんてないのよ。どうかやめておくれ、フリッツ。いつ帰ってくるの？

彼は道なりにではなく、野原を越え、ケンゲン、プロッヒンゲン、ショルンドルフを通りすぎ、それから森を通りぬけ、エーブニー、そしてムルハルトまで走った。彼は突然、幽霊のようにシェリング家の裏庭に立っていた。

ヘルダー？　まさか。

君と話さねばならないのだ。

もちろんだとも、家に入ってくれたまえ。

シェリングは彼を両親とカロリーネ・シュレーゲルに紹介した。

もうすぐ妻になるひとだ。君はまだ結婚してないの。

そうだ。どうして？

とにかく聞いただけだ。

シェリングは彼の面倒をみた。僕とところで、僕の部屋で泊まってもらえるよ、だって話すことがいっぱいあるのだから――最後に会ったのはフランクフルトだったね。ヘルダリーンは見当違いの答えをしないかと怖れて、黙っていた。自分の仕事が話題にあがったとき、はじめて生き生きとして、ポケットからソフォクレスの翻訳、オイディプスとアンティゴネをとり出し、それを読み聞かせていたが、原稿をばらばらにしてしまい、さがし回った。シェリングが彼を助けて頁を整えてくれた。この翻訳に注解も書いたが、これがとくに重要なのだよ。「すなわち苦悩の極限において人間には時間あるいは空間の制約しか存在しない。このような状態において、人間はまったく瞬間の中に没入しているから、おのれを忘れる。神はほかならぬ時間であるから、神と人間は相容れないものになる。時間はそのような瞬間に定言的《カテゴーリシュ》に転回し、発端と終わりが時間の中で対応することはない。人間はこの瞬間にその定言的な転回に従わざるをえなくなり、それに伴って、それ以後、まったく首尾の対応ができなくなる。」ヘルダリーンはそのとき生じた間《ま》を破るように言った。見てわかるように、問題は二重の印象をあたえる真実なのだ。

それを君はどう解釈しているのだ、とシェリングが尋ねた。

身をもってそれを知ったのだ。

それからもう彼を会話に誘うことはできなかった。

彼は愛想よく黙って食事に加わり、次の日にシェリングの家族が企てたハイキングに参加した、その際、彼らはヘルダリーンに何度も帰宅するようにせかしたが、二晩目も彼は帰るそぶりも見せず、そこに止まり、その次の早朝に別れを告げた。こうして会えて大いに得るところがあったよ。

家に帰った彼は部屋に閉じこもってしまった。ヨハンナはシェリングが言ったことを、彼が元気だったかどうかを、その若い女性がどんなひとかを聞きたかったが、何も聞けなかった。「ここに滞在中に目にした一番悲しい光景はヘルダリーンの姿だった」と、シェリングはヘーゲルに手紙を書いた。「フランスへ旅をして以来、……彼は精神がひどく損なわれてしまった。例えばギリシア語からの翻訳などの二、三の仕事はまだある程度までできるが、その他の点ではまったく放心状態である。彼の姿を見て僕はショックを受けた。ぞっとするほどまったく身なりに構わないのだ。その話しぶりはあまり常軌を逸したようには見えないが、このような状態にある人の外面的な態度をすっかり身につけてしまった。」そうこうするうちにヘーゲルはシェリングと同じようにイエーナ大学の私講師になっていた。シェリングはヘーゲルに、ヘルダリーンをイエーナに呼べるかどうか考えてみてほしい、ひょっとすると家庭教師のポストが見つかるかもしれないからね、と頼んだ。しかしヘルダリーンを「根底からまた立て直さないといけないだろう。まず彼の外見にたいする驚きを克服してしまえば、彼は静かで、もの思いにふけっているだけだから、それ以上、苦労はかけないだろうよ」、と。ヘーゲルはこの件を気にかけるつもりだと言ったが、ヘルダリーンには一行も書かなかった。

彼らは彼の知らないところでひそひそ話をし、用心深く彼から逃げ去った。彼は仲間外れになり、もはや先へ進めず、対等の友人であることができない。ズィンクレーアだけは本気で、さらにせき立ててきた。夏になりました、ヘルダリーン君はホンブルクで「快適に、生活の心配なく」暮らすことができ、二〇〇グルデンの俸給をもらえるでしょう、と。ヨハンナはそれ以上話を進めずに断った。ヘルダリーンはこうした手紙のやりとりについて何も知らされていなかった。母は彼を出発させる気もなく、そうさせることもできなかった。

フランクフルトの出版者フリードリヒ・ヴィルマンスから来た手紙がとりつくしまもない無為の生活からヘルダリーンをひきずり出した。ヴィルスマンは自社でソフォクレスの翻訳をひき受ける気があり、おまけに自身の編集になる文庫本のために詩を送るように依頼してきた。

今、仕事をしなければならない、仕事をしようと努め、以前にもまして母や妹に静かにしてほしいと求めた。それでも以前にもまして姿を見せて、おしゃべりをするようになった。ときにはケストリーンにオイディプスの詩節を見てもらい、もっと身形《みなり》にも気を配るようになった。

プランク先生は不機嫌な患者の病状が目立ってよくなったと断言したが、思い違いだった。いつものように怒りが爆発することなしに病気がぶり返した。それは無言の痙攣だった。ヘルダリーンは突然周りの人びとに背を向けた。彼が部屋で何をしているか、母と妹はわからなかった。もう部屋を片づけることも許されない。部屋は我慢できないほど臭い。病人は食べ残したものを深皿に入れて窓台の上に置いていたが、それが太陽にあたって腐り、醱酵する。一八〇四年四月、フランクフルトからソフォクレスの二巻本の献本が届き、ヨハンナがその包みを彼に渡そうとしたとき――

ご本がきたのよ、フリッツ！――彼は全然反応しなかった。彼女は扉を叩き、さらに二、三度、ご本よ！　ご本よ！　とだんだん声をあげて叫び、そのあと、その包みを敷居の上に置いた。夜中に彼はそれらをとり込み、几帳面に積み重ね、何度も数をかぞえ、献本したい人のリストを作り始める。マーゲナウ、ノイファー、コンツ、テュービンゲンの人たちは出てこない。しかしシェリングとヘーゲルには送るだろう。このふたりとは一緒にさらに先に進んでいたので、思い出に残っているだろう。ゲーテは好きでないが、おそらく送るだろう。しかし彼を見放してしまったシラーには送らないだろう。そうこうするうちにシュトゥットガルトで行政事務官になっていて、訪問したいと思っていたが果たせなかったゼッケンドルフ。それからやっぱりズィンクレーア、「唯一の友人」だから。

ズィンクレーアの粘り強さにヨハンナはついに根負けしてしまった。ヘルダリーン君は宮廷司書のポストをもらいますが、それに伴った仕事に専念する必要がないのですよ。

ありがたく存じておりますが！　ヨハンナは逃げ口上の名人である。息子は「このポストをひき受ける状態にはおりません。私の浅はかな考えによりますと、それにはしっかりとした分別がいるでしょうから。それに残念ながら、私の長男は非常に不幸で、分別力がとても弱っています。」息子が「その職務をしかるべき注意力を持って果すことができるかどうか、それにすぐに解雇されるかもしれませんが」、これが「母親の私が彼の弱点だと認めざるをえない、大きな名誉心に、またあまりにも酷い打撃を与えることになるかもしれないのです……」ズィンクレーアはこれ以上、改めて議論にひき込まれないように、不意に彼女を訪問する。

彼はシュトゥットガルトに向けて旅に出た。ひょっとすると選帝侯フリードリヒに逮捕さかねないが、反対派の代表団の立場の悪化のため自身で姿を見せざるをえなくなったのである。彼はバーツとゼッケンドルフと共謀した。選帝侯によって領邦議会が解散させられ、各階層が無力化されようとしていたので、先手を打って、フリードリヒ公とその大臣ヴィンツィンゲローデに対してクーデターを起こす可能性を探っていたのだ。六月にズィンクレーアは予告もせずにニュルティンゲンに姿を現した。病気の友人を試しに一日、まかせてほしいとヨハンナを説得した。ヨハンナは度を失い、ハインリーケを呼んで助けを求めた。しかし妹は、少なくともしばらく兄から解放されるほうが嬉しかったのだろう、でしゃばらなかった。馬車が翌朝のために予約された。ズィンクレーアはテュービンゲンに寄り道をしなければならず、そこからシュトゥットガルトに向かうとのことだった。

トランクに何を詰めればいいのかしら？　と女たちが尋ねる。どのくらいホンブルクに滞在することになるのかしら？　全部は洗濯できてないわ。

要るものは後で送っていただけます、参事官夫人。

ヘルダリーンが無関心に突っ立っているので、ヨハンナは腹を立てた。

いいかげんに何かしてよ、フリッツ。

はい、すぐに。

ズィンクレーアはヘルダリーンの部屋の乱雑さにぎょっとして、そそくさと友人におやすみを言った。ヨハンナはかつて祖母ハインンが使っていた部屋にズィンクレーアを泊めた。ヘルダリーンは戸を閉めて鍵をかけたが、床にはつかなかった。ぶつぶつつぶやきながら部屋を片づけた。陰で何も言われたくない。彼は這いつくばって、ぼろ布で床を拭き、それから携えていこうと思う本や原稿を選び出して束ねた。

いつもよくそうしたように彼はまた窓辺に座って明るくなるまで待った。子どもたちがまずノックした。彼らは悲しげで、興奮していた。

すぐに帰ってくるの？

わからない。

帰ってこなくちゃ！

彼はひとりまたひとりと抱きしめて、帰ってくるときにはとびきり素敵な贈り物を持ってくるからね、と約束する。

ヨハンナは彼がここ何年も一度も戸棚からとり出したことのない新しいスーツを着ていることを嬉しく思った。彼女は泣いた、彼を奪いあうことをあきらめてしまった。ズィンクレーアはヘルダリーンの消息を定期的に彼女に書いてよこすと約束した。

ハインリーケ、カールそして子どもたちが手を振った。ヨハンナはネッカー坂まで馬車の横について走った。

さようなら《アデー》。

彼がニュルティンゲンを目にすることは二度とないだろう。

この旅が君にとって我慢できなくないことを願っているよ。ズィンクレーアはヘルダリーンの肩に腕を回して、返事を待たないで、山積みになっているごたごたを話して聞かせた。バーツやゼッケンドルフやグッチャー、その他に、二、三人の領邦議会委員会のメンバーは決然たる共和主義の弁護者と考えられている。しかし不安が共和主義者の多くを密告者やスパイにしてしまうのだよ。テュービンゲンで「仔羊亭《ラム》」に宿をとった。まだ覚えているかい？ ズィンクレーアがヘルダリーンの記憶を呼び覚まそうとするが、彼は頭を横に振った。もう何も覚えていない、それに重要なことでもない。

ズィンクレーアの報告が彼を興奮させていた。彼は無名の人物、交換可能な尾行者の謀反に自分がひきずり込まれていくように感じていた。ズィンクレーアは彼の理想がどんなに汚され、あざけりを受けたか全然わかっていないだろう。しかし馬車でシュトゥットガルトへ行く途中のベーベンハウゼン（シトー会の修道院を囲むテュービンゲンの北方の村）の眺めがヘルダリーンに古きよき日々を、青春時代の陶酔を、それから侵すことのできないあらゆる希望をやはり夢中になって話させた。彼は突然、政治について、時代について喋り始めた。僕はためらっていない、イーザク、そうではないのだ。それに僕がひきこもってしまい、もはや時代について発言しないと君が考えているなら、思い違いだ。教育のない人たちや不安そうな人たちと僕ほどたくさん話したものは君たちの中にはいない。自分たちの王が奪われたことを理解できなかったが、それでも共和国が最もふさわしいものと見なしていたシャラント地方（ボルドーの北方）の男たちと。恐怖からだよ、ズィンクレーア！ それなのに誰も彼らによりよきことを、憲法のすばらしい意味を説明しなかったのだ。怠惰から我われを自由にするあの可能性のすべてを。誰ひとりとして！ 彼らはいつも、共和制の名で泥棒になりさがり、責めさいなみ、人殺しをした兵士たちしか見ていなかった。この矛盾が、イーザク……僕は……

彼は不意に話すのをやめ、自分の声に聞き耳を立てた。もう長いあいだ筋の通った話をしなかったし、まだそれができるとは思ってもいなかった。彼はもうそうできないだろう。これは名残だった。

僕は味わうつもりだ、と彼は何度もくり返して言った。

何を、ヘルダー？

まあ待っていてくれたまえ！

そのような馬車の旅は今では彼の力を越えていた。馬車がシュトゥットガルトにつき、旅館「ローマ皇帝亭」の前に停まったとき、彼は震え、額には汗が出ていた。衰弱をズィンクレーアに見られたくなくて、彼は言った。あの角を曲がったところにランダウアーが住んでいるのだ。

君に会いにきてくれるだろう。

旅館の食堂ですでにひとりの紳士がズィンクレーアを待ち受けていた。

僕はこれ以上、人と会いたくない、もう誰とも知りあいたくない。もうたくさんだ。

ヘルダリーンが激して大声をあげたので、見知らぬ男に聞こえたにちがいない。ズィンクレーアは彼の腕をとって、ひっぱって行った。君は隠遁生活から出てくる気はないのか、ヘルダー？　君を助けることができないのか？

その男は彼に反感をいだかせた。ブランケンシュタイン、アレクサンダー・ブランケンシュタインだ、とズィンクレーアが紹介した。そしてこれが僕の友人、フリードリヒ・ヘルダリーンだ。

話をしているとブランケンシュタインに対する嫌悪感が奇妙にうすれてきた。おしゃれな出で立ちには似あわず、控え目でよく気がつき、他の人たちを喋らせ、無駄のない情報を提供した。もちろんヘルダリーンは、この男が耳を傾けるのは待ち伏せをすることであり、こっそり伝えられたことをいつか悪用するためにすべて記憶しておくのだということがだんだんわかってきた。

ブランケンシュタインのことをヘルダリーンは自分で聞いて回らねばならなかった。ズィンクレーアはこの男について彼に情報を与えるつもりがほとんどなかった。そこで彼はバーツから、そしてホンブルクではズィンクレーアの母親、フォン・プレック夫人や下宿の主人である時計職人、カラムからいろいろなことを聞いた。ブランケンシュタインの件は彼には紛糾していて、不気味で謎めいてくる。彼はブランケンシュタインがズィンクレーアだけでなく、自分にもつきまとうのではないかと心配した。いかがわしい、なりすました人物、フランクフルト以来、彼をしつこくつきまとおうとする黒幕のひとり。それから彼はまた自分の誤りを正した。向う見ずかもしれないが、それ以上ではない二十一歳の男がどうして自分にとって危険な存在になりうるのだろう？　とにかく抜け目がない。彼らが知りあって一年足らずのうちに、ズィンクレーアを陰謀に巻き込んだのだ。それはヘルダリーンには不可解なままだった。富くじ、負債を負った方伯を助けるという名目の委員会が立案した財政上のプロジェクト、方伯の富くじ、ブランケンシュタインはこれでたえずあぶく銭を得ていた。この男がどこから来たのか、彼がキリスト教に改宗したユダヤ人で、ズィンクレーアが彼の洗礼立会人であることはヘルダリーンにとってはどうでもよかった。しかしズィンクレーアがブランケンシュタインに捉われ、支配されて影響を受けていることはどうでもよくなかった。

ズィンクレーアからブランケンシュタインから別れるつもりだと打ち明けられたとき、ヘルダリーンはそれだけにほっと安心した。もちろんすぐにはできないし、ただでは済まないだろうがね。

ヘルダリーンは政治的な議論に巻き込まれた。彼はそれを決意と跳躍、希望と挫折のくり返しが加速される儀式のように感じていた。用心深くすることを、油断しないでスパイを探し、立ち聞きをする人がいないかドアを開け、ほとんど誰でも疑うようになった。実際、そんなことを身につける必要はもうなかったのに、はっきりしない、屈従的な不安と道連れだった。ここ数年来、不安が彼のお伴だった。ただその脅迫が増してきただけだ。耳に入ってくること全てが彼をすくませる。シュトュットガルトでバーツとゼッケンドルフが選帝侯の暗殺計画を提案し、ズィンクレーアがそれに加担する。そして、いったい誰がそれをするのだ？　という疑問で終わってしまう。ブランケンシュタインが虎視眈々とし、意見を求めて呼ばれたランダウアーが、不意に小心になり、この計画を実行不可能と見なし、友人たちをいかれた向う見ずと呼ぶ。誰かが考え込みながら小声で、「しかし共和制は」と言う。すると彼の頭の中にこの命題がとりついて大きくなり、しかし共和制は？　という意味を失った問いになる。選帝侯が諸階級の代表に領邦議会の解散を告げたと見知らぬ男が知らせてきて、くどくどと同じことをくり返すだけだった話し合いをひき裂いてしまった。クーデターだ！　クーデターだ！　とみなが勝手にわめいた。彼らはそわそわし始めた。領主の介入を予期して、出発を、逃走を計画して、あわてふためいてシュトゥットガルトを後にした。そしてブランケンシュタインは旅の途中で陰険な思いに耽っていた――売国でなければいいのだが、売国——。ズィンクレーアはホンブルクでヘルダリーンに一刻の安らぎも与えてくれなかった。ユングに事態を説明しなければならないので、一緒にマインツへ旅をしてくれたまえ。しかし彼が楽しみにしていたユングとの再会は、幻滅に終わってしまった。というのはここで姿を見せたのは、不如意に追いやられて懐疑的になった人物、背中を丸めた小男の姿だったから。共和国の警部であるユングは、万策つきて、そのポストを放棄しようとしていた。彼らはもう今は、ボナパルトのことを、自身の戴冠式の準備をしていたナポレオンのことしかしゃべらなかった。一日中、ヘルダリーンは黙っていた。ズィンクレーアは彼の沈黙に慣れてしまっていた。そのヘルダリーンが口を苦い思いと怒りでいっぱいにして、叫びはじめ、こぶしを固めて胸を叩いた。共和国は王だけでは十分でない、そうだ、王だけでは。共和国には皇帝も必要だ。

それから彼にはもう何も聞こえなかった。彼は自分がつかまれるのを感じた、用心深く。自分の前を行くほかの人たちに倣って彼は歩いた。ズィンクレーアなの？　君がそばにいてくれるの？

そうだよ、カラムさんが君にワインを持ってきてくれる。君が眠る前に様子を見に来るからね。

彼はまたホンブルクに、ノイガッセの自室にいる。

家主のカラム氏はフランス人だが、フランス人とのつきあい方を学んだ彼はうまくやっていけるだろう。

フランス語でお話になるにはおよびませんよ、博士さん。

それではドイツ語もおできで——なんて奇妙なことでしょう。

ここについた最初の何日かに、彼はまた詩作を始めた。彼は書いたものを、さらに書きつづけるつもりの断片を持ってきていた。美しい、優しく響く過去の光景に思いを馳せた。「そしてティルの谷、それは……」。あるいは彼の中で願いが絶えず、「いつまでも真実の中にとどまることを許したまえ……」、と語る。

回復の兆しが見えました、とズィンクレーアはゼッケンドルフやランダウアー、それからヨハンナを安心させた。彼女は息子の「長い沈黙が気がかりで憂慮していた」が、ヘルダリーンが宮廷司書として雇われ、二百グルデンという気前のいい俸給を受けることを誇らしく思う。もっともそれはズィンクレーアから出たもので、彼が方伯から認められた俸給の補助金を友人に支払ってもらったのだったが。

多くのことは虚構だ、と彼はズィンクレーアに言った。

ズィンクレーアが驚いて彼を見つめると、彼は説明するようにつけ加えた。例えば、僕が君のそばにいることは。

でもそれはやはり現実だよ、ヘルダー。

少なからぬ人びとは、僕はよくわかっているが、それを見捨ててしまった。

ヘルダリーンの回復が順調だと思ったズィンクレーアは思い違いをしていた。ヘルダリーンはまたニュルティンゲンでのように閉じこもり、カラムはヨハンナと同じように、食事を戸口の敷居に置いておかねばならなかった。ズィンクレーアは策略をめぐらせないと病人を誘い出すことができなくなってしまった。以前から彼の詩の実に熱烈な崇拝者である、ゲルニングという人を彼に紹介すると約束した。

その人が僕と文学について話そうというのかい？

君と僕を招待してくれたのだ。

文学について話すためだけに？

他の何についてでもないよ。

もう人も物も歪んで見える彼には、その招待者は精神的に同等と思えた。フランクフルトに芸術の神殿と呼んだ家を建てた、金持ちの商人ヨーハン・ゲルニングは孔雀のように虚栄心が強く、おべっか使いだった。自尊心が強く、無神経で、機会があるたびに下手な詩をこしらえ、それを不滅だと信じ込んでいた。

この男とヘルダリーンが食卓についている。

詩を朗読させられている。

パトロンぶった男の思うままになっている。

どうかあなたのお言葉をいただきたいのです、ヘルダリーンさん、私のもとにあなたのような詩人がおいでとは、なんと嬉しいことでしょう。

くだらないお芝居につきあわされた彼は後援者の下手な詩を褒める。ぜひともあなたの教訓詩に取りかかられるべきでしょう。しかしそれはあまり道徳的になってはいけません、ゲルニングさん、私の言うことがおわかりでしょう。

わからないとでもおっしゃるのですか。

すでに言いましたように、あまり道徳的にならないで。

もちろんですとも。ご意見に従うように努力します。ヘルダリーンさん。

それがお役に立つでしょう。

きっとそうでしょう。

といいますのもよき考えはひとりでに出てくるものではありません、それに道徳は概して害を与えますからね。

はい、そうとも言えるでしょう。

ね、そうでしょう。わかってくださったのですね、ゲルニングさん？

彼が図書館に入り、宮廷司書殿と挨拶されることを喜び、自分に決められた机に座り、天板の上に手を置いて、しばらく座ったままでじっとしていると、ときどきアウグステ公女が通りすぎた。彼女は彼に話しかける勇気がない。彼はその後で、昔のことを思い出すよ、とひとりの愛らしい女性のことをズィンクレーアに話した。

アウグステ公女さまのことを言っているの？

彼女は僕に手紙をくれたのだ、イーザク。

新しい情報がひっきりなしに入ってきて彼をわずらわせた。

なぜパリに行こうとしているのだ、イーザク？　そこで何をするつもりだ？　皇帝に服従するつもりなの？

戴冠式で方伯の代理をつとめねばならないのだ。

行かないでくれ！

任務なのだ、ヘルダー！

お願いだ、行かないでくれ！

ママが君の面倒をみてくれるだろう。

そのときから声が、彼の内なる声が彼の後をつけ、つきまとう、そして彼が聞きわけることのない、他の人の声が。

私はいわば、依頼をうけて仕事をしています、と彼はカラムに言う。そして私の仕事があなたの心を暗くしてはなりません、お客さま。

彼はフォン・プレック夫人を恭しく扱い、何度か彼女を、「僕の友人の、思いやりのある代行者」と呼んだ。

ソフォクレスの翻訳を公女に献呈することは宮廷司書としての自分の評判に役立つだろう、と思いついた彼は、古代と現代の状況を注意深く比べることは有意義なことでしょう、と彼女に手紙を書く。

私たちはもう皇帝を戴いているのかどうか、お教え願えないでしょうか？　と彼は過度に丁重な口調でズィンクレーアの母親に尋ねる。

まだよ、ヘルダリーンさん。十二月二日に戴冠式とのことですよ。

それは周知のニュースですか？

はい、そう聞いています。

それで共和国からの便りにはどう書いてありますか？

それは言えません。

ごもっともです。

方伯とアウグステ公女はフォン・プレック夫人を通じてヘルダリーンの健康状態を尋ね、彼が何を大切にしているか、何を嫌がっているかを聞いた。音楽が最良の治療法だと知ったアウグステは彼にピアノを自由に使えるようにし、そして方伯はベルギリウスの作品を贈った。

方伯殿下と公女さまを心から尊敬していることをお伝えください、と彼はフォン・プレック夫人に依頼する。感謝のしるしに殿下について特に書くつもりです。この上なく美しい詩を考え出したのですよ。「父の祝福はしかし／子どもたちのために家を建てる、しかし歌うために……」

ヨハンナはもっと頻繁に手紙を書くように急き立てた。この一通の手紙だけでは、「知りたいという渇望はとうてい満たされません」。

ようやく一月にズィンクレーアが帰ってきた。彼は世論しか、怖ろしいひそひそ声と不安しか持ち帰らなかった。

さあ、散歩に行こう、ヘルダー、以前のように。

でもフランクフルトじゃなく、白楊を目にすることができるかも知れないところへ行こう。

タウヌス山地のある峰で、ヘルダリーンはテック城塞やノイフェン城やアッハアルム城塞について夢中で話し出した。それらが風景についての、もはや比較を探し求めることのない見方を与えてくれたので、僕にはかけがえのないものになったんだよ。

ズィンクレーアの困難な状況についてのうわさは、断片的にしか彼に届かなかった。というのもズィンクレーアは彼をいたわり、さしあたりこの件を隠しとおしていたから。

ズィンクレーアがブランケンシュタインと縁を切ったらしい。

ブランケンシュタインがズィンクレーアを陰謀のかどでヴュルテンベルク選帝侯に密告したとのことだった。ズィンクレーアが横領したと言われている。

言われている？　言われている？

多くの共和主義者が、どうして多くの領主のもとで用いられないといけないのだろう？　彼は叫び、ピアノを打ち鳴らし、パニックにおちいった。あわてふためいたカラムはズィンクレーアを呼んだが、ヘルダリーンは彼に会うことを拒んだ。

ヘルダリーンはおとなしくなった。彼は耳を欹てている。ズィンクレーアは開けてくれと頼むが、動く気配はない。

フォン・プレック夫人があなたさまのお世話をしてくださるでしょう、とカラムがドアの前で言った。

ひょっとすると追跡者は自分のことを考えていて、決してズィンクレーアを狙っているのではないのかもしれない。そうだ、共和国に皇帝が、ヴュルテンベルクに選帝侯が、ホンブルクに方伯がいるようになって以来、もうジャコバン派はいないのだ。多くの人たちが共和制の夢を見た。それは真実だ、自分はそれを証明できるかもしれないが、そうしないだろう。そうだ、というのもジャコバン派と共有するものは何もないから。それは黙っていないといけない。そこで彼はドアを急に開け、うろたえて見張っていたカラムを押しのけ、路地へ走り出て叫んだ。私はジャコバン派でいるつもりはない！　ジャコバン派でいるつもりはない！　国王万歳！

通りすがりの人がカラムを助けて、ヘルダリーンを家にひきずり込んだ。彼は抗い、さらに叫んだ。どうしてしまったのかしら、フォン・プレック夫人はつぶやいた。カラムの妻と一緒に、疲れはてた彼の胸と額に湿布を当てた。あの人たちは彼をどうしてしまったのかしら。

ズィンクレーアの身に起きたことを彼はくわしく聞き知ることはなかった。短絡してそれが伝わった彼にはおぼろげな脅しになった。

いたるところで彼らに待ち伏せされるだろう、彼はそれを確信している。

ブランケンシュタインはズィンクレーアに商売を台無しにされそうになり、憤りのあまり自身の保護者である彼をフリードリヒ選帝侯に告発した。「ズィンクレーアとバーツがシュヴァーベンの混乱により世間一般の激情を煽り立てたと思い、そして国家の一大事であるのにそこから姿を消したことは……」疑いもありません、と告発の根拠をあげた。

選帝侯は犯人のひき渡しを方伯と交渉するため、大臣ヴィンツィンゲローデをフランクフルトに派遣した。方伯にとってたしかに譲歩は難しいことだった。しかしヴィンツィンゲローデは方伯にそつなく論拠を示して圧力をかけ、ズィンクレーアをただちに逮捕させ、ヴュルテンベルクにひき渡す同意を得て、それが行使された。一八〇五年二月二十五日から二十六日にかけての夜中にズィンクレーアは逮捕され、彼の私的な書類が差し押さえられ、持ち去られた。別れのときにズィンクレーアは、私はたしかに潔白ですが、ひどく軽率でした、と自身の母に誓言したという。ヘルダリーンの名前はブランケンシュタインによって、すでに挙げられていた。「この件について同じように全てを承知していた彼の仲間、ニュルティンゲンのフリードリヒ・ヘルダリーンは精神錯乱のごとき状態に陥っています……」。そのために彼らはヘルダリーンを問題にせず、後回しにしたが、この気のふれた共謀者について疑い深く問いあわせをした。大臣ヴィンツィンゲローデを座長とした審問委員会は、宗教局ならびにニュルティンゲンの町長フォルツから、ヘルダリーンの見逃しを勧める情報を得た。宗教局の判断によると、ヘルダリーンは「修道院学校時代はつねに申し分のない態度だった。よき才能と精励によって彼の学業は非常に優れていた。遺憾なことは、彼の想像力がひどく病的に働いたために、やがてその最も重要な使命を忘れさり、教会の職務や副牧師としての役目を果たすことができなくなってしまったことだけである。」フォルツは痛ましくも「心を病んだ状態」であることと、法律顧問官ズィンクレーアの寛大なふるまいについて、「ヘルダリーンをホンブルクの宮廷図書館司書に雇用することによって、より恵まれた生活に変え、その精神を再び以前のようなよき方向に向けるように」大いに努めたと書いている。ヴィンツィンゲローデはこれらの情報に満足しなかった。徹底的な復讐心はその犠牲を求めた。委員会はヘルダリーンの病状について医者の診断書の提出を要求してきた。こう迫られた方伯は譲歩した。ヘルダリーンが最初にホンブルクに滞在したとき、すでに彼を診察したミュラー博士ははっきりと診断をくだしたので、シュトゥットガルトはこれ以上容疑をかけ続けることを断念してしまった。「この不幸な人が精神的にこんなにも破綻してしまったことがわかり……私は非常に愕然としてしまいました。分別のある言葉を彼としゃべることができませんでした、それに絶え間なくからだを激しく動かせていました。数回、彼を訪問しましたが、その都度、彼の病状が悪化していることに気づきました、そして彼の言うことはだんだん理解できないものなっていきました。今は精神錯乱が進んで凶暴になり、話す言葉は半分ドイツ語、半分ギリシア語とラテン語が入り混じったもののように聞こえますが、もはやまったく理解できません。」

ズィンクレーアやバーツやゼッケンドルフ、それにズィンクレーアが学生時代から知っていた法律学者ヤーコプ・フリードリヒ・ヴァイスハールは告訴されたままだった。審理はまずルートヴィヒスブルクで、それからソリテュード宮殿でとりおこなわれ、そこで謀反人たちは「より厳重に拘留」された。二ヵ月後、委員会はその取調べを終えた。ブランケンシュタインは全てを、全て以上をではないとしても打ち明けた。選帝侯はズィンクレーアと他の人たちが「革命的な考え方を広めたまぎれもない民主主義者たち」であり、とくにズィンクレーアは「共和制論者」として広く知られていることを承知するようになった。ゼッケンドルフはヴュルテンベルクの参事官として一番厳しく罰せられた。「宮廷での今までの地位と市民としての立場を失っただけでなく、二年間の禁固刑と、それに続く国外追放」という判決が彼にくだされるが、すでに一八〇五年十月には恩赦を与えられている。ズィンクレーアは方伯の懇請によって、七月のはじめに釈放された。男たちの夢は活動するうちにぼろぼろになってしまった。

ズィンクレーアが帰宅すると、友はもうカラムの庇護のもとにいなかった。たけり狂ったヘルダリーンが家具調度品をさらに全部壊してしまうのではと怖れた時計職人はこれ以上宿を提供することを断っていた。フォン・プレック夫人はアウグステ公女の助けを借りて、ヴュルテンベルク出身の鞍つくりの親方ラットナーのもとでうまく住まいを見つけた。

その部屋は二階にあった。そこでズィンクレーアは彼を見つけた。友人を驚かさないように彼は自分の来訪を母に知らせてもらっていた。痩せ細ってしまったヘルダリーンは机のそばに身をかがめて立ち、ズィンクレーアを食い入るように見つめた。

愛する友よ、と彼が言う。いったいどこにいたのだ？　それもこんなに長く。

殿さまが僕を旅に出されたのだ。

深謀遠慮があるお方だなあ。僕の演奏を聞きたいかい？

彼は壊れていない鍵《キー》がひとつもないピアノの前に腰をおろした。

たびたび来てくれなくてもいいのだ、イーザク、と彼は静かに、しかもきっぱりと言った。むしろひとりでいるほうがいい、僕にもしないといけないことがあるから。

翌日、彼は暴れて、わけのわからないことを窓から叫ぶので、ミュラー先生は彼に鎮静剤を出さねばならなかった。

その少し後でズィンクレーアが彼の様子を見に来たとき、扉の向こうでは何も動かなかった。彼は低い声で、ヘルダー！　と呼びかけた。すると足音がして、扉の下から一枚の紙片がさし出された。彼はそれを取りあげ、帰り道に読もうとした。というのもそこには一見、意味のない文章が上下に並べて書き連ねてあり、その法則が明らかにならなかったからである。しかしいくつかの行が際立って浮かびあがり、この声の純粋さが彼を感動させた。「というのもものごとは恐ろしく混沌と進みいくから」、「そして雪は五月の花のよう」、「無花果の木のそばで私の／アキレウスは死んだ」と。

もうズィンクレーアとその母が言うことを信じられなくなったヨハンナは、息子がまだ読むことができるか、読む気があるかわからないまま、息子に手紙を書いた。「最愛の息子よ！　何度私がお願いしても、あなたから数行の便りを受けとる幸せにめぐまれていないにもかかわらず、愛する息子よ、私たちがいつまでも変わらず愛情をいだき、あなたを思い出していることを、折にふれ証明せずにはおれません。あなたの家族を今も愛していて、私たちのことをお考えだということを一度、お手紙に書いてくれればどんなに嬉しく、また明るい気持ちになれることでしょう。ひょっとしたら私は知らず知らずに、あなたのお気持ちを傷つけるようなことをして、こんな厳しい償いをさせられるきっかけを作ったのでしょう。すまないがどうかそれを知らせておくれ、私は直そうとつとめますから。」

ズィンクレーアはまた旅の途中で、ベルリンにいた。シャルロッテ・フォン・カルプのもとにいた。彼女にとってヘルダリーンの狂気は彼の天才が昂じたものであり、ヴァルタースハウゼンでのあの年は理想化され、息子の陰険ないたずらやヴィルヘルミーネに対する彼女の嫉妬はもう話題にならなかった。彼女は彼のために物語を作りかえて話した。ズィンクレーアはもうヘルダリーンと別れようとひそかに計画を抱いていたが、シャルロッテの話に我慢強く耳を傾け、うなずいた。政治上のある変化が彼にとって言い訳として役立った。彼はベルリンで方伯領の解体について折衝していた。ライン同盟の決議によって方伯領は新しいヘッセン大公領に併合されことになった。ひき続き大公に仕えることができたズィンクレーアは自分の地位について心配はなかった――しかしこの変化がひとつのきっかけになって、ヨハンナにもつとめて冷ややかな手紙を書き、ヘルダリーンがもう「俸給を受ける」ことができず、ホンブルクに止まることができない、と説明した。

三週間前から、病人はほとんど絶え間なく荒れ狂った。彼も彼の部屋もひどく汚れてしまい、あえて近づこうとする人たちに嫌な臭いが迫ってくる。彼は今、ズィンクレーアのこともわからない。

九月十一日、ヘルダリーンに迎えがきた。身内の人たちに近いテューービンゲンのアウテンリートの病院に入れられることが決められた。ズィンクレーアは旅の護送者を見つけ出すのに苦労した。

まだ夜が明けない。しかし彼はもうとっくに目を覚ましていた。彼のまわりに不意にたくさんの重苦しい影法師が現れる。そう彼が予想していたように。彼らは板仕切りを彼の上に寄せ、彼を押しつぶそうとする。彼はそれがわかっていた。誰も彼を信じようとはしない。彼は逆らう、逆らわざるをえない。叩き、嚙みつき、ひっかいた。影法師は男たちでもあった。みなあの裏切り者たち、王制支持者たち、略奪兵たちだ。

彼らは彼の手足を縛り、外へ運び出し、馬車の中にほうり込む。彼は力があった。恐怖が彼を強くした。足枷をひきちぎり、二、三歩逃げることができた。

想像もつかないほど遠くからたくさんの世界を貫いて、ひとつの声が彼の意識の中に迫ってくる。それは彼には親しいものだった。そしてその声の悲しみが彼をさらに傷つける。私のヘルダー！

ズィンクレーアが馬車の横に立っている。取り乱し、両手で顔をおおって泣いている。気のふれたこのお方をテューービンゲンまで送っていきますとも、と承諾を表明していた桶屋のハンメルマンは、参事官殿をつついて、約束の前払いを求める。
馬車は走り続ける。馬が二度、とり替えられる。
彼は叫んだ、叫び声が彼につきまとい、彼を出迎え、彼の心をいっぱいにする。
一八〇六年九月十三日、彼はテューービンゲンの病院に入れられた。

II 献辞 一 (ズィンクレーア)

このままズィンクレーアを私の物語から立ち去らせるつもりはない。ヨハンナに宛てた彼の最後の手紙が彼のイメージを歪める。彼は尊大で、事務的で冷たいと非難された。私はズィンクレーアが不安を覚えたのは確かだと思う。この問題は彼の手にあまるようになってしまった。「それが私にとってどんなに悲痛なことか、信じていただけることでしょう。しかし必要に迫られますと、あらゆる感情も抑えねばならないのです。そして近ごろではあまりにも頻繁にこのような強制に遭わねばならないのです。」彼はこう一般化して、自己弁護する。たぶんヨハンナは彼を理解しなかっただろう。しかしこの文章で彼は自分をあらわに示した。何度も強制に逆らい、立ち向かい、そして新しい強制を生みだしてきた彼、この衝動に突き動かされた行為者はそれでもやはり夢想家だった。愛する友人以上に。というのもヘルダリーンは状況がよくないことを、国民に革命の覚悟ができていないことを、ズィンクレーアよりずっと早く見抜いていたから。彼らはふたりともこの矛盾に苦しんでいた。ヘルダリーンは精神的に破滅する前に、ともかくそれを表現し、無限の、多義的でしかもただひとつの目的をさがし求める詩の中に投影した。それがズィンクレーアにはできなかった。憑かれた行為者であることが言うまでもなく彼をも「狂わせた。」ズィンクレーアは自身の政治的な考えに背いて方伯に忠実に仕えた。ズィンクレーアがシュトゥットガルトで告訴されたとき、方伯はハイデルベルク大学法学部で自身の行政長官ズィンクレーアの策動について意見を求めた。教授たちは、「公職につき仕事をしている人間は時代についての知識があるはずだから、自身の重荷になるような度を過ごした計画に、そのような切りつめた資金で実行できると思うはずがないという理由」でズィンクレーアの釈放を支持した。論理でズィンクレーアのビジョンを理解することはできなかった。彼は無分別な行動をした。彼が自分でそのことをはっきりわかっていたか、そもそもそのように断固として実行するために生きている人間がそれについてはっきり認識できるかどうか、私にはわからない。それゆえ夢想家と行為者は互いに近い関係にある。この大きな友情の軋轢はヘルダリーンを時代精神の汚れた抱擁からときはなすために、あとから作りあげられたものである。ヘルダリーンのほうがそれをよく知っていた。彼らの友情の弁証法的な緊張関係を理解していた。ズィンクレーアに捧げられ、彼らの友情を意味している頌歌「エードゥアルトに」で、彼は熱烈な期待に身をゆだねている。「……だが何度も／遠く轟く雷雲から／時の神の警告の焰が閃く。／／その嵐は君の翼をもたげ、君を呼ぶ、／君を堂々たる父は上空へとひきあげる、ああ、つれて行ってくれ／君よ、私を、そして君のささやかな／犠牲《いけにえ》をほほ笑む神に捧げてくれ。」

ズィンクレーアはテュービンゲンの塔にいる途方にくれた人をほとんど気にかけず、一度も見舞わなかった。それは彼のせいだろうか、彼を責めることができるだろうか？　ヘルダリーンの狂気がズィンクレーアの「狂気」を治した。自身に強いられた分別によって、彼はずっとひとりぼっちでいなければならなかった。共同生活はもう解散した。それでも彼は全ての友人たちの中で「ただひとりの人」だった。そして私は物語るうちに、彼をそう理解した。

第八部　塔の中で

テュービンゲン　（一八〇七〜一八四三）

I　大学病院で

もう彼に手が届かない、彼は心を閉ざしてしまった。終わろうとしないこの結末をどう物語ればいいのか私はわからない。

数えきれないほどの逸話は彼を言い表していない。かわいそうなヘルダリーン。塔の中の老人。見舞客の多い人、大いに驚嘆された人。「狂気の詩人」という展示物。

彼が覚えているかどうか、何を思い出しているか、私にはわからない。彼は理解したいと願い、そしてひどい目に遭わせられた世界を後にした。あるいはただそれを愚弄しただけかも知れない。時代はもう彼に何の関係もなかった。それはメッテルニヒ、ウェリントン、ブリュヒャー、フーシェと、新しい名前にすげかえられただけで、彼がよく知っていたことを惨めにつぶやき続けるだけだ。

彼がまだホンブルクにいたころ、ナポレオンがオーストリア軍とロシア軍をアウステルリッツ近郊で打ち破った。

そして彼が亡くなる少し前、一八四三年にもうニュルンベルクとフュルト間に汽車が走った。そして若者たちは再び変革を、革命を望みはじめた。あるいはズィンクレーアやムーアベックやゼッケンドルフの国家が生まれるかもしれない。

ひょっとすると彼はなりすましていたのだろうか？　名前は記憶に留めることができないが、顔はそうでなかった。名前のかわりに、「陛下」や「閣下」と身分の高い相手であるかのように呼びかけて、へりくだった。そしてヘルダリーンと呼ばれるとよく腹を立てて、スカルダネッリあるいはブオナローティであることのほうを好んだ。本当に思い出していなかったのだろうか？　途方もない憤りが全ての思い出を彼の頭から払いのけたのだろうか？　彼は戯れていたのだろうか、謎をかけようとしていたのだろうか？　ブオナローティは彼の壊れた記憶の中に残っていた、響きのよい名前に過ぎないのだろうか？　それともやはりメッセージだろうか？　故意に愚者を演じながら、苦難を共にする人、あのブオナローティ、トスカーナの革命家と兄弟のように交わったのだろうか？　ブオナローティははじめロベスピエールを、それからグラキュース・バブーフに傾倒し、バブーフの「平等のための陰謀」に同調し、自身やバブーフらが裁判にかけられたとき、その理念をひとつも放棄せず、オレロン島へ流された人物である。ヘルダリーンは戯れていたのだろうか、そのことを知っていたのだろうか？

彼は沈黙した、そしてそうでないときは外国語で、あるいはひきつった、痙攣するような、ぎこちない言いまわしで話したという。私の物語はこんな話に抗う。人びとはこの三十六年のテュービンゲンの歳月に驚嘆し、崇拝し、善意でこんな話を集めて、広め、しまいには見分けがつかないまでに紡ぎ続けて、この痴人を神秘のベールに包んでしまった。それらは彼の何も再現していない。

三人の男が彼を馬車から降ろし、病院へひっぱって行かねばならなかった。発作のため彼は衰弱していた。彼にはよそよそしくなった世界は萎《しぼ》んでしまい、彼がかつてよく知っていた小さな地図の碁盤目が現れる。病院があり、神学校に通じているブルザガッセ、市の立つ広場、シュティフト教会、城、空濠、ネッカー川沿いの路地、ネッカー門。多分ズィンクレーアは医師アウテンリートに彼の到着を前もって知らせていただろう。

ヘルダリーンの名前だけ医師は確かに知っていた。ヘルダリーンより二歳年下で、テュービンゲンではなく、カール学院で学び、一七九七年からテュービンゲンで解剖学と外科学を教えていた。博識で、ヘルダリーンの古くからの友人の二、三人、例えばそうこうするうちに同じく教授の地位についたコンツなどとつきあっていたに違いない。古い学生寮の建物の中にアウテンリートは最初のテュービンゲン大学病院を開設した。学生時代以来、精神病患者を相手にしてきた彼は、病院の中に精神異常者のために三部屋を特別に空けておいた。彼はそれについての意見とマニュアルを、彼自身がきびしく批判していた故郷の精神病院ではなく、二年間の北アメリカ滞在で見つけた。フィラデルフィアでアメリカの精神医学の父とみなされていたベンジャミン・フランクリンによって設立されたペンシルヴァニア病院を訪れていた。その病院はアウテンリートがそれまで想像していたよりずっと開放的で、人間的に運営されていた。アウテンリートの注目に値する偏見のなさは、『精神錯乱者のためにテュービンゲンの病院に設けられた施設について』という論文にも現れている。「普通の精神病院」、この柵囲いに病人を押し込めることは、むしろ病気を悪化させることを彼はすでに知っていた。「したがって人間らしい心情から声をあげて要求したいのは、精神病患者を一ヵ所に押し込めないこと、そして一度に少しの患者だけ、あるいは医者自身が休養できた時間にしか、ひとりの医者に世話を任せないことである。それは精神病患者を国内に分散させることによってすぐに達成されるだろう。」そしてもっと驚くべきことに、アウテンリートはそのような病人が自身の環境にひどく左右され、影響を受けることも承知していた。「おそらく精神錯乱者は自身の家族の庇護のもとでは決して快復できないだろう、というのも病人ははじめ、ある漠然とした変調に襲われ、自身の周りにその原因を探すが、それはやはり自身の心の中にあり、これを注視して、この対象とつきあうことによって、彼の間違った苦しみがくり返し想起されるからである。そして病人は、彼を説得してその混乱した考えを思い止まらせ、正気に返そうとして、なじったり、命令したり、あるいは説得して、わけのわからない振る舞いをするのを遮ろうとする身内の人たちに我慢ならなくなるのである。そしてまさに、自分の心をしめている愛情の的を達成する助けになってくれるはずだと思っている彼らに、一層大きな憎しみを投げかけるのである。」

ヘルダリーンはいぜんとして荒れ狂い、話しかけることもできず、口もきかなかった。

医者たちは彼の激しい憤りを薬で和らげようとした。（奇妙なことに、こんなにも遅ればせにもなおひとりの仲介者が、使者が姿を現す。ヘルダリーンは医学部の学生たちの前に連れて行かれたが、そのなかにユスティヌス・ケルナーがいたのだ。彼はヘルダリーンの思い出を生き生きと持ち続けた、次世代の文学者のひとりである。そしてケルナーはこの話を、ある他の話と結びつけた人物でもある。ニコラウス・レーナウ（一八〇二年—一八五〇年、オーストリアの詩人でシュヴァーベン派の作家と親交）がヴィンネンタール精神病院に入れられたとき、ケルナーは彼の錯乱状態について書き記した。「そのような発作がすさまじければすさまじいほど、それは早く収まった。ヘルダリーンの場合、事情はまったく違っていた。私は当時、彼の病状日誌をつけなければならなかった……」)

彼の命はせいぜいのところ三年だろうと言われていた。

彼は病院に二百三十一日間、ひき止められ、その後アウテンリートはあきらめて、ヘルダリーンに、彼の「美しく、素晴らしい精神」に興味をいだいているだけではなく、他の誰よりも上手に、そして情愛を込めて彼をあつかおうとする人にその世話をゆだねた。それは指物師の親方エルンスト・ツィンマーだった。

II　献辞　二（エルンストとシャルロッテ・ツィンマー）

エルンスト・ツィンマーは自宅にヘルダリーンをひきとったとき三十五歳だった。彼はネッカー川の上の空濠《からぼり》に九年前に建てられた家にちょうど引っ越したばかりだった。ここにあった城門の塔をとり壊さねばならないことになり、その後にできた「石づくりの円形の堡塁に増築部分」、小塔が建てられた。ヘルダリーンはその塔の二階に住んだ。ヴァイプリンガーはこの部屋を、「小さな、円形劇場のような白壁の部屋」と描写している。そのとおりだ。私はしばしばそこへ行き、窓からネッカー川を見おろし、そうこうするうちに間伐されて光が入るようになった並木道を、シュピッツベルクやシュヴァーベン・アルプを眺めた。彼が眺めた景色だ。美しい眺めだ、とそのような風景は言い表される。まるで子どもが描いた絵のようで、仰々しさはいっさいなく、少し位置がずれ、間隔がつまりすぎているが、明るく、ほとんど無重力である。

長年にわたってツィンマーの作業場は階下にあったが、後にその場所に居室が設けられた。家族が増えて、収入をふやすために学生を下宿させるようになったので、家は何度か拡張された。

ヘルダリーンがアウテンリートの病院に入れられてしばらくしたころ、病院の建具の仕事をしていたツィンマーは彼のことを聞き及んだ。誰のことが話題になっているのかツィンマーは心得ていた。ちょうどそのとき彼は宮廷製本師ブリーファーの夫人と『ヒュペーリオン』を読んでいたから。

ツィンマーの肖像画を私は知らない。彼のことを考えると、背は高くなく、手足はきゃしゃだが、非常に逞しい男の姿が見えてくる。細面の顔には、よく微笑み、辛抱強くじっと見つめる目、その目の周りには早くも大小の皺が刻まれている。彼はとかく夢中になりがちで、「より高きものにたいするセンス」がある。書物をたくさんの読み、じっくりと考えることができる人だった。

ほんとうにあの方のことでしょうか、と彼は医者たちにくり返し尋ねる。そう、『ヒュペーリオン』の詩人ですよ。彼はヘルダリーンの独居室に入ることを許される。他のみなにそうしたように病人は彼にほとんど目もくれない。荒い息づかいをして、白目をむき、うめき声をあげ、あるいは何度もお辞儀をしてこの訪問者を丁重に部屋から追い出す。

依然として彼は何日も取り乱している。彼を落ちつかせることはあまりにも難しく、力ずくでしかできない。

ツィンマーはヘルダリーンの信頼を得ようと努めたが、目に見える成果はあがらなかった。しかし彼はその努力をやめようとしなかった。この奇妙な友情をじっと見守っていたアウテンリートは病人をひき取ってもらえないかとツィンマーに持ち出した。ツィンマーは妻マリーア・エリーザベトと相談したにちがいない。彼女は思い止まらせようとしたかも知れない。そんなことできないわ、子どもたちのことを考えてくださいな！（クリスティアン・フリードリヒはこのときまだ一歳にもならず、クリスティアーネは四歳である。そしてシャルロッテ、あのロッテはヘルダリーンが入居して六年たって生まれる。子どもたちは彼とともに成長し、彼とともに大人になる。子どもたちにとって彼が老いることはない。いつも同じだった。彼は気がふれている、と聞いていた。しかし彼らはそう思っていない、せいぜい気難しい同居人、ヘルダリーンさん、フリッツおじさんだ。彼らはこの彼しか知らず、彼を愛し、失いたくない。子どもたちと遊んだとき、彼らが人懐っこく、大人のような不信感を持たず自分のところへ来たとき、教育者として自分が苦労したことを、彼の人生のはじめで重要な役目を演じた子どもたちのことを彼はぼんやり思い出しただろうか？　果樹園にいるカールとリーケを、フリッツ・フォン・カルプを、ヘンリとイエッテ・ゴンタルトを、ブロインリーン家の子どもたちのことを？）ツィンマーは慎重に考える。思慮深い人間だったから、あわてて決めたのではないだろう。

一家はヘルダリーンを迎え入れた。最初の何年かのあいだに彼をひどく消耗させた激しい発作は、「冷ややかで言葉数の少ない」静かな時期と交代した。ツィンマーがピアノを手に入れると、ヘルダリーンは大いに弾いた。誰かに何か危害を与えることもなく、自分自身にしか関心がなかったので、家の中や家の前を自由に歩き回ることができた。しかし多くの客は折り紙つきの儀式をすませてから、いつもこの丸い部屋に案内された。たくさんの人がやってきた、コンツやハウク、ウーラント、ケルナーやシュヴァープが、後年にはメーリケ、ヴァイプリンガー、グスターフ・シュヴァープの息子でヘルダリーンが特別な信頼を抱いていたクリストフ・テーオドールがやってきた。ヘルダリーンは自分の狂気の観察者を座って迎えることは一度もなかった。彼はある場面を準備していた。そっけなく、しかも注意を怠らず、壁につくりつけられた、あまり高くない棚に腕を凭せて立ち、慇懃な挨拶の交換のほかは何も許さなかった。後年にはときどき話して聞かせたり、自作の『ヒュペーリオン』を朗読したりした。しかし詩を頼まれると即座に四行詩を書いた。謎めいたからくりの、美しくて不可解なオルゴール時計のような詩、あのスカルダネリ氏の詩節を――それからツィンマーにあてた詩も。「いのちの描く線はさまざまで、／道に、そして山々の境界線に似ている。／私たちがここにあることを、神さまがかしこで補ってくださるかもしれない／調和と永遠の報いと平和をもって。」

家族は彼をときどき野原へ、すももの収穫に果樹園に連れて行った。彼は馬車の中で子どもたちをひき寄せてもよかった。子どもたちの笑い声を面白がった。興奮して四方八方へお辞儀をして、陛下や猊下や閣下に対応した。それから果樹園で取入れの作業を見物して、ぎこちなく走り回り、「幹がゆさぶられ、彼の頭にすももが落ちるたびに心から笑った。」

五年後、一八一二年の春にツィンマーはひどく試された。ヘルダリーンの病気がその危機的な頂点に達したのだ。彼の病状をヨハンナに報告したツィンマーの手紙は彼自身とその愛情と忍耐の深さを後世に残すものとなった。「それから朝にあの方は落ちつかれました。しかしひどい熱病にしか見られないようなたいへんな熱と渇きに、そしてそれに加えて下痢に襲われました。そのためにひどく弱られて、ベッドを離れられないほどになり、午後にはとてもひどい発汗がありました。――翌日はさらにひどい熱と渇きがあり、ひどい汗が出てベッドも着衣もすべてぐしょぬれになりました。こういう状態がなお数日続き、それから口元に発疹ができました。渇きと熱はしだいに現れなくなりました。しかし残念なことに下痢はおさまらず、ずっと続いていますが、前ほどひどくはありません。――今はまた一日中ベッドから出て、慇懃にお気持ちを表されますし、まなざしには親しみと好意が現れ、楽器を演奏したり歌ったりなさいます。それに他の点でも非常に分別がありです。――ただ非常に奇妙なことに、あの晩以来、不安がおありの様子が見られなくなりました。それまでは少なくとも一日おきぐらいに必ず不安なひとときがありましたのに。それにお部屋で特に朝方、独特の匂いがしましたのに、それも目立って薄れてきました。――私はグメーリン教授をご令息の医師として来てもらいました。先生はご令息の病状について、はっきりしたことは言えないが、自然の衰弱のように見えるとおっしゃいました。残念なことですが、私自身もそれを信じざるをえないことを、奥さまにお伝えしなければなりません。」

それはツィンマーが仕事場で、がたがた音を立てて叫ぶ彼を聞いたことから始まった。ツィンマーは駆けおりた。ヘルダリーンはいつもより興奮して訳のわからないことをひとりでしゃべっていた。ツィンマーは荒れ狂っているヘルダリーンの注意をひこうと、いったいどうしたのですか、と静かに尋ねた。すると彼が驚いたことにヘルダリーンも同じように静かに答えた。どうかまたベッドにお戻りください。私はとにかく眠れなくて、走り回らねばならないのです。そういうことです。どうぞまたお戻りください、あなた。私は誰にも何もしません。みなさんはまったく安心してお休みください。気を悪くしたりしませんから、ほんとに。

しかし彼らは次の朝からしょっちゅう手がはなせなくなり、心配で祈った。彼のからだを洗い、おむつをあてがい、排泄物で汚れたシーツをベッドから外すために、軽いからだを持ちあげ、吐き気と戦った。悪臭に耐えかねながら、こんこんと彼に言って聞かせた。すぐによくなりますよ、愛するヘルデレ、よくなりますとも。もう大丈夫です。彼らは悲鳴をあげている子どもたちを落ちつかせた。交代で寝ずの番をし、疲労と戦い、こんこんと彼に言って聞かせた。妻が病人のそばにつきそい、『ヒュペーリオン』を読み聞かせているあいだに、ツィンマーは医者のもとに走った。そして彼らはこのまま彼がこの家で死ぬのではないかとずっと怖れていた。しかし全てが思いがけずよくなった。彼らは今までとは違った、静かだが無気力で、突然ずっと齢をとってしまったヘルダリーンを目にした。

翌年にロッテが生まれた。赤ん坊を見せてもらった彼は舌を打ち鳴らして、無邪気な子ども、愛すべき自然の生きもののことを話した。

そうこうするうちに彼の詩を出版する計画が外で捗り、一八二六年に出版された。

今、彼は激昂することもなく、されるままになっていることが多かった。悲しげに見えて、誰も相手にしたくないようなときは、一日中、ピアノのところに座っている。下宿生たちがときどき自分たちの部屋に彼を連れて行く。彼は学生たちにフルートを演奏して聞かせる。ワルツも踊れるのだよ、と言って、目を閉じて自分の腕前にうっとりするように彼らと踊る。

ヴァイプリンガーはエスターベルクにある自分の四阿にときどきヘルダリーンを連れて行く。そこに行くと、急に病人は機嫌がよくなり、少し語って、また質問に答えることができた。小シュヴァープがしたように、ヴァイプリンガーもいろいろ尋ねた。

ときには過去に登場した人物が訪ねてきた。すると彼はつい身を守ってしまう。その人たちが誰だかわからない、と口実にする。ツィンマーが客の来訪を知らせる。ロッテ・シュトイドリーン嬢がお見舞いをされたいとのことです。ヘルダリーンはいつものように壁の棚につかまり、身じろぎもしないで、ほほ笑む。ロッテは、ほかの多くの人たちがそうしたように、前かがみになり、発作と寄る年波で荒んだ顔の彼を眺める。彼女は彼と話す。シュトイドリーンさん？　ロッテです。覚えておいででしょうか、姉妹を――私たち三人を？

彼は何の反応も示さない。

ツィンマーはまた客を部屋に案内してきて、ちょうどピアノを弾いていたヘルダリーンに呼びかける。イマーヌエール・ナストさんという方です。病人はピアノの鍵盤を荒っぽく叩き、額をその上にふせて、顔をしかめる。もうずいぶん前のことで、それにその人を忘れただけではなく、音信を断っていた。ナストはむせび泣き、ヘルダリーンの首にしがみついて尋ねた。愛するヘルダリーン、もう僕のことがわからないのかい？　もう僕のことがわからないのかい？　病人は弾きつづけ、訪問客に目もくれない。

「人間が己に正直に生き、その名残が姿を現すとき、／あたかも一日が他の日々と違うように、／人間は見事にその名残へと傾く、／自然の力から離れて、うらやまれずに。」一八三八年十一月に六十八歳のツィンマーが亡くなった。彼を亡くしたことが病人にわかっただろうか？　自分にとってツィンマーが何だったか、単なる保護者、大家で友人だっただけでなく、その愛情と根気強さで、よき人間に対する彼の絶望的な問いに遅ればせながら、まったく平明な答えをくれた人であることをわかっていただろうか？

家族は彼を悲しませないように気を配った。ヘルデレの前で泣かないで！　彼の心を騒がせるかもしれないからね。それからというもの彼は朝にはロッテに起こしてもらい、世話を受けることを当たり前のことと受けとった。彼女は父親がそうしたように、親戚との手紙のやりとりをした。ヘルダリーンは彼女を「聖なる乙女ロッテ」と呼んだ。

何も変わらなかった。そして多くのことが変わった。ツィンマーの長男クリスティアンが家を出た。クリスティアーネは父の死から三年して、遠縁の牧師アウグスト・ツィンマーと結婚して、ヘルダリーンを喜んで自分の新しい家へ連れて行くつもりだと言った。そうこうするうちに二十五歳になっていたロッテはそれを認めなかった。父親がそうしたように、母親（一八四九年歿）と一緒にこれからも彼を守るつもりでいた。この歳月のうちに、ヘルダリーンは求められるままにいろいろ書いた。彼は羽根ペンの柄に紙の旗をとりつけたが、丁寧に文字を描くごとにその旗があちこちとなびいた。最後の数年にクリストフ・シュヴァープと並んで、ガイストリンゲン出身の若き教師、ヨーハン・ゲオルク・フィッシャーがときどき訪ねてきた。フィッシャーはその慎重で、的確な質問でこの老人の壊れた記憶の中に入っていくことができた。終わりに臨んでこの逃亡者《フリュヒトリング》はもう一度、秘密をもらした――彼がかけ寄り、自身の命を燃やしつくした人影を奇妙にもじって。

「『あなたに讃美されたディオティーマはさぞ高貴な方だったでしょうね？』

『ああ、私のディオティーマ！　どうぞ私のディオティーマについて話さないでください。私とのあいだに十三人の息子をもうけました。ひとりは法王、もうひとりはサルタンに、三人目はロシア皇帝です。それから他の子どもたちがどうなったかをご存知でしょうか？　彼らは気がふれました、気がふれました、気がふれました。』」

彼は椅子を窓際によせ、長年眺めてきた、十字の形をした窓の桟に貼られた絵を見ている。

さあ、いらっしゃい、ヘルデレ、お散歩に行きましょう。ロッテが玄関口に立って彼を待っている。

ロッテは結婚しなかった。彼が亡くなった後も、彼が住んでいたままに塔の部屋が保存されることに気を配った。「あの不幸な詩人のお世話をまかせていただけたときのことを思い出しますので……」

彼女は一八七九年に亡くなるまで空濠の上の家に止まった。

ひとは自分が描く全ての人物に好意を抱けるとはかぎらない。このふたり、エルンストとロッテ・ツィンマーを私は書きながら優しく愛した。

III 献辞 三（ヨハンナ・ゴック）

今はもうはてしなく遠く離れてしまった物語の始めに、彼女の最初の夫が描かせた、華美な晴れ着の若い女性が立っている。そのころ彼女は夫の確信に惑わされ、気楽な、ひょっとすると贅沢な生活さえも期待していたかもしれない。ニュルティンゲンの人びとは二重に夫を亡くした女性、参事官夫人がそうでないのを知っていた。いつも黒っぽい服をまとい、その品位を傷つけないように気をくばり、人づきあいはたしかにいいが、成り行きを待ちとおし、そして疑い深くもある女性。彼女は尊敬され、いつも牧師や町長や書記といった町の主だった人たちとつきあいがあった。早くに、たぶんゴックの死後、その愛情を全て長男に注ぎ、ふたりの夫たちに拒まれていたことを息子に果たしてほしいと願っていた。母親がこんな思いにとりつかれていることに、ハインリーケ、それからとりわけカールが悩まされていたことは確かだ。しかしよく打ち明けていたように、カールにも同じような教育を受けさせてやるゆとりがなかった。彼女は生活を切りつめ、終始、ちょっとしたクロイツァー（当時の少額貨幣）までおろそかにしなかったので、子どもたちや親戚は、彼女がわずかなお金しか自由に使えないのだと思っていた。

彼女は貧乏を装っていた。かき集め、貯め込み、長男のためにかなりの財産があることを認めなかった。その財産は毎年、「愛するフリッツのため」の出費を十分カバーするだけの利子を生んだ。ヘルダリーンはこのことを見抜くことがなく、それゆえに、家庭教師として窮乏に悩まなくてはならなかったときでも、緊急の場合を除いて母に金銭の補助を頼まなかった。彼女は彼のために貯め込んだ。自分のためや他のふたりの子どもたちのためではなかった。まるで、いつの日か他のふたり以上に彼に金銭上の援護の手をさしのべる必要があるようになると予感していたかのように。しかし彼の病気の歳月にも、財産に手をつけなければならなくなることはなかった。そうこうするうちに財産が増え、利子だけでも病人へ仕送りが十分できるようになっていたから。おまけにヨハンナはまだ聖職禄が残っているかもしれないと考え、領邦君主に年額百五十グルデンの手当を、特別補助金を請願することに成功していた。

ところでこれは恋物語である。信心深く、敬虔主義《ピエティスムス》の狭苦しさと厳しさに縛られたこの女性は夢を見ることを自分に許さず、また恋を待つべくもなく、一番美しく、また一番前途有望な長男を自身の恋人に選んだ。彼は息子であるだけでは許されず、彼女が願った人でなければならない。彼女の愛はきびしく試された。しかし彼女は全ての偉大な、愛する人たちのように耐え抜いた。そして彼女が絶えず盾にとっていた分別ではもうやっていけなくなったとき、息子が前もって決めた道をもう辿らず、彼女が提案して手はずを整えた実生活をはねつけたとき、どんどん広がっていく距離に苦しみながら、沈黙と自分に向けられた理解しがたい怒りをひき受け、彼の言うとおりにした。彼女は彼を愛した、彼のために幾度となく自分の本心を漏らさざるをえなかった。

彼女の生涯を誰も記述しなかった。

その内側を見た人はなかった。

彼女がカールやハインリーケ、そして親戚の人たちに書いた手紙は失われてしまった。町のうわさ話はとっくに消えてしまった。

しかしそれを私は思い描くことができる——そしてそのために受けた彼女の苦痛を。ヘルダリーンがシュティフトを去ってからしでかしたことで、市民のイメージにそぐうものは何もなかった。

フリッツはお元気?

ヴァルターハウゼンで家庭教師《ホーフマイスター》をしていますの。

牧師になるおつもりはないのかしら?

そんなことありません。ただ自由を少し楽しんで、勉強を続けたいのです。

フリッツは元気かい?

フランクフルトで家庭教師です。

宗教局の許可はもらっているのかね?

はい、はい。

フリッツは元気?

ボルドーで家庭教師です。

そうか、フランスに行ったのかね? 牧師の職をひき受ける気はないのだ。

そうとも言えませんわ。

それからもう直にではなく、ただ漏れ聞いたのは、町でこっそりささやかれる、誹謗の言葉である。あのヘルダリーンはイエーナでスキャンダルを起こしたそうだよ。既婚の女性とだよ。その夫と殴りあいになったそうだ。それも初めてではない、ねえねえ、初めてではないらしいよ。ジャコバン派だよ。今、ルートヴィヒスブルクで彼の友人を相手どって訴訟がなされているそうだ。彼のせいで町長にまで問い合わせがあったのだ。だが今、ヘルダリーンは少しおかしくなってしまった、気がくるってしまったのだ。いろんなことがあったからな。母親に耳を傾けなかったせいだ、お気の毒な財政局参事官夫人に。あのひとは彼をあんなに誇りにしていたのに。ところで彼の本を読みましたか？　なぜ気が狂ってしまったのかわかりますよ。

こんなおしゃべりに傷つき、彼女はひきこもった。彼女の不信が募った。

フリッツ！　フリッツ！　いつもフリッツのことばかり。彼女は今、彼を妹や弟の嫉妬からも守らねばならないことがわかった。僕は助けてもらったことがないよ。カールの言うとおりだわ。

しかし彼女はその愛を分けることができなかった。

彼女は早く老けこんだ。四十歳で六十歳の女性のようだった。それからは、若いころからずっと、つらい仕事をしなければならなかった多くの女性のようにもう変わらないだろう。死ぬまで同じだろう。

彼女はテュービンゲンにいる彼をただの一度も訪ねなかった。ツィンマーが定期的に息子の容態を彼女に知らせ、それに対して彼女は全ての経費と借金がきちんと清算されるように配慮した。ツィンマーは部屋代、介護費、食費、それに煙草やワインといったつましい贅沢のための出費の勘定書を彼女に送った。しかし彼女はもう彼に会いたいと思わなかった。彼は生きていたが、それでももう死んでしまっていた。彼女は彼の暮らしの配慮をして、そして彼の追憶に生きた。愛する人のイメージを壊されたくなかった――だからもう彼ではありえない人のところへ行かなかった。

少なくとも一度ぐらいフリッツのところへ旅もしてもいいのでは、マンマ。

そっとしておいてちょうだい。彼は元気だ、とツィンマーさんが書いているわ、何ひとつ不自由してないわ。

ひとりでいて、不意を襲われる心配がないときに、彼女は彼の手紙と彼が送ってくれた詩を読んだ、それにズゼッテの手紙も。全てが知らないもので、悲しかったが、その関連を考えようともしなかった。どうして人はただそうして生きることができるのだろう?

彼女は家庭と学校で、彼に生き方を教え込み、付き添って行こうとした。自分が習ったように彼の人生の道の見当をつけようとした。彼が六歳になったとき、「愛するフリッツのため」の支出を記録しはじめたが、「彼がずっと従順でいれば」それを遺産から差し引くつもりはなかった。似たような帳簿をカールのためにも作った。どんな僅かばかりのものも四十年にわたり記録し、それから祖母に代わってフリッツ・ブロインリーンが記帳を続けた。彼女はニュルティンゲンの学校時代のために百二十一グルデンを、デンケンドルフやマウルブロン、テュービンゲンやイエーナでの学生時代に二千五百七十五グルデンを、フランクフルト、ホンブルク、シュトゥットガルト、ハウプトヴィルそしてボルドーでの家庭教師時代には千百二十六グルデンを、病人のためには六千五百四十七グルデンを費やさねばならなかった。元金をとりくずすことはなく、利子と補助金で十分だった。彼女は将来のために賢明に備え、自分に満足することができた。先々を考えての吝嗇はもちろん兄弟姉妹のあいだに不和を招いたにちがいない。気がふれた人にどうしてそんなにお金がいるの？

彼女はそれを予感して、怖れていた。一八〇八年から一八二〇年まで彼女は遺言を書き、できる限り詳細に、また公正であろうとして絶えず書き換えている。三人の子どものうち誰にも不公平でないように、しかし何よりもまず、身を守る力のない長男の権利を守ろうと留意した。自分の死後も彼に何不自由させたくなかった。「ありそうなことだが、もし長男が私より長生きすることがあれば」――しかし彼女はその逆を期待していた。そして耐えぬいた。痛風を病み、心身が衰えても見守り続けたこの女性は強かった、一週間また一週間、一ヵ月また一ヵ月と頑張りとおした。八十歳で諦めざるをえなくなり、一八二八年二月十七日に亡くなった。彼女は私の物語のヨハンナになった。彼女がそうだったか疑わしい。この物語で彼女は、自身もそうでありたいと願った、圧倒的に強い母でしかも秘かに愛する女性だった。

母上に手紙をお書きなさい、とツィンマーはくり返し彼の被保護者に言って聞かさねばならなかった。ヘルダリーンはときには不機嫌な生徒のようにツィンマーの言うことをしぶしぶ聞いた。するとヨハンナは、自身の混乱について不思議とよくわかっている精神から短い報告を受けとるのだった。「最愛の母上！　私があなたに、あなたのために私の心をすっかりわかっていただけることができなくても、どうかお許しください。――光栄にもあなたに申しあげることができることを、私は丁重にくり返し申しあげます。私はよき神さまが、学者のような言い方をしますなら、あなたを全てにおいて、そして私をも助けてくださることを願います。——どうぞ私をお心にかけてください。時は刻々と過ぎいき、そしてまことに哀れみぶかいです。——そのあいだにも、こよなく従順なあなたの息子、フリードリヒ・ヘルダリーン」

母の疑念から解放されると、カールとハインリーケはためらわず遺言書に異議を申し立てた。カールはそうこうするうちに直轄領の顧問官として十分な収入を得るようになり、ハインリーケは相続財産によって安定した暮らしをしていたのに、一グルデンでも多くを求めて争い、ツィンマーへ支払う費用を減らそうと、ワインや煙草のような不必要な楽しみを病気の兄に認めようとしなかった。彼らは思いがけず裕福になり、満足することができたのに。遺産は一万九千グルデンに達していた（それは今日のお金でおよそ三十万マルクになる）。そのうち九千七十四グルデンがヘルダリーンに認められたが、ひき続き補助金《グラティアール》の支払いが毎年あり、その他に作品からの収入が増してきたのでカールは遺産に手をつける必要はなくなった。ヘルダリーンが亡くなったとき、彼の持ち分は利子によって一万二千九百五十九グルデンに増えていた。彼は妹や弟に何の借りもなかった。

ヘルダリーンの公式の利益代理人にニュルティンゲンの地区後見人ブルクが選定された。彼は良心的に行動し、妹と弟の要求を退けて、ツィンマーに与した。ハインリーケに四半期の決算書をブルクに送るように要求されたとき、ツィンマーは妹と弟の態度に対する自身の嫌悪感をあからさまに口にした。「愛すべき不幸なお方、ヘルダリーンをあなたがご存知で、彼に同情なさっているかどうかどうか私は知りません。どの点から考えましても確かに彼は同情に値します。最新の日刊紙は彼をドイツの最の優れた悲歌詩人と呼んでいます。残念なことに今は縛りつけられている彼のすばらしく、また偉大な精神がお気の毒です……今は亡き、気高い母上はお亡くなりになるずっと前から、私に何度もお手紙で書かれましたように、あの方の必需品のために十分にご配慮なさっていました、そうなのです。お母上があの方のためにご配慮なさっていたことが認められず、そしていまだに不運につきまとわれるのは悲しいことです。必ず姿を現すはずだと私が願っています、彼の未来の伝記作者はこの件について何と言うでしょう。」

Ⅳ　かろうじてもうひとつ物語を

　ほとんど最初から、神学校の薄暗い廊下のひとつで、共同部屋の前で物語を始めよう。いつものように大変賑やかだ。数人の学生が群がって話している。その中にロイトリンゲン出身の二十歳のゴットロープ・ケムラーがいる。そこへひとりの友人が息せき切って駆け込んできて、ヘルダリーンが亡くなった、と告げると、彼らの会話がとぎれた。彼らの何人かは、ケムラーもそうだが、ときどきヘルダリーンを訪ね、ツィンマー家の前でしばしば彼を見かけていた。彼らにとってヘルダリーンはそれ以上の人だった。ヘルダリーンの話を断片的だが、知っていたし、彼の詩を少なからず暗記していた。しかも彼は神学校の学生だった。

　みなは黙ってしまった。笑い声がとぎれ、彼らはそれぞれの部屋にひきこもった。午後になってケムラーはツィンマー家に行き、ご遺体を見せていただけますか、と年老いた夫人に頼んだ。ヘルダリーンは白い麻布の上で、手を組んで額には月桂冠を戴き、棺台に安置されていた。これはロッテとうちの学生さんたちが思いついたのですよ。

　昨夜、十一時に亡くなりました、とツィンマー夫人は言う。

一八四三年六月七日に。

急でした。つらいことがたくさんおありだったあの方、私たちの愛するヘルデレは苦しまずに逝かれました。

ケムラーはちょうど間にあった。教授方はお気の毒なあの方がどんな病気だったのかをお調べになりたいとのことで、ご遺体は大学病院に連れていかれますの。六月十日十時に埋葬がとりおこなわれた。

墓地でケムラーは友人たちと霊柩車を待っていた。ツィンマー家の下宿生たちが棺を肩にかつぎ、城壁ぎわの墓穴まで運んでくる。棺に従っているのはフリッツ・ブロインリーンとツィンマー家の女性たちである。カールとハインリーケは来ていない。シュティフトからは三人の教授だけだったが、その代わりにたくさんの学生が参列していた。

雨がやんだ。

クリストーフ・シュヴァープが弔辞を述べる。

合唱サークルが讃美歌を二曲歌う。

学生たちはツィンマー夫人のそばを通りすぎ、彼女と握手する。

ケムラーはシュティフトに走って帰り、誰とも話さず、部屋に閉じこもった。詩で訳のわからない悲しみを言い表したい。ときどき窓の外に目をやった。流れいく川を、雨で洗われた、青い空のもとの丘陵を、ヘルダリーンもそうしたように見た。詩句がひとりでに出てきた。ケムラーは一瞬、自分が迎え入れられた物語に応じた。「年老いた時代が彼を打ち殺した、彼がわが身を投げ、／時代の道を塞いで、怒りを抱いてその若々しい姿を突きつけたから／……／もう遠くで塞がった歴史の泉が遠くで音を立てるのが聞こえる／また人びとの目の前で生命が音を立て、花を開く、／もはや詩人が自身の周りだけを回り、痛ましげに／死者にその血を与えないように……」紙の上を走る羽根ペンのきしる音だけが聞こえる。屋外から帰ってきた学生たちの叫び声が、笑い声が、足音がする。過去と現在のふたつの光景が互いの中に入り交じり、ひとつになる。そうだったかもしれない。さあここで終わることができそうだ。

覚え書きと感謝のことば

基礎文献として使ったのは次のとおりです。

Sämtliche Werke. (Große Stuttgarter Ausgabe) Hg. von Friedrich Beißner und Adolf Beck. Stuttgart 1943ff.

Sämtliche Werke. (Kleine Stuttgarter Ausgabe) Hg. von Friedrich Beißner und Adolf Beck. Stuttgart 1944ff.

Werke und Briefe. Hg. von Friedrich Beißner und Jochen Schmidt. Frankfurt am Main 1970.

SämtlicheWerke (Frankfurter Ausgabe) Hg. von D. E. Sattler. Frankfurt am Main 1975ff.（本書執筆中に手元にあったのは、その『序巻』だけだけでしたが。）

Hölderlin. Eine Chronik in Text und Bild. Herausgegeben von Adolf Beck und Paul Raabe. Frankfurt am Main 1970.

Hölderlin. Eine Ausstellung zum 200. Geburtstag. Katalog herausgegeben von Werner Volke unter Mitarbeit von Heidi Dick, Barbara Götschelt, Ingrid Kussmaul. Marbach am Necker 1970.

ヘルダリーンの作品と手紙の引用は、読みやすさとわかりやすさのために、『小シュトゥットガルト版』から引用しましたが、そのさいそこでは、「Schiksaal」のような特有な綴り方がやむなくなくなってしまっていることを残念に思います。

ヘルダリーンの人生と著作にとり組んでこられた数えきれないほどの方々から貴重な示唆を受けました。そのすべての方々の代表として、テオドール・W・アドルノ、ベーダ・アレマン、J・F・アンゲロ、アドルフ・ベック、フリードリヒ・バイスナー、ヴァルター・ベンヤミン、ピエール・ベルトー、ヴァルター・ベッツェンデルファー、エルンスト・ブロッホ、ハンス・ブランデンブルク、マルティーン・ブレヒト、ヴォルフガング・ビンダー、ベルンハルト・ベッシェンシュタイン、ヴァルター・ブレッカー、モーリス・デロルム、ゲルハルト・フィヒトナー、ウルリヒ・ホイサーマン、ミヒャエル・ハンブルガー、ノーベルト・フォン・ヘリングラート、ケーテ・ヘングスベルガー、アルフレド・ケレタート、ヴァルター・キリ、ヴェルナー・キルヒナー、アナトリー・ルナチャルスキー、ゲオルク・ルカーチ、ヴィルヘルム・ミヒェル、ローベルト・ミンダー、エルンスト・ミュラー、クラウス・ペツォルト、ルートヴィヒ・フォン・ピジェノー、パウル・ラーベ、D・E・ザットラー、フリードリヒ・ゼーバス、F・シュテフラー、U・ズップリアン、クラウス・トレーガー、ペーター・ソンディ、カール・フィエトアー、ヴェルナー・フォルケ、マルティーン・ヴァルザー、ペーター・ヴァイス、フランツ・ツィンカーナーゲルのお名前をあげてここに感謝します。

いうまでもなくアドルフ・ベックにとりわけ深く感謝します。ヘルダリーンの手紙の解説並びにその生涯の資料のベックのすばらしい書物がなければ私はこの本を書くことはできなかったでしょう。

訳者あとがき

この作品『ヘルダリーン――ある小説』（一九七六年）の冒頭に、私は伝記を書いているのではなく、ヘルダリーンに近づきたくて書いているのだろう、とあります。作者ペーター・ヘルトリング（一九三三年～二〇一七年）はザクセンのケムニッツに生まれ、弁護士だった父親の仕事で第二次世界大戦中にチェコスロバキアのメーレン（モラヴィア）のオルミュッツ（オロモウツ）からブリュン（ブルノ）に移り、大戦の終わりにオーストリアの国境の町ツヴェッテルに避難し、ウィーンを経由して一九四六年にヘルダリーンが幼少期を過ごしたネッカー川のほとりのニュルティンゲンに引揚げてきます。これが少年ヘルトリングのヘルダリーンとの最初の出会いです。作家として活動を始めたヘルトリングはこの作品の中で激しく揺れ動いた十八世紀の終わりから十九世紀の初めにドイツ、スイスそしてフランスをさすらったヘルダリーンの痕跡を、自身の第二次大戦前後の記憶に重ねて語り出し、手を伸ばせば触れることができ、その声が聞こえそうになる「私のヘルダリーン」にその生涯の終わりまで付き添っていきます。

ローベルト・ミンダーは「ヘルダリーンに関する書物はほとんど見通すことが出来ないほど無数にあるが、この本は新しい観点で独創的に拵えられ、内実豊かで、様々な資料を読みに読み込んだ優れた作品で、詩的に息づいている」と評しています。

『ぼくは松葉杖のおじさんと会った』（一九八六年）など、子どもに向けたヘルトリングの多くの作品だけでなく、彼の少年時代を描いた自伝的作品、『おくればせの愛』（一九九一年）を翻訳し、紹介された上田真而子さん（一九三〇年〜二〇一七年）がもう十年以上も前のことになりますが、私に『ヘルダリーン――ある小説』を訳してみませんかと勧めてくださいました。思いもよらなかったことですが、そのころヘルトリングの『シューベルト』を読んでいた私は思い切って自分の手に余るような作品にとり組み始めました。しかし翻訳は遅々として進まず、上田真而子さんに本書を見ていただくことが出来ずじまいになってしまい残念です。

ヘルトリングの文章は詩のように凝縮され、読むごとに違った意味が見えてきて、翻訳にはたと行き詰まってしまうことがよくありましたが、それが魅力でもありました。

子どものための雑誌「ぶち犬」のアンケート（一九八九年）、「あなたは男のひとにとって何が一番大切だと思いますか？」、「女のひとにとっては？」そして「子どもにとっては？」という質問の全てにヘルトリングは「生きる喜び、心遣い、好意、知恵」とまったく同じ答えを返しています。人間本来の純粋なもの、輝きは、いつか、どこかで、どんな形であれ先へ受け継がれていく、という作者の揺るぎない思いと、それが具現された登場人物にかける優しいまなざしに導かれて、ようやくこの長編小説を訳し終えることができました。

なお翻訳にあたっては底本として以下の著作を用いました。

Peter Härtling: Hölderlin Ein Roman, dtv 9. Auflage 2011.

翻訳中、変わらず励まし、貴重なお教えをいただいた山戸暁子さん、星野純子さん、土井ギーゼラさん、ありがとうございました。

平田達治先生にはいつも励ましていただき、編集者樋口至宏さんをご紹介くださいまして、深く感謝しています。

本書の出版を引き受けていただき、大部の訳稿を丁寧に読み、数々の貴重な助言をくださった樋口至宏さんに心からお礼を申し上げます。

二〇二一年五月

富田佐保子

ヘルダリーン——ある小説

二〇二一年六月　六日初版第一刷印刷
二〇二一年六月一六日初版第一刷発行
定価（本体二六〇〇円＋税）

著者　ペーター・ヘルトリング
訳者　富田佐保子
発行者　百瀬精一
発行所　鳥影社
長野県諏訪市四賀二二九―一（編集室）
電話　〇二六六―五三―二九〇三
東京都新宿区西新宿三―五―一二―7F
電話　〇三―五九四八―六四七〇
印刷　モリモト印刷

乱丁・落丁はお取り替えいたします
ISBN 978-4-86265-879-1 C0097

好評既刊
（表示価格は税込みです）